陈忠实文集

增订本

第 9 卷

2007—2009

人民文学出版社

目　录

小说·散文·随笔

接通地脉 …………………………………………………（3）
从黄岛到济南 ……………………………………………（7）
多姿多彩的绽放 …………………………………………（10）
玩自己的足球
　　——西安民间足球联赛印象 ………………………（15）
李十三推磨 ………………………………………………（17）
追述一首词的成因 ………………………………………（32）
沉默的山
　　——军营笔记之一 …………………………………（35）
在原下感受关中 …………………………………………（38）
走进铁军
　　——军营笔记之二 …………………………………（42）
你让我荡气回肠
　　——《华夏龙脉》群雕·碑文 ……………………（45）
第一次借书和第一次创作
　　——我的读书故事之一 ……………………………（47）
一个人的声音 ……………………………………………（49）

在灞河眺望顿河
　　——我的读书故事之二 ……………………………………（57）
一个空前绝后的数字
　　——我的读书故事之三 ……………………………………（59）
办公室的故事 ………………………………………………………（61）
排山倒海的炮声 ……………………………………………………（65）
关键一步的转折
　　——我的读书故事之四 ……………………………………（70）
摧毁与新生
　　——我的读书故事之五 ……………………………………（72）
一次功利目的明确的阅读
　　——我的读书故事之六 ……………………………………（75）
米兰·昆德拉的启发
　　——我的读书故事之七 ……………………………………（77）
汶川，给我更深刻的记忆，不单是伤痛 …………………………（80）
心中的圣火 …………………………………………………………（82）
阅读自己
　　——我的读书故事之八 ……………………………………（84）
我的秦腔记忆 ………………………………………………………（87）
龙湖游记 ……………………………………………………………（93）
老君台记 ……………………………………………………………（96）
铁岭掠影 ……………………………………………………………（99）
一双灵光纯净的眼睛 ……………………………………………（102）
难忘一渠清流 ……………………………………………………（106）
说"我" ……………………………………………………………（111）
再说盗版和盗名 …………………………………………………（114）
原或塬，是耶非耶 ………………………………………………（118）

言　论

面对城墙的吟诵
　　——《南城墙》序 ……………………………………（123）
寄望灿烂
　　——笔记高璨 …………………………………………（129）
行走间的匆草一笔 ……………………………………………（133）
真实自信的叙述
　　——《浅浅的雪》序 …………………………………（137）
敬重修军 ………………………………………………………（141）
出神入化的意境
　　——《罗国士国画》序 ………………………………（143）
《白鹿原》创作散谈 …………………………………………（146）
别一种感动
　　——王红武楷书《白鹿原》序 ………………………（159）
村子，乡村的浓缩与解构 ……………………………………（161）
感受西安行进的气象和脉搏 …………………………………（165）
无弦的诗性歌吟
　　——《谁识无弦琴》序 ………………………………（168）
钢枪马蹄溅落的诗句
　　——《心语》序 ………………………………………（173）
望外的欣慰和感动
　　——《日子》获奖感言 ………………………………（177）
柳青创造了一个高峰 …………………………………………（179）
阅读柏杨
　　——《柏杨短篇小说选》序 …………………………（181）
再读阿莹 ………………………………………………………（191）

语言里的生命质感 ……………………………………………… (195)
蓄久的诗性释放,在备忘
　　——《青春的备忘》序 ……………………………………… (198)
无法归类的文化寓言 …………………………………………… (204)
添了一份踏实 …………………………………………………… (206)
乡党曾宏根和他的华胥国 ……………………………………… (209)
展示秦腔的新图景 ……………………………………………… (212)
陷入的阅读及其他
　　——《骞国政文集》序 ……………………………………… (217)
难得一种纯洁与鲜活 …………………………………………… (225)
敏锐的思考与诗性的激情
　　——《行云走笔》序 ………………………………………… (228)
青山碧水复原历史悲剧 ………………………………………… (234)
我看碎戏 ………………………………………………………… (237)
你的体验,令我耳目一新 ……………………………………… (239)
呼应与鼓舞 ……………………………………………………… (242)
激情赋华章
　　——《秦·赋》序 …………………………………………… (244)
遥远的文君和现实的女性世界
　　——《文君赋》序 …………………………………………… (246)
关注人类命运的力作 …………………………………………… (249)
再说李十三 ……………………………………………………… (252)
热风扑面
　　——《山溪》序 ……………………………………………… (255)
感知一双敏锐的眼睛
　　——《别样的非洲》序 ……………………………………… (260)
感知并领受,一种鲜活的生命气象 …………………………… (265)

难得尽在传神处 …………………………………………… (268)

方言散谈

　　——《都市方言辞典·陕西卷》序 ………………… (273)

感知一种真实的精神高尚和情感丰满 …………………… (277)

少年笔下有雅韵

　　——《胡雪诗集》序 …………………………………… (281)

用生命的体验思考生命的价值

　　——《死囚牢里的陪号》序 …………………………… (286)

精神高蹈之履痕,坚实行走的伴唱

　　——《黄楼吟》序 ……………………………………… (288)

难得豪情又柔肠

　　——《贺兰踏阙》序 …………………………………… (295)

寻找属于自己的句子

——《白鹿原》创作手记

一　意料不及的写作欲念 ………………………………… (301)

二　卡彭铁尔的到来,和田小娥的跃现 ………………… (306)

三　枕头,垫棺作枕 ……………………………………… (315)

四　沉静与松弛 …………………………………………… (320)

五　难忘一九八五,打开自己 …………………………… (328)

六　朱先生和他的"鳌子说" …………………………… (341)

七　寻找一种叙述 ………………………………………… (348)

八　复活了的呻唤声 ……………………………………… (355)

九　关于性,庄严与挑战 ………………………………… (361)

十　从追寻到转折,再到删简 …………………………… (368)

十一　我的剥离 …………………………………………… (376)

十二　原的剥离 …………………………………………… (389)

十三　原上的革命 …………………………………………（397）

十四　原下，自在的去处 ……………………………………（408）

十五　生命历程里的一个下午 ………………………………（422）

十六　读诗诵词，前所未有的闲情逸兴 ……………………（433）

说一回多余的话
　　——我写《白鹿原》创作手记 ……………………………（447）

对　　话

关于真实及其他
　　——和《文汇报》缪克构对话 ……………………………（455）

《白鹿原》之外
　　——与《关注》记者白小龙、逸青的对话 ………………（467）

我与《白鹿原》
　　——在中国现代文学馆讲演稿 …………………………（479）

三十年，感知与体验
　　——中国著名作家访谈录 …………………………………（493）

让生活升华为艺术
　　——答《文化艺术报》贾英问 ……………………………（508）

再说那道原
　　——答《陕西日报》杨小玲问 ……………………………（512）

关于读书
　　——答《深圳商报》记者问 ………………………………（516）

创作成就取决于作家的敏感、深刻和独特
　　——与西安工业大学人文学院邰科祥教授对话 …………（520）

也说思想
　　——答《南方周末》张英问 ………………………………（537）

小说·散文·随笔

接通地脉

约略记得那是麦收后抢时播种玉米的最紧火的时节,年轻的村长掮着铁锨走进我的院子,高挽到膝盖的裤管下是沾着泥水的赤脚。我让座。他不坐,连肩头的铁锨也不放下来,一副急不可待的架势,倒是不拒绝我递给他的一支烟。他说,你去把场塄下那二分地种上苞谷,到时候娃们也有嫩苞谷穗儿吃嘛!

我一时竟然很感动,却有点犹豫。我在两年前调入省作协当上专业作家,妻子和孩子的户籍也随之从乡村转入城市,刚刚分到手且收获过一料麦子的责任田,又统统交回村委会重新分配给其他村民了。专业作家对我至关重要的含义,就是可以由我支配自己的时间和生命行程了。几乎就在那一年,我索性决定从城镇回归乡村老家。我在祖居的屋院里读中国新时期文学一浪高过一浪的小说,读着刚刚翻译过来的陌生的世界名著,也写着我的小说,是一个不再依赖土地丰歉生存着的乡村人了。村里的乡亲有人送来一把春天的头一茬韭菜、几个刚刚孕肥的嫩苞谷穗子、一篮沾着湿土的红苕,常常引发我内心的微妙感慨,过去我曾拿着这些东西送给西安城里的朋友,现在我自己反倒成为接受者了。我在接过一把韭菜一篮红苕几个嫩苞谷穗子的时候,分明意识到我和这块土地依存的关系割断了,尽管还住在祖居的老屋里,尽管出出进进还踩踏着这方土地,却无法改变心底那一缕隐隐的空虚的发生。我对村长好心好意的提议之所以犹疑不定，是因为我已无资格耕种哪怕巴掌大一块土地了。

村长显然早已揣透了我的顾虑，解释说，村口场塄下这一畛子地，猪拱鸡刨，你交回的那二分地分给谁谁都不要，这几年都荒着，你种点苞谷谁也没意见……说罢转身出门去了。

我便种上了苞谷。这二分地在村子东头的场塄下。当年的新一茬的蒿草正长到旺盛时，比我还高出半头。我丢剥了长袖衣和长裤，握一把磨得锋利的草镰，把蒿草齐摆摆砍掉割尽，再用镢头把庞大的根系一一刨挖出来。因为天旱土壤干硬，也因为几年荒芜土质板结，牛拽的犁铧开掘不动，只能用双刺镢头开挖，再把大块硬土敲碎，点种下苞谷种子。大约整整干了三天，案头正在写作的小说或散文全部撇下，连钢笔也没有扭开，手掌上的血泡儿用纱布缠了几层，仍有血丝渗出来。又过了几天，于夕阳沉落西原的傍晚，我在湿漉漉的地皮上看见一根根刚冒出来的嫩黄的旋管状的苞谷苗子时，心底发生了好一阵响动。我坐在被太阳晒得温热的土塄上，感觉到与脚下这块被许多祖宗耕种过的土地的地脉接通了，我周身的血脉似乎顿然间都畅流起来了。

我在这二分地里间苗定苗，锄草施肥。三伏的大旱时节，村长便安排村民开动抽水机灌溉，轮到我的地头的时候，我便脱了鞋子，用铁锨挖开灌渠的口子把水放进地里，双脚踩着沁人肌肤的井水，让每一株苞谷都浇灌得足饱。眼瞅着苞谷拔节了，冒出天花和红缨来，绿色的苞谷穗子日渐肥大起来，剥开一条缝儿，已经孕出白色的一排排颗粒，用指甲轻轻掐一下，牛奶似的稠汁迸溅到我脸上。我掰下一篮，剥去绿色的皮壳，等待周末从寄宿中学回家的女儿，那是作为一个父亲最温馨的等待时刻。

我后来在这二分地里种过洋芋（土豆），收获的果实堆在屋角，有亲友来家，便作为礼物相送。也种过白菜和萝卜，不知是技术不得要领，还是种子不好，那白菜只长菜叶不包心，只能窝泡酸菜；萝卜又瓷又硬,熬煮勉强可食,生吃很不是滋味。只有栽种大葱大获成功,许是我勤于松土,那葱长得又粗又高,葱白尤其多,做料子菜自不必说,剥了皮生吃也很香甜,我常常是一口馍一口生葱吃得酣畅淋漓。我在务这二分地里的庄稼和蔬菜的劳动中,渐渐稀少了到河堤散步的习惯,或者说替代了。我在一天的阅读或写作之后,傍晚时分习惯到灞河边上散步,活动一下在桌椅间窝蜷了一天的腰和腿。河堤内侧的滩地里是汗流浃背忙于做事的男人和女人,河堤外侧的沙滩上是割草放羊的孩子,我往往在那种环境里感到不自在,很难生出古典和现代才子们赏山阅水的情致来。现在,当我在那二分地里为苞谷除草或为大葱培壅黄土的时候,满脸汗水满手土屑,猛不防会有一个我能闻声辨人的人发出的声音:"还是把式喀!"然后就在地头坐下来,或者他抽我递给他的雪茄,或者我抽他的旱烟,然后说他儿子或女儿遇着什么难事了,需得我去帮忙交涉,我比他的"面子"大哇……我往往在那种时刻,比之在河堤上散步时的感觉稍好。

这几年间,大概是我写作生涯中最出活的一段时光,无论是中篇《蓝袍先生》《四妹子》《地窖》等,以及许多短篇小说,还有费时四年的长篇《白鹿原》,我在书案上追逐着一个个男女的心灵,屏气凝神专注无杂,然后于傍晚到二分地里来挥锨把锄,再把那些缠绕在我心中的蓝袍先生、四妹子、白嘉轩、田小娥、鹿子霖、黑娃们彻底排除出去,赢得心底和脑际的清爽。只有专注的体力劳作,成为我排解那些正在刻意描写的人物的有效举措之一,才能保证晚上平静入眠,也就保证了第二天清晨能进入有效的写作。这真是一种无意间找到的调节方式,对我却完全实用。无论在书桌的稿纸上涂抹,无论在二分地里务弄苞谷蔬菜,这种调节方式的科学性能有几何?对我却是实用而又实惠的方式。我尽管朝夕都生活在南原(白鹿原)的北坡根下,却从来没有陶渊明采菊时的悠然,白嘉轩们的欢乐和痛苦同样折腾得我彻夜失眠,小娥被阿公鹿三从背后捅进削标利刃时回头的一声惨叫,令我眼前一黑钢笔颤抖……我在二分地的苞谷苗间大葱行间重归沉静。

记不清是哪一年了,陕北榆林一位青年诗人送我一小袋扁豆,这是夏天喝稀饭的好作料。因为产量太低,扁豆在关中地区早都绝种了。我倍加珍惜的一个缘由,是我生在三伏,又缺奶,母亲用白面熬煮的扁豆喂活了我。直到我的孩子已经念大学的时候,母亲往往面对牛奶面包而引发出扁豆救命的老话。我在重新品尝救命的扁豆稀饭之后,留下一部分种子,当年秋天种到我的二分地里,长出苗儿来,年龄在中年以下的农民竟不认识是何物。扁豆长得很好,绿油油罩满地皮,常常引来许多村民围观。扁豆比麦子早熟,在大麦成熟小麦硬粒的时候成熟了。我准备近日收割,自然跃跃,慷慨地答应过几个村民讨要种子的事。不料,当我提着镰刀走到二分地头,扁豆秧子竟然一株都不见了。我愣在那里,半天回不过神来。肯定是昨晚被谁偷割了。我其实也没有生多大的气,只是有点怨气,怨这人做得太过,该当给我留下一小块,我好留得种子。

那是至今依旧令我向往而无法回归的年月和光景。

2007年1月4日 二府庄

从黄岛到济南

我第一次出远门参加文学写作笔会,在一九八一年溽热的三伏,是由时任《北京文学》小说组组长的傅用霖组织的,地点在与青岛隔海相望的黄岛上。人对于第一次经见的事物总是新鲜而难免惊奇的。因于黄土高原和秦岭之间的夹道——关中——半生的我,第一次看到大海时竟有些眩晕,而第一次乘坐驶往黄岛的轮船却不仅没有发生呕吐,连眩晕也解除了。我想象里的大海总是波浪排空,倒是为第一次看见的大海的平静而长舒了一口气。

黄岛是一个小岛,站在稍高一点的坡岗上,便可以看到四面无边无际的灰蒙蒙的海天。据说这岛上只有一个居住着十来户渔民的生产队(公社建制),岛中心刚刚建成一个体育宾馆。我在宾馆的大餐厅里吃到了各种海产的鱼,据说都是本岛渔民从海里捕捞得来后直接送过来,再新鲜不过了。印象最深的是每张餐桌都配有一满盆铜钱大的小蚌,我也是第一次品尝,竟吃得很贪婪,同行的作家朋友常常瞪起眼睛问我,难道比西安的肉夹馍还好吃吗?我们常是把本桌那一大搪瓷盆小蚌吃完,再搜来邻桌上盆里吃剩的小蚌,蚌壳把餐桌铺满堆高,引来那些服务小伙儿小姐友善的笑。

这次笔会邀集了几位刚跃上新时期文坛的青年作家,锦云以《笨人王老大》横空出世,更有不同凡响的汪曾祺。此前我已在《北京文学》读过《受戒》,对汪曾祺这个名字就蒙上一层神秘莫测乃至莫解的感觉,尽管在火车上听他谈天说地纵古论今,尽管他机智幽默举止自如,不仅不摆谱儿,似乎随意自如到不拘小节,然而,我仍然排弃不掉那一缕神秘莫解的感觉。傅用霖把这些作家囚在黄岛一周,闭门写作,唯一可选择的消遣是晚饭后在夕阳里泡海水澡,沙滩上只有水鸟的爪痕而绝无人的足迹,即使脱光下海也不担心有碍观瞻。这自然也是我第一次触摸海水,尝到了海水咸腥的味道。直到每位受邀作家都如母鸡努出一个蛋来,交给傅用霖一篇短篇小说,才撤离了这个日夜都弥漫着海腥味的小岛。我后来在《北京文学》上看到了汪曾祺的《大淖记事》,就是他在黄岛上下的一个堪称精品的蛋。

从青岛再转到济南,我找到了一种类似西安的似曾相识的感觉。我们一伙人溜达在济南的大街小巷,自行车和架子车占据着或宽或窄的道路,仍然是中山装的统一服饰,唯一让我有异地感觉的是市井嘈杂里的口音,告知我在孔子的鲁地而不是在秦。那时候的济南,还看不到一幢高层建筑。

傅用霖领着这一帮背兜携袋的作家,在街巷里懒懒散散地转悠着,寻找一家可以进餐的饭馆。一九八一年的夏天,私营的小饭铺刚刚冒出,似乎还有点贼头贼脑。国营和集体属性的饭馆一律称作食堂,不仅门面小,而且少得很难寻觅。终于在一个记不清什么街巷的丁字口,迎面看见挂着食堂招牌的小饭铺,一帮人不由分说也别无选择地拥了进去。

我落在最后。不是我不饿,却是被无意的一瞥停步在食堂门口。这家食堂一间门面里的摆设一目了然,一排条桌,呈现着古久的油腻,桌上摆一只装满筷子的粗瓷箸筒,旁边摆着盐碟、醋瓶和酱油瓶,和西安食堂里的装备摆设一模一样,我没有任何异地的陌生。我在跨进食堂门口时看见了一个食客,是一位中年妇女,坐在门口的那张桌子边正在吃饭,左手端着一只白色的粗釉瓷碗,碗里盛着大半碗米饭,右手捏着筷子,往嘴里拨拉着米粒。那纯粹的大米呈酱紫色,我断定那是用酱油调味变色的。她的桌子上没有一碟下饭菜,也没有任何最廉价的汤。我就是在瞥见她大口大口吞嚼用酱油调拌的米饭时,心里猛然遭遇了撞击而停住脚步的。她的腿脚边,放着两只藤条笼,从笼里剩存的碎麦草判断,她是到济南来卖鸡蛋的农妇。鸡蛋卖完了,她也饿急了,花一毛钱买四两米饭,调上不花钱的酱油,就算下了一回馆子。在我驻足愣神的时候,她又往米饭里倒了一次酱油,大约还嫌味轻,我的眼睛已经模糊了。

这个卖鸡蛋的山东大嫂吃米饭的情景,我在此前二十五年的一九五六年就试验过了。我那时刚刚中止休学恢复初中学业,依旧是背着一周的玉米面馍到三十里远的城郊中学去念书,有时突破了用粮计划而吃不到周六,有时因为短命的玉米面馍霉坏变成黑色无法下咽,父亲每周给我两毛钱以备急用。记得我是和一个同样断顿儿的同学相约走进了一家食堂。我俩各掏各的腰包花一毛钱买下四两米饭,我趴在桌子上就大吞大嚼起来,白生生的大米是喷香的,比又冷又硬的玉米面馍好吃得多了。这个同学拿起酱油瓶子给自己碗里倒下酱油,又给我碗里倒下了,不无得意地说,酱油不要钱,放心调,调酱油香得很。我把碗里的米饭使劲搅拌,变成了紫黑色,尝了一口,尽是酱油的香味,一种陌生的香甜的味道。我的家里,一年四季不缺醋,全是母亲用谷糠酿制的,但从来没有买过酱油,酱油味对我是陌生又新鲜的味道。我俩抹着嘴走出食堂回学校的时候,都洋溢着一种开了一回洋荤的幸福感,也洋溢着白吃酱油的得意……

我和这位山东大嫂,都是经历过把白米饭调酱油当作超常大餐超级享受的人。

又二十五六年过去了。我自己也搞不清因为什么由头,竟触发出一桩久远的生活记忆,且挥之不去,顺手为记。

2007 年 2 月 28 日 二府庄

多姿多彩的绽放

第一次看任小蕾的戏,不是在她供职的陕西戏曲研究院的剧场,却是在中央电视台的荧屏上。她演的是碗碗腔折子戏《桃园借水》,通常更含蓄的说法是《借水》。这折戏演绎的是崔护那四句千古绝唱的情诗:"去年今日此门中,人面桃花相映红。人面不知何处去,桃花依旧笑春风。"后两句是诗人再访时的失落和惆怅,而可供剧作家展开想象翅膀的创作依据,仅仅只是回忆情境里的桃花掩映着的柴门,以及和桃花一样美丽俊俏的人面。剧作家以非凡的想象力,演绎出一折生动活泼缠绵不尽的爱情剧。任小蕾以她俊俏的扮相,精确细腻的一颦一笑、一招一式的表演,把一个率真清纯、情窦初开的村姑塑造得淋漓尽致、惟妙惟肖,令人不仅欣悦,而且启迪思路拓宽眼界。我在老剧新戏里,看过皇家女子官家闺秀且不论,单是乡村女孩,多是傻头愣语简单无趣,像任小蕾扮演的桃小春这样美好的乡村女孩,可以说是一个别开生面的艺术形象,意义更在纠正某些对乡村的浅薄和偏见。桃小春无疑成为戏剧舞台无以数计的女性形象中的"这一个",不仅不会被湮没,也不会被覆盖。崔护如若有灵,当感知他在桃园难求再会的"人面",正"巧笑倩兮,美目盼兮"在一千多年后的舞台上,出类拔萃,赢得广泛喝彩。"这一个"独立的村姑桃小春的形象,是任小蕾树立到舞台上的,自然成为一个艺术形象的标杆和高度。

作为一个陕西地方戏曲演员,任小蕾获得成功的最根本途径,是精心打造、刻画角色,创造出只属于自己的"这一个"舞台形象来,桃小春无疑是一个。其实,那些在观众中享有盛名的陕西戏曲演员,莫不如此,任哲中在《周仁回府》里塑造的周仁,达到一种臻于完美的境界,被戏迷和行家称为活周仁,也给再演这部戏的演员堆起一堵墙,观众戏迷总是拿他们心目中既有的任氏周仁,去评判别一个周仁演出者的得失或说长道短。任小蕾能打造出一个烙印着小任标志的桃小春,在三秦这块地方戏人才济济的、自然也颇挑剔的大地上,实非易事;同样不言而喻,一个深蕴表演艺术潜质和才华的地方戏演员任小蕾,脱颖而出了。

更让我这个老秦腔戏迷钦佩的是,任小蕾在舞台上创造出年龄和个性差异迥然的多样性人物。一般来说,女演员有小旦、花旦、正旦、青衣、武旦、媒旦等之分,包括许多卓有成就的女演员,也只是工其一种或接近的两种旦角。然而任小蕾除了老旦和媒婆(旦),其他各种差别很大的旦角都扮演过,且演出了各种主要角色的特定个性。从人物类型上说,真是令人有点不可思议,《借水》里那个清纯、率性、人见人爱的桃小春自不必说,到获得国家精品工程奖的现代戏《迟开的玫瑰》里,却摇身一变成为一个养尊处优、贪图享受、趋追时髦令人讨厌的女孩宫小花,几乎无法让人联想到她是桃小春的扮演者任小蕾。

如果说桃小春是折子戏的角色,宫小花还不是《迟开的玫瑰》剧的主角,而真正让我看到任小蕾表演艺术巨大潜质的,是在近十部地方戏曲里塑造出一个个个性和命运迥然不同的女性形象。中国传统戏剧的经典悲剧《窦娥冤》,几乎被中国所有地方戏曲改编演出。豪壮激昂为底色的秦腔,不知被多少女演员创造出各自的窦娥。任小蕾在众多窦娥的影壁前知难而进,展示给观众一个新的窦娥形象,悲愤刚烈、忠贞不贰,获得新老秦腔迷的认可,亦获得剧界专家里手的赞赏。作为一个优秀的秦腔演员,生动逼真的扮相、一招一式的举手投足，还有优美的唱腔，都是丝毫不可或缺的基本本领，然而绝不是为技巧而技巧为绝招而绝招，更不是单纯的夸嗓子。任小蕾的不凡之处在于努力理解剧作家用文字创造的人物，把握人物的个性、气质、思想和操守，以及这个人物在情节变化和事件推进的重要过程中所发生的命运挫折，由此而导致的灾难或得意、欢乐或痛苦，据此琢磨出能准确传达和充分展示人物内心世界心脉气氛的招式和腔调。在窦娥赴刑场时，用小步、蹉步、云步等细腻的肢体动作，体现窦娥满腔冤情无以表述的痛楚，直到震天撼地的"地哪"呼啸而出的时候，连同观众心头积聚的对黑暗邪恶势力的愤怒都呼喊出来了。此刻展现在舞台上的窦娥，确是观众心目中的窦娥而不是任小蕾了。这里的窦娥已经完成了一种质的升华，看似强大的得逞的邪恶，顿时变得虚弱如灰了；而看似弱小的被害无助的窦娥，正义正道的强劲的翅膀顷刻间飞扬起来。一个鲜活的立体的窦娥站立在舞台上，也融入观众的情感和心理世界。出演《西湖遗恨》里的李慧娘，任小蕾面临的难题与《窦娥冤》类似，这是一部比《窦》剧还要普及得多的传统经典秦腔剧目，从名角云集的西安到关中多个县的专业剧团，乃至无以数计的乡村业余剧团，都在演出《西湖遗恨》，说不清有多少个或高或矮或胖或瘦的专业和业余女演员，展示出各自心理上所理解的李慧娘。一个不争的事实，是这部名著里的李慧娘，成就了不止一个两个观众经久不忘的著名演员。任小蕾以她对李慧娘的精到剖析和深层理解，把自身投入并融化到李慧娘的生活遭际和命运起落之中，调动优美的唱腔和独到的表演功夫，在眼前的无数个李慧娘面前，继而托出一个小任风采的李慧娘来。李慧娘塑造成功了，演员任小蕾也脱颖而出了。

李慧娘在《西湖遗恨》里是以一个美丽的鬼来完成倾诉和复仇的，其实在观众的眼里和心里是一尊正义化作的女神。刚刚卸下这个女神一身白衣白裙素妆的任小蕾，摇身一变就成为一个为偷情而死依然要续旧情的面目颇为复杂的鬼了,这是《水浒》里被宋江杀死的那个作为荡妇淫娃的阎婆惜的后续演绎。小说写到阎婆惜被宋江怒杀即告结束,剧作家却把死了的阎婆惜的故事以鬼的化身延续下来,她想着她痴情并为之丧命的情夫,却发现情夫想另寻新欢,既辨不出她呼叫他的声音,更在招蜂引蝶的欲望里早把她忘记得一干二净,她活捉了情夫。这里的阎婆惜已不是《水浒》里那个只呈现单色调的人物了,已演变发展为一个更复杂的新的女性形象了,在宋江的爱情天平上,她是颠覆者背叛者,是被作者施耐庵鞭挞被宋江血刃的淫邪形象。到《活捉三郎》戏剧里,剧作家把谴责和讨伐的鞭子交到阎婆惜手中,惩罚的鞭梢落到一个更无廉耻亦无情义的男人身上。这个呈现出多面色调的复杂的阎婆惜,把握其心理演变的分寸和合理性,就给任小蕾的表演提出更高的要求,还有非演技方面的一道障碍,即《水浒》小说和电视剧在读者和观众心里已形成的阎婆惜的固定印象,都需要任小蕾把复杂多面的阎婆惜既生动鲜活地树立起来,更要合情入理,才能被观众接纳。接纳了《活捉三郎》的阎婆惜,也就打破了读者心里原有的那个阎婆惜,把读者和观众的思维也拓宽了。我已无须再赞许任小蕾完成这个复杂角色、刻画塑造的过程,仅就连演不衰的热烈反响,以及由此而获得的多项大奖,就可以看到任小蕾表演艺术的潜质和可塑性之大了

《雀台歌女》是今人新编的秦腔历史剧,任小蕾受命完成主角来莺儿的塑造。这个来莺儿的形象,不似窦娥、李慧娘、阎婆惜等角儿,既没有前人演出的高度性障碍,也没有任何可资参考和继承的东西,一个对自己对观众来说都是完全陌生的艺术形象,需得全凭自己来理解来刻画。成功了,将为秦腔舞台新添一个新的艺术形象;失败了,也就意味着来莺儿的夭折。

这是一次别开生面的创造,也是独立自主的创造,是一种创造意义上的挑战。创造的意义上的诱惑,激发着任小蕾创造的热情,这应

该是所有不甘平庸的艺术家共通的心理。《雀台歌女》是一部坚守与背叛的人格化戏剧。历史背景很宏阔，社会环境很复杂，复杂里的选择，就把操守者来莺儿置于一种凛峻的境地，尤其是面对敏感而不乏奸险的曹操，更有负情又负义的偷生者王图——与来莺儿有爱情誓盟的人。王图不类同于传统戏里的任何一个负心汉，来莺儿更不似任何痴情殉情的女子。来莺儿重在对情的忠贞和坚守、对背叛者的轻蔑、对利益的不屑，更独特的是，来莺儿的个性背离抛却了常见的那种在遭遇背叛时的大悲大恸，一种深蕴的坚守不渝所显示的力量成为来莺儿区别于一切悲剧女性的一个新鲜而又陌生的特质。任小蕾创造来莺儿的成功，其意义既在她把一个新的人物形象推到秦腔舞台上，推到观众戏迷的欣赏视角里，也在她的艺术道路上完成了一次完全独立的个性化创造，这应该属于一个演员艺术成熟的标志。

任小蕾演出过许多个性差异很大，乃至品相相悖的人物，甚至还演出过貂蝉。貂蝉和窦娥的距离当是南北两极，却由同一个人塑造出来，我自然想到任小蕾的艺术创造能力，用戏迷的话说，这人戏路子太宽了。任小蕾在对地方戏曲的领悟和阐发方面，也是具有令人惊羡的天性，秦腔自不必说，还有被称作北方黄梅戏的小剧种碗碗腔、眉户等，不是一般爱好唱唱而已，而是整本戏或折子戏的正经演出，且唱出独有的韵味，《借水》如此，眉户剧《梁秋燕》亦如此，呈现出多姿多彩的绽放。

作为一个陕西地方戏曲的老戏迷，眼见着现代流行娱乐形式挤压传统的地方戏曲，眼见着那些地方戏曲的令人神魂迷醉的功勋演员一个个谢世，真诚期待有新的演员出世，在继承的基础上展示新的创造，这是地方传统戏曲发展的关键之一。从这个意义上说，我为任小蕾的现在和未来，重重地持久地鼓掌。

2007 年 3 月 20 日 二府庄

玩自己的足球

——西安民间足球联赛印象

在中国足球折腾到让人实在不堪说啥的光景下，西安的民间足球联赛却成了气候，令人耳目一新。说来还是架不住足球原本魅力的诱惑，我很自然地把兴趣和视点转向西安足球的民间赛场。

足球和绝大多数体育项目一样起源于民间。尽管当今的世界足球已形成令任何其他体育赛事无可相比的热闹境地，仍然没有改变民间基础这层关系。球迷耳熟能详那些欧洲和南美的名牌俱乐部，却未必关注数量几倍几十倍于名牌球队的乙级队丙级队丁级队，还有挂不上名号的纯粹民间自组的业余球队，正是从这个庞大雄厚的基础足球人才堆里不断冒出足带绝技的新星，再去撑持那些名牌俱乐部球队的门面，闯他们的足坛天地。即如罗纳尔多和小罗，干脆就是从既脏又乱的街巷里练就足下的基本功夫，相继在欧洲这家那家大牌俱乐部闪光亮彩，更无须列举非洲许多打到欧洲赛场的球星——曾经的穷娃——都是在民间先露出足球天赋的。中国足球难得出现世界级的明星，球员来源的民间基础太小太窄，肯定把许多具有足球天赋的娃娃耽搁了。

我为西安民间足球赛事的热烈景象感动而又振奋。从二○○三年创立民间足球赛事，四年间已发展到超乎想象的规模，组队参赛的球队超过八十支，参与这项活动的热心者形成一个三十余万的庞大群体。令我有点眼花缭乱的是参赛队伍的组成,有职业警察球队,有能言善辩的律师球队,各种专业工人和专业商贸人员也有球队,电视报刊的采编人员放下笔杆或电脑键盘,到绿茵场显示一回足下功夫,还有郊区的农村青年,几乎包括了社会结构里的所有职业的年轻人,更有一位缺失一只胳膊的小伙子,足下功夫令四座惊异。这种民间足球赛事已从西安辐射到周边城市和区、县、延安、户县、高陵都组队参赛,不仅让人感到足球在中国在陕西的巨大潜力,也感到足球民间的这个基础开始扩展起来雄厚起来。

对中国足球的难再复加的伤心,在西安民间足球的赛场可以得到缓解,得到补偿,更在于一种心理的转换和调节,即足球原本属性里的娱乐和开心。

《三秦都市报》开创这个西安民间足球联赛,把蕴积在庞大的足球群体里的激情释放出来了,给那些足球青年一块展示激情和个性的场合,也给如我一类老球迷提供了一个可以只享受欢乐,而不至于再添伤心的健康的足球。我想,这应该是民间足球比赛能够迅猛发展形成气候的根本所在。

祝愿新一年的民间足球赛更出新风采。自己玩得开心快乐也很好。

2007 年 3 月 25 日 二府庄

李十三推磨

"娘——的——儿——"

一句戏词儿写到特别顺畅也特别得意处,李十三就唱出声来。实际上,每一句戏词乃至每一句白口,都是自己在心里敲着鼓点和着弦索默唱着吟诵着,几经反复敲打斟酌,最终再经过手中那支换了又半秃了的毛笔落到麻纸上的。他已经买不起稍好的宣纸,改用便宜得多的麻纸了。虽说麻纸粗而且硬,却韧得类似牛皮,倒是耐得十遍百遍的揉搓啊翻揭啊。一本大戏写成,交给皮影班社那伙人手里,要反复背唱词对白口,不知要翻过来揭过去几十几百遍,麻纸比又软又薄的宣纸耐得揉搓。

"儿——的——娘——"

李十三唱着写着,心里的那个舒悦那份受活是无与伦比的,却听见院里一声呵斥:

"你听那个老疯子唱啥哩?把墙上的瓦都蹭掉了……"

这是夫人在院子里吆喝的声音,且不止一回两回了。他忘情唱戏的嗓音,从屋门和窗子传播到邻家也传播到街巷里,人们怕打扰他不便走进他的屋院,却又抑制不住那勾人的唱腔,便从邻家的院子悄悄爬上他家的墙头,有老汉小子有婆娘女子,把墙头上掺接的灰瓦都扒蹭掉了。他的夫人一吆喝,那些脑袋就消失了,他的夫人回到屋里去纺线织布,那些脑袋又从墙头上冒出来。夫人不知多少回劝他,你爱编爱写就编去写去,你甭唱唱喝喝总该能成嘛!他每一次都保证说记住了再不会唱出口了,却在写到得意受活时仍然唱得畅快淋漓,甭说蹭掉墙头几片瓦,把围墙拥推倒了也忍不住口。

"儿——啊——"

"娘——啊——"

李十三先扮一声妇人的细声,接着又扮男儿的粗声,正唱到母子俩生死攸关处,夫人推门进来,他丝毫没有察觉,突然听到夫人不无厌烦倒也半隐着的气话:

"唱你妈的脚哩!"

李十三从椅子上转过身,就看见夫人不愠不怒也不高兴的脸色,半天才从戏剧世界转折过来,愣愣地问:"咋咧吗?出啥事咧?"

"晌午饭还吃不吃?"

"这还用问,当然吃嘛!"

"吃啥哩?"

这是个贤惠的妻子。自踏进李家门楼,一天三顿饭,做之前先请示婆婆,婆婆和公公去世后,自然轮到请示李十三了。李十三还依着多年的习惯,随口说:"黏(干)面一碗。"

"吃不成黏(干)面。"

"吃不成黏(干)的吃汤的。"

"汤面也吃不成。"

"咋吃不成?"

"没面咧。"

"噢……那就熬一碗小米米汤。"

"小米也没有了。"

李十三这才感觉到困境的严重性,也才完全清醒过来,从正在编写的那本戏里的生死离别的母子的屋院跌落到自家的锅碗灶膛之间。正为难处,夫人又说了:"只剩下一盆苞谷糁子,你又喝不得。"

他确凿喝不得苞谷糁子稀饭,喝了一辈子,胃撑不住了,喝下去不到半个时辰就吐酸水,清淋淋的酸水不断线地涌到口腔里,胃已经隐隐作痛几年了。想到苞谷糁子的折磨,他不由得火了:"没面了你咋不早说?"

"我大前日格前日格昨日格都给你说了,叫你去借麦子磨面……你忘了,倒还怪我。"

李十三顿时就软了,说:"你先去隔壁借一碗面。"

"我都借过三家三碗咧……"

"再借一回……再把脸抹一回。"

夫人脸上掠过一缕不悦,却没有顶撞,刚转过身要出门,院里突响起一声嘎嘣脆亮的呼叫:"十三哥!"

再没有这样熟悉这样悦耳这样听来让人从头到脚从里到外都感觉到快乐的声音了,这是田舍娃嘛!又是在这样令人困窘得干摆手空跺脚的时候,听一听田舍娃的声音不仅心头缓过愉悦来,似乎连响午饭都可以省去。田舍娃是渭北几家皮影班社里最具名望的一家班主,号称"两硬"班子,即嘴硬——唱得好,手硬——耍皮影的技巧好。李十三的一本新戏编写成功,都是先交给田舍娃的戏班排练演出。他和田舍娃那七八个兄弟从合排开始,夜夜在一起,帮助他们掌握人物性情和剧情演变里的种种复杂关系,还有锣鼓铙钹的轻重……直到他看得满意了,才放手让他们去演出。这个把他秃笔塑造的男女活脱到观众眼前的田舍娃,怎么掂他在自己心里的分量都不过分。

"舍娃子,快来快来!"

李十三从椅子上喊起来站起来的同时,田舍娃已走进门来,差点儿和走到门口的夫人撞到一起,只听"咚"的一声响,夫人闪了个趔趄,倒是未摔倒,田舍娃自己折不住腰,重重地摔倒在木门槛上。李十三抢上两步扶田舍娃的时候,同时看见摔撂在门槛上的布口袋,

"咚"的沉闷的响声是装着粮食的口袋落地时发出的。他扶田舍娃起来的同时就发出诘问："你背口袋做啥？"

"我给你背了二斗麦。"田舍娃拍打着衣襟上和裤腿上的土末儿。

"你人来了就好——我也想你了，可你背这粮食弄啥嘛！"李十三说。

"给你吃嘛！"

"我有吃的哩！麦子豌豆谷子苞谷都不缺喀！"

田舍娃不想再说粮食的事，脸上急骤转换出一副看似责备实则亲畅的神气："哎呀我的老哥呀！兄弟进门先跌个跟斗，你不拉不扶倒罢了，连个板凳也不让坐吗？"

李十三赶紧搬过一只独凳。田舍娃坐下的同时，李夫人把一碗凉开水递到手上了。田舍娃故作虚叹地说："啊呀呀！还是嫂子对兄弟好——知道我一路跑渴了。"

李十三却以不容置疑的口气对妻子说："快，快去擀面，舍娃跑了几十里肯定饿了。今晌午吃黏（干）面。"

夫人转身出了书房，肯定是借面去了。她心里此刻倒是踏实，田舍娃背来了二斗麦子，明天磨成面，此前借下的几碗麦子面都可以还清了。

田舍娃问："哥咘，正谋算啥新戏本哩？"

李十三说："闲是闲不下的，正谋算哩，还没谋算成哩。"

田舍娃说："说一段儿唱几句，让兄弟先享个耳福。"

"说不成。没弄完的戏不能唱给旁人。"李十三说，"咋哩？馍没蒸熟揭了锅盖跑了气，馍就蒸成死疙瘩了。"

田舍娃其实早都知道李十三写戏的这条规矩，之所以明知故问，不过是无话找话，改变一下话题，担心李十三再纠缠他送麦子的事。他随之悄声悦气地开了另一个话头："哥呀，这一向的场子欢得很，我的嗓子都有些招不住了,招不住还歇不成凉不下。几年都不遇今年这么欢的场子,差不多天天晚上有戏演。你知道喀——有戏唱就有麦子往回背,弟兄们碗里就有黏(干)面吃!"

李十三在田舍娃得意的欢声浪语里也陶醉了一阵子。他知道麦子收罢秋苗锄草施肥结束的这个相对松泛的时节,渭河流域的关中地区每个大小村庄都有"忙罢会",约定一天,亲朋好友都来聚会,多有话丰收的诗蕴,也有夏收大忙之后歇息娱乐的放松。许多村子在"忙罢会"到来的前一晚,约请皮影班社到村里来演戏,每家不过均摊半升一升麦子而已。这是皮影班社一年里演出场子最欢的季节,甚至超过过年。待田舍娃刚一打住兴奋得意的话茬儿,李十三却眉头一皱眼仁一聚,问:"今年渭北久旱不雨,小麦歉收,你的场子咋还倒欢了红火咧?"

"戏好嘛!咱的戏演得好嘛!你的戏编得好嘛!"田舍娃不假思索张口就是爽快的回答,"《春秋配》《火焰驹》一个村接着一个村演,那些婆娘那些老汉看十遍八遍都看不够,在自家村看了,又赶到邻村去看,演到哪里赶到哪里……"

"噢……"李十三眉头解开,有一种欣慰。

"我的十三哥呀,你的那个黄桂英,把乡下人不管穷的富的老的少的男的女的都看得迷格瞪瞪的。"田舍娃说,"有人编下口歌,'权当少收麦一升,也要看一回黄桂英'。人都不管丰年歉年的光景咧!"

说的正说到得意处,听的也不无得意,夫人走到当面请示:"话说完了没?我把面擀好了,切不切下不下?"

"下。"李十三说。

"只给俺哥下一个人吃的面。我来时吃过了。"田舍娃说着已站立起来,把他扛来的装着麦子的口袋提起来,问,"粮缸在哪儿,快让我把粮食倒下。"

李十三拽着田舍娃的胳膊，不依不饶非要他吃完饭再走，夫人也是不停嘴地挽留。田舍娃正当英年，体壮气粗，李十三拉扯了几下，已经气喘不迭，厉声咳嗽起来，长期胃病，又添了气短气喘的毛病。田舍娃提着口袋绕进另一间屋子，揭开一只齐胸高的瓷瓮的木盖儿吓了一跳，里边竟是空的。他把口袋扛在肩上，松开扎口，哗啦一声，二斗小麦倒得一粒不剩。田舍娃随之把跟脚过来的李十三夫妇按住，扑通跪到地上："哥呀！我来迟了。我万万没想到你把光景过到盆干瓮净的地步……我昨日格听到你的村子一个看戏的人说了你的光景不好，今日格赶紧先送二斗麦过来……"说着已泪流不止。

　　李十三拉起田舍娃，一脸感动之色里不无羞愧："怪我不会务庄稼，今年又缺雨，麦子长成猴毛，碌碡停了，麦也吃完了……哈哈哈。"他自嘲地撑硬着仰头大笑。夫人在一旁替他开脱："舍娃你哭啥嘿？你哥从早到晚唱唱呵呵都不愁……"

　　田舍娃抹一把泪脸，瞪着眼说："只要我这个唱戏的有得吃，咋也不能把编戏的哥饿下！我吃黏（干）面决不让你吃稀汤面。"随之又转过脸，对夫人说："嫂子，俺哥爱吃黏（干）的汤的尽由他挑。过几天我再把麦背来。"

　　田舍娃抱拳鞠躬者三，又绽出笑脸："今黑还要赶场子，兄弟得走了。"刚走出门到院子里，又折回身，"哥呀！我知道你手里正谋算一本新戏哩！我等着。"

　　"好！你等着。"李十三嗓门亮起来，说到戏，他把啥不愉快的事都掀开了，"有得麦吃，哥就再没啥扰心的事了。"

　　李十三和他的夫人运动在磨道上。两块足有一尺多厚的圆形石质磨盘，合丝卡缝地叠摞在一起，上扇有一个小孩拳头大小的孔眼，倒在上扇的麦粒，通过这只孔眼溜下去，在转动着的上扇和固定着的下扇之间反复压磨，再从磨口里流出来。上扇磨石半腰上捆绑一根结实的粗木杠子,通常是用牲口套绳和它连接起来,有骡马的富户套骡马拽磨,速度是最快的了;一般农户就用自养的犍牛或母牛拽磨,也很悠闲;穷到连一条狗都养不起的人家,就只好发动全家大小上套,不是拽而是推着磨盘转动了。人说"拽犁推磨打土坯"是乡村农活里头三道最硬茬的活儿,通常都是那些膀宽腰圆的汉子才敢下手的,再就是那些穷得养不起牲口也请不起帮手的人,才自己出手硬撑死扛。年届六十二岁的李十三,现在把木杠抱在怀里,双臂从木杠下边倒钩上来反抓住木杠,那木杠就横在他的胸腹交界的地方,身体自然前倾,双腿自然后蹬,这样才能使上力鼓上劲,把几百斤重的磨盘推动起来旋转起来。他的位置在磨杠的梢头一端,俗称外套,是最鼓得上力的位置,如果用双套牲口拽磨,这位置通常是套犍牛或儿马子的。他的夫人贴着磨道的内套位置,把磨杠也是横夯在胸腹交界处,只是推磨的胳膊使力的架势略有差异,她的右手从磨杠上边弯过去,把木杠搂到怀里,左手时不时拨拉一下磨扇顶上的麦子,等得磨缝里研磨溜出的细碎的麦子在磨盘上成堆的时候,她就用小木簸箕揽了。离开磨道,走到罗柜跟前,揭开木盖,把磨碎的麦子倒入罗柜里的金丝罗子,再盖上木盖,然后扳动摇把儿,罗子就在罗柜里咣当咣当响起来,这是磨面这种农活的象征性声响。

"你也歇一下下儿。"

李十三听见夫人关爱的声音,瞅一眼摇着拐把的夫人的脸,那瘦削的肩膀摆动着。他抬起一只胳膊用袖头抹一抹额上脸上的汗水,不仅没有停歇下来,反倒哼唱起来了:"娘——的——儿——"一句戏词没唱完,似乎气都堵得拔不出来,便哑了声,喘着气,一个人推着磨扇缓缓地转动,又禁不住自嘲起来:"老婆子哎!你说我本该是当县官的材料,咋的就落脚到磨道里当牛做马使唤?还算不上个快马,连个蔫牛也不抵……唉!怕是祖上先人把香插错了香炉……"

"命——"夫人停住摇把,从罗柜里取出罗子,把罗过的碎麦皮倒进斗里,几步走过来,又回到磨道里她的套路上,习惯性地抱住磨杠推起来,又重复一遍,"命。"

李十三似接似拒的口吻,沉吟一声:"命……"

李十三推着石磨。要把一斗麦子的面粉磨光罗尽,不知要转几百上千个圈圈,称得"路漫漫其修远兮"了。他的求官之路,类如这磨道。他十九岁考中秀才,令家人喜不自禁,也令乡邻羡慕;二十年后的三十九岁省试里考中举人,虽说费时长了点儿,却在陕西全省排在前二十名,离北京的距离却近了;再苦读十三年后到五十二岁上,他拉着骡子驮着干粮满腹经纶进北京会试去了。此时嘉庆刚主政四年,由纪昀任主考官,录取完规定的正编名额后,又拟录了六十四名作为候补备用的人。李十三的名字在这个候补名单里。按嘉庆的考制,拟录的人按县级官制待遇,却不发饷银,只是虚名罢了。等得牛年马月有了县官空缺,点到你的名字上,就可以走马上任做实质性的县官领取县级官饷了。李十三深知这其中的空间很大很深,猫腻狗骚都使得上却看不见。恰是在对这个"拟录"等待的深度畏惧发生的时候,失望同时并生了,做官的欲望就在那一刻断灭。是他的性情使他发生了这个人生的重大转折,凭学识凭本事争不到手的光宗耀祖的官衔,拿银子换来就等于给祖坟上泼了狗尿。

他依着渭河北部高原民间流行的小戏碗碗腔的种种板路曲谱,写起戏本来了。第一本名叫《春秋配》,交给田舍娃的皮影班社,得了田舍娃的好嗓子,也得了他双手绝巧的"耍杆子"的技艺,这个戏一炮打响,演遍了渭北的大村小庄……他现在迷在写戏的巨大兴趣之中,已有八本大戏两本小戏供那些皮影班社轮番演出……现在,他和夫人合抱一根木杠,在磨道里转圈圈,把田舍娃昨日晌午送来的麦子磨成白面,就不再操心锅里没面煮的事了……

"十三哥十三哥十三哥——"

田舍娃的叫声。昨日刚来过怎么又来了?田舍娃压抑着嗓门的连声呼叫还没落定,人已蹿进磨房喘着粗气。收住脚,与从磨道里转过来的李十三面对面站着,整个一副惶恐失措的神色。未等李十三开口,田舍娃仍压低嗓门说:"哥呀不得了咧……"

李十三喘着气,却不问,他和夫人在自家磨道推磨子,闭着眼也推不到岔道上去,能有什么了不得的祸事呢!那一瞬,他甚至料定田舍娃是虚张声势。虚张声势夸大事态往往是这些皮影艺人的职业习性。

"哥呀!皇上派人抓你来咧……"

李十三"嘿"的一声不着意的轻淡的笑:"你也算是当了爸的人了,咋还说这些没根没影的话……"

田舍娃见李十三不信,当下急得失了色变了脸,双手击捶出很响的声音,像道戏曲白口一般疾骤地叙说起来:"嘉庆爷派的差官已经到县上咧。我奶妈的三娃在县衙当伙夫,听到这事赶紧叫人把信儿传给我。我撂下饭碗赶紧跑过来给你透风报信。你还大咧咧地信不下……"

李十三打断田舍娃的话问:"说没说我犯了哪条王法?"

"'淫词秽调'——"田舍娃说,"皇上爷亲口说你编的戏是'淫词秽调',如野草般疯长,已经传流到好多省去了。皇上爷很恼火,派专使到渭南,指名要'提李十三进京',还说连我这一帮演过你的戏的皮影客也不放手……"

田舍娃说着说着就自动打住口,哑了声。他叙述这个因由的过程,突出的眉棱下的两只燕尾形的眼睛一直紧盯着他亲爱的李十三哥,连扶着磨杠的嫂夫人一眼也顾不及看。他看着李十三由不信不屑不嗤的眼神脸色逐渐转换出现在这副吓人的神色,两眼瞪得一动不动一眨不眨,脸色由灰黄变成灰白,辨不清是气恨还是惧怕,倒吓得田舍娃不敢再往下说了。

李十三突然猛挺起身子,头往后一仰,又往前一倾,"噢"的叫了一声,从嘴里喷出一股血来。田舍娃眼见一道鲜亮如同朝阳的红光闪耀了一下,整个磨房弥漫起红色的光焰,又如同一条血的飞瀑,呼啸着爆响着飞溅出去,落在磨扇顶端已经磨碎的麦粒上,也泼洒在凿刻着石棱的磨扇上。磨盘上堆积着的尚未收揽的碎麦麸顷刻间也染红了,田舍娃"噢呀"惊叫一声,吓愣了。

李十三又挺起胸来,头先往后一仰,即刻再往前用力一倾,又一道血的光焰血的飞瀑喷洒出去,随之横跌在磨盘上,一只手垂下来。

田舍娃手足无措地站在一边,突然灵动过来,一把抱起李十三,轻轻地摆平仰躺在地上。夫人也早吓蒙了,忙蹲下身为李十三抚胸搓背,连声呼叫:"你不能走呀你甭走呀……"随之掐住了丈夫的鼻根。

许久,李十三终于睁开眼睛了,顺手拨开了夫人掐着他鼻根的手。稍停半刻,他两手撑地要坐起来。夫人和田舍娃急忙从两边帮扶着。李十三坐起来。田舍娃这时才哭出声来。夫人也哭了。

李十三舒了口气,看着田舍娃说:"你咋不跑还在这儿?"

"你是这样子,我咋跑呀!"田舍娃说,"让人家把咱俩一块提走,我好招呼着你。"

李十三摇摇头:"咱俩得跑。"

田舍娃忙接上说:"就等你这句话哩,快走。"

李十三站起来,走了两步试了试腿脚,还可以走动,便对夫人说:"你也甭操心了。你操心也是白操——皇上要我的命,你还能挡住?挡不住咯。我要是命大能跑脱,会捎话给你,会来取戏本的——这本戏刚写到热闹的当当儿,你给我藏好。"

两人装出无什么要紧事的做派,走出门,走过村巷,还和村人打着礼仪性的招呼。村人乡党打问今晚在哪个村子摆场子,舍娃说在北原上很远很远的一个寨子。乡党直惋叹太远太远了。两人出了村子,两人又从出村的这条宽敞的土路拐上一条一步多宽的岔路,两边是高过人头的苞谷苗子。隐入无边无际的苞谷绿秆之中,似乎有一种被遮蔽的安全感。两人不约而同又拐上一条岔道。岔道上铺满青草,泛着一缕缕薄荷的清香。两人又绕过水渠,清凌凌的水已经没有诗意了,渠沿上的白杨也没有诗意了。这渠水和这白杨是最容易诱发诗意的景致,他每一次踏过渠上的木桥或直接绕过这水渠的时候,都忍不住驻足品味,都忍不住撩起水来洗一把脸。现在只有奔逃的恓惶和恐惧了。李十三在用力跳过渠的时候,有一阵眩晕,眼睛黑了一瞬,驻足的同时,又吐出一口血来。稍作缓息,田舍娃搀扶着他继续走着。两边依旧是密不透风的苞谷秆子,青幽幽闷腾腾的田野。走到这条小路的尽头,遇到一道土塄,分成又一个岔口。李十三站住脚:"咱俩该分手了。"

田舍娃愣了一下,头连着摇:"分手?谁跟谁分手?我跟你分手——我死都跟你不分手。"

李十三说:"咱俩总不能傻到让人家一搭儿抓了,再一窝端了一锅蒸了嘛!留下一个会唱会耍竿竿儿的(支撑皮影的竹竿)人嘛!"

"不成不成不成!"田舍娃的头摇得更欢了,"耍竿竿儿的人多,死了我还有那一大帮伙计,会编戏的只是你十三哥——死谁都不能死你。"

"是这样嘛——"李十三说,"咱俩谁都不该死。咱俩谁都不死当然顶好咧!现时死临头了,咱俩分开跑,逃过一个算一个,逃过两个更好。千万不能一锅给人家煮了蒸了。"

田舍娃还是听不进去:"你这么个病身子,我把你撂下撇下,我就是你戏里头写的那号负义的贼了。"

李十三说:"我的戏本都压在你的箱子里,旁人传抄的不全,有的乱删乱添,只有你拿的本子是我的原装本子。想想,把我杀了不当紧,我把戏写成了。要是把你杀了又抄了家,连戏本子都会给人家烧成灰了……你而今活着比我活着还当紧。"

田舍娃这下子不说话了。

李十三又说:"你活着就是顶替我活着。"

田舍娃出着粗气,眼泪涌出了。

"你的命现在比我的命贵重。"李十三再加重说,"快走赶快跑,哥的戏本就指望你了。"

李十三转过身走了。

田舍娃急抢两步,堵在李十三面前,扑通跪在路上,连磕三个响头,站起来又抱拳作揖者三,瞪着眼睛说:"我的哥呀!你放心走,只要有我舍娃子一条命,你的戏本一个字都丢不了!"

"你的命丢了,本子也甭丢。"李十三也狠起来,"你先把戏本藏好再逃命。"

"记下了。"田舍娃跑走了,跑到一畛谷子地里,对着坡塄骂了一句,"嘉庆呀嘉庆,我没有你这个爷了。"

田野静寂无声。

李十三顺着这条慢坡路走着。他想到应该斜插到另一个方向的梯田里去,谁会傻到顺着一条上渭北高原的官路逃亡呢?他不想逃跑,又不想被抓住。他确凿断定自己活不了几个时辰了。他只不过不想死到北京,也不想活着看见那个受嘉庆爷之命前来抓他的差官的脸。他也不想死在磨道里或死在炕上,那样会让他的夫人更恓惶,活着没能让她享福,死时却可以不让她受急迫。他也不想死在田舍娃当面,越是相好的人越想死得离他远点。

莽莽苍苍的渭北高原是最好的死地。

李十三面朝着渭北高原背对着渭河平原,往前一步一步挪脚步,他又吐出一口血。血把脚下被人踩踏成细粉一般的黄土打湿了,瞬间就辨不出是血是水了。

再挣扎到一个塄坎上的时候,他又吐血了。

当他又预感到要吐血的时候,似乎清晰地意识到这是最后一口所能喷吐出来的血了。他已经走出村子二十里路了,在这一瞬转过身来,眺望一眼被绿色覆盖的关中和流过关中的渭河。他吐出最后一口血,仰跌在土路上,再也看不见渭北高原上空的太阳和云彩了。

附　　记

　　约略记得是上世纪五十年代末,我在周六从学校回家去背下一周的干粮,路上的男男女女老人小孩纷纷涌动,有的手里提着一只小木凳,有的用手帕包着馒头,说是要到马家村去看电影。这部电影是把秦腔第一次搬上银幕的《火焰驹》,十村八寨都兴奋起来。太阳尚未落山,临近村庄的人已按捺不住,挎着凳子提着干粮去抢占前排位置了。我回到家匆匆吃了饭,便和同村伙伴结伙赶去看电影了。"日行千里夜行八百"的火焰驹固然神奇,而那个不嫌贫爱富因而也不背信弃义更死心不改与落难公子婚约的黄桂英,记忆深处至今还留着舞台上那副顾盼动人的模样。这个黄桂英不单给乡村那些穷娃昼思夜梦的美好期盼,城市里的年轻人何尝不是同一心理向往。直到五十年后的今天我才弄清楚,《火焰驹》的原始作者名叫李十三。

　　李十三,本名李芳桂,渭南县蔺店乡人。他出生的那个村子叫李十三村。据说唐代把渭北地区凡李姓氏族聚居的村子,以数字编序排列命名,类似北京的××八条、××十条或十二条。李芳桂念书苦读一门心思为着科举高中,一路苦苦赶考直到五十二岁,才弄到个没有实质内容的"候补"空额,突然于失望之后反倒灵醒了,便不想再跑那条路了。这当儿皮影戏在渭北兴起正演得红火,却苦于找不到好戏本,皮影班社的头儿便把眼睛瞅住这个文墨深不知底的人。架不住几个皮影班头的怂恿哄抬,李十三答应"试火一下"。即文人们常说的试笔。这样,李十三的戏剧处女作《春秋配》就"试火"出来了。且不说这本戏当年如何以皮影演出走红渭北,近二百年来已被改编为秦腔、京剧、川剧、豫剧、晋剧、汉剧、湘剧、滇剧和河北梆子等。这一笔"试火"得真是了得！大约自此时起，李十三这个他出生并生活的村子名称成了他的名字。李芳桂的名字以往只出现或者只应用在各级科举的考卷和公布榜上，民间却以李十三取而代之。民间对"李芳桂"的废弃，正应和着他人生另一条道路的开始——编戏。

　　李十三生于一七四八年，距今二百六十年了。我专意打问了剧作家陈彦，证实李十三确凿是陕西地方戏剧碗碗腔秦腔剧本的第一位剧作家，而且是批量生产。自五十二岁摈弃仕途试笔写戏，到六十二岁被嘉庆爷通缉吓死或气死（民间一说吓死一说气死，还有说气吓致死）的十年间，写出了八部本戏和两部小折子戏，通称十大本：《春秋配》《白玉钿》《火焰驹》《万福莲》《如意簪》《香莲口》《紫霞宫》《玉燕钗》，《四岔》和《锄谷》是折子戏。这些戏本中的许多剧目，随后几乎被中国各大地方剧种都改编演出过，经近二百年而不衰。我很自然地发生猜想，中国南北各地差异很大的方言，唱着说着这位老陕的剧词会是怎样一番妙趣。不会说普通话更没听过南方各路口音的李十三，如若坐在湘剧京剧剧场里观赏他的某一本戏的演出，当会增聚起抵御嘉庆爷捉拿的几分胆量和气度吧，起码会对他点灯熬油和推磨之辛劳，添一分欣慰吧！

　　然而，李十三肯定不会料到，在他被嘉庆爷气吓得磨道喷吐鲜血，直到把血吐尽在渭北高原的黄土路上气绝而亡之后的大约一百五十年，一位秦腔剧作家把他的《万福莲》改编为《女巡按》，大获好评更热演不衰。北京有一位赫赫盛名的剧作家田汉，接着把《女巡按》改编为京剧《谢瑶环》，也引起不小轰动。刚轰动了一下还没轰得太热，《谢瑶环》被批判，批判文章几成铺天盖地之势。看来田汉胆子大点儿气度也宽，没有吐血。

　　一切都已成为过去。过去了的事就成历史了。

　　我从剧作家陈彦的文章中，获得李十三推磨这个细节时，竟毛躁得难以成眠。在几种思绪里只有一点纯属自我的得意,即我曾经说过写作这活儿,不在乎写作者吃的是馍还是面包,睡的是席梦思还是土炕,屋墙上挂的是字画还是锄头,关键在于那根神经对文字敏感的程度。我从李十三这位乡党在磨道里推磨的细节上又一次获得确信,是那根对文字尤为敏感的神经,驱使着李十三点灯熬油自我陶醉在戏剧创作的无与伦比的巨大快活之中,喝一碗米粥吃一碗黏(干)面或汤面就知足了。即使落魄到为吃一碗面需得启动六十二岁的老胳膊硬腿去推石磨的地步,仍然是得意忘情地陶醉在磨道里,全是那根虽然年事已高依然保持着对文字敏感的神经,闹得他手里那支毛笔无论如何也停歇不下来。磨完麦子撂下推磨的木杠,又钻进那间摆置着一张方桌一把椅子一条板凳的屋子,掂起笔杆揭开砚台蘸墨吟诵戏词了……唯一的实惠是田舍娃捐赠的二斗小麦。

同样是这根对文字太过敏感的神经,却招架不住嘉庆爷的黑煞脸,竟然一吓一气就绷断了,那支毛笔才彻底地闲置下来。我就想把他写进我的文字里。

2007 年 5 月 9 日　二府庄

追述一首词的成因

小刘自广州打电话来约稿,为庆祝香港回归十周年,且指定要写一首诗。我顿然一愣,这是出乎意料的本能性反应,约我作文写稿的编辑不少,而约我写诗者多年也难得一遇。我随之告诉她,我在香港回归前夕曾填过一首词,自我感觉颇好,请她翻检出来看看如何。过了两天,她打电话过来,说她找我的文集,也找到那首标着"醉江月——香港回归感赋"的词,说她很喜欢,顺口便给我说出其中几句来。我感到了鼓舞,也顿然兴奋起来,一首诗或词,能被人过目之后记下几句,这是对作者最高的奖彰了。

这首词作于十年前的六月,正是香港回归倒计时的钟声敲到最后几槌的时候,也是中国人被这槌击的钟声撩拨得几乎不可按捺的时候,我也是每晚在中央台被那钟声撞击得怦然心动的一个中国人。这时候接到《光明日报》一位编辑朋友电话,约我写这个题材的短文,我有了表述自己独特感受的出口和渠道,便满口应承下来。在我写这篇短文时,却觉得不知从何说起,转念之间竟涌出一首词来。尽管我素来深深畏怯名目繁多的古体词牌严密的平仄格律,却也顿生勇气不管不顾了,只求得词意顺畅,节奏明朗,可以尽兴倾泻那份情感就行了。这是我为数不多的诗词里,填写得最痛快也最顺手的一首。

那真是一个激荡情感的日子。我的心里敲响着倒计时的钟声。

我无法阻止这样的联想,"丧钟为谁而鸣?"在我们听来是欢欣鼓舞雪一百年之耻的钟声,响在殖民者心头的回声无疑是丧钟。这是无法替改无法逆转也无法掩耳回避的钟声。

伴着这倒计时的钟声,我的心里就只轰响着一句四川口音的声音:"主权是不能谈判的。"任谁都知道这是邓小平的语言。这句话没有加一个字的修饰,也不见任何带锋芒的字词,却是一种最准确最坚定的表述,没有任何含糊,容不得对手任何回旋的余地,连试探和商议的可能都不留一丝空间,甚至容不得你把思谋已久的话说出口来。这是最典型的邓小平语言。这是关于香港回归这个历史性盛事的最核心的语言表述,最恰当最简约的邓公语言风范,一个个人魅力鲜明的大国领袖的精神气质胸怀气象便弥漫开来。

我再一次回嚼着邓公这句经典话语的时候,又想起了我的陕西乡党蒲城人王鼎。他是道光帝的宰相兼军机大臣,又是道光帝幼学的老师。道光向他征询派谁去广东禁烟时,他极力推荐了林则徐。道光帝后来惩罚林则徐,把他贬斥到新疆的同时,也把王鼎支使到河南去防洪治水,不想再听他与皇帝相逆的絮絮叨叨。王鼎治水完工回到朝廷,道光帝已经完全被穆彰阿等投降派掌控,他孤立无援却不改易主张,与穆彰阿、琦善碰面时已经不再辩理,而是动粗破口大骂,直到扯住道光帝的龙袍,不抗敌不禁烟便不得退堂下朝……最后绝望的是我的乡党王鼎,他跑到圆明园,用一丈白绫把自己悬到梁上,企望以死谏影响道光皇帝。他把一绺写着谏言的字条揣在怀里,后人把其内容概括为"四不可":"条约不可轻许。恶例不可先开。穆不可用。林不可弃。"……王鼎的谏言和他的性命,挡不住英国的坚船利炮,也挡不住投降派的唾沫儿,更谏不醒道光帝软弱里苟且偷生的梦。

香港回归后次年的冬天,我到蒲城县寻访王鼎的足迹,在一个土打围墙的院子里,有几样王鼎的遗物和照片。我面对这个血性汉子,吟诵了邓公"主权是不能谈判的"的话。从他舍命都不能改变一个国家和民族的耻辱,到邓公沉毅地把这句话说给撒切尔夫人的时候,我更切实地体验到什么叫尊严。

2007年6月13日 二府庄

附:

酹 江 月
——香港回归感赋

云开飞虹,神州望,钟声撩拨心声。分分秒秒,重如槌,教我泪纷血涌。北国南海,演歌练舞,期盼七月同庆。铁栅断处,血脉一日接通。　　难诉百五十年,屈辱一页,兽行到寿终。"一国两制"大思维,主权不可议争。壮哉斯言!纵有铁腕,难续旧梦。何须再问,"丧钟为谁而鸣"!

1997年6月20日

沉默的山

——军营笔记之一

从已经呈现着繁华的城市一进入山区,眼里便纯粹了,只有深浅不同的绿色和裸露的岩石。一座座山头多呈圆顶,可以看到土黄色的沙石底构,草长得不密更不高。零星有几株树,大约得了石头缝沟的难得机遇,才得以扎下根去撑起一方风景。愈往山的深处走,山坡和沟壑的绿色渐次加深,树木已结成密不透风的丛林,一派葱茏的绿。

这是大山腹地的一个兵营。一个令外部世界异常神秘更尤为敏感的所在,这里是一个导弹发射场。这里驻扎着一个营的士兵。夹在几座连接着山之间一绺稍为宽绰的沟道里,有一块缓坡地,被几代官兵许多年连续开发修整,建成一方清爽悦目的居住地。几排说不上阔绰却很实用的平房,红砖红瓦、木窗木门,在清水绿山间构成一道爽亮畅朗的景致。借着地势,修成一方连一方的平场,上下之间用水泥台阶连通,平台上栽植着花草。一脉山泉流经营区,已用水泥砌成整齐的水渠,渠边不足两脚宽的平台,栽植着葡萄,可见设计者和修建者一腔的诗情画意。葡萄管理得一丝不苟,在水渠上蓬勃出一道风景,一串串尚未成熟的绿色葡萄串令我心动。

这个营地是一九六一年开辟建立的。起因是毛泽东在此前说了一句话,"原子弹这个东西,别人有,我们也得有,要不,说话就不算数,我们也要搞一点原子弹"。我先看到随之又听到这句"语录"时,颇有点惊诧,毛泽东是一个诗性和激情洋溢的人,他的著作和大量的批文,都洋溢着诗性质地;关于原子弹要不要搞的批示,不加一字一句的修饰词,直白简略,却把如此重大的决策说得透彻无遗;其口吻不像是行笔下的文字,更像是与人说一件轻淡之事的轻松语气,胸怀和气度尽在那平直的文字和平淡的语气之中了。此话一出,很快便有了这支进驻大山的部队,拉开了中国导弹部队建设的序曲。道路是披荆斩棘开辟出来的,平场是镢头铁锹改造出来的,流血流汗是任谁都可以想象得到的常有的必然的付出。我尤其敏感的是时间,正发生在中国普遍发生的记忆深刻的年代,那一批进入深山老林创建中国第二炮兵的官兵,就更有着非凡的贡献和牺牲精神的意义。四十六年过去了,这个隐蔽在大山深谷密林中的营地,来了又走了多少茬新兵和老兵,洒下他们的汗水、刻下他们的忠诚、献出他们的智慧,把中国的导弹营地建造成功了,有的佼佼者已成为将军了。现在,一拨又一拨接受过高等教育的专业人才,相续着走进这座军营,默默奋斗在这深山老林之中,铸造着共和国的利剑,也铸造着共和国的隐形长城。为着我们可以在世界上平等说话。

有一位叫张环节的老班长,三十一岁时不幸患绝症去世。在他的班里当过兵的人,至今回忆叙说起来仍忍不住热泪涌流,领导过他的军官更是赞不绝口,那是一个类似雷锋也区别于雷锋的模范士兵。有一个调皮的城市籍的新兵,情绪易变,在他真诚的影响下发生了人生的重大转折,现在已是一位军官了。他向我们叙说张环节的时候,仍然止不住热泪。

午饭是在军营食堂吃的。之后有半个多小时的休息时间,我被安排到营长的卧室,同行的作家朋友说我有不足一小时的营长当当。我便走进营长宿办合一的房间,左首靠墙是一排书架,最简易的一种,摆列着各种书籍,有人文历史和政治军事等专著,有不少翻译出版物，多为世界名著。从读书可以知人的襟怀和性情，这个营长显然已不再是八路军的营长了。小小的屋子里，摆两张书桌，靠南窗的书桌供写字读书，窗外是伸手可触的山坡上的枝叶；另一张书桌在右首，放着一台电脑，当是现代军人的标志；北窗下是脸盆架和水桶，用水需自己去打。再就是一张洁净清爽的硬板床。我躺在这张床上，竟然眯了一刻钟，不仅圆了我年轻时错失的军旅梦，而且当了一回短暂的营长。

  导弹部队的兵和官都说他们是沉默的兵。是的，如山一样的沉默。但愿他们永远沉默。如果这世界上某一天有一个疯子逼得他们无法保持沉默，将是怎样一种积久沉默的喧哗。无疑，受挑衅和伤害的祖国和人民，都会把期待的眼睛遥望到这大山里来。那时候的远方山地，将是雄狮猛虎腾跃呼啸的山了。但愿永远沉默不语。

2007 年 7 月 18 日 二府庄

在原下感受关中

我后来才意识到,看取社会的角度和看取生活的对象都是乡村,尤其是我生活和工作过大半生的灞河区域,完全是一种无意识亦无任何自觉的事,也是在一种无可选择的单纯里自自然然发生且持续做着的事。

且不说毛泽东一九四二年《在延安文艺座谈会上的讲话》里论证的创作与生活的关系,并号召作家到工农兵火热的生活中去,后来甚至闹到要对那些留恋城市的作家"押解下乡"的严重程度。我对深入生活向来就不认为是个问题,我生活在农村,父母妻儿都是指靠生产队的磅秤分配的麦子苞谷的多少,决定碗里的稀或稠的。我从学校毕业后,走进只有一座教室和一个单间独庙改做的办公室的乡村初级小学,后来又走进最低一级行政建制的公社,现在已改称乡镇了,整整二十年。我获得专业创作的优越条件后,没有从西安城郊搬进市区,反倒彻底回归老祖宗遗传下来的屋院,尽管椽朽瓦破透光漏雨,我在这屋院里又住了十年。到走进西安住到作协家属院的小楼时我已跨过五十岁。我的前五十年都是在乡村过的,差别仅仅只是身份:乡村孩子兼乡村学生,乡村教师身份是民办性质,当公社干部,一年有三季都住在村子里的农民家中;当专业作家,又生活在只有六十余户人家的以陈姓为主的村子里。我曾经调侃说,柳青在长安县从头到尾工作和生活十四年,成为文坛传诵至今的佳话,我在农村五十年倒没有谁在乎。

　　我五十年里所看到的世界,是乡村;我五十年里所感知的人生,是乡村各色男女的人生;我五十年里感受生活的变迁——巨大的或细微的、欢乐的或痛苦的,都是在乡村的道路乡村的炊烟乡村男女的脸色和语言里体验的。我对离我不过五十里的西安,进去出来不知几百成千回了,却形成一种感觉里的陌生和隔膜。当我可以拿钢笔在稿纸上书写我对生活的理解和体验的时候,乡村就成为无可选择的唯一,是顺理成章的事。我在初中二年级的作文课上写下平生的第一篇小说《桃园风波》,不仅是农村题材,而且就是我的村子里私有果园归入农业合作社时发生的矛盾所引发的。我在公社(乡镇)工作的十年里,正值"文革",文学创作先被禁绝和后来稍作放松,我早已确定想吃文学创作这碗饭是靠不住的,偶尔的一点写作,只是过一过文学写作的"瘾",专心致志于基层乡村的工作了。这样就很明确也很单纯,我在乡村是做工作的,不是为体验生活积累素材的目的,倒让我避免了睁着艺术家的眼睛支着艺术家的耳朵去看去听乡村,而是在各种工作的过程和各色乡村人共事处事,吻合的愉快和不合的争执,在快乐和焦虑里感知各种生活经历和个性特征的男女。到后来世事发生重大的转折,文学创作和各项事业一样重现生机,我感到创作这碗饭可以争取的时候,顿然意识到曾经的乡村生活全都派上了用场。

　　我的乡村生活是无意识里形成的一方狭窄的天地。在西安市郊的东南角落,属于渭河平原的关中的东南一隅。灞河从我家门前流过,古人在灞河桥头折柳送别泪溅柳叶,我后来领工为灞河修筑了八里防洪河堤,至今依然发挥着防洪的作用。稍西边有浐河从秦岭流出,河边曾是六千多年前新石器时期的"半坡人"群居的村落。我家的后院就是白鹿原的北坡坡根,我从小就厌烦这道坡,跟着父亲上坡去劳动特别费劲;只有在不依赖这坡地吃饭穿衣的时候,我才有文人的雅兴生出来,欣赏原坡上的四时景致,也才发生了探问这个原的生活演进的隐秘。夹在灞河和浐河之间的这一方土地,我在其间奔走了整整五十年,咀嚼了五十年,写下了一篇篇或长或短的小说和散文。

应该说,我生活的地方地域,属于关中的边沿。西安古城也不在关中的中部,而在东部偏南的位置。近年间起于各种因由,我在关中多走了一些地方,见多了听多了反倒愈加不敢开口说话了。只有我的感觉是这种障碍的不可逆改或硬撑的成因,面对这块土地上或地表下残存的历朝各代的遗物,我发现我的口再难随意张开了。我在西安西南一隅的沣水东岸,看到周人存留的车马坑里,木制轿车的轮子和拽车骡马的白骨,镶嵌在略显深褐色的黄土里,这是现今能看到的两千多年前曾经富于生命活力的冰凉的骨骼。我在渭北高原看过几座唐朝皇帝规模巨大的墓冢,墓前排列着的石兽和百官雕塑,突然觉得这些权力如天的帝王太过愚蠢,花那么大的财力物力修筑这种豪华场景,自己不仅欣赏不了享受不了,倒招引盗宝贼挖一道通风漏气的洞,甚至连尸体也被扔得七零八落。这是我现在能看到的历史实物,而王朝里的种种秘闻,只有文字。不同版本里的文字常常相违,我真是没有耐心去辩证,就不敢轻易说话了。更重要的制约,我开始怀疑自己的感知究竟有多少用处,如果没有用,说了等于白说或没说。

近年间我的兴趣常发生在一些人物身上,即生活在关中的一些令我肃然敬仰的人。譬如柳青,创造过十七年小说艺术高峰的作家;譬如灞河边上的老乡孙蔚如,直接参与"西安事变",又在中条山打得日本鬼子过不了潼关,保护古都西安不受鬼子蹂躏的民族英雄;譬如堪称伟大的剧作家李十三,能编成十大本至今还在演着的戏剧,却招架不住嘉庆皇帝一声"捉拿"的断喝,在磨道里推着石磨时吓得吐血……我无力为他们立传,却又淡漠不了他们辐射到我心里的精神之光,便想到一个捷径,抓取他们人生里最富个性的一两个细节,写出他们灵魂不朽精神高蹈的一抹气象来,算作我的祭奠之词,以及我的崇拜之意。如果有幸,留给关中,也留给关中以外的世界,作为我对故乡关中的回报。

2007 年 7 月 21 日　二府庄

走 进 铁 军

——军营笔记之二

在即将踏进一二七师营地时,我的心里已潮起肃然。

这是铁军。即使如我这样几乎完全隔绝军事的人,仅凭一点革命历史常识,也深知铁军的威风和威名。这是由中国共产党创建并领导的第一支正规武装力量,诞生于国共合作的北伐战争时期,命名为独立团,叶挺为第一任团长。这个主要由共产党员组成的独立团,北伐时一出手就显示出不凡的品相,打进武汉就赢得了市民的铁军的赠誉。铁军参加了南昌起义。铁军参加了毛泽东的三湾改编,是毛泽东提出把支部建在连队的第一批实践者。铁军是长征的先行队,几场至关重要的生死之仗都打胜了,四渡赤水、抢渡乌江、飞夺泸定桥等,这些在中外战史上堪称神话般神奇的赢仗,都是铁军参与创造出来的。这支铁军直到解放全中国再到现在,当是从起头到今天最完整地走过人民解放军发展壮大全过程的一支部队。我在中学课堂上就知道了铁军,五十年后终于有机缘走进铁军军营来了,肃然是很自然发生的情感。

我看到一辆又一辆不同功能的坦克和装甲车。我被允许爬上一辆坦克,驾驶舱盖打开着,第一次看见真实坐在狭窄的驾驶舱里的一个士兵,便和他交谈起来。这是一个四川籍的士兵,刚满二十岁,入伍两年,已是车长了。我端详着这个车长,瘦瘦的黑黑的结结实实的。我问一句他答一句,可以看出腼腆,却不是畏怯,眉眼里一满都是诚朴和单纯。我问到暑天和数九天车里的冷暖,他说热时达到四十多度,冷时也就可想而知了。无论暑天太阳强照或三九天寒风呼啸,这个铁疙瘩无疑都具备最敏感的传导性能。他说到冷热时不动声色更不动情感,肯定是久经历练习以为常不在话下了。然而他仅仅只有二十岁,还是个大孩子。我已经喜欢上这个淳朴的车长,便向身边一位军官请示,想和他照张相,得到许可。这位车长从驾驶舱出来,和我照相,几位作家都爬上坦克和他照相。那一刻,我是他的崇拜者。

我还是第一次观看士兵的军事技能训练和火炮打靶。一只像跷跷板一样支着的长方形铁皮箱里,钻进去几个士兵,一头被拽下,另一头便翘到空中,反复起落便反复颠簸,受训的士兵在箱中该是怎样一种滋味?这是为着生理和心理的适应性而特设的训练项目。还有一项钻火圈,连续摆列的钢圈上泼洒着汽油,点燃起烈焰,一个一个士兵跃起钻过,如鱼儿般轻捷自如。早晨还下着大雨,地上是水潭和稀泥。士兵从火圈鱼贯而过扑跌到泥水里,随即爬起又冲向另一个火圈。同样是心理训练,为锻铸一种冲锋的勇气,杀向刀山火海的勇敢精神和强势心理。更令我感到惊心动魄的一幕是,士兵从正在行进着的坦克底下爬过去了,泥水已不足在乎。我看着在泥水里燃烧的火圈中和滚动的履带间跃动着的士兵的身影,不觉之中泪水模糊了眼睛。我刚刚从城市走进旷野里的训练场,一下子还无法把这里发生的事和城市里的影像连接起来。愈来愈美丽的城市,街心花园的一棵花树和一株草,都接受着可以说无微不至的呵护和保养,更不要说这个盛夏季节里闪过街头的俊男靓女万紫千红的时装了;稍为褪色的口红文眉等不及坐下来修整,在大街上一边行走一边对着镜子描画……而在这远离城市的山野泥水里的士兵,壮健的身躯跃进跳腾的身姿,却展示着生命无与伦比的活力。

前天在另一个兵营,我听到一支士兵创作士兵演唱的歌曲。我一遍听下来便记住了其中最为撞击我心灵的两句:"兵的守候,兵的支撑"。这是从士兵胸怀里流淌出来的誓词,含蓄却又饱满,无疑是新世纪士兵情感和壮怀的表述形式,不再是"我是一个兵,来自老百姓"那样的语言方式了,然而核心的质地是一样的崇高。现在,在铁军士兵的训练场上,我不仅看到他们"守候"和"支撑"的内涵,而且看到他们为完成"守候"和"支撑"义无反顾的行为。我也很自然地浮起一幕陈旧的历史图景,地图上不足小拇指盖大的国家,都曾经长驱直入到中国来划界圈地。那个时候的中国,缺失了"守候"的意志,也没有"支撑"的力量。现在有了,铁军在。

火炮实弹打靶,于我真是惊心动魄。这是中国制造的几种性能最先进的常规炮,轰天撼地的响声尚未落下,裹着火焰的炮弹曳过空中,划出一道壮丽的弧线,击中对面山坡上的目标,腾起一团白色的烟雾。几枚火炮合打一个目标时尤为壮观,从不同方位同时发射的炮弹,织成一方火的湍流,击中同一靶心。此刻,连最含蓄的人都跃起欢呼了,我老汉自不例外。

这是今天的铁军。应该是秉承着自创立以来的意志和作风的铁军,又是比任何时候装备更精良、心理更强悍的铁军。人的脊梁隐藏在体内,支撑着直挺的身躯;铁军和人民解放军的各个兵种形成的合力,是我们国家和民族的脊梁,支撑着民族和国家的尊严。这样,每一个公民才能坦然愉快地做自己想做的事,自然包括我和同行等怀着各种艺术趣味的作家,自然也包括一边走路一边抹着口红的女孩……

2007年7月25日 二府庄

你让我荡气回肠

——《华夏龙脉》群雕·碑文

这是一组令我荡气回肠的石雕雕塑群。在我阅览的过程中,无意识间涨起关于一个民族的豪壮之气和骄傲的情怀,脊梁顿然挺直起来。

我们的历史太过沉重。大小王朝的兴起和颠覆都演绎着杀戮,是以无数的生灵涂炭为代价的。以理性和情感的双重视角审视五千年的文明史,都是对国家和民族未来不容苟且的严峻。然而,我不想沉湎在明杀和暗陷的痛切之中,尤为珍惜更加敬仰历史进程中的阳光。世间一切有生命的物种都仰赖太阳,一个民族和国家文明的开创和推进,是由那些出类拔萃卓有建树的人实现的完成的。我看他们就是我们漫长的历史进程中撒播阳光的人。这组群雕所选取的历史人物和历史故事,包括神话传说开天辟地的盘古,以及开凿架铺栈道的工匠,都是富于建设和创造意义的阳光英雄。我便心领神会,这组石雕的创作人与我看取历史的心情相吻合。

这组名为《华夏龙脉》的雕塑镶嵌在秦岭腹地,恰切而又传神。龙是中华民族的象征和图腾。横亘在华夏大地中腰巍峨雄浑的秦岭,是相伴母亲河——黄河的父亲山,正恰如既威严持重又摇曳多姿的龙。秦岭把中华大地分隔为南北,形成北国岭南无限风物风情的万千气象,更哺育和影响着华夏悠久的可资骄傲于世界的文明的进程，造就了中华文明独立独秀于世界的个性与风采。一百一十五万年前的蓝田猿人、六千年前仰韶文化的半坡人、始祖炎帝和黄帝族居之地以及陵寝，都紧依着父亲山——秦岭的北坡。盘古当是后人创作的概括了他们精髓的神化了的英雄。石雕群中遴选的人物，都是对华夏文明具有开创意义和对中国历史进程具有决定性影响的英雄，既是龙的传人龙的子孙，也是龙的精神的彰显和象征。他们组合在一起，镶嵌在秦岭，正构成一部简约的华夏文明史，也张扬体现着秦岭内在脉象——龙脉。

巍峨雄浑的秦岭，史圣司马迁冷峻地视为"天下之大阻"，在中国第一浪漫派诗人李白眼里，竟然是一唱三叹为"难于上青天"。今有四万筑路专家和工人，以富于创造性的智慧和无坚不摧的成就事业的雄心和毅力，把一条最直接便捷的高速公路铺展在秦岭之间，成为岭南岭北人民的阳光坦途，也为秦岭这条华夏龙注入了新的血液，让这龙脉更富于活力和灵气。雕塑家无疑是深得古今神韵的大手笔，着力铆劲处可见刀锋利刃粗犷的刻痕，精雕细刻处显现着绣花裁纸的丝丝入扣的纹路，可以猜想艺术大家对民族精英的敬仰之情，也可感知洋溢着的才华。这样，就有了一组震撼人心的《华夏龙脉》的雕塑，与作为龙的象征的秦岭融为一体，铸成永久。

2007年8月14日 二府庄

第一次借书和第一次创作

——我的读书故事之一

上到初中二年级,中学语文老师搞了一次改革,把语文分为文学和汉语两种课本。汉语只讲干巴巴的语法,是我最厌烦的一门功课,文学课本收录的尽是古今中外的诗词散文小说名篇,我最喜欢了。

印象最深的一篇课文是《田寡妇看瓜》,一篇篇幅很短的小说,作者是赵树理。我学了这篇课文,有一种奇异的惊讶,这些农村里日常见惯的人和事,尤其是乡村人的语言,居然还能写文章,还能进入中学课本,那这些人和事还有这些人说的这些话,我知道的也不少,我也能编这样的故事,写这种小说。

这种念头在心里悄悄萌生,却不敢说出口。穿着一身由母亲纺纱织布再缝制的对襟衣衫和大裆裤,在城市学生中间无处不感觉卑怯的我,如果说出要写小说的话,除了嘲笑再不会有任何结果。我到学校图书馆去了,这是我平生第一次踏进图书馆的门,冲着赵树理去的。我很兴奋,真的借到了赵树理的中篇小说单行本《李有才板话》,还有一本短篇小说集,名字记不得了。我读得津津有味,兴趣十足,更加深了读《田寡妇看瓜》时的那种感觉,这些有趣的乡村人和乡村事,几乎在我生活的村子都能找到相应的人。这里应该毫不含糊地说,这是我平生读的第一和第二本小说。

我真的开始写小说了。事也凑巧,这一学期换了一位语文老师,是师范大学中文系刚刚毕业的车老师，不仅热情高，而且有自己一套教学方法。尤其是作文课，他不规定题目，全由学生自己选题作文，想写什么就写什么。这真是令我鼓舞，便在作文本上写下了短篇小说《桃园风波》，大约三四千字或四五千字。我也给我写的几个重要的人物都起了绰号，自然是从赵树理那儿学来的。赵树理的小说里，每个人物都有绰号。故事都是我们村子发生的真实故事，农业生产合作社由初级转入高级，把留给农民的最后一块私有田产——果园也归集体，包括我们家的果园也不例外。在归公的过程中，发生了许多冲突事件，我依一个老太太的事儿写了小说。同样不能忘记的是，这是我写作的第一篇小说，已不同于以往的作文。这年我十五岁。

车老师给我的这篇小说写了近两页评语，自然是令人心跳的好话。那时候仿效苏联的教育体制，计分是五分制，三分算及格，五分算满分，车老师给我打了五分，在五字的右上角还附添着一个加号，可想而知其意蕴了。我的鼓舞和兴奋是可想而知的，同桌把我的作文本抢过去看了老师用红色墨水写的耀眼的评语，一个个传开看，惊讶我竟然会编小说，还能得到老师的好评。我在那一刻里，在城市学生中的自卑和畏怯得到缓解，涨起某种自信来。

我随之又在作文本上写下第二篇小说《堤》，也是村子里刚成立的农业社封沟修小水库的事。车老师把此文推荐到语文教研组，被学校推荐参加西安市中学生作文比赛评奖。车老师又亲自用稿纸抄写了《堤》，寄给陕西作家协会的文学刊物《延河》。评奖没有结果，投稿也没有结果。我却第一次知道了《延河》，也第一次知道发表作品可以获取稿酬。许多年后，当我走进《延河》编辑部，并领到发表我的作品的刊物时，总是想到车老师，还有赵树理的田寡妇和李有才。

2007年12月10日 二府庄

一个人的声音

　　似乎真的难以抗拒进入这个年龄区段，便容易对生活世相发生感慨的特点，即使我对这种生理现象时有提防，避免发生常见的那种不由自控的唠叨惹人生厌，仍然还有提防不住的时候。前几日，李星打电话告知他要出文集，当即表示祝贺，完全是出于一种本能的心理反应，又忍不住发生感慨。发自本能的祝贺，是我深知文集这种文体对一个作家和评论家多么重要，可以说是一生追求的归结；然而，这种文体的文本很难畅销，出版社一般都会亏本赔钱的，向来出书难，出一本纯粹文学评论的文集就更难了，才说我的兴奋之情是出于本能。感慨则纯粹发自李星这个和我差不过两岁的同代评论家。

　　结识李星，完全是文学的缘分；和李星低头不见抬头见，算来竟有三十四五年了，也是文学的纽带牵携着。大约是在"文革"后期的一九七三年，被砸烂的作家协会和被驱散的作家编辑，得了上级新的政策，重新聚拢，挂起了陕西文艺创作研究室的新牌子，把原先在中国文坛颇具声望的文学刊物《延河》，改为《陕西文艺》重新出版，老作家大多数心存余悸一时进入不了创作，刊物便倚重"工农兵"业余创作爱好者。新时期一拥而上中国文坛的那一批陕西青年作家，绝大多数都是先在《陕西文艺》杂志上练习写作基本功的，我是其中之一。我在《陕西文艺》发表了平生的第一个短篇小说，才有机缘走进位于东木头市的陕西文艺创作研究室的院子，也才有机缘认识李星。

李星从中国人民大学毕业刚刚分配到文艺创作研究室,是最年轻的编辑,我却仍然有点心怯。这是毫不夸张的真实心态,因了我没有实现的接受高等教育的梦想,对李星这位从名牌大学毕业的同代人,岂止艳羡,早已隐隐着一种怯的心态了。那时候我还在西安东郊一个公社(乡)工作,《陕西文艺》编辑部常召集业余作者开会,便有了和李星接触的机会,感觉他很随和,不是姿态性的随和,而是出自个性里的天然,我的那种怯着的心态渐渐淡释。尤其是得知他来自兴平农村,闲聊中说到乡情和家境,和我多有相似的经历和共同的感受,很自然地涨起亲近感,"名牌大学"的副作用也消失了。几十年过去,几乎是谁都不曾在意更无心留神的匆匆一瞬,他和我相继都"退了"。我至今记得两年前相见的一个细节,他到我的办公室,开口便说刚刚办完退休手续,给我打声招呼。我安慰了他几句,不做惊讶状。然而,送他出门以后,我望着他的背影消失在他即将告别的办公室门里,再回转身坐下去的时候,腿有了软的感觉。我什么文章也看不进去,什么事也不想做,脑子里就连续鸣响着一个声音,李星退了,李星退了,李星……我自然想到我的年龄,也该退了,却又不完全是退,真切地感受到某种伤痛的不堪,岁月竟是如此的急迫和短促。我想起在东木头市陕西文艺创作研究室院子里初识李星时,那一张虽然偏黑却泛着红光的青春脸膛,又浓又密的自生卷发,眼里总是显出一缕与年龄似乎不相称的天真。我后来调到作家协会,和他在一个院子办公,在同一幢楼上起居,真是抬头见低头也见,一天不见似乎就少了点什么。眼见着这人的胡须一年比一年浓密,脸孔从青春洋溢到中年明朗再到花甲的平和,头发由黑变灰再变白,似乎觉得自自然然原本也就该这样,没有惊讶没有感慨,甚至连多一分在意也没有。突然就在完全无备的那个上午,他走进我的房子说他办完退休手续了……我才在如同被猛然当胸一击里不知所措,才意识到属于供职年限的最后一个年头走到头了。以往多年,他也是这样随意走进我的办公室,开口便是某某杂志发表了某某某一篇小说,写得不错,你抽空看看;或者是某某评论家在某报上发表了一个新颖观点,并直率无忌表白他赞赏或不敢苟同。他说着文学的时候,是那样的坦诚,说了几十年,都是坦诚不改,我听着也觉得坦诚。今天他却说他办完退休手续了。我独自坐着半天说不出话来。我根本梳理不清几十年来和他说过多少话题的话,文学的和社会世相的,纯粹互相取笑调侃逗乐的或正经认真的不同看法的争辩,过后不记也就统统湮没了,唯有那些事关我视为生命的写作的细节,如刻刀般铸刻在记忆深处,时月愈久愈加显亮。

那是一九九一年春节过后的早春三月,我第一次出门参加太白文艺出版社的一个有关出版计划的座谈会。我天不亮起来骑自行车赶到远郊的一路公交站,搭乘汽车到东城墙外的终点站,再换乘市内公交车赶到出版社的时候,会议已经进行到讨论的议程了。路遥正在发言。路遥的旁边有个空椅子,我便慌不择位赶紧坐下来,爬楼梯和赶路弄得我压抑着喘气。坐在路遥另一边的李星,从路遥背后侧过身来。我明白他要跟我说话,仍然喘着气侧过身子把右耳倾向他的脸。他说,你大概还不知道,路遥获茅盾文学奖了。我说我真的不知道。他说今天早上广播的新闻。未及我做出反应,他辞我而去坐直了身子。我也坐直了身子,等待路遥发言完毕即表示祝贺。我早上起来忙着赶路,没有打开半导体收听新闻,漏了这样重要的喜讯。我刚觉得喘息平定,李星又从路遥背后侧过身来,我再次把右耳凑给他。李星说:"你今年再把长篇小说写不完,就从这楼上跳下去……"

按农历说这年(一九九一年)的腊月二十五下午,我写完了《白鹿原》的正式稿,却没有告诉逼我跳楼的李星。春节过后用一个多月的时间,我把《白》书正式稿又顺了一遍。待人民文学出版社的高贤均和洪清波拿走手稿之后,我把一份复印稿送给李星,请他替我把握一下作品的成色。他和高、洪是这部小说最早的三位审阅者。我回到乡下，预想高和洪的审阅意见至少得两个月以上，尽管判活判死令人揪心，却是急不得的事。但李星的个人阅读的意见却要简单得多也快捷得多。截止到这个时候，李星对一部或一篇小说的判断，在我的意识里已经形成一种举足轻重的信赖。我在乡下过着一种看似闲适的轻松日子，心却悬在李星身上。李星会怎么看？能过得李星的法眼吗？且不说李星全盘否定，即使不疼不痒说上几条好处再附加两点不足，我都不敢想象接下来的日子该怎么过。捺着性子等了大约七八天，我从乡下回到作协家属院，恰好在住宅楼下看到提着一袋菜的李星的背影，便叫住他。我走到他跟前尚未开口，李星倒先说了："到我屋里说。"我看见他说这句话时不仅没有平时的热乎笑脸，反倒黑煞着本来就黑的脸，说罢转身便走。我当即就感到心往下坠，头皮发紧，跟着他从一楼上到五楼。他一言不发，依然黑煞着脸。我的心不再下坠而是慌惶难控了，只有失望透顶到不好言说的阅读，才会摆出这张冷脸来。我跟他上到五楼走进他的家门，已经有了接受批评的几分准备。他把装菜的袋儿放到厨房，领我走进他的书房兼卧室，猛然转过身来，几乎和我撞到一起，依然黑煞着脸，睁圆两只眼睛紧盯着我，声音几乎是失控了："哎呀！咋叫咱把事弄成了！"我一下愣住了，从他转身开口之前的那种紧张到惶恐的情绪里一时转换不过来，发愣又发蒙地站在原地，听着他又重复了那句话，同时击了一下掌。我很快就感到心头发热到浑身发热，却仍然说不出话，也不想说话，只顾听他慷慨激昂随心所欲畅快淋漓地说话。他在小屋子床和墙壁之间的窄道上不停地走动，激动时还跺着脚，说他对《白》手稿阅读的印象。我也站着，听他尽兴地讲着。

这是我听到的关于《白鹿原》的看法和评价的第一声，是颇具影响的中年评论家李星的声音。他当时跛着步跺着脚说了那么多好话，我现在连一句都想不起来了，只记着他说的"咋叫咱把事弄成了"这句话。我后来曾调侃作为评论家的李星，对《白》书发出的第一声评论,使用的竟然是非评论乃至非文学的语言。正是这句关中民间最常用的口头话语,给我铸成永久的记忆。越到后来,我越是体味到不尽的丰富内韵,他对《白》的肯定是毫无疑义的,而且超出了他原先的期待里的估计,才有黑煞着脸突然爆发的捶拳跺脚的行为,才有非评论语汇的表述方式;我体味到一种同代人之间弥足珍贵的友谊,他从阅读《白》感觉到我的创作的进步和突破,不是通常的那种欣喜欣慰,而是一种本能的激情式爆发,那一种真诚和纯情使我终生回嚼;我体味到作为一个评论家对文学的钟情和神圣,显然又不完全是和我的个人友情所包含得了的,在小处说,他期盼陕西新时期起步的这一茬作家能完成新的突破,弄出好作品来。他对路遥获得茅盾文学奖真诚地祝贺,侧过身在路遥背后逼我跳楼,因了我的不进步而发急。他对路遥、贾平凹、邹志安、天芳、晓雷、京夫、王蓬、李凤杰等作家的创作一直关注,写过不少评论文章。他为每一部独出心裁的新作坦诚评点,已经成为这一茬作家共同信赖的朋友。他首先面对的是文学、是作品,为某个作家有突破性的新作品而激情慷慨,却不是因为朋友而胡吹冒评,既可见他对陕西乃至当代中国文学的殷殷之情,也可见他的坦诚与率真,只面对作品说话。

我还是珍惜情感。这个同代人李星和我在一个协会相处几十年,对我的包括《白》书在内的小说写过不少评论文章,恕我年龄进入忘事阶段,竟然记不住一个完整的句子,倒是"你今年要是再把长篇写不完就从这楼上跳下去"和"咋叫咱把事弄成了"这两句——非评论语言的话,几乎一字不差地铸刻在心。事过多年,我现在平心静气想来,我这大半生和李星说过多少话,都忘记了,有这两句就足以在我心头树立一个永不褪色的朋友——李星。再说一句多余的调侃的话,李星哪怕现在骂我什么话,我都不在乎了——在我创作和生命的最重要时段,李星率真诚挚到忘记使用评论语言的这两句话,终生都受用不尽回嚼不尽了。

自从李星电话告知要出文集并约我写文章那一刻起，短暂的兴奋之后便陷入犹豫不定的矛盾心理，是侧重于李星文学评论的贡献和估价，还是偏重于几十年来我所看见的评论家李星，包括个人的友谊和情感，竟一时难以决断难以下笔。后来促使我做出倾向性偏转，既有理性的判断，也受情感的驱使，理性地估价和评说李星对新时期文学尤其是对陕西作家创作发展的强力促进，早已形成超出文学圈的普遍性社会影响，早有公论；李星对我创作的真诚关注和以文学为纽带的友谊，却只有我有直接的感知，我不逮住这个机会表述出来，就可能留下遗憾，于是便发生了这篇文章的倾向性偏转。我回想从认识到相处三十多年的人生历程，共同经历过多少事说过多少话，写一本不薄的书也足够了，于是便筛选，似乎没费多少工夫，李星对我说下的那两句非评论非文学语汇就浮现出来。我便毫不犹豫地做出判断，对新时期以来当代文学和陕西文学说话的人太多了，而对我说出这样精确精彩回嚼不尽的个性语言的，是李星。我把这两句话公之于众，文学圈内和圈外的人，就会看到一个真实生动的李星独秉的胸怀，他的可敬和可爱已不完全局限我一个人了。

前面已牵涉到李星的文学评论在新时期当代文学尤其是对陕西作家创作的重要影响，很难做出一个量化的估价，但有一个基本的事实早已形成，这就是，无论是某位卓有建树业已成名的作家推出新作，无论是某位初出茅庐的青年作家出手令人耳目一新的作品，作者本人特别关心李星的评价自不必说，整个文学界——作家和评论家，都特别关注李星的评价。换一句生活化的说法，李星对这个作品咋看咋说。尤其是对某一部作品的评价发生较大争议的时候，大家更重视李星的看法和说法，由此可见李星的声音具有怎样的分量；尤其是在非正式场合的民间，形成这种习惯性对李星声音的关注，更可以检测其真实性与可靠性。我很自然地想到，自新时期文艺复兴我开始较频繁地走进陕西作家协会的院子，常会听到朋友包括李星颇带神秘口吻给我传递信息,胡采对某个作家的某篇(部)小说说了什么话……胡采应是陕西文学自解放以来的泰斗,其文学评论的影响远不止陕西。到上世纪九十年代初,我开始听到文学界朋友之间传递李星对某部作品的说法了,时过近二十年,李星的声音愈来愈被关注,足可见其成色和分量。我倒用李星说给我的那句话,李星也把事弄成了。

我现在说李星这句话时,只有感慨独没有惊讶。我发表第一篇小说时,李星也是刚刚走进陕西文学界,他是以评论的姿态走来的,不过在那时候的陕西评论界,还容不得他这样的"毛娃娃"插嘴多言。新时期文艺复兴伊始,李星的声音和刚刚冒头的一茬青年作家的创作发生共鸣。到上世纪八十年代中期,李星作为"笔耕"文学评论组的最年轻的评论家,对一些重要作品的评论和看法,已经产生重要影响。就我耳闻,作协院内的几位专业作家,每有自己看重的某个作品出手,先在私下里要听听李星的评说;谁在艺术上探索一种新的尝试,也要听听李星的看法。印象深的是邹志安写作"爱情系列"中篇小说的时候,每发表一篇都送李星,看李星怎么说,然后以其得失调整后来的作品的写作。还有我,《白》书写成,第一个反应,就是想听李星的声音。新时期开始形成的陕西青年作家群的几乎所有作家,都受到李星的关注和关爱,对每一个人的作品都发出过坦率真诚地评说的声音,及至新世纪跃上文坛的更年轻的作家,李星都发出自己的声音,予以评点,业已成为老少作家都不可缺少的一种声音。

李星之所以能发出老少作家都深感魅力的声音,首先在于对一部作品的判断,长处和短处都看得准确,不光在旁观者感觉如此,即使在作者本人也多为折服。只有准确的评说才能服人,也才能建立评论者的威信,久而久之,十年二十年过来,就成为独具魅力的非同凡响的一声了。他的智慧和学养,对各种流派作品的敏锐感受,注定着他独到的审美视角;他以文学为神圣的纯粹性,排除了种种非文学因素的干扰,使他那种独特的审美视角能得到充分展示,这是过去不难当今颇难做好的事。李星声音的威信和魅力,依此而生。

我在本文中记述了李星说给我的两句话,我也记着我说给李星的一句话。那是上世纪九十年代中期,我读了他写的一篇较为全面的研究王安忆小说创作的文章,竟然很感动,对他说,你该当对中国当代最具影响的作家的创作说话。我是从他评王安忆作品的文章里看到一种力度,才忍不住说出我的感想。我想,具有这样的思想力度和独特艺术视角的人,应该对当代最具影响的作家的作品发出声音,无论对作家本人乃至对当代文学的发展,都会产生积极的促进作用,自然也有施展李星才华和影响的意思。大约过了一些时日,我对这种想法稍做修正,颇为正经地对李星说,你应该对当代中国文学的发展趋势和现状,发表自己的看法和意见。我能感到雷达等评论家,就是面对一个时期的创作现象发表看法的。我完全相信李星具备这样的能力——综合的能力和解析的能力,敏锐的感知和独特的视角,具备这样能力的人,局限在地方一隅太可惜了,应当把他的影响力发挥到整个中国文学。李星很赞同我的意见,连续写过几位名家的创作评论,影响日渐扩大,及至进入茅盾文学奖评委,当是一种标志。直到今年夏天,雷达在《光明日报》发表了一篇严肃剖析当今文学创作的文章,我读后深为震撼,私下里却想着,李星也该有这样振聋发聩的文章打出去,深知他有这个实力。

一个兴平乡村的农家子弟,走到陕西和中国文学的前沿,发出任谁都很关注的声音,恕我用他说给我的那句话来归结——

李星把事弄成了。

2008年1月14日 二府庄

在灞河眺望顿河

——我的读书故事之二

我准确无误地记得,平生阅读的第一部外国文学作品,是肖洛霍夫的《静静的顿河》。

我读初中二年级时,换来一位刚从大学中文系毕业的语文老师,姓车。他不仅让学生自选作文题,想写什么写什么,而且常常逸出课本,讲些当代文坛的趣事。那时正当"反右",他讲了少年天才作家刘绍棠当了"右派"的事。我很惊讶,便到学校图书馆借来刘绍棠的短篇小说集《山楂村的歌声》,读得很入迷且不论,在这本书的"后记"里,刘绍棠说他最崇拜的作家是肖洛霍夫,我就从这儿知道了《静静的顿河》。捺着性子等到放暑假,我把四大本《静》借来,背回乡村家里。

我的年龄不够农业合作社出工的资格,便和伙伴们早晚两晌割草,倒不少挣工分。逢着白鹿原上两个集镇的集日,先一天后晌在农业社菜园菆了黄瓜、茄子、西红柿、大葱等蔬菜,天不明挑着菜担去赶集,一次能挣块儿八毛的,到开学就挣够学费了。割草卖菜的间隙和阴雨天,我在老屋后窗的亮光下,领略顿河草原的美丽风光,骁勇剽悍的格里高利和风情万种的阿克西妮娅。

小说里的顿河总是和我家门口的灞河混淆,顿河草原上的山冈,也总是和眼前的骊山南麓的岭坡交替叠映。我和伙伴坐在坡沟的树荫下,说着村子里的这事那事,或者是谁吃了什么好饭等等,却不会有谁猜到我心里有一条顿河,还有哥萨克小伙子格里高利和阿克西妮娅。我后来才意识到,在那样的年龄区段里感知顿河草原哥萨克的风情人情,对我的思维有着非教科书的影响,尽管我那时对这部书的历史背景模糊不清。我后来喜欢译文本,应该是从这次《静》的阅读引发的。此后便基本不读"说时迟那时快"和"且听下回分解"的句式了。

书念到高中阶段,我在学校图书馆发现了肖洛霍夫的一本短篇小说集《顿河故事》,便借来读。平时功课紧张不敢分心,往往是周六回家时,沿着灞河河堤一路读过去,除了偶尔有自行车或架子车,不担心任何机动车辆撞碰。这部集子收录了大约二十个短篇小说,一篇一个故事,集中写一个或两个人物,几乎都是顿河早期革命的故事,篇篇都写得惊心动魄。这是肖洛霍夫写作《静》之前的作品,可以看作练笔练功夫的基础性写作,却堪为短篇小说典范。

到二十世纪六十年代,我高考名落孙山,回到老家做乡村教师,确定把文学创作正经作为理想追求时,从灞桥区文化馆图书室借到肖氏的另一部长篇小说《被开垦的处女地》。小说写的是苏联搞集体农庄的故事,使我感到可触摸可感知的亲切,总是和我身在的农业合作社的人和事联系起来,设想把作品中的人物名字换成中国人的名字,可以当作写中国农业合作化的小说。

直到前几年,我才读了他的那篇超长短篇小说《一个人的遭遇》,这是他最后一部影响深远的作品,算是把他的主要著作都拜读了。写作这个短篇小说时的肖洛霍夫,从精神和心理气象上看,完全蝉蜕为一个冷峻的哲思者了。他完成了生命的升华。

2008 年 1 月 17 日 二府庄

一个空前绝后的数字

——我的读书故事之三

柳青长篇小说《创业史》的阅读,在我几乎是大半生的沉迷。

那是一九五九年的春天,我从报纸上看到,柳青新著长篇小说《创业史》,即将在《延河》杂志连载的消息,早早俭省下两毛钱等待着。我上到初三时,转学到离家较近的西安市十八中学,在纺织城东边,背馍上学少跑十多里路。当我从纺织城邮局买到泛着油墨气味的《延河》时,正文第一页的通栏标题是手书体的《稻地风波》(初定名),背景是素描的风景画儿,隐没在雾霭里的终南山,一畦畦井字形的稻田,水渠岸边一排排迎风摇动的白杨树,是我自小看惯了的灞河风景,现在看去别有一番盎然诗意。当我急匆匆返回学校,读完作为开篇的《题叙》,便有一种从未发生过的特殊的阅读感受洋溢在心中。

这个小说巨大的真实感和真切感,还有语言的深沉的诗性魅力,尤其是对关中人情的细腻而透彻的描写,不仅让我欣赏作品,更让我惊讶自己生活的这块土地,竟然蕴藏着可资作家进行创作的丰富素材。或者说白了,我所熟视无睹的乡村的这些人和事,在柳青笔下竟然如此生动而诱人。我第一次开始关注自己生活的这块土地。我几次忍不住走出学校大门,门外便是枣园梁上正待抽穗的无边的麦田,远处便是隐隐约约可见山峰沟岩的终南山,在离我不过四五十里地的神禾原下，住着柳青。我的发自心底的真诚的崇拜发生了。十二三年后，"文革"中备受折磨的柳青获得"解放"，我在大厅里听柳青讲创作时，第一眼看见不足一米六个头、留着黑色短发的柳青，顿然想到我在枣园梁校门口眺望终南山的情景。三十四五年后的初夏时节，我和长安县的同志在柳青坟头商议陵园修建工程，眼见着柳青坟墓被农民的圈粪堆盖着，我又想到十七岁时在枣园梁上的眺望。

后来我到位于灞桥镇的西安三十四中学读高中。镇上的邮局不售《延河》，阅读中断了。随之得知巴金主编的《收获》一次刊发《创业史》，我托在西安当工人的舅舅买到了这期《收获》，给我送到学校，我几乎是置功课于不顾而读完了《创业史》（第一部）。我在该书发行单行本的时候，又托舅舅买了首版《创业史》。我对文学的兴趣已经几乎入迷，对这部小说的反复阅读当是一个主要诱因。高中二年级时，我和班里几个喜欢文学的同学组织起学校的第一个文学社，办了一份不定期的文学墙报，自己发表自己的作品。

我后来进入社会，确定下来文学创作的人生命题，《创业史》便成为枕边的必备读物。一九七三年发表第一个短篇小说时，许多人说我的语言像柳青。编辑把这篇小说送给柳青看，他把第一章修改得很多，我一句一字琢磨，顿然明白我的文字功力还欠许多火候。我后来到南泥湾劳动锻炼，除了规定必带的《毛选》，还私藏着《创业史》，在南泥湾的窑洞里阅读，后来不知谁不打招呼拿去了，也不还。我大约买了丢、丢了又买了九本《创业史》，这是空前的也肯定是绝后的一个数字。

2008 年 1 月 18 日 二府庄

办公室的故事

多年前曾看过一部苏联电影《办公室的故事》,至今尚能记得其中一些精彩的情节。我之所以斗胆给这篇短文也取这个名字,是我用过的一间办公室里曾经发生过的故事,真可谓晴天霹雳惊天动地,扭转了中国当年的去向,远非苏联那位女部长的办公室里的故事所可量比。这就是"西安事变"故事的发生地之一。

一九九五年初夏,西安阴雨连绵。我早晨上班走到那间顶多十平方米的平房前,围着几个后勤办公室的干部,说我的这幢房子下沉了。我顺着他们手指的墙壁一看,砖墙齐崭崭断裂开一道口子,可以塞进指头。他们告诉我绝不能再住了,却没有别的房子调换,让我等待,说是前院一间房子正在翻修,需十天左右弄好。我便趁此无处立足之际,住进医院,去做医生早就催着要割除的一个粉瘤。待我康复回归,后勤办的干部领我走到前院一座独楼前,指着东边的耳房,说这就是我的新办公室,我一时竟有点犹疑不定,还有点怯。这是任谁都知道关押过蒋介石的屋子,给我做办公室,心里难免忐忑,尽管我向来不在意风水吉凶,仍然有说不清的某种心理障碍。

我所供职的作家协会这个院子,建于一九三三年,是陕北籍的国民党八十四师师长高桂滋的公馆,和张学良将军的公馆是两隔壁,中间夹着一道称作金家巷的丁字小巷。高桂滋将军后来叛蒋起义,解放后把这座颇为阔绰的公馆交给人民政府,省政府把成立不久的陕西作家协会安排于此。这个院子当年曾经是别具一格的个性化建筑，进大门是一个颇具规模的喷泉，养着金鱼；左首是一幢中西合璧以西为主的两层小楼，下边一层为半地下建筑，据说是用于隐藏警卫兵力，上边一层中间三间是镶着花纹瓷砖的议事大厅，东西两边是颇为宽绰的附属耳房，当是办公室或主任或秘书的用房。后院是连续三进四合院，有高氏一家的生活用房，也免不了办公和警卫兵力的用房。通前到后栽植着玉兰、紫薇、石榴、月季、玫瑰等名贵花木，且不赘述。

一九三六年十二月十二日凌晨，驻扎西安的东北军张学良将军与西北军杨虎城将军联手发动的"西安事变"获得成功，在西安东北约五十华里的骊山抓捕蒋介石。蒋氏闻变只身跳后窗逃出，摸黑在骊山荆棘中爬行了不短一段山路，隐身藏匿在悬空的一道石缝里。还是被士兵搜捕揪出来押回西安，住在现在的陕西省政府大院内一座三十年代的旧建筑名曰黄楼的楼房内，十二月十四日转移到高桂滋公馆这幢二层议事厅的东耳房里，即后勤干部给我安排的这个办公室。

我粗略查证了一下，蒋氏在省政府那座小黄楼只住了一天半，因为十二日凌晨跳窗逃跑被起事的士兵从石缝中拖出，再下山，再送到五十多里外的西安，那时候没有正经公路，车速缓慢，到得小黄楼离天明也不远了。十四日转移到高氏议事厅的东耳房，隔着金家巷的那边是张学良公馆，见面、说话、议事包括送饭都方便多了，也更安全。在我现在要做办公室的这个东耳房里，蒋氏介石被软禁达十天十夜，曾经发生过许多历史性的情节和细节。

蒋介石刚被转移到这个东耳房，张学良便从他的公馆赶过来看望，一副毕恭毕敬的军人礼仪。张学良连叫几声"委员长"，蒋介石不仅不搭话茬儿，裹着被子蒙着脑袋连脸也不露给他看。此前，送过来的饭食也不进口，一副绝食的抗议。我似乎看到过有文字说老蒋给张学良使性子,还有难听点的说成耍无赖,也有做心理分析的文字说蒋氏怕处死他……我想也许都是,是否还应有一种气死气活的懊恼?

十二月二十二日,宋子文宋美龄来到这个高氏议事厅的东耳房,向蒋介石汇报了南京政府自"西安事变"以来的复杂情况,也透露了他们兄妹二人到西安后与张、杨会谈的意见,这是至关重要的一步。

隔过一天到十二月二十四日晚上,早几天从陕北下来到西安参与调节此事的中共代表周恩来,和宋氏兄妹一起走进了蒋介石下榻的东耳房,举行正式会晤,达成了停止内战共同抗日的六项协议,为和平解决"西安事变"奠定了基础……

我无可选择地搬进东耳房这间办公室。好在这是一个南北隔开的套间,我在北边隔间办公,蒋介石被关押过十个日夜的南边隔间,现在布置成一个小型会议室,中间有一道小门相通。我在北边隔间接待各路来客,包括热心读者,得空写点短文章,倒也罢了。偶尔得着一个人闲静,尤其是晚上独饮两杯的时候,往往会想到套间那边曾经住过的蒋介石,张学良和杨虎城走进过这东耳房的套间,宋子文和蒋夫人宋美龄从南京飞过来走进过这套间房。周恩来、叶剑英也成竹在胸地来过了。七十年前的这个东耳房套间,无疑是决定中国何去何从的生死命运的一个集结点,决定中国命运的各方势力的最敏感的神经,都纠结在这东耳房的南套房里。至今想象当年那种外表热闹内里紧绷的气氛,我都有点透不过气的感觉,甚至不敢相信那样重大到决定中国命运的事件,真的就发生在这间房子里。我有时抬脚三五步走过套间小门,看着东窗下曾经给蒋介石支床铺的那块地方,仍然是恍若幻境,信不下曾经发生过的事。记不清是哪一天或哪一晚,我突然意识到,蒋介石十三年后落荒而逃到台湾,其实就是在高桂滋公馆议事厅东耳房南隔间住着的时候注定了的结局。

事实摆得很明显,道理也就很简单。蒋介石在江西五次"围剿"

共产党领导的苏区和红军,近十万红军被迫战略大转移开始长征,历经一年到达陕北时,主力一方面军仅剩下八千多人,到"西安事变"发生时,各路红军会聚到陕北也不足两万人。蒋介石已经几次亲临西安,继续布置剿灭红军的军事行动,企图把红军全部消灭。然而,令蒋介石意料不及的事发生了,自己反倒被软禁在这东耳房的南隔间里,签署了不得再剿灭共产党和红军的协议。我在几十年后瞅着蒋介石下榻的东窗下那块地方,无法猜想他当年怎样度过了那十个日夜,在"六项协议"签字的那一刻,他是否意识到十三年后落荒而逃的结局?东耳房发生这样重大的历史一幕时,我尚未来到这世界,现在看得再简单不过,这儿发生的历史一幕的核心,一是共同抗击日本侵略,一是不许剿灭红军。共产党领导的红军获得了在中国合法生存和发展的机会和空间,也就注定了蒋氏十三年后的结局。

一九九八年春夏之交,我随作家代表团去了台湾,最后一站走到台湾最南头的海滩上,看到一尊蒋介石的雕塑,面朝大陆,微倾向前,脸上是少见的一副复杂的表情,与我所见过的他的塑像和照片都不一样。我在那一刻想到我还在用着的办公室,原高桂滋公馆议事厅小楼的东耳房,即他曾经被迫住过十个日夜的房子,便断定他后来乃至终生都不会了结在这里被关押的记忆。

2008年1月22日 二府庄

排山倒海的炮声

　　交上农历腊月，在冰雪和凛冽的西风中紧缩了一个冬天的心，就开始不安生地蹦跳了。腊月初五吃"五豆"，整个村子家家户户都吃用红豆绿豆黄豆赤豆黑豆和苞谷或小米熬烧的稀饭。腊月初八吃"腊八"，在用大米熬烧的稀饭里煮上手擀的一指宽的面条，名曰"腊八面"，不仅一家大小吃得热气腾腾，而且要给果树吃。我便端着半碗腊八面，先给屋院过道里的柿子树吃，即用筷子把面条挑起来挂到树干上，口里诵唱着"柿树柿树吃腊八，明年结得疙瘩瘩"。随之下了门前的塄坎到果园里，给每一棵沙果树、桃树和木瓜树的树干或树枝上都挂上面条，反复诵唱那两句歌谣。到腊月二十三晚上，是祭灶神爷的日子，民间传说这天晚上灶神爷要回天上汇报人间温饱，家家都烙制一种五香味的小圆饼子，给灶神爷带上走漫漫的上天之路做干粮，巴结他"上天言好事，入地降吉祥"。当晚，第一锅烙出的五香圆饼先献到灶神爷的挂像前，我早已馋得控制不住了，便抓起剩下的圆饼咬起来，整个一个冬天都吃着苞谷面馍，这种纯白面烙的五香圆饼甭提有多香了。

　　乡村里真正为过年忙活是从腊月二十开始的，淘麦子，磨白面，村子里两户人家置备的石磨，便一天一天都被预订下来，从早到晚都响着有节奏的却也欢快的摇摆罗柜的咣当声。轮到我家磨面的时候，父亲扛着装麦子的口袋，母亲拿着自家的木斗和分装白面和下茬面的布袋,我牵着自家槽头的黄牛,一起走进石磨主人家,从心里到脸上都抑止不住那一份欢悦。父亲在石磨上把黄牛套好,往石磨上倒下麦子,看着黄牛转过三五圈,就走出磨坊忙他的事去了。我帮母亲摇摆罗柜,或者吆喝驱赶偷懒的黄牛,不知不觉间,母亲头顶的帕子上已落下一层细白的粉尘,我的帽子上也是一层。

到春节前的三两天,家家开始蒸包子和馍,按当地风俗,正月十五之前是不能再蒸馍的,年前这几天要蒸够一家人半个多月所吃的馍和包子,还有走亲戚要送出去的礼包。包子一般分三种,有肉做馅的肉包和用剁碎的蔬菜做馅的菜包,还有用红小豆做馅的豆包。新年临近的三两天里,村子从早到晚都弥漫着一种诱人的馍的香味儿,自然是从这家那家刚刚揭开锅盖的蒸熟的包子和馍上散发出来的。小孩子把白生生的包子拿到村巷里来吃,往往还要比一比谁家的包子白谁家的包子黑,无论包子黑一成或白一成,都是欢乐的。我在母亲揭开锅盖端出第一算热气蒸腾的包子时,根本顾不上品评包子成色的黑白,抢了一个,烫得两手倒换着跑出灶房,站到院子就狼吞虎咽起来,过年真好!天天过年最好。

大年三十的后晌是最令人激情欢快的日子,一帮会敲锣鼓家伙的男人,把陈姓为主的村子公有的乐器从楼上搬下来,在村子中间的广场上摆开阵势,敲得整个村庄都震颤起来。女人说话的腔调提高到一种亮堂的程度,男人也高声朗气起来,一年里的忧愁和烦恼都在震天撼地的锣鼓声中抖落了。女人们继续在锅灶案板间忙着洗菜剁肉。男人们先用小笤帚扫了屋院,再捞起长把长梢的扫帚打扫街门外面的道路,然后自写或请人写对联贴到大门两边的门框上。最后一项最为庄严的仪程,是迎接列祖列宗回家。我父亲和两位叔父带着各家的男孩站在上房祭桌前,把卷着的本族本门的族谱打开舒展,在祭桌前挂起来,然后点着红色蜡烛,按照辈分,由我父亲先上香磕头跪拜三匝,两位叔父跪拜完毕,就轮到我这一辈了。我在点燃三支泛着香味儿的紫香之后插进香炉,再跪下去磕头,隐隐已感觉到虔诚和庄严。最后是在大门口放雷子炮或鞭炮,迎接从这个或那个坟墓里归来的先祖的魂灵。整个陈姓氏族的大族谱在一户房屋最宽敞的人家供奉,在锣鼓和鞭炮的热烈声浪里,由几位在村子里有代表性的人把族谱挂在祭桌前的墙上,密密麻麻按辈分排列的族谱整整占满一面后墙内壁。到第二天大年初一吃罢饺子,男性家长领着男性子孙到这儿来祭拜,我是跟着父亲的脚后跟走近祭桌的,父亲烧了香,我跟他一起跪下去磕头,却有不同于自家屋里祭桌前的感觉,多了一缕紧张。

对于幼年的我来说,最期盼的是尽饱吃纯麦子面的馍和包子和用豆腐黄花韭菜和肉丁做臊子的臊子面,吃是第一位的。再一个兴奋的高潮是放炮,天上满是星斗,离太阳出来还早得很,那些心性要强的人就争着放响新年第一声炮了。那时候整个村子也没有一只钟表,争放新年第一炮的人坐在热炕头,不时下炕走到院子里观看星斗在天的位置,据此判断,旧年和新年交接的那一刻。我的父亲尽管手头紧巴,炮买得不多,却是个争放新年早炮的人。我便坐在热炕上等着,竟没了瞌睡,在父亲到院子里观测过三四次天象以后,终于说该放炮了,我便跳下炕来,和他走到冷气沁骨的大门外,看父亲用火纸点燃雷子炮,一抡胳膊把冒着火星的炮甩到空中,发出一声爆响,接连着这种动作和大同小异的响声,我有一种陶醉的欢乐。

真正令我感到陶醉的炮声,是上世纪刚刚交上八十年代的头一两年。一九八一年或一九八二年,大年三十的后晌,村子里就时断时续着炮声,一会儿是震人的雷子炮,一会儿是激烈的鞭炮的连续性响声。这个时候已经早都不再祭拜陈氏族谱了,本门也不祭拜血统最直接的祖先了,"文革"的火把那些族谱当作"四旧"统统烧掉了,我连三代以上的祖先的名字都搞不清了。家家户户依然淘麦子磨白面蒸馍和包子,香味依然弥漫在村巷里,男性主人也依然继续着打扫屋院和大门外的道路,贴对联似乎更普遍了。父亲已经谢世,我有了一只座钟,不需像父亲那样三番五次到院子里去观测星斗转移,时钟即将指向十二,我和孩子早已拎着鞭炮和雷子炮站在大门外了。我不知出于何种意向,纯粹是一种感觉,先放鞭炮,连续热烈的爆炸,完全融合在整个村庄的鞭炮的此起彼伏的声浪中,我的女儿和儿子捂着耳朵在大门口蹦着跳着,比当年我在父亲放炮的时候欢实多了。我在自家门口放着炮的时候,却感知到一种排山倒海的爆炸的声浪由灞河对岸传过来,隐隐可以看到空中时现时隐的爆炸的火光。我把孩子送回屋里,便走到场塄边上欣赏远处的炮声,依旧连续着排山倒海的威势,时而奇峰突起,时而群峰挤拥。我的面前是夜幕下的灞河,河那边是属于蓝田县辖的一个挨一个或大或小的村庄,在开阔的天地间,那起伏着的炮声洋溢着浓厚深沉的诗意。这是我平生所听到的家乡的最热烈的新年炮声,确实是前所未有。我突然明白过来,农民吃饱了!就是在这一年里,土地下户给农民自己作务,一年便获得缸溢囤满的丰收,从年头到年尾只吃纯粹的麦子面馍了,农民说是天天都在过年。这炮声在中国灞河两岸此起彼伏经久不息地爆响着,是不再为吃饭发愁的农民发自心底的欢呼。我在那一刻竟然发生心颤,这是家乡农民集体自发的一种表达方式,是最可靠的,也是"中国特色"的民意表述,世界上再也找不到可以类比的如同排山倒海的心声表述了。

还有一个纯属个人情感的难忘的春节,那是农历一九九一年的大年三十。腊月二十五下午写完《白鹿原》的最后一句,离春节只剩下四五天了,两三个月前一家人都搬进西安,只留我还坚守在这祖传的屋院里。大年三十后晌,我依着乡俗,打扫了屋院和门前的道路,我给自家大门拟了一副隐约着白鹿的对联,又给热心的乡亲写了许多副对联。入夜以后,我把屋子里的所有电灯都拉亮,一个人坐在火炉前抽烟品酒,听着村子里时起时断的鞭炮声。到旧年的最后的两分钟，我在大门口放响了鞭炮，再把一个一个点燃的雷子炮抛向天空。河对岸的排山倒海的炮声已经响起，我又一次站在寒风凛冽的场塄上，听对岸的炮声涌进我的耳膜，激荡我的胸腔。自二十世纪八十年代初形成的这种热烈的炮声，一直延续到现在，年年农历三十夜半时分都是排山倒海的炮声，年年的这个时刻，我都要在自家门前放过鞭炮和雷子炮之后，站在门前的场塄上，接受灞河对岸传来的排山倒海的炮声的洗礼，接纳一种激扬的心声合奏，以强壮自己。一九九一年的大年三十，我在同样接纳的时刻不由得转过身来，面对星光下白鹿原北坡粗浑的轮廓，又一次心颤，你能接纳我的体验的表述吗？这是我最后一次聆听和接纳家乡年夜排山倒海的炮声。

2008 年 1 月 31 日 二府庄

关键一步的转折

——我的读书故事之四

我的人生道路的关键一步转折,发生在一九七八年的夏天,从工作了十年的人民公社(乡镇)调动到当时的西安郊区文化馆。

我当时正负责为家乡的灞河修建八华里的防洪河堤。在我们那个很穷的公社,难得向上级申请到一笔专项治理灞河的资金,要修筑一道堤面上可以对开汽车的河堤,在那个小地方,称得上是一项令人鼓舞的宏伟工程了。工程实际上是从一九七七年冬季开始的,我作为工程负责人,和七八个施工员住在一道红土崖下灞河岸边的一幢房子里,没有床也没有炕。从邻近的村子里拉来麦草铺在地上,各人摊开自己带来的被褥,并排睡地铺了。我那时候心劲很足,想一次解决灞河涨水毁田的灾害,尤其是给包括我的父母妻儿生活的村子在内大半个公社修建这样一个工程。为此,从早到晚都奔跑在各个施工点上。一个严峻的节令横在心头,必须在初夏灞河涨水之前,不仅要把河堤主体堆成,而且必须给临水的一面砌上水泥制板,不然,一场大水就可能把沙堤冲成河滩。工程按计划紧张地进行,四月发了一场大水,只是局部损伤,我的信心没有动摇。

到初夏时节,我在麦草地铺上打开一本新寄来的《人民文学》杂志。夜晚安排完明天的事儿,施工员们便下棋,或者玩当地人都喜欢玩的"纠方"游戏,我也是参与者。这一晚我谢辞了下棋和"纠方",

躺在地铺上看一篇小说，名曰《班主任》，作者是我从未听说过的刘心武。我在这篇万把字的小说的阅读中，竟然产生心惊肉跳的感觉：每一次心惊肉跳发生的时候，心里都涌出一句话，小说敢这样写了！请注意这个"敢"字。我作为一个业余写作者，尽管远离文学圈，却早已深切地感知到其中的巨大风险了，极左的政治思想影响下的文艺政策更"左"得离谱，多少作家都栽倒了，乃至搭上了性命。《班主任》竟然敢这样写，真是令我心惊肉跳。

我在麦草地铺上躺不住了。我走出门，不过五十米就到了哗哗响着的灞河水边，撩水洗了把热烫的脸，坐在河石上抽烟，心里又涌出一句纯属我的感受来：文学创作可以当作事业来干的时候终于到来了。这是我从《人民文学》发表《班主任》这样的小说的举动上所获得的最敏感的信号。我几乎就在涌出这句话的一刻，决定调离公社，目标是郊区文化馆。那儿的活儿比公社轻松得多，也有文学创作辅导干部的职位，写作时间很宽裕，正适宜我。即将完成河堤工程的六月，我如愿以偿到郊区文化馆去了。我的仍然属业余文学创作的人生之路开始了。

《班主任》在文学界的影响可谓深远。文学界先把其称为中国的"解冻文学"的先声，这是借用苏联二十世纪五十年代初一个文学现象的名词，随后又称其为新时期文艺复兴的发轫之作。其实，两种称谓的意思相近，即从极左文艺政策下解放出来的第一声鸣叫，一个时代开始了。我的人生之路也发生了关键一步的转折。

2008 年 2 月 3 日 二府庄

摧毁与新生

——我的读书故事之五

一九八二年五月,陕西作家协会在延安举行毛泽东《在延安文艺座谈会上的讲话》发表四十周年纪念活动,胡采主席亲自率领七八个刚刚跃上新时期文坛的陕西青年作家到延安去,我是其中之一。有一个细节至今难忘,胡采在杨家岭中央大礼堂外的场地上,给我们回忆当年他聆听毛泽东讲话的情景。我和几位朋友在一张大照片上寻找当年的胡采,竟然辨认不出来。最后还是由胡采指出那个坐在地上的年轻人,说是当年的他。相去甚远了。四十年的时光,把一个朝气蓬勃的小伙子变成了睿智慈祥的老头,我的心里便落下一个生命的惊叹号。

参加这次纪念活动的几个青年作家,各自都据守在或关中平原或秦岭山中或汉中盆地的一隅。平时难得相聚,参观的路上、吃饭的桌上就成为交流信息的最好平台。尤其是晚上,聚在某个人的房间,多是说谁写了一篇什么小说,多好多好值得一读。被说得多的是路遥,他的一个中篇小说即将在《收获》发表,篇名《人生》。这天晚上,大家不约而同聚到路遥房间,路遥向大家介绍了这部小说的梗概,尤其是说到《收获》责任编辑对作品的高度评价,大伙都有点按捺不住的兴奋,便问到《收获》出版的确切时间,路遥说已经出刊了。记不清谁提议应该马上到邮局去购买。路遥显然也兴奋到恨不得立即看到自己钢笔写下的文字变成铅字的《收获》,还说他和邮局有关系,可以叫开门,便领着大家出了宾馆,拐了几道弯,走到延安邮局门口。敲门敲得很响,也敲得执拗。终于有一位很漂亮的值班女子开了门,却说不清《收获》杂志是否到货,便领着我们到业已关灯的玻璃柜前,拉亮电灯。我们把那个陈列着报纸杂志的玻璃柜翻来覆去地看,失望而归。

我已经为路遥简略讲述的《人生》故事着迷,尤其是像《收获》这样久负盛名的刊物的高调评价,又是头条发表,真有迫不及待的阅读期盼。我从延安回到文化馆所在地灞桥镇,当天就拿到馆里订阅的《收获》,几乎是一口气读完了这部十多万字的中篇小说《人生》。读完时坐在椅子上是一种瘫软的感觉,显然不是高加林波折起伏的人生命运对我的影响,而是小说《人生》所创造的完美的艺术境界,对我正高涨的创作激情是一种几乎彻底的摧毁。

连续几天,我得着空闲便走到灞河边上,或漫步在柳条如烟的河堤上,或坐在临水的石坝头,却没有一丝欣赏古桥柳色的兴致,而是反思着我的创作。《人生》里的高加林,在我所阅读过的写中国农村题材的小说里,是一个全新的面孔,绝不同于此前文学作品里的任何一个乡村青年的形象。高加林的生命历程里的心理情感,是包括我在内的乡村青年最容易引发呼应的心理情感。路遥写出了《人生》,一个不争的事实便摆列出来,他已经拉开了包括我在内的这一茬跃上新时期文坛的作者一个很大的距离。我的被摧毁的感觉源自这种感觉,却不是嫉妒。

我在灞河沙滩长堤上的反思是冷峻的。我重新理解关于写人的创作宗旨。人的生存理想,人的生活欲望,人的种种情感情态,准确了才真实。一个首先是真实的人的形象,是不受生活地域文化背景以及职业的局限,而与世界上的一切种族的人都可以完成交流的。到这年的冬天,我在反思中所完成的新的创作理念,写成了我的第一个篇幅不大的中篇小说《康家小院》,后来获得了《小说界》的首届评奖。许多年后,我对采访的记者谈到农村题材的创作感受时说出一种观点,你写的乡村人物让读者感觉不到乡村人物的隔膜就好了。这种观点的发生,源自在灞河滩上的反思,是由《人生》引发的。

2008年2月11日(正月初五)夜 雍村

一次功利目的明确的阅读

——我的读书故事之六

在我的文学生涯中,阅读不仅占有一个很大的时间比例,而且是伴随终生的一种难能改易的习惯意识。即使在把一切出版物都列为"黑书"禁封的"文革"年代,我的"地下式"的秘密阅读也仍然继续着。然而,几乎所有阅读都不过是兴趣性的阅读而已,增添知识,开阔视野,见识多种艺术风格的作品。只有一次阅读是怀有很实际具体甚至很功利的目的,这就是上世纪八十年代中期的一次阅读。

那时候我正在酝酿构思第一部也是唯一的长篇小说《白鹿原》,大约用了两年左右的时间。随着几个主要人物的成型和具象,自我感觉已趋生动和丰满,小说的结构便很自然地突显出来,且形成一种甚为严峻的压力。这种压力的形成有主客两方面的因由,在我是第一次写长篇,没有经验自不必说,况且历史跨度大,人物比较多,事件也比较密集,必须寻找到一种恰当的结构形式,使得业已意识和体验到的人物能得到充分的展示;另外,在这部小说刚刚萌生创作念头的时候,西北大学当代文学评论家蒙万夫老师很郑重地告诫我说,长篇小说是一个结构的艺术。他似乎担心我轻视结构问题,还做了一个形象化的比喻,长篇小说如果没有一种好的结构,就像剔除了骨头的肉,提起来是一串子,放下去是一摊子。我至今几乎一字不差地记着蒙老师的话,以及他说这些话时平静而又郑重的神情。当这部小说构思逐渐接近完成的时候,结构便自然形成最迫切也是最严峻的一大命题。

我唯一能做出的选择就是读书。我选择了一批中外长篇小说阅读。我的最迫切的目的是看各个作家是怎样结构自己的长篇,企望能获得一种启发,更企望能获得一种借鉴。我记得有二十世纪八十年代中期最具影响的两部长篇,一是王蒙的《活动变人形》,一是张炜的《古船》。我尤其注意这两部作品的结构方式,如何使多个人物的命运逐次展开。这次最用心的阅读,与最初的阅读目的不大吻合,却获得了一种意料不及的启发。这就是,每一部成功的长篇小说,都有自己风格独特的结构方式,而平庸的小说才有着结构形式上相似的平庸。我顿然省悟。从来不存在一个适宜所有作品的人物和故事展示的现成的结构框架,必须寻找到适宜自己独自体验的内容和人物展示的一个结构形式,这应该是所谓创作的最真实含义之一;我几乎同时也理顺了结构和内容的关系,是内容——即已经体验到的人物和故事决定结构方式,而不是别的。这样,我便确定无疑,《白》必须有自己的结构形式,不是为了出奇一招,也不是要追某种流派,而是想建一个让白嘉轩、鹿子霖、朱先生们能充分展示各自个性和命运的比较自然而顺畅的时空平台。

小说出版许多年了,单就结构而言,也有不少评说,有的称为网状结构,有的称为复式结构,等等。多为褒奖的好话,尚未见批评。我一直悬在心里的担心,即蒙老师告诫的那种"一串子一摊子"的后果避免了。我衷心感激已告别人世的蒙老师。

我也感慨那次较大规模又目的明确的阅读,使我获得了关于结构的最直接最透彻的启发。其实不限于长篇小说,其他艺术样式的创作亦是同理,实际已触摸到关于创作的最本质的意义。

2008 年 5 月 3 日 雍村

米兰·昆德拉的启发

——我的读书故事之七

米兰·昆德拉热遍中国文坛的时候，大约稍晚加西亚·马尔克斯几年。从省内到省外，每有文学活动作家聚会，无论原有的老朋友或刚刚结识的新朋友，无论正经的会议讨论或是三两个人的闲聊，都会说到这两位作家的名字和他们的作品，基本都是从不同欣赏角度所获得的阅读感受，而态度却是一样的钦佩和崇拜。谁要是没接触这两位作家的作品，就会有一种落伍的尴尬，甚至被人轻视。

我大约是在昆德拉的作品刚刚进入中国图书市场的时候，就读了《玩笑》和《生命中不能承受之轻》《生活在别处》等。先读的哪一本后读的哪一本已经忘记，却确凿记得陆续出版的几本小说都读了。每进新华书店，先寻找昆德拉的新译本，甚至托人代购。我之所以对昆德拉的小说尤为感兴趣，首先在于其简洁明快里的深刻，篇幅大多不超过十万字，在中国约定俗成的习惯里只能算中篇。情节不太复杂却跌宕起伏，人物命运的不可捉摸的过程中，是令人感到灼痛的荒唐里的深刻，且不赘述。更让我喜欢昆德拉作品的一个因由，是与马尔克斯《百年孤独》决然不同的艺术气象。我正在领略欣赏魔幻现实主义的兴致里，昆德拉却在我眼前展示出另一番景致。我便由这两位大家决然各异的艺术景观里，感知到不同历史和文化背景里的作家对各自民族生活的独特体验,以及各自独特的表述形式,让我对小说这种艺术形式发生了新的理解。用海明威的话说,就是要"寻找属于自己的句子"。这个"句子"不是指通常意义上的文字,而是作家对生活——历史和现实——独特的发现和体验,而且要有独立个性的艺术表述形式。仅就马尔克斯、昆德拉和海明威而言,每一个人显现给读者的作品景观都迥然各异,连他们在读者我的心中的印象也都个性分明。但是,无论他们的作品还是他们个人的分量,却很难掂出轻重的差别。在马尔克斯和昆德拉的艺术景观里,我的关于小说的某些既有的意念所形成的戒律,顿然打破了;一种新的意识几乎同时发生,用海明威概括他写作的话说就是,"寻找属于自己的句子"。只有寻找到不类似任何人而只属于自己独有的"句子",才能称得上真实意义上的创作,才可能在拥挤的文坛上有一块立足之地。

在昆德拉小说的阅读过程中,还有一个在我来说甚为重大的启发,这就是关于生活体验与生命体验的切实理解。似乎是无意也似乎是有意,《玩笑》和《生命中不能承受之轻》这两部小说一直萦绕于心中。这两部小说的题旨有类似之处,都指向某些近乎荒唐的专制事项给人造成的心灵伤害。然而《玩笑》是生活体验层面上的作品,尽管写得生动耐读,也颇为深刻,却不像《生命中不能承受之轻》那样让人读来有某种不堪承受的心灵之痛,或者如作者所说的"轻"。我切实地感知到昆德拉在《生》里进入了生命体验的层面,而与《玩笑》就拉开了新的距离,造成一种一般作家很难抵达的体验层次。这种阅读启发,远非文学理论所能代替。我后来在多种作品的阅读中,往往很自然地能感知到所读作品属于生活体验或是生命体验,发现前者是大量的,而能进入生命体验层面的作品是一个不成比例的少数。我为这种差别找到一种喻体,生活体验如同蚕,而生命体验是破茧而出的蛾。蛾已经羽化,获得了飞翔的自由。然而这喻体也容易发生错觉,蚕一般都会结茧成蛹再破茧而出成蛾,而由生活体验能进入生命体验的作品却少之又少。即使写出过生命体验作品的作家,也未必能保证此后的每一部小说,都能再进入生命体验的层次。

2008 年 5 月 6 日 二府庄

汶川,给我更深刻的记忆,不单是伤痛

五月十二日午后,我像往常一样准备摊开稿纸工作的时候,突然发生的天摇地动使我顿时陷入慌乱和恐惧。当我很快确知这不过是地震余波的虚惊时,汶川——一个名不见经传的四川山区小县,霎时间震撼了整个中国,一场特大地震的毁灭性灾难发生在汶川及其周边地区,无以名状的沉痛和悲伤紧紧压着每一个中国人的心,我的心。

使我很快从这种不堪压迫的心境里转换过来的一件事,是我看到了代表党和国家走向灾难发生地的温家宝总理的身影。那一瞬间,希望顿时高涨起来,强大的力量高涨起来,深深的感动和钦敬高涨起来。几乎出于本能,我把一个时间铸成永久的记忆和永远的感动,这就是在汶川地震灾难发生刚刚一个小时,一位代表党和国家责任的年近七十岁的老人,登上赶赴灾难发生地的飞机。这是我的记忆里最具感动和钦佩情感的一个时间概念,在世界的灾难史上前所未闻。

几天来我一直通过电视关注着抗震救灾的每一步进展。我被这位老人感动着。他蹲在倒塌的废墟上和一个被困的孩子的对话,更像一个慈爱的爷爷;他手握话筒对灾民再三申明,救人是第一紧迫的大事,再三申明拯救每一个生命绝不放弃的时候,体现的是新一代党和国家领导者的全新理念全新思维;他对参与救援的解放军、公安、武警部队、医护人员等的讲话，凝聚着整个中国人的心愿和情感，显示着一个国家的权威性意志和力量，让我感到信赖和可靠，更胆壮。

我在灾难发生的令人揪心的几天时间里，强烈地感知到人民和国家这个大的命题。我们刚刚经历过奥运圣火在国外传递过程中"藏独"分子破坏捣乱的事件。我感受到整个中国人民和世界华人骤然掀起的维护国家统一和国家尊严的庄严意志，充分意识到人民对国家的爱心，人民的意志和力量擎立着的国家，是最具活力和尊严的国家。而当毁灭性的灾难发生的时候，受灾的人民群众所可依赖的就是国家。党和国家领导人是国家意志和力量的体现。我看到的是灾难发生时最迅敏的决策、最务实的行动，把人民的生命看得神圣的党和国家领导人，由他们领导的国家获得人民的爱，是自然的，是真实的，是不可摧毁的。我以为我们的人民和国家，已经进入一种水乳交融的和谐。

二〇〇八年五月十二日十四时二十八分，地震灾难留给每一个中国人最沉痛的阴暗记忆。

二〇〇八年五月十二日十四时二十八分之后的几天，也铸成国家和人民完全一致的历史性记忆，更具力量，也更深刻。

2008 年 5 月 17 日 二府庄

心中的圣火

我举着奥运火炬在西安跑过四十米。

这是从佛家的小雁塔通往佛家圣地大雁塔途中的四十米。

这是从希腊奥林匹亚山通往北京——传过六大洲——之间的四十米。

几个月前,当我被通知推举为奥运火炬手的那一刻,神圣的感觉便产生了。在我的意识里,这火是在希腊的奥林匹亚山上点燃的,采自太阳,即为天火。天火是圣火。我感觉到这火的神圣。

太阳普照大地,驱逐黑暗和阴霾,滋养万物,无论国界、无论种族、无论肤色、无论语言、无论信仰,把光明和温暖洒到地球的各个角落,才有这五彩缤纷万紫千红的世界。来自太阳的天火,是神圣的。这种神圣的感觉,几个月来一直蕴积于胸萦绕于心。今天,我举着这采自太阳圣火的火炬,在我的家乡长安大地上跑过四十米的时候,每一步都释放着纯粹的神圣。

前几天有位记者别出心裁对我提问,你演练跑步姿势了吗?你最想以什么姿势跑步?我几乎不假思索地回答说,我就想以我最习惯的跑步姿势,自在自如自由地跑过那一段路程。道理很简单,如果用一种演练出来的姿势去跑,肯定影响心中那种蕴积已久的神圣的释放,演练的姿势不属于我的肢体本能,也不属于我心趋向。

这个有趣的问话,倒勾起我积久的记忆。我刚学走路便学在坑洼不平的黄土路上移步,也学会在乡村泥泞的道路上走路。我的大半生都是在乡村晴天的土路和阴雨天的泥泞里走过的。这很可以类比我的人生,泥泞里摔倒过,干燥的平路上也摔倒过;决定人生某一段取向的岔路口的犹疑,择错后的懊悔和重新选择之后的酣畅淋漓。我在乡村的黄土路或泥泞里体验乡村,感受和体验我们国家曾经的泥泞和挫折,终于赢得能够承办举世瞩目的奥运会这样的盛事了。我也在自身的人生历程中体验人生,不断丰富着也深化着生活体验和人生体验,形成自己。用一句话概括,我在自己的人生行程中,承受追求的艰难和痛苦,也享受追求的欢乐和欣慰,这种反复发生的过程,建构成承受痛苦继续追求的心理承受能力。我在跨过五十岁时写过一首拙诗,其中有两句颇能见得这种感受:踏过泥泞五十秋,何论春暖与春寒。

今天,我举着从奥林匹亚山上采来的圣火火炬,在从小雁塔通往大雁塔的道路上跑过,无论距离长短,都会铸成永久的最神圣的记忆。

这圣火已经荡涤记忆里的泥泞。

这圣火必然温暖我踏过还可能遭遇的泥泞。

圣火留在心中,就是在心中留驻着太阳。

2008 年 7 月 4 日 二府庄

阅 读 自 己

——我的读书故事之八

　　一部或长或短的小说写成,那种释放完成之后的愉悦,是无以名状的。即使一篇千字散文随笔,倾述了自以为独有的那一点感受和体验,也会兴奋大半天。之后便归于素常的平静,进入另一部小说或另一篇短文的构思和谋划。到得某一天收到一份专寄的刊登着我的小说或散文的杂志或报纸,打开,第一眼瞅见手写在稿纸上的文字变成规范的印刷体文字,便潮起一种区别于初写成时的兴奋和愉悦的踏实,还掺和着某种成就感。如果没有特别紧要的事相逼,我会排开诸事,坐下来把这部小说或短文认真阅读一遍,常常会被自己写下的一个细节或一个词汇弄得颇不平静,陷入自我欣赏的得意。自然,也会发现某一处不足或败笔,留下遗憾。我在阅读自己。这种习惯自发表第一篇散文处女作开始,不觉间已延续了四十多年,直到今天,仍然如此。

　　阅读自己的另一个诱因,往往是外界引发的。一般说来,对自己的作品,如上述那样,在刚发表时阅读一过,我就不再翻动它了,也成了一种难改的积习。有时看到某位评论家涉及我的某篇作品的文章,尤其是他欣赏的某个细节,我便忍不住翻开原文,把其中已淡忘的那一段温习一回,往往发生小小的惊讶,当初怎么会想出这样生动的描写,再自我欣赏一回。同样,遇到某些批评我的评论中所涉及的情节或细节,我也会翻出旧作再读一下,再三斟酌批评所指症结,获得启示也获得教益,这时的阅读自己就多是自我审视的意味了。我的切身体会颇为难忘,在肯定和夸奖里验证自己原来的创作意图,获得自信;在批评乃至指责里实现自我否定,打破因太久的自信所不可避免的自我封闭,进而探求新的突破。几十年的创作历程,回头一看,竟然就是这样不断发生着从不自信到自信,再到不自信,及至新的自信的确立的过程,使创作完成了一次又一次的新探寻。

有一件事记忆犹新。一九七八年是改革开放的标志性年份,也是被称作中国新时期文艺复兴的一个标志性年号。正是在这一年,我预感到把文学创作可以当作事业追求的时代终于到来了。一九七九年春夏之交,我写成后来获得全国第二届短篇小说奖的《信任》。小说先在《陕西日报》文艺副刊发表,随之被《人民文学》转载(当时尚无一家选刊杂志),后来又被多家杂志转载。赞扬这篇小说的评论时见于报刊,我的某些自鸣得意也难以避免。恰在这时候,当初把《信任》推荐《人民文学》转载的编辑向前女士,应又一家杂志之约,对该杂志转载的《信任》写下一篇短评。好话连一句都记不得了,只记得短评末尾一句:陈忠实的小说有说破主题的毛病(大意)。我初读这句话时竟有点脸烧,含蓄是小说创作的基本规范,我犯了大忌了。我从最初的犯忌的慌惶里稍得平静,不仅重读《信任》,而且把此前发表的十余篇小说重读一遍,看看这毛病究竟出在哪儿。再往后的创作探寻中,我渐渐意识到,这个点破主题的毛病不单是违背了小说要含蓄的规矩,而是既涉及对作品人物的理解,也涉及对小说这种艺术形式的理解,影响着作品的深层开掘。应该说,这是最难忘也最富反省意义的一次阅读自己。

这种点拨式的批评,可以说影响到我的整个创作,直到《白鹿原》的写作,应该是对"说破主题"那个"毛病"较为成功的纠正。我把对那一段历史生活的感受和体验,都寄托在白嘉轩等人物的身上,把个人完全隐蔽起来。《白》出版十余年来有不少评论包括批评,倒是没有关于那个"毛病"的批评。

我又有启示,作为作家的我,在阅读自己的时候,不宜在自我欣赏里驻留太久,那样会耽误新的行程。

2008 年 7 月 10 日　二府庄

我的秦腔记忆

在我最久远的童年记忆里顶快活的事,当数跟着父亲到原上原下的村庄去看戏。

父亲是个戏迷,自年轻时就和村子里几个戏迷搭帮结伙去看戏,直到年过七旬仍然乐此不疲。我童年跟着父亲所看的戏,都是乡村那些具有演唱天赋的农民演出的戏。开阔平坦的白鹿原上和原下的灞河川道里,只有那些物力雄厚而且人才济济的大村庄,不仅能凑足演戏的不小开销,还能凑齐生、旦、净、末、丑的各种角色。我们这个不足四十户人家的村子,演戏是连想也不敢想的事,我和父亲就只有到原上和原下的那些大村庄去看戏了。

不单在白鹿原,整个关中和渭北高原,乡村演戏集中在一年里的两个时段,是农历的正月二月和伏天的六月七月。正月初五过后直到清明,庆祝新年佳节和筹备农事为主题的各种庙会,隔三岔五都有演出,二月二是传统习惯里的龙抬头日,形成演出高潮,原上某个村子演戏的乐声刚刚偃息,原下灞河边一个村子演戏的锣鼓梆子又敲响了,常常发生这个村和那个村同时演出的对台戏。再就是每年夏收夏播结束之后相对空闲的一个多月里,原上原下的大村小寨都要过一个各自约定的"忙罢会"。顾名思义,就是累得人脱皮掉肉的收麦种秋的活儿忙完了,该当歇息松弛一下,约定一个吉祥日子,亲朋好友聚会一番,庆祝一年的好收成。这个时节演戏的热闹,甚至比新年正月还红火，尤其是风调雨顺小麦丰收家家仓满囤溢的年份。

我已记不得从几岁开始跟父亲去看戏，却可以断定是上学以前的事。我记着一个细节，在人头攒动的戏台下，父亲把我架在他的肩上，还从这个肩头换到那个肩头，让我看那些我弄不清人物关系也听不懂唱词的古装戏。可以断定不过五六岁或六七岁，再大他就扛架不起了。我坐在父亲的肩头，在自己都感觉腰腿很不自在的时候，就溜下来，到场外去逛一圈。及至上学念书的寒暑假里，我仍然跟着父亲去看戏，不过不好意思坐父亲的肩膀了。

同样记不得跟父亲在原上原下看过多少场戏了，却可以断定我那时候还不知道自己看的戏种叫秦腔。知道秦腔这个剧种称谓，应在上世纪五十年代中期离开家乡进西安城念中学以后，我十三岁。看了那么多戏，却不知道自己所看的戏是秦腔，似乎于情于理说不通。其实很正常，包括父亲在内的家乡人只说看戏，没有谁会标出剧种秦腔。原上原下固定建筑的戏楼和临时搭建的戏台，只演秦腔，没有秦腔之外的任何一个剧种能登台亮彩，看戏就是看秦腔，戏只有一种秦腔，自然也就不需要累赘地标明剧种了。这种地域性的集体无意识就留给我一个空白，在不知晓秦腔剧种的时候，已经接受秦腔独有的旋律的熏陶了，而且注定终生都难能取代的顽固心理。

在瓦沟里的残雪尚未融尽的古戏楼前，拥集着几乎一律黑色棉袄棉裤的老年壮年和青年男人，还有如我一样不知子丑寅卯的男孩，也是穿过一个冬天开缝露絮的黑色棉袄棉裤，旱烟的气味弥漫不散；伏天"忙罢会"的戏台前，一片或新或旧的草帽遮挡着灼人的阳光，却遮不住一幢幢淌着汗的紫黑色裸膀，汗腥味儿和旱烟味儿弥漫到村巷里。我在这里接受音乐的熏陶，是震天轰响的大铜锣和酥脆的小铜锣截然迥异的响声，是间隔许久才响一声的沉闷的鼓声，更有作为乐团指挥角色的扁鼓密不透风干散利爽的敲击声，板胡是秦腔音乐独有的个性化乐器，二胡永远都是作为板胡的柔软性配乐，恰如夫妻。我起初似乎对这些敲击类和弦索类的乐器的音响没有感觉，跟着父亲看戏不过是逛热闹。记不得是哪一年哪一岁，我跟父亲走到白鹿原顶，听到远处树丛笼罩着的那个村子传来大铜锣和小铜锣的声音，还有板胡和梆子以及扁鼓相间相错的声响，竟然一阵心跳，脚步不自觉地加快了，一种渴盼锣鼓梆子扁鼓板胡二胡交织的旋律冲击的欲望潮起了。自然还有唱腔，花脸和黑脸那种能传到二里外的吼唱（无麦克风设备），曾经震得我捂住耳朵，这时也有接受的颇为急切的需要了；白须老生的苍凉和黑须须生的激昂悲壮，在我太浅的阅世情感上铭刻下音符；小生和花旦的洋溢着阳光和花香的唱腔，是我最容易发生共鸣的妙音；还有丑角里的丑汉和丑婆婆，把关中话里最逗人的语言做最恰当的表述，从出台到退场都被满场子的哄笑迎来送走……我后来才意识到，大约就从那一回的那一刻起，秦腔旋律在我并不特殊敏感的乐感神经里，铸成终生难以改易更难替代的戏曲欣赏倾向。

我记不得看过多少回秦腔戏了。有几次看戏的经历竟终生难忘。上学到初中三年级，学校在西安东郊的纺织工业重镇边上，住宿的宿舍在工人住宅区内。晚自习上完，我和同伴回宿舍的路上，听到锣鼓梆子响，隐隐传来男女对唱，循声找到一个露天剧场，是西安一家专业剧团为工人演出，而且有一位在关中几乎家喻户晓的须生名角。戏已演过大半，门卫已经不查票了，我和同学三四个人就走进去，直到曲终人散。无论从哪方面说，都比乡村戏台上那些农民的演出好得远了，我竟兴奋得好久睡不着觉。第二天早上走进学校大门，教导主任和值勤教师站在当面，把我叫住，指令站在旁边。那儿已经站着两个人，我一看就明白了，都是昨晚和我看戏的同伴——有人给学校打小报告了。教导主任是以严厉而著名的。他黑煞着脸，狠声冷气地训斥我和看戏的同伙。这是我学生生活中唯一的一次处罚……

二十多年后的一九八〇年,我被任命为区文化局副局长的同时,新任局长就是训斥并罚我站的教导主任。我和他握手的那一刻,真是感慨"人生何处不相逢"灵验了。从和他握手直到我离开这个单位,始终都不曾提及此事。他肯定不记得这件事了,他训斥过可能就置诸脑后了,又忙着训导另一位违纪的学生去了。不过,这个时候的他,已经半老,依然严厉的脸上总是洋溢着微笑,大笑的时候很爽朗。一张棱角严厉的脸无论畅怀大笑还是微笑,尤其生动感人,甚为可爱。

还有一次难泯的记忆。这是"四人帮"倒台不久的事。西安城里那些专业秦腔剧团大约还在观望揣摩文艺政策能放宽到何种程度的时候,关中那些县管的也属专业的秦腔剧团破门一拥而出了,几乎是一种潮涌之势。他们先在本县演出,又到西安城里城外的工厂演出,几乎全是被禁演多年的古装戏。西安郊区的农民赶到周边县城或工厂去看戏,骑自行车看戏的人到傍晚时拥满了道路。我陪着妻子赶过二十里外的戏场子。我的父亲和村里那几个老戏友又搭帮结伙去看戏了。到处都能听到这样一句痛快的观感:"这才是戏!"更有幽默表述的感慨:"秦腔到底又姓秦了!"这种痛快的感慨发自一个地域性群体的心怀。"文革"禁绝所有传统剧目的同时,推广八个京剧"样板戏",关中的专业剧团和乡村的业余演出班子,把京剧"样板戏"改编移植成秦腔演出,我看过,却总觉得不过瘾,多了点什么又缺失了点什么。民间语言表达总是比我生动比我准确:"这是拿关中话唱京剧哩嘛!"还有"秦腔不姓秦了"的调侃。

到上世纪八十年代中期,我的经济状况初得改善,便买了电视机,不料竟收不到任何节目,行家说我居住的原坡根下的位置,正好是电视信号传递的阴影区域。我不甘心把电视机当收音机用,又破费买了放像机,买回来一厚摞秦腔名家演出的录像带,不仅我把包括已经谢世的老艺术家的拿手好戏看了个够,我的村子里的老少乡党也都过足了戏瘾，常常要把电视机搬到院子里，才能满足越拥越多的乡党。我后来又买了录音机和秦腔名角经典唱段的磁带，这不仅更方便，重要的是那些经典唱段百听不厌。大约在我写作《白鹿原》的四年间，写得累了需要歇缓一会儿，我便端着茶杯坐到小院里，打开录音机听一段两段，从头到脚、从外到内都有一种无以言说的舒悦。久而久之，连我家东隔壁小卖部的掌柜老太婆都听上了戏瘾，某一天该当放录音机的时候，也许我一时写得兴起忘了时间，老太太隔墙大呼小叫我的名字，问我，"今日咋还不放戏?"我便收住笔，赶紧打开录音机。老太太哈哈笑着说她的耳朵每天到这个时候就痒痒了，非听戏不行了……在诸多评说包括批评《白鹿原》的文章里，不止一位评家说到《白鹿原》的语言，似可感受到一缕秦腔弦音。如果这话不是调侃，是真实感受，却是我听秦腔之时完全没有预料得到的潜效能。

我看过、听过不少秦腔名家的演出剧目和唱段，却算不得铁杆戏迷。不说那些追着秦腔名角倾心倾情胜过待爹娘老子的戏迷，即使像父亲入迷的那样程度，我也自觉不及。我比父亲活得好多了，有机会看那些名家的演出，那些蜚声省内外的老名家和跃上秦腔舞台的耀眼新星，我都有机缘欣赏过他们的独禀的风采。然而，在我久居的日渐繁荣的城市里，有时在梦境，有时在一个人独处的时候，眼前会幻化出旧时储存的一幅幅图景，在刚刚割罢麦子的麦茬地里，一个光着膀子握着鞭子扶着犁把儿吆牛翻耕土地的关中汉子，尽着嗓门吼着秦腔，那声响融进刚刚翻耕过的湿土，也融进正待翻耕的被太阳晒得亮闪闪的麦茬子，融进田边沿坡坎上荆棘杂草丛中，也融进已搭着圆顶的太阳的霞光里。还有一幅幻象，一个坐在车辕上赶着骡马往城里送菜的车把式，旁若无人地唱着戏，嗓门一会儿高了，一会儿低了，甚至拉起很难掌握的"彩腔"，在乡村大道上朝城市一路唱过去……

秦人创造了自己的腔儿。

这腔儿无疑最适合秦人的襟怀展示。

黄土在,秦人在,这腔儿便不会息声。

2008 年 8 月 7 日 二府庄

龙 湖 游 记

踏上游艇，在清湛湛的湖面上划行，一缕缕清凉湿润的风迎面拂过，把满身三伏酷暑的溽热顿时荡涤光净，从头到脚从外到里都是一种期待里的舒服。我似乎还不尽兴，忍不住撩起水来，搓了胳膊又搓洗了脸，便融入这水天一色的湖了。

水是湛蓝湛蓝的水。天是湛蓝湛蓝的天。眼前的水看不到边际，远处的水被灰白的水汽遮住了蓝色，与目力所能及至的同样呈现着灰雾的蓝天相接相融。一叶小艇泛在这水天相接的水面上，很容易让人产生海的迷幻，尤其是对我这样意识和习惯里储存着黄土原和杂生着荆棘野草榆树枸树的坡岭的人，漂浮在这样无边无际的水面上，往往会产生风平浪静的海的错觉。然而，这确凿是湖。

真正让我不再发生湖与海的混淆性错觉，是进入这湖独有的生动到超出想象的景物。湖里生长着大片大片的蒲草，小艇在蒲苇丛中的狭窄水道上缓缓划行，不时有鸟儿从蒲苇丛中飞出，又有鸟儿沉落其中，偶尔能听到幼雏混乱一团的叫声，可以猜想是争夺食物的颇为激烈的本能的叫声。无法想象，这密不透风的蒲苇丛林里，有多少双鸟儿在自由地繁衍后代。这种鸟在我并不陌生，我的家乡灞河边的苇子林丛是它们的福地，叫声不大优美，是比较单调的"呱呱呱"的粗声，当地人就因其叫声称作"苇呱呱鸟"。一个苇字，标明了它生存繁衍的独特领地——苇丛。这湖里的苇丛更是难得的一方自由领地了,首先不担心安全,没有如曾经的我一样捣乱的孩童掏取鸟蛋。

在蒲苇丛里相间着的大块水面上,有通体白亮的鹭鸶悠然浮游,它们总是成双成对,一会儿游远了,一会儿又聚拢并行了。我无意间捕捉到一个瞬间即逝的画面,一只鹭鸶张开翅膀从水面跃起,不偏不倚落在另一只鹭鸶的背上,又滑落到水里去了,被踏了一下的鹭鸶抖一抖身子,似乎没有在意,又并头游动着。还有几只野鸭,显然缺乏鹭鸶的优雅风度,却洋溢着活泼的天性,不时把头伸入水中又冒出来,争前恐后,左右穿梭,自然都是在水里捕捉小鱼小虾等食物。几种叫不上名字的小鸟,从空中掠过,有一种背上是一抹鲜艳的红色,瞬间就消失了。

小艇从苇丛中出来,又进入野生的荷花丛中。许是得了这好水和好水下的好泥的滋养,硕大的荷叶遮罩着水面,红色白色粉红粉白的荷花竞相开放,开放的荷花和含苞待放的花蕾都是出奇的硕大。浓郁的香气弥漫在水面上,真有仙境里的沉醉了。我便想到,无论密不透风的苇丛,无论花香扑鼻的荷花,当是适宜所有职业所有年龄的男女驾舟散漫的好去处。进入苇丛和荷花丛中,得意的事和烦恼的事都会被荡涤出心胸,获得一分娴静和爽快。我便想着约一二好友,在这苇丛和荷丛中自在游荡,既不说马尔克斯也不说网络文字,只看蓝天白云,只听"苇呱呱鸟"哺食引发的幼雏的叫声,把记忆里的往事和昨天刚发生的事统统扫除,装进鸟叫声和撩拨清水的声音,储入白云和苇丛荷花,还有鹭鸶和野鸭……

直到我如此沉迷的时候,仍然不敢相信这一方好水是在河南淮阳大地上。不单是我孤陋寡闻,更在我多年来偏颇的心性,以为和我住得相邻的省份大同小异,就把兴趣偏向于那些自然景观奇特的边远地域、大漠荒原、海洋冰山、少数民族聚居的山寨、野狼游走的草原、寸草不生蠓虫难觅的生命禁区的盐湖……此刻,我甚至有某种懊悔，竟不知和我相邻的中原河南淮阳，有这样一方好水——龙湖。

　　湖以龙命名，也是这一方好水所系的悠远到神话时代的神秘历史。传说伏羲氏从我的家乡渭河边来到这里寻求更广阔的发展天地，神农氏也在这里教民稼穑，陈胜在这儿建立第一个农民政权，更有诸多文人墨客如李白、苏轼等都留下不朽诗篇。在我尤为惊喜的收获，陈姓氏族的源头就在这里。这龙湖在夏代称为陈，到商汤时把舜帝的后裔分封到陈地，到西周时周武王把女儿嫁给舜的后世嫡孙妫满，就在这龙湖上建城立国为陈国。随之以国名为姓氏，便有了陈姓。妫满传二十世，历六百四十三年，陈姓便繁衍了不知多少万子孙，到现在大约七千万人，遍布中国南北和海外华侨之中。十多年前我在广州的陈氏家谱园里获悉，陈姓源自舜的后裔所在的陈国，却不知具体方位，今天竟然一脚踏进陈姓始祖所在的陈国的门槛了，无意间完成了一次最久远的寻根，顿然觉得和淮阳亲近到有亲情相系了。

　　龙湖有好水。《诗经·陈风》有赞美龙湖的诗章："彼泽之陂，有蒲与荷……彼泽之陂，有蒲与蕳……彼泽之陂，有蒲菡萏。"把龙湖上这些水生花草融铸进《诗经》，可以猜断肯定是这龙湖的风景激发了作者的诗兴，留下这生动的诗章。我在龙湖蒲苇丛荷花丛中的忘情和沉醉，和几千年前《诗经·陈风》的作者相通，只是我笔拙，吟诵不出一首诗来，仅留笔记一篇，聊以尽兴。

2008 年 9 月 29 日夜　雍村

老君台记

到鹿邑城东北不远处去看老君台,传说是老子升天的地方。尽管我基本不信神更不信鬼,却仍然兴致高涨,纯粹在于神话传说超乎常人想象的那种神秘而又神奇的魅力,已不介意有或没有,也就不存在信或不信的心理障碍。老子有创立并铸就中国道教教义的经典著作《道德经》,是伟大的思想家哲学家;老子就出生在今属河南的鹿邑东太清集,姓李名耳,字伯阳,号老聃。我列举这两件确凿无疑却也几乎人人皆知的事实,仅仅只是要证明老子曾经是一个大活人,不属我们远古洪荒时期那些神话传说里的人物。一个真实的老子被神化了,演绎出一个升天的神话,尽管我信不下,反而更来兴致,想看看老子的崇拜者给他创造出怎样一个神秘莫测到可以沟通天上人间的老君台。

在如注的大雨里走到老君台前,我稍觉失望,一个让老子成神升天的地方规模很小,似乎甚为简陋,几乎感觉不到仙气神韵。细看了,是一个圆柱形高台,比我想象中的高度差得远了,不过十多米,仅有三十二三级砖铺台阶。构筑这个圆柱形高台的砖头显得陈旧,倒是泛着某种历史的沧桑,却还是让我不能发生仙风神韵的神秘感。踏着被踩踏得溜光的青砖台阶拾级而上,台顶有几间庙宇式的房屋,也比我想象里的建筑规模相差甚远,甚至觉得粗糙,太不精细,太不讲究,这是老子升天的地方啊!老子的塑像端坐房中,无法判断像与不像,却泛不起任何神秘的气氛,须知老子本身早已笼罩着半人半神的神秘色彩了。企望领受神话神秘的心理似乎没有满足,便平静地走下高台来,一个意料不及的神秘到令人震惊的事件摆到眼前——

一位朋友把我引到圆柱形高台的西侧,那儿载着一个注释盘,盘里有一排业已生锈的炮弹。听了这些炮弹的来龙去脉,岂止神秘,已经使我发生头发竖立头皮发紧的生理反应了。

抗日战争时期,这里已经沦陷。日本侵略者一个榴弹炮班组,对着这个传说中老子升天的圆柱形高台发炮轰击,尽管这高台里不仅没有抵抗力量,而且空无一人,只有一尊老子的色彩脱落的泥塑彩绘塑像端坐其中。几个操着榴弹炮的日本鬼子,要把它轰击垮塌,夷为平地,其得意和狂妄的姿态可以想象。然而,谁也始料不及的奇迹发生了。一发榴弹炮炮弹发射过去,击中本已有些老朽的砖墙,而且穿进墙内,却未发生爆炸。鬼子炮手以为是哑弹,接连发射,仍然是炮弹钻进砖墙,没有墙倒屋塌的效果,也没有爆炸声响。鬼子炮手再发炮弹,都是如同陷入沙堆不见响声,倒是发炮的鬼子惊诧莫名了。惊诧的鬼子炮手在气急败坏的失控状态里,连续发射了十多发炮弹,竟然一颗都未发生爆炸,全部钻进砖墙成了哑弹死弹。几个鬼子莫名其妙,随之得知这是老子升天的老君台,吓得扛起榴弹炮炮筒和炮弹溜走了。没人能猜准他们当时的心态,是恐惧,抑或是触犯人道也触犯天道的罪孽感?

半个多世纪过去,这个老君台天天迎来又送走如我一样的观光者,也少不了海外洋人,除了对老子的崇拜以及对神化老子的好奇心,还多了一种对日本鬼子十余发榴弹炮炮弹不响不炸的真实故事的迷惑莫解,然而谁也不会永久放到心上。某一日,一个年过七旬的日本老者专程找到老君台,在圆柱形的砖砌台墙下跪倒了,连连忏悔,连连谢罪。他公开自己的身份,就是当年用榴弹炮轰击老君台的炮手。那场罪恶的侵略战争已经过去半个多世纪了,游人和观光客把榴弹炮炮弹不炸不响的故事也只当作奇闻逸事传说,倒是这个当年发射炮弹的士兵背上了解不开放不下的心灵负担。他作为榴弹炮炮手,在中国的土地上不知发射了多少枚炮弹,炸死了多少生灵炸毁了多少房屋,他已经完全无记,而只有发射到老子升天的老君台上一颗都未炸未响的榴弹炮炮弹,压在他的心上,不仅不能忘记,而且年龄愈老愈清晰,负罪感愈深重。他向有关人员毫不含糊地说,一共发射了十三颗榴弹炮炮弹,一颗都未响未炸。他说这话之前,在老君台发现并找到十一颗未炸响的炮弹,后来果然又找到两颗,可见当年这个日本炮手的记性。现在,这十三颗未炸响的榴弹炮炮弹,就展示在老君台,供国内国外的游人观赏,再由各人自己去解这个神秘神奇的真实的神话。

我至今解不开。

初看时本不觉得神秘的老君台,在我一下子神秘起来,直到现在依旧神秘莫解。

我猜断那个当年发射榴弹炮的炮手,即后来跪倒忏悔的那个日本老人,已经解开了这个真实的神话。

2008 年 10 月 1 日 雍村

铁 岭 掠 影

电话上听到邀我赴会的城市是铁岭,当即反应出赵本山的名字来。我已记不准是哪一年得知赵本山是从铁岭走出来的,却一遍成记。这位在我的印象里堪与卓别林比肩的中国小品演员,早已独成一方个性化魅力的艺术风景。几位朋友在与我的通话中得知我要去铁岭,无一例外地便随口说出那是赵本山老家老窝儿的话,可见并非我的记性好,确凿是赵本山太招他的观众喜爱了,不仅记着他的名字,还都记住了他的出处铁岭。我到铁岭赴会,隐隐看看赵本山曾经生活的老窝的风景,还有某种神秘的崇拜心理。

我到铁岭是深夜三点,在大街小巷穿引的过程里,充分感受着处于沉睡里的城市的静谧和安详。然除了街灯下的景致,既看不到行人,更看不到稍远的铁岭独有的景观。为不留下遗憾,我放弃了早睡,在满窗灿烂的阳光里走出门去,走进铁岭的大街小巷。

这是铁岭老城,大街两边是大的商店和小的店铺,小巷里则是一家挤着一家的窄门面专卖店。无论大街或小巷,多是低层住宅楼,尽管做了各种色彩的装饰,仍然可以看出是老式建筑,让我想到上世纪八十年代西安老城区的情景。街道也是一眼可以看出旧有的格局,尽管增补了花木草皮,原有的格局依然,名副其实的走车观景,铁岭留给我的总体印象,和我见过的许多北方城市无大差异。然而,我却不敢马虎,心中响着独特的二人转欢乐明快的唱曲,脑子里浮现着穿着各色大襟花袄舞着彩色手帕的男女轻盈的舞步。诞生在这块黑土地上的唱腔和舞步,是这一方地域的人最具个性的艺术展示。看似平常的这座北方城市里,蕴积着独特个性的文化,显示着乐观、欢快、简洁、活跃的群体生命活力。

出铁岭老城,我的眼前是一望无际的开阔到令人震撼的平原,收获过的畦垄如棋盘的田野里,隐约可见满地的稻茬子;脱过粒后的稻草捆子堆积在稻田里,密密麻麻望不到边沿;裸露的稻田呈黑色,让我这个见惯了黄土地的人大开眼界,自然想到它肥沃的质地,心中滋漫起一缕欣羡之情了。我生活的关中的黄土地孕育了慷慨激越的地方戏秦腔,生存环境更为艰难的陕北的黄土地,却孕育了个性张扬的民歌信天游,更有比迪斯科还癫狂的腰鼓舞。在这方肥得流油的广袤的黑土地上,孕育了让人赏心悦目的二人转。一方水土养一方人,一方水土更孕育一方人个性化的艺术。

车子在黑土地上疾驰,眼前突然出现一座新城,我被告知这是正在建设中的铁岭新城。接近新城边沿,我看到的是左右都看不到头的脚手架。有钢铁撞击的响声。卷扬机的钢铁长臂在高空运转。掘土机在一片阔地上推着黑色的泥土缓缓行进。道路两边是刚刚栽植成活的花草和树木,还有尚未整修成形的凌乱的土堆。一个新的铁岭城正在这方黑土地上呈现出雏形,其规模其景观其风姿,都与老城是别一番崭新的景象了。新城的街道宽阔规整,更有别出心裁富于诗意的街名,南北走向的通道以中国的名山命名,如泰山路、华山路等;东西走向的路以中国的江河命名,如长江路、珠江路、澜沧江路等。我很真切地感知到一种命名的创意和诗性,命名者的创造性思维,既是开阔的,也饱含着诗意的浪漫。

远远看到一片蓝的水面,在中午的阳光下闪烁着幻影似的光环,那是凡江。在我的意识里,对那些有江河流过的城市留下更为生动鲜活的记忆,南方自不必说,几乎有城就有水,珍贵自然是北方的城市，难得有流水依傍或河流穿城而过。这种心理缺憾与我生活的古城西安缺水有关，尽管古有"八水绕长安"的迷人景象，然而都与城区有较远的距离，近年间水量锐减，以至干涸。看到铁岭新城流过的凡河，便有一种滋润的感觉。待车转到一方高台上的时候，我有身临仙境的错觉，奇花异草，诸多叫不出名字的花树，修葺规整的小径，细工雕琢的玉石围栏，真如同诱人的公园。上到高台的平顶，眼前是一泓蓝莹莹的湖水，岸边绿树掩映，平添出生动的诗意。这是一方人工湖，引凡河河水进来，成为令人舒悦的风景。人工湖那边，是一排业已完成的新式建筑，造型各异，高矮错落有致，到这儿就可以领略未来铁岭新城的全新风貌了。我有点不可思议，一座新的城市就这样说建就建成了，堪为奇迹。

  匆匆走过铁岭老城和新城的每一步，我都感受着生活运动令人振奋令人鼓舞的步伐。这种步伐在我走过的中国南方和北方的城市都能感受得到，而在黑土地上的铁岭却尤为强烈。我不仅期待而且相信，崭新的铁岭在创造新的经济奇迹的同时，也将创造新的文化景观，别一种风格的赵本山将走进中国观众的视线。

2008年11月12日 二府庄

一双灵光纯净的眼睛

大年初二下午,难得的清闲里,突然涨起涂鸦兴致。手机又响了,以为还是老朋或新友祝贺新年的事。不料,竟听到一种沉痛的声音,是王德芳的儿子给我报丧,他父亲王德芳去世了。我的脑子里顿时出现空白,不由得悲哀地慨叹,这难以逃避的悲剧还是发生了。

大约一月前的元旦前夕,我到长安郭杜镇参加柳青文学研究会年会,见到诗人徐剑铭,悄悄地也是伤心地告诉我,王德芳查出肺癌,住在西安东郊的军大医院里。我听罢心里一沉,一道阴影便罩上心头。当天下午,我便赶往医院。第一眼看到躺在病床上鼻孔里插着输氧管的那张眉骨清爽棱角分明的脸,我又不由得在心中涌起悲叹,一个铮铮汉子被撂倒了。我叫了一声"德芳……"便说不出话,喉头堵塞了。我和他几乎同时伸手相握,竟然能感到他的手还很有力。倒是他先开口说话,而且容不得我插嘴。他还说文学创作,却几乎不提自己的要命的病。他的口齿发音时而清晰,时而含混,我已不在乎他说的内容,倒是更想知道病情和恢复的可能性。他的儿子已经习惯他的语言,不断地给我"翻译"那些我听不懂的话,仍然是文学创作、小说和诗……我姑且听着,用心观察他的外在变化,本来就偏瘦的人更瘦了,本来就棱骨分明英气铮铮的脸,更突显出分明的棱角;鼻子更显得通直了,雄踞脸盘中央,我顿然想到直立蓝天白云间的峭壁;那双黑黑透亮堪称灵气和纯净之气同时泛溢的眼睛,依然泛溢着纯净之气和灵气,我便想到那些大气磅礴和那些情感纤细的诗句,都是这双眼睛的泄光。我劝他暂且不说也别再想文学创作的事,无论小说无论诗歌都不想不说,只需静静地养病……

临走时,德芳的儿子告诉我,病发现得太晚了,医生已无技可施。大约一月前,儿子和夫人发现德芳不断消瘦,要他去医院检查,他却一拖再拖,推说忙完这事再忙完那事后去医院。就在他躺到医院之前不久,还陪着全国一批新老诗人登华山,激情满怀地吟诵华山的诗歌。

我知道并记住王德芳这个名字,是四十多年前的上世纪六十年代初的事了。《延河》和陕西的两家省报和市报的文艺副刊上,频频出现署名王德芳的诗歌,格外令我这个喜欢写作又发表不了作品的文学爱好者羡慕。陕西那几位卓立文坛的习惯上称老作家而其实不过四十出头的大作家,许是与自己距离太远,心里存着的是仰视,不具备可比性,倒是那几位频频出现在《延河》和报纸副刊上的业余作者的名字,对我更具神秘的诱惑性魅力。他们通常被称为"工农兵业余作者",其中写诗的王德芳算是人数有限的几位中的一员。一九六五年,他已经参加过"全国青年业余创作积极分子代表大会",足见他诗歌创作的影响,时年不过二十四岁。

见到王德芳,大约是接近二十年后才有的机缘。确凿记得的过程,是尚未谋面,却听到他在"文革"中的惨痛遭遇,在新时期刚刚恢复的文学圈子里广为流传,义愤阵阵。在"文革"刚刚发生时,他就被揪出来批判斗争,罪名是他用诗歌反党。他满腔激情创作的歌颂共产党歌颂毛主席的诗歌,被倒反过去挑刺,变成诅咒的恶意了。吊挂在他胸前的牌子上的罪名不断升级,先是"小三家村头目",再是"三反分子",直到最吓人的"现行反革命"。他被逮捕入狱,判刑十五年,可以想象又令人不敢想象狱中的折磨。他在狱中整整被折磨了七年零七个月,直到一九七八年元月获得平反释放。他的坚强自信所产生的强大心理支撑力量,让他承受了不堪忍受的折磨而保存了性命,终于盼来了祸国殃民的"四人帮"垮台的一天。他的更为感人的举动发生在出狱之后。在他被囚禁牢狱的时候,拖着一男一女两个小小孩的妻子无法维持生活而改嫁了,丈夫是个很善良的人。他出狱后就到车间上班,晚上下班住在招待所,仍抑制不住洋溢的激情倾泻诗歌;他确定不再找已经改嫁的妻子,只怕给那个业已组成几年的家庭造成伤害,自己已经被伤害过了,就由自己一个人承受。他不仅没有抱怨妻子,倒是把初入狱时妻子从窗户塞给他的一袋水果的情义永记不忘……我在听到王德芳的这些传闻时,完全改变了"文革"前在报刊上看到他的诗歌时的印象,羡慕升华为钦敬。呈现在我意识里的不单是一个才华横溢的工人业余诗人,而是一个顶天立地的堪称大境界大胸怀的大写的人了……直到我来阎良为他送行,一位和他共事的同志忆及一个细节,在逮捕他的万人大会上,他昂头不低,被压下去,又仰起来,又印证了我的印象。

　　我已记不准是在什么环境里和他第一次握手了,我却记着第一次见面留给我的印象,就是那一双泛溢着灵光也泛溢着纯净之气的又黑又大的眼睛;他的身体大约还未从七年之久的牢狱折磨里恢复过来,偏黑的脸上,泛着灰黄色;他的精神和心理,大约也尚未从积久的挫伤里完全恢复。然而,那双眼睛却让我感知到这一个诗人独禀的壮气和灵气。包括我在内的同一茬作者都在关切地安慰鼓励他,也忍不住问他的生活情状。他不再抱怨什么,也不哀叹,甚至不愿意再提曾经冤枉无告的灾难,一种理性的大度和谦和,让我更具体地产生敬重。

　　及至后来不断读到他的诗歌,震惊全国的张志新烈士的惨案公开以后,王德芳写下《真理的回答》。记得我在《延河》上读到这首诗时,反倒庆幸他是不幸中的万幸,还能为张志新烈士献诗。我随后又读到《啊!永远明亮的心》这首较长的诗,更为惊讶。四川成都一个青年盲女苦学苦练,成为一位医术出众的按摩医师,治愈了全国各地许多病人。他从报纸上读到这位女按摩师的感人事迹后,一发不可抑止,写下一百多行诗歌倾情歌颂。我在读着那些真情倾泻的诗句时,突然想到,这个自身受过七年多牢狱之难的王德芳,刚刚走出牢狱不久,便忘情地歌颂一位平凡而伟大的普通劳动者,足以见证一个中国诗人的赤子情怀了。

许多年里,他在阎良,我在西安,离得很近,却很少谋面,甚至一年半载也见不上一回。我知道他很忙,身为一个超大型军工企业杂志的主编,又为企业的宣传工作尽心倾力地忙碌着,还不断写着他的诗。人说诗是年轻人干的事,年龄偏大时,诗性激情便会转化为相对的理性叙述了,不少诗人后来改写小说、散文或戏剧了。王德芳的诗性激情却不受年龄的制约,一路吟诵过来,激情不减,写下七百余首诗歌,直到躺倒前,还登上华山纵情赋诗。我便想到这是一个天生的诗人,一个灵气和壮气始终旺盛的诗人。

2009 年 1 月 31 日 雍村

难忘一渠清流

在村子里的初级小学校念书到四年级期满，算是毕业了。要继续深造，需要通过升学考试，到所辖学区的高级完全小学接着读五、六年级。严峻的前提是，必须通过考试得以录取。初级小学是复式教学，一个教室里四个年级的三四十个男女学生，由一位既是教师也兼校长的青年老师独统这一方乡村教育领地。他很负责任，在我们毕业前夕已经打听到准确的招生消息，属于西安市辖区离我家最近的两所高级小学都不招生，却有蓝田县辖的一所高级小学招生。我家所在的地域属西安市辖的最东头一个村子，再往东就属蓝田县辖的地域了；往北是灞河，河北边也是蓝田县辖地，正对着我们村子的灞河北边的油坊镇上有一所高级小学，距家不过三里地。我和同村的两个同班同学搭伙儿涉过灞河，抱着碰运气的心理找到那所小学，再找到管招生的老师说明来意，竟破例允许不属蓝田县辖的我们报名应考……考试的结果，我们三人有一个落榜，我竟有幸得中。这是一九五三年的事，我十一岁。

即将开学的时候，天降暴雨，灞河涨起洪水，多日不退，我几乎天天乃至一天三次跑到河边，看河水落下去的情状。直到水落到我可以蹚过的时候，开学已过一周了。父亲送我上学，他肩头扛着一袋面粉，我背着一捆被卷，走进学校大门时竟然忍不住心跳。学校给北边岭上和南边白鹿原上的远路学生安排住宿，并设有学生灶，把自家磨好的面粉交来，再交大约一元人民币的副食费，只有盐和醋两种调味品，酱油属于奢侈品，不供，更谈不到蔬菜或肉了。

父亲回家之后，我进入教室上课，陌生是不消说的，麻烦发生在晚上。作为我们五年级新班的教室是新建的一幢房子，房内用木板铺楼，作为睡觉的宿舍，尚未完全做好，工匠正在赶做尾巴活儿，把我们班临时安排在一个既老又低矮的教室里，晚上就睡在桌子上过夜。我初来乍到，不知底里，天尚未黑，课桌被人并拢占定了，连长条坐凳都被合并各有其主。我把剩下的三条木腿活络的板凳并拢起来，铺开被子，自然是一半做褥一半做被，又找来一块旧砖做枕头，睡下了。睡到不知什么时候，我有从悬崖跌下的恐惧，惊醒后半天反应不过来，迷迷蒙蒙还以为在自家炕上，摸到左右的木板凳，才顿时醒悟，我是从以凳做床的板凳上掉到地上了。我爬起来，眼前黑咕隆咚，那时候尚未通电，照明需学生自备油灯。我刚来一天，还未来得及买油置灯。摸着黑把掉在地上的被子拎起来，才发现三条并拢做床的长条凳分开了，我掉到地上时夹在木凳之间，也就明白是木凳的腿子太活络而难以固定，才造成这场虚惊。这是我第一次离家出门在外过夜的经历，竟铸成永久记忆。

到第二或第三四天，我的紧张心情才逐渐缓解，也才敢把这个学校的前院后院走了一遍看了个明白。大门朝南临街，将一排作为教室的房子中间留一间作为通道。进入校内，西边一排低矮的房子，是老师的餐厅和学生灶，还有储藏杂物用房；北边是一排教室，中间夹着校长和几位教师宿办兼用的单间房；东边就是新建成的即将启用的我们班的教室了。四面被连排房子连结，中间是一方甚为宽敞的空地，下课后便被拥出教室的学生渲染得生动活泼。最令人难忘的一景，是从围墙外引进一渠清流，从北边那一排教室前折拐到我们的教室门外，再向西折拐到大门通道，从石板铺盖的地下流出学校，穿过街道流进对面的村子。这条水渠的水一年四季都清澈无浑，是地下渗出的一股颇为丰盛的清泉,大约流过许多许多年了,渠边上粗大的小叶杨树即可见证。北排教室外的水渠边,有小块竹林,是冬天里校园内的一抹绿色。竹林边,还有一大丛玫瑰花。北排房子中间也有一条通道,出去后便是偌大的操场,只有一副木制篮球架,再无任何体育设施。操场东北角还有两座教室,供低年级学生学习。操场西边是土打围墙的厕所。北围墙紧靠着一条沙石出路。我出围墙门站在公路边上,平生第一次看到大卡车。那些从北岭和南原上来的同班同学,晚饭后常不约而同走出北围墙后门,站在公路边等待过往的汽车看风景。那时候汽车很少,往往等半个多小时,未必能看到一辆汽车,小车几乎没见过。后来我才知道,这是关中通中国南方的唯一一条公路。

我很快便和同学混熟悉了。大约是年龄造成的不同兴趣,我和那些年龄接近个头也相差不多的小同学很自然地聚拢为友。我的学习不是太用功,把老师讲的课本内容听懂了,很顺利地做完作业,就不再翻揭书本了,课余便尽着性情玩。那时候尚未使用钢笔,必备一支大字毛笔和一支小楷毛笔,一个砚台或墨盒,每天写一张大字,两天写一页小楷字,连算术作业的洋码字也是用小楷毛笔书写。我现在还后悔那时候把大仿字和小楷字只当成作业去完成,没有认真用心地练习书法基本功。我们班有一位个头不高却很老气的同学,毛笔字写得好到被老师划归为柳体,即大书法家柳公权的笔体风格。我常见他在课余独自写毛笔字,用粗糙的黑麻纸订成一个大厚本子,一张一张地写,左手边就放着一本柳公权的字帖,作临摹。我第一次听说大书法家柳公权的名字,第一次见到字帖,皆源于此。我和不少同学写毛笔字还处于描"影格"的初始阶段,"影格"是班主任杜老师写的,放在纸下,再在上面白纸上照着描摹。杜老师后来把给学生写"影格"的事转嫁到那位同学身上,他在全班同学面前说,谁要用"影格",别找我,让×××同学写,他比我写得好。可惜,我忘记了这位同学的名字。

　　学校最火的体育运动是篮球比赛。班级之间搞得热火朝天，却是那些年龄大个头也高的学生。如我一样年龄小个头又矮的同学，流行玩一种小皮球，比赛人数和规则与篮球完全一致。我曾经热衷到入迷的程度，一个篮球场，很难有给玩小皮球的学生尽兴的机会。我在闲余时就踢毽子，仅仅一条灞河之隔，我们河南边的村子里的小孩，几乎人人会踢用鸡毛扎的毽子，女孩也踢，而河北岸的同学却把我的毽子当作稀罕物，无人会踢，许多同学竟然没见过。不过，他们好奇地试踢几回之后就索然了，我一个人玩不出兴趣，就又找机会和他们一起打小皮球了。

　　我是顶着"毛盖"发型走进这所高级小学的。还有北岭南原偏僻乡村的同学也蓄着这种乡村未成年男孩传统的发型，即前脑上蓄留一绺长发，苫住了前额。在已经普及了所谓"一边倒"和"平头"等文明发型的学校里，常常遭到讥笑。班主任杜老师倡议男同学每人交一毛钱，买回推子、剪刀和梳子，亲自动手，把我和其他所有蓄着"毛盖"发型的同学的头发剪掉了，一律变革为新式文明发型。他随之培养了两个心灵手巧而又热心服务的男同学做理发师，给全班男生义务理发。我后来由此番发型革命约略可以感知当年辛亥革命男人剪辫子的心理。

　　从教室门口流过的清湛湛的水，是我们寄宿学生洗脸的再好不过的水了。因为是地下涌泉，夏天清凉，冬天又显得温热，洗手洗脸是一种享受。半夜从楼上宿舍下来小解，出门便对着水渠撒个痛快，尿被水流冲走，不留任何遗味。记得某年初夏，我似乎睡醒后还有点迷糊，下楼后刚站到水渠边，看到前方站着一个没有脑袋的人，吓得折身跑上楼去，躺进被窝再无法入睡。第二天早晨起来在水渠边洗脸时，才看出那个无头的"鬼"是那丛含苞待放的玫瑰。我把这场虚惊写成作文，受到杜老师的表扬，不仅在全班通篇读完，而且对几处生动描写做了点评。这是我的作文获得的第一次评论,而且以阅读的形式公开"发表"在全班同学面前,难以忘记。

在油坊街高级小学的两年寄宿生活,几乎记不起任何不愉快的事。唯一的缺憾,春末初夏时节遇到暴雨,灞河涨起洪水,周六回不了家。寄宿的同学和学校老师都回家了,只留下我和灞河南岸三五个同学,好生恓惶。我常站在河边,看着南岸走动的大人和小孩,清晰到可以辨认出张三李四来,却总无法回到母亲身边,忍不住滴泪。尤其是升中学考试的关键时候,遭遇洪水,不能回家,不仅口袋无钱,关键是我穿着一双鞋底快要磨透的布鞋,踏上行程三十华里的沙石公路,很快就把脚后跟磨破流血了……

2009年3月2日 二府庄

说 "我"

说"我",不是说我本人,是想说"我"这个字的读音。更确切地说,是陕西人对"我"字的读音,自然也是我对"我"字的读音。

先从我自己的遭遇说起。记得年轻时第一次出潼关也出陕西界,就发现不妙,和人初识开口说话,发现对方眉头一愣,眼神里掠过一缕惊诧,初以为自己行为举止有不得体之处,却一次几次反省竟查纠不出,后来才发现概出于对"我"字的发音。及至生人初交之后变成熟人,乃至成为可以坦然直言的朋友,他或她在听到我说"我"时不仅不愣神不惊诧,反倒跟着我模仿起"我"的发音来。初学自然都不顺口,也不像,发出既不像普通话里"我"的读音,也不像陕西话里"我"的读音,他或她的怪怪的读音,惹得自己笑,也惹得我笑。

他或她笑一回乐一回也就过去了,分手之后便忘记了。在我却很难忘记,似乎有一种说不大清楚也说不准确的东西潜存在心头。这种事情多有发生之后,我意识到以"我"字的奇特发音为典型特征的关中话,在别人——他或她听来可能是新鲜的稀罕的独特的,也有一分可笑或滑稽的意味。由此我试图说普通话,避免给人留下口语的滑稽和可笑。且不说我的普通话说得靠谱不靠谱,麻烦在于说不到三句五句,无意识间又返回到陕西关中东府的发音了,再要纠正回到普通话,连自己都觉得别扭了。有几回强迫自己坚持说普通话,相信说多了也许就顺溜了,却发生一种致命的障碍,说着普通话的时候,严重影响表述;许是总想把普通话说得像普通话而分散了注意力,往往影响表述,不单形成结结巴巴话不连贯,而且把准确的意见表述得含含糊糊;搞得自己出汗倒在其次,而不能说出想说的意见,是令人很丧气的事,尤其是那些诸如会议或电视台颇为庄重的场合……我后来便决定还是说关中东府话,何必活受洋罪。我也警惕一点,把关中地方话中那些太生僻的词汇和太怪异的发音尽量避免,譬如"水"字,我的家乡口音说成土匪的匪音,改为普通话里的水的发音却不难。我并非抱残守缺,说话总以让人听懂完成交流为目的。然而,这个"我"的发音却始终难改,在于别人能听明白所指,只是觉得读音有点好笑罢了。

我就依着跟父母学会的"我"的发音或读音,一路说下来说了几十年,到后来经见的他或她的惊诧以及学舌的事太多了,反倒不在乎了。记不清是近十年前的哪一天,又遇到一位跟我学舌"我"的读音的朋友,记不清是他或她,却肯定不是陕西人。他或她在挺认真地学我说"我"的时候,却不无逗趣的轻松,想让他或她发出稍微像样的"我"字的陕西读音,比学外语还难。着急处,我的脑际突然冒出以我字为偏旁的几个汉字来,诸如饥饿的饿、鸡鸭鹅或天鹅的鹅、小飞蛾的蛾、嫦娥的娥、吟哦的哦、巍峨的峨、莪蒿的莪,还有俄罗斯的俄,这些任谁都不陌生的以我字为偏旁组成的汉字,都读作我所发的"我"的读音。我便自然推想到一个简单的事理,发明并最后确定下来的如上这些以我字为偏旁的汉字,最初是以陕西人对"我"的读音确立的"俄、饿、娥、峨……"等字的读音的。我便玩笑说,创造这些以我字为偏旁的汉字的人,肯定是陕西人的一位老祖宗。于是,我对那些跟我学舌说"我"读音的他或她说,别学舌了,其实你早就会跟我一样发"我"字的读音了,你会说俄罗斯会喊肚子饿会形容山势巍峨更感动过嫦娥奔月,你就会发出和我这个老陕一样标准的"我"的读音了……他或她当即停止嘻嘻着的学舌,发现自己真会说出陕西人的"我"的读音,甚至不无感慨,老祖宗当年造汉字的时候,敢情真是以你们陕西人的"我"的发音为准的?我便骄傲一回。

  我还是无意识中发现,构成陕西三大板块的陕北高原关中平原和秦岭南边的汉中盆地,不仅地貌、气候、风俗差异很大,说话的口语也截然不同,陕北有几个县的纯地方话,在我能听懂六成就不错了,而陕南汉中盆地的语言已经九分类似四川口音。然而,对于"我"的读音,这三大板块的人却是十分一致。我曾玩笑说,许多许多年前划定陕西省辖地图的人,大约把对"我"的读音也作为一个不大不小的因素吧。不管以放牧为生存依托的毛乌素沙漠,不管以周秦汉唐等十余个大大小小王朝立都的关中,还是一派江南风韵的汉水流域的安康和汉中。对"我"的一致读音,便打上了老陕的标志性印记。

  我也有意无意地发现,我的儿女在家里和我用家乡话闲聊的时候,突然接到手机电话,立刻便调换成普通话的频道了。到我的孙子,无论大的或刚刚学说话的小家伙,都是一口普通话,这是从上幼儿园再到上学练成的语言,陕西人对"我"的读音,已经从他们的口头完全消失了。我便生发出一缕无可如何的心结,老陕对"我"的读音,在我们家即将终结,我无疑成了还不改口的老陕说"我"的"最后一个渔佬"。

2009 年 9 月 10 日 二府庄

再说盗版和盗名

前不久接到官员兼作家刘凤梅先生打来的电话，说她在一家书摊上发现署着我的名字的长篇小说，不是一本，而是赫然醒目地并排摆着一套三本。她说她未曾听说我有长篇小说出版，怎么突然一下子冒出三部来，心生怀疑，便给我打电话问个究竟。我当即回话，肯定地告诉她，那是冒名的假书，并感谢她告知这个情况。

刘先生顺手买下这套长篇小说，并托人转交给我，我才一睹这套署着我名字的三大本长篇小说的芳容。三部长篇小说的书名分别为《艳荒》《艳村》《艳妹》，当称三艳。书的封面上用红色字体标明"茅盾文学奖获奖书系"，顶头是茅盾先生的侧面头像，即"茅盾文学奖"的那幅标志性徽章的照片。三部以艳字打头的书名的黑色字体，大到几乎占去封面三分之一的版面，站到七八米外瞥一眼都会看到。书名下方印着"陈忠实著"。再下方用指盖大的黑字标明"西部艳情当代红楼梦"。封面最下方印着"作家出版社"。封面的底色是淡黄色，有大大小小的五角星散布着。这是上世纪九十年代末到新世纪之初人民文学出版社所出版的"茅盾文学奖获奖作品系列"的统一封面，早几年已经不再采用了，而是重新设计了一种封面。

看到这样装潢的三部书，我的第一感觉是贼头贼脑的贼气。再看，愈发觉得是贼气弥漫着的贼眉鼠眼了。我心里很清醒，这种感觉纯粹属于我先入为主的意识幻象，因为在我未见到样书之前就断定它是盗名本了。盗者,偷盗的贼。尽管不是盗窃国库或偷盗私家财物,而是盗用别人名字,却也改变不了盗字的原本字义。这样,我所发生的贼头贼脑贼眉鼠眼的意识幻象,也就是很自然的事了。

瞅着这三本堆成厚厚一摞颇为壮观的盗名书,虽不敢说一丁点气也不生,确凿已经生不出稍微大一点的气来,莫可奈何倒是基本符合当时的真实心态。如实说来,不是我修德养性宽容大度到可以遇盗不惊不气,而是十余年来屡遭盗版又遭盗名,想惊也惊不了,想气也生不出气了,甚至有点麻木到只会本能地反应出,噢,又盗了……正所谓常言所说见多不奇,或如乡间俗话"虱多不痒账多不愁"了。

准确记得是一九九三年八月《白鹿原》首先在西安上市不过半月,《白》的盗版书也跟着面世了。我当时不在西安,是从人民文学出版社一位编辑的电话里得知的,不仅惊讶,也更生气。其实比我更生气以至愤怒的是人民文学出版社的老总,道理不言自明,盗版书充斥市场,直接伤害正版书的发行和销售,他们抓到一本畅销的书,市场却让盗版书占领了,作为经济效益的钱,自不必说让盗版者挣去了。况且,盗版书既不给国家纳税,也不给作者付酬,纸张粗劣,印刷马虎,成本低廉,真乃一本万利。在我得知此消息的时候,人民文学出版社一位老总早已飞到西安追查此事。大约一周后,我得到的消息是老总已返回北京,只有一声接一声的难言的叹气,自然是毫无结果地无功而返了。

之后不久,盗版《白》书蜂拥而出,持续数年,绵延不绝。我是在朋友和读者提着一包或拿着单本的《白》书要求签名时,见识到各种各样的盗版本。我无法估计盗版本的总量,仅以那几年目睹的签名本,十本里有七本都是盗版本。在西安是这种情况,到外省参加笔会免不了也要签名,盗版《白》也在七成,只多不少。我起初拒绝给盗版本《白》书签名,不仅是心理上逆反,更以为是签名就意味着承认盗版的合法性。后来时日久了,自己似乎渐渐意识到,无论你签名与不签名,盗版本依然畅销市场,不签名无非是阿Q的那个精神胜利法的无聊了。尤其是在外省,那些拿着盗版《白》的老少读者说,我也不知道这书是盗版书,何况你难得再来,即使日后买到正版《白》也签不上名了。我在这一刻突然明白,读者是无辜的。我便给他们签了名。由此开始,无论是哪种盗版本《白》,包括后来出现的中短篇小说的盗版本,我一概签名不误。直至见到一本厚厚的《陈忠实文集》,字体小到我需要用放大镜阅读,竟然把我的长、中、短篇小说一网揽尽,我看着那本书竟连一丁点气也生不出来了。起初几年我还收集遇到的各种盗版本,此时竟然完全失去了兴趣,见到就扔到废纸篓里。

　　盗名书大约是十年前开始出现,第一本盗名书是哪一本已经无记。热心的朋友发现时顺手买下赠我,累计已不下二十余种了,因为谁也没有费工夫搜集,可以肯定不是全部。这个过程中有几件尤为难忘的事,大约新世纪之初,两位和我可以算作同代("40后")且在文坛卓有建树的作家朋友的书被署上我的名字上市了,其中一位的刚刚面世的长篇力作,被改换了一个书名,署着我的名字盗版应市了。这位朋友打电话问我。我得知此事,慌乱中竟替盗版盗名的人向作者道歉起来。道完歉发觉不对,我道的哪门子歉呀!便和这位作家朋友说明,在他被盗版是首次发生,在我被盗名已多有发生,只是没有这回拙劣罢了,两人便一笑了之。几乎在这件事刚刚过去不久,百花文艺出版社一位女编辑打来电话,说她责编的一部长篇小说即将出书而还未出,这部小说却署着我的名字已经招摇书市。她的口气有点硬,更令我别扭的是该书的作者,也是我熟识的同代作家,且是该省作协的领导人之一。这回我不慌乱也不随便道歉了,反问她,小说原稿只有你和作者占有,如何被人盗版又盗名先出?不言自明责任在谁了,且不说我被盗名的冤枉。待她换过一种商量的语气后,我答应写一纸关于此书被盗版又盗名的声明性短文,后来发在

《中华读书报》上，收效难以估计。

　　我后来对不断出现的盗名书也不惊不气了。直到两年前，朋友赵润民打电话过来，说他在一家小书摊上发现三本署着我名字的小说，问我知道不知道。我一年也逛不了一回小书摊，自然不知道。这回我突然生气了，最直接的反应是，盗名一本也就罢了，再一本一本盗名也都罢了，现在竟然批量盗名出书了，真有点欺人过甚了吧！我曾寻找有关管理部门，结果据说只是把那家小书摊的盗名书没收了。后来零星出现的盗名书，我已完全不在乎。太在乎的结局和不在乎是一样的。直到这回又是三本成套的批量生产的盗名书再出现于书市，我着实生不出稍大一点气来。

　　事过月余，心理上似乎隐约着一点亏欠的感觉，我可以在无可奈何的心态里随其自然，想到那些离文学圈子较远的读者（文学圈里的人是蒙骗不过的），可能买下署着我名字的那些诸如以艳字打头命名的三本书，如若读得无聊，骂陈某人我两句倒也罢了，反正我也听不到；如若读得有趣，或者竟是盗得哪位名家的力作，说一声好，我反而落下不该获得的褒扬了，把真实的原作者的荣誉掠取了。

　　谨此敬告。

2009 年 11 月 7 日　二府庄

原或塬，是耶非耶

前不久西安在一周内先后两次下雪，尤其是头一场雪，下得早又下得厚。雪兆丰年。我仍然习惯依乡村人的眼光判断自然现象的利或弊，对麦子再好不过了。大雪初晴那天，接到一位陌生人打来的电话，先是盛赞一番这场难得的好雪，接着便说他想到白鹿原上去赏雪景。我也不觉间被激发起来，随口附和，原上的雪景确实值得一览。不料他接着问我有几个白鹿原。我说就我所知，西安东郊有一道原叫白鹿原，也叫狄寨原，还叫灞陵原，是同一道原。再远一道白鹿原，在三原县城北边。他说他问的是西安东郊的白鹿原。他随之解释给我打电话的原因，是在一些报刊上见到有附加着土字偏旁的白鹿塬，以为是另一道也以白鹿命名的塬。我便玩笑说，在西安东郊，只有不加土字偏旁的白鹿原。

这样的问询电话已不止一次。近年间，白鹿原上的万亩樱桃已成盛大的景观，每到五月初，白鹿原上和原坡以及北坡下的灞河川道，一眼望不透的樱桃红了，西安城里蛰伏了一个冬天的男女老少，或呼朋唤友，或伴妻携子，更缺失不了热恋的情侣，纷纷赶到原上或原下的樱桃园来，自己攀树采摘一年里最早成熟的鲜果，品尝美味，也兼着游春踏青的独得乐趣，常常是公路为之堵塞，盛况一年更盛过一年。这期间，我常常接到一些陌生电话，如同前述的那位想上原观赏雪景的陌生朋友同样的问询，附加土字偏旁的塬和不附加土字偏旁的原,是不是同一道白鹿原。我便逐个解答,不是我耐心有余,确也是怕错失了问询者的游兴,也怕耽搁了原下原上果农乡党的收益。

白鹿原和白鹿塬,这个原耶?那个塬耶?

不单是陌生的想上原踏青摘樱桃和观赏雪景的朋友发生疑问,近年间我也在报纸和刊物上多次见到附加着土字偏旁的白鹿塬的字样,不太在意,以为不过是多此一举罢了。既然引发如摘樱桃如赏雪的朋友的疑问,我想做一个小小的辨释,免得我再无休止地解释下去。

我在上世纪八十年代中期,查阅《蓝田县志》在《历史沿革》卷首即有记载:《竹书纪年》中"有白鹿游于西原"。这无疑是位于蓝田县城西边的这道原获得白鹿原名称的原始因由,这个"西原"未附加土字偏旁。又如《中国古今地名大辞典》里所引《后汉书郡国志注》:"新丰县西有白鹿原。"再如《续修蓝田县志》记:"白鹿原位于灞浐二川间。"我所能见到的古典文献资料上所记的白鹿原的原,没有一处附加土字偏旁。唐朝诗人白居易有一首脍炙人口的以白鹿原为题的七绝,不妨借此共赏:"宠辱忧欢不到情,任他朝市自营营。独寻秋景城东去,白鹿原头信马行。"且不说白居易到原上纵马赏秋景的畅快豪壮,只说白居易诗里的白鹿原的名字不附加土字偏旁。还有唐朝一位皇帝遗留的两句诗:"白鹿原头回猎骑,紫云楼下醉江花。"这位皇帝也喜欢到白鹿原上纵马放情,亦不论他,只见证这个皇帝笔下的白鹿原的原字不附加偏旁的土字。很显然不是白居易和这位皇帝不喜欢以土字为偏旁的塬字,更不会是他们都忘记了给原字附加偏旁的土字,而是以白鹿命名的这道原的原字,原本就不附带那个偏旁的土字。从《竹书纪年》到白居易和皇帝的诗歌里,白鹿原的原字都不附加土字偏旁。

前不久,我在一种报纸上看到一则新闻,是说谁家在白鹿原上搞了一项什么开发项目,文中竟然把不附带土字的原和附带着土字偏旁的塬都用上了,白鹿原和白鹿塬交替出现在同一篇通讯文章中,真让人徒叹奈何,便动了写这篇小文的念头。

白鹿原是地名,和什么村什么寨或什么街什么巷一样,要改名要换字,似乎需要经过甚为严密的申办手续,获得批准后才能改换,不是任谁的好恶说改就能改说换就能换得了的兴之所至的事。同样的道理,白鹿原的原字,也应当不是随心所欲就可以给它附加一个土字为偏旁。

但愿在正经的公众报刊上再不出现白鹿塬。不消说,会造成白鹿原之外的又一个白鹿塬的错觉,且不说附加着土字偏旁的多此一举。但愿不再发生上原赏雪、踏青、逛景以及摘樱桃的人,又打电话给我问询这个塬和那个原是不是同一道原的疑惑,不是我缺乏耐心,而是人为制造这个谜团,真想不出其多此一举的因由。

2009年11月30日 二府庄

言　论

面对城墙的吟诵

——《南城墙》序

连续几个夜晚,我躲在办公室里读《南城墙》。走出明亮温暖的房间,院子里是深夜的阴冷。尽管是西安多年不遇的暖冬,虽不见往年"三九四九"这个时月里冻破砖头的严寒,却毕竟还是冬天。在裹衣缩脖的瞬间,我从书稿的纷繁意象里跳脱出来,面对着一个素未谋面却颇感熟识的人。这人不隶属任何文艺团体,也未著一项作家头衔,却写出一部让我难以掩卷更难以释怀的散文集,令我顿生诸多无言的慨叹。

这人叫鲁振田。看名字,容易让人猜想到他是来自乡村仰赖土地生存的农民子弟,然而确凿是一个地地道道的老西安城里人,生在并长在西安的南城墙根下;从小学念到中学再念到大学毕业,也是从这道巷子的学校出来,再进入另一条街巷门楼更高校园更阔大的一所新校园;走出校门进入社会,也还是转悠在这座历史悠久的古城里,不过是从这家工厂调到另一家企业,或从这个机关又派往挂着另一个牌徽的机关,直到从区长的领导位置上退休;退休下来的这个人,于朝曦初露或夕阳渐隐的美妙时分,散步在城墙根下护城河边。我便自然想到,这真是一个完完全全的老西安人了,他的独有的心理感受,是包括我这种后来进入者无法类比的;这个人经历了这座古城近代以来的风霜雨雪新旧更迭和水涨潮落,并亲自投身到这座历经沧桑的古城复兴更新的开创性建设之中,眼看着崭新的令人眼花缭乱的景致从残檐断墙里脱颖而出,当是怎样一种骄傲和舒悦。我也很自然地确信不疑,这个人笔下吟诵的以南城墙为表征的西安的情感,是真实的、真切的、可靠的,因此才有了令我陶醉的韵味。

鲁振田写下许多儿时老西安生活印记的篇章,都是他的幼年时期所见所遇所亲身体验而历几十年之后不能泯灭淡忘的鲜活记忆。这些生活影像记录下上世纪四十年代古城西安南城墙里的生活秩序生活形态,让今天的读者感知一种并不悠远却很古老的生活氛围。城墙里的孩子玩耍的花样,是跳房子,是老鹰抓小鸡,是跳绳,是捉蛐蛐。我读到这些生动的情趣十足的生活细节,把我的童年记忆激活了,我在西安东郊灞河岸边一个偏僻的小村庄里,玩的也是这些把戏。甚至弥补了我心里的一点虚空,以为城里娃根本瞧不起乡里娃没啥好玩才玩的这些耍活套路,看来在落后封闭的四十年代的中国,西安城里和城外乡村的孩子所能选择的娱乐的花样基本一样。甚至还不如乡下的我玩耍的途径更多,比如我可以在秋天上原坡摘酸枣,冬天烧野火,夏天偷杏偷桃偷豆荚,割草拾柴,脱光衣服在灞河里捉鱼,只是碗里的白米细面和肉块要比鲁振田稀罕得远了。

让我感到最不堪承受的一笔,是他被父母拖着背着躲避日本飞机轰炸的情景。八年抗日战争的民族灾难里,陕西是日本鬼子没有能够践踏的一个省,西安却照样被日本鬼子的飞机轮番轰炸,手无寸铁的古城里的男女老少,在密集的炸弹轰炸里毫无遮掩,在明朝的长安人为阻止刀矛骑步侵袭的城墙里,掏洞以藏身,任谁都可以想象一堵夯土包砖的土墙对于现代战争炸弹轰击的苍白和无奈。鲁振田记下了自己儿时钻在城墙土洞里的情景。这不是老鹰捉小鸡的耍活儿,而是一个贫弱落后国家子民的惨烈屈辱的精神灼伤,让今天的古城市民温习一回,起码在我更不屑于那个拜鬼的业已下台的所谓首相的自欺欺人的鬼话了。

鲁振田喜欢绿色,几篇写自己年轻时栽花种草植树的文字也引发我的共鸣。我喜欢植树,大约是从父亲那里承袭的习性,乡下小院门前屋后栽着十余种材树、花树和果树。城里人的鲁振田,显然没有我培植绿色的空间大,然而他在拥挤的城市小院里热衷着绿草和花木的育养,不仅在自家小院,连亲戚家荒裸的庭院,也由他自告奋勇亲自动手铺就绿色。那个时期的中国人的意识里,只提倡植树,绿化荒山秃岭,尚不见说草地花苑,可见鲁振田对绿地花木的亲近,不是听从号召的结果,而是自身生命底色染就的绿,是对绿色本能的敏感所发生的自发的行为和举动。到他对古城西安的现实和未来发展具备影响力度的时候,一眼便瞅中了历经风雨颇遭冷落的那些古槐,施肥浇水修枝杀虫自不必说,且不惜破费为每棵老槐树建起钢筋围栏,备受呵护宠爱有加。我读到此,不单感知到一个城区领导人的眼光,而是体味到一个喜欢绿色且亲手培植绿色的人,足以透见其性情里的活力。绿色原本是生命活力的象征,是清纯洁雅的意旨。人的心灵世界有一方蓬勃的绿色,这个人的精神和意趣便有一种天然的质地和纯粹的禀赋,也就有一种不竭的创造的诗意的激情,就会拒绝庸俗和脏污。但愿这绿色继续蔓生在鲁振田的锄铲之下,也继续蓬勃在他的心灵世界。

从生平简历得知,鲁振田长我一岁,生活的光明和生活里的荒诞,自然成为共同的经历。我在读到他写的上世纪五十年代到八十年代初的往事记忆文字的时候,引发的感受是全面的吻合,引发的共鸣绝无二致,似乎已经消隐了城乡的差别。有一段记事尤令我难忘,那是"大跃进"的一九五八年,他和同学停课了,建炉垒墙要炼钢铁了。我那时正在西安东郊一所中学读初中三年级,也停课炼铁铸钢了,操场一角垒砌成一座土炉子,全校同学端着脸盆分批到灞河里淘取砂铁,或到附近工厂捡拾废铁锈钉。这种荒诞的愚蠢是在整个中国全面发生的行为,我们这代人便有了一段不单可资谈笑的记忆。

他写到他拿着一张刊登小麦亩产过万斤的报纸回家讨教父亲，父亲以一种素有的平静指出常情常理，还提醒他凡事要动脑筋想想，以辨真伪。我很感慨这位父亲，作为不种庄稼的城里人，却确知农业生产的常识，尤其是实事求是不跟风不附时不说假话的品行，尤为难得。我在中学的政治课上，在老师展示给我们的报纸上，看到站立在麦穗上的一个穿花裹肚男孩的照片，我那一刻就迷瞪了，那肯定是比得木头一般硬的麦秆儿。自小就在麦田里耍大的我，尽管怀疑那照片是如何照出来的，却不敢当面质疑或揭穿。振田这个城里人记住了一个荒诞的数字，我这个乡里人至今不能泯灭一幅荒诞的照片。这数字和这照片，恰是因其荒诞而成为我们难忘的记忆，倒是作为一种人生的鉴示，对后来生活发展里的更为复杂的事项的辨识和选择，当是有益的财富了。

新时期文艺复兴伊始，首先冲破文学创作中爱情题材禁区的，是张洁的短篇小说《爱，是不能忘记的》。这篇小说记入中国当代文学发展史典，当之无愧，至今依然被评论界论及。我读到鲁振田《没有握过的手》时，便引起上述这个短篇小说的阅读印象。这是鲁振田生命历程里不能忘记的爱。这种爱的美好，因其真诚和真实，因其纯粹和纯净，因其初始的朦胧和后来的亮示，因其跨越了时空的久远和生活的巨变而不减色，令人感动感慨；又因其阴差阳错，以及自身的含蓄和外在的纷扰，而终久留下让当事人也让读者的我吁不出的一腔闷气。前述的小说毕竟带有艺术虚构的色调，而鲁振田却叙述着自己情感世界一件真实的经历，真可谓爱到极处也痛到极处，真实的记述就显示出任何艺术作品所不可取代的独有的撼人心魄的力度。

我读这篇文稿，首先感动的是巨大的真实的力量。许是同代人的因由，发生在上世纪六十年代初"重提阶级斗争为纲"大背景下的爱情的方式，男女交往和接触的行为举止，传达爱意的语言行为，鲁振田的文字达到了一种重现生活原本形态的真实。也许今天的青春男女不可相信不可理喻，然而我们那一代人就是这样经历过的，我由此而对照某些影视作品和小说，涉及那个生活时段的表现形式，恰恰缺失了鲁振田的真实体验和真实表述。再就是那位女主角，鲁振田简约的叙述文字里，活脱出一位纤尘不染透明若仙又含蓄自珍的女性，把一个爱的信物藏在心底，不显不露，也不改易，直到生命终结之时才伸出手来。我读到此已感到不堪承受，自然会想到这女人以怎样的毅力承受到生命终结，鲁振田又怎样承受这个爱着他又即将终结生命的太过沉重的生命之约。我在号称暖冬的深夜里感到透骨之冷，不无这文稿阅读的效应。再三，我感动鲁振田的勇气和勇敢，把这一段不能忘记的纯洁的恋情展示出来。以他的社会职务以及种种世俗的羁绊，能够撇开而诉诸文字，确是难能可贵的，显示了鲁振田的坦诚，也显示着一种珍惜，把那个美丽高尚的女性展示出来，既是对自己的一种情感释放，也是对那位只限在情感层面上的生命之约的人的一种报偿，别无选择的又是铸成永久的报偿方式。

鲁振田有一笔好文字，质朴干净，生动准确。我只尤为欣赏这种质地的文字，往往是那些矫情的文字把人读腻了。我向来不以为文字仅仅只是一种语言趣味的选择，而是受着作者内在气质、心理质地和思想意识的制约，所谓"文如其人"即指这点。《南城墙》里的文字，无论状景，无论叙事，无论抒情，都呈现出真实准确而又不拖泥带水的简约，对于一个不想当作家的人来说，真是难能可贵了，也让我见识到一个人的文字功底。

从文稿里得知，鲁振田已经卸下西安发展建设的重担，从繁忙的办公室离开了，有闲暇到城墙根下护城河边散步了；在修整一新的环城公园里，听自乐班演唱秦腔和豫剧，当是一种为古城复兴动脑出力者的欣慰；尤其是那些受到过他帮助而生活得幸福的人，相遇时的一声问候一次握手一句谢词，足可以告慰平生了。人的有限的生命，面对他的人民和面对自己的良知,能达到这样境地的时候,是一种自信,是一种充实,才可以面对这千年的古城南墙发出如诗如歌的吟诵。

2007 年 1 月 27 日 二府庄

寄望灿烂

——笔记高璨

二〇〇七年伊始,省作协做一年一度的新会员审批。和往年一样,平静而又平和,然而其认真乃至严肃的气氛,却总是令我有一缕隐隐的感动,两位年过七旬的副主席王愚和韦昕,对近二百名申请者的资料表格一一翻检阅览,还不时做着笔记,还要查看申请者提供的发表或出版的作品文本,这个工作量不可谓不大。我比他俩小过近十岁,常看得眼睛发黏发花,看见他俩一丝不苟如同审视经国大业的专注和认真,感动之情里又隐含着敬重。

一个令人惊喜又诧异的话题在圆桌会议上爆开,在今年近二百名申请入会的人当中,有一个年仅十一岁的小学生,好奇和惊诧就是很自然的事了。包括我在内的一帮年过六七十岁的审批者,面对一个尚未成年的小孩子充满稚气乃至调皮的笑脸(照片),面对一本本印刷精美的诗歌、散文、童话文本,没有谁不发出惊诧的赞叹,然而却无异议,一致同意接收这位少年成为陕西作家协会会员。她叫高璨。

这是陕西作家协会破天荒的事。大约九年以来,每年都接收发展新会员一百余人,尚未有一个未成年人会员;在二千一百二十六名陕西作协会员的长长的名单里,如今有了一位年仅十一岁的会员;她排在这个庞大的作家队列里,对于那些高过九旬以及各个年龄段上的男女作家来说,当会是怎样无声无形的欣悦和激励,还有对奋进的催发。

就是这次在前不久召开的审批新会员的主席团会上,我第一次听到高璨的名字,第一次翻阅她已经出版的四部诗歌、童话、散文集文本,第一次看到印在文本首页上那张洋溢着孩子气的笑脸,我顿然想到了曹植,传说他大约也是在这个年龄段上,写出了千古传诵的"煮豆燃豆萁"的绝唱;中国当代作家刘绍棠是二十世纪五十年代誉满文坛的神童,他的小说被选入中学语文课本做教材,其时他自己也还坐在中学课堂上当学生。国外也不乏这样的神童。无论国内国外,无论古代当代,人们习惯称这种人为天才,且为早熟早成的天才。世界上被称作天才的作家为数不少,大多是在青年或中年显露出天才独具的风采,有的乃至跨入老年才露出峥嵘,习惯上称作大器晚成。人们对少年时代就成器成才的天才表现的本能的惊诧和欣喜,多是在于他或她在这样小的年龄档上所显露的才情和诗性,在同龄一辈中几乎是绝无可能的事。我在随后阅读高璨的作品时,最突出最直接的感觉就是这样。这些作品是她八到十一岁时写的。这个年龄段的孩子,当是背记词汇运用词汇辨识名词动词形容词写通写顺句子的基本训练,她却已经开始进行创造意义上的写作,已不属通常的作文课上的作文。单就语言文字而言,我真的很难用通常的普遍的事理去解释,这个孩子如何完成了从作文语言到文学创作语言的升华?文学创作区别于作文训练的重要标志,是想象,是丰富的绝妙的独自生发的想象能力,高璨正是在这一点上显示出超常的智慧,无论童话,无论诗歌,都张扬着诗意的想象的翅膀,常常令我有一种顿然豁朗的惊喜。那些童话,无不闪烁着诗意的想象,可以看作是诗;而那些诗里展示的意境,却也可以看作是想象的翅膀飞翔时画出的童话。随意选出一首"棉花云"——

棉田里/一片云掉下来/像一朵朵棉花/成熟最早的棉花/男

孩来了/穿一身补丁衣服/摘下云/要织成布送辛劳的父母/云不想回天了/真的变成了一朵朵棉花

这首诗里美丽纯净的意象自不待言,更在于意象里的意韵,那个穿着补丁衣服的男孩摘下云朵,再织成布要送给父母,读来令人心颤。高璨在这个自己创造的童话幻境里,思维是反向的,衣服通常是父母种棉织布送给儿女的,也是儿女终生不泯的恩情所系;那个穿补丁衣服的男孩自然是穷困的,不仅没有要求父母给他置换一身新衣,倒是把期盼里的幸福和温暖首先奉送父母,这个意象里的内韵真是让天下的父母读来心颤了。这样看似童趣依依的文字里,有如此雅致高尚的韵味,就决定了小小高璨的出色。

我看到评论家谢冕,儿童文学大家金波、王宜振,诗人沈奇和作家梁小斌,对高璨作品的评说,很是感动。他们从不同的视角对高璨的创作和高璨现象,做出了客观新颖的评论,很富于教益。尤其是对这位少年作家的出现所表示的由衷的欣悦和关爱之情,是出于一种共有的博大而真诚的爱,显然是为着自己终生所从事也神圣着的文学,有一个可期待发展为茁壮的参天大树的苗子了。

这个高璨,确是一个让人满可期待的壮苗。我在多年对文学天才的探究中,归为一根对文字敏感的神经。这根对文字尤为敏感的神经是先天生就的,跟人群中那些生来就对数字、机械、乐律、色彩等敏感的人一样,很可能在后天的发展中成为数学家、工程师、音乐家、画家,对文字敏感的人很自然地表现出写作的兴趣性倾向,社会就给其冠上某某天才。具有对文字敏感的少年高璨,已经做出令人惊诧的创作,然而毕竟才刚刚开始,毕竟还是个孩子,要把天赋之才——上帝(父母)给予的这根敏感文字的神经发挥到最好,成就一番文学事业,还需得做种种装备,除了知识结构,还有心理素质的构建,更有待成年后进入社会的从生活到生命逐渐深化的体验。这是优秀作家无可或缺的过程。也许这话我说得早了点儿。

我满怀信心地期待着,高璨的未来,走向中国当代文学的前沿。文头所述王愚老韦昕老的兴奋和欣然之情,亦出于此。

2007年2月14日 二府庄

行走间的匆草一笔

这是我为天卿编的第二本散文集。第一本是《凭什么活着》,属于他所供职的时代文艺出版社首创的作家的"我的人生笔记"系列图书中的一本。记得这本集子刚刚印刷包装完备,正好赶上在北京开幕的图书订货会。他从会上给我打来电话,说这本书的订数和销量挺好,话音语调里是毫不掩饰的兴奋。我听着当然更兴奋,读者愿意买我的书,既是我写作的初始目的,也是从事文学生涯几十年来不曾改变的目的,更是往后余生写作的终极目的。在我对文学创作意义的种种演进着的理解中,只有目的这一点不曾动摇和变化,即:写作是一种交流方式,是作家把自己对历史对现实人生的种种体验诉诸文字,然后进入读者的视野,达到和完成一种交流。书销得多,交流的社会层面就大,这是一个作家创作生命的意义所在和作家存活的自信的原本土壤。我基本信不下"我的书是写给我看的"这种话。如果真是这样,书就没有出版的必要了,自我欣赏原稿就更亲切了,何况现在有电脑可以永久储存。

我从天卿的话语里更感动他对编辑工作的敬业精神。他辛辛苦苦事无巨细操作一本书,从一个标题的设定到目录的编排,从一字一句一个标点的审校到一幅图片的挑选,这个工作量的大而烦琐且不论,更提心吊胆着这本书进入市场的销路。出版社靠图书发行赚取利润,销量太少就会亏本,不说扩大再生产,编辑的饭碗里也会由稠变稀,这是谁也难以抗拒的商业正道。支持某些有社会价值的冷门书籍,也只能在赢利较为雄厚的基础上体现这种善行义举,否则任何高调利词都是空话。从这个意义上说,我稍感安慰,不致使天卿的一番美意一腔热情万般辛劳落得赔钱伤心。

这本散文集是天卿提议让我选编的,据他传达说是他的主管领导的意旨,在看了我的散文随笔稿后,想到把我写行走各地的观感单另编辑一本,我顺意接受了。十余年来,我受邀到许多只在地图册上见过的地方走过,也有几次走出国门到别个民族生活的国家观瞻,随感而发写下一篇篇游记随笔。这回编选的时候,让我有了一次系统回看这类游记散文的契机,我便对自己的这类文章有一个基本判断。写作这些短文的诱因,总是发自一种感动,或因一个在政治在社会在文学在艺术领域卓有建树的人,我在看他曾经吃过饭的碗、写过字的毛笔、睡过觉的木板床的时候,往往会触发出想张扬这个人某一点令我钦敬也得到启迪的精神;还有会令人陌生而新鲜的风景,长白山如波涛涌动着的森林的绿浪,寸草不生蠓蝇绝杀的柴达木,我在身临其中时的难以抑止的感受,都倾泻到纸上来。

我也发现了二十年来写这类文章前后的差别。初前几次出门远行,看什么都新鲜,笔记很细微,恐怕把哪一幕遗漏了,而今看来就有点琐细了,尤其是第一次走出国门,进入泰国这个人种形态差异不大而生活形态却令人瞠目的国家,我竟然以一天不漏的日记记下四万余字的见闻。七八年后我随作家代表团抵达意大利的时候,不仅没有以日记记载行程见闻的耐心,甚至在一幢幢堪称绝品的教堂前感叹连连,却不想用文字再写点什么,倒是在意大利国家博物馆展厅的墙上,发现了一枚不起眼的钢制器具,引发我深深的震撼。那是一种用钢铁打制的制止女性性交的贞节带,通常由远征的士兵出门分手前锁到妻子的阴部。我在看见那具精心设计着倒刺的器物时,倒吸一口冷气,却无端地联想到中国城乡给那些守志守寡的女人高悬在门楼上的贞节匾,真是异物同工。中国人以教化为主,而意大利人许是出于个性的率直,不用多费唇舌不花教化工夫,用一具钢铁器物一锁了事,可以彻底放心地去征服另一个国家的民族而不担心后院生事了。中国和欧洲都经历过封建时代的黑暗,仅就对女性的残害而言,没有性质的差别,只是对付女人的手段显示着差异。我后来还去过三个国家,也是循着这种方式产生写作的兴奋点。我上过美国那幢被恐怖分子炸毁的高层建筑,却没有留下一字,倒是在街头的一幅雕塑前久久驻足,那是一辆坦克驮着的巨型口红。我在儿时就记住的红场和彼得大帝,到进入老境才得以身临其境时,却不想写什么,倒是被莫斯科地铁口汹涌如海涛一样的脚步声所震慑住了,那脚步声传达给我的是这个民族复兴的力量和自信心。

我把这些随记随感式的散文分为两集,一集是国内,一集是国外,为给这两部分文章概括一个标题却费了心思,随后还是想到最贴切的用语,分为"自家的山水"和"别人的风景"。是的,无论我走到内蒙古大草原的深处,抑或是海南岛天涯海角的崖壁前,云南山寨里唱着各种山歌的苗族、佤族不无怪异的习俗,我都有一种陌生里的熟知和亲近,说白了就是"自家的山水"。反之,在南亚在欧美,无论看到的是闻所未闻的事象或奇观,还是从传媒或图片上早已见识过的人文或地理的景致,终究都改变不了"别人的风景"这个划界:我在观览别人的景观。看别人的风景,无论自然的人文的,无论历史的现实的,在最深处的感知和最直接的视角里,确实和游览自家的山水是不一样的。同样的山水同样的景观,不同的人看了有不同的感受和各种文字色彩的表述,那都是受着各个意趣和审美主体的差别注定的,我把我的感知和体验比较集中地拢集在这本书里展现给读者的时候,尽管不无诚惶诚恐,却相信是真实的,即真实的情感和真实的体验,少有矫情或虚妄,这一点让我踏实和自信。

天卿已经给我编辑第二本书了,至今只通过话而尚未谋面,话音已熟悉到掂起话筒只听一声,便知道是来自遥远的东北的那位尽职尽责的年轻编辑李天卿了。陕北民歌有一段广为人爱的情歌,唱的是在相邻的两个山头的青年男女,"咱们见个面面容易,哎呀拉话话儿难"。我和天卿得益于先进的通信设备,正好倒是"拉个话话儿容易,哎呀见个面面难"了。

2007 年 3 月 24 日 二府庄

真实自信的叙述

——《浅浅的雪》序

一个被老师和同学普遍认定会考取名牌大学的天资超常的少年,不幸诊断出晚期血癌,正走到太过短暂的生命尽头,无望地挣扎在医院的病床上,被作者的"我"看到了。"我"大约和他年纪相仿,利用学校假期到医院搞社会实践活动,不经意间看到了"眼眶深深地陷了下去"的一双很大的眼睛,"冲我们极微弱极艰难地笑了一下"。就在这天晚上,"我"又一次走进这间病房时,白色的床单上人去床空,那个上午还艰难地微笑了一下的天才少年,此刻已进入黑暗的另一个世界。这个艰难的微笑,大约是这个少年留给光明世界最后的一缕微笑,却是面对一个向往生活的同龄少女发出的。这个少女就是这篇散文的作者刘万铭。多年以后,刘万铭把那个天才少年的微笑用文字表述出来,呈现给他已经告别的这个世界的读者,让我在阅读时发生了心颤,留住了令人不禁惋叹的一缕清澈美丽的神光。我也很自然地推及刘万铭,不经意的相遇,不经意收获的那一缕微笑,竟是一个人生命最后的阳光,她能在多年后表述为文字,证明那一缕最后的生命阳光镌刻在她的心里。一个本能地珍惜着别一个陌生生命的人,也向我一般的读者袒露了自己心灵的善和美。

刘万铭写读书生活里的人生成长的体验,处处显示着这段人生敏感期的种种生动鲜活的感受,我读到一种真实和真诚的生活态度,这在上世纪九十年代的大学校园里，显示出一种难能可贵的独立思考的精神。尤为令我感到富于启示的是，多篇散文写到昔日的同窗学友，走向社会的各种位置之后的人生轨迹，人在生活里的追求和搏击，生活对人的锻炼，也免不了扭曲下的异变，及至把校园里留下这种印象的好友，扭曲为截然不同的另一番模样。作者持一种客观的叙述，令读者我感到生活对人重铸的力量，也看到扭曲的无奈。校园里那份纯净到令人羡慕的爱，竟然在现实利益冲击之下显得如此脆弱，留给当事者的只有回忆里的珍惜。然而，显示给读者的，却不无人生鉴示的意义。

《忧伤雪梨》给读者的不仅是忧伤，还有一种不经意间的微妙。这种微妙心理有一种说不清道不白的迷乱，有一种连自己也把握不住的小小的任性，一种人性里被爱驱使着的盲目的无意，却铸成情感世界终生的错失，留下永远无法补救的缺憾。致成这种朦胧的爱意错失的因由，不在外在因素，更不在通常所见的权力、地位和物质的诱使，纯粹在于爱的初萌期某种心理的微妙，读来就使人不由得发出惋惜的呼叹了。

刘万铭这本散文集里的绝大多数篇章，都是写她人生历程中的感受和体验。从少年写到青春年华，从小学中学大学写到进入现代化大都市，从家庭父母亲友写到老师同学再写到社会各色人等多种世相，正可以当作一个生命从幼稚到丰厚的鲜活生动的履历来读。一种成功的得意，一种错失的伤情，一种恣意的任性，一种莫名的孤独，一种对美的感动以及对庸俗的厌腻，等等。这些在人从少年到青年时期带有普遍性的颠荡色彩的情性情绪里，仍然显示着个性。刘万铭个性的不可混淆，正是在如上述的种种情绪情性的颠荡过程和新的平衡形成的飞升中显示出来的，颇为倔强却不偏执，洁身自重却宽容世俗，追求完美却也把不住任性。一篇篇生活记事和一首首抒怀的诗样的散文，在描写着世事世相的同时，更多地展示出的却是自我,自我的感知感受和自我的心理情感,率真率直,不作伪饰,尤其不见虚妄的议说,更没有矫情娇气的呼叹。我在一路读下来的时候,眼前便自然形成一个独立于当代纷繁生活潮流之中的清醒的女性。清醒于今不易。

显示一个独立清醒的女性情怀,还可以从一篇追述往昔英雄刘起龙的纪实文章里突显出来,刘起龙的胆略,对国家的忠诚,对乡民的敬重,对外侮的蔑视,对横行霸道官员的不屑,不仅有鉴示今天的切近意义,更可以从文字里感知到作者的精神崇尚的情感倾向。当物质利益和物质欲望把人类普遍的崇高和神圣的精神情操淡化,以至庸俗的世相不再引发惊觉的时候,刘万铭显示着清醒的操守。我说的不易和难得概出于此,也令我敬重。

有一篇极短的童年记事,竟令我过目不忘。上世纪经济萎缩物质极度贫乏的年代,给孩子发放的防疫药片因为有诱人的果汁香味,竟成为一种稀罕的让孩子期盼的口福。有一次街道的阿姨多发给"我"一片,父亲却把它交还回去了,并说,"你本来就应该只有一片"。她记住了父亲在那一瞬间看着她的眼神。父亲的话和眼神,就是教给孩子面对生活和世界的基本态度,诚实和坦然。有诚实才有坦然。他把诚实和坦然铸入女儿的心底,绝不把虚假和投机示范给一个尚不明白世事的懵懂幼稚的心灵。这个孩子就在这样的家庭环境里长大起来,强壮起来,而且日渐完成了一种健康的心理架构,去阅审自己遭遇的类似果味药丸的诸多世相了。

刘万铭的散文,无论叙事,无论抒情,都以自己亲历的人和事为发端,从一个个侧面或视角,写种种人在生活里的步履,直的顺的歪的乱的乃至颠的,让我看到人面对生活时的各个不同的形态,从而也看到当下生活运动的颇有深度颇富启示的种种世相;自然可以看到作者本人的心境和眼光,敏锐的眼光和清醒的思维。刘万铭的文字简朴而率真,不见任何矫饰之情,更不见故弄玄虚的墨痕,以真实生动和尤其准确的叙述,和读者建立起基本的信任,这是说来容易做来却难能的功夫。由此样文字的表述形态,更可见出作家刘万铭的性格。在我看来,能够不加矫饰地进行质朴的文字叙述,也是对自己所感知的生活和情感的一种自信。

我接到刘万铭的书稿和附信时,回忆起我和她见面的情景。那是十一年前,西北政法大学约我去给学生讲创作,接待我的几位学生中就有她。她和我和几位同学合影,之后给报纸写了一篇通讯。她怕我忘记,把当年的通讯文章和合影附带寄来了。我记得这件事,却一时辨不出合影上的哪位女生是当年的小刘同学。毕竟是十多年前的一见,况且我的记性确已差池。相信小刘不会计较,她能把散文书稿寄给我欣赏,就是一种信赖,足以让我感动了。况且,可以推想今日的刘万铭,已经是一位监检战线的干部,又是一个敏锐的作家,真是令我欣慰而又鼓舞。

2007 年 4 月 27 日 二府庄

敬 重 修 军

我试用一句话来概括这个研讨会,所有画家、作家的发言,其实是继续和忽培元共同塑造着一个具备伟大人格和伟大艺术成就的画家——修军。生前站立很直的艺术家修军,谢世后这么多的人在评说他时多是一种感动、感佩和敬重之情,我觉得修老可以很欣慰地长眠在另一个世界里,而不留遗憾。

修军这个名字,我在初中念书时就知道,那时尽管穷得只吃开水泡馍,但还是把父亲给我买咸菜的两毛钱去买《延河》。《延河》上就发表过修老的《枣园之春》等木刻作品,留下了至今不能磨灭的印象。

我成为专业作家关系转到作家协会时,修军就住在协会院子里。到作协开会,往往能在院子里碰到修老,打个招呼,问声好,握个手。记得有一次走进他那间令我很仰慕也颇觉神秘的画室,里边的景象,就是他儿子为他创作的那幅木刻肖像里的景象。

我们没有深交,真正了解修老是读了培元写的这本书之后。

这部作品完整而鲜活地展示出具有高尚的艺术追求和丰富的内心世界的艺术圣徒修军。他终生不渝地进行着艺术探索和追求。尽管有"文革""下放"等灾难,有一些摆脱不掉的人际纠葛,但始终占据他心灵世界的是艺术,什么都不能干扰不能动摇这个人生主旨。从他留给我们的木刻画里,就能读出这艺术家的精神和心灵世界。他给受磨难的彭德怀及柳青、石鲁、柯仲平所做的木刻肖像,把他们的精神风骨展示得淋漓尽致。他还创作出大量歌颂生活和人民群众的木刻,题材多为乡村生活司空见惯的场景和细节,比如打麦场、割麦子、收高粱,还有农户院里的玉米柱子。

我是个农村出身的人,一看这些画面就感到亲切,也充分感受到画家满腔的诗意和激情。由此就能透视修军内心与生活的那种天然的联系,饱满而优美。培元在这部书里用大量生动的细节,充分描写了修军的精神境界,读来令人感动。培元政务繁忙,还坚持创作,至于为啥要选择修军呢?我猜想他可能就是要张扬一种警示的意义。

修军的淳朴和高尚人格,他如何待人接物、怎样处理行政性事务,生活中跟艺术家怎么相处、跟晚辈怎么相处、跟农民怎么相处,细节中表露出几近完美的人格。

认识培元已有多年,最先读到他的一本散文集,后来又看到他的长篇传记《群山》。培元曾经是延安市市委副书记和政协主席,官已经不小了,年龄还不大,应该说仕途还很有发展。读了《群山》,我却觉得他完全可以不当官,当个作家可能更符合他天性里的优势。他是很富有艺术创造的形象思维,艺术感觉相当敏锐的一个人。昨天读了这部新作品,我又产生了这种感觉。《修军评传》从结构和叙述形式,以及语言色调,都与《群山》迥然不同,全然是一种新的艺术景观,看得出他还在进行着新的艺术探索。

尽管都是传记文学,但他没有重复《群山》那种表述形式,最直接让人感到差异的是语言。不同的写作对象,注定着作家必须探索到一种恰切的表述形式,这是创造的重要意义之一。

应该说培元的这部作品获得了一次新的成功的开拓。我确信他具备一根发达的艺术神经,是位对文字非常敏感的作家。应该说从《群山》到《修军评传》完全是艺术家的思维、作家的思维,忽培元怎么把政务和创作统筹兼顾,是一个值得研究的课题。

2007 年 5 月 4 日 西安

出神入化的意境

——《罗国士国画》序

对某一门类的艺术,没有实际操作,没有深入研究,也没有专业知识,很难形成审美的独立思路,说话就难免心虚,气更壮不起来,老害怕说外行话,让内行人笑话就十分尴尬了。基于此,近几年来有书法家还有一些画家朋友约我写序,就有点惶惶不可终日的压迫,这不是夸张而是实情,既怕说外行话出洋相,又怕谢绝影响朋友交情,甚至产生误解说你拿架子。最后还是实事求是,不懂就是不懂,解释以诚。最近我想了个类比的办法,让我给画家书法家写序,就好像让刘文西给陈忠实的小说写序。刘文西的绘画成就很大造诣很深,名气也够大了,但他对文学创作就隔一道墙了。尽管艺术在精神内质是相通的,而精通各种艺术门类的天才毕竟太过稀少。这样一说,我就不失礼貌地把一些朋友说服了,老罗是我敬重的一位艺术家,我今天来参加这个会,仍然有那种思想负担。刚才听过几位同志的发言,已经得到点拨,敬寅是位专业里手,长期写字画画,有专门研究,有专著,对老罗的艺术创作有深入的研究,有独到的见解,评价很到位。我也看了几位评论家的文字,从不同视角做了探讨和研究,也很富于启示性。我获得勇气,感性理解。

老罗的画,已臻形神兼备,及至出神入化。这是我观赏他画作的直接感觉。他的作品显得灵气激扬,给人直接的心灵撞击,譬如"灞柳风雪"。我看他的月季,一眼看上去,水灵灵的富于生命活力生命质感的那种鲜活的气象扑面而来,让我久久沉迷,以为在月季园中,似乎隐隐闻到花的香气。一丛花,一个花瓣,给人心灵产生这种美好的滋补,已超出平常意义的美术欣赏。我觉得这不单是一般的画法、技法上的技巧,当然技法技巧是基本功力,这里头肯定融注了更重要的东西,我推想可能与作家创作也有相似之处,就是这个画家进入了一种心灵体验,他已经完成了从一般技巧技法等基本功的束缚中超越出来,进入一种感受性的意象的展现,我从那些花朵花瓣花蕊簇拥的画面里,感受的是一种气韵,一种气象。这恰如古人对写作两个阶段的归结,先是"随物婉转"后是"于心徘徊",随手婉转者众,能跨越到"于心徘徊"创造境界者就少而又稀了。能有幸进入此境的佼佼者,其创造就能产生这种"出神入化"的艺术效应。换一种说辞是进入了心灵体验。

作为一个画家,我觉得老罗有几点对我富有启示,老罗传统文化的根基深厚,尤其对古典文学、古典诗词很有学识修养,而且自己能完成很多创作,许多诗词写得相当漂亮。这个传统文化,尤其中国传统画,包括文学创作,拥有古典文学对人发生的影响不单在技艺上,更重要的是中国传统文化的精神,对艺术家心灵的长期陶冶。这是作为一个作家、画家、书法家不可或缺的精神大餐,是一种心灵素质的构建,是一种陶冶,是一种锻造,这是艺术家创作境界的一个非常重要的东西。它实质上关涉到艺术家的精神人格。我听改民、敬寅两位的发言,他们跟老罗交往的时间很长,了解更深,既谈到老罗的艺术造诣,也感动老罗的人品,都说老罗人好,不仅他俩说老罗人好,我能听到对老罗印象的话都是这两个字:人好。人们说老罗人好不是一般意义上说的"好好先生"之类,却是指涉一种精神人格。是老罗在纷繁的社会生活中,有自己崇高的人生坐标的选择,不是以利和害作为选择的标志,而是以善和恶、美与丑作为人生价值的取向,这个取向对艺术家甚至可以说是致命的。在我的理解,艺术家创作的发展越到后来,越想进入大的创作,在完成这个艺术突破过程中,这个精神人格越成为一个关键乃至致命的东西。精神人格在你的整个创作当中,影响的不在技术技巧层面,而是对艺术家感受社会、理解社会、感受人生、理解人生的独特性发挥关键性影响,艺术品内质里的卓尔不群就因此而产生。说老罗人好还指心灵的纯美和纯净。一个搞艺术创造的人,不干净的龌龊的东西裹在心中,你的文字恐怕也很难鲜活起来,你的花瓣恐怕很难鲜活起来。在我看来,正是老罗个人精神人格境界的提升,促成了创作进入一种新的境界。打一个比方,比如蚕从出壳成了虫,要经过五次蜕变,在这个过程中,吃桑叶、运动、脱壳,完成一次蜕皮,但这是在常态下完成,一旦吐了丝,结了茧再破茧而出,就羽化成蛾了,就不是爬行的蚕,而是自由飞翔的蛾了,就进入自由状态,从常规的爬行运动到自由飞翔。艺术家的关键性突破是类似由蚕到蛾的这个过程的,孜孜不倦的演练和追求,像蚕食桑叶,艺技的提高类似蚕一次又一次的蜕皮,重大的突破恰如由蚕到蛾的飞跃。完成了这个过程,创作就进入自由状态,就是前述的老罗这种出神入化的境界。在实现这个至关重要的突破过程中,在诸多促成这种突破的因素中,艺术家的精神人格境界是一个分量最重的因素。我们谁都见惯不惊的事实是,许多人没有实现如蚕一样捂死在吐丝之前,或是破不了茧。当然,从生物角度来看,蚕都会完成这个过程,然而艺术家囿于一般层面的很多,进入不了自由创作状态。我感觉到老罗早已实现了羽化,完成了这个最致命的突破,进入一种自由创作状态,我们从山水到月季,一个花瓣都能感觉到一种自由创作状态。

我祝贺老罗的艺术达到炉火纯青、出神入化的境界;盼能保重身体,多多贡献美。在我来说,家里大厅能挂老罗的一幅月季,任何时候看到,心里都会注入一种清爽和生机。

2004 年 4 月草

2007 年 5 月 13 日修正 雍村

《白鹿原》创作散谈

一

一九八二年陕西省作家协会决定把我吸收为专业作家,从那以后我的创作历程发生了重要的转折,这个转折带来的一个重要的问题就是:这个专业作家怎么当?之前做业余作者的时候一年能写多少写多少,写得好写得差,评价高评价低,虽然自己也很关注,但总有一个"我是业余作者"的借口可以作为逃遁之路。做了专业作家之后,浮现在我眼前的,国内国外以前的经典作家不要说,近处就有柳青、王汶石、杜鹏程、魏钢焰等小说家、诗人,无论长篇、短篇、诗歌,在当时都是让我仰头相看的。跟他们站在一块儿,我的自信心无疑将面临巨大的威胁。那我应该怎么做呢?也就在那前后,陕西省作协先后调进几个专业作家,他们先后都搬进了作协刚建好的一幢小住宅楼,我在这个时候的选择却是回到乡下,回到我的老家。当时我在区文化馆工作,是周六回去,周日晚上返回机关单位,做所谓"一头沉"干部——最沉的那一头在农村。做这样选择的主要原因有两点。我离开学校进入乡村社会,先当小学教师再到公社和区上的区县机关,整整二十年,有了很多生活积累。成为专业作家对我的意义,就是时间可以完全由自己来支配了,可以全身心投入到创作和学习上来了,回嚼我的生活。我希望找一个更安静、更少干扰的地方,因此就决定回到乡下。第二个回归老家的原因是我对自身的判断。四十岁的我和当时陕西起来的那一茬很有影响的青年作家们相比,年龄属于中等偏上,比我更年轻的像路遥、贾平凹等。尽管也有几位比我年龄大的,但更多的感觉还是年龄的压力和紧迫感,我已经四十岁,再也耽搁不起。我想充分利用这个时间把之前的农村生活积累提炼出来,形成一些作品。回到乡下去,离城市远一点,和文坛保持一种若即若离的关系,既可保持文坛信息的畅通,又可避免某些文坛上的是是非非,省得被一些闲话搞得心情不愉快,影响到作品构思和对生活的思考。当时想,一生的专业作家生活就在乡下度过了,没有做过进城的打算,心态很坦荡。作协分给我的四十平方米房子,我只支了一张床,连个桌子都没放。回到乡下除了正常的工资外还有稿费收入,虽然很低,但对我来说也够了,于是就把三十、五十的稿费积攒下来盖房。就像高晓声的《李顺大造屋》,这个我是深有体会,李顺大怎么造屋我就怎么造,一根椽子、一块水泥板都要去讲价。我是我们村里较早几个盖新房子的户主,农民都说我的房子盖得阔气。其实不过就是砖头搭的水泥板。当时花了七千块钱,欠了三千块钱的债。家里面夫人和孩子的户口都迁到西安了,我建这个房就是打算永远在祖居宅院里生存下去。从筹备到盖起这个房的过程也是我创作最活跃的时期。

二十世纪八十年代初期、中期,我的短篇小说和中篇小说写得兴趣很足、劲头很大。写作短篇小说的意识还不太明确,就是有什么感觉、有什么体验赶紧把它写成一个短篇。到后来以中篇小说写作为主的时候,就略作调整,不是盲目随意去写,每一部的结构都不能重复前一部。我记得当时引发我的创作发生重大变化的是《蓝袍先生》。这个中篇小说开始时涉及一九四九年解放以前的乡村生活,好像突然打开我的生活记忆中从来没有触及过的一块。蓝袍先生的父亲从小施加给他的乡村传统文化的规范和教育,对他的个性产生了重要影响。一下子触发了我的很多生活记忆,由此而波及乡村社会里很多人和事给我留下的最初印象。但这些印象性的生活包容不进我要写的那个中篇小说《蓝袍先生》里去,因为这部小说在艺术结构上没有大的情节,是以人的心理和精神经历来建构的,和由此激发起的生活记忆、生活积累完全是两码事。长篇小说写作的欲念发生了。这个中篇小说发表后也引起过一些反响,然后就开始长篇小说创作的准备,记得那是一九八五年年末的事。一九八五年春夏之交,陕西省作协的老领导为了促进陕西省中青年作家长篇小说的创作,专题在延安召开了"陕西长篇小说创作促进会"。此前连续两届"茅盾文学奖"评奖,让各省的作协推荐作品时陕西都拿不出来,因为没有出版一部长篇小说,全部陷在中短篇写作的热潮之中。省作协领导经过认真分析论证,认为一部分青年作家已经进入了艺术的成熟期,可以开始长篇小说的创作了,所以就开了这个"促进会"。这个会我也参加了,开会时让大家谈写作长篇小说的计划。我记得我发言没超过两分钟,很坦率也很真诚,说我现在还没有写作长篇小说的考虑,因为我还需要以短、中篇小说的写作继续对文字功力、叙事能力做基本的训练。我当时的心态和意识里,长篇写作是一个很庄严的,甚至令人敬畏的事情,不是随意轻举妄动的事。始料不及的是,那年十一月左右写完《蓝袍先生》,写作长篇小说的欲念突然被激发出来了。

二

创作长篇的想法激发了我想了解自己生存的这块土地的欲望,顿然觉得之前一些生活经历太肤浅了。一九八六年春天,春节一过,我就离家去蓝田县查阅县志,当时计划查阅包围着西安这个古老城市的三个县的县志:蓝田、长安和咸宁(辛亥革命后撤销归并给长安县,但县志还在)。这些县志和后来各级党委以及人大、政协编的那些地方党史、回忆录等,让我对我生活的那块土地有了意想不到的更真实更贴切的了解。由于关中很大,我常说我是关中人,实际上是关中地区边沿的白鹿原下的一个小山村中的人。西安城在关中平原的东南角,整个平原部分是朝西朝北铺展开来的。我选择这三个县有一个基本考虑,就是它们紧紧包围着西安。应该说城市从古以来无论任何一个历史时期都是政治、经济、文化的中心,首先辐射到距离它最近的土地上。通过查阅县志了解这片土地近代以来受到的辐射和影响,让我有种震撼的感觉。我举个例子,一九二七年农民运动席卷中国一些省份的时候,我们都知道湖南农民运动闹得很凶,因为有毛泽东的《湖南农民运动考察报告》,恐怕很少有人知道陕西关中的农民运动普及到什么地步:仅蓝田一个县就有八百多个村子建立了农会组织。我当时看到这个历史资料后就感慨了一句:"陕西要是有个毛泽东写个《陕西农民运动考察报告》,那么造成整个农民运动影响的可能就不是湖南而是关中了。"这里就有个很尖锐很直接的问题让人深思,关中是我们这个民族和国家封建文明发展最早的地区,也是经济形态落后、心理背负的历史沉积最沉重的地方,人很守旧,新思想很难传播,那它如何爆发出如此普遍的现代农民运动呢?在县志和相关资料的搜集过程中,有一些记忆是很令人震撼的。我在蓝田查阅县志时有个意料不到的收获,就是一九四九年解放前蓝田县志的最后一个版本,这个版本是蓝田县的一位举人牛兆濂编的。这二十多卷县志中,有四五卷全部是用来记载蓝田县有文字记载以来的贞妇烈女的事迹和名字的,我记得大概内容就是某某乡、某某村、某某氏,没有这个女人的真实名字,前面是她夫家的姓,后面是娘家的姓。比如一个女人姓王嫁给一个姓刘的,那就是刘王氏,这就是她的姓名。这个刘王氏十五岁出嫁、十六岁生孩子、十七岁丧夫,然后抚养孩子、伺候公婆,终老都没有改嫁,死时乡人给挂了个贞节牌匾。我记得大约就是这些内容,她成了"贞妇烈女"卷第一页的一个典型,第二第三个人大体与此类似。后面几卷没有记载任何事迹,把贞妇烈女们的名字一个个编进去,我没耐心再看下去,在要推开的一瞬,突然心里产生了一种感觉:这些女人用她们整个一生的生命就只挣得了县志上几厘米长的一块位置。悲哀的是牛先生把这些人载入县志,像我这样专程来查阅县志还想来寻找点什么的后代作家都没有耐心去翻阅它,那么还有谁去翻阅呢?这时有一种说不清什么样的感觉促使我拿着它一页页地翻、一页页地看,把它整个翻了一遍,我想由我来向这些在封建道德、封建婚姻之下的屈死鬼们行一个注目礼吧。也就在这一刻,我萌生了要写田小娥这么一个人物,一个不是受了现代思潮的影响,也不是受任何主义的启迪,只是作为一个人,尤其是一个女人,按人的生存、生命的本质去追求她所应该获得的。这是给我印象很深的一件事。第二件事就是通过翻阅资料,我心里最早冒出来的一个人物,就是后来小说中的朱先生,获得了活力。朱先生的原型就是县志的主编牛兆濂,清末的最后一茬举人。他的家离我家大概只有八华里远,隔着条灞河,他在灞河北岸我在灞河南岸。我还没有上学时,晚上父亲叫我继续剥玉米的时候,就会讲牛先生的种种传闻故事。当地人都叫他牛才子,因为这个人从小就很聪明,考了秀才又考了举人,传说很多。在一个文盲充斥的乡村社会,对一个富有文化知识的人的理解,最后全部演绎为神秘的卜筮问卦的传说。我听我父亲讲,谁家丢了牛,找他一问,说牛在什么地方,然后去一找,牛就找着了。这样的传说很多,我也很想把他写到作品中去,但最没有把握,或者说压力最大的也是这个人,因为这个人在整个关中地区的影响很大。他在蓝田开设的芸阁学舍相当于现在的书院,关中很多学子都投到他的门下,在上世纪初还有韩国留学生。关于他的民间传说很多,反倒形成了创作这个人物的巨大压力。你要稍微写得不恰当,知情的读者就会说:"陈忠实写的这个人不像牛才子。"他在编县志时严格恪守史家笔法,尤其对近代以来蓝田县发生的重大事变,不加任何个人观点,精确客观地叙述,都用很简练的文字一一记载下来。他写了一些类似于今天编者按的批注,表达了自己的观点。正是从那七八块编者按中,我感觉我把握到了这个老先生的心脉和气质,感觉到有把握写这个老先生了。这是查阅县志的一大收获,却是始料不及的。

在酝酿这部小说时,受到一个很重要的影响,一位作家写的理论文章,大致叫作"文化心理结构说"。估计也是从国外解读过来的,但这个给我很大启发,对于我正在构思的这部长篇小说具有很重要的启示意义。之前我一直遵循现实主义创作的基本手段,刻画人物,尤其注意肖像描写、行为描写、语言个性化等等。这个"文化心理结构说"给我揭开了另一条塑造、刻画人物的途径,就是探究你所要写的人物内心的心理形态。不同的人的心理各有不同的结构形态,这个心理结构形态有多种结构与支撑点,是他的价值观、道德观、文化观等等。接受这个理念以后,我在构思人物的时候,尤其是对从清末民初一直到一九四九年以前这段时间的乡村社会的人物的把握上,受到了很大的启示。特别是对几个作为我们传统文化的人物的心理形态的解析,为了准确把握他们的心理结构,我决定对人物不做肖像描写,这和我以前的中短篇写作截然不同。除了对白家、鹿家两个家族象征性的特点做了一个相应的点示以外,其他人物都没有个人肖像描写。由牛先生演绎过来的朱先生,也没有肖像描写。我想试试看能否不经过肖像描写,通过把握心理结构及其裂变过程写活一个人物。另外我要说的是关于小说的语言。最初构思的时候想到这么多的人物类型、这么多的内容、那样长的时间跨度,估计得写两三部书才可能充分展示。到二十世纪八十年代中期偏后那两年,即我要动笔之前,文坛上开始出现一种危机感。新时期文学一路繁荣昌盛,第一次危机感就是文学书籍出现滞销,连名家大家的集子也没有订数,由此引发"文人要不要下海"的争论。我对这个话题有个简单化理解,想下的就下,不想下的就继续写。除文人下海话题之外,一种不容简单化理解的危机感,就是一九八七至一九八八年甚至最严重的一九八九至一九九〇年这段时间,新时期以来长篇小说出版第一次遭遇市场的冷遇,这是我记忆很深刻的一件事。报纸上登过某某大作家新作仅征订八百册,一部长篇小说或一部中短篇小说集印数一两千册是普遍的,对于任何一个正在写作的作家都是一种巨大的威胁,起码对我是一种巨大的威胁。这个威胁直接影响到我正在构思的这部小说的篇幅问题。我原想写两三部,面对这样的图书市场环境,我决定压缩,一部完成,哪怕这部多写点字,也不要弄成两部三部。这个篇幅规模的大小直接影响到我的文字叙述。如果用以往白描的写法篇幅肯定拉得很长,我唯一能想到的就是以叙述语言统贯全篇,把繁杂的描写凝结到形象化的叙述里面去。这个叙述难就难在必须是形象化的叙述,就是人物叙述的形象化。作为写作者,我知道难度很大,当时自己心里没有底。在开始长篇写作之前,我先写了两三个短篇试验一下,我记得最清楚的是《轱辘子客》。这个短篇写了农村的一个赌徒,带有政治赌博的一个赌徒,写这个短篇就是要试验一种叙述语言。这篇一万字的小说从开篇到结束不用一句对话,把对话压到叙述语言里头去完成,以形象化叙述完成肖像描写和人的行为细节。作为试验的几个短篇,我感觉还可以,发表以后给周围的评论家看,他们都说与我以前的写作风格很不相同,最直接的感觉就是语言叙述上的变化。我感觉这种形象化叙述是缩短篇幅、减少字数、达到语言凝练效果的途径。还有一点我觉得印象深的就是关于这部作品的结构。这部作品时间跨度比较长,事件比较多,人物也比较多,结构就成为一个很棘手也很重要的问题。当时,西北大学有一个比较关注我写作的老师蒙万夫教授,我把长篇小说的构思第一个透露给他,他用一句话很真诚地指导我说:"长篇的艺术就是一个结构的艺术。"我当时正担心结构问题,老教授就直接点到要害上了。这个结构该怎么结构呢?我静下心来读了大约十来部国外、国内比较有名的长篇,发现没有一部跟另一部结构是类似的。倒给我以最切实的启示,优秀的长篇、好的长篇都是根据题材和作家体验下的人物、事件来决定结构的,最恰当的结构就只有自己来创造。作家创造的意义这可能是重要的一点。

三

原来计划用三年完成的小说,实际上仅草稿就写了四十多万字,写作草稿的用意主要是把人物、事件和框架搭起来,把结构初步确定下来。草稿只写了八个月,接下来打算用两年时间写完正式稿。草稿我是用大笔记本子写的,写得很从容,不坐桌子,坐在沙发上把笔记本放在膝盖上,写得很舒服,一点也不急。正式稿打算两年完成,很认真,因为几十万字,那时又没有复印机,不可能写了再抄一遍,所以我争取一遍作数,不要再修改、再抄第二遍了。写正式稿的时候心里很踏实,因为草稿在那儿放着,写得还比较顺利,本来应该两年写完,不料此间发生了一些意想不到的事,影响了我,不得不停写了两个半年。一九八九年四月到八月正式稿就写了十二章,这书一共才三十四章。但到了一九八九年下半年整个半年就拿不起笔来了,因为发生了"风波",几乎天天开会,我记得到离过年剩下一月多的时间这场"风波"才结束。而这时我基本把前面写的都忘了,还得再看一遍,重新熟悉,让白嘉轩们再回来,我就把之前写成的十二章又温习了一遍。春节前后写了几章,刚到夏天的时候,"整党"开始了,后半年写作又中断了,到春节前结束,又重新温习重新接上写。一九九一年从年头到年尾除了高考期间为孩子上学耽误了一两个月,这一年干了一年实活,到春节前四五天画上最后一个标点符号。如果没有那两个耽误掉的半年,应该在一九九〇年末就完成了。写作的大体经过就是这样的。

后来我接受采访时常说"三句话",一句话是说写这部小说的时候我基本处于一种"蒸锅"的状态。那几年中篇基本不写了,写长篇的空当插空写个短篇。大家都能猜到陈忠实可能在写长篇,不是我玩什么高深,完全出于我个人的写作习惯。作家的写作习惯都不一样,各人有各人的特点。我在西安的一些作家朋友,有人心里刚有个构思就要找人交流,希望得到一点补充的东西,思路也会受到启发。我恰恰相反,我想到什么就不断地去想,一般不敢给人说。不敢给人说不是害怕别人把这个东西抢先写了,而是我对正在兴趣盎然地酝酿着的构思,如果给谁一说,就如同把气撒掉了,兴趣减弱到甚至都不想写了。《白鹿原》完成的过程也是这种状态,别人问我,我说这个写作过程就跟蒸馍一样,不能撒气。我不知道南方人、江苏人蒸不蒸馍,不蒸馍就蒸米饭啊,不管蒸馍还是蒸米饭都必须把气聚足,不能跑气,跑了气馍蒸不熟,米饭也蒸不熟,夹生。我的创作习惯,包括长篇和前面的中短篇都是这样的,从开始写作到完成要把这口气聚住。这是一种写作习惯,无论好坏,反正对我适用。

另一句就是"给自己死的时候做枕头"的这句话。这是我在长安县查县志的时候,和一个比我年轻的作家朋友说的。那些县志都是很珍贵的版本,无论是县图书馆还是文史馆借给你的时候,只肯借一到两本,看完两本还回去再给你换两本来,一套县志往往是几十本啊。我住在八块钱一晚的旅馆里,拿着本子把县志里重要的东西一条条抄下来,抄完了再去换。抄一天这种东西比写作要累,写作有激情,干起来没有抄写这么累。到晚上那个长安县的作家朋友赶来和我喝酒。酒喝多了人就有点张狂,我也是。他问:"你在农村几十年的生活体验和积累还不够吗?到底要写个什么东西,还把你难到跑上好几个县查阅资料。你到底想干什么?"我在农村工作了二十年,还不包括幼年青年上学时期,在农村生活积累上我比柳青深入得更多。柳青在长安县兼职副书记,兼了两年就不兼了,我在公社乡镇里头整整干了十年,搞工程,学大寨,执行极左政策,收农民的猪和鸡,那个期间那个积累是最实在的。尽管当时没有创作的打算了,"文革"中间已经没有任何文学创作希望了,只把工作当工作干,然而生活积累和体验却存储着。想到这些,我随口说了一句:"老弟,我想弄一个死了可以放在棺材里垫头的书。"当时喝得有点高,却没醉,说过以后就忘了。事隔两三年,我有幸参加中共十三大,需要在《陕西日报》上发一篇宣传基层党代表的文章,由长安那位朋友写了一篇,标题大致就是我酒后说的那句垫棺做枕的话。文章发了以后,影响不大,很快就过去了,并没有引起人在意。到《白鹿原》小说出版了以后,这句话才开始流行起来,到处都在说。后来我反省这句话似乎有点狂,但不是乱说狂话,完全是指向自己,我要为自己死的时候做一个枕头,与别人没有关系,完全是出于我对文学创作的热爱,以至我个人的生命意义和心理满足。从初中二年级在作文本上开始写小说,经历了二十世纪五六十年代极左政治的风风雨雨,我仍然不能舍弃创作。按当年的写作计划,完成这部小说我就四十九或者五十岁,在我习惯性的意识里,即村子里农民的习惯意识里,过了五十岁就是老汉了,人的生命中最具活力的时期就过去了。那么,我到五十岁的时候写的这个长篇小说,如果仍然不能完成一种自我心理满足,肯定很失落、很空虚,到死都要留下遗憾。出于这种心理,我说弄一本死的时候可以放在棺材里做枕头、让我安安心心离开这个世界的书。这是第二句话。

我再说第三句话。这部小说从萌生到写成历时六年,从草稿到正式稿两稿,大概一百万字。写完的那一天下午,往事历历在目,想起来都有点后怕的感觉。历时六年,孩子从中学念到大学,我的夫人跟我在乡下坚守,给我做饭。年近八十的母亲陪着大孩子到西安去念书,直到一九九一年的最后几个月,母亲腿不行了,孩子和她都需要人照顾,于是夫人也进城去照顾她们了。祖居的空院子就剩下我一个人坚守写作,夫人在城里把馍蒸好送回乡下,最后一次离过年不到一个月了,我说这些馍吃完进城过年的时候,书肯定就写完了。腊月二十五的下午写完,我在沙发上呆坐半天,自己都不敢确信真的写完了,有一种眩晕的感觉。这四年时间,从早上开始写作到下午停止写作,按我们正常工作就应该休息下来了,但我的脑子根本休息不下来,手不写了,那些人物依旧在我脑子里头活跃着,过去写作从没有如此强烈的真实体验。我便想,必须把白嘉轩、田小娥等从我的脑子里驱赶出去,晚上才能睡好。作品中的主要人物结局都是悲剧性的,对我自己的情感来说,纠结得很厉害。要把这些人物情节排除和忘记,开始采取的方法是散步,时间稍长就不灵了,这个时候学会了喝酒。喝酒以后,我脑子好像就能放松,那些人物才能驱赶出去,然后好好睡一夜觉,第二天才能继续写。到腊月二十五写完以后,情绪好像一下子缓不过劲来,我在沙发上坐了好长时间,抽着烟,情感总是控制不住。傍晚的时候,我就到河滩上散步去了,一直走到河堤尽头。冬天的西北风很冷,我坐在那儿抽烟,直到腿脚冻得麻木、我也有了一点恐惧感才往回走。在家的小屋子里写了整整四年,突然对家产生了恐惧感,不想回去,好像意犹未尽。我又坐在河堤的堤头上抽烟,突然产生了一个荒唐的举动,用火柴把河堤内侧的干草点着了。风顺着河堤从西往东吹过去,整个河堤内侧的干草哗啦啦烧过去,在这一刻我似乎感觉到了一种释放。然后走下了河堤回家。回家以后,我把包括厕所灯在内的屋里所有灯都打开,整个院子都是亮的。村子里的乡亲以为家里出了什么事呢,连着跑来几个人问。我说没什么事,就是晚上图个亮,实际是为了心里那种释放感。第二天一早我就进城了,夫人说你来了我就知道你写完了。到吃饭的时候她问:"你这个写完了要是发表不了、出版不了咋办?"我说如果发表不了、出版不了,我就回来养鸡。这是真话,我当时真是有这种打算。为什么呢?你投入了这么多的精力和心思的作品不要说出版不了,就是反应平平,都接受不了,我就决定不再当这个专业作家,重新把写作倒成业余,专业应该是养鸡。因为四年期间没有稿费收入,生活很艰难,有一年,三个孩子相继上高中、上大学,暑假我拿不出三个孩子的学费钱,曾经跟我在乡下一块搞过文学的人闻讯送来了两千块钱,他搞了一家乡办企业赚了钱。我当时真是感觉到,农民企业家很厉害,两千块钱就给你摔在桌子上,多豪壮啊。后来我很踏实地对夫人说:"这个小说要是能出版,肯定会有点反响。"因为我清楚作品里写的是什么。但是我在这里很坦率地跟大家讲,这本书出版后引起那么强烈的反响我从来就没有设想到,再给我十个雄心壮志我都料想不到。

四

这个书的出版过程也有点意思。书稿为什么给人民文学出版社,这完全是一种朋友间的友情和信赖。我在"文革"期间发表了第一个短篇小说,尽管国家还处在动荡之中,但已经开始恢复刊物,逐步恢复文艺创作、培养文学新人,人民文学出版社也开始恢复出版。该社的一个编辑何启治到陕西来,找了几位老作家,有人就说陈忠实写了一个短篇小说,大家都反映不错。我当时正在郊区区委开什么生产会,这个编辑就到区上来找到我,他对我说:"你这个短篇我已经看了,再一扩展就是二十万字的长篇。"我当时给他吓得几乎不敢说什么了,能发表一个短篇我当时就很欣慰了。但这个何启治的动人之处就是由此坚持不懈。回到北京以后,不断给我写信,鼓励我写长篇。半年之后,我被派到南泥湾五七干校接受劳动锻炼半年,几乎同时他也被派到西藏去做援藏干部,还保持着书信联系,他虽然已经不在岗位上，但还鼓励我写长篇。新时期以后，何启治跟我有一次相遇时说："我现在再不逼你写长篇了，但咱们约定一点，你的第一个长篇，你任何时候写成，你给我。"我就答应了。所以《白鹿原》写完之前，几家出版社闻讯我有长篇，先后来找我，我都说已经答应给别人了。写完以后一个月我就给何启治写了信，按我说的时间来了两个编辑。这两个人来西安以后还等了两天，我把最后两章梳理完，把改好的长篇稿交给他们以后，他们下午就离开了，到四川开个什么会，然后再回北京。因为当时出版程序不像今天，一个礼拜就可以印刷出一部长篇小说来，我预计最少得两个月以后才会有消息，心里倒很坦然。出乎预料的是，大概不到二十天，我从乡下再回到城里就见到了人民文学出版社的回信。我当时以为肯定不会有什么结论，打开一看，我几乎都不敢相信，大叫一声就跌坐在沙发上了。我夫人从灶房里跑过来，吓得脸都青了，我躺在那儿一句话都说不出来。这两个人从西安把稿子拿上以后，在去四川的火车上就看完了。他们回到北京就给我写了这封信，评价之好之高，大出我的意料，心里一下子就踏实下来，出版肯定没有问题。对一部五十万字的长篇小说表态如此之快，在我看来是非常少有的。在此之前也有一件让我感觉欣喜的事。我曾把《白鹿原》的复印稿给作家协会的一位年轻评论家李星看过，让他给我把握一下。他跟我是同代人，是朋友。我从乡下回到作家协会，在院子里撞见李星，问他看过了没有，他说看完了。我说我都不敢问你感觉如何。李星拽着我的手说："到我家里去说。"刚一进他家的门，李星转过身就跳起来说："这么大的事，咋叫咱们给弄成了！"我听完了以后也愣在那儿。后来我调侃李星，我说："李星第一次用非文学语言评价文学作品。"

2007 年 4 月 13 日 南京
2007 年 6 月 6 日修订 二府庄

别一种感动

——王红武楷书《白鹿原》序

大约两年前,我认识王红武时,他正在用小楷抄写《白鹿原》。他说他自幼喜爱书法,潜心埋头,修炼不辍,又偏爱《白鹿原》,读过几遍,遂生出抄写的念头。既为加深阅读感受,又是对自己书法功夫的一次阶段性检阅和归结。我看他说话凝重,不是随兴起意,况且业已在抄写工程的行程途中。我初闻时确实吓了一跳,半天竟不知该说什么,却确凿很感动。我以自身最直接的切实体验做类比参照,很自然想到我用钢笔这种极灵便的书写工具,草稿和正式书稿恰恰写了四年,尽管时时注意字迹工整清晰,然写到兴起激动时,仍免不了笔下潦草走形。想到红武用一支毛笔,一点一横一竖一撇一捺都要一丝不苟,力求笔力精到,不仅容不得潦草轻率,连墨汁的饱满也要求通体匀称,不许有肥脖瘦腿。那支小楷毛笔写不了三五个字,就得蘸一回墨汁,搞顺笔尖,如我这样的书法外行,也能推算到需得花多大工夫,耗费多少时日,储备多大的毅力和耐心,倾注怎样的痴情和专注,且不论书法艺术造诣的深浅。

到今年入夏,这个不可谓不浩大的工程终于完成,红武把已经装裱了的部分抱给我看。我打开一册册装裱精致的书法集子,真有望而眩晕的感觉。五十万字的《白鹿原》,他以小楷抄写下来,没有一笔一画修改的痕迹,也不见补添遗漏的一字半句。我纳闷,不得其解,人怎么会精密到滴水不漏的程度,最虔诚的和尚也难免诵经时打盹儿。他解释说,写错字和遗漏字词是难以避免之事,一旦笔下发生又及时发现,便把整张毁弃,重写,即使一张接近写满,也不犹豫,绝不将就。这样推算下来,他实际上抄写的字数,远不止这部书的字数了。我更为这个年轻人的敬业和专注艺术的精神深深感动,钦佩之情也就自然产生了。我一页一页翻开那些我曾用钢笔写过他又用毛笔抄写的汉字,曾经是我再熟悉不过的文字,顿然变得陌生了,也新鲜了,更有一种庄重的气象,我细细嚼磨那些堪称书法艺术上品的小楷字,笔画里的一拐一折一弯都着力精到,不见一丝松懈或马虎,着笔和收笔交代清楚,气韵通畅,整篇气象匀致而又浑然,我自知是书法外行拙手,仅大略辨几分成色掂几成轻重。看得出红武小楷书法清秀里见得凝重,端庄里又透出灵气,确也耐得品赏。

如何出脱成这番艺术气质,达到这样高度的艺术境界,皆出于天性和苦练。红武自少年就练童子功,二十余年不舍不断,楷书、隶书、小楷师从王羲之《黄庭经》等名帖,逐渐有了自家对书法艺术的独特感受和领悟,自然得益于天性里的敏锐,这种自成一体的书法艺术必然创造出来,不仅没有描摹大家的死笔死字,而是取众家之长形成自己的创作,也就是王红武书法个性了。任何艺术都是以独特独立的个性存活的,王红武无疑已获得了存活的可资骄傲的艺术个性。

我的长篇小说《白鹿原》,得王红武一支灵秀之笔的非凡功力,以小楷书法的罕见形式得到亮现,真是令我不仅感动,而且倍觉荣幸之至。

2007 年 7 月 1 日 雍村

村子,乡村的浓缩与解构

我是以一种平静的心态开始阅读《村子》的。这是我无意识间形成的阅读比较熟悉的作家的新作时的常有心态,兴趣不由自主地集中到一点,看他在这部新作里有什么新探索,玩了什么新的艺术招数。《村子》的作者冯积岐,和我在一座楼房的同一层办公,真是抬头见了低头也能见,他的中短篇代表作和长篇小说代表作我都读过。正处于创作旺季的冯积岐,我近年间有一种切实的感觉,他在闷着头却又是义无反顾地进行着自己独特的艺术体验和实践,既不轻易吹牛式的表态,更不向任何时兴的流派靠拢,而是执意要创造出自己艺术理想里的长篇小说景观。我拿到《村子》并打开书页的时候,很自然地就着意在他的新探索上,以为以一种平静的心态才能保持较为专注而敏感的阅读。记得是读到一百页的时候,我忍不住兴奋和激动,给冯积岐打了一个电话,我说《村子》写得好,真好。这种电话我是极少打的,即使真好的作品,我也是在读完全篇打给作者的。这回竟抑制、按捺不住了。

这是一部确实令我感受到心理震撼的长篇小说。震撼来自于作品丝毫不见矫饰的巨大的真实感。我被这种既呈现着乡村生活的真实和艺术描绘的精确和典型深为感动。这部小说最直接的阅读感觉是不能读得太快,对我这个老读者来说,产生这种阅读直感也不是很多。如果用一句话来概括阅读感受,《村子》展示给我的是,自公社体制解体到农民个体经营二十多年来,中国乡村社会生活演变的一部深刻而又真实的小说读本,可以透见生活深层运动过程里令人心颤的复杂和艰难的形态。我有过较长的乡村生活和工作的经历,作为一个纯粹的读者,对农村题材的小说的真实性尤为敏感,往往成为我继续阅读或无奈舍弃的首要标志。真实才能获得读者的信赖,也是揭示生活深层运动形态的基础。《村子》首先以其巨大的真实感触发我的心理震撼。

即使没有乡村生活经验的人也约略知道,生活发展到上世纪八十年代初,公社化体制终于撑持不住而解体,其势如土崩瓦解,比合作化和公社化建立的速度更迅猛。土崩瓦解声中是数以亿计的农民的欢呼。最初反映这场变革的是何士光的短篇小说《乡场上》,成为名篇,随之潮起并持续多年的同类题材的小说,我也不甘寂寞写过不少中短篇小说。二十多年后回过头来看,农民获得土地的欢乐,很快被新的生活矛盾引发的困惑所淹没,成了太过短暂的欢乐。《村子》把那场短暂的欢乐之后二十多年的乡村生活的裂变,浓缩为一个颇具典型意义的读本。我看到这已不算太短的时光里,中国乡村的政治形态、经济形态、文化形态、家庭形态和道德形态,从旧的经济体制蜕变转换过程中,处在乡村各个生活位置上的人所经历的适应性变化,心灵世界的有适和不适,道德规范里的坚守和溃堤,由此而发生的得到的窃喜和失却的痛苦。冯积岐着重刻画的田广荣、祝永达、马子凯、马秀萍等人物,都呈现着从旧体制解体前业已形成的心理结构形态,在新的体制和新的生活秩序转换过程中所发生的异变;在原有的心理结构逐渐崩塌、新的心理结构尚未立架的这个相对混乱的心灵历程中,利益和道德的判断发生的冲突所引发的撞击,在一幢幢或宽敞或曲窄的厦屋里的困惑和痛苦,似乎与现代城市或高或低的楼房里所发生的判断性选择,并无质的区别。这些人物以各自的人生经历和在村子里的不同位置,呈现着各个个性的新的色彩,却是只有在这段生活进程中,才会发生的丰富而又驳杂乃至畸形的心理映象。我从这些人物身上,感受到的是上世纪八十年代初以来乡村生活发展和运行的脉动和脉象,包括病象。这几个人物已呈现出这个特殊的历史时段的典型性。

我尤其欣赏田广荣这个人物。在公社化时代,这是一个年岁不是太老却资深的村子的主事人,在乡村体制发生重大改变的颠覆性过程中,以及之后乡村社会以一种相对宽松散漫的秩序运行的较为漫长的过程中,这个人都能轻而易举地做出适应性变化,一如既往地处于村子权力的核心。冯积岐从外形到心理都把准了这个人物的脉搏,也刻画成功一个少见的人物典型,具有广泛的覆盖面,且不局限于农民身份和乡村地域。我不需赘举情节和细节,作者笔下的田广荣的大事小事和一举手一言语,都是一种特定的心理形态所制约着的突出的个性行为。我的阅读印象是,田广荣是乡村社会人群里的高智商,他的智慧主要用来巩固和加强他在村子里的权力地位,只用指梢撩拨着公众的事,撩拨的目的也仍是个人的权力的再巩固。他在村子里几十年来形成一种积久难改的意识,也是一种心理结构形态,这是由权力所附带的经济利益个人荣誉以及声威所架构的一种特殊的心理结构,任何削弱和断裂,影响他的已不单是或大或小的经济利益,而是一种难以改易的生存理想的溃毁。失却了权力核心和声威的田广荣,肯定比村子里最不起眼的闲汉还难以生存下去。他很敏感地盯住了祝永达。这是个颇有书生意气和质地的理想主义者。他的理想越宏大性情越纯真,对田广荣构成的威胁就越严峻,而田广荣正是从他的纯真穴上把他击败。田广荣不乱方寸更不动声色,最致命的出手可以做到不留声响。按乡村人的俗话说,这是一个摸准了共产党政策脾气的人,对乡村社会包括家族利益以及各色人物心知肚明的人,他按自己的手段和办法轻而易举地处置矛盾,不变的目的就是巩固自己。我很感佩冯积岐创造了这个典型性人物,深知这是不易做到的,没有对乡村社会的深层了知,没有穿透表层事象的眼光,没有强大的穿透心灵的思想,以及由此发生的敏感而又敏锐的体验,那是很难弄出田广荣这种人物个性的。

《村子》不是一个无足轻重的百十户人家的村子,而是浓缩了一个特定历史过程乡村社会的变迁史裂变录。不凡之处在于作者直面这种裂变和变迁的深层脉动,确凿把握住了令我惊悚令我抚掌的不曾见识过的熟识里的陌生,才令我震撼。我尤其看重冯积岐在这部作品里面对生活和社会的姿态:直面。近年间就我有限的阅读和视屏观赏,不少写乡村生活的文艺作品,似乎无意识里偏重于怪癖性猎奇,兴趣偏移到农民的种种愚鲁可笑的行为,甚至明显是作者生编的怪癖细节,企图以此见到深刻效应,也果真使远离乡村的读者和观众惊诧一回。我常想,这些经济贫穷文化偏低的乡村人,总还是人呀,多少总会有家庭传统教育和现代文化的一些影响吧,如何一个个都呈现着和野人无异的行为,供城里人一乐!我因此而钦佩冯积岐,他以执拗的个性和已具备的强大的思想,勇敢地直面乡村社会,以几近完美的艺术表述,把自己独特的乡村社会的体验呈现给我们,让我不仅感知到中国乡村社会的深层裂变,也为整个社会的发展提供了一个可资信赖的参照。

就冯积岐的几部长篇小说而言,最具代表性的是《沉默的季节》和《村子》。前者是第一部长篇小说,起手便落在一种高品相上,这部小说是一个和几个人的心灵倾诉,尽管也以乡村为生活背景,着重在个人与社会环境下的心灵体验。《村子》则面对社会,浓缩了一个村子,解构了一个村子,也就浓缩和解构了乡村社会,视野开阔,生活容量也沉重得多了。不仅让我看到作者视觉的转移,也看到思想发展的力度。基于对《村子》的感知,我对冯积岐再后的创作更有期待的信心。

2007 年 7 月 15 日 雍村

感受西安行进的气象和脉搏

集中阅读"外乡人在西安"征文的文章,在我确有意料不及的兴奋和感动,甚至可以说是惊讶连连发生,颇有震动。几十篇严格限定在一千五百字以内的纪实性文章,尽管文字叙述的韵调和色彩各呈其姿,而纪事内容可以说篇篇充实饱满,没有虚词废话,也不见矫情粉饰,全是扎扎实实写人叙事的干货。不仅返璞归真于言之有物的务文之道,更为我打开了现在进行时的西安的一条条街巷、一幢幢高耸的楼房或低矮的陋屋的窗户,让我看到一个个从外乡进入西安的男人和女人的生活图景,令人感动,也令人感奋。

我看到沉潜在西安城区各个角落和社会架构各个层面上的外乡人,以坚忍的意志乃至艰苦卓绝的精神,以诚实的劳动和富于开创意义的智慧,实现自己的人生理想,创造着社会财富,丰富着生活各个层面的物质需求。这几十篇短文所介绍的几十个进入西安的外乡人,几乎包揽了社会生活所有角色:为中国画画家和书法家装裱字画的艺人,为中外旅客服务的导游,巷道小门面里摊出诱人香味煎饼的青年,为城市白领和上班族解除家务之累的钟点工,踩着三轮短途转运货物的车夫,为那些爱美爱俏的男女美化容颜也美化发型的美容师美发师,承传着民间工艺绝活的巧手艺人,还有新兴起的网站工作者,来自近邻缅甸、唱歌跳舞的小兄妹,更有任谁也不可或缺的隐于小巷一隅的修鞋匠等等。生活世相里的各个行业,都被这些来自东西南北的外乡人操持着。他们是生活运行、社会进步的最基本的推动力量。不敢设想,如果他们从现在的位置上集体撤离,西安城行进的脚步肯定失去正常的节奏,乃至慌乱。

他们没有惊天动地的壮举,却是默默无闻的诚实劳动者,我们常常不太在意他们。当我们从媒体上不断看到腐败官员和奸商大亨的丑闻丑行,看到诈骗、偷盗以及抢劫杀人的种种凶事,对世事和世风往往发生担忧或抱怨的情绪。读了这些颇有代表性却普通不过的诚实劳动着的外乡人的事迹,不仅感动,而且更会使人确信,生活主流的创造者和推动者是沉静的雄健的,足以让人对那些腐败的官员腐烂的商人和丧失人性的罪犯涨起不屑和蔑视的自信。我相信从这些最基本的劳动者身上所感受到的气象和脉搏,才是西安这座发展着经济也发展着文明的古城的真实的脉搏和气象。

这些征文文章读过多日了,许多感人的行为细节依然记忆如新。从关中西府到西安来的两个喜欢美术的年轻人,很务实。先在书院门装裱字画,赢得了作家兼书法家李廷华的信赖,唯一的纽带就是可信和可靠。他们创业初获成功,爱情也开花结果,而且铺开宣纸掂起画笔开始国画艺术探索了。我感动于那个把石磨从乡村运到西安,为爱吃辣椒的城里人现场研磨辣椒面的自诩为"二百五"的乡下人,以决绝的行为对抗假冒伪劣的商品,令人肃然。我不难想象一台石磨在西安城一角转动起来的风景,却是生活前进的中坚力量的铿锵之音。我也感动那个组合了自己家族和亲属的浙江籍的乡村人,在城中村租住的房子里加工制作服装,不过三米高的卧室里竟是上中下三层的床铺,凌空吊床,地上地铺,中间仅一米高的床,三层住着二三十人,每人的空间不足一平方米。这个浙江人和他的亲友不是制造奇观,而是白手起家创业时的艰难。他很快发展起来,成为一个颇具实力的老板了。他说他现在最渴望的是完成高等教育。我随意举出这三个令人难忘的人,他们来自不同地域的乡村,文化程度年龄长幼和性格差异很大,而诚实做事和艰苦创业的精神却是共同相通的。我便归结到一个似乎不大时兴的生活哲理,做人做事还是得依靠诚实,成事既靠智慧,更靠承受生活艰辛的心理撑力,才能建立成就事业的自信。那些刚刚跨步做事就叫唤艰苦就期待照顾的人,大半很难在这世界上成事,且不论智商高低和本事的大小。我还有纯文学的一种感动,卖辣椒的"二百五"的石磨和浙江老板的三层床铺,读着的时候惊诧不已,读过多日依然新鲜不忘,倒想起曾经读过某些长长短短的小说,读过后竟连一个情节或细节也记不住,颇为感慨。我想,这两个人的创业史,肯定能写成更丰富感人的较大篇幅的纪实文学,也值得写。

《西安晚报》搞了一次视角独具的征文,为读者的我打开了西安的各个角落的视镜,让我看到西安真实的生活景象,听到生活运行的可靠的节奏,很受教益。

2007 年 7 月 24 日 二府庄

无弦的诗性歌吟

——《谁识无弦琴》序

认识高亚平多年了,除了写作的关系之外,还有一层间接的人际关系。他是文学教授王仲生的学生,很敬重老师的才学,也挚爱老师的为师为人的品格;王仲生教授也和别的老师一样,有他尤其喜欢并寄着厚望的一伙得意门生,高亚平是其中一个,多年来相敬相携,信赖无隙,令我颇为羡慕。我与王仲生教授相识相交已近三十年,也是文学之缘的投合之外,还有一点地缘亲情。江南籍的王仲生二十世纪五十年代到西安,在我家乡灞桥区一所中学任教,长达二十余年,后来我便有相遇恨晚的遗憾。这样,王仲生就成为我和高亚平共同的老师,尽管我和高亚平差着一代人的年岁,却都是王仲生教鞭下的聆听者,也就接触多了,算忘年交情的同窗。

印象里高亚平一直写着散文,在报纸和文学刊物上时有新作,我得空读过一些,只是一篇一篇的零碎感受,这回得着他的散文集《谁识无弦琴》,集中阅读,不禁兴致越读越高,而且连我对高亚平个人的印象都彻底改变了,或者说更进一步理解到他的内里了,也可以说刮目相看,得庐山之真面目了。虽是忘年同窗,见面聚会却委实不密,多年下来的印象,高亚平似乎是个急性子,说话比常人快半个节奏,成为生理习性,即使快到常让听者听不准记不住,他得再一再二重说再述,却仍然是节奏很快,快到不可避免地出现磕绊,足可见心直口快不拐弯的真性情。然而,读了《谁识无弦琴》里几十篇散文,都是他的生活感受和体验,一个诗性的高亚平的坦率、纯厚以及对乡情乡土不尽缠绵的内里情怀,展示在我的眼前。

这部散文集里有不少篇章写作者的生活见闻,行走在城市大街小巷,耳闻目睹,各色人脸,诸种行状,假声假眉假呻吟的市声世相,都入得眼耳,再诉诸文字,生动逼真,留下生活发展的足迹和印痕。这足迹印痕,可以读出繁荣和文明的潮涨之音,也可以看到蝉蜕过程中的污秽和糟粕,一个从落后封闭朝着繁荣和现代文明蜕变脱胎的城市,便留下了这个特有的且不会再重复的时代的细节。我因此而发现亚平有一双敏锐的眼睛。

敏锐的眼睛是受敏锐的神经支配的。我不禁惊讶他的神经的敏锐,更感动这敏锐神经对生活世相和人的行为的审视的砝码,是坚守一种高尚和真实,还有纯净。对生活里这些美的东西,他毫不掩饰自己的倾慕和敬重,与之相反的矫情娇气以及种种伪饰,毫不苟且,即使无力遏止,却可以冷睥。在当下这样繁华挟裹着种种虚妄的生活潮流里,能有如此的清醒和坚守,令我感动且敬佩。

这一组或这一类的文章文字,别具一格,是我看到的不类同任何人的叙述风格。短句,准确精到,少见虚词空话,更无不见幽默的贫嘴,这是目下常见的文字。这些散文随笔里,多有古典文言和现代白话词语的搭配参接,周密而且自然,协调而又畅达,不仅增强了语言的厚实感,也强化了文字的韧性。我约略见过有人也做过这方面的语言探求,效果倒多是负面,甚至给人咬文嚼字没有消化融通的别扭。亚平语言的如此呈现,让人眼前一亮,把我们古典文学里优美的富于张力的语汇重新注入了活力,且不留硬痕,这是很不容易的文字功夫,也可见得古文修养的扎实。这样,高亚平别具一格的语言个性就凸显出来。

如果还从语言角度看,高亚平写乡村生活的散文又呈现出另一番鲜明的景致,那就是诗性。这一组散文,多是作者生身并成长其间的终南山下的长安乡村,且多是作者少年时期玩耍其中所留下的记忆。高如屏障的终南山下的一条又一条小河,被小河环抱着的或大或小的村庄,连接村庄的马车土路和通往田地的小径,夏日碧绿的秧苗和秋后收割过的稻茬,悠然飞翔空中或踯躅在稻地里的鹬鹭,和生活在这些村庄里的父老兄弟和亲戚朋友。无论《躲在季节里的村庄》《忙月闲天》和《村庄及其周围》里一束一束泛着泥土乡情诗意的短文,无论《姨婆》《根田》和《乡间人物》等这些可视作人物速写的篇章,我阅读里最强烈的感受就是诗意洋溢着的诗性质地。

我能想到,首先在于这些乡村题材的真实,因为是作者曾经刻骨铭心的记忆,今天抒写出来,是依着心意和情感的自然流淌,无须矫饰,更不必掩饰,那是会亵渎幼年乡村留给心灵垫底的最神圣的情感。我看到这些凝结着情感的最普通的乡村世相,用的是几乎不加修饰和形容强化的文字,展示的却是浓郁的诗性。这里给我一个启示,生活的诗性,可能恰恰不是我们见惯了的某些诗的语言所能体现出来,反倒是如亚平这种几乎写实的文字,把生活内蕴的诗性体现出来了。我有与亚平类似的乡村生活经历,又与他笔下所写的长安相距不远,阅读里的亲切感是不言而喻的,甚至为他对乡村生活鲜活记忆和生动状景而感慨连连。他笔下的马蹄牛蹄羊蹄的轻重节奏,我有相同的感知。他写到的柿树上的鸟儿,我记不清见过多少回,我家大门外有一株一搂抱粗的柿子树,院子过道还有碗口粗的一株。尽管如此熟悉,我却为他写的一个细节所感动,年年都来叼吃柿子的鸟儿,这一年不知因为什么缘故,没有在柿子成熟的时节来叼吃柿子,乡人不仅不庆幸少了为害,反倒在柿树上为鸟儿留下一些柿子,等待鸟儿来叼来吃。乡民的话是出于一种生存信仰:天地万物,有人一口,就有鸟儿一口。这样简约直白的乡村俚语,道出来的却是人与自然的生存哲理,天和地和人以及万物共生共荣的普遍性真理。这三句最质朴的乡民语言所阐明的道理,在理论家笔下往往要弄出叠摞的文字来论证。我被亚平诗性的语言里描绘的乡村图景都迷醉了。他让我重新进入一种纯生活的诗性记忆的回嚼。他让我从另一种文字叙述重温柳青《创业史》里的诗性画面。我一遍就记住了他这样颇富哲理的句子:有牲口出没的村庄才叫村庄。读到这句时,我心里泛起的是一阵惊悚,我曾经生活的村庄已经没有牲口了,自然也没有蹄印了。某个村子的某个养殖专业户,批量圈养的牛,不会拽犁套耙,正长到可与农人为友进入垄亩时,却被用汽车送进屠宰场了。乡村的诗意正在消失,我和亚平留在记忆里的蹄印也在消失,就愈显得珍贵。

高亚平写了一组乡村人物,无疑都是他幼年时朝夕相处的乡下人,姨婆、根田、王福厚、民民等,尽管在同一种极左的政策框架下生活,却仍然有自己的个人兴趣和性情。姨婆无可解释的婚姻形态,大约是她专注于烧香拜佛的支撑性情感寄托。沉湎于二胡音韵的根田,悲剧性的人生过程和归宿,终究也无法解释一次致命的偷盗女孩衣服的行为。如此等等。这些人物不是小说家塑造的艺术形象,也不是纪实文学所集中刻画的特殊人物(尽管是真人真事),甚至与柳青在那块土地上刻雕的典型人物也不同,而是原生形态的乡村人物,是普通人,更是平凡人,普通平凡到任谁都不会在意的生存状态。然而正是这普通和平凡,却勾引起他们的一个后辈子弟高亚平的情感一缕,替他们发出生活最深处的一声呻吟,并雕铸为文字,成为一种生活原生态的真实。

长安历来为京畿之地。在昌盛的王朝里,是官家的宅地,也是纵马狩猎的去处,更是游春景赏秋天红叶的赏心悦目之地,出了许多传留至今的故事,"人面桃花"的好诗就写在离高亚平家不远的村子的门板上。更具备让今人研究这方地域的独特底蕴,大小王朝宫殿里泼溅出来的法令政令和道德规范,长安是最近的也是最直接的接受的土地,遗落在今天长安的土壤里,给生活在这块土地上的一代一代子民的心里沉潜着什么?我从亚平的文章里,约略感受到一种沉重。

高亚平有自己极易触发灵感的生活对象,也有一根极敏感的文学思维的神经,业已形成独立不群的文字风格,我完全相信这支笔会展开新的艺术景观。

2007 年 7 月 30 日 二府庄

钢枪马蹄溅落的诗句

——《心语》序

上个月的这个时候,我正行走在军营之中,陷入在一波又一波的新奇而又感动的情绪里。对军营的完全陌生和对多种新式武器的精到表演,不单新奇甚至可以说大开眼界惊讶连连;已经实现了知识化武装的现代军官和士兵,依然传承着对国家的神圣职责的忠诚,那种泥水里的演练让我感知到义无反顾的坚定和纯粹,由感动而进入崇敬和钦佩了,这是国家和民族可资信赖的脊梁。

这是一次非同寻常的笔会,名曰作家走军营,由中国作家协会组织,我便有了一次弥补平生缺空军营生活遗憾的机会。从军营回到西安,我赶写着军营笔记,所见所闻和所引发的感动,依旧沉浸在迷彩服所营造的氛围里。这时候,我接到陈时宝将军的指令,他是陕西军区司令员。我真有点诧异,人民解放军建军八十周年前的这一月,与军人的接近,成为我生活的最主要内容。

见到陈时宝将军,握手的一瞬间就化释了此前所有关于将军和司令的神秘想象,也是一个普普通通的人。这也是我在走军营的过程中屡屡发生的感受,一位从资料或介绍中得知的功勋卓著的校官或将军,到见面时却看不出超凡出众的迹象,一满是和气和坦诚,陈时宝将军也是这样。可见我们的这个定性为人民的军队,确实保持着人民的子弟兵的本色,以及由此而传承着的独有的作风。让我始料不及的是,作为一个省的军区司令员,竟是一位诗人,近四十年的军旅生涯中,从来没有停止那支写诗作词的笔。他把一厚摞打印整齐编辑完备的诗稿送给我看的时候,我竟半天说不出话来。

我通读这部近二百首诗歌的《心语》,直感的第一印象,这不是一个想当诗人的人写下的诗。或者说,陈时宝写诗的目的不是想要做一名诗人。他现在是军区司令,是一位将军,不断地写着各类生活题材的诗,诗兴不因职高位显和年近六旬而减弱,倒是愈发高涨起来;然而仍然是一种兴趣和爱好,是对生活事象的感动而触发的一种情怀的表述和言说,他的首要的毋庸置疑的生命位置的取向,是做好一个军区司令承载的重大责任。即使在他当团长连长排长以及士兵时,就不间断地写着诗,却不是为了当一名诗人,首先是做一个优秀的士兵,以及一级一级提升起来的各种领导岗位上的工作和职责。我面对陈时宝的人生履迹颇为感动,一个从十八岁走进军营的湖南青年,从士兵直到陕西军区司令,整整四十二年的军旅生活,当会是怎样一部人生大书,自不必说;让我这个以写作为业的人尤为惊讶的是,在他从一个士兵晋升到将军的四十二年戎马生涯中,几乎一直没有中断写诗,便忍不住感叹这个人的豪情和雅兴了,一个人内里心灵之纯粹和精神世界之丰富,尽在马蹄和钢枪的声浪里溅落的诗行中标显出来。

我正是从陈时宝将军的诗行里认识他的。我和他短暂的交流,不可能感知一个士兵到将军的艰苦卓绝和丰富饱满的人生体验,他的诗歌却把这些坦陈在我的眼前。他在得到入伍批准后,便以诗歌表述了抑止不住的喜悦和当好一个兵的强烈心愿。他进入军营的每一种训练,每一种新鲜的事物,都以诗歌记载下来。他的诗记述着他的军旅行程,依着他的诗,可以清晰地看到他军旅生涯里的足迹。他从南方走到北方。他驰骋在大西北最适宜练兵的各个地方,而练兵的地方无疑都是最艰难艰苦的地形和气候,荒漠戈壁、缺氧的高原、奇险的华山、蚊虫逞凶的草地、荒无人烟的边防哨所……无论是兵或是指挥员,他都在自己的位置上认真负责尽职尽责,把当时的感受和体验化作诗行。他的工作内容和生活内容远不止军事和军营,他参与地方政府发展的许多事项。他走进驻地农民和牧民家庭访贫问苦解决困难。他关心老区的新发展,也关切乡村教育,包括对地方乡村卓有贡献的杰出人物由衷的礼赞。由他的诗行里可以感知一种巨大的责任心,一种真挚和真诚的情感,一种昂扬的精神,还有赤诚的宽厚的襟怀。我便用一句话概括,陈时宝把他的美好青春年华和毕生的智慧投注给人民军队的建设,他的诗歌把他的精神、心灵、情操和情趣展示给我和读者。一部心理世界的话语,也是无愧人生的壮歌。一个不以当诗人为目的的人,却成就为一个别具一格的诗人。

　　陈时宝将军的诗给我再一个强烈的阅读感受,是真实和真诚,这也许与他意不在当诗人有直接关系,都是一种生活行程中的真实感受的直接涌流。随意举出几行,"借来走石砺筋骨,喜得紫光练精神。"这是他率部到昆仑山实验时面临的艰苦环境,对人伤害的紫外线,也是锤炼精神的另外一种心理境界了,溢满豪迈之气概。"蚊虫王国一身血,雪海孤岛两鬓霜。"可见难以想象的生存环境,都被一种崇高的目标和忠诚的爱国之心所征服。既不为当诗人而写诗,就排除了功利目的,也就保持了对生活体验的那一份鲜活和真实,恰是诗歌存活的基础性质地,也是感染感动读者的基本灵光。

　　陈时宝多年来走遍大江南北,在政务军务之外,看到各方地域新呈现的景观,发出情不自禁的赞美歌颂,让我看到他情系国计民生的情怀,对国家繁荣的景象和人民逐渐富裕的欣然之情,溢于诗行。尤其令我感佩的是,将军有不少诗篇写到家庭亲情,有悼念父亲的绝句,也有依依不舍为娘送行的感人诗作。"晴空万里飘祥云,喜鹊一叫喜临门。"这是营造的双喜临门的气氛,女婿赴京去读博士,爱女即将为他生育孙儿,将军欣悦的心情跃然纸上,这种人之常情尤为感人。在他的上辈下辈和左右亲属的家庭氛围里,也是一种蕴含着高尚人生的儿女情长:"但愿更有英才出,建设祖国做栋梁。"正所谓志高者情亦殷,却独不见私情里的平庸和物欲,恰是"诗言志"的体现。

我便猜想,将军任何时候回顾自己人生追求和人生历程的时候,吟诵这一厚卷从心灵里涌流出来的诗句,那一份自信和欣慰,当是无可替代的独特的生命活力。

2007 年 8 月 5 日　二府庄

望外的欣慰和感动

——《日子》获奖感言

真是一种喜出望外的感觉。《文艺报》一位尚未谋面的编辑明江发来一则手机短信,告知我的《日子》获得首届"蒲松龄短篇小说奖"。其时我正在集中阅读柏杨先生即将出版的短篇小说集,沉浸在上世纪五六十年代台湾底层社会各种职业劳动者痛苦不堪的挣扎吁叹的氛围里,获得这个喜讯,竟然好一阵儿转换不过情绪来。许久,不由得"噢呀"一声自吟。

我确实很感动。最直接的第一心理反应是,这个短篇小说写作和发表至今整整七年了,在当今潮水般一波迭过一波的文学节奏里,不足七千字的《日子》,能够不被淹没沉底,还能被推举到首届"蒲松龄短篇小说奖"评委们的案头(我至今尚不知推荐者是哪家团体或某个个人),还能入得各个评委的法眼(同样至今不知一位评委的名字),作为作者真是意料不及的欣悦和颇深的感动了。这来自我对创作的自始至终不渝的理解,无论篇幅或大或小的小说,抑或散文随笔,写作完成后的唯一心理企盼,能得到读者的认可和呼应,认可的范围越大呼应的声音越响,我的生命的意义就获得最踏实的自信了,完全不在乎吃什么好穿什么不好血脂高了低了或肥了瘦了的事项了。我很尊重"我的作品是写给自己看的"的话,包括记不得谁说过的"我的小说是写给几十年一百年后的读者看的"。作家的写作心态和对创作的理解,各个不同,也不可能相同,这是常识。我却是写给读者看的(自我欣赏那是无须再说的事),而且是首先写给同时代的读者看。

这种写作心态,还是出于我对创作的理解,我对过去的生活不断回嚼,也对正在行进着的生活不断发生的新感受,达到某种自以为是独自独有的体验的时候,就生发出一种创作和表述的欲望。而当一个或大或小的新作完成,我总是改变不了那种忐忑不定的心情,担心我的这种体验和对体验的表述形式,能否得到读者的呼应和认同?在我看来,读者对某个作品的冷漠,无非是这作品对生活开掘的深度尚不及读者的眼里功夫,或者是流于褊狭,等等,自然还有艺术表述的新鲜和干净。当下乡村生活题材的各种艺术品不计其数,一个短篇小说《日子》能否引发读者的阅读兴趣,确凿是我刚刚写成时的心理疑虑。我在《日子》里所表述的那一点对乡村生活的感受和体验,在《人民文学》和《陕西日报》先后发表后,得到了颇为热烈的反响,尤其是《陕西日报》这种更易于接触多个社会层面读者的媒体。我看了《陕西日报》关涉这篇小说的读者来信,回到原下的屋院,对着月亮痛快淋漓地喝了一通啤酒。

七年后的今天,在我的短篇小说里算是少数几篇篇幅最小的《日子》,能被首届"蒲奖"相中,又是另一番心理感动和鼓舞了,也潮起我尤为喜欢的短篇小说的写作兴致和信心。

2007 年 8 月 30 日 雍村

柳青创造了一个高峰

我今天参加柳青文学研究会成立大会,非常高兴。同时还有一点遗憾,遗憾的是这个研究会成立得太晚了。我觉得早在十年前就应该做这种事。这是一种心理,是我个人对柳青由仰慕到崇拜这种一直延续到今天的情感驱使着的一种心理。今天这件事终于做成了,我如愿以偿地欣慰。

我国当代文学自然形成的格局,一般分为两个大板块,一个是军事题材,一个是农村题材。这种文学格局一直延续到上世纪九十年代之后,才有了较大的改变。柳青在农村题材这个领域里创造了一个高峰,艺术的高峰,思想的高峰,至今依然为文坛所敬重。这不仅是我个人的感受,也是中国当代文学研究史家共同的一种看法。大家习惯用一种最简单的话来概括十七年的文学,说"三红一创"是十七年文学的代表作。《红岩》是写国民党监狱中革命烈士斗争的故事,《红旗谱》是写现代革命历史题材的,还有一个《红日》是写战争题材的,唯一一部能进入这个民间和专家形成共识所概括的"三红一创"的乡村题材的长篇小说,就是柳青的《创业史》。《创业史》是陕西作家柳青在长安的秦岭山下完成的,它的艺术成就远远超出了个人的意义,而是属于中国当代文学的一个高度的标志。所以,研究这个作家,不仅仅是对柳青研究有意义,也不仅仅是对陕西今天和未来的文学发展有意义,而且对中国当代文学发展有很重大的意义。

我们起码可以看到，在上个世纪五六十年代文艺思想和文艺政策受极左思潮影响那种艰难的环境里，柳青如何以超凡出众之思想深度和艺术功力，完成了一次艺术高峰的创造。这是同代人努力在做而没有做到的，柳青做到了。我们研究他，就是研究十七年文学中一个具有代表性的伟大的作家，处在不像今天改革开放时期的文艺政策和创作环境下，进行了怎样艰难而勇敢的艺术突围，完成一个文学高峰的创造，我们从中学习和汲取对今天和未来有益的东西。

许久以来，我就非常期望有这样一个研究机构的出现。我完全信赖我们陕西的文学理论家和批评家，还有作家和各界人士，能对柳青创造的意义、艺术的意义和思想的意义，包括人格的意义，进行充分的研究，全面揭示柳青及其文学创作的意义价值。我祝贺柳青文学研究会的成立，我满怀信心期待这个研究会不断推出新的研究成果。

我对热心策划并促成"柳青研究会"的董颖夫等长安区的朋友，致以真诚的谢意。你们对长期生活在长安的柳青的情感，令我感动。

2007 年 9 月 8 日　长安

阅读柏杨

——《柏杨短篇小说选》序

闻知并记住柏杨,不觉间已有二十多个年头了。那是上世纪八十年代中期,文学朋友碰面聚首时,传递着台湾作家柏杨的名字,新奇到颇带某些神秘的色彩,原因是他的一本名曰《丑陋的中国人》的书在西安传播,首先在敏感的文学界乃至范围更大的文化界引发议论,似乎媒体上还有不同意见和看法的争论。我闻知这个信息时,当即到街头最近的一家书摊上买到这本书。那时候我住在原下的乡村老屋,夜静时读《丑陋的中国人》,竟读得坐卧不宁击掌搥拳,常常在读到那些精妙的毫不留情的议论时走出屋子,点燃一支烟,站在我的寂无声息偶闻狗吠的乡村小院里,面对着星光下白鹿原北坡粗疏的轮廓,咀嚼品咂那种独到的尖锐和深刻,更感到一种说透和揭穿的勇气,令人折服,更令人敬佩。就我的心性而言,这是很自然发生的情感和情绪。我可以不在意某些自我感觉良好到自我膨胀再到大言不惭胡吹冒撂的人和事,而当读到那些在自己尚未意识尚未发现的独到见解时,一种新鲜的富于启示的深刻,便自然地折服并出示敬重的情感了。一个令我折服并敬重的名字,是不会忘记的,这是柏杨。

二十多年后的今年夏天,我有机缘阅读柏杨的小说,如同初读《丑陋的中国人》时一样发生深层的心理震撼,却也有明显的差别,《丑陋的中国人》里的柏杨,是一个犀利到尖锐的思想家,而敢于直面直言说出自己的独自发现,让我看到一个独立思考者的风骨,甚至很自然地联想到鲁迅;隐藏在一篇篇小说背后的柏杨,却是一个饱满丰富的情感世界里的柏杨,透过多是挟裹着血泪人生的情感潮汐,依然显现着柏杨专注的眼光和坚定的思想。

柏杨的眼光专注于台湾社会的底层生活,这是我阅读的直观感知。在他以各种艺术方式结构的短篇小说里,几乎全部都是挣扎在底层社会生活里多种职业的普通人——业务员、公司职员、雇员、教授或教师、娼妓等。每个人几乎都有痛苦到不堪存活的生存难关,都是令人心头发紧发颤的悲剧性人生。几十篇短篇小说里的百余个各色人物的生活悲剧,勾勒成上世纪五六十年代台湾社会生动、逼真的情状,万象世态里的社会不公,虚伪奸诈,金钱和物质对人的形形色色的扭曲,读来真有屏息憋气汗不敢出的阴冷和惨烈。

《相思树》里写了一个曾经负过伤的抗日连长,失业落魄,到处寻找打工而打不上工,连坐公交车的五元钱也凑不齐,到一个曾经在大陆时有交情的朋友开的饭馆蹭饭吃,不料这饭馆主人因入不敷出而破产,竟吊死在窗外的相思树上。这位流浪街头的抗日连长,面对吊死的朋友,思念起他的为他从骨缝里掏出子弹的女儿。更令人惨不忍睹的是《路碑》,也是一位参加过抗日战争的士兵,曾经在肉搏战中用枪托打得日本鬼子脑浆迸溅的英雄,在妻子生小孩时需要一支三十八元的止血剂,而手中只有五元钱,到几位熟人处借钱分文未获,尤其是那个被他从日军俘房营里救出的人,到台湾后发了财,却把他巧妙地支开了。他忍痛把孩子身上的毛衣脱下来送进当铺仍凑不够钱数,妻子因抢救不及死在产床上,他于悲痛到绝望时冒着大雨跑到抗日纪念碑前,把被日本鬼子刺伤的疤痕敞亮给天空和雷声,撞碑而死。我读至此,已听到隆隆爆响的雷声,已看到这位英雄撞到石碑上迸溅的鲜血,也分明看到石碑后柏杨愤怒的眼睛。他的呐喊,在那位抗日英雄脑袋撞碑的血花里,如雷一样轰响。

柏杨说，社会悲剧是时代造成的。上述这两位抗日老兵在上世纪五六十年代的台湾的人生悲剧，读来令我触目惊心，甚至有不忍不敢再往下读的恐惧感。这样的阅读心理的发生，许多年已经没有出现过了，类似年轻时读维克多·雨果的《悲惨世界》和《巴黎圣母院》的情景。不单是我对这两位在民族危亡时刻，以鲜血维护我们尊严的英雄的非人生活难以承受，更多的篇幅里所描写的普通人艰难挣扎的生活状态，同样使我透不过气来。《进酒》里写了一位失业的大学教授，在完全的绝望里发出无奈的天问，人生下来的目的是什么？他自己的回答是，人与猪是一样不可选择的。《窄路》里写了三个少年时代的好伙伴后来的人生历程，一个为求职做小学教员四处求情而不得；另一个受过高等教育的高才生，恪守道德和人的尊严而不甘低眉，落得窘迫而死，女儿于困窘无奈的境况下私开娼馆，出卖自己；从马来西亚回来的韦召去看他的朋友时，瞥见了沦为娼妓的朋友的女儿，已经没有了羞耻感，其母（朋友妻）不仅和女儿一样面对昔日的朋友毫无惭色，反倒咒怨丈夫生前给她什么也没留下……这种咒怨和控诉，与其说是对着死去的丈夫，毋宁说是对着那个时代里的台湾社会。《客人》里同样写到一位受过高等教育的失业者惨不忍睹的生活情景。他于中国人传统的端午节时买了三个粽子，那么一小点花费惹得夫人生气发火。夫妇二人却诚恳地招待了处于饥饿摧残中的一对父子。父亲无疑也是一位有知识的失业者，竟然一连吃下六碗米饭，而不好意思夹菜。这些挣扎在饥饿乃至死亡线界上的业务员、教授等人的情状，最自然最直接地揭示着社会对人的摧残。而在一篇篇不事任何夸张和矫饰的沉稳的文字叙述里，我感知到柏杨关注社会民生的强大思想，这种思想决定着他全部感情的倾向，就是不合理的社会里无以数计的不幸男女，他的眼睛不仅关注这层人群，而且十分敏锐和敏感。在我理解，正是这一点，决定着一个作家的基本质地，决定着他独立存在的永久性，也决定着他的创造意义和生命价值的无可企及。

　　柏杨还说,个人悲剧是个性造成的。这句话是前一句话的另一面,构成柏杨审视社会和人生的双重视角。《凶手》写了一个嫉妒到极端的人的畸形心理。这种嫉妒不断产生无法缓解更无法消除的仇恨,残忍到连自己也承认为禽兽不如。柏杨在这里展示出一种恶的人性,一种把卑鄙演示到极端的人性。《陷阱》更是人性恶的更深刻的展示,一个名叫钱国林的年轻人,在北洋政府上海特务机构供职,先设奸计诬陷他瞅中的婉华为革命党,再把这个诬陷的罪名栽到婉华的恋人家康头上,先致婉华入狱,再致家康被酷刑施暴致残,蹲三十五年牢狱一直到死。心里的冤屈无法辩白,更无法向婉华表白。钱国林以这件罕见的阴谋获得了婚姻的目的,娶了婉华。婉华和一个杀人不眨眼的魔鬼生活在一起。这种恶的人性酿造的惨剧,读来令我后脊发冷,却也超出了一般个性的理解,主宰个性的是品德,以及能任这种披着人皮的魔鬼恣意的那个社会。作家柏杨鞭挞的既是人性之恶,更鞭挞社会之恶。在那样的社会生活里,这种人性之恶既得助于权力而膨胀,也依赖财富肆无忌惮地横行。《一叶》里的老板和秘书偷情被老婆察觉,却怀疑魏雇员偷窥泄露,不仅解雇使其失业,而且陷入更惨的绝境。偷情的女秘书此刻被老板送到美国留学。这里的个性也让人更深地看到社会,穷人和富人,道德和法律,对人性善的扭曲以至摧残,对人性恶的张扬和横行。但柏杨对个性造成的个人悲剧的一篇篇小说里,其实都不局限在单纯的个性层面,让我感到更广阔也更深层的社会背景里的丑恶,才是这种人性恶得以肆无忌惮地给善良的人群造成伤害的根源。

　　柏杨的这种坚定而深刻的思想,显然体现在他的一组爱情题材的作品里。柏杨冷峻的眼光所透视出来的爱情形式,大多数不仅缺失浪漫和诗意,而且有一种痛切的强烈感受。《秘密》写了设计致死哥哥又逼得父亲自杀的逃犯徐光军,在一个月夜把叶静诱到豪华公馆,说他已继承了千余万美元的家产。这个本来不大乐意和他游园赏月的叶静,一下子就叫起哥哥了,就接吻并把身体献上了,山盟海誓永远陪伴徐光军。这些行为一般看作肤浅,似乎无大非议,令我触目惊心的是,徐光军完成野合之后,便一幕一幕揭开秘密,父亲信赖哥哥而把继承权决不传给他这种不成器的儿子,他便设计害死哥哥,活活逼得父亲自杀,警方把全部家产没收,他背着债务一无所有从马来西亚逃回中国。这个叶静在听到他杀兄夺财的恶行时,不仅丝毫不以为残忍和丑恶,反而继续表白着爱的誓言,赤裸裸地说:"即令你是凶手,不要说你仅仅是弑兄凶手,甚至你竟是弑父凶手,都不影响我对你的爱。爱情如果连凶手都不能包涵,那还叫什么爱情呢……"读到这里,我的心头不由得发生战栗,同时依着这句惊心动魄的话,相应对出一句话来,爱情如果连杀人凶手都能包涵,那算是一种什么爱情呢!一个陷害谋杀了哥哥又气得父亲自杀的在逃犯,仍然受到叶静的毫不动摇的爱的表白;而当他说明负债逃亡身无分文的真相时,她不仅断然告辞,连亲昵的称呼也不准他叫,甚至几乎甩出耳光。变脸鸡也比不得,一个绝妙的讽刺。我似乎尚未读过这样令人惊心动魄的爱情故事,一个狼一样的男人和一个狼一样的女人,金钱让狼一样的男人杀兄逼父,狼一样的女人爱的是男人抢夺的美元。爱是什么?这样赤裸裸的爱的表达,连狼和凶残的雪豹也不及了。《窗前》类似于上述的故事,却挖掘出"爱情"这个迷人的词汇里另一番滋味,一个女人对男人的态度的转变,在于男人在美国获得了一笔数目可观的奖金,由原先动辄打骂男人,变为被男人抽打。这里我也不无吁叹着发问,爱是什么情是什么? 美元左右着一对夫妻的情感和行为。如此残酷阴冷的爱情,想来令人毛骨悚然。《沉船》倒是令我感到一种慰藉,一个痴心鼓励帮助妻子出名谋利的男人,在妻子实现了目标后,却被遗弃了。许多年后接到妻子病危时的来信,对他追悔致歉。终于让我难以承受的神经松弛下来,作为人的良知终于苏醒回归。仅举这三篇小说,由此可以看到"爱情"这个在所有种族的人心里都泛着幸福浪漫波浪的词汇,在名利尤其是物质这个更实惠的东西面前,不仅一文不值,而且丑恶到不眨眼不脸红的残忍,即人们常说的灵魂的扭曲。我读到这些篇章的时候,倒产生一点疑问,是经不得架不住物质的诱惑,使某桩原本纯净的爱情变得污浊不堪,使某个原本真爱着也善良的灵魂变得丑恶到残忍?还是那灵魂那人性本来就是一种污浊和残忍?这是柏杨观察体验到的上世纪五六十年代的爱情种种,半个世纪后的今天,海峡那边的台湾我不敢妄议,海峡这边的爱情范畴里的五光十色,且不依作家笔下虚构的故事为据,也不依民间传闻为据,单是各种媒体依实报道的南方北方的丑闻,足以让人对爱情的浪漫和真实性做出再理解,也让我信觉柏杨先生半世纪前那个独具的犀利而冷峻的眼光。

难得在这一辑爱情题材的小说中,有少数几篇写到人人心里所期待的真正的爱,让我感到阴冷不堪的心享受到一缕温情。《拱桥》写了一个类似《五典坡》戏剧里的三姑娘的现代女子,爱上了给她做家教的老师,而这个老师却是考上大学却上不起大学休学打工养家的乡村穷人。她爱他爱得纯洁无瑕,爱得深沉,深沉到蔑视一切社会名利和物质利益,敢于表白"不要把我当作总经理的女儿",也敢于当面对抗父亲。我读到这些令人感动的情节时,便想到那个苦守寒窑十八年的宰相的女儿王宝钏。结局却不是王宝钏式的大团圆,这个痴情纯美的女子被父亲几乎是捆绑押送美国留学,十年后以名牌大学教授归国任教,教室里坐着得以复学的超大年龄的昔日家教老师。这个悲剧性的结局尽管令人徒生慨叹,却毕竟让人领受到纯美的爱情的温馨。我也因此联想到三姑娘的古典戏剧人物而颇有领悟,从唐代到当今,人类追求理想爱情的愿望和实践,由此发生的对权势和物质的蔑视行为,从来也没有绝迹,让爱的真实含义一如既往地激励着也温暖着一个又一个年轻的追求者。

爱情是一个永恒的主题，不同的种族尽管有不同的习俗，而对爱的真实性和纯洁性完全一致；爱在不同的历史阶段不同的社会制度下有不同的形态，而人追求理想爱情的愿望总是一样执着和痴迷。从另一个角度说，社会地位和物质财富，却是任何社会形态里必须面对的一块爱的路障，种种爱情人生由此发生各个不同的故事，如同柏杨先生所演绎的种种，令人不单触目惊心，自然更会进入关于社会和人性的思考。这个永恒的话题，在物质生活远远超越上世纪五六十年代的今天，诸多爱的悲剧和丑剧，似乎更突显着物质这个路障的普遍性因素的功能，尤其在先富起来的人群里多所演绎，对照柏杨小说里多因物质窘迫生活陷入绝境而发生的爱情悲剧，今天的现实生活似乎却因膨大的物质，而把浪漫纯净的爱弄得扭曲而又浑浊了。不过，仍是物质这东西的寡与多的功能性呈现。

柏杨的短篇小说大都有一个紧紧抓住读者的故事。这些故事不是随由想象为猎奇而编织的传奇，而是真正意义上的从生活到艺术的甚为完美的创造。这些故事与社会传奇性质的故事的本质性区别，在于后者是娱乐，而柏杨着意在对人的灵魂的叩问，对人性的各个层面的揭示，既是曲折抓人的情节，更是令人意料不及倍感震撼的人生悲剧。这些故事首先以不容置疑的真实感抓住我，甚至常常让我猜想到生活里真实发生的事件，柏杨把它创造为更富社会意义的小说。这是柏杨的创造理想和艺术追求，也是柏杨独有的艺术功底。尽管作家们关于小说要不要故事情节各执一端，还有主张无故事无情节甚至无人物的小说，都是不同作家对于小说写作的不同理解和不同追求，无可厚非。柏杨显然是注重情节和故事性的追求和探索的。在我的阅读兴趣里，偏好情节曲折故事扣人的小说，阅读柏杨小说就充满快意。

柏杨十分讲究短篇小说结构。往往先以悬念横在读者眼前，诱发读者继续阅读的好奇和兴趣，然后逐步一扇一扇打开所写人物生活历程中愈陷愈深的灾难之门。几经转折,就把人物心灵世界的各个侧面和社会背景里的险恶都展示出来了,活生生的各个生活位置上的人就呈现在我的面前。柏杨短篇小说结构呈现着灵活多样千姿百态的技巧和灵性。尽管都有一个紧紧抓住读者阅读兴头的故事,尽管屡设悬念,然而却几乎不见一篇是从头到尾循序铺展娓娓道来的故事,多是依不同人物的不同人生境遇,恰到好处地结构着人物心灵中的情感波动和转折。《重逢》写一位因孩子重病无钱救命偷盗公司黄金而入狱的男子,从他走出监狱铁门写起,着重不在当年犯罪,而在出狱第一天的更残酷的遭遇。他在回台北的火车上,情急中误登头等车厢,在往自己的三等车厢走去时,撞上了他十年未见的妻子。在头等车厢里,妻子正倚在一个男子的肩头,"那男人怜惜地握着她那涂着鲜红蔻丹,而又柔顺地放到他掌中的纤纤手指"。他为她和他们的孩子偷盗,在狱中苦熬十年而终于要见到妻子和孩子,却是在头等车厢看到倚在别一个男人肩头的妻子的现实。然而并未就此止步,这个妻子又与警方暗中联手,把他再次诱入陷阱。这是一篇让我受到强烈震撼的短篇小说。稍微平静下来,我便重新自头至尾翻阅,意在这篇小说的堪称精妙绝伦的叙事结构。这样一个令人震撼的人生悲剧,这样两个曾经是夫妻的男女的灵魂,作家柏杨用了不足八千字就揭示得如此淋漓尽致。作为作家的我,颇受启发,一篇小说一般都有几种叙述方式,作家得认真寻找到一种最好的结构,不可随意为之,柏杨有示范的意义。

柏杨总是能找到适合某个特定人物展示灵魂的小说结构。翻一面说,他的结构方式不是单纯的出奇制胜,而是以特定的人物为对象,寻找最恰当的结构和叙述方式。这样,因为表现对象——人物的本质差异,结构形式和叙述方式就呈现着各自的架构和形态,不拘一格,也难见熟路。《约会》是这部小说集里篇幅较长的少数几个短篇之一,写一位侨居国外大半生的六十七岁男子回到曾经发生初恋的小城，置重病在身而不顾，夜里重新踏跺曾经与恋人走过的一个又一个角落，回嚼如酒如诗的初恋的美好，在一个越过半个世纪的老人心里引发的复杂感受。整篇作品就只有这个老人，没有矛盾没有伏笔，这是很难写的一种结构。我却看到在这样单调的时空里，柏杨把一个人的情感体验写得动人心弦，而叙述方式也让我联想到意识流文体，却又不是。一个短篇小说，一个单调的时空背景下的老人，写得如此自如又如此令人感伤，真可见柏杨笔下功夫，也是我前述的以描写对象选择结构和叙述方式的别具一格的文本。

我甚为敏感柏杨小说的语言，简洁干净，紧紧把握着人物的心理走势和情绪脉络，达到一种准确到位而又丝毫不过不及的叙述，也达到揭示人物心灵隐秘刻画个性的艺术效果。没有一句废话，也不见游离人物心理动向之外的一句闲话。我之所以对此尤为敏感，是常见某些小说里不着人物裙边发梢的废话闲话多余的话，作者不管笔下人物此刻心理的冷暖，只顾自己随着兴趣和性情离题三尺地卖弄，把叙述的大忌变为得意。柏杨的叙述语言和描写语言，都把握着一个艺术的度，这个度决定于笔下的人物，这也应是如何把短篇小说写得短的一条途径。另，语言的简约和含蓄，应给读者丰富的想象余地和再创造的开阔空间，确也是作为作家基本功力不可轻易大意的事。《重逢》里我已列举过的那个出狱的男子，在火车上意外撞见妻子，柏杨只写了"头等车厢"的环境，再写了妻子"涂了鲜红蔻丹的手指"，这样的细节，再不做多余的介绍，就让读者理解到妻子为什么会倚到那个男人的肩头了，把复杂的过程全部省去了，留给读者关于情感的分量和价值再审视的一个含蓄而又严峻的空间。读到此处，我确切领悟出，含蓄既是一种语言功夫，更是柏杨独禀的语言智慧，一种天赋的自然呈现。

上世纪八十年代后期柏杨回到西安，走后我才知道，陕西作家协会搞联络接待的同事说，无法与我联系得上。我那时住在西安城东郊一个偏僻村庄，不通电话，我便错失了拜见柏杨先生的机会，甚以为憾。许多年后，我系统阅读柏杨的小说，这种积久的遗憾得到很大的补偿，不敢说全面，我已经在精神内质和心理气脉上，感知到了柏杨。我曾经在一篇文章中写到过我的体验，想要了解和学习一个作家，最好的途径是阅读他的作品。道理很简单，作家可能在社会生活中因种种因由隐藏某些观点，甚至坚不吐口；而在稿纸上，作家总是煞费苦心倾其所有能耐，把自己关于社会关于人生的理解和体验展示出来，那一行行文字中就呈现着作家的思想和人格。我阅读柏杨的作品，也在阅读柏杨；我被一篇篇小说的多是悲剧人生的人物感动着震撼着，也被关注着并把社会生活的不公和人性里的恶展示出来的柏杨先生的人格和思想震撼着感动着，一个令人敬重也钦佩的柏杨的风骨铸入我心里。

柏杨的短篇小说，全部面对社会底层的各种生活位置上的男女，又都是不合理社会结构里人的无法逃脱的悲惨人生，还有人本身的丑和恶给他人制造的灾难；即使如爱情范畴的小说，也是更多地透析着上述两方面的决定性背景和因素。我便看到柏杨面对这些悲惨人群的凛然姿态，把这些人的命运遭际诉诸文字，向社会抗争和呐喊，柏杨的思想，柏杨整个的情感倾向，柏杨一双冷峻的眼光的关注点，都在社会大众人群里。这样的作家，我是引以为敬重和钦佩的。

2007 年 9 月 11 日　二府庄

再读阿莹

和作家朋友谋面聚首,常会说到各自读的很有兴趣的新书,这是自然到几乎无意识的事,既在释放阅读获得的新鲜启示和快感,也在有意无意地向对方推介。我由此获益匪浅,得知刚刚出版了一部哪位大家的翻译作品,或是国内文坛冒出来某位新星的超凡脱俗的新作,便成为我阅读的选择。今年遇到这种场合,有朋友问我,你看过《俄罗斯日记》吗?不等我回答,对方便说出他的感动,阿莹部长真是个作家。还是等不得我做出反应,他紧接着辩证关于阿莹是个真作家的理由,这本《俄罗斯日记》写得很不一般。他列举了几本作为"一般"出访异国的游记,不过是些浮面的见闻录记,缺乏稍微一点历史人文的独立感受,文字也缺失了优美和情趣。阿莹恰是在这些文本参照之下,见出"很不一般"的独俏的风姿来。到这时他才问我读没读过这本书,感觉如何?显然是要印证他的阅读感受。我说我读过了。确实"很不一般"。这部《俄罗斯日记》甚至令我颇为不解,短短的半月左右时间,阿莹竟然把眼看着的和感触着的俄罗斯写成一本近十万字的书,可以看出历史上的俄罗斯和现实里的俄罗斯,还有中间夹着一段的苏联,作者目光所触笔下所系,尽是一个中国作家特殊的也是独有的历史性感受,一条河一幢建筑一个展馆,让我感受到从沙皇时代到列宁和赫鲁晓夫时代,再到普京时代所遗存和所呈现的历史印痕,透见一个民族从精神到心理的颠覆和重构的运动过程,真是非一般的游山玩水赏景观奇之作。朋友见他的观点得到呼应,我俩便都有"英雄所见略同"的快慰。这本书已出版两三年了,之所以到今年才引发如此不同凡响的阅读反应,我想在于《文化艺术报》的连载,扩大了与读者的接触面。这种纯粹个人间阅读感受的交流,不是某种场合上的捧场,更不属于看人的眉高眼低的评论,故而应当是真实的可靠的,借此机会传达给作者阿莹,添一分自信。

让我更惊讶的是读了陕北歌舞剧剧本《米脂婆姨绥德汉》。

陕北是一块盛产又盛行民歌的天地,看是愤世的和咏叹生活的民歌,生动准确到令人一遍成记;尤其是表白男女情爱的民歌,不仅一遍成记,而且经久不忘。陕北民歌走出陕北走出陕西走向全国,本来属于交流障碍的方言却不构成局限,并为中国南北审美情趣差异很大的各方人群都乐于欣赏,确凿是一个奇迹,足以见出陕北民歌独禀的气质。随着陕北民歌的广泛传播,米脂出美女绥德出俊汉的佳话也流传到各地。榆林地区要搞一部民歌歌舞剧,把遍地流传的几成经典的爱情故事升华为一部代表性作品,无疑是适时而又适宜的富于创造性的思路。去年弄出来一部剧本,邀集西安多位评论家讨论,我也参加了,意见纷纭却都中肯,涉及剧本的基础性意见,要修改提高,几乎是脱胎换骨的难题。提罢意见和看法后各人回各家了,不知剧作者该费多大劲才能整出新的剧本来。确实意料不及的是,今年夏天遇见阿莹,说他写成了《米脂婆姨绥德汉》歌舞剧剧本,让我看看。原来,那次讨论会后,他竟动了写这个剧本的念头,而且一挥而成了。

舞剧塑造了一个米脂的貂蝉青青,长得漂亮自不必说,却不是弄得吕布昏头晕脑的那个貂蝉,而是爽快泼辣透亮开朗的乡间民女。在她周围,紧盯着三个性格各异却独有一架俊骨的年轻汉子,展开了痴情的追逐,戏剧冲突和冲突中的情趣十分抓人。同样在这冲突中,把三个迥然不同的青年的个性演绎得十分生动鲜明。当这场爱的追求激烈到不可开交时,我真不知如何归属,如何收场,达不到爱的追求目的的虎子会发生什么暴烈行为,因为按他的性情和当时的生活位置,很容易让人做出这种猜断。我的这种猜断无疑是最愚笨的庸常的思路,剧作家总是以超凡脱俗的构想出奇制胜,制造惊心动魄的戏剧效果,给观众以始料不及的心灵冲击。阿莹在这里完成了堪称绝妙的一笔,虎子把青青和石娃送进了拜婚结亲的福地,不仅观者的我料想不到,乡间参与婚礼的乡亲也惊诧不已,尤其是拜婚双方也如同梦里相逢。我读到这里,不由得"噢呀"一声慨叹,一个顶天立地仗义不蛊的虎子的形象挺拔起来,透出熠熠的心灵之光。没有说教也没有表白,惊心动魄的一幕就发生在人物最合理的性格行为之必然,让读者的我在这一刻充分回嚼人物的魅力。阿莹完成了一种美的心灵的揭示,也完成了一个陕北汉子的形象塑造。

　　这部歌舞剧的唱词也是几近完美的。阿莹穿插了大量的陕北民歌歌词,这些歌词是经历了不知多少年的传唱和不断的锤炼而完成了经典化过程;这些歌词又经过了不知多少年和多少人的传唱,又完成了一个扬弃和筛选的过程;留下来被当代人有滋有味歌唱着的,无疑都是最具生命活力和艺术魅力的唱段。这些经典歌词被剧作家穿插在唱段里,不仅具备原生态的魅力,而且进入了具体的人物对象的心里,也进入具体的情节推进过程中人物的情感波浪之中,把一种泛化的情感变成活生生和单指的人物情感,不仅如鲜活的血液注入人物,而且因人物的具体化而使这些歌词顿添活力,这也是我始料不及的艺术效果。阿莹自己创作的唱词,紧紧把握着人物的个性,紧紧切脉着人物在不同情景下的心灵情感,准确而又鲜活;依着陕北民歌的格律和语言习惯,多是生活化的民间表述方式,几乎让我分辨不出自创和借用,浑然天成,功夫匪浅。我印象里的阿莹的创作,以小说散文为主,这部歌舞剧的成功创作,真是让我刮目相看,也切实体会到阿莹创作的多样性活力。

认识阿莹有许多年头了。上世纪九十年代中期,初识阿莹时,他是一家国防工业大厂的领导,指挥着军工生产,业余时间却写着抒情散文,我那时就颇费解,那种冷冰冰的钢铁家伙充塞着脑子,如何转换出诗样的优柔情怀来。我为他的散文集《绿地》作序时,就在心头悬着这个问号。几年后,阿莹调到省委宣传部做领导,分管文艺,应该说与他的特长和爱好接上弦了,确凿也显示出内行的效应,陕西文学创作和艺术创作呈现勃勃生机。到今年年头上,阿莹又调到陕西国资委当领导去了,作为外行我都可以想象事务的繁杂和压力之沉重。这人的出众之处在于,不仅把担子挑得悠然,事项有条不紊,创造性思路显示着活力,业余时间仍能进入形象思维,弄出一部陕北特色的歌舞剧来,在我就不仅是刮目相看了。

愿阿莹的事业兴旺发达,也愿他的创作活力持久鲜活,无疑是最充实的人生。

2007 年 9 月 27 日 二府庄

语言里的生命质感

杜爱民是一个诗人，我和杜爱民认识十几年了，尽管平时见面不多，有事时才见一面。读了他的散文随笔，让我对他的创作有了更深的理解。

了解一个作家最好的途径也是最可靠的途径就是阅读他的作品。

由于对杜爱民散文随笔的阅读，对他又有了新的认识。他的诗歌给我的印象是：激情洋溢，诗情浪漫。但读他的散文随笔后，我看到一个截然不同的杜爱民。我发现他这个人很冷静、很沉静，跟诗人的杜爱民是表现在两个精神层面上的两个人。通过阅读杜爱民的散文，这种了解更深了。我发现杜爱民的文学神经非常敏感，无论是对当下生活世相的直接感受，或是回忆童年的旧事，都能感知到他的敏感。这对一个作家来说难能可贵。这一点体现在他写童年的这些篇幅里，他对童年生活的敏感记忆一直保存到现在。对生活的种种陈述，弥漫着诗意，还有点忧伤的东西，表现得很准确。感受生活敏感，这是达到对生活准确描绘的前提和基础。杜爱民不仅对生活细节、生活世相的感受准确，对生活节奏、生活气象的感受也是很准确的。这一点在《仁义村》里表现得很充沛。我当公社干部时，检查过这个生产队。这个村子从计划经济到市场经济的演变过程，杜爱民把它描绘得冷静而准确。作为一个读者阅读时，任何质疑都没有。我全部读了,我完全信赖作者对仁义村几十年生活演变的这种描绘。我读完后就想:杜爱民是个城里人,仅仅是小时候翻越过城墙,泅过城河,在仁义村偷瓜偷枣,可能比我这个长期生活在乡村的人感受更敏感,描绘更到位。我甚至想,杜爱民完全可能把它写成一个小长篇,就仁义村的生活演变和他所能感受到的东西,完全可以做到,而且还能写得很有自己独到的理解和感受。

他对生活的描绘的细腻准确,是散文包括随笔给我很深印象。像《肉眼看民工》。我们常常说到民工,但要准确地描绘民工的生存形态,也许很难做到。他用文字把感受描述出来,一千来字。我看到他写民工生存的细节及生存的形态,尤其是开头写道:高楼一盖起来,民工连回头看一眼都不看,很可能就又到另一个工地去了。他们走了,这个楼上发生什么,歌舞升平与他们无关了。这种感受,包括我自己在内,作为大楼住户之一,我可能很难有这种情感。而杜爱民是完全从一个民工的心理感受出发,写出这样凝练的文字。还有他对童年生活细节的描述,尤其《菜四种》写"荠菜"一文。我也挖过荠菜,我也有感受,但他能描绘得这么细致入微,令我惊讶,自愧弗如。写他母亲如何洗菜、拌面蒸麦饭。我母亲也这么做。我想我们乡下这么做,城里人怎么也这么做。他描绘得这么准确,叫人有一种艰难生存中的温馨,传达的这种感受没有任何矫饰,很难得。

我感受到杜爱民的思想和对生活的观照,有一种独到的穿透力,这种独到的思想力量也应该是作家作品存活的生命力,是最基本的东西。如果大家感受都一样,写出来的肯定是千篇一律。他感受生活世相,有独到的思想,有对生活不同视角的选择。还有更可贵的一点,他的作品很坦诚,袒露着直白不讳的杜爱民思想,甚至让人震撼。杜爱民坦率地表达个人独立的、不雷同的思想,是个人对生活的独特感受。我所读过杜爱民的文章,可以说篇篇精彩。人的情感是思想的,人看取生活的视角和力度,总要靠思想来穿透。一个平庸的思想者,很难穿透生活的深度,那么,作品肯定就平庸了。我以为杜爱民实际上就遵循的这个原则。

2007 年 9 月 28 日　西安

蓄久的诗性释放,在备忘

——《青春的备忘》序

读长诗《青春的备忘》时猛然发现,我也是很健忘的,顿然领略到诗人薛保勤"备忘"的庄重含意。

和公仆相遇,兴致颇高地说到正在推行的某项事业的新进展,也少不了晋升的得意或失落;和商界人士一拉起话来,也多是生意场上赚了赔了以及由此引发的昂扬或丧气;和艺术界的朋友闲聊,常涉及某唱家演家吓人的出场费,某画家书家涨价到多少万一尺的画和字;还有各界人都热衷的家常话题,某处房价翻了一番而另一处还比较合算,某家饭店有新开发的独特风味的菜系值得试一回筷子,某个名牌轿车又降价了,对尿糖有奇效的新药上市了,如此等等。几乎每天都耳濡目染在这样的生活氛围里,有谁还惦念"知识青年上山下乡"那档子事儿,即使偶尔牵扯出一句半句,也多是一种"历尽坎坷"之后平静的咏叹。当生活把那一段最不堪的记忆自然而然淡化并抹去的时候,诗人薛保勤却以令人震撼的激情和拷问,铸成铿锵的诗句,给我和我们"备忘"。

"知识青年上山下乡",确是令人不堪回首却持续了近十年的旧事,不堪到残酷和荒唐。无以数计的城市高中、初中毕业生,在一个不容置疑的口号和严密的政策条令下奔赴农村,开始经受"炼狱"般的洗礼和锤炼,薛保勤是他们中的一个。我推算,他们之中的头一二批该当年过花甲退出原来的生活位置,或散步于城墙根下草地树荫之中,或抿茶抚须抱孙儿于膝头,庆幸有一个温馨的晚年。他们之中最末两茬也该五十出头了,还在各自的生活位置上坚守着创造着。我推算薛保勤大约是最末一茬,也是最年轻的经历过这场上山下乡洗礼的一个,更是一个至今不能释怀且提示社会"备忘"的思想者。"知青"是一段特殊的历史过程里的特指名词,不单是那一段城市知识青年的简称,而是标示着一段灾难性的社会大背景里的"文革",或者说是作为"文革"灾难的重要社会标志之一。诗人薛保勤在几十年后对那段经历的回嚼,提供给当代人以"备忘",既显示着一种思想的力度,也昭示着一种耿耿于怀的责任,对自己,对事业,也对国家和民族的未来。

《青春的备忘》展示的是一个曾经"上山下乡"的"知青"的精神历程。诗一开篇便直言不讳当今世相里对当年那场"上山下乡"运动的种种心态,有忘记说,有不再提及说,有控诉说,有反思说,还有诅咒说,诗人薛保勤当属"备忘"说。诗中的我是一个典型的"知青"形象,他既有广大"知青"的普遍性心理历程,又具有许多人不具备的深刻反省和思考的个性,应该是那一代"知青"的典型。

诗中的我,起初也是和广大"知青"一样,完全信仰"大有作为"的话,以青春的全部热情到庄重神圣的实际行动,义无反顾地奔赴农村那个"广阔的天地"去了。诗中有一个生动真实而又传神的细节,送别时,母亲不无担忧地唏嘘流泪,被激情燃烧着的我却"假装视而不见",毫不在乎地"高昂着骄傲的头"。信仰产生的激情是无所畏惧的,母亲的亲情不仅不会引发心理感动,反而可能被视作短视或多余。那个时代整个社会的每一个角落,都弥漫着纯粹而又浓烈的"忠于"领袖的气氛,凡领袖的任何一句指示下来,都会激发红旗招展锣鼓喧天万众一呼拥护执行的效应,处于人生血气方刚年龄区段的年轻人,更是时时事事都站立在潮头的先锋。我是经历过那个时代的人,完全相信诗人的描述,并为那个传神的细节而产生真实的信赖。

怀着"大有作为"的理想进入农村"广阔天地"之初,一切都是新鲜的,扶犁吆牛和挥锨扬场,都是和着汗水的诗意;批判指定的敌人和斗掉自己的私心杂念,也是一样勇敢一样虔诚的激情;物质的贫困和精神的贫瘠,尚不能动摇坚守的信念。时月稍长,当一时的热烈和血涌被庸常化释为平淡,且有"压抑"和"慨叹"从年轻憧憬的胸膛不由自主发生的时候,"破旧的口琴"和二胡哀怨的丝弦是无法化解的了,应当是心理和精神裂变的前奏,诗人写得如此细腻而真实。

严酷冷淡的现实容不得稍微持久的浪漫,更容不得任何伪造虚假的美丽。乡村真实生活的某些严峻乃至冷酷,迫使一切浪漫情怀和美丽图景化作冷寂和飞灰。诗人以简洁的叙事诗句,列举了促进"我"心理转折的三桩事件,一个正处花季的女"知青"被骡子撞下山沟跌成终生瘫痪,一个对"明天、明年、未来"怀有"色彩斑斓"梦想的小伙儿被坍塌的窑洞砸死在睡梦中,这两起多少带有意外的偶发事件,却无法减轻任何一个同类巨大的心理悲痛,以及由此引申的从情感到精神的严重挫伤。而一对发生了恋情也发展到同居的"知青"的悲惨结局,却完全是人为制造的。"文革"把极左政治搞到极端,由此而派生的极左政策是骇人听闻的冷酷,又是五花八门的普遍性泛滥,由"无产阶级专政"派生出来一种"群众专政"的手段,把一切揪斗对象不经任何事实核对,更谈不到法律程序了,先实行一番既在惩罚又在羞辱的"游街示众",那个同居过的女"知青"禁不住这场游街示众的羞辱而自杀。实行专政的群众可能还陷入在维护革命也维护道德的庄严感之中,却丝毫不觉得自己维护的革命是极左理论导引下的歧路和绝境,更不觉察自己维护的道德是自五四开始声讨和推翻的封建道德。那些目睹同类惨死的"知青"们,任谁恐怕也再难继续保持诗性的浪漫和愚昧的盲从了。诗里仅仅列举了这三个惨痛事件,自然是出于艺术创造的考虑,而实际生活中所发生的类似的和多种惨痛悲剧,几乎不胜枚举。更有无法遮掩的广大乡村普遍贫穷到饥饿和无衣的现状,使一切极左的理论都难以达到其切实的效力,也使一切因此理论而张扬起来的激情和诗性难以持久。道理很简单,真实的生活和社会的真实图像,是一切空想和极左理论无法改变的。

于是,怀疑和反叛就成为必然。诗性的浪漫和信仰的激情被眼见的生活现实粉碎了,一时又找不到新的理论作填补和支撑,便会发生空虚和沮丧。从人的普遍性心理来把握,这时候是最痛苦最无助的一种心理状态,也是最容易发生毫无目的的极端的破坏行为的。《青春的备忘》敏锐地写到这个必然的心理过程,"偷鸡摸狗""打架斗殴玩世不恭""偷懒装病",以至"损坏即将成熟的农田"。我可以见证诗人所写的这种真实,那时候我在西安郊区一个公社(乡)工作,所有以粮食和棉花生产为专业的生产队(村子里的公社化组织称谓),按土地面积分派着从西安城里下来的"知青",如诗中所写的这些无政府行为,几乎到处都在发生,从行政管理部门到普通村民已经形成一种概念,似乎哪个村子的"知青"较长一段时日不发生此类事件,倒成新鲜事了。一个不容回避的现实摆在所有人面前,以"大有作为"为理论指导的"上山下乡"运动,结果却不仅不是在"广阔天地"里的建树,而是某种带有普遍性的破坏。然而,谁都没有胆量戳破这个谎谜,倒是用某个先进的"知青"典型人物,注释着张扬着这场运动,不惜掩盖普遍的如诗中所述如我所例证的实际发生着的真实。

这个庞大的"知青"群体,在普遍的挫伤和失望发生的时候,如上所述带有破坏性质的行为,也必然是普遍的一种社会现象。然而,这个庞大的群体里,不乏有心人和思想者,他们不甘沉沦,更不甘把美好的生命里最鲜活的青春空耗了,于是就进入思考。他们把曾经信仰不渝的极左理论摆到生活现实的层面上来拷问,来鉴证,以求证它的科学性和可行性。他们不仅以自己"上山下乡"的遭遇为例证,而且跳出了个人命运的圈子,观照到自己所感知体验到的乡村里的男人和女人的生存形态,视野开阔了,心理厚度也强化了,对谎言的判断就更为自信了。"为什么/昔日老师的镜片/总是折射着惊恐与不安/读书还得偷偷摸摸/知识变得如此下贱。"这又是极为传神的一笔,传授知识的教师在例行他的职责的时候,已不再是神圣和自信,而在眼镜片里折射出的是"惊恐不安"的神色,这种神色在任何民族的发展史上都不会有记载。而更荒唐的是,中国此时曾出现过一位震惊世界的"白卷英雄"。诗人写"知青"我的疑问和反思。由教育引申到农民命运,"为什么/乡亲们一天劳作/工分仅值几分钱/面朝黄土背朝天/终年辛劳仍要受饥寒"。这里已经不单是"知青"这个特殊群体的命运了,而是近十亿农民的命运,直到对整个社会发出诘问,"为什么……指鹿为马的耻辱/为何屡见不鲜"。应该说,这是反思后的觉醒,终于戳破谎言的发现,一种面对现实的勇气,一种精神的升华。这是倒行逆施的极左政治导致的必然结果,恰恰与推行者的愿望相背相反。这是推行者的悲剧,却是人民和国家的希望所在,就是越来越明显的濒于崩溃的经济,以"形势大好"的虚伪之词再也蒙骗不了人了,尤其是那些有思想力量的人,预示着新的变革必将发生。

　　这首长诗写成于二〇〇五年,是诗人薛保勤既站在今天的认识高度来回看那一场持续十余年的"上山下乡"运动的,而且有了改革开放近三十年的实践,就能够深刻地反省作为"文革"特殊产物的"上山下乡"运动的荒谬,给那个时代的年轻人造成的青春荒废和人生挫失,由此引发到对"文革"的再反思。如本文开头我发的感慨,终止"文革"错误思想路线之后三十多年的当今中国,绝大多数人群获得了做梦也不曾想到的温馨生活状态,中国令世界惊羡的经济成就持续保持好而又快的发展，社会呈现着前所未有的富足和平景象，当今社会的年轻人，多数未经见过"文革"的灾难和"上山下乡"的事，听老人说到那些事压根儿都不敢相信，我们的昨天曾经如此荒唐和荒谬吗？我在读此诗时，首先感到的便是诗人薛保勤的责任心，一个不能轻易忘掉昨日灾难的人，既要把曾经的荒谬雕琢为诗句，存档于一个民族的精神历程，也在于给当代人以"备忘"，如果在社会发展的某个时候又有极左出现，这诗便成为一种警示。我便对诗人自然产生一种深沉的敬重之意。

　　从艺术欣赏的感受说，我感到一种大气磅礴的气魄，有长江奔涌的气势。平缓处悠悠涌流，气象肃穆，这是大河深流独禀的气质，非涓涓小溪所可比拟，譬如开头的首节，平静下蕴积着汹涌，预示着倾泻；急流处的跌宕，卷起情感世界之堆雪，迷雾腾天，声响震野，我读到诗人连续发出的"为什么"的诘问，便联想到壶口黄河瀑布的景象。大河在落差处发生的冲击力和吼声，类似"知青"在生活发生挫失时的精神冲撞，不解的疑团如急流的反冲。一部长诗能造成这样的阅读冲击力，自然在于诗人久蓄于胸的独特体验，一旦释放，就有倾覆的激情和真情，对读者的冲击力感染力就很强烈。

　　我以前只知道薛保勤是一位思想理论工作者，又兼着省上的社会科学研究机构的领导，后又成为宣传部的一位负责人，无论从自然的专业或承担的工作责任，在我推想中是严密而又严谨的人，确实料想不到他还是一位激情澎湃的诗人，一出手竟有这样大气磅礴内蕴深沉的诗歌，可见人的创造力，不可凭一般现象去判断。我倒真诚希望，薛保勤无论社会工作如何转换，能保持这份天性里的诗心和激情，也就焕发着一种永久的青春。

2007 年 11 月 19 日　二府庄

无法归类的文化寓言

在马玉琛长篇小说《金石记》的研讨会上,几位评论家把《金石记》定位为文化寓言小说,这一点与我不谋而合。我也认为这是一部现代文化寓言小说。小说刻意而着力表现的是长安城的文化精神。我们知道,中华民族文明史前半部在长安完成。对这座城市,对这座城市的文化,我想写却不敢写。可喜的是,马玉琛弥补了这个缺陷。马玉琛找到了透视长安文化的渠道,可以说独辟蹊径。

马玉琛把文物作为说话的载体,以昭陵六骏、小克鼎来透视都市人,透视都市生活,透视当代人的精神。

当代人把道德蔑视到脚下时,作者要说话,作者一说话就把杜大爷、唐二爷、金三爷、郑四爷、楚灵璧树立在这儿。人们阅读他们的行为,阅读他们的精神品质,自然会联想到现代的生活形态。马玉琛在这一点上显示了他的高智商、高智慧和概括能力。我们能从冰冷残缺的古玩里感受到当代人的精神痛苦,这是作品最成功的一点。这一点超出我们这一代人。

一般而言,作家写作有两个层面:一是生活体验;二是生命体验。即使是同一个作家,其作品也不是全部都进入生命体验的层面。米兰·昆德拉的《玩笑》属于前者,而《生命中不能承受之轻》则属于后者。《金石记》里有几个人物也已进入生命体验这一层面。比如杜大爷、唐二爷、董五娘、楚灵璧、齐明刀等人。

《金石记》是寓言式小说，却又运用的是现实主义手法，不用叙述语言，而用白描语言，这样写难度很大，要把虚幻性、精神性小说用现实主义手法写出来很难，但马玉琛解决了这个矛盾。

小说骨子里散发的是精神虚幻的寓言，阅读的感觉却是现实主义的。马玉琛解决这个矛盾，有两点值得称道：一是细节的精确性，小说里的细节可信到了无可置疑的地步，即使现实主义作品里的细节描写都很难达到这种精确性，实在令人惊讶！二是关中方言的运用，阅读时在情感上有最舒服、最顺畅、最亲切的感受。尤其是在人物对话里，关中方言运用得自然顺畅。可见马玉琛在对关中方言如何进入文学语言而进行锤炼升华方面，功夫匪浅。马玉琛小说语言成熟了。

《金石记》的整体品相、风格不同于任何一个人，形成了自己的风格，又为大家所接受，是一个为大家所接受的自己。评论家说《金石记》无法归类，无法归类就是独树一帜，在陕西乃至全国小说创作中独树一帜。

2007 年 12 月 25 日

添了一份踏实

二〇〇七年岁末,按时令西安已经进入冬天。记忆中有好多个年份在这时月里降过大雪,把尚未落叶的树枝都压断了,融雪在房檐瓦沿上结成两三尺长的冰凌。而二〇〇七年的岁末却找不到冬天的感觉,温腾腾的气象,即使深夜和清早,最敏感清冷的头皮和耳梢也丝毫感觉不到冷的刺激。冬至过了就数九了,难得有了一次久违的降水,气象预报为雨夹雪,却是只见雨滴不见雪花,给人一种春雨润地的错觉。我既庆幸这种温润不冷的冬天,却又在心底期待漫天大雪遍地铺白的壮观景象,颇为矛盾。不料,中央台资深编辑叶咏梅自北京发来信息,为庆祝"中国小说连播"六十周年,近期搞了一次最具影响力的节目排行榜的评奖活动,我的《白鹿原》入选,且排名居前,一时颇为兴奋,为这个本来不冷的岁末又添了一份温暖。

我看重长篇小说连播,出于我对小说创作的理解,我希望我写的小说读者越多越好,为此我不断试验多种表现形式,包括语言。一说到取悦于读者,就容易引发一个敏感话题,似乎只有低俗乃至色情,才能赢得广泛传播的市场效果,其实是一种误解。我接触过一些中外很具影响力的作品,拥有广泛的读者群,而且传播到许多国家,可见有品位的纯文学素来都为读者所期待。我不想陷入低俗还要赢得读者,便以我读过的名作的成功之路为佐证,坚信不疑进行着探索,"寻找属于自己的句子"(海明威);我希望我的小说能打破文学圈子进入各个行业的读者之中,能引发他们的阅读兴致当是最高的嘉奖。广播电台连播长篇小说,恰是进入社会各个角落读者心中的最便捷的途径,比文本阅读还要方便。譬如乡村农民,一边在地里干活,地头放一个半导体收音机,收听他喜欢的小说,不仅不耽误手中活计,而且化解了劳动的沉闷。譬如休闲时倚在沙发或炕上,品着茶听着广播员绘声绘色的说道,比阅读更添了生动形象的情趣,这是一种滋润的心理享受。当然了,前提需得是他喜欢连播小说里的人物和内容。我也有过这样的经历,也享受过这种滋润。我也见过乡村人和城里人听小说连播的情景,乡村人多在炕头或地头上听,城里人在城墙根下散步时,手里端着收音机听得有滋有味。

有一件事至今难忘,《白鹿原》在中央台小说连播节目首播时,我回乡下老家去,半道上遇见一位熟识的乡民,拉住手便说他正听《白鹿原》的连播,用我熟悉的乡村语言大声感叹着他的收听兴趣。我听着他的话,不亚于大评论家雷达对《白鹿原》的有深度的评论。我把乡民的这种评说,看作是非文学评说,是小说受众的最基本的反应,是作为作者的我最感踏实的一种心理报偿。中央台的播出,无疑是对刚刚出版的《白鹿原》最具力度的传播措施,两月内连续几次印刷,市场仍供不应求。

这本书不觉间已出版近十五年了,中央人民广播电台先后三次连播,收听的读者无以数计。近十五年来,这部书每年都在印刷,多则五六万册,少则两三万册,累计已超过一百三十余万册,这些都与小说连播的广泛传播有直接关系,想到这,我真诚地表示感谢,也感谢播音艺术家李野默。

我从叶咏梅的介绍中得知,"中国小说连播"已有六十年的历史,和人民广播电台是同时诞生的一个节目。六十年的历程,不辩自明着一个事实,听众喜欢这个节目,过去没有电视和网络的时月里喜欢,今天仍然是电视和网络无法取代的一种受欢迎的艺术形式。再,六十年来,播出过多少长篇小说呀,古今中外的名著播了,国内新出的适宜长篇连播这种艺术形式的小说也播了不少部,今年做一次奖评,《白鹿原》能被听众和评委认可,光荣入选,我是真感到欣慰乃至骄傲了。

我的欣慰和骄傲,发自我对小说创作原本的目的和愿望。三次连播和此次获奖,让我又添了一份踏实,读者喜欢读听众也喜欢听,《白鹿原》把我创作的原本目的和愿望实现了。

前不久得知,陕西人民广播电台刚刚录制完成《白鹿原》的关中方言小说连播节目,二〇〇八新年伊始即将播出。我出于如上所述的同样心理,自然愉快,又多了一种新的传播方式。小说出版近十五年来,不断听到本地读者给我说,这小说用陕西关中话朗读更有味。我自然明白底里,写作时心底涌动的原本就是关中话的节奏。现在,陕西人民广播电台一位资深且有造诣的播音艺术家,用地道的西安本地方言播出,自然会别有一番韵味,我都想听了。

2007年12月31日 二府庄

乡党曾宏根和他的华胥国

我素来把曾宏根视为乡党。宏根是蓝田县人，我自号半个蓝田人，我生活的村子背依白鹿原北坡，面临灞河，是西安市管辖的最东头的一个小村子，北边和东边是蓝田县辖的或大或小的村子，南边上到白鹿原顶，还是蓝田县辖的村子。我在小学高年级的两年求学生活，就是在灞河北岸蓝田县辖的华胥镇一所小学度过的。我为长篇小说《白鹿原》做准备工作时，第一站就走进蓝田县城，住下来翻阅县志和党史文史资料，收益太大了。基于此，我说我是半个蓝田人，自然视宏根为同饮灞河水的乡党了。

去年农历二月二的龙抬头日，蓝田县政府在华胥镇祭奠华夏民族的始祖华胥氏，邀我为公祭人，我不仅受命赴祭，而且感慨连连。华胥镇距我家不过二三里路，又是我自小读书再熟悉不过的一个小镇，却是产生华夏民族起源神话里的始祖华胥氏的故土。记得那天雪后初晴，满山、满原、满川都是白皑皑的雪，公祭活动在融化着的雪地上举行。祭祀完毕，我竟然浮想联翩，不能自已，邀约宏根带我到公王岭，去看了蓝田猿人遗址，回来后认真翻阅了有限的资料，很快写成一篇较长的散文《关于一条河的记忆与想象》，把灞河上游公王岭的蓝田猿人和灞河中下游南岸六千年前仰韶文化的半坡母系氏族村的女性首领，与华胥氏联接起来，完成了我的一次自我感觉甚为新鲜的想象。我由此对自小游泳耍水的灞河，敞开了长久以来溢满胸腔的诗性浪漫,进入这个民族起源的悠远而又博大的神话世界。

曾宏根曾在蓝田县档案局身负要职,尽职尽责地做着要求十分严谨的档案管理工作。他很喜欢写作且功力不俗,得了历史人文档案资料的方便,还有对家乡蓝田这块土地的殷殷情感,多年来矢志不移研究、挖掘蓝田悠久丰厚的历史人文遗迹。尽管华胥国是神话传说,但宏根搜集了大量历史文献资料,又对应着蓝田县境内的实物古迹,逐个考证,写成了或许是有关华胥氏这位民族始祖最完整的文字资料。他从《史记》《列子》等著作中,考证出今天华胥镇的神秘历史,不仅是华胥氏的故国,女娲、伏羲、炎帝、黄帝都曾留下足迹;他考证出华胥国的图腾和崇拜,华胥国的文化及音乐。连接着蓝田和临潼两区县的骊山,有人宗庙、三皇庙和羲母庙,还有女娲抟土造人、炼石补天的遗址。他钟情于这块土地的神秘历史、神秘文化,坚持数年又乐在其中,每有发现、每有所得便兴奋不已,用生动的文字记述下来,为考究这块神秘土地的丰富遗存,可以说功莫大焉。他的这些文章,不仅让我们了解到蓝田县的悠久历史和人文传统,也让我们了解了民族起源的历史和人文。灞河流域和骊山发生的神话和史实,在我看来已经不局限于蓝田一隅,而应属于华夏民族。这个民族的起源,尽管带着浓厚的、神秘的神话色彩,但是发生在蓝田县,也是足以让今天的蓝田人骄傲和自豪的了,包括自封为半个蓝田人的我。

宏根几乎考证并书写了蓝田境内所有的文物古迹,还有几位颇具影响力的历史人物,翔实而又生动。譬如程朱理学关中学派的最后一个传人牛兆濂先生,这位有学问、有思想的牛先生,不仅对关中学派卓有建树,而且个性鲜明到被老百姓视为神话人物,他的影响远及日本、韩国。我在《白鹿原》一书中所写的朱先生,就是以他为原型创造的。我当年也曾搜集牛先生的资料,包括民间传说的逸事趣闻。读了宏根所写的《华胥名流——关中大儒牛才子》一文,我便忍不住惋惜,他比我拥有着更丰富的有关牛先生的资料,当初要是认识宏根,该有多好,竟有一种相见恨晚的遗憾。不过,于读者来说却是只有益处,可以知晓清末民初灞河北岸曾经出现的这位大学问家,他的学识、他的人格和他的大义凛然,可以说是今天学人的楷模。

宏根文笔流畅、生动,又很朴实,少见闲词和多余的话。既有考据的严密,又不失叙述的生动,把这种兼有考据色彩的文体容易发生的板结气儿都化解不见了。这些神话色彩甚浓的传说,经了宏根的准确描绘逼真生动,可读性很强。想来颇为不易,既要拥有渊博的历史知识,又要广闻多见,还得到现场实际勘察,有一个辩证的思维,才能淘出真知灼见来。最后,得靠手中那支笔,形成饱满而又活泼的文字。宏根的这些文章,系统读来,就令我颇为感动了。

2008年1月2日 二府庄

展示秦腔的新图景

关于青春版《杨门女将》

关于"杨家"的戏,以前看过好几个版本,但这次看青春版《杨门女将》,却有一种耳目一新的感觉,其突出点在以下几个方面。

第一,体现了一种精神。这个戏集中体现了中华民族为了国家统一、民族团结而不断抗争、永不屈服的英雄主义精神。杨家将忠心报国,这是"杨家戏"的一个中心主题,青春版《杨门女将》以杨家女将为主要人物,集中表现了她们对国家的忠诚、对民族的热爱。这种精神应该说是一切英雄人物都具备的,但是为什么在这个戏中能震撼人心呢?因为人物的反差:百岁佘太君挂帅,显然与二三十岁的年轻将领挂帅不一样,更何况此时正值杨家遭遇家庭灾难(杨宗保殉国),这本身就体现了一种悲壮苍凉而又非悲伤的英雄主义气概;而且由佘太君统领,把整个杨门的女将都激发起来,统一到爱国主义精神之中,七场戏之间这种精神意识极为集中,慷慨悲壮,波澜壮阔,从而形成了震撼人心的艺术效果。

现在我们处于和平岁月,物质丰富、生活优裕,社会普遍追求的是享受,在这样的生活氛围中,传播、凸显英雄主义、爱国主义的传统精神,是有其重要作用的,可以说它是国民精神一种最基础的建设。

第二，展示了一种形态。表现英雄主义、爱国主义类题材的作品很多，很容易给受众造成说教、趣味性不足这样一些弊病，陈彦改编的《杨门女将》这个新版本，以一种活的人物形象推进故事、展示精神，集中、凝练、淋漓尽致地凸显了一个百岁老人——佘太君的胸怀、情感和谋略，不仅避免了说教的负面效果，而且有几处相当感人。一部戏能达到这样的艺术效果和剧场效果，我觉得是很不容易的，这应该是改编成功的一个最重要的标志。现在很多影视剧都走改编的路子，但好像都很难达到预期目的，于是就采取怪诞离奇甚至色情的东西来吸引观众的眼球和注意力。这个戏以刻画人物的真实情感和精神世界来取胜，这才是艺术的本真，改编者很成功的一点就在这里。另外，舞台美术设计也是完美、简约、大气、激荡。可以说，这部戏是几近完美的舞台艺术，它展现了秦腔剧种的新风貌、新形态。

第三，倡导了一种举措。这样一台大戏全部由二十岁以下的年轻孩子们演出，很了不起，让我感觉很兴奋。演佘太君的主角魏艳妮，其唱腔、表演、对人物的理解及情感表述，给人一种成熟老到、几近完美的感觉；几位主要演员的整体素质也已经显现出进入陕西秦腔剧坛明星行列的潜质和形态；其他演员的表演也都激情饱满，激荡人心，非常精彩。这些不禁让人鼓舞：秦腔后继有人了。演员们都是研究院训练班的学员，虽年轻，却能出色地完成这么一台大戏，体现出了相当过硬的基本功，可见研究院在培养秦腔演员方面做出的重要成绩。不是说要振兴秦腔嘛，这就是振兴秦腔的最扎实的举措。

关于秦腔的趣事

最早的音乐熏陶　我出生在西安东郊离城五十华里的乡下，小时候，那里逢年过节农民们会自发组织演戏。特别是夏收之后，关中道几乎每个村子都有个庆祝丰收的聚会日叫"忙罢会"，大村子搭台子唱戏，农民自己业余演出，亲戚朋友及邻村的人都赶过去看。我最早看戏，就是晚上跟着大人们去看"忙罢会"的戏。那时候年龄小还没有上学，什么也看不懂，就是逛热闹哩。尽管如此，那秦腔的锣鼓敲击、花脸的"吼"、旦角咿咿呀呀的唱，对我进行了最早的音乐熏陶。在一种几乎无知的状态下，在乡村的秦腔舞台下接受的这种独特的旋律的熏陶，那是一生都很难忘记和改变的。

看戏被批评罚站 上初中时，我们学校在工厂区，西安一家剧团有一回到厂区演出。晚上下自习后，我们几个同学就偷偷跑去看戏，那是专业演员，演得很好，只看了后半场就结束了，十一二点回到宿舍睡觉。第二天上学时，我们一进校门，教导主任就在门里等着我们几个偷着去看戏的学生，不知谁打了小报告，让我们罚站了半天，批评教训了一顿，早操都没上成。这次我记忆犹新，这是第一次为看秦腔受了批评处分呢。

最痛快的看戏经历 "文革"结束后，艺术上恢复最快的就是秦腔演出。记得很清楚，一九七七年三伏天，我在公社的一个平整土地的会战工地当副总指挥，当时，省戏曲研究院在西大街的实验剧场由任哲中演出《血泪仇》。我与工地的几个施工人员晚上骑自行车，从白鹿原的北坡出发骑至少三十多公里，到西大街实验剧场买票看戏，看完后又骑车返回会战工地指挥部，当时精神特别大。由于"文革"中许多剧目禁演，多少年都没有看过这些戏了，这次听到了原汁原味的秦腔，那痛快淋漓的感觉一直持续到晚上一两点，我们在院子里喝着水，吃着馍，谈论着任哲中，兴奋不已。

秦腔伴随在《白鹿原》的孕育中 上世纪八十年代，我回到白鹿原下的老家创作《白鹿原》。那时电视传播信号不好，收不到电视节目。于是我托人找了好多秦腔录像带用电视机来放，这成了我在乡下的娱乐享受。每到晚上，半个村子的人就来我家看电视放秦腔，我跟村民一起看；更方便的是，一些秦腔的经典唱段有磁带可以用录音机放,吃饭的时候,《辕门斩子》《周仁回府》就在一边唱开了,几个名家的唱段真是百听不厌。可以说,在创作《白鹿原》的过程中,秦腔是我主要的精神享受。后来有人评说:《白鹿原》的语言节奏就是秦腔的节奏,大概与之有关吧。

关于秦腔的发展

秦腔比起二十世纪五十年代已经丰富和发展得很多了,那时候尤其是乡村演出的秦腔,音响设备就是梆子、边鼓、板胡、二胡、大小锣、喇叭,而现在用交响乐,多丰富,秦腔音乐配器的丰富,对人物唱腔和情感起到了非常重要的烘托作用;舞台美术设计也随着科学技术的发展越来越豪华和生动化,这些都是很好的。

谈到改革,我主张秦腔在其音腔设计中不要丧失秦腔最基本的东西。秦腔之所以经历几百年一直存在到今天,而且被西北地区的人喜爱,就是因为它本身的特点,主要是秦腔独具特色的旋律和唱腔。如果把秦腔改成接近京剧或者歌剧的唱腔,那就没有秦腔了。人们说秦腔是"吼"的,我以为它主要是指秦腔演员是用真嗓子唱戏,不像其他剧种如京剧是用假嗓子唱,用真嗓子唱,更易于走近观众,更能直接体现各种年龄层次、职业背景、社会地位的人物的个性、心理和真实情感,这一点非常难得,是一种很好的倾向;但现在很多人说秦腔"吼",是带有某些贬斥的意思,"吼"无非是花脸这个行当的唱法,除了黑头、花脸,秦腔中还有老旦、花旦、青衣、老生、小生等很丰富的人物群体,这些角色唱腔优美,各有特点,而"吼"就涵盖不了这些主要角色,"吼"是不能代表秦腔的。所以,秦腔改革,应该强化自身最优美的东西,坚定不移地体现自己的特点,不要被一些不懂秦腔、不理解秦腔而又老批评秦腔的人弄得丧失主意、丧失秦腔。

现在城市人看秦腔不如过去踊跃了,这是客观现实。过去人们除了看戏没有别的娱乐了,一个城市有几家舞台在演秦腔,城市人晚上下班没事,一月能看一两回戏,那就是非常好的娱乐享受了。现在,电视及多种娱乐形式的普及,把人们到剧场看戏的娱乐形式分流甚至取代了,这个问题也是所有传统戏曲艺术共同面临的问题。面对这个基本事实,在这个基础上发展秦腔就要心安理得,设想秦腔被观众拥戴的程度再回到二十世纪八十年代以前那样,那是不可能的了。但是要看到毕竟还有很多喜欢秦腔的人,他们不满足于面对着电视,还希望去现场感受戏曲舞台表演的魅力。我相信,在各种新兴艺术、娱乐形式兴盛的时代,我们的秦腔不会丧失所有观众的,因为它太符合我们这个地域的人的心理气质和艺术的兴趣了,这是无法扭转的,所以秦腔艺术圈子里的人应坚定信心,努力创造秦腔艺术的新图景。

2008 年 2 月 20 日 雍村

陷入的阅读及其他
——《骞国政文集》序

我一直习惯称呼骞国政为老骞,偶尔在和人说到他时也提到过骞国政的名字,却确凿记得从来没叫过他的官号,无论他当省报社长兼总编的时候,无论他当陕西广播电视厅厅长的时候,见面握手时一声"老骞"就呼出口了。其实,我结识老骞大约有三十年了,是作为改革开放也作为新时期文艺复兴的标志的一九七八年,作为业余作者参加文学集会认识的,那时候的他和我不过三十五六岁,属于小伙子的青春年华。我和同时跃上陕西新时期文坛的青年作家朋友,几乎都是互相直呼名字,多数时候连姓都不用,包括为数很少的女作家,都是省略了姓而直呼其名,自然随意里蕴含着真诚无间。我至今搞不明白,为什么独独把几乎同龄的骞国政称呼老骞,而且老骞老骞地叫了三十年,叫官衔叫不出口,连名字也叫不出口了。在我的印象里,他似乎也不像对同代作家直呼其名那样呼我名字,多是称我老陈。当我们现在进入老年年龄区段,这种相互间的称呼,在我猛然意识到一种不单是相敬相重相信赖的回嚼不尽的意味了。

比起与陕西新时期跃上文坛的同代作家的来来往往,老骞在我是接触得较少的一位,原因很简单,他的主业不在创作,而是身担名副其实的重任,先是记者,一年四季在全省城乡奔着新闻,随后是《陕西日报》和省广电厅的首席负责人,可以想见有多忙多累了,写作文学作品便排在业余位置，许多纯粹的文学活动，他难得分身参加。有一件事却让我和他结下难忘的友谊。一九九〇年伏末，《陕西日报》田长山等三人找到我，说省委决定要宣传农业科技干部李立科的先进事迹，由《陕西日报》承担此事，总编老骞点名让我去写一篇报告文学。我感动于老骞对我的赏识，却不敢也不想应命。原因也很简单，我当时住在原下老家，《白鹿原》正写到纠结处，腾不出手也分不出心来写别的东西。田长山们便再三强调骞总编点名要我写的话。我应承下来，确是一种被感动的力量，把《白》的写作暂且放下。我和报社五六位各司其职的记者到合阳农村去，采访了大约一周，回来后与田长山合作写成《渭北高原，关于一个人的记忆》的报告文学，《陕西日报》头版发表，省委省政府随即发出向李立科学习的决定。年末李立科荣登陕西十大杰出人物榜首。隔年，这篇文章被评为全国报告文学奖，真是一个意料不及的荣誉。我当即让田长山将此喜讯转告老骞，心里已洋溢着感激了，他敦促我尝试了一次报告文学写作的实践，也获得了一次原本不曾期待的荣誉，建立在这种基础上的友谊的可靠性，非社会流行的"来来往往"的关系所可类比，且不说珍贵和意义之类。

　　许多年过去，截止到今天，老骞依旧是我在文学圈里接触较少的同代作家朋友。然而，平时在报纸或刊物上见到他的文章，总要读，阅读心理上似乎有一点小小的差异，不大在意欣赏艺术，却着意于老骞在说什么，企图了知他的动向意向和对生活事象的倾向。依着这种小有差异的阅读心理，我才知道自己多年来一直关注着这个老朋友。近日，当我拿到他即将出版的文集的稿样，系统读完他的包括散文、随笔等多种文体的作品，却在一种久久的默然无语之后，发生了懊恼性的自责，之前读他的作品太少了。这次阅读，不仅让我看到他在各种文体创作上的才华，更让我对他这个人有了一个立体的又是透彻的了解。我曾经说过也写过我的个人经验，即，想要了解一个作家,最直接最可靠的途径,就是阅读他的作品。这经验其实是很直白的话,身边的或远处却认识的作家可以通过直接交往达到了解,对古典作品的作家和外国的作家,就只能依赖阅读其作品来了解他的思想和他的人格性情,自然还有艺术风格。我说这经验的时候,偏重于写小说的作家,现在读老骞的作品,多为散文随笔,于是又有新的领悟,散文和随笔是了解一个作家更直接更可靠的途径。道理也很简单,小说里体现的作家,是躲在作品人物背后的隐形人,即使以第一人称"我"也是作品人物,我们是从作家注入作品人物身上的文字,来了解和判断作家的思想和情趣的;而散文和随笔,是作家对生活事象的直接观察和体验,直抒胸臆的表述,赞颂的感慨的或贬斥的鞭挞的,都是作家和读者面对面的叙述;尤其是作家写个人生活的篇章,过去的生活记忆和现在的生活遭遇,儿女夫妻温情里的感动和朋友交际中的动心一刻,还有纯属个人情趣喜好的心灵一隅的诉述,等等。这些都是作家直接的表述,首先是作家被感动了非诉诸文字不可,读者阅读时所受到的感染和感动,就是作家从心底直接辐射给读者的力和热了。我在老骞的散文、随笔等作品的阅读中,充分感受到了这种深沉的又是真挚的心灵的冲击,才发生那种久久的默然无语的情绪。

  我在老骞的散文阅读中,有一种完全的陷入,这是很少发生的阅读现象。读着老骞叙述他的生活记忆的情景,我竟然忘记了作品的叙述者老骞,而几乎是在回忆自己的生活经历。我起初以为这是一种比较自然的心灵呼应,越读越觉得是一种完全无意识更不自觉的陷入,直至深陷到以为是自己昨天的生活故事。我想到我和老骞乡村生活经历和感受的相似,更感知到他今天描述出来的巨大强烈不容任何置疑的真实的情景,让我发生阅读里的陷入。这种少有的阅读感受,多发生在他写乡村生活记忆的那些篇章里。《家乡戏》里叙述的关中乡村演出秦腔的情景,十里二十里赶往演戏村庄的乡村土路上的盛况,戏台下的拥挤、鼓噪、叫好和起哄的氛围,维护秩序的人挥舞的竹竿,少小年纪的老骞所身临其中的感受,也是我在同样年纪记不清经见过多少回了。我便想到,他和我接受的最初的音律熏陶,是秦腔的旋律,而且都是在乡村露天野场子里的民间演奏家的合奏。这种旋律对心灵审美的影响,可以说是刻骨铭心的,虽然后来还可能欣赏包括西洋乐在内的别的旋律,却排除不掉也代替不了秦腔的旋律根深蒂固的影响。我至今仍然喜欢接受乡村挂在树枝上的喇叭纵横四野的秦腔播唱,老骞直到现在对秦腔的沉迷远远超出我的程度。有趣的是,他在中学念书时因为偷着看戏被老师训斥,我也在中学时因偷看秦腔被教导主任罚站;他在城里剧院看戏买的是最便宜的站票,我第一次在西安专业剧院看秦腔买的也是站票。如此等等。我读到这些情节时,已经忘记了老骞,完全陷入我的生活记忆和情感历程之中。还有《难忘父亲》,有几次使我不得不中止阅读,闭目无言,乃至心酸眼湿,喉头发哽。老骞的父亲从少年起进山砍柴,到集镇上卖柴以养家,我的父亲直到解放头几年也是卖树又挖树根卖柴,供我和哥哥念书;老骞的父亲在解放前被苛捐杂税压得喘不过气,又被保丁押到联保所拳打脚踢受尽凌辱,我的父亲被捆绑到联保所抵壮丁,家里倾其所有贱卖交钱赎回人身;他们终生勤劳终生节俭,自不用说,连教育儿女的言语都如出一人之口:"公家的事你要好好干,不敢胡来。也不要操心我和你妈。"这样的语言,老骞的父亲不止一次对老骞说了,我的父亲也记不清给我说过多少回。这应该是无以数计的乡村父老发自心底也发自土地深处的声音,他们首先要保证自己的儿女行为端正,对得住天地良心,也是对所有干公家事的父母官的基本期待,不要胡来。读着老骞笔下的父亲,呈现在我眼前的却是我的父亲。我第一次发生这种阅读陷入,即使在阅读世界名著时也不曾发生过。

《前面就是芳草地》这篇散文,是最可见到老骞这个人心理气性的一篇杰作。正当他青春末尾进入中年之际,公事私事以及灾难都凑到一起压过来。他被安排到最远的榆林记者站,那时候交通不畅,家里有两个不上十岁的孩子,夫人恰恰争取到一个久盼的进修的名额,整个家庭谁也帮不上谁,乱套了,更始料不到的是夫人得了一种严重的心肌炎,时时昏厥处于生命边沿,女儿也发生骨折,而且有极左的"文革"政治的压迫。我读到那些逼人几乎到死路的情节时,真有喘不过气不忍续读的痛楚。这不是小说,是老骞的真实人生阅历中最逼仄的一道横沟。当我读到中秋之夜一节时,我的心再也抑制不住颤抖了,老骞把病情稍有好转的妻子从医院接出来,和孩子到医院门口的商店买了水果,一家人坐在小商店旁边僻静的角落,团圆欢聚,共赏头顶的圆月。这个夜晚的城市和乡村,城里和乡下的家家户户都依着各自的情趣度过中秋之夜,任谁也不会留意更不会想到,在西安古城的一个小商店旁的角落里,相拥相携着一家四口,以刚刚松弛的心情在赏月,度过他们的中秋之夜。这是当时作为驻榆林记者后来当报社社长兼总编的老骞的一幅独特的人生风景。我理解了这篇名为《前面就是芳草地》的人生内蕴,不单是人生步履的诗性印痕,更强烈地感知到一种生命和理想的雄壮,构成了个性,也构筑了人格。我更感沛老骞这个人内在的承受力,如此沉重的打击和压迫,竟然不诉求不叫唤更不丧气,默默承受里是一种男子汉支撑生命(自己的和亲人的)的坚定和韧性。他的心里展示的是,泥泞前面的芳草地。我读到这里顿然领悟,一个人成就事业的大小,诸种因素中很重要的一个因素,便是承受灾难的能力,它影响到人面对世界面对生活的态度和姿态,影响到人对世界和生活理解的深度,也影响着人对善与恶事象的取向。我在这里读懂了老骞,并深感钦佩和敬重。

结识老骞的许多年里,他留给我一个基本确定的印象,平实更务实,谦和又自信,在一切我所遇见过他的场合里,无论庄严隆重的大型聚会场面,无论三五好友轻松自在的散谈闲聊,从来也未见过他张扬的动作和张扬的话语,更不要说骄性矫情交际打点以及出风头一类虚事了。加上我零散读过的他的文章里那种纯粹写实的文字,再加上他越来越显赫的工作位置，在这所有最直观的正面形象之后，给我同样一个基本确定的负面印象，老骞庄重有余，活泼欠缺，甚或有点刻板。这个负面印象和正面印象几乎同时发生，留给我许多年难以改变，甚至在心里调侃说，我自己已经太死板了，老骞比我好像还刻板一成。

这种印象直到新世纪到来的时候开始改变。那年我重新回到原下祖居的老屋，也是即将九尽的正月末尾，夜里守着火炉喝茶，突然接到老骞电话，颇为惊讶，许久未谋面也没通过话了。他说正筹备出版一部奇石画册，把他收集的奇石用画册公示于世，约请国内许多诗人和作家为每一块奇石各题一首诗，给我也摊派了一首。我听着他说，忍不住接连发问。这实在是我意料不到的事，许多年来一直身负重任的老骞，竟有收藏奇石的闲情雅趣，印象里作为负面的刻板的色调开始瓦解，也顿然意识到和老骞交流得太少。及至拿到他寄给我的那块奇石的照片，命名为"白灵璧"的石头上，竟是如画般绽放的一枝灿烂的红梅，顿时激起我的诗兴，写下一首十二句的五言诗。及至我看到这部诗配画的奇石集，真是惊讶不已又大开眼界，天地灵气孕育的令人眼花缭乱的各种奇石，让我几乎不敢相信这是真的。应该说，这是孤陋寡闻的我第一次大长见识，更是我第一次感知到老骞心灵世界丰富多彩的另一面。我便据此发生想象，从千头万绪的厅长办公室回到家中，端一杯热茶，徜徉在花团锦簇般的奇石之间，绷紧了一天的神经当即就会松弛下来，任何烦人恼人的事都会被排解开了，诗情和画意就会漫溢胸怀。这样的老骞，怎么会如我一般刻板呢……及至读完老骞的文集稿样，我又一次惊讶，何止奇石收藏的雅兴，那不过是心灵世界的一角，更丰富的细腻的畅朗的乃至多愁善感的内心世界全展示出来，真是要刮目相看自以为熟悉的老骞了。

老骞还喜欢养花，而且不惜摊着工夫钻研养花知识，常常痴迷到在紧迫的时间里随意扒拉一碗饭，省下十分二十分钟时间培养花苗。

他能养育较为珍贵的绣球花,尤为珍爱,冬天里每天搬出去晒太阳,晚上搬回家中。我有点不可思议,一个庞大的省级广播电视体系,有多少紧迫的事难缠的事需要决断和处理,有多少人的事找到办公室又找到家里,他却在一一应对之后,仍然早晚搬出搬进他心爱的绣球花花盆。终于发生了一次遗忘,绣球花被冬天夜晚的大雪冻死了。这个在我的印象里有点刻板的大厅长,居然面对冻死的绣球花连连自责,挖出一个小坑,把冻死的枝叶埋了进去,重演了"黛玉葬花"的一幕(《花絮》)。我读到此,似乎感知到这个人唏嘘叹惋声里的心颤,泛起鲁迅先生"无情未必真豪杰"的诗句来。这才是老骞,务实的坚硬的另一极,是柔软和细腻;成摞的工作计划项目方案紧急指示等等事项逐渐落实绝不马虎,之后却是奇石观赏名花栽培书法演练,还有更痴迷的文学创作。这个人精力之充沛,内心之充实和丰富,可以想见(《我的第二世界》)。

然而,老骞和你我一样生活在同一生活氛围之中,同样面对着纷繁的尤其是恼人的事象的搅扰。在《"静心斋"释义》随笔里,他发出了疑问:"为什么眼看着该办的事办不成,不该办的却一件件都办成了;你本来不生气,却偏偏有人要叫你生气……"还有"那个'行业不正之风''腐败现象',为什么谁都反对,却总是屡禁不止……"面对谁都看到也遇到的这些社会现象,老骞首先想到的是自律,并把自己刚刚得到的一间书房命名为"静心斋",要静心,也含有冷心冷眼看那些歪风邪气的意味,才使自己的精力投入到承担的社会责任上,才保证自己的心灵世界和情感世界的丰富多彩又纯洁清爽。在《花甲感怀》一文里,老骞把自己的生活历程和心境归结为一副对联:"不容易,也还顺利,得到的超乎所想,所以我很满足;受过苦,亦享过福,到老来福气更大,因而我更欣慰。"这是人生最重要的一个年轮也是最重要的一个驿站到来时,老骞的心态和心境,没有常见的那种官场谢幕的失落和慌乱,更没有欲望未满足的懊恼。恰恰相反,是一种泰然坦然的平静和微笑，基础在于"得到的超乎想象"这种心态。一句不说自己对社会的贡献，只说社会给予自己的——无论地位和物质生活——都超出了自己原有的欲望性想象，于是常见的那些不平衡心理所派生的怪事就在他身上不见发生。这种心态不是强装出来的，而是一种修养包括生命价值取向所决定了的；还不是平庸者的自我满足，而是早已确立的重在事业作为不计个人所得的生存目的所垫的老底，当属创造者的无私所产生的快乐。

前不久，我连续接到两三家媒体同一话题的电话采访，即官员搞文学创作的事。我读到老骞《我为什么要写》，便对我已经回答的看法更加踏实，就是这些官位颇高的官员，长着一根对文字敏感的神经，只要这根神经不萎缩不干枯，时时就会对文字发生敏感性反应，就会产生创作灵感，就有不吐不快不写难活的急迫心情。我在老骞这里得到充分的验证。他已经当了厅长，而且是难得一日清闲的广播电视厅，干一天已经够累了，家人不忍心看他于深夜还爬格子写文章，好朋友也爱护他，甚至说他没有必要写稿子了，不言而喻，作为厅长，名也不小了，收入也不少；甚至老骞自己也问自己，不为出名也不为赚稿酬，为什么止不住写作的欲望？"只要一坐到写字台前铺开稿纸，我马上就来了精神，一坐就是几个小时……思维在这种情况下也奇妙地空前活跃起来……"这就是那根与生俱来的对文字敏感的神经的奇妙魅力。在老骞这里可以排除对名和利的诱惑，却不能阻止这根神经对文字敏感的发作。再者，老骞是个对社会具有责任心的人，而且对社会事象有自己独立思考能力的人，自然就发生独立独有的体验和感受，表述就不仅是那根神经的生理需求，而且是一个思想者的精神和心理的释放性需求了。于是就有了几百万字的著作。于是就成就了一位卓有建树的作家。

2008年3月9日 二府庄

难得一种纯洁与鲜活

希学是位作家,我结识他很久了,平时见面却不多。他沉浸在孩子的世界里,在文学的圈子里几乎不大走动。我后来才知道,他在孩子世界里全身心投入,不是通常多见的儿童文学作家深入孩子群体体验生活的那种形态,而是倾注着情感,将儿童的健康成长全面发展作为自己毕生的事业,把自己的精力和智慧也倾注到了这项堪称伟大的育人工程之中。

他对少年儿童世界的特殊情感,是从他进入社会之后便开始了的。他人生的第一项工作是中小学教师,连续十年,都和小点或大点的孩子朝夕相处,做着"传道授业解惑"的基础性建设工作。十年里,他还兼着做少先队和共青团的工作,而且做得尽职尽责,"优秀辅导员""优秀共产党员""先进工作者""全国儿童少年先进工作者",从县到市到省到国务院的奖励称号都获得了。且不说他对这项育人大业的忠诚和敬业,且不说他的人生志向的专注和投入,我却想到他个性里的天性,大约有一种乐在童趣的氛围基因。民间有两句传播久远的谚语,"家有隔夜粮,不当孩子王"。在希学这里,他不仅当了"孩子王",不仅当了一个受到地方和中央都表彰奖掖的优秀的"孩子王",而且自己也享受到了儿童世界的巨大快乐和幸福,至今年过五十,仍然乐在其中,不烦不疲,兴致更专注,情感投入更热烈,这是我从他的岗位改换之后令人震惊的创作成就中所领略到的。

希学主编《少年月刊》,做记者当编辑又做领导工作,已有十五六年了,把这个刊物办成少年儿童喜爱的一本综合性读物,倾注了大量的心血,也显示了智慧。也是在这本刊物上,凸显出希学写作的才气,创作出近二百万字的儿童文学作品。我一眼就看出他的儿童题材创作的偏向,集中在报告文学。他数年坚持不懈,倾心倾情于那些少年典型人物的写作,仅编入这本纪实文学集子里的就有近八十篇。这是一个令人震惊的数字,把这八十位优秀少年排列起来,是一个蔚为壮观的队列;发现并决心把他们推到全国少年读者面前,也推到无以数计的家长面前,成为一种生动的示范,会发生怎样潜移默化的影响,真是无法做量化的考量;要亲自采访和较深挖掘这些优秀少年的典型事迹,在省内省外要跑多少路,要和多少人谈话,要到多少不可预料的艰难环境里实地观察、亲身感受和体验,要有怎样的耐心和毅力,克服和解决诸种障碍和困难。自然,形成一篇具有感人力量的报告文学,不仅要有适宜儿童阅读的文字,还要具有开掘素材的思想力度,希学都做成了。

我读了他写的本省和外省的这些优秀少年的典型事迹,有协助政府做环境保护的王鹏,到延安市一家一户去检查禁止烧煤的落实工作,颇多感想,这样小小的年纪,不仅促进了环境保护,更重要的是培养了一种对社会的责任心,对于孩子未来的社会志向是一种基础性的心理建设。《深情的眷恋》里的卿远香的成人事迹令人感动。她在少年时遭遇不幸,人亡家破,十一岁的小姑娘和小弟弟相依为命,得到了"希望工程"的救助。她恢复了学业,而且成为一名人民教师。令我感动不已的是,她记着社会救助的恩情,更记着和她一样生活在艰难环境下的山里孩子,拒绝了在城市就业的殷切邀请,怀着一份诚意回到山区的家乡做小学教师,为山里孩子服务。这个卿远香的人生步履,正是社会和个人关系的一曲完美和谐的诗,社会有责任有义务帮助弱者和不幸的群体,获得救助摆脱困境走向成功的人,自觉回报社会,这是健全的社会和有道德感人生的基础性和谐。

我不必赘述这部集子里所写的近八十个少年的典型事迹,他们几乎代表了社会各个层面各种家庭结构形态里的男女少年,有幸的和不幸的、各种爱好和特长、各种个性和奇才等等。把这些模范少年推广开来,把他们的富于个性气质的行为铺展到同龄少年眼前,给那些数以万计的少年提供一种人生最初的行为选择的示范,关于正义和邪恶、关于美与丑、关于崇高和卑下等等,这些人生初始阶段的基础性心理建设,恰恰给这些处于朦胧甚或混沌的年龄阶段的孩子做出了示范,可能影响到他们后来的整个人生道路。我想希学持久的热情和全心倾情的专注,源于此结。

希学的用心着意,也得到了令人羡慕的回报。这些先进少年事迹的写作和传播,得到了广泛热烈的反响和回应,《少年月刊》再把那些动人的反响和回应的事迹推广开来,形成一波又一波的良性社会效果,真是感人至深。单就希学个人而言,精神和心理的收获是丰盈的。他写的那些先进少年的事迹,在整个社会引起反响,有几个被评为市级、省级和全国的先进模范人物,受到省市领导和党中央江泽民、胡锦涛总书记的接见,作为发现者和书写者的陈希学,当有一种幸福和自豪。还有无以数计的小读者的反响,或书信或电话反馈到希学眼里耳里的时候,无论作为一个儿童刊物的编辑,无论作为一个儿童文学作家,那种人生的幸福感和踏实感,是无法用金钱所估量的。

我已体会到,把心灵和情感投入给纯洁无瑕的儿童世界的人,自己的心灵也会获得少年鲜活气氛的滋养,保持一种纯洁和鲜活,这是人生最难得的幸福,唯希学有。

2008 年 3 月 13 日 二府庄

敏锐的思考与诗性的激情

——《行云走笔》序

这本《行云走笔》散文集,是没有戴作家头衔的作家张水平的著作。我之所以开口先强调戴未戴作家头衔这个话,是一种甚为强烈的阅读冲动引发的感慨。倒过一个角度想,张水平写这些散文的时候,就我的阅读直感,他不是为了当作家才写,纯粹是要把对世界万象的观感向人诉叙,便形成这本大著。在我的阅读经验里,为了当作家而写作的某些文字和纯粹出于不吐不快直抒胸臆的文字是截然不同的。前者缺失独特感受,便多忸怩、装腔和做作,给人如看塑料花的感觉;后者如张水平者,走到世界的各个角落,又有一根极其敏锐的神经,触景不仅生情,而且敏于思考,便有了一篇篇让我能触摸到脉搏跳动独具个性的文字。由此我顿时想到有没有作家头衔不过是个形式,能写出这样独立体验独立思考不同凡响的一篇篇文字,就足以欣慰了。这里涉及的不是清高的话题,恰恰是人写文章的原始动因和目的,面对历史和现实有感而发,不吐不快,经典大家的传世史诗便是这样写成的,名不见经传的写作者的一篇篇短文也是这样出手的,谁也不在乎作家这个头衔,致命在于是无香无臭的塑料花,还是独特感受独抒己见的真货。阅读和文坛有隔山之遥的张水平的游记散文,给我一种超出阅读期待的感动,还有甚为强烈的冲动。由此才感慨出有没有作家头衔的话。

说张水平和文坛有隔山之遥不是夸张。他身兼中国国际贸易促进委员会陕西分会和中国国际商会陕西商会的负责人,即使同样有隔山之陌生的我也能想到,在中国的市场经济正在融入世界的大背景里,他肩负的责任对于一个省的商贸发展和商务拓展具有怎样的分量,姑且不论。正因为他的工作对象和工作范畴是整个世界,就有机会走遍世界,欧美那些高度发达的国家自不必说都走遍了,非洲一些自然环境恶劣也很贫穷的地域也走到了,自然是为着一个省的贸易和商务的发展和拓宽,《行云走笔》是他走遍世界留下来的额外收获。他不是作为旅行家的专题考察,更不是刚刚富裕起来的那一部分中国人观光逛景的闲情逸致,是他在商务活动的间隙里的一瞥,世界万象引发的敏锐的回响,便酿制成《行云走笔》不同凡响的气韵,也是张水平极富个性气质的这一声。

文章无论长短,弥漫在字里行间的气韵,是作家独特个性气质的展示,可以透见作家的精神和灵魂,也在根本上显示着一个作家和别一个作家迥然差异的质地。我在《行云走笔》里所感知到的张水平,首先是他面对世界万象时迸溅出来的思想火花,让我看到一个敏于思考且颇具思想力度的人。他的善于思考的个性,影响甚至决定着他行走目标的兴趣性选择,多是那些影响过一个国家和地区乃至世界历史进程的人。这些人多数业已谢世,他怀着虔诚和激情拜访他们留给后人的墓地,或者是他们生活和工作过的故居,像马克思、列宁、斯大林、赫鲁晓夫、胡志明、圣雄甘地,还有托尔斯泰、安徒生等。他去过三次伦敦,两次拜谒马克思墓。面对一方方造型各异的墓碑,墓碑下静默的青草,张水平对伟人顶礼膜拜的虔诚,抑制不住对发展到今天的世界格局和世界潮流追寻和辩证的浓烈激情。他在马克思墓前献上鲜花再深鞠三躬的时候,汹涌而出的是对马克思主义真理坚信不疑的诗一样的坦诚话语;在高尔克村的列宁故居,对环境里的一草一木和室内的大小器物的精细准确的描绘,可以感受到一种敬仰的真实心态,而聚焦却在"列宁遗嘱"产生的历史瞬间,这是关系苏联历史也关系世界共产主义运动历史的一个瞬间,我被张水平富于力度的辩证震撼了,一时不能平静;对斯大林和赫鲁晓夫这两位在世界范围内都有争议的人物,尤其可以见出作者张水平独立辩证的思想个性,不见偏颇,却是一种客观的历史眼光,令我信服;他用极节俭的一篇短文,竟然生动具象地描写出被泰戈尔尊称为"圣雄"——印度"伟大的灵魂"的甘地的生动形象,他以他独创的道路,实现了他的"主义",揭开了印度民族独立和国家解放的新的一页,他的坚定的行为和苦行僧般的个人风格,令人感动,一遍成记,张水平所做的"静悄悄地搞政治,也静悄悄地搞经济"的形象化概括,既是印度的国风,也是甘地的个性化风度,或者说是甘地开创并影响形成的一个民族和国家独具个性的形象;作者访问过依然坚挺在美国眼皮底下的古巴,卡斯特罗是尚健在的第一代领袖人物,却也是依然未减神秘色彩的一个老人,通过对他的爱情婚姻以及生活习惯的生动描写,这位在我印象里神秘了几十年的卡斯特罗,顿时呈现出鲜明的生动的形象……我跟着张水平的脚步,倾听着他在这些影响过一个国家乃至世界历史进程的人的墓碑前的声音(卡斯特罗例外),使我大开眼界增长见识,和这些曾经铭刻于心的人拉近了生活的距离,更重要的是作者张水平的富于思想力度的辩证的声音,不仅给我以启示,更让我相信我们的生活并不是完全世俗化,乃至只求实惠的庸俗化,有如张水平这样时时处处几乎出于一种习惯的善于思考的人。

　　一个敏于思考也善于思考到成为个人生活习惯的人,是无法抑止的,也是难能改变的,而且不仅不觉其累,反而在思有所得的那一刻,会享受无可企及的精神跨越的快活。张水平就是这种人,这是我阅读《行云走笔》所认识的张水平。他的敏锐的思维神经,不拘于上述的伟大人物的墓地,面对足迹所到的正在行进着的世界各个角落的生活世相,同样触发鲜活生动的又是独特的反应,既保持着一贯的思考深度和力度，又是一种诗性语言的激情抒发，无论是影响过世界历史进程和世界格局的滑铁卢和倒塌的柏林墙，抑或是在世界名牌哈佛大学找不见排场门楼，以及外国人把香蕉皮如何处理，等等。他的独特感受和诗性语言浑然一体，让我在阅读中领受种种启示又享受艺术表述之美。我随着张水平的笔墨，走进拿破仑结束其军事生涯和政治生涯的滑铁卢古战场。我很惊讶作者丰富的知识，尤其是包括雨果等各界人士对拿破仑的评价，把十九世纪初的法国和欧洲的总体趋向表述得十分清楚，就不是平常所说的一般概念上的文字功夫了，信息量之丰富和叙述之简明生动，令我钦佩。在拿破仑兵败的滑铁卢战场遗址，张水平居然吟诵起关汉卿杂剧《单刀会》里关羽的唱词："水涌山叠，年少周郎何处也……好教我情惨切！这也不是江水，二十年流不尽的英雄血。"且不说作者思想和情感驰骋的疆域既跨越了历史，又跨越了东方和西方，单是这一缕纯粹诗人的气质，就使我产生甚为强烈的感染，几乎忘记了他作为一个省的国际商会负责人的社会身份，仿佛面对着一个专业的诗人了。这位诗人的联想，又从关羽和拿破仑身上扩展到古希腊神话里的两位英雄："安泰是英雄，赫克里斯也是英雄，而且赫克里斯是杀死安泰的英雄。但人们记住的是安泰而不是赫克里斯。这是因为，安泰和大地之间的关系给人的印象太深。站在大地上的安泰力大无穷，一旦离开大地他就变得软弱无力。"他又郑重阐释："大地，就是人民。"我读到这里颇不平静，作为一个省的商会领导——老大不小的官职——的张水平，在拿破仑兵败的滑铁卢遗址，感知并思考的是作为英雄赖以生存的大地，即人民这个最基本的命题，无论作为诗人，无论作为会长，都是独成一景的质地了。

我很敏感张水平散文的语言，简明、生动、准确，又时时迸溅着诗的激情。许是在文学圈子里圈得太久，常能看到某些装腔作势或忸怩作态或无病呻吟或故弄玄虚而实无所得的文字，读得人颇烦。初读《行云走笔》便觉耳目一新酣畅淋漓，再读便有忍俊不禁的慨叹自然流露。他对许多庞大复杂的历史人物和影响深远的历史事件，叙述得脉络清晰疏朗分明，多数不过三两千字，却又是形象化的具象式的文字，让我读得兴趣盎然，填补了许多知识性的空缺。且不说他知识的渊博，单是这样的文字功夫，也令我慨叹"了得"！对照文明国家里人的文明举止和行为，包括自觉遵守公共秩序，包括不乱扔香蕉皮、塑料袋，包括见面时一个自然的微笑，包括异国异族的风土乡俗人情，都写得生动逼真使人如临其境，往往对我们的许多不文明陋习点击批评，成为一种参照和鉴示。他眼里和笔下的号称经济王国"国王"的美国商会主席、安利公司董事会主席史提夫·温安格，一出场就给我一个生动逼真的立体具象："随眼望去，在一行人中为首走来一位风度翩翩瘦高个的先生，哇！至少两米以上，真有'鹤立鸡群'之态。当与我握手时，这位美国经济王国的'国王'，丝毫没有显现出人生凯旋之后的得意和高傲，从那张清癯的脸和那双深陷的灰色眼睛里，我看到的只是热情、谦逊和沉静。"我真不敢相信，这是陕西商会会长笔下的文字；更让我惊诧的是，这个做商务工作的张水平，看人时完全是一种艺术感受的眼光。简短几笔文字，就把美国经济王国的"国王"的形象刻画出来，颇有层次讲究，先是作者"我"第一眼看到的形象，再到从"灰色的眼睛里"感受到的以"沉静"为基调的气质，这个"国王"便生动地站立到读者我的面前了。作者进一步写了温安格的一个细节，面对一位因销售安利公司产品而脱贫的贫民窟里的墨西哥女人感恩的眼泪，"国王"温安格有一段关于政治和经济的新鲜理论："我理解的故事不是政治的，而是经济的、市场经济的。我看问题总是从山脚下，而不是站在山顶。""市场经济的机遇可以带给每个人跨越政治的影响，它可以成为稳定社会的一种力量，可以改变我们的生活。我们的目标就是改变人类的生活。"作者选择的这个细节堪为典型，它诱发出来"国王"温安格精神内里的气象，这个外表生动的肖像便有了质感，便有了重量，便是一个立体的人了。我尚清醒这是写实散文，或者算人物速写，不是报告文学，更不是小说，能有如此的艺术效应，难得。

我便期望，作为商会领导的张水平，在他做好陕西商务的余暇，多写一些这样的散文随笔，不致把上帝赐给他的这根敏感文字的神经浪费了。

2008 年 6 月 5 日 二府庄

青山碧水复原历史悲剧

向大家问好，我是个舞盲，对于舞蹈基本常识都不大懂，说舞盲一点不夸张。昨天晚上看《长恨歌》，不是以专家的眼光去审视，而纯粹只是用一个观众的眼光去欣赏的。

《长恨歌》是一首叙事长诗，在我们国家是普及率最高的一首古典长诗，有中学文化的人都不陌生，也应该是最感动人、最震撼人心的一部长诗。这是打破了阶级界限的一首爱情长诗。内容是中国封建统治者皇帝和他的妃子的爱情故事，可是被感动的却是哪怕只有初中文化的农民和工人乃至文盲。这种爱情的力量跨越了统治者和被统治者的界限，流传一千多年，永久不衰，一直到我们华清池今天又把它演绎成舞剧，而且是富于独创精神的实景剧，被南方北方各种年龄和知识结构的人乐于欣赏，可见一部长诗的生命力。

昨天晚上我看的时候，尽管这种实景剧让人看不清演员的面部表情，却似乎完全可以不在乎，作为一个观众的真实感觉，竟然被距离我太远的皇帝的爱情悲剧，直到一千多年后的今天，仍然冲击着我的心灵。对于一个作家来讲，关于创作的内蕴，赋予了极大的启示。

李隆基和他的夫人，这段爱情悲剧实景舞剧的创作，在我昨晚观赏时的总体感觉就是情景交融、荡气回肠。尤其是情景交融。因为荡气回肠的感觉，过去读唐诗的时候就发生过，纯粹是这个被白居易无与伦比的诗句所渲染的真实的爱情悲剧的魅力。而在这里发生的情景交融的感觉是在任何其他地方都找不到的，但是昨天晚上找到了。我只说一个细节，在东边那个大山和西边那个小山的山谷，舞剧开始时是一个半圆的月亮，最后是一个满圆的月亮，这个真山真谷的场景给人无限的心灵冲击。在无论怎样逼真的现代化舞台上是找不到也产生不了这种感觉的。我对策划者张小可先生说，有利就有弊，你要营造这种真实的自然气象的魅力，必然拉开距离让人看不到演员的脸上表情，所以说有利有弊。但是在这儿，作为我这个观众，更关注的是在真实的自然气象里，爱情悲剧发生地的这种真实感觉，就不计较看不清演员脸上的表情了。这种情景交融的感觉是室外真实环境演出中的一种独特艺术享受，是富于创造性的舞剧，一个富于开创性的先例。

再，我看了这个依《长恨歌》叙事诗改成的实景舞剧，还有一个强烈的感觉，就是如诗如画，犹如仙境，沉醉其中。这里是这个发生在一千多年前的真实故事的具体地点，一千多年前的这种历史悲剧到一千多年后的实景舞剧，本身就弥漫着太过久远的历史时空的一种神秘感。这种神秘感使人产生种种想象，当年的唐明皇和杨贵妃在这骊山涌出的温汤里，怎样极尽他们最美好的爱情表述；一直到马嵬坡要杀死杨贵妃……我仍然充满神奇的想象，包括神秘感。

这个实景舞剧创造的艺术氛围，以及舞剧的编舞，满足了作为一个观众观赏这部舞剧的心理期待，就是某种神秘感的心理期待大获满足。除了别出心裁的编剧和精彩的演出之外，现代化的技术手段也达到很好的效果，声、光、电，包括水下的很多设施，都促成了这个舞剧如诗如画的氛围的营造。结尾的神话用的技术手段，我作为一个外行，感觉到效果很美、很新颖，使叙事诗最后的寄托成为生动的具象，有很好的艺术效应。

昨天我去看了唐太宗、李隆基洗浴过的池子，一千多年前的遗迹，是历史的一种复原。想到一千多年前皇帝和他的妃子曾经在这儿多么开心多么忘情,留给今天任何一个观众的,却是历史的冷寂,实景舞剧《长恨歌》把曾经的骊山激活了。

祝这个实景舞剧成功。

2008 年 6 月 29 日 华清池

我看碎戏

"碎戏"展示了生活原生形态的真实性,这是很难得的,我尤其看重这一点。现在常见的电视剧,缺失的恰恰是这一点。不管是演城市还是乡村当代生活的电视剧,叫我这个当代人都感觉不到当代生活的真实脉动,既缺乏艺术真实,更缺失生活真实,太虚假。我看重咱们这个《都市碎戏》,就在它生活的真实性上,既体现在剧情故事的可信性上,也体现在那些业余演员的生活化表演动作上。比之某些专业的虚假剧情和做作的表演,让人感觉到生活的真实气氛。

咱们这个方言小剧,在生活的真实性上,赢得了观众,取得了一定的优势。在我的意识里,生活和艺术的真实是统一的,缺失了真实性,就很难立足。就我看过的一些《都市碎戏》,内容涉及面很广泛,可以说触及当前生活的各个角落,包括一些甚为尖锐的生活矛盾和生活世相,或彰显或讽刺,都显示着一种切实的逼近的力度,我以为这是赢得观众的关键。我这个老观众喜欢碎戏,就在于这一点。这是就内容而言。

就语言而言,它采取的是陕西关中方言的表述方式,不光面对陕西观众。以西安为代表的陕西这种语言形式,应该说是能够被陕西以外的人所接受,听懂了就接受,除非一些个别的比较怪僻的发音和说词。绝大部分语言(西安话)外地人是可以听懂的。关中很多方言我在《红楼梦》中都屡见不鲜,它不是只属于关中的方言,很多词语是整个北方语系都用的,无非是关中人发音跟其他省的人有差异。"碎戏"用方言自有方言的魅力,有普通话达不到的魅力,当然也有不及普通话的局限,任何事物都有强和弱的两面。起码在陕西人看起来听起来很富有真切感。

就我看过的有数的那些"都市碎戏",咱们有的演员对地方语言把握得不到位,明显能看到他为了强调方言的那个味道,以至把它强调到不适当的程度。语气太重,故意把某个字语气强调得太重,那就有点过了,因为与剧情和人物情感不吻合。单是为了强调地方语言的那个特点而不顾及人物此时此景下的准确心态,它就跟戏剧人物的情感脱离了。在这点上要把握好,首先得把握好剧中人物情感不断变化着的那个成色,才能把握语言的色调。在这个语言里一些太生僻的字词和太少有的奇怪发音,我以为不用为好。太生僻或者太粗俗的字,比如我在某一集上听到了那个"sóng"字,而且字幕都打出来了。这个字在我的《白鹿原》里用过,小说用是供阅读的,不出声的阅读是一码事,戏剧表演说出口来是另一码事。演员说出口就有点口羞,观众听起来也有点塞耳。类似这个字的一些太粗劣的地方话,不用最好。太粗的太烂的太脏的那些话尽量回避,把关中方言独具的那种韵味能够展现出来,让本地和外省人都能品尝关中方言不可言传的味道,这是方言的魅力。任何语言都是交流的工具,都是为着表现剧中人物的情感,喜怒哀乐的情感,用陕西语言怎样表述得准确,我觉得这个分寸要不断地揣摩。总而言之,我觉得这是展示咱们地方语言魅力的一种新途径,不断总结经验,精益求精,不断提高,把这个很有特色的地方小剧做得更好。

相信你们能把这个陕西方言剧做得更好,拿全国大奖,让全国人民享受陕西方言的魅力。

2008 年 7 月 雍村

你的体验,令我耳目一新

　　非常感谢杨凌的老领导和新领导出席一个诗人的作品研讨会,这很令人感动。就我的整体感觉,现在对于一个地区而言,最重要的是经济指标和招商引资,这我能理解,也很赞成。借此我说几句题外话,前不久,一熟人和我见面就大发感慨,说把文学边缘化了,我就冷冷地给他泼点凉水,撂了一句:"文学本身就不应该处在中心位置。"把文学搁在社会中心位置,你吃啥?你穿啥?"三年困难"我亲身经历过,对饥饿的那种不堪忍受的感受终生难忘,饿死人陕西可能还不多,河南、安徽饿死的人据说是一个令人后脊发冷的数字。我说文学老争社会的中心位置干什么?你就在边缘上好好写你的小说写你的诗歌就行了,你为什么老争社会的中心位置?社会的发展从来就是靠开明的政治和经济的繁荣,不是靠文学,李白和杜甫再伟大,也挽救不了唐朝,也推翻不了唐朝,给老百姓碗里添不了一粒米,身上添不了一件衣,只是有知识的人闲时的欣赏品而已。况且还需社会稳定物质丰富,才有此闲情逸致的高雅兴致,如果战乱加上饥饿,生死难保,还有心思读小说吟诗词吗?作家得活个明白,把自己放到恰当的社会位置,好好写作品。

　　对于胡照普的诗,刚才老教授新诗人都做了评价。作为照普的朋友,希望他拣拾其中最有教益的东西,哪些对未来创作有益,你就把它分拣出来。至于评价的高与低,这个在我看来并不太重要,重要的是分拣出对未来创作有启示的见解,拣取那些切中要害的,对未来创作最有教益的东西。作品研讨会既在肯定已有创作的成就,更在寻求未来创作的新途径和新境界。这是大家以往对我作品评论的我的基本态度,愿与你共勉。一本诗集,一个人写,许多人看,每个人都有不同的阅读感受,有不同的看法,这是再正常不过的事。对大家的意见,我不再做总结,这是我对作品研讨会一贯的态度,道理很简单,同一部作品,不同的读者有不同的甚至差异很大的欣赏角度和感受,很难归结,都是该作品产生的不同阅读效应,和作者当面完成交流就是够完美了,让作者再慢慢回嚼,拣取其富于启迪性的见解。

作为一个读者,一个参会者,我也谈一下对照普诗的阅读感受。照普的古体诗,像雷会长所说的,古体诗、旧体诗、传统诗几种叫法规范为传统诗。从这个概念上说,我对照普的诗有个最基本的估计和看法,这是真正的中国传统诗。以我有限的古典文学积累,我感觉照普这本诗集中的诗,属于我们传统诗中规范的诗。为什么这么说呢?刚才几位同志说到,现在写传统诗的人很多,远远超过写小说的人。这其中高下差别很大,确实有写古典诗词写得好的,品位很高,内涵很丰富。但常见的大量的是连古体诗基本格律都不能遵从,凑字拼句,层次参差不齐,差别太大,内蕴索然无味。照普的诗是真正的传统的古体诗。在今天这么多写古体诗的人中达到比较高的审美层面,这是我阅读照普诗的一个基本感受。他的格律平仄对仗等基本功夫早已不成问题,而更重要的是形象化的语言别出心裁,传达的体验也是独有的令人耳目一新的,这是一首诗存活的根本所在。这本诗集所涉及的内容非常广泛,可以看出他是行吟诗人,经历很广。照普的这本诗集笔触涉及古人今人城市乡村亲情友好的各种人和事,所有这些诗的内容的价值取向和道德取向,是符合我们这个国家、这个民族传统的道德和现实的道德、传统的价值观和现实的价值观共同取向,是对正气、正义的张扬和雅的志趣,是对社会健康有益的一种审美。这也映射出了诗人的审美心理和生存形态,是富于建设性的一种创造。值得再探讨和再审视的一点,是认识价值与思想价值似乎还存在一些差异,认识价值还有待进一步提高,在我的意识里,这往往决定着体验的层次或者说深度。情感的融入,诗的气象就会大不一样。形象愈生动,诗的境界就愈高。照普坚持多年追求传统诗创作,很不容易,达到今天的颇高的水平值得赞赏;听取大家提出的不足,再作新的探索,相信会抵达新的境界,会有更好的诗词作品创造出来。我期待着看照普第二本诗集。

2007 年 4 月 28 日 杨凌
2008 年 9 月 5 日 二府庄

呼应与鼓舞

《小说选刊》和铁岭市促成这样一个文学大奖的创意是令人钦敬的,我向你们敬礼了！我的敬意和敬礼,是出于这样一种心理,人都是需要鼓励的,年轻人尤其需要鼓励,老头儿也不可或缺。比如我,突然听到《小说选刊》的编辑电话通知我获奖,我忙问你们搞了个什么奖,说是"中国小说双年奖"第一届。我很惊讶。惊讶的主要内容是高兴。也是在这一刻,我才发现我人老而心未老,还希望得到褒奖。这种心理也验证着我还有创造的欲望和活力。

《小说选刊》自新时期文学创作潮起以来,对于中国小说创作的发展起到了无可估量的作用。这不是我夸张,纯粹出于我对写作的理解。文学作品是作家把对历史和现实生活的体验付诸文字,然后就发生跟读者交流的过程。交流的过程,实际上是期待在读者那里获得验证,能得到读者普遍而且强烈的呼应,包括得到评论家的呼应,作家就验证了自己对历史或者现实生活体验的独到性,还有艺术表达的独到性,无疑是最好的劳动报偿了。现实的问题在于,文学刊物很多,作家在任何一个杂志发表作品接触读者都有限,经过《小说选刊》的遴选,把优秀作品推举到范围更大的读者面前,扩大了作品和评论家以及读者完成交流的空间,也激励作家不断探索体验的独特性的兴致和勇气。基于此,我说《小说选刊》对新时期文学创作的发展功不可没。

作为我这个作家,一个中篇或短篇小说在某家杂志上发表了,如果能获得《小说选刊》的选登,在我来说就是一种鼓舞,因为文学界公认,《小说选刊》选稿有独特的眼光。由此也验证了一点,我没有脱俗;从另一个角度想,我对生活体验的表述,得到了《小说选刊》编辑的呼应,而且通过他们的刊物推向更多的读者,继续完成沟通和交流,这起码是我写作的基本目的,又说不到俗处去。这回的"中国小说双年奖",在广泛遴选的基础上,又进行严格的筛选,评出第一届获奖小说,对我来说,是一种巨大的鼓舞。向设置这个奖的铁岭市和《小说选刊》表示最真诚的感谢!尤其像铁岭这样一个中等城市,在没有任何商业利益驱动的背景下,能关注中国当代文学的发展,我表示真诚的敬重!

2008 年 10 月 29 日 铁岭

激情赋华章

——《秦·赋》序

赋是我国所特有的一种文体,是地道的国粹。赋发轫于先秦,西汉盛世迅速蓬勃起来,成为我国灿烂的古代文化中独具魅力的一种文体。时至今天,仍有许多人沉迷于写赋。赋体文学适于歌颂,故太平盛世多有佳作;今日中国展现改革开放的大繁荣新姿,创建和谐社会,赋这种文体的创作恰逢其时。

骆浩著《秦·赋》,辑录了六十余篇描写三秦大地的文赋及古体游记,从远古到周秦汉唐,新颖大气、慎思严谨、文采斐然。作者骆浩是一个英俊少年,地地道道的长安娃。也许是感应了终南山的灵秀,赋在他的笔下得心应手华章迭出。他撰写的《2008 年戊子清明公祭轩辕黄帝祭文》,在陕西省政府二○○八年戊子清明公祭轩辕黄帝祭文全球征稿中获得二等奖。在高手云集的竞赛中能脱颖而出,可见这少年不光模样英俊,更有内才,获奖当是对他文赋创作的一次肯定。

陕西是中华文明的根,文化厚重。骆浩对三秦非物质文化遗产、人文景观、自然风光、民俗文化情有独钟,挤出业余时间,走遍三秦大地,实地考察了诸多的祠庙陵墓,名山大川,不仅做了大量考据工作,重要的是激荡出一篇篇诗赋华章。他的赋或磅礴,或秀美,语言爽落流畅,艺术想象丰富,对描写对象的倾爱如瀑喷涌。骆浩的知识面颇广泛,涉及天文、地理、自然、宗教、历史、园林、书法、绘画、建筑、生物等各个领域,读者在欣赏赋文的同时,开阔文化视野。

《周易·系辞》说"仁者见之为仁,智者见之为智"。我和骆浩一样期待和读者完成交流。

2008 年 12 月 19 日 二府庄

遥远的文君和现实的女性世界

——《文君赋》序

进入新世纪近十年来,一批独具禀赋的年轻女作家跃上陕西文坛,形成令人鼓舞的格局,也引起社会各界的关注。这些女作家在感受生活方面,敏感、细腻、独到,她们既能敏感到生活的疼痛,也敏感于心灵之美,更善于在细微处发现生活的奥秘,其作品展示出情感生活一幅幅千姿百态的图景。

汉中青年女作家侯莉的中短篇小说集《文君赋》,就是我省女性文学的最新收获。

一方水土养一方作家。汉中是一个美丽的地方,山美水美,文气盛。早几年,我几乎每年都有机会到那里去走走看看,领略秦岭南边的山川地貌、风土人情,对我这个关中人是一种心理补偿。侯莉自小生长在汉中,汉中独特的地理人文环境的长期熏染,赋予她的作品以清秀柔媚的气质。

《文君赋》是侯莉的处女作,也是发轫之作,是她痴迷着的文学创作的可喜尝试,是她长久眺望文学的致敬之作。阅读着这本集子里的小说,很明显地可以看到属于侯莉这位青年女作家个性化的独特禀赋,这尤为难得,也尤其值得看重。

《文君赋》收集了十三部(篇)小说,短篇小说多是叙写都市日常生活,特别是女性情感生活,揭示都市女性在以金钱为中心的现代社会中的茫然无措、随波逐流和人性的扭曲,展现她们在金钱和权力的社会罗网里的冲撞和自我拯救,以及围绕着这些女性的男性在生活中的挣扎和沉沦。这些作品现实感很强,也很时尚。也许是作者一直在网络上活动,无论取材还是行文,深受网络文学的影响,有的篇章则直接取材于网事,可能更合青年读者的胃口。中篇小说只有一部即《文君赋》,却是作者匠心独运、别具一格的一部压轴之作。

相对短篇小说的时尚和前卫,中篇小说《文君赋》显得比较传统,呈现出几分高贵和典雅。这部中篇小说取材于汉代司马相如和卓文君的爱情传奇,本来是一段千古流传的爱情佳话,历来为文人士大夫所津津乐道,有多种不同的版本,且毁誉不一、各执一端,至今争论不休。作者选取这个题材,显然不只是要还原一段爱情故事,而是要努力开掘出新意,写出她对历史人物的不同凡俗的最新解读。中国历史浩如烟海,可写的人物多不胜数,作者之所以偏偏对这一段爱情传奇发生浓厚兴趣,许是有感于真诚的爱情在今天尤为珍贵了。这位理想主义的作家之所以把眼光投向历史,开掘这桩被深深掩埋于历史云烟中的爱情标本,意在彰显纯美的爱情。在作者的笔下,不光作为古代杰出女性的卓文君光华四射,一向被误解甚深的司马相如,也不再是男权社会中轻佻放荡、骗财骗色的面目了,而是既有才、又有德、又忠于爱情的堪为典范的一个全新形象了。

这是一部关于爱情的致敬之作,体现着作者的爱情理想。作者以小说的形式拨去浮尘,为历史人物"平反",将一个原本的司马相如还归今天的读者。这个司马相如不单是杰出的汉代文豪,他对女性的平等态度,对于爱情的忠诚和坚守,足以令今天视爱情如玩物的男性汗颜。

侯莉把一个太过久远的爱情故事写得充满生活气息,得助于观察生活的敏锐和洞察力,显现出了良好的禀赋。作者着笔多为生活世相细事,几乎没有涉及波澜壮阔的社会历史事件,却丝毫没有小女人文学的媚态,而是将笔锋指向平凡生活事件的深处,着力于挖掘那些普遍性的事物,通过女性角度,揭开那个特定年代生活大幕的斑斓一角。语言简洁而又富张力,叙述进退自如、游刃有余,这在一个青年作家已属可贵。

　　侯莉是一个勤奋的女子,自幼钟情于文学,要求自己很苛刻。单是《文君赋》这部小说,就曾尝试过两种写法,第一次是以全知的视角来写,第二次调换为卓文君的视角,以第一人称来叙述。为了找到准确地把握人物的感觉,不惜推倒重来。而在重写这部中篇小说的时候,汉中正在闹地震,在临街搭建的简易帐篷里,冒着酷暑和余震,侯莉在一个笔记本电脑上敲打着这部中篇小说的一字一句,进入忘他也忘我的境地,足见艺术创造理想之单纯,以及创造欲望之强烈。

　　我期待并相信,侯莉将不断拓展自己文学创作的天地。

2008 年 12 月 23 日

关注人类命运的力作

读完《可可西里狼》这部小说书稿,杜光辉又一次给我以惊喜,相信这部书出版后,将会引起文坛的关注和读者的兴趣。

算起来,我与杜光辉相交竟有二十多年了。上世纪八十年代中期,我和几位作家去陕南重镇安康讲课。那是文学最狂热的年代,竟然有上千名痴迷文学的男女青年听课。讲完课,当我们返回到安康火车站时,一位二十多岁的铁路工人来送行,他虔诚地买了一兜橘子,让我们在路途上解渴。在站台等车时,一位同来讲课的作家说,在这一千多名听课者里面,将来有一个能成为作家就不错啦。未及我说话,一直站在我们背后的那位铁路工人搭话了:"那个作家就是我!""那位作家"告诉我,他叫杜光辉,是大巴山里的一个小火车站的工人。这是迄今为止我和杜光辉唯一的一次见面。平心而论,当时的他并没有引起我的特别关注,但这样的自信和勇气,却令我振奋。

到了上世纪九十年代初期,杜光辉的中篇小说《车帮》在陕西文坛引起了较大的反响。看到介绍他的文字,才把这位新星和十年前在安康火车站送行的那位大巴山小火车站的年轻人联系在一起,便不禁慨叹,他终于成了那个千分之一。随之,他的一系列中篇小说不断地引起反响。在陕西省委宣传部和省作协为庆祝新中国成立四十周年选编的《陕西名家中篇小说精选》中,选入了陕西老、中、青三代共十九位作家的作品,杜光辉名列其中。我在为这部书写的序言中特别提到此书选编的作品"是四十年来最具有成就也最具有影响的作家的代表作,还有一批更年轻也更富于艺术创造活力的青年作家的代表作"。

杜光辉的小说构思奇特绝妙,气势磅礴,文笔冷峻,力求把握时空的高度,给人以心灵的关怀和生命的思索。尤其值得称道的是,他的作品始终关注着人的灵魂的演绎,关注着社会文明的进步。在他艺术探索的历程中,不慕浮华,不被潮流挟裹,始终走着自己的创作路子,已经突显出独立的艺术个性。每次阅读他的作品,便情不自禁地想到安康火车站送别时他的那句豪言,一位有才气的作家终于出现了。

后来,有人告诉我杜光辉携家带口去了海南。我没有惋惜是出于我对创作的理解。一个年轻而又敏锐的作家进入一方陌生之地,感受会更新鲜更强烈,况且沿海是中国经济最先活跃的地区,当代生活的矛盾和人的心理秩序的变化,更易捕捉。杜光辉令我颇感意外的是,他没有找到合适的工作,竟然流落在海南街头,陷入弹尽粮绝的地步。就在我甚为忧心之时,他给我来信了,说他找到了在一家杂志社当编辑的工作,结束了窘境。他仍然坚定地表示,只要有一碗饭吃,他不会放弃文学的。其实,就在他流落街头一天只能吃上一碗面条的时候,也没有放弃文学。我自然可以想到杜光辉对文学执着追求的毅力。同时不能忘记的是,那时候,正是文学创作被商潮冲击得有点零落有点贬值的时期。

杜光辉又进入了创作的一个高峰期,佳作连续面世,《中篇小说选刊》《小说月报》和许多报刊转载了他的作品,在读者中产生了普遍的影响。这些作品大多反映海南生活进程,为自己开辟了一个新的创作领域。

我在看完《哦,我的可可西里》后,意识到这部中篇小说触及一个拷问人的灵魂的大问题,一部关涉人类命运的大题材,甚为钦佩。杜光辉曾在电话里告诉我,想把它再创作为一部长篇。现在,名为《可可西里狼》的长篇小说书稿就摆在我的书桌上。

刚刚过去的二十世纪是人类历史上取得巨大成就的一个世纪,是以往任何一个世纪都无法比拟的。同时,这又是对人类造成最严重破坏的一个世纪:规模最大的两次战争,储存着足以毁灭地球的武器;地球资源被无休止地掠夺,野生动物濒临灭绝……《可可西里狼》这部小说,淋漓尽致地展示了这个关于人类本身合理生存的命题。

杜光辉的这部长篇力作,描写一支解放军的测绘分队在上世纪七十年代初期,进入可可西里无人区执行测绘任务,在那里和野生动物、大自然发生的悲怆、凄婉、鲜为人知的故事。故事一直延续到二十一世纪的今天,那些当年的军人在可可西里又发生着生命和鲜血、友情和利益的剧烈冲突。这是一部故事新颖奇特、人物鲜活,具有现实认知意义的精彩小说。

杜光辉当年曾作为解放军部队的一员,亲身经历了可可西里无人区那惊心动魄的一幕。同时,他在青藏高原多年的汽车兵生活,为他积累了丰厚而独特的生活素材。这部小说的文字极富表现张力,勾勒出一幅幅雄浑苍莽的画面,真实地展示出苍凉、美丽却又危机四伏的可可西里。作品犀利地剖析着人灵魂中的善与恶,人类的真情、友谊、道德,利益冲突中的背信弃义、残酷杀戮,发出一声声荡气回肠的呼唤,发人深省。

有评论家说,杜光辉的《哦,我的可可西里》是新世纪中国文坛出现的精彩小说之一。我也毫不夸张地说,《可可西里狼》当是近年出现的长篇力作之一。

2009 年 1 月 二府庄

再说李十三

刚刚参加过一个有关开发三秦文化产业主题的座谈会,回家路上接到《小说月报》刘书棋先生电话,告知我获奖了,是短篇小说《李十三推磨》获得《小说月报》第十三届百花奖,在我自然又是一番惊喜。他又告知获奖作品汇编出书,每个获奖作者都要写或长或短的一篇获奖感言,我便把已到口边的想推辞不写的话压下去。道理很简单,既然是每个获奖作者都要写,我不能违反已定的体例。

我之所以产生推辞不写获奖感言的念头,在于我已经写过一回了,也是为《李十三推磨》写的。那是去年初秋时节,《小说选刊》编辑电话告知,他们刊物设立的"中国小说双年奖"首届评奖结果刚刚揭晓,《李十三推磨》被评为短篇小说奖,并邀我参加颁奖仪式并发表获奖感言。我是即兴说话,却是坦白了刚刚获悉得奖消息时的真实心情,就是高兴;由此意识到像我这样年龄的人,也是需要褒奖的,褒奖的最直接效应是鼓励;期望褒奖的鼓励,也就意味着继续创造的欲望和活力。这个即兴发言被录了音,我后来看到的是整理出来的不足千字的文字稿,《小说选刊》的朋友表扬我的发言有幽默感,要发表。我做了修饰,后来发表了。

《小说月报》两年一度的百花奖,已经坚持评到第十三届,业已形成广泛影响,也形成颇纯正的文学品格。《李十三推磨》能获得这项奖,让我再一次感受到褒奖直接发生的鼓励的效应,且注入一种心理上期待的踏实。这已经是让我感受到的第三回鼓励了,去年初,作为发表《李十三推磨》的《人民文学》杂志,搞二〇〇七年作品评奖,《李十三推磨》是获得短篇小说奖的两篇作品之一,我已初尝褒奖的鼓励了。

引发这个短篇小说写作的诱因,倒是值得我体味。我在《美文》读到剧作家陈彦写的一篇纪实散文,是写秦腔剧作家李十三的事迹的,兴趣顿增。李十三这位秦腔剧创作的开创者的名字,似乎早先隐隐听说过,却不甚了了,这回阅读中得知他写过八部大剧两部小戏,号称十大本,几乎被中国南方北方各种剧种都移植演出了。其中有一部剧作被田汉改编为京剧《谢瑶环》,于上世纪六十年代遭批判。这位天才的剧作家,却被嘉庆皇帝派到陕西来捉拿他的兵丁吓死了(有人说气死了)。罪名是"伤风败俗"。我在陈彦的文章里读到两个真实的生活细节,一个是他和老婆推磨,令我心悸,一个中过举人又写着在中国南北热演不衰的剧本的堪称伟大的剧作家,却要推着石磨才能吃到面粉。我便判定他连我这个贫农的家境都不如,我家还养得起一头黄牛,磨麦子用牛拉磨而无须人推,用人代替牛推磨,在乡村里是穷困到最不堪的家庭。再一个细节,是他听到将要被抓捕的消息时,恰好正在推磨,吓得(或气得)吐血……这两个细节竟然折腾得我坐不住,在工作室里来回踱步,情急中给陈彦打了一个电话,想借用他的这两个细节,为李十三写一个短篇小说。陈彦爽快答应了。这是我写得最顺手的短篇小说之一。

到这个时候,我业已形成一种新的写作感觉,尤其是短篇小说,想写一个什么人物,要有至少两个独特的生活细节,即只有这个人物才会发生的生活细节,才能下手,也才有写作的较为强烈的欲望,也才会有写作的信心。此前的作为《关中人物摹写》系列的短篇小说,都是这样发生写作欲望,再形成构思和叙述的。

我在《李十三推磨》的"写作附记"的最后一句话是,"我就想把他写进我的文字"。我把李十三这位名副其实的堪称伟大的剧作家,用了不足一万字写成小说,连续三次得到褒奖,足以告慰我对李十三的敬仰之情了。

2009 年 3 月 19 日　二府庄

热风扑面

——《山溪》序

电话里得知是董发亮的那一瞬,确实发生过一点小小的惊诧。惊诧纯粹发自始料不及或者说意外,在于董发亮虽然属于老熟人,却是一年半载也未必能通一次话或谋一回面,确凿属于熟人里的稀客。稀客更不敢怠慢,便应约。待见面,握手,坐下,容不得嘘寒问暖的寒暄,他便从提兜里掏东西,看来真是个急性子的人。我以为他会掏出一袋久负盛名的商洛山地特产薄皮核桃,却把厚厚的一本标着《山溪》的文稿递到我手里。我以为是即将出版的散文集,先表示祝贺,却也不惊讶,现在出版一本两本书已属寻常事了。然而,不寻常的事恰在此刻发生,他说这部书稿既不是散文集,也不是小说集,而是一部序文的结集,是他多年来为百余位作家艺术家的著作所写的序文,结集梳理成这样厚厚的一部书稿,即将付梓,邀我作序……我顿时发生的惊讶颇多震惊的意味。

这种惊讶之所以来得强烈,同样因为始料未及。在我积久却也粗疏的印象里,董发亮是商洛市文联主席,又是中共商洛市委宣传部副部长,可谓身负要职,且有多年,按习惯思维推想,给人留下文化官员的印象。在我有限的信息里,似乎一满都是对这个文化官员的董发亮的赞誉,而且多是民间话语,闲聊中偶尔发生的不经意的涉及,本来说张某王某或李某的什么事而牵扯到董某,所能得到的都是说他的好话;往往是顺口撂出的一件两件生动感人的个性化生活细节或话语,都是由衷地赞赏董发亮,为了商洛市的文学艺术事业怎样倾心尽力,怎样在许多年里热情不减,尤其是为着成就一项大事,乃至帮扶一位有困难的作者,他往往在不惜全身心投入的过程中还要忍受难言的委屈;然而却依旧不抱怨更不动摇,依旧热情不减地做事,直到做成。他落下了好名声。他是一方地域里文化艺术界男女老少都信赖着的一位文化官员。这些纯粹来自民间的尤其是不经意间流传出来的评说,当是真实的,也是可靠的,董发亮当会获得真情付出之后的心理报偿。

同样在我粗疏的印象里,董发亮是一位摄影爱好者,有许多独具个性也独具魅力的摄影作品,多次获得国家级和专题摄影的大奖,已经是摄影艺术卓有建树也颇具影响的摄影家了。我不懂摄影艺术,从一些文艺报刊上零散获得有关董发亮摄影的造诣和成就的信息,已经形成这样的印象。他拍摄过胡耀邦、江泽民、温家宝等国家领导人的照片,留下了弥足珍贵的资料。他尤其擅长山地风光和山里人生活情态的瞬间凝眸,铸成一幅幅生动撼人的画面。尽管我不懂摄影艺术,以艺术的共性推想,瞬间凝眸的前提是发现;而要有所发现,就不单是摄影技巧的高下了,而更在于眼光敏锐;影响乃至决定眼光是否敏锐的关键,在思想智慧。董发亮许多年来把眼睛也把镜头对准商洛山地的各个角落,对准他的父老乡亲,那些神奇的山光水色和各色人物情态,既可感知他的思想的敏锐,更可感知一个艺术家对家乡独有的情感。这些作为成就一个摄影家的独特的质地尽管难能可贵,想来却也自然,并不觉得意外和惊讶,倒是这部厚厚的序文集,着实令我惊讶不已。

读着《山溪》这部序文集书稿,我最直接的感觉是作序的董发亮的饱满的热情。这种热情可以说扑面而来,在打开书稿的第一篇写给诗人张书生的诗集《清明雨》的文字里就充分感受到了。他读完

《清明雨》,竟然兴致高涨到难以抑制,不顾"七月火辣辣的日头",快步走到东龙山下去找诗人倾诉去了,一个热情激情的性情中人跃然纸上。这样的事并非一次。他每读到一本商洛作家的好书,乃至一篇好文章,一幅好画或漂亮的书法作品,便找作家画家书法家去了,完全忘记了主席和部长的官爵级别,而实实在在是商洛地区各路艺术家推心置腹的朋友。他听说有一位在西安艺术圈里很有作为的商洛裔年轻人,便想结识,却一时搞不准联络途径,终不得谋面。忽一日,这位年轻人被另一位文化人引领着找上门来,他大喜过望,"对我这个爱客并特别爱文客、淡茶一杯酒一瓶的丹凤人来说,不到一刻钟,已'酒逢知己千杯少'了"。我读到他的这些文字时,可以想见他满脸洋溢的春风,和一个不过二十出头的小伙子在"一刻钟"里便成"知己",足见董发亮坦诚热情的个性魅力了。我便暗自发笑,这回他不仅忘记了自己颇显赫的行政级别,连颇大的年龄上的差距都消弭了。他的热情底色是真挚和坦诚,这是他和各种年龄各种脾气各种艺术兴趣的各路艺术家都能交结朋友的根本所在。

  董发亮为一百多位艺术家的作品集作序,这个事实本身就不言而喻着作家艺术家对他的信赖和敬重。如前所述,我在阅读这些序文时最直接的感受,就是热情洋溢。不唯我,任谁阅读这些序文的文字时,都会感受到扑面而来的热风。依我的感受而言,热情控制不好或出于某种偏爱到偏执,容易发生言过其实溢美过度,甚至发生瞎吹的弊病,平素已经不鲜见。董发亮的热情洋溢的文字底气,集中显示着准确的分寸。无论说诗,无论说文章,无论说书法或绘画,他都是面对某个人的具体作品,努力探寻其独有的已经实现的艺术创造的境界或高度,给予真诚的评说,也不隐蔽其不足,然而着重点在发现其独创性并给予肯定。这一基本思路,在我不仅赞赏,而且相通。我也为一些作家朋友的作品集写过序,我的主导意识在于尽可能地发掘其作品所做的探索,尤其是他对生活的独自发现,独具个性的艺术表述，充分予以彰显的唯一目的，促进他实现新的艺术探索的自信和勇气。然而，我的忌讳就是不做不切作品实际的吹捧。这样做不仅对作者无益，反倒可能造成误导。我在读董发亮所作的序文的时候，颇多感慨，热情的激励和真挚的肯定的同时，完全不见庸俗的乱捧，又更令我感到难能可贵。我便推想，各路艺术门类的朋友乐于找他作序，信赖和可靠性才是基本的诱因。

我读这些序文的时候，对董发亮不断发生着刮目相看的惊喜，这是一个知识面很宽的人物，虽不敢说"全才"，却可以肯定他对各种艺术门类不仅不陌生，而且有独到的鉴赏视觉。他可以评说新诗，也可以品赏古体诗词，对散文、小说的品赏不仅到位，颇见老到。相比之下的书法和绘画，和文学范畴的小说散文诗歌就显现另外的专业特质了，然而董发亮品评起绘画和书法来，头头是道，可见其对绘画和书法的研究功夫，非一般水准和泛泛而论。仅举一例，他对魏振中先生的书法作品的品评，从笔墨中间能感知到"气息""章法""功力"的一段论述，显现着他对中国书法艺术独特的欣赏视角，甚至超脱了单纯的书法，而进入一种高端诗意的境界了……写到这里，我才切实地意识到今日之前的粗疏印象里，只是董发亮的一点皮毛而已，这也是我不断发生惊讶的因由；所以说刮目相看，在于看到了一个不仅热情真挚热爱文学艺术事业的文化官员，也切实看到了一个艺术建构十分丰厚的诗性的董发亮。这种诗性充分展示在他的序文的文字里。几乎每一篇序文里都是跳跃着的文字。不见一般序文中常常难免的评说的干涩枯燥，更不见扭捏作态装腔作势。他的序文是感性的激情和理性的阐释，尤其是理性阐释的文字，也是生动到可以触摸的动态的语言，作为序文这种特定的文体，确实不易。我便想到，他的诗性语言，是内里热情的外化形态。

我抚着翻阅着《山溪》书稿，不止一次感慨，要为百余位作家艺术家的著作写序，就得把百余部作品认真阅读，才有真知灼见表述出来,需得摊下多少阅读的时间。单此一点,我对董发亮先生便油然而生敬意。

2009 年 4 月 5 日　二府庄

感知一双敏锐的眼睛

——《别样的非洲》序

　　和徐君峰初识见面,也是至今唯一一次谋面时,他送我一部厚厚的图文并茂的书稿,并嘱我作序。许是记性越来越差,也许是时日拖得太久了,徐君峰先生的高矮胖瘦已经无记,相貌也完全模糊,再见面时不经介绍或自我介绍,我肯定认不出来。然而,我的脑海里却浮现着徐君峰的眼睛,一双敏锐的眼睛。敏锐的眼睛通常都是灼灼灿亮的。这双灼灼灿亮的敏锐的眼睛,不是初识徐君峰时留下的印象,如上所述他的形象他的面目已经模糊无记了,这是在我阅读《别样的非洲》这部书稿时发现的一双眼睛。更确切地说,是从书稿的字里行间浮现出来的一双眼睛。这双眼睛浮游在非洲那方神秘大陆的沙漠、丛林、草原和海湾的上空,眼色和眼神不时变换着生动的色调儿,一会儿灿亮一会儿忧郁一会儿凝思一会儿又豁然纵情了。我被这双眼睛的神采所陶醉,更为浮现着这双眼睛的文字所沉迷,时不时地发生撞击发生呼应也发生惊叹。

　　打开《别样的非洲》书稿,刚刚接触到开篇的文字,我便感知到一双尤为敏锐的眼睛。徐君峰经历长途飞行而不见通常难以避免的困倦和疲劳,走出飞机舱门踏上异国他乡的第一步,就扫描到开罗机场"周遭环境脏、乱、差"了。伴随着徐君峰的脚步,诸多不顺眼更不顺情的世相,全都逃不过这双愤世嫉俗的眼睛。作者走到开罗城的制高点穆盖塔木山旁的"死人城"时,看到富人为死者建造的一家阔过一家的墓上建筑,竟然为那些寄居在死人墓地的一无所有的逃难者流浪者鸣不平了。"坑坑洼洼的街道"里,"污水横流,苍蝇乱飞"。在那些"数不清的棚屋"和"残垣断壁的房子里",苟活着以"捡垃圾为生的社会边缘人"。作者断定"这是社会两极分化的结果"。作者再走到肯尼亚的首都内罗毕的时候,从富人阔绰的住宅区一眼掠过,又定格在"垃圾乱堆,随地都有废弃的车辆和轮胎,街道污水横流,沤馊的气味充溢在空气中,无事可做的年轻人三五成群闲荡着"的贫民窟。如此等等。

　　在《别样的非洲》的书稿中,多次读到如上列举的这些贫民窟穷人生存的不堪的情景,我并不太惊讶,在诸如美国那样超级大国富国的黑人聚居区,我也看到过"脏、乱、差"的景象,美国靠救济金过穷日子的人也还占有一定的人口比例。像埃及、肯尼亚这样的发展中国家,现在还解决不了贫穷人口的生存困境,想来似乎也不足为奇。让我引发心里撞击的事,恰好也正在这里,徐君峰怎么总是揪住不放这些穷人不堪的生活景象?当整个社会都在把不无羡慕的眼色盯住富人的别墅式住宅和肥不胜肥的钱袋的时风里,这双总是盯着贫民聚居区不堪的生活景象的眼睛,就有了独立个性,就显示出别一番心理和精神的大气象。换一个角度说,具备了大的心理和精神气象的独立个性的人,才可能有一双敏锐的眼睛。这无疑是令我敬重的一双独立个性的眼睛。

　　这双眼睛还呈现出某种幽深的历史感。作者每到一地,触现实之景观,总是引发遥远到几百年乃至千余年前的另一番景象。作者一踏进开罗,便点出这座闻名于世的古城的由来,阿拉伯人征服埃及后,舍弃了作为基督教城堡的亚历山大,重建新都开罗,而且成为伊斯兰教的象征性名城。"穆斯林每天有五次祷告,在我还没有走下城堡时,从各个宣礼塔中传来了雄浑有力拖着尾音的诵经声,虔诚的穆斯林放下各种工作,面朝圣地,跪地礼拜……"一个被异族征服的国家,不仅废弃了原有的首都改建新都,而且改换了宗教信仰,成为被全民精诚信仰的国教,真是让人引发感慨。作者精细地描述着今日开罗的景象,把历史和现实的逼真情景以及动感的音响融为一体,不仅鲜活了,而且有了纵深感。作者漫步在所有空间都弥漫着宗教的神圣气氛的城市里,超越了素常所见的游客多会发生的新奇和惊诧,很自然地进入某种关于宗教和法律对国民精神心理以至生活习俗的影响的思考,颇具哲思的韵味。"宗教规范着人们的心灵与习俗,从某种意义上讲,比法律更有力量……所谓异国风情,就是对已渗入到社会生活多个方面浓郁宗教情结的体验,在这个城市,宗教主宰着社会。"每当读到这些精彩的文字,我的眼前便浮出一双敏锐的眼睛,区别于那些观光逛景后稀罕图热闹的游客的眼睛;这双眼睛不单敏锐,而且完成着一次又一次的颇为精到的哲思。

我便想到,这双敏锐而又独立思考的眼睛,得之于知识的渊博。无论在开罗,无论在亚历山大,无论在西奈半岛,以及苏伊士运河或东非大裂谷,等等。徐君峰足迹所至,目光所触,便铺陈出这一方又一方地域的历史演变,重大的或细微的,史载的和民间传闻的,让我这种对世界历史和地理知识先天不足的读者,不单得到了弥补和普及,而且是生动的富于哲思的。我便得到一种切近而可靠的启示,这双眼睛之所以敏锐,之所以呈现着哲思的不同凡响,在于作者拥有的知识的丰富性,世界的和中国的,历史的和现实的,人文的和地理的,史籍传承的和民间散布的……这是《别样的非洲》展示给我的一个人的知识储存。知识才是使一个人眼睛敏锐的魔器。徐君峰无疑拥有最丰富也最富质量的魔器,才拥有一双敏锐的眼睛。

我同时感受到这双眼睛里的诗性质地。作者身临西奈半岛的荒漠时,"我的思绪突然放飞,觉得数千年前留有英名的大人物,和我距离如此之贴近,好像所有故事都发生在刚才,在我注目礼下,历史人物在历史舞台上正谢幕而去……沙丘相连,人烟罕见,犹如登陆在月球表面,当年先知摩西率犹太子民所走的'西奈旷野',其秃岭沙原的景观亘古未变"。这就叫发思古之幽情吧。在我简单想来,思古的幽情不是谁想发都能发得出来的,关键得知古,即需得知道很久很久以前这儿曾经发生过什么重要人物导致的重大事件,才可能在足迹所至目光所触的一瞬,涌出历史和现实撞击的别一番情感来。再,这番情感表述的方式,也界别着纯属个体的独有个性,只有如徐君峰这种自然天性的诗性禀赋的感知者,发出的"幽情"就是诗性意韵的文字了。我便想到,那些触景而生的不可压抑的激情所铸成的"口占一绝"或"一律",就是这样创作出来,且成为千古传诵的诗词绝唱。作为当代人的徐君峰,以激情和诗性的文字发出自己的"幽情",对读者的我的撞击,不仅有新鲜的启示,而且有诗意欣赏的享受了。

当作者的脚步踏进一方又一方非洲独有的纯自然的地域时,那种天然的诗情更率性了,溢于笔端,倾泻于文字,读来的感觉是扑面而来的鲜活。"当脚步落在大裂谷边缘悬壁远眺时,展现眼前的景象完全颠覆了以前的凭空猜测。谷底广阔,湖泊众多,植被繁密,田畴连陌,红、白、蓝三种颜色的农舍,错落有致地点缀在郁郁葱葱之中,蔚蓝天空下一片生机盎然。"读着这样的诗性文字,我的眼前便展现出一幅逼真的图像,如同身临其境,仿佛自己也站在东非大裂谷的悬壁上了。这儿不单是一幅天成的自然风景油画,更有作家最易触发欣羡的一座山,即海明威的名著《乞力马扎罗的雪》里的乞力马扎罗山,是非洲的最高峰。作为一般游客尽可以欣赏这座山的独特魅力,而作为这篇闻名于世的以此山命名的小说的读者,心中早已悬着这座山了,徐君峰心里悬着,我也悬着。徐君峰比我幸运,心中悬着的乞力马扎罗和真实的乞力马扎罗互相叠印互相参照的那一刻到来时,本来就属诗性质地的他,可以想象其激情喷涌之情状了。

我读完《别样的非洲》，还感知到一个派生的话题，诗性的激情对于专业艺术创作的人是至关致命的，诗性的激情一旦衰枯，创作的生命也就基本终结了。而作为从事社会实际职业的人，能潜存一种诗性的激情，尤为可贵到令人欣羡，不仅可以保持一种丰富多彩的精神世界，而且可以激励所承担的社会角色的责任感使命感，焕发创造的活力。这是我由徐君峰的眼睛里感知到的启示。愿君峰的诗性激情永驻不懈。

2009 年 6 月 20 日　二府庄

感知并领受，一种鲜活的生命气象

结识画家赵振川很久了，不仅不属过从甚密，倒可以说过从甚疏。我的印象里是一张永远都笑着的脸，还有一头过早花白的头发。十多年前，振川送我一幅国画，名为《白鹿原》。我久久品赏，感到一派不凡的气韵。他说他专程到白鹿原上感受这道古原的气象，作成此画。我玩笑说，你该叫我为你领路当向导……

赵振川出生在一个艺术氛围浓厚的家庭，父亲赵望云是"长安画派"的创始人。赵振川自幼眼里便储入浓浓的色彩和墨痕，还有变幻神奇的线条，受到极好的艺术熏陶。受"长安画派"尊重传统、注重生活的艺术主张影响，四十多年来赵振川一直在国画创作领域默默奋斗，认真吸纳传统与前辈在创作实践中的所长，又不断在生活之中寻找新的国画创新的元素和活力，不断积累、不断丰富和提高自己，终于成为"长安画派"第二代的代表人物和当代山水画的大手笔。

与陕西其他艺术门类的艺术家类同，赵振川的山水画分量感足，厚重、扎实、大气。他的绘画有着牢固的生活根基，不是从书本到书本的产物，也不是只坐在画室里就可随便完成的东西。他的画里似可嗅出民间生活烟火气味，感知世道与人心。这一点不仅超凡脱俗，而且注定了画作的生命活力，也呈现出独禀的个性气质。

赵振川的人生经历和生活曾遭遇了太多的苦难，在他的生命里铸就了坚忍和坚定,生命体验和艺术感悟就形成了。让人通过他的绘画,感到了他对自然与生命本身的敬畏。

在赵振川的童年时期,父母被国民党特务逮捕入狱,这是一种堪称残酷的记忆。一九五九年,他的父亲又被打成"右派",赵振川也被下放到了陇县山区长达八年。"文革"中,他的父亲遭受迫害致死,赵振川身体和心理上所承受的灾难是难以言传的。他伴随着苦难开始了自己的国画创作之路,却不忘记父亲的叮嘱,到民间、到生活、到自然和劳动的人群中汲取绘画的养分,也就获得艺术创作的灵感,将自己的情愫,倾情地寄托其中,靠一支画笔将升华了的生活展示为艺术。

赵振川的山水画令我感到震撼的是其背后呈现的生命格局。不论是画的陕南,还是陕北,都有一种向死而生的精神旨归,都饱含着充沛的生活气韵和活力。赵振川不大着意亭台楼阁、小桥流水和名山大川,即使画陕南,也不是田园牧歌,而是聚集陕南最具生活与生命活力的情境,展示自己心中超迈的人生;他笔下的陕北更是气象苍茫,荡气回肠。作为画家,他已走出了历史与个人的局限,使自己的绘画进入超时空的精神指向,呈现出生命昂扬的一种过程和气象。艺术作品最终要靠它所承载的生命格局来支撑。作品的气格,不是空穴来风,它是能够穿透世态表象,直逼人心的力量感,不矫饰,袒露而直率。赵振川的绘画正是在这一点上有着十足的分量和体量。他的绘画已经成为一种强大的精神存在,不仅有悲悯的情怀,而且有超凡脱俗的大爱。

绘画是一门空间的艺术。中国画是靠笔墨对空间进行营造而完成表达的目的。画家的修养情怀,艺术的动力,思想的力度,决定着体验的层次和个性化的独立品格,通过笔墨在空间的展示,和受众完成交流。赵振川的绘画正是在这一至关致命的关口实现了升华,抵达新的境地,独辟一方个性化的艺术天地。他依然非常讲究笔墨,但已经很难分辨出属于哪一家哪一派的路数,而是融入了自己的理解,自己的情感元素,达到了对于自身笔墨随心所欲挥洒的自由状态。赵振川的绘画洋溢着鲜活的生活信息,他的构图、布局和点景,别具一格,不与别人雷同,深山野洼中的乡居小屋、田垄树石,见出一种艰难生存中的温馨。更难能可贵的是,读赵振川的绘画,总会给人带来启悟性的思考,自然来自画面里隐约着的生存的追问,让人感受到不是过程的结束,而是一个个新的开端和起始。

我比较喜欢具有穿透时空,也穿透表象,充满生命张力的艺术品。艺术在这个意义上与生命的气象直接相连,并且表现生命的大美与大气。中国画讲究气韵生动。我想这其中更多是指向绘画所表达的天地万物生命的气象、气格和气量。赵振川正是在这个层面进行绘画创作的,他的绘画是对生命气象的充沛表达。

愿振川在他已抵达的艺术的自由王国里,尽情尽兴挥洒。

2009 年 7 月 21 日 二府庄

难得尽在传神处

多年前认识杨稳新并欣赏了他的国画作品，竟然经久不忘，每当再次碰面，脑际便泛出他的画儿来；甚至和人闲聊时偶尔提到他的名字，首先在脑际泛出的不是他被人多所赞美的颇为英俊的脸膛，倒是一看便烙下印记，多年也难以忘记的几幅画儿，自然也多有模样和画儿相叠印着浮在眼前的情景。

今天想到这种生活细节，似乎才意识到难得也更不易，一个画家，无论专业或业余，倾其毕生智慧不断探索，取得各自独到的艺术成就，也获得在画坛专业圈内不俗的评价且不论，能给如我一类画坛圈外的普通人留下一幅或几幅经久不忘的画儿，这位画家的代表作品大约就有了普及的意义，也就该当横空出世独俏一枝修成正果了。譬如一提到凡·高的名字，我的眼前便映现出向日葵的画面，多少人包括我在中学美术课上都画过这种美好的植物，却只有凡·高的向日葵储入我的记忆。画马的国画油画素描画更是无以数计，自然各具独自的魅力，然而常常面对姿态和色彩各异的马，下意识里不由自主便浮出徐悲鸿的那匹马来，甚至在草原上看到奔驰撒欢的马群，徐悲鸿的那匹和那几匹马顿时从我的脑海跃出，加入到草原上的马群中去了。还有石鲁那幅《转战陕北》，初见这幅画儿，算来四十多年了，听人说到或在文字中看到石鲁的名字，便泛出这幅画的颇为震撼的气势来。站立在汹涌的黄河岸边悬崖峭壁顶头的毛泽东，其实只是一个侧背形象,传达给读者的却是顶天立地力"主沉浮"的神韵。我充分地感知到所谓艺术的传神。徐悲鸿的那匹马,传神;凡·高的向日葵,传神。这三位大画家的笔下,侧背的革命领袖、动物世界的马和植物王国里的向日葵,都是以传神而横空出世,也给读者储成永久的记忆。

恰是在杨稳新的画儿里,我也感知到作为艺术创作难得的传神的韵味。我不厌其烦地也是随意地列举三位大艺术家的三幅画儿,无非是想说传神给读者的非同寻常的艺术感受,当不会发生我要把杨稳新的画儿推到不恰当的高度的错觉。是的,杨稳新的画儿,有传神的意韵,这才是我经久不忘的因由。

一幅《偶钓美人鱼》,让我久久流连,竟然一时难尽意趣。画面上只有一条鲤鱼和一根飘飘忽忽的钓绳儿,还有一个显然夸大了的鱼钩儿。那条头朝上身朝下弯曲着尾巴的鲤鱼,不过就是一条看不出任何特色的鲤鱼而已。让我意料不及到有点惊诧的一笔,就在那个被夸大了的钩儿上,它不是通常所见的钩住了鲤鱼的嘴,恰恰是钩住了鲤鱼弯曲上去的尾巴梢儿。这个完全违反生活常规的画面,初看似乎不无滑稽,再看便觉颇含某些生活哲理,一万和万一,必然和偶然,众里寻他千百度和得来全不费工夫,如此等等。这个鱼钩儿堪称神奇的一笔,将会钩起观赏者任谁都有的生活记忆里的偶然现象,那一瞬间,便和画家沟通了心领神会了。我在看见那个钩着鲤鱼尾巴梢儿的鱼钩儿时,竟然把五十年前在中学看过的一幅漫画钩出来了,那是一个记不得名字的外国漫画家的作品,也是取材于钓鱼,一个站立在河边的高个子男钓客,在猛然拉起钓绳的一瞬间,钓钩上没有钓住鱼,却钩住了钓客的屁股。我记得当时看到这幅漫画时忍不住大笑,周边的同学传看时惹起一片笑声。这两幅画儿画的都是出其不意的偶然,相比较而言,后者漫画更多的是惹人一笑的滑稽,而稳新钓住鲤鱼尾巴梢儿的那个钩儿,内蕴则丰富得多。这幅画儿的缺憾不在画本身，却在画家的题词，似乎多余，把令人浮想丰富的画面说白了，甚至说没了。不题那么多话更好，如出于画面需要，文字当更含蓄，才会与画面相映成趣，也给观赏者以联想的更大空间。

《梦中情人》又是一幅堪称绝妙的画作。这是一幅人物画儿，绝在不过三四线条，便勾画出一个青春女性的背影，尽得风韵。有多少人画过女人，从蒙娜丽莎到乡村妇姑，国画油画木刻素描，自然各有妙处，然而简约到不过三四线条便勾勒出一个女性不尽韵致的画儿，似不多见，不敢说唯一，在我确是第一次开了眼界。妙在这样简约的几根线条，却不容我轻易一瞥而放过，再三品读，又似乎难以做出精确的语言表达，大有只可意会而不可言传的神韵，我又一次感知到艺术创作里的传神。我也想到，艺术创造里往往有这种现象，最简约的却造成丰富的内蕴，成为艺术画廊里独特一景。

简约构成稳新国画创作的主调。几乎在我能见到的已不算少的画作里，都留着大面积的空白，不作任何陪衬的背景，总是在最恰当的位置上突出着所要表述的主体，对观赏的我发生直接的感性冲击，很难让我随便轻易放过。《高瞻》的画面下部，随意涂抹着横五竖三的意象形栅架，居中高竖一根独木，顶端俏立一只叫不出名字的鸟儿，传神尽在那回首远眺的神态，那只并未精细刻画的眼睛和超长的尖嘴，似可读出沉静的无畏，也可想象它已有过可资骄傲的飞行，却已抖落不记，只集中在即将开始的新的行程的凝眸与专注。《中秋明月夜》的画面也不过三五笔墨，底部两抹墨痕的地上，点抹着一个人的影像，顶端一笔勾成一轮满月，中间的大面积空白，恰是天上人间的空旷和阔远，然而却蕴聚着不尽的情思。这应该是一首难以用文字表述的，却是在一代一代中国人心灵和情感世界里传承最久远的情愫。草叶上的一只老蝉，细枝上张嘴鸣唱的小鸟，荷叶上的蜻蜓以及对着荷花飞舞的蜻蜓，黄芽柳枝下相倚而歇的鸟儿伴侣，自在嬉戏着的两条鱼伴儿，简约的画面都有让我再三品读的不尽意味。前述所说稳新画里的传神，便是我再三品赏中的领悟和感知。

传神不易。相对说来，状物较易。想要在画面需得点睛之处传出独特的神采来，不完全在技术层面的基本功力，而更依赖画家的独特体验。画家对生活事象以及山水花鸟，获得了独自独有的独特体验，以别具一格的笔墨表述出来，让如我一样的观赏者有触目惊心的感受，这画儿便获得了独有的品相，也获得了生命的活力。所谓的别出心裁，在我理解，就是独特体验。如果再有扎实老到的画画儿功夫，把那种独特体验展现得恰如其分，这幅画儿就脱俗了，成为独具个性的艺术品了。上述随意列举的稳新的几幅画儿，即如是。要想不断地获得富于生命活力又蕴含生活哲理的独特体验，更不易。在我理解，颇多依赖画家的思想。思想的敏锐和思想的深度，影响乃至决定画家对生活事象的理解，然后才可能发生独到的不落俗套的体验，才能勾出令人惊诧的传神一笔。正是在这一点上，我对稳新刮目相看。

稳新和我是乡党。我在灞河中游，南有白鹿原，北属骊山南麓，中间是灞河流经的狭长的小川道，已经处于渭河平原的边沿地区了，难免贫瘠和视野的局限。稳新家在灞河投入渭河的地段，当属开阔的渭河平原的腹地，天高地阔，沃野阡陌。在灞河渭河交汇处生长，真是得天独厚，不单麦谷保收，瓮里不缺白面细谷，而且视野开阔，一望无极，乡下人说眼宽心也宽。我后来才得知他曾经写过数量不少的诗歌，有长诗也多短章，却不仅不拿给我看，竟连一句也不提及。他说后来兴趣发生转移，痴迷丹青水墨了。他练书法，已有个性化的不俗书写，只是还不及钟明善那样的影响广泛的程度。他起初画月季，师从罗国士，我已经完全分辨不出那季出自罗先生还是他的手笔了。虽然得了罗先生的神韵，却不能形成自己，画得越好越只能乱罗先生之真，不看署名，人不相信是他的作品。他另辟蹊径，开始独创意义的国画探索，把自己的独特体验用自己的审美笔墨涂抹出来，经几年持续探索,开始形成自己,也形成个性化的杨稳新的国画了。我却说不清遗憾还是庆幸,少了一位诗人,却长成一位画家。不过也不必计较,他的那些画儿里还隐蕴着一缕淡淡的诗意,当是他的诗性的另一种艺术形式的表述吧。

2009 年 9 月 25 日　二府庄

方 言 散 谈

——《都市方言辞典·陕西卷》序

方言,顾名思义,乃一方地域的人使用的独有而又独特的语言。

中国国土阔大,历史悠久。秦始皇统一中国后当即采取的几项重大举措之一,便是统一文字,遗憾的是没有统一汉字的规范读音,致使同一个汉字,南方和北方、东部和西部的人,发出截然不同的读音,造成直接交流的障碍。我听上海人和广东人说当地方言,几乎一句也听不懂,跟听外国人说英语或法语差不多。十多年前我到江苏一个中等城市去参加笔会,接触当地基层那些没有普及普通话的读者,说话要有翻译,不然连一句也听不懂。当地的朋友告诉我一个事实,说那里的方言划界很窄,甚至这个乡镇的人说话,相邻的另一个乡镇的人都听不懂,何况我这个关中人。正是在那一刻,我确凿感知到国家推广普通话的决策太英明了。

其实,就近而言,单是我所在的陕西,陕北、关中和陕南三大板块地域上的语言也截然不同,汉中地区人的口语已接近四川话,而陕北有些县区的作者和我说话,顶多只能听懂六成,另四成全凭推理了。即如关中,东府和西府的语言差别也不小,我听到过东府人调笑西府人说话的一个典型个例,把"耍水上树逮老鼠",说成"傻(耍)谁(水)上世(树)逮老失(鼠)"。再往近处说,即如我的老家白鹿原北坡下的灞河川道,和我们村子仅一河相隔距离不过二三里路的对岸村子里的人说话，也有不少字词发音的差异，把"水"说成"邃"音，把"三"和"桑"读成一个音，如此等等。几百乃至几千年过来，各自一如既往地说着各自的话，谁也不学对方的话而改口，甚至觉得对方的发音很滑稽。近到不过二三里距离的双方都不因对方说话而改口，这里应该潜存着方言传承的隐秘，值得细细考究。

对不同事物和世相的不同称谓和决然不同的说辞，是各路各地方言的又一实质性特色，也是方言最具魅力又具学术性价值之所在，当为汉语言博大丰富挖掘不尽的语言宝库。外地各种方言我不敢妄说，单是关中方言，就有无可替代的独有意蕴独有魅力。随意举例，关中人把父亲的弟弟称大，如果父亲有三五个弟弟便依次称为二大三大四大五大。这种称谓在外省外地似乎没有发现。然而令我惊诧的是，《金瓶梅》里的潘金莲给西门庆骚情时竟然把西门庆叫"大大"，西门庆在兴不可抑时也是自称大大。我在那一瞬间突发奇想，这两个活宝会不会是关中人，或者至少是跟关中人有某种亲缘关系（一笑）。再如表现人行为动作的吃，关中人除了也说吃外，还普遍说"哑"，似乎很土，土到出了潼关再没人能听得懂，不料却在古典文学《中山狼传》里早被人用过了，倒入得大雅之门了。这个"哑"字在关中人口里，早已从吃的意思扩展到许多的行为动作里，把某人打了或者说揍了一顿，关中人说哑了一顿，绝不会混淆为吃了一顿。把干成了一件大事，往往说成哑了个大活儿。这个哑字所表述的几种生动的情状，远非吃和打和干这些通常所用的词儿所可比拟。我便推想，方言之所以经久到百年千年传承不衰，它的不可替代的表述魅力，当为一个重要因由。

在我来说，生长在渭河平原东南部的边沿地带，学会说话便注定了满口基本标准的关中东府口音，直到青年时期第一次走出潼关，和外路人一搭话，才发觉自家所操口音的局限和拘束，别人听不懂自己的某些话。然而，让我真正关注关中方言，却在此前的少年时期就开始了,那是我在中学作文本上写下第一篇小说的时候,就开始寻找方言中那些形象而又生动的词汇。算下来有五十年了,我一直在寻找我的母语方言里的精粹,其乐无穷,却也几经波折。起初,误以为越土乃至越怪僻的方言才愈生动新鲜,结果却造成读者阅读的障碍;有许多方言,一时找不到准确的汉字,只能依着发音用相应的汉字代替,结果造成完全相反的负面效应,那些代替的相应的汉字,根本不能传达那个方言语汇的原来意思。直到上世纪八十年代后期,即《白鹿原》开始写作时,关于方言土语的运用,才基本确定下来一个规矩,即,凡是从字面上可以表述词汇百分之九十以上含义的方言,便用,起码能让外路读者从字面上理解到六成意思,才能体现方言的独有韵味,方言才有阅读的意义和活力。反之,方言对于叙述或描写以及对话的语言,效果当适得其反。从我写《白》以及后来读者阅读的效应看,恰当的方言土语运用到叙述语言中,可以强化其语感的硬度和韧性。

话说到此,我便要说到前不久发生的一种深以为憾的情绪。这是我看到《都市方言辞典·陕西卷》后发生的。我刚刚翻阅了一些内容,这种遗憾的情绪便发生了,很自然的又是甚为强烈的反应。原因再直接不过,我曾经苦苦寻找的许多方言的原生汉字,因为寻找不到,便忍痛舍弃,把许多独有意蕴独有魅力的方言词汇丢弃了。这些在我无奈舍弃的准确而又传神的方言的真身,在这部《陕西卷》里都列入了,不仅标出原生态读音,而且阐明出处,注释有据,还有简要的演变过程。我便很直接也很自然地想到,如果在上世纪八十年代能拥有这样一部堪称陕西方言大全的辞典,不仅会让我节省许多寻找的工夫,更会使我选择方言的空间扩大很多,也会避免丢弃许多传神而又富魅力的方言词汇的损失……这不过是仅我而言。

待我细细翻阅这部《都市方言辞典·陕西卷》的时候,才感知到这是一部难得的力作。这部陕西方言辞典收录常用的方言词汇一万余条,说是陕西方言大全当为恰切。我觉得编撰者最富价值意义的功劳,是把那些陕西人口头说了不知几百或几千年的方言土语,一一做了严密的考证,一条一条列出这些看似土得掉渣的方言土语的典籍出处,顿然平添一缕优雅气象;又搜集到一些以此方言演绎的歇后语和笑话等,不仅让我领受到方言特有的韵味,更感受到阅读的纯粹的文字本身的乐趣。我便想到,陕西方言土语对于人的表述——文字或口头——的丰富和生动,是不可缺失的;对于交流过程中的普通话的普及和标准词汇的普及,难以避免语言的平淡乃至萎缩,方言当会注入一种别具魅力的语言的活力。我便建议,在公众场合或与外路人对话时,尽可能用普通话和标准词汇,而与本乡人和家人说事拉话,不妨换成自己家乡的方言口语,既亲切,又自如,而且保护又延续了一方地域独有的方言的生命力。谁如果觉得说陕西话太土气,不妨读一读《都市方言辞典·陕西卷》,当会树立起说陕西话的兴趣,更有自信和骄傲。

我向这部辞典的编著者胡劲涛、孙立新、史鹏飞,诚表敬意,对于悠久而又优美的陕西方言的系统化规范化开掘,你们功莫大焉;同样,对于生动鲜活而又独具魅力的陕西方言的流传,以及对祖国汉语语言的丰富,你们干了一件功德无量的大事。面对这部辞典,用卷帙浩繁当不为过,每一个词条的考证,我想到你们花费的无法量化的工夫,非有一番成就事业的专注而难以成事。基于此,我向诸位表示诚挚的敬意。你们富于创造性的工作精神,当会在这部辞典的读者阅读时的会心微笑里得到报答,这应是最珍贵的奖赏。

2009 年 10 月 15 日 二府庄

感知一种真实的精神高尚和情感丰满

我是第二次观看《大树西迁》了。几年前《西部风景》完成创作，初演时我就看过。这部戏经过作者的不断修改、提升，今天再观看《大树西迁》，我确实被它所感动、所感染，甚至震撼了。

《大树西迁》所选题材的生活原型是上世纪五十年代中期交通大学从上海西迁西安的历史事件。交大西迁，这个事件蕴含着一个大的社会时代背景：五十年代中期，刚刚成立不久的共和国雄心勃勃地实施第一个五年计划，一个重要思路是全面发展、开发西部，提升整个国家和民族的实力。而发展西部最重要的一个契机就是科学文化知识的提升，科学文化知识向来是解决贫穷愚昧落后最基本的也可以说是唯一的途径，不仅中国如此，世界上很多先进文明国家都是通过这一途径获得发展的。交大从上海西迁西安，就是在共和国刚刚成立，振兴国家、振兴民族成为整个社会最迫切的要求时，国家做出的一个重大而又英明的决策。通过这个事件，可以看到共和国刚刚成立的那个时期，社会和人心的倾向，所以"大树西迁"这个剧名也就具有一个时代的独有的气象表征。

依托这个典型的时代生活背景，剧作家陈彦以苏毅和孟冰茜组成的知识分子家庭为主线，展示了这个家庭在社会的进程中，为国家的复兴复壮而不息奉献的精神追求和生存理念。苏毅对于国家民族复兴大业的那种自觉承担精神是真实的，是令人感奋的。我是从二十世纪五十年代过来的人(尽管是少年时代),那个时代的知识分子,无论长幼,无论男女,无论个人性格,对国家和民族的精神牵连和心理承担,已经成为他们生命意义和个人品质最主流的东西,苏毅身上有一种坚定的,甚至是急不可待的奉献精神,完全可以说,他是五十年代知识分子的典型代表,他的身上凝聚着那个时代知识分子共有的,弥散着那个时代特有的社会气氛。可以说,要感受上世纪五十年代知识分子的精神心理情怀,请看苏毅一家!

孟冰茜是剧中另一个知识分子典范,是贯穿全剧的一个主要人物。孟冰茜在对民族和国家大业的精神承担上与苏毅是共同的,作为知识分子的她,在传播知识、承担责任、科学探索、无私奉献这些方面,与苏毅相比都毫不逊色,从这一点讲,这是一对完美的夫妻。只是因为孟冰茜对于上海当时中国最发达城市的生活的留恋,也包含乡土情结,形成了后来贯穿剧中的矛盾冲突和情感波动。而这也使得孟冰茜的个性特征和心理情感更为多面,更为丰富。最令人感动的是,在"文革"中面临几乎是毁灭性打击,甚至有生命危险的时候,孟冰茜那种对苏毅爱情的坚贞、对社会邪恶势力的坚定而义无反顾的对抗,不仅展示出一个知识分子的妻子对丈夫的美好情感,更显示出一个知识分子女性自身的精神闪光点,"打倒了你是我的百宝店,踏碎了你是我的珍珠衫。批斗会我搀你人前站,再跪下妻陪你把膝弯。危难中夫妻不分散,我是你永远的行星生命的港湾",我听到这个地方时,不由得心里打战,这是剧作震撼人心的一笔。孟冰茜是一个非常丰满的女性知识分子的舞台形象,她不仅是二十世纪五六十年代知识分子的一个典型形象,也是贯穿并延伸到新时期的一个典型形象。

在与儿女的情感上,又体现出孟冰茜这个女性非常美好而动人的一面。矛盾发生在儿女的前途、工作和家庭的选择上:儿子要继承祖父的遗愿到更远的新疆去(祖父是解放前献身新疆的科技工作者),女儿要选择陕西娃做丈夫。儿子对个人前途的选择,无疑是既继承了苏毅又继承了未能见面的祖父那种对国家民族自觉承担的精神理想。而她恰恰希望两个孩子回到故乡上海,正是在对儿女的亲情、爱情的指向上发生冲突,突显出孟冰茜心理和情感真实丰富而又动人的一面。

剧作中不乏让人发生哲理式思维的闪光点,即如孟冰茜后来回到上海时出现的某些不适。当初从上海迁来西安,情感上本有一种对上海故土难舍的依恋;在西北奉献了大半生,实际上在不知不觉中她的情感已经和西北黄土地完全融汇到一起了;当她老年时重新回到上海后,她精神和心理上所产生的某些感受,却和她潜藏在心底几十年的心理依托发生了矛盾,这是探索人的精神和心理历程很微妙的一笔。由此我觉得陈彦这个戏,写人的精神心理是很精辟很独到的。

陈彦在塑造孟冰茜这个人物上,我觉得很了不起的,甚至是我很钦佩的一点。他不是出奇招、怪招制胜,不是像我们现在看过的一些电影、电视甚至一些小说凭猎奇乃至瞎编某些怪异来引发读者的兴趣;他是把我们生活世相中最具普遍意义的人的一些心理历程凝结成故事情节,在人物关系中展示人物丰富的内心世界。陈彦努力寻求二十世纪五十年代知识分子精神历程中最富典型意义的事件,然后以普遍大众都能亲自感知和感受到的一些世相作为表述形式。比如,你想把儿女留在大城市,儿女却志在边疆;你想让儿女找一个现代一点、新潮一点的对象,儿女却愿意选择一个从表象上看比较落后地域的人组织家庭。这些世相是任何一个家庭都可能面临的,所以孟冰茜的情感能引起大多数普通观众的心理呼应。不仅《大树西迁》如此,《迟开的玫瑰》中也体现了这一点。《迟开的玫瑰》中有什么大得惊人的事件吗?没有。它选取的都是我们社会生活中每个家庭、每个个人都可能遇到的生活矛盾,然后把它典型化,通过人物关系、人物命运、人物的生活态度来塑造人物。这不仅体现了一个作家感受生活的敏锐程度,更难得的是他将普通生活典型提升的深厚功力,往往见出作家思想的深刻性,这是作家最致命的、也是最令人钦敬的一点。

再说李梅的演出。我看过李梅主演的《迟开的玫瑰》《大树西迁》两部大戏,《大树西迁》中李梅的表演,从个人形象、精神气象方面已完全不同于《迟开的玫瑰》中的大姐乔雪梅。乔雪梅是一个社会普通家庭中的一员,而孟冰茜完全是一个高级知识分子形象。高级知识分子女性形象是很不容易塑造的,尤其是要塑造得让人感觉真实、可信、可亲。《大树西迁》演到中后半部分时,我们已经看不见李梅的影子,只看见一个典型的富有个性的知识分子孟冰茜的形象呈现在舞台上。李梅能完成这一艺术角色的塑造,应该说她的艺术表演得到了一次升华;同时也展现出她开阔的舞台艺术创作空间,既能演好普通市民,也能演好高级知识分子。可以说,这是李梅表演艺术的又一次大跨越。

2009 年 10 月 31 日 二府庄

少年笔下有雅韵

——《胡雪诗集》序

胡雪的这本诗集，收入五十余首诗歌。在我有限的阅读印象里，这是篇幅最少的一本诗集了。然而恰是这本篇幅最小书稿最薄的诗集，却给我欣赏性阅读以厚重的感觉。这种厚重的感觉，是一本篇幅最小书稿顶薄的诗集影响给我的阅读效应，我便顿然明白了一个带有哲理性的生活常识，无论是诗歌或其他形式的艺术品，分量不全在文字的数量和纸张的薄厚，而在文字的内蕴的多或寡，深或浅，丰或歉。胡雪的这本最薄的诗集，却给我造成深沉丰厚的阅读感受，正是上述这种生活哲理的一个可靠的例证。

这种阅读感觉，说来真有点始料不及。始料不及便很自然发生惊讶，包括震惊。始料不及的因由之一在于这本诗集的构成，绝大部分诗歌是中国传统的各类古体诗，另有几首自由体现代诗，绝妙的是还有几首用英文写的诗。在我的印象里，新时期文艺复兴以来的三十余年间，被冷漠乃至冰封了的中国传统古体诗歌，日渐复兴日渐繁荣起来，报纸杂志随处可见，单是陕西就有三四种专发古体诗词的刊物，似乎和现代新诗有平分天下的壮观景象。就我的印象说，热衷这种古体诗词创作的诗人，多是古典文学学识渊博的老学者；再有相当一大批喜欢传统文学的各级领导干部，尤其是从领导岗位退下来卸去重负获得支配时间的自由之后，沉浸在古体诗词的遣词造句的乐趣之中；而年轻人专注于古体诗词写作的就很少了。胡雪按流行的提法当属"80后"，不仅能写古体诗词，而且能用英文写现代诗，真可谓集传统与现代为一身，或者用通俗的民间话语说，是"中西并举"或"土洋结合"了。一本集中国古体诗和英文自由诗的个人诗集，在我确凿是第一次看到，开了眼界。

始料不及的因由之二，在于作者的年龄。诗集没有作者胡雪的简介，笼统只知是"80后"，我从几首诗后所署的写作时间推算，胡雪古体诗的写作是从少年时期就开始了。这本诗集中所显示的最早一首古体诗写于一九九八年二月，当为少年时代。当今本省外省常有少年诗人少年作家频频跃上文坛，本不足奇。胡雪这位少年小诗人之所以引发我始料不及的惊奇，概出于她的古体诗本身的不凡意韵，包括颇为深奥的词汇，似乎和她这样年龄档的孩子很不相称。换一个更直白的说法，一个尚属少年年龄区段的女孩，竟然能写出一篇篇让人感到深奥不俗的诗词，且不说天才之类已被用滥了的称谓，却真的是我颇觉惊诧的不同凡响的稀有之声。就我的感知而言，中国古典诗词的创作是容不得半点马虎的，姑且不论诗或词境界的高下，也不究其对仗以及合辙与否，单是最直观的语汇表述，即可一目了然作者古典文学储备的虚或实了，或者如俗话所说肚子里有几滴墨水了。我随意录出这本诗集中写得最早也写得较多的一九九八年的一首《无题》，是有感于一首英文老歌《花落何处》吟诵而成的："别鹤辗转凄长空，齐眉举案意难平。兰言尽释浩劫苦，风花雪月寄苍生。可怜硝烟葬落英，独绕香冢泣残红。朝歌夜啼天尽头，超尘漂泊觅风流。"单是文字词汇，很难让我想到这是出自一个小学生或中学生的笔下。因由不言自明，仅凭现行的中小学语文课本收录的有限的古典文学课文，断不可能造就成这样的古典诗词的文字修养来。小小年纪的胡雪，如何获得这样令人惊诧的古典文学修养，尚未得知，且不猜测，总归有其途径，难得在于这个事实本身。

无论古今诗人,无论古体诗或新诗,都为抒情言志。正是在抒发了什么样的情又直言了什么样的志,才铸成一个个独成风景的伟大诗人。胡雪的诗歌创作,也是触景生情,情里见出不同凡响之志,尤其是在少年时代所抒之情所言之志。一九九八年,是这本诗集中收录的诗歌最多的一年,当为小诗人诗兴迸发的一年,随意选读这一年所写的诗篇,都可以感知到这个少年对美的崇尚,对善的真诚,对高雅的精神境界的憧憬。小诗人看过《罗马假日》,把童话世界里的天使具象为影片里的奥黛丽·赫本,吟成一首七绝:"清漫幽谷质如兰,优游竹馨逸翩涵。概本济世一天仙,凡间不改莞尔颜。"且缓品读这首诗的内蕴,单是第一句"清漫幽谷质如兰",就见出这位少年的心灵追求了,如幽谷兰花一样清纯的质地。在尚未成年的年龄区段,有对自己人生境界这样纯洁而又这样明晰的追求,令我感佩。这种对人生清纯高雅质地追求的情绪,多所袒露,《贻韩昌黎》七绝里有"高洁犹似出水莲……骨格清奇非俗流"的佳句;在《贻贤弟》里有"羡君风采超凡尘"句,等等。无论是兰或莲,都是一种纯洁的象征物,拒绝的对应物是"凡尘"。一个在少年时代便把兰和莲植入心灵的女孩,便有了拒绝不断翻新着的流行的庸俗的自觉和自信。

　　这样高雅纯粹的心灵质地的构建和精神世界的追求,贯穿着胡雪从少年到青年的整个生命历程,有诗为证。在《神女吟》一诗中,胡雪赞美历史小说《康熙大帝》里一个"身为奴才"的女子苏麻喇姑,称"她是我心中最圣洁的'神女'",不惜篇幅以二十行的五言诗,"表达对这位'神女'的敬意"。之所以将一个身份为奴才的女性视为"神女",在于"她有无比高贵的铮铮傲骨"。人的心灵和精神品相的高雅或低劣,不是爵位决定的,胡雪心中敬仰的"神女",恰是一个奴才身份。这里我注意到小诗人用了"傲骨"这个词,标示着少年诗人到青年诗人胡雪的独立风姿了。从兰和莲的清纯高洁质地的憧憬到对"神女""铮铮傲骨"的敬慕,胡雪的心理和精神境界已经形成自己一方独立亦独有的气象了。这个人格的构建过程,呈现在她的诗作里,从一九九八年到二〇〇九年的诗篇里,我能感知这种精神追求和人格升华的履痕。随意举一九九九年作的《广寒行》,小诗人表白:"曲高和寡本无妨,吾自风流自慨慷。此等圣贤虽寂寞,恒飘万世一缕香。"在社会愈来愈风行实用乃至迷俗的氛围里,这个处于少年到青年的人生交界处的胡雪,能有"曲高和寡本无妨"的心理自信,再有十年多的对"一缕香"的坚守,才铸成纷繁世相芸芸众生里一个独立个性的人。依着我的理解,无论就其年龄区段而言,无论就其成长的生活背景而言,能以如此清醒的自信完成心理和精神的铸建,令我感动并钦佩。胡雪这本诗集收入的诗篇不多,却都保持着甚为高雅的品相,无论状物写景,无论抒发情感,都有堪称绝妙意蕴的文字,可以耐得再二再三品味。古往今来,多少人被林黛玉感动过,留下的文字无以数计,胡雪仍然有自己新鲜的体验,"倦柳残荷惜瘦影,泣血穷年化诗魂"。显然已见作者的情怀了,其中状物对柳用"倦",对荷用"残",对人用"瘦",再着一个朦胧的"影",营造出任谁读来都会发生"惜"的情怀。到"泣血"句,便是作者的情感抒发和情感寄托了。再如《七步诗》这个几乎家喻户晓的历史故事,我已记不得多少年前初读那首五言绝句时发生的心灵冲击,却终究没有留下一个字的笔墨,少年胡雪却吟成一首七律,对于亲情相煎的人间悲剧发出了讨伐的声音,"天理难寻愤难平,哪管凄凄与清清"。当为可见作者情状的佳句。

尤其值得一提的是七言叙事诗《广寒行》。这首长达近六十行的较大篇幅的诗,是作者的一个梦的叙述。从作者注里得知,年仅十七岁时做了这样一个奇妙的梦,并写成此诗。我不必全面评说这首诗的意境,单说一点,可以看出作者丰富的想象力;或者说,是小诗人超人的想象力的充分展示。常识在于想象力是一切艺术创造的关键之一,可以说没有丰富的想象力,是绝难进行艺术创造的。十七岁的胡雪在《广寒行》里所展现的想象天赋，令我惊诧到惊叹了，且不说天才之类。另外，这首长达五十多句的七言诗，文字意蕴生动，工整，更在典雅，尤为难得达到的一种艺术境界，却是一个十七岁的小诗人创造出来的。

这篇短文只涉及这本诗集里的古体诗，谈了我的一两点欣赏感受，其中的几首新诗尚未涉及，发觉短文已经不短了，当即刹住，对于同样有话可说的新诗，留下余地，待后再品读。至于胡雪用英文写的诗，对于我这个至今连"OK"都不会说的人来说，只能是"望洋兴叹"了。

2009年11月24日 二府庄

用生命的体验思考生命的价值

——《死囚牢里的陪号》序

我和剑铭相识相交几十年了,我俩既不是热爱到扎堆结伙,也不是互相提携你捧我吹。几十年过来,剑铭大约有两篇写到我们逸事的千字短文;我也只有一封对他作品点评的书信。然而我心里有个剑铭,或者说剑铭实实在在存储在我心里,遇着机会见面,握一把手就觉得很坦然了。剑铭小我两岁,如今也早已过了花甲之年。可我心里却始终萦绕着一个小小的核儿,就是温情,就是友谊。

《死囚牢里的陪号》这部书,剑铭给我,起初我不想看。原因是几年前我曾读过老作家从维熙的一本书《走进混沌》,是写作者被打成右派,在劳改场接受改造期间的生活,阅读起来很痛苦,那种生活简直是惨不忍睹……从那以后我就下定决心,今后凡是写监狱劳改生活的作品,就不看了!为啥?痛苦不堪,不忍卒读!我知道剑铭这部书写的是啥,所以我也不准备读这书。和剑铭相交大半辈子,对他的遭遇我也知道,他那个案子我也比较清楚。很荒唐,荒唐到了让人无言,无话可说。剑铭出狱后我们无数次见面,我在他面前基本不提这件事……剑铭中途曾给我打过电话,问我看了没。我还是不想看。直到最近我才开始读,而且读得很认真,当然也很痛苦。

作品主要写的是他蒙冤入狱,又被派到死囚牢当"陪号"的经历。在那个社会最不堪的环境里,面对形形色色的案件,与那些最不堪的人日夜厮守，剑铭面对的这一切真令人惨不忍睹！剑铭这么一位作家、一位名记者，被抛入这样一种最不堪的环境里却能坦然处之，我对剑铭适应生存环境的能力深感敬佩！我觉得最重要的是剑铭的冷静与清醒，他既把这些人当作死囚犯人，又把他们看作生命走向最不堪的境地的人来对待，以作家的良知来理解或者叫剖析他们走向不堪的心灵轨迹。书中有一个细节，看到那时我的心都在打战——几个十八九岁的孩子，明知道自己明天就要被拉出去枪毙，晚上，他们还在打扑克，而且打得很认真，谁出错了牌还要遭到"对家"的指责……哎呀！这究竟是怎样一种心态啊？

这时我才忽然认识到我过去不大注意的，一个对我们的社会、对人的命运有着重大思考的徐剑铭。他在那种最不堪的环境中，自己又身负奇冤，却在对生命、对社会进行着深度的思考；而正是因为这种思考源自作者血泪交织的生命体验，有着令人震撼的真实，才使这部书有了更深的更重要的价值。而这部书的出版，不仅要对它的文学艺术价值做出评价，更重要的是，它为社会提供了一个样本。通过这个样本，我们需要思考的不仅是法律的健全，而且还要思考如何认识我们这个正在发展中艰难前行的社会……我觉得我们的舆论应当有勇气把这本书推出去，让它进入更广泛的社会领域，让那些权力者们看到并引发他们的反思，尤其是让那些对我们的社会发展起到关键作用的人看到这部书。这比我们这些文人在这里空谈要强得多！

这两年，剑铭写的作品很多，读都读不过来。听人说，《死囚牢里的陪号》是剑铭作品的顶峰，我要说，且慢！徐剑铭还有《血沃高原》，还有《立马中条》。《立马中条》写得气壮山河……所以我说，剑铭的作品是群峰林立，各有建树！

2009 年 11 月 28 日 西安

精神高蹈之履痕,坚实行走的伴唱

——《黄楼吟》序

电话里得知他又要出版诗集了,我的直觉反应是,他还在写诗。这种反应不算很强烈,却有着个例的非常感受。这本即将出版的诗集应该是他的第三本诗集了,可见他以古体诗为主的创作一直伴随着他的人生步履,并没有因为生活角色的变化社会职位的升迁和肩头承载的加重而泯灭了他的诗兴和诗情。或者用我独自的理解来说,无论他承担的社会职务的责任怎样不断加负,那一根对文学敏感的神经不仅没有疲惫,诗兴诗情依然汹涌,在我的感知里就觉得难得而又可贵了。我同时也意识到一个基本的事实,这个诗兴诗情不断迸发有如潮涌的诗人,却在任何报刊上几乎看不到他的诗歌发表。以我粗略的印象,单是本省就有至少三种专门刊发古体诗词的杂志,其他综合类杂志和报纸也时常可见古体诗词作品,却难得一见孟建国的名字。我便自然地想到,这是一个低调处事不事张扬的人;也印证了他关于诗歌创作的一贯不渝的初衷,即随时把生活的触发和感动凝结成诗诉诸文字留存下来。几乎类近日记,留下人生情感和心理以及精神世界的浪花点滴;倒不在乎发表,自然也无意于要奔某种诗歌创作的艺术境界,确凿是一种情感和精神的抒发和表述,这大约应该是诗歌这种艺术最原始也最本真的创作因由了。依着这种完全排除了功利目的的诗歌创作,其情感的真实和精神境界的表述,当是可靠的,可资信赖的,也足以洞察一个人真实、丰富而又鲜活的内心世界,一个独立秉性的这一个人便跃然纸上。

这个独立品相的孟建国,我在六七年前就领略到了,是在赏读他的第二部诗集《风雨尘声》时形成的。这是确凿的事,在此之前我和他几乎没有私交,只是在公务活动中认识又有几次碰面,匆匆间只留着浮表的印象。及至读过《风雨尘声》,一个独立禀赋独立个性的人便呈现在我的眼前。他的生活角色是关中一个县的主要负责人,一个县的经济发展的快或慢,完全在于他的思路他的决策和实干的举措,所谓执政能力。还有一个不容忽视的因素,便是亲民的情感,往往影响着决策的质量和举措的实效。且不论他在市县执政时的政绩,单是他直言不讳表述的那种对乡民的情感,就深深地打动了我,甚至不无震撼。我且举这样几句诗:"农人稍温饱,摊派接踵来……花样何其多,手段何其歪!譬若唐僧肉,争食亦哀哉!"作为一个县的掌事人,孟建国不仅强烈地意识到自己肩负的责任,更难能可贵在他毫不掩饰地发出自律自省的心声:"愧我执县事,止遏力未逮。兹事枉食禄,殷忧常萦怀。"无须细究或赘述他如何尽职尽责又倾心倾力地为乡民减负的举措和政绩了,单是这种伤乡民之所伤痛乡民之所痛的真情柔肠,尤其是未能阻止未能尽快解除乡民负担的自我反省自我责问的精神,已经展示出作为一个县的掌事人所独具个性的精神品格了。我读到这些发自心底溢泛着真实情感的诗句,不仅感知到孟建国的内里,同时也肃然起敬了。

六七年后,我面对孟建国即将付梓的新作诗稿《黄楼吟》的时候,很自然地想到,几经变换工作岗位,及至进入省政府核心部门的孟建国,视野无疑更加开阔了,工作无疑更是千头万绪般的繁杂,能够依旧持续着那种诗性的纯情和激情,我竟生发一种看似无端却也有缘的欣慰,洋溢着诗性情怀的孟建国,才是完整而又丰富的孟建国,也就是我阅读《风雨尘声》印象里一路走来一路吟诵着的孟建国。

触景生情是人类所有不同种族的人共同的感受,多情善感的诗人尤其如此。景自然多指气象万千的自然风物山水奇观,也包括人生情状生活际遇社会万象。单就自然景观而言,面对同一时令里的同一物象(景物),不同的人所发出的情怀情感却差异迥然,甚至相去甚远,显示出的不仅是喜好和兴趣的个性差异,更在襟怀、理想和人生志向的差别,诗人的个性化特征就跃然纸上。即如同一位诗人,不同时段观览同一景物,却生发出不同的感受和体验,可见其此时此地与彼时彼地的不同心境,更可看出其深化了的思想和跃升起来的精神境界。这是我从《黄楼吟》的长诗《华山秋》里感知得到的。古往今来,有多少诗人登临华山,留下各具风采的不朽诗篇,而孟建国在一个秋日登临华山之后,竟然一气呵成近百句五言诗,可谓倾情畅怀,可谓放胆言志,自然见性见情。仅举其中尤见性情的诗句共赏:"岁月催人老,虚名误人深。"无论官场,无论文坛,抑或社会各个场合,都难以躲避名和利的诱惑,实至名归和应获之利自不必说,麻烦恰在一个"虚"字上,不仅误人太深,也造成层出不穷花样翻新的丑事。身处官场的孟建国,能有如此清醒的理性,就令我这个长过他许多岁的人又一次肃然而生敬意了。

"尘海苍茫茫,何处辨浊清?正气未充盈,清流怎洁身?尘嚣滚滚来,江湖水难清。"这些发问的诗句,显然是直指生活世相里的丑恶所造成的混浊,不仅可以看到诗人面对甚嚣尘上的浊流的清醒,更可感知到严词诘问里的正义之声,确凿传达出一种凛然正气。面对这种纷繁且多有混浊的生活世相,诗人不单诘问,而且袒胸亮怀:"胸中存静气,怀抱有清风。谈笑看山水,净心出围城。"这无疑是简洁直白毫不含糊的人生取向。在此,我想强调一点,孟建国胸怀里的"静气"和"清风",不是通常意义上业已多见的"淡泊"或"无争",这些词既含有洁身自好却也有淡出生活无所作为的某些消极情绪;面对生活世相里的纷繁和混浊,孟建国不是淡泊以至淡出,而是卓立其中的凛然和决绝,标示着一个真正共产党人——官员兼诗人——的精神境界和品格操守。《尚书·尧典》有言:"诗言志"。这篇因登临华山而触景生情喷涌而出的激情诗章里,托情而言的人生志向人生追求人格坚守,坦荡而又自如,大约只有在峻峭挺拔的华山上获得寄托才是合情又合理的。

　　孟建国的这种人生志向、情怀和道德,在许多诗篇里都有抒写,佳句迭出。借托一只掠过天空的无名小鸟,顿生出"虽然没有痕迹,飞翔就是充实"。看似平实无奇的诗句,却蕴藏着一种人生可资信赖的生活哲理,"飞翔就是充实"。鸟儿的飞翔可以类比为人类的劳动,富于开创意义的探索性劳动,可以获得人生的充实感,最普通的劳动同样能够获得人生的充实感,恰如哲人所说的"劳动着是幸福的"。幸福的基础首先是充实。这里对充实感的突出性强调和歌颂,正对应着诗人对虚名的鄙视(前文已涉及),一脉相承着作者努力做事不图虚名的人生姿态。还有一首不能不提及的七律《黄楼吟》,是孟建国进入省政府这个令人瞩目的大院之后,审视并确立的做人做事的务实姿态。这个大院里的一座富于历史意蕴的建筑——黄楼,是杨虎城张学良当年策动"西安事变"的遗址,自然有着非同寻常的意义。这首七律《黄楼吟》里有这样两句直抒胸臆的难得的佳句:"任事唯恐辱使命,竭诚总耻问前程。"我读到此诗,明白之所以产生难得的佳句,就在"总耻"这两个字上。一个但凡接手大小事项都要认真做好"唯恐辱使命"的人,对于自身的发展前程,或者直白了说升迁挪移,却是"总耻问"及。谁都大略知道许久以来跑官要官已成为一种社会公害,贿赂买官的丑闻时有暴露,某些人为着升官晋级闹得脸厚心黑。身在黄楼院里的孟建国,却怀着一颗羞怯之心,向来不问自己的"前程"。我便想到二十多年前写过的短篇小说《害羞》,大致也是缘此而发生创作冲动。商品经济运动过程中的趋利追逐,把道德恪守的堤坝冲决摧毁,连其底线的羞耻之心也荡涤了。难得害羞。如果羞耻之心未泯,坚守住做官做人的基本道德操守,也完善着行走在大千世界里的自尊和自信。孟建国的一贯的"总耻",恰是颇可珍贵的又是健康健全的一种心理质地,那些在华山激情吟诵正气凛然的诗章,从这样质地的心怀发出是合理的,也是自然的。

　　上述较多的文字说到孟建国诗中所坦诚直抒的人生真谛,无疑是读者的我最为动心并生发敬重的情感。其实,这部《黄楼吟》诗集里,展示着孟建国多姿多彩的生活,丰富的情感,多重的情趣,甚至不乏令我哑然生笑的诙谐幽默。许是工作的机遇,孟建国走遍中国,也走过不少国家,中国的和异域的文物古迹和名山大川,都能在一瞥间吟诵出或长或短的诗词来,其文学神经之敏感可见一斑。尤其令我感兴趣的是,对行车途中匆匆一览的景致,或是走过异国街头的市井见闻,都能描绘出生动的别一番风景和风情。随意举一首《印度见闻》:"都市繁华牛横行,信步大街若闲庭……妻子负重纱丽卷,丈夫沽酒绅士风……"牛可以在繁华闹市信步游走,当为世界奇闻异景,且不说妻子负重丈夫自在饮酒的风情。孟诗人描绘得栩栩如生,读者我也顿生情趣。再如诗人至埃及的卢索克帝王谷时,这个埋葬着古埃及六十二位帝王的谷地里的景象,大笔略过,最末两句竟勾出一幅现实生活图景:"游客如鲫接踵来,土人顽石也卖钱。"神圣的帝王陵墓区里,对当今的埃及老百姓而言,不过是一个难得赚钱过日子的好地方,以至"土人顽石也卖钱"。这些生动的异国生活情趣的勾画,有如速写,信笔拈来,可见诗人的性情。还有《登里约耶稣山》,看到万众朝拜的巴西里约热内卢北侧的耶稣山上的巨大的耶稣雕像,诗的末尾发出道破真谛的净净实话:"倘使不存良善愿,信耶信佛皆枉然。"我读到这末尾一句,竟忍俊不禁击掌称妙叫绝。关中民间有谚语:"嘴里念佛哩,心里咥活哩。""咥活"这个乡村方言,多指谋划或下手干坏事。这是嘲讽那些把佛挂在嘴上当作招摇幌子,心里却想着干坏事的人;也泛指那些唱着高调说着漂亮话却常干丑事的言行不一的两面人。几大宗教的共通一点,就是教人向善。孟建国的诗句和民间广泛流传的谚语互为印证,可见民声和孟声审美判断之一致。我之所以忍不住击掌叫绝,自然也是一种心理应和。

《黄楼吟》诗集里收入不少写给具体人的诗篇,有的标明对象人名,有的用英文字母标示某君。从诗的字里词间,约略可以猜测是同学、同事、朋友等等。这些写给他们的诗,有对友情的珍视,有对写作对象品格的赞美,更有对其纯情的寄语。如果要找共同点,我能感到的是孟建国的真诚和真情,没有夸张之词,更无矫情虚意,对所有有名姓的和所有"某君",都是推心置腹的纯情凝结的诗句,尤可见他处世待人的本真质地。二〇〇四年春节写的《致J君》七绝:"借得春风几缕情,送与先生入年珍。诸事参透天地大,岁岁除夕听炮声。"友人友情的感动和感悟,细密柔情里的旷达和率性,跃然字里行间。这些写给友人的诗篇,往往是几笔便勾勒出对方的典型特征,足见诗人笔底之功力不凡。

说到笔底功夫,孟建国的《黄楼吟》确凿令我惊叹。且以《华山秋》这篇篇幅很长的五言诗来说,尤可见出非同寻常。诗人秋日登上华山,且不论借景畅怀的豪壮与浪漫,单是以"秋"字为句首的排比诗句,竟然多达三十四句,真可谓写尽了华山秋日的万千景象,读来令人目不暇接又美不胜收。秋阳秋声秋水秋风秋云秋空秋雨秋树等等,却不是单纯地写景状物,而是每一幅秋景都直接对应着诗人的情感:"秋阳迎我笑,秋声为我鸣。秋水涤我眼,秋风吹我胸。秋云绕我起,秋空明我心。秋石沥我胆,秋雨洗我尘……"及至"秋歌我吟诵,秋诗我赠朋"。华山秋景里的诗人孟建国,一路走来,敞开胸襟,又放纵情思,恣意汪洋,把自己的肉身和情感都托寄于华山山水,而且和金秋里的华山的一峰一石一片阳光一缕清风一掬秋水一树秋叶融为一体,物我互衬互托互寄了。这里不仅让我见到孟诗人浪漫畅达的心灵，也看到诗歌创造的绝佳意境，已不单是笔底功力的深或浅了，而是一个高蹈的精神情怀与泛溢而出的诗性魂魄的完美结晶。

一个从少年时期便立志报效祖国和人民的乡村少年，一路走来，坚守着自己的人生价值和人生抱负以及道德；同时又是洋溢着诗性激情的诗人，从少年至当下，一路吟诵。我便猜想，诗歌既是他人生脚步的履痕，又是激发他新的步调的昂扬进行曲，也是他不断完成精神剥离的催化剂，还应是陶冶性情完善道德的一渠清流。

但愿……更完全相信，诗性激情一如既往在你心中洋溢，成为坚实行走的脚步的伴唱。

2009 年 12 月 10 日 二府庄

难得豪情又柔肠

——《贺兰踏阙》序

初识申宝峰,他自报家门是临潼人,距离和陌生感顿时便消弭了大半,在于同属西安东路的乡党。尽管不属同一区或县的辖地,却是地理位置上抬头可见的邻区邻居。我家是在灞桥区东头的一个小村庄,门前横着自东向西倒流着的灞河,河的北岸便是骊山的南麓,我们村子的人便通称其为北岭。每天清晨拉开街门,第一眼瞅见的便是北岭——骊山。北岭顶上往北便属临潼。北岭顶上仍保存着周幽王戏诸侯失丢江山的烽火台,岭下温泉有闻名古今的杨贵妃洗浴的贵妃池,还有"西安事变"发生时蒋介石跳窗出逃的房子,以及隐蔽的山洞,更有被誉为世界八大奇迹的秦兵马俑坑。申宝峰和我算得乡党。尽管古人说"秦人不党",乡党不是结党,便不会私营,而是同乡的关中说法,乡党就是同乡。同乡便有了心理上的亲近和温热。

这是一位令我感到自豪和骄傲的乡党。

他生来就是难得的聪明天资,记忆力惊人,小小年纪就通篇背诵了当时流行的《毛主席语录》,读小学和中学成绩优异,颇为挑梢出众,甚得乡里赞誉。不幸在于他成人亦成才的年代,是一个普遍贫穷又多动乱的社会大背景,尤其是"文革",把多少富于天资的城市和乡村的青少年耽误了;有幸在于他的顽强个性,于贫穷和灾难中顽强奋斗,争取到接受中等专业学校教育的良好机会,尽管不及高等院校,却毕竟比无以数计的城乡失学青年幸运多了。

我之所以感到为他骄傲和自豪,更在他后天的奋斗精神。一个只接受过中等专业技术教育的乡村青年,进入工厂也进入社会,从一个普通的技术员做起,直到被推上一个国家电力大厂的厂长,这中间经历了十四年,自然可以想象十四年里的多少个难眠也难忘的日日夜夜。尤其是起初的动因,当他听到位于毛乌素大沙漠边缘的贺兰山山口的新建电厂需要技术人才的时候,毅然举家从西安来到不毛之地的荒漠,奉献智慧也奉献青春。在他当厂长的时候,这个电厂荣获西北地区首家"一流火力发电厂"的称号。他随后奉调回陕西一家电厂。短短几年,不仅使这个电厂扭转亏损,而且走上发达的繁荣之路。两个电厂的实践,见证着一个人的能力、魄力,还有事业心,自然不可缺失道德,这是凝聚人心、焕发超常智慧的基本因素。

申宝峰既是一位实干家,同时也是一位富于诗性的感情丰富的人。他在倾力实干成就电力生产的同时,时时涨溢着诗潮,信手写来,可见胸怀,也可见性情。诗词产生于他干成某件重大工程之后的壮怀激情,又不局限于眼前的厂房围墙,中国举办奥运盛事,还有汶川地震,都引发他的诗兴,倾情里可感知豪情和伤情,更有儿孙兄弟之间的一缕柔情,都入得诗词韵里,让我看到也感到豪情和柔情的丰富和鲜活。仅示《金缕曲·祭兄长》里情真意切的词句:

　　仰首望,问天庭,几时哥还乡?
　　清角吹寒南行雁,菩萨难了心愿?

这位干着实业的申宝峰,不仅有一副诗性质地的襟怀,还有不俗的古体诗词的修养。他写了一组散文,更为率性,文字修辞也见功夫。我便不由得做另一番猜想,此人如果不干实业,而是有缘搭上文学创作的顺车,成为一个卓有建树的作家或诗人,也完全可能。

借申宝峰文集《贺兰踏阙》出版,赘言如上,以示祝贺,但愿人长久,文心诗心亦长久。

2009 年 12 月 15 日　二府庄

寻找属于自己的句子

——《白鹿原》创作手记

一　意料不及的写作欲念

　　至今确凿无疑地记得，是中篇小说《蓝袍先生》的写作，引发出长篇小说《白鹿原》的创作欲念的。

　　这部后来写到八万字的小说是我用心着意颇为得意的一次探索。是写一个人的悲喜命运的。这个人脱下象征着封建桎梏的蓝袍，换上象征着获得精神解放和新生的列宁装，再到被囚禁在极左的心理牢笼之中，他的心理结构形态的几次颠覆和平衡过程中的欢乐和痛苦，以此来探寻这一代人的人生追求生存向往和实际所经历的艰难历程。在作为小说主要人物蓝袍先生出台亮相的千把字序幕之后，我的笔刚刚触及他生存的古老的南原，尤其是当笔尖撞开徐家镂刻着"读耕传家"的青砖门楼下的两扇黑漆木门的时候，我的心里瞬间发生了一阵惊悚的战栗，那是一方幽深难透的宅第。也就在这一瞬，我的生活记忆的门板也同时打开，连自己都惊讶有这样丰厚的尚未触摸过的库存。徐家砖门楼里的宅院，和我陈旧而又生动的记忆若叠若离。我那时就顿生遗憾，构思里已成雏形的蓝袍先生，基本用不上这个宅第和我记忆仓库里的大多数存货，需得一部较大规模的小说充分展示这个青砖门楼里几代人的生活故事……长篇小说创作的欲念，竟然是在这种不经意的状态下发生了。

　　这确实是一次毫无准备甚至可以说是不经意间发生的写作欲望。

这是一九八五年的秋天。按我当时的写作状态,正对中篇小说的多种结构形式兴趣正浓,短篇小说也还在写,只是舍不得丢弃适宜写作短篇的题材,而更重的用心已经无可逆转地偏向于中篇小说的谋划。我写中篇小说较之短篇写作只明确了一点,即每一部中篇小说都必须找到一个各个不同——起码区别于自己此前各篇的结构形式,而短篇写作几乎是随心所欲。这一次的《蓝袍先生》,不着重故事情节,以人物生命轨迹中的生活琐事来展示人物,当然不是那些无足轻重的扯淡事儿,而努力寻找有心理冲击力的细梢末节。我当时想通过各种不同的中篇小说结构,来练习写作的基本功力,似乎还不是很明确地为未来的长篇写作做准备。可以确定地说,我在一九八五年夏天以前,把长篇写作尚作为较为遥远的事。主要的一点,在我对写作的意识里,长篇小说是一种令人畏怯的太大的事,几乎是可望而不敢想的事。我想唯一能使我形成这种敬畏心理的因由,是过去对诸多优秀长篇包括世界名著阅读造成的畏怯心理。我此时写中篇小说正写到热处,也正写到顺手时,我想到至少应该写过十个中篇小说,写作的基本功才可能练得有点眉目。

仅仅在此之前的一个月,我和陕西刚刚跃上文坛的一批青年作家参加过一次别出心裁的笔会,名曰"陕西长篇小说创作促进会"。连续两届"茅盾文学奖"评奖组织部门要求各省推荐参评作品,陕西省都推荐不出一部长篇小说,不是挑选过于严厉,而是截止到一九八五年夏天,陕西新老作家尚无一部长篇小说创作出版(一九七八年文艺复兴以来)。当时以胡采为首的作协领导核心引发重视,开会研究讨论,对陕西新冒出的青年作家的创作状况认真分析,结论是:起码有一部分人的艺术修养和思想能力已达到长篇写作的火候,可以考虑进入长篇小说创作,需要"促进"一下。于是便很认真地策划和筹备了这次会议,在延安和榆林两地连续举办。我参加了这次会议,有几位朋友当场就表态要写长篇小说了。确定无疑的是,路遥在这次会议结束之后没有回西安,留在延安坐下来起草《平凡的世界》第一部。实际上路遥早在此前一年就默默地做着这部长篇小说写作的准备了。我在会议上有一个很短却很明确的表态发言,尚无长篇小说写作的丝毫准备,什么时候发生长篇写作的欲望,没有任何考虑。我这次到陕北,除了想聆听各位朋友的意见,还偏重于想看陕北榆林的毛乌素沙漠。我还没见过真正的沙漠。当我和同辈作家朋友在大沙漠上打滚,才发现那里的沙子不仅不给人沾尘土,还把我布鞋上从黄土路上带来的黄土吸附得一丝不剩了。我登上残存的古长城"镇北台"的殿楼,一望无际的草原,匈奴和蒙古人的铁蹄在眼前如骤风般卷来……无论如何料想不到,当关中的酷热稍有转机,秋天的凉意在清晨和夜晚发生了,我坐下来写《蓝袍先生》这部蓄意已久的中篇小说时,却撞击出长篇小说的欲念,几乎把自己都吓了一跳。

尤其是写到第三章"萌动的邪念"时,蓝袍先生与杨龟年家寡居的年轻儿媳在学堂和村巷有三次邂逅,为这个女人的美貌所惊扰,邪念刚萌而未生,就被父亲察觉了,遭遇到严厉的绝不留情面的训示。我意识到这个门楼里的故事不会因一场训示而了结,还会更热闹更富戏剧性地演绎下去。然而这些故事已不属于蓝袍先生。《蓝袍先生》仍按原先的构想耐心地写下去,长篇创作的契机就在此时确定下来。蓝袍先生刚刚萌动的邪念被父亲掐灭杜绝了,我的长篇小说创作的欲念却在此时确立。

我自然最清楚不过,这个长篇小说尚无任何一个具体的影像。如果要找最初的影像,就是原上一幢镂嵌着"读耕传家"的四合院的门楼,我想探知这门楼里神秘的故事。我也清楚不过,这个长篇小说不仅不是中篇小说的写作,更不是一般线条较单的长篇的写作,况且如前述的我对长篇小说写作的那种畏怯,都使我以一种"急不得"的心态来处理这个欲念。事实上,我在写完《蓝袍先生》之后做短暂休整时,从一家报纸上看到一个乡村女人创办养鸡场的事迹报道,竟十分激动,冒着关中数九后的严寒,搭乘汽车几经打问找到户县一个苹果园里,见到了这位女性。令我感兴趣的是她的不甘囚禁屋院的开创型性格,更令我震惊的是红火的养鸡场破产的过程,不是经营的失措,也不是市场动荡导致的经营的亏损,而是家族利益致成的无可挽救的破败。我那时候正关注着乡村世界的变化。我写了约五千字的报告文学,随之又写了八万字的中篇小说《四妹子》。我已从生活原型的正宗关中腹地女人身上跳脱出来,写了一个陕北女子。我想探究不同地域人的文化心理结构,相处时引发的关于生活和亲情的冲突。

《四妹子》是一九八六年的八月写成的。这一年的春节过后,我苦心筹备了三年的新房动工开挖地基。我在近一个月的盖新房的劳动中,常常想到高晓声的小说人物李顺大,他造起新屋的艰难和欢乐,与我的感受几乎一致。我在把工匠送出门的第二天,便迫不及待地背起挎包,蹚过家门前的灞河,四月的春水还有点刺骨的感觉,再穿过对岸的村庄,到公路上搭乘通蓝田县城的班车。左边是骊山的南坡,右边是白鹿原的北坡,中间是一道狭窄的川道。灞河从东往西流过去,一个个或大或小的村庄坐落在灞河两岸。我乘坐的公共汽车还是那种最简易设备的老公交车,所幸有一个右首靠窗的空位。我临窗而坐,第一次以一种连自己也说不准要干什么的眼光瞅住了白鹿原的北坡。坡地上的杂树已披上绿叶。麦苗正呈现出抽穗前的旺势。间杂着一坨一坨一溜一溜金黄的油菜花。荒坡上的野草正从陈年的枯干灰黑的蒙盖里呈现出勃勃的绿色。历经风雨剥蚀,这座古原的北坡被冲刷成大沟小沟。大沟和大沟之间的台地和沟梁,毫无遮蔽地展示在我的眼前,任我观瞻任我阅览。我在沉迷里竟看出天然雕像,有的像奔突的雄狮,有的像平滑的鸽子,有的像凶残暴戾的鳄鱼,有的像醉卧的老牛……我此前不知多少回看见过这些景象,而且行走其中,推车挑担或骑自行车不知有几十几回了,春草夏风秋雨冬雪里的原坡和河川,在我早已司空见惯到毫不在意,现在在我眼里顿然鲜活起来生动起来,乃至陌生起来神秘起来。一个最直截的问题旋在我的心里,且不说太远,在我之前的两代或三代人,在这个原上以怎样的社会秩序生活着?他们和他们的子孙经历过怎样的生活变化中的喜悦和灾难……以这样的心理和眼光重新阅读这座古原的时候,我发现这沉寂的原坡不单在我心里发生响动,而且弥漫着神秘的诗意。

我住进供销社办的一家旅馆,八元一晚的住宿费是全县的最高标准,也是全县最豪华的旅馆,至今我都不忘当时的作家协会领导为我提供的资金支持。我立即询问有关蓝田县历史资料保存在什么部门,以及借阅需得经过什么手续……

二　卡彭铁尔的到来，和田小娥的跃现

促使我这回到蓝田查阅资料的举动，大约有两个因素，一是如前所述，因为无意间瞅见蓝袍先生家那幢门楼里幽深的气氛，所引发的长篇小说写作的欲念，并因此而直接意识到我对生活了知的浮泛。长久以来，我很清醒，因为没有机会接受高等文科教育，所得的文学知识均是自学的，也就难以避免零碎和残缺，再加之改革开放前十七年的极左文艺政策所造成的封闭和局限，我既缺乏系统坚实的文学理论基础，也受限制而未能见识阅览更广泛的文学作品。新时期以来，偏重于这方面的阅读和补缺就是很自觉也很自然的事了。至于对生活的了解和体验，我向来是比较自信的。我生在农村长在农村。我在解放后的一九五〇年入学识字。我看见过邻近的东西两个村子斗地主分田产的场面，我们村里没有一户够划地主成分的人家。我亲眼看着父亲把自家养的一头刚生过牛犊的黄牛，拉到刚刚成立的农业生产合作社的大槽上。到合作社变公社吃大锅饭的时候，我亲身经历过从公社食堂打回的饭由稠变稀由多变少直到饿肚子的全过程。我由学校高考名落孙山回到村子，进入一个由三个小村合办的初级小学做民办教师，另一位是年近六旬的老教师。学校设在两个村子之间的平台上，两个人合用的办公室，是一幢拆除了不知哪路神灵泥像的小庙。教室旁边是生产队的打麦场。社员出工上地下工回家经过教室门口，嬉笑声议论声和骂架声常常传进教室。后来我调

入公社办的农业中学,校址也在一个村庄的前头,四周是生产队的耕地,我看着男女社员秋天播种麦子夏天收割麦子、播种苞谷再到掰(折)苞谷棒子的整个劳动过程。再后来我被借用到公社帮助工作,又调动到公社当干部,整整十年。十年里,我把公社大小三十多个村庄不知走过多少回,其中在几个村庄下乡驻队多至半年,男女老少都叫得出名字,谁家的公婆关系和睦与否都知晓。直到我最后驻到渭河边一个公社,看着农民把集体畜栏槽头的牛骡拉回家去饲养,把生产队大块耕地分割成一条一块,再插上写着男人或女人名字的木牌,便意识到我在公社十年努力巩固发展的人民公社制度彻底瓦解了。

我对乡村生活的自信,不仅在于生长于兹,不仅是看着我的父亲怎样把黄牛归集体,而且我是作为最基层的一级行政管理干部,整整在其中干了十年,又把土地和牲畜分到一家一户。我不是旁观者的观察体验,而是实际参与者亲历的体验。我崇拜且敬重的前辈作家柳青,他在离我不过几十华里远的终南山下体验生活,连同写作《创业史》历时十四年,成为至今依然着的一种榜样。我相信我对乡村生活的熟悉和储存的故事,起码不差柳青多少。我以为差别是在对乡村社会生活的理解和开掘的深度上,还有艺术表述的能力。恰是在蓝袍先生家门楼下的一瞅一瞥,让我顿然意识到对乡村社会的浮泛和肤浅,尤其是作为标志的一九四九年以前的乡村,我得进入一九四九年以前已经作为历史的家乡,我要了解那个时代乡村生活的形态和秩序。我对拥有生活的自信被打破了。

大约在这一时段,我在《世界文学》上读到魔幻现实主义的开山之作《人间王国》,这部不太长的长篇小说我读得迷迷糊糊,却对介绍作者卡彭铁尔创作道路的文章如获至宝。《百年孤独》和马尔克斯正风行中国文坛。我在此前已读过《百年孤独》,却不大清楚魔幻现实主义兴起和形成影响的渊源来路。卡彭铁尔艺术探索和追求的传奇性经历,使我震惊更使我得到启示和教益。拉美地区当时尚无真正意义上的文学,许多年轻作家所能学习和仿效的也是欧洲文学,尤其是刚刚兴起的现代派文艺,卡彭铁尔专程到法国定居下来,学习现代派文学开始自己的创作,几年之后,虽然创作了一些现代派小说,却几乎无声无响,引不起任何人的注意。他失望至极时决定回国,离开法国时留下一句失望而又决绝的话:在现代派的旗帜下容不得我。我读到这里时忍不住"噢哟"了一声。我当时还在认真阅读多种流派的作品。我尽管不想成为完全的现代派,却总想着可以借鉴某些乃至一两点艺术手法。卡彭铁尔的宣言让我明白一点,现代派文学不可能适合所有作家。更富于启示意义的是卡彭铁尔之后的非凡举动,他回到故国古巴之后,当即去了海地。选择海地的唯一理由,那是在拉美地区唯一保存着纯粹黑人移民的国家。他要"寻根",寻拉美移民历史的根。这个仍然保持着纯粹非洲移民子孙的海地,他一蹲一深入就是几年,随之写出了一部《人间王国》。这是第一部令欧美文坛惊讶的拉丁美洲的长篇小说,惊讶到瞠目结舌,竟然找不到一个合适的词汇来给这种小说命名,即欧美现有的文学流派的称谓都把《人间王国》框不进去,后来终于有理论家给它想出"神奇现实主义"的称谓。《人间王国》在拉美地区文坛引发的震撼自不待言,被公认为是该地区现代文学的开山之作奠基之作,一批和卡彭铁尔一样徜徉在欧洲现代派光环下的拉美作家,纷纷把眼睛转向自己生存的土地。许多年后,拉美成长起一批影响欧美也波及世界的作家群体,世界文坛也找到一个更恰当的概括他们艺术共性的名词——魔幻现实主义,取代了神奇现实主义……我在卡彭铁尔富于开创意义的行程面前震惊了,首先是对拥有生活的那种自信的局限被彻底打碎,我必须立即了解我生活着的土地的昨天。

我顿然意识到连自己生活的村庄近百年演变的历史都搞不清脉络,这个纯陈姓聚居只有两户郑姓却没有一户蒋姓的村庄为什么叫作蒋村。我的村子紧紧依偎着的白鹿原,至少在近代以来发生过怎样的演变,且不管两千多年前的刘邦屯兵灞上(即白鹿原)和唐代诸多诗人或行吟或隐居的太过久远的逸事。我生活的渭河流域的关中,经过周秦汉唐这些大的王朝统治中心的古长安,到封建制度崩溃民主革命兴起的上个世纪之初,他们遗落在这块土地上的,难道只有鉴古价值的那些陶人陶马陶瓶陶罐,而传承给这儿男人女人精神和心理上的是什么……我不仅打破了盲目的自信,甚至当即产生了认知太晚的懊悔心情,这个村庄比较有议事能力的几位老者都去世了,尤其是我的父亲,他能阅读古典小说也写得一手不错的毛笔字,对陈姓村庄的渊源是了解得最多的人之一;至于我们家族这一门更是如数家珍,我年轻时常不在意他说那些陈年旧事和老祖宗的七长八短的人生故事。父亲已谢世了。我既想了解自己的村子,也想了解原上那些稠如爪蔓叶子的村庄,更想了解关中。经过一番认真的考虑,我选择了蓝田、长安和咸宁三个县作为了解对象,因由只出于一点,这三个县包围着西安。咸宁县号称陕西第一邑,曾是我的家乡隶属的县,辛亥革命完成后撤销又合并到长安县了。正是西安四周的这三个县,当是古长安作为政治经济中心辐射和影响最直接的地区,自然也应该是关中最具代表性的地区了。我首先走进蓝田,当我打开蓝田县志第一卷的目录时,我的第一感觉是打开了一个县的《史记》,又是一方县域的百科全书。县志上分类着历史沿革,县域划界的伸缩变化(咸宁和长安多所变更名称,唯独蓝田自秦设县以后一直沿用到现在);山川河流平原坡岭沟峪谷地,不仅有文字叙述,而且有图示;历代的县官名称简历和重要政绩,典型的三两位在调任离开时,沿路百姓蜂拥送行,跪拜拦轿者呼声震野;记载着蓝田地域自古以来的名人,最响亮的是宋朝的吕氏四兄弟,先后都考中状元,都有文集著作,其中吕大临创造的哲学"合二而一"论,被杨献珍在上世纪六十年代初发掘出来,遭到毛泽东点名批评,形成一次关于"合二而一"与"一分为二"的哲学大辩论大批判运动。其时我刚刚从学校进入社会,在一所两人为教的初级小学任教,按上级指示,全乡(公社)的中小学教师开过专题批判会。我久久地注视着绵薄发黄到几乎经不起翻揭的纸页,一种愧疚使我无言,我在对"合二而一"和"一分为二"几乎无知的情况下也做过"表态"发言,现在近距离面对这位尊贵的哲学家乡党的时候,领受到真正的学问家对浅薄的讽刺,也领会到人类从哲学角度认识世界的漫长和艰难。这些县志还记载着本地曾经发生过的种种灾难,战乱地震瘟疫大旱奇寒洪水冰雹黑霜蝗虫等等,造成的灾难和死亡的人数,那些数以百万计的受害受难者的幽灵浮泛在纸页字行之间,尤其是看到几本"贞妇烈女"卷时,我意料不到的事发生了。

一部二十多卷的县志,竟然有四五个卷本,用来记录本县有文字记载以来的贞妇烈女的事迹或名字,不仅令我惊讶,更意识到贞节的崇高和沉重。我打开该卷第一页,看到记述着××村××氏,十五六岁出嫁到×家,隔一两年生子,不幸丧夫,抚养孩子成人,侍奉公婆,守节守志,直到终了,族人亲友感念其高风亮节,送烫金大匾牌一幅悬挂于门首。整本记载着的不同村庄不同姓氏的榜样妇女,事迹大同小异,宗旨都是坚定不移地守寡,我看过几例之后就了无兴味了。及至后几本,只记着××村××氏,连一句守节守志的事迹也没有,甚至连这位苦守一生活寡的女人的真实名字也没有,我很自然地合上志本推开不看了。就在挪开它的一阵儿,我的心里似乎颤抖了一下,这些女人用她们活泼的生命,坚守着道德规章里专门给她们设置的"志"和"节"的条律,曾经经历过怎样漫长的残酷的煎熬,才换取了在县志上几厘米长的位置,可悲的是任谁恐怕都难得有读完那几本枯燥姓氏的耐心。我在那一瞬有了一种逆反的心理举动,重新把"贞妇烈女"卷搬到面前,一页一页翻开,读响每一个守贞节女人的复姓姓氏——丈夫姓前本人姓后排成××氏,为她们行一个注目礼,或者说挽歌,如果她们灵息尚存,当会感知一位作家在许多许多年后替她们叹惋。我在密密麻麻的姓氏的阅览过程里头晕眼花,竟然产生了一种完全相背乃至恶毒的意念,田小娥的形象就是在这时候浮上我的心里。在彰显封建道德的无以数计的女性榜样的名册里,我首先感到的是最基本的作为女人本性所受到的摧残,便产生了一个纯粹出于人性本能的抗争者叛逆者的人物。这个人物的故事尚无影踪,田小娥的名字也没有设定,但她就在这一瞬跃现在我的心里。我随之想到我在民间听到的不少荡妇淫娃的故事和笑话,虽然上不了县志,却以民间传播的形式跟县志上列排的榜样对抗着……这个后来被我取名田小娥的人物,竟然是这样完全始料不及地萌生了。

我住在蓝田县城里,平心静气地抄录着一切感兴趣的资料,绝大多数东西都没有直接的用处,我仍然兴趣十足地抄写着,竟然有厚厚的一大本,即一个硬皮活页笔记本的每一页纸抄了正面又抄背面,字迹比稿纸上的小说写得还工整。我说不清为什么要摊着工夫抄写这些明知无用的资料,而且显示出少见的耐心和静气,后来似乎意识到心理上的一种需要,需要某种沉浸,某种陈纸旧墨里的咀嚼和领悟,才能进入一种业已成为过去的乡村的氛围,才能感应到一种真实真切的社会秩序的质地。在我幼年亲历过的乡村生活的肤浅印象不仅复活了,而且丰富了。

我在这一年还写着中篇和短篇小说。在查阅县志和写作的间隙里,穿插着对我生活的这个村庄历史的了解。我找了村子里几位是我的爷辈的老汉,向他们递上一支雪茄烟。或在他的家里,或在我的刚刚启用的写作间里,我让他们讲自己所记得的村子里的事,记得什么便讲什么。许是年岁太大记忆丧失,许是耽于种种顾虑,谈得很浅,可以想到不是害怕已经逝去的歪人劣事,而是怕得罪他们活在村子里的后人。然而也不是没有收获,我和近门的一位爷爷交谈时,把范围缩小到他和我的这个陈姓的门族里。他约略记得也是从老人嘴里传下来的家族简史,这个门族的最早一位祖先,是一个很能干的人,在他手上,先盖起了这个陈姓聚居的村庄里的第一个四合院,积累囤攒了几年,又紧贴在西边建起了第二个四合院,他的两个儿子各据一个,后来就成为东门和西门。我是东门子孙无疑。到我略知火烫冰寒的年纪,我的东门里居住着两位叔父和我的父亲。西门人丁更为兴旺,那个四合院已经成为名副其实的八家院,这位说话的爷就是西门的。东门西门后来再未出现过太会经营治家的人,因为后人都聚居在这两个四合院里,没有再添一间新房,也就无人迁出老宅,直到一九四九年解放。我在弄清家族的粗略脉络之后,这位爷爷随意说出的又一个人令我心头一颤。他说他见过我的曾祖父,个子很高,腰杆儿总是挺得又端又直,从村子里走过去,那些在街巷里在门楼下袒胸露怀给孩子喂奶的女人,全都吓得跑回自家或就近躲进村人的院门里头去了。我听到这个他描述的形象和细节,是一种无以名状的激动和难以抑制的兴奋。此前我已经开始酝酿构想着的一位族长的尚属模糊平面的影像,顿时就注入了活力也呈现出质感,一下子就在我构想的白鹿村的村巷、祠堂和自家门楼里踏出声响来;这个人的禀赋、气性,几乎在这一刻达到鼻息可感的生动和具体了。也就在这一刻,我从县志上抄录的《乡约》,很自然地就融进这个人的血液,不再是干死的条文,而呈现出生动与鲜活。这部由吕氏兄弟创作的《乡约》,是中国第一部用来教化和规范民众做人修养的系统完整的著作,曾推广到中国南北的乡村。我对族长这个人物写作的信心就在这一刻确立了,至于他的人生际遇和故事,由此开始孕育。骑自行车或散步,吃饭或喝茶,在村长赐给我的二分地上锄草、培土和浇水,或在小院里栽树植花,只要是一个人独处而又不着纸笔的环境里,白嘉轩这个族长的形象就浮现出来,连同他周围的那些他喜欢的敬重的或讨厌的不屑的人,逐渐清晰起来丰满起来,故事也由单线条到网络似的复杂起来,竟有两年多时间,一个怀得过久的胎儿。

我在断断续续的两年时间里,进入近百年前的我的村子,我的白鹿原和我的关中;我不是研究村庄史和地域史,我很清醒而且关注,要尽可能准确地把握那个时代的人的脉象,以及他们的心理结构形态;在不同的心理结构形态中,透视政治的经济的道德的多重架构;更具妙趣的是,原有的结构遭遇新的理念新的价值观冲击的时候,不同心理结构的人会发生怎样的裂变,当是这个或欢乐或痛苦的一次又一次过程,铸成不同人物不同的心灵轨迹,自然就会呈现出各个人物的个性来……我对以西安为中枢神经的关中这块土地的理解初步形成,不是史学家的考证,也不是民俗学家的演绎和阐释,而是纯粹作为我这个生于斯长于斯的一个子民作家的理解和体验。我把这种理解全部融注到各色人物中,几乎在此前(小说写成前)没有做过任何阐述和表白。到一九九〇年初,在中断了半年写作,而重新进入写作氛围之时,我为我的家乡一本《民间文学集成》作的序文中,第一次比较透彻或直率地袒露了我对关中这块土地的理解和体验——

"作为京畿之地的咸宁,随着一个个封建王朝的兴盛走向自己的历史峰巅,自然也不可避免随着一个个王朝的垮台而跌进衰败的谷底;一次又一次王朝更迭,一次又一次老帝驾崩新帝登基,这块京畿之地有幸反复沐浴真龙天子们的徽光,也难免承受王朝末日的悲凉。难以成记的封建王朝的封建帝君们无论谁个贤明谁个残暴,却无一不是企图江山永铸万寿无疆,无一不是首当在他们宫墙周围造就一代又一代忠勇礼仪之民,所谓京门脸面。封建文化封建文明与皇族贵妃们的胭脂水洗脸水一起排泄到宫墙外的土地上,这块土地既接受文明也容纳污浊。缓慢的历史演进中,封建思想封建文化封建道德衍化成为乡约族规家法民俗,渗透到每一个乡社每一个村庄每一个家族,渗透进一代又一代平民的血液,形成一方地域上的人的特有文化心理结构。在严过刑法繁似鬃毛的乡约族规家法的桎梏之下,岂容那个敢于肆无忌惮地呼哥唤妹倾吐爱死爱活的情爱呢? 即使有某个情种冒天下之大不韪而唱出一首赤裸裸的恋歌,不得流传便会被掐死;何况禁锢了的心灵,怕是极难产生那种如远山僻壤的赤裸裸的情歌的。"

这应该是我正在写作《白鹿原》时的最真实的思绪的袒露。我的白嘉轩、朱先生、鹿子霖、田小娥、黑娃以及白孝文等人物,就生活在这样一块土地上,得意着或又失意了,欢笑了旋即又痛不欲生了,刚站起来快活地走过几步又闪跌下去了……

三　枕头，垫棺作枕

我到长安县查阅县志和党史文史资料的时候，正是暑热的八月。同在蓝田县一样，只有供销社开办的唯一一家旅馆，而且客住已满，只有一个套间空着，日租金十二元。我尚未反应过来，协助我来住店的当地一位作家朋友扭过头就朝门外走去。我以为发生了什么事，急忙走出门赶上他，尚不及我问，他就气嘟嘟地说，啥房子吗就要十二块，杀人哩！我放心了，原猜疑他是不是遇见什么不友好的人哩，却是嫌房价太高。其实，我也觉得房价高，还想再交涉一下，能否调出一间普通单间来，不料他比我还倔。他便领我到紧贴着县城的乡村，说那里有农民开办的家庭旅社，很便宜。走过大街进入一个村子，再走进挂着写有旅舍二字的一个农家院子，在主人引领下上了一幢简易单面二层楼，楼梯是用粗钢棍焊接而成的，房间有木板床和一张桌子，还有脸盆和热水瓶，倒也可以，我在自家屋里也就是这几样必备的东西，价位每天只收两元钱。就在我要放下背包准备下榻于此的时刻，突然想到夜晚如厕的问题。主人指着楼下院子拐角的一个小厕所。我顿时就打了退堂鼓，我喜欢喝水，晚上往往要起来排泄两次，担心那个钢棍楼梯很可能在睡意蒙眬时踩空，再说从楼上到楼下再到院角那个厕所来回跑一趟，肯定会弄得睡意全消无法再度入眠，且不说安全之类。我便说服我的朋友，重新回到旅馆，住了下来。这是上世纪八十年代中期的住宿消费水准。十年不过，且不说大城市,即使在长安县城,一日收费几百乃至千元的宾馆已经习以为常,我经过的日租金十二元的价位不单成为历史,而且成为令今人惊诧的笑话。我每当到长安开会住宿在某个宾馆,总是想到当年在长安旅馆住宿的事,说给朋友,年轻人当作不可思议的笑话,同龄朋友便有恍若隔世之叹,其实不过是几年十年的事。

这应该是我平生第一次入住的套间房,倒有些不适的慌惶,每有熟人朋友来,也都无一例外地惊讶一番其豪华享受,我也随意解释几句。我到县资料馆去借阅县志,因为有了在蓝田的经历,对于"一次只能借阅一本看完再换"的政策,不仅再无异议,而且很为这种负责的精神感动了。我便小心地翻揭那些太薄太软的纸页,摘抄其中有用的资料,然后小心翼翼地用报纸包裹起来,送回县资料馆,再换一本来,每天在县城里往返跑路,腿上的劲儿一直很足。

有天晚上,一位不速之客到来,令我受宠若惊,竟是长安县委书记程群力。一位浓眉大眼十分俊气的年轻人,不过三十出头,据说是陕西省当时最年轻的一位县委书记。他说他听某人说我住在他的辖地长安,也说到他读过我的某些小说,便来看望我,看看有什么问题和困难需要帮助解决。我记不得当时说没说一次只能借一本县志的困难,第二天再去换借的时候,资料馆的同志把一摞县志都交给我了,我倒真有点为其安全而操心而感到负担了。程群力书记和我谈到文学,也问及是不是有新的大部头的创作计划,我隐瞒了查阅县志和资料的真实意图,只是轻描淡写地说道想了解自己脚下本土的历史渊源。我没有说明想写长篇小说的意图,是不想张扬,也是不敢张扬尚无完全把握的事,更是属于长期养成的一种写作的心理习惯。一篇或长或短的小说,在画上最后一个标点符号之前,我是不习惯说给人听的。我经历过这样的场景,有作家朋友有了重要的创作意图,约一位或几位朋友交谈,听取意见,开拓自己的思维,完善小说构思,避免写成之后的缺陷和遗憾。我不是固执到盲目自信不愿听取好的思路,也不是怕被"调包"(曾经风闻过此类丑闻),而是纯粹属于个人的习惯使然。我在多年前也曾怀着虔诚的愿望,把正在谋划着的小说说给同代作家朋友,虽然听到确可采纳的建设性意见,却发生了始料不及的心理反应,即在我道出了小说构思之后,到开笔写作时,那种写作的强烈欲望变得不太强烈了,对这篇小说的新鲜感减弱了,甚至弄得兴趣消退以至索然无味,竟放弃了这篇小说的写作。这样的现象出现过三两次以后,我才面对自己反省出一个道儿来,未动笔之前的"说",实际上是撒了气儿,撒了气儿也就绽了劲儿,创作的欲望创作的新鲜感都减弱了。如同蒸馍馍,成熟之前是不能揭开锅盖的,只有添柴烧火,达到上足气,才能蒸出好吃的馍来。后来我就把想写的小说憋着,反复酝酿,直到觉得可以动手时才铺开稿纸,直到写完,竟成了一种难以改易的写作习惯。

这习惯也有被打破的时候。就在长安县旅馆刚住下时,有一位年轻作家来访,公开身份是《长安报》编辑记者。这个小过我十多岁的人留给我的第一印象是坦诚不雕,也有点肆无忌惮,近二十年后还继续着这印象,自然由不太适应到基本适应了。我珍重交往里的真诚,就容忍人个性里的某些偏颇,更在于对虚伪和谎话的恐惧。对这个自取"下叔"笔名的年轻作家,很快就发展到可以既说文学也说生活世相了。他几乎每晚都来旅馆和我聊天。关中人把聊天叫作谝闲传,把聊一聊说成谝一谝。他这天晚上来,我们又谝上了,还喝着啤酒。我已经意识到他在用语言技巧套引我尚不成熟的小说构思。许是酒力促使,许是对这个年轻朋友的信赖,我说到一些想法,却难深入。许多话因年深事远而模糊,唯有一句话后来留给我们两人。

啤酒喝到令人有点张扬时,他似有不解地问,而且鼻梁上皱着结儿颇为认真,话的大意是,按说你在农村生活工作二十多年,生活积累该是雄厚的了,写个什么样的长篇都用不完。只有他反问的话我至今记着原话:"你用得着到长安滩时间下功夫查资料?你到底想弄啥(干什么)?"我在他有点咄咄逼人的问询里也没有回避,便坦诚相告:"我想给我死的时候有一本垫棺作枕的书。"他大概有点意外,随之无言。我也不再啰唆。两人相对一阵沉寂。

这是我当时最真实的心态。这心态发生在基本确定要写这部长篇并着手做准备事项的时候。这部尚未成形的小说,让我开始感觉到不同于以往中篇小说的意义,是已经意识到的历史内涵和现实内涵,尽管还在深化着这种意识和体验。另外便是我几乎同时就划算着的粗略的写作计划,写成正式稿时可能就接近或超过五十岁了,记不清那一天算计到这个令人顿生畏惧的生命数字时,我平生第一次意识到生命短促的心理危机,几乎一生缠绕于心的文学写作,还没写出真正让自己满意的作品,眼看着就要进入乡村习惯上的老汉的标志性年龄了。由此而引发出我对以前创作的自我反省,不是因为社会等外部世界的刺激而迫使发生的,更非文学界评价高了低了诱导发生的,纯粹是由生命年轮即将碾过五十大关时几近悲壮的轮声催发出来的。我把自己关在小屋子里,抽烟喝茶,回顾了自初中二年级在作文本上写下第一篇小说以来的人生历程和写作经历。我发觉,我第一次摆脱掉或近或远的文坛,而使自己面对文学;第一次发生了不再关注我的那部(篇)小说评价高了或低了,包括曾经获得各种奖项也得意过好一阵子的小说;我处的文坛上的冷暖亲疏以及不可或缺的是是非非,也在那个反省过程中散淡了,于我没有切实的价值和意思了;我的刚刚形成的致命的一个心结,竟然是如果突然身体发生绝望性异变,单凭已出版的那几本中、短篇小说集用做垫棺的枕头,我会留下巨大的遗憾和愧疚;我现在的心结聚集到一点,凝重却也单纯,就是为自己造一本死时可以垫棺作枕的书,才可能让这双从十四五岁就凝眸着文学的眼睛闭得踏实。

这完全是指向自己的一次反省,使我对创作这种劳动有了更进一步的理解,它只能倚重作家自己,对社会历史和现实理解的深刻程度,生活体验到生命的独自发现的独特性和普遍性,自然还有艺术体验包括语言叙述的选择。这些决定作品成色也决定作品成败的因素,除了自己之外,谁能充当拯救者的角色？只要稍微留意一下那些名著巨作的作家的写作历程,就会把那些与创作没有关系的非文学因素看轻了淡远了,只指向自己。这样的反省,既完成了对文学创作的新的层面的理解,也完成了一次心理奠基,进入一种前所未有的沉静状态的心境。

一年后,下叔为《陕西日报》写的一篇千字文的人物通讯里,提到我和他在长安旅馆夜谈时说的"枕头"的话,没有多少反应。时过五年之后,《白鹿原》发表于《当代》,接着由人民文学出版社出版发行之后,青年作家雷电对我做了一次采访,写了一篇六七千字的文章,其中说到"枕头"之作,这句话才传播开来。我至今倒颇为安慰,这个垫棺的枕头的创作心理,不是狂妄的高端指向,而是为着自少年时代就迷恋着的文学的本心的。

我和下叔每有机缘相聚时,偶尔还会提到长安旅馆那一夜的闲谝,竟有恍如隔世之感,又如同发生在昨夜,连自己都捋不清记忆了。

四　沉静与松弛

到一九八八年的清明节前后,我开笔写《白鹿原》的草稿。

从一九八五年秋天因中篇小说《蓝袍先生》的写作所诱发的长篇创作的欲望,经过大约两年半的准备、酝酿和构思,终于形成了,依着以往中篇短篇写作的某种感觉和把握,可以操笔动手进行文字叙述了。二十多年过去了,我已无法回忆是怎样完成这部小说的构思和结构的。有一点可以确信,即使在二十年前开笔写第一行字的时候,即刚刚确立这部小说构思的时候,也很难说清那些情节那些场景是在什么时间构思出来的。我曾经要给几个主要人物列一个提纲,结果是只给白嘉轩写了一页半的文字就感到了属于多此一举,就没有耐心再写下去,甚至担心因为提纲的写作而冲淡减弱了正式写稿时的新鲜性兴致,便决然停下不做了。我随之只列了一个人物名单,人物的谱系,人物的社会关系和族亲关系。尔后实际写作的过程,一次也没有翻阅过,证明也纯属多此一举,人物的这些关系网络和他们之间的恩怨纠葛,乃至生死遭际,早在两年半的反反复复的酝酿和判断过程中烂熟于心了。

我确定先写草稿。这也是经过几次反复斟酌之后确定的。我在上世纪八十年代写作第一部中篇小说时写过草稿,因为是第一次,又是我写过的中篇里篇幅最长的一部,主要是出于结构上的合理性把握,先以草稿试笔。之后,我的几部或长或短的中篇小说都是一次成稿,渐成一种写作习惯,不再有写草稿的耐心。我不习惯在稿纸上做稍微量大的修改,在于见不得涂抹添加成乱七八糟的稿样儿,宁可把不大满意的章节撕毁重写。在动手写《白鹿原》之前,约略估计到需得四十万字,如若写草、正两稿,单是书写量就很可观,且不说写作中间肯定会发生的不顺或磕绊。然而,几乎没有任何犹豫,就决定先写草稿,再写正式稿,花多长时间费多大工夫似乎已不是问题。这是第一次长篇小说的写作,强烈的创造欲望表述欲望和初试的畏怯并存,作为试笔的草稿就成为解决畏怯的最好途径。再者,我自己最清楚这部小说的构思,时间跨度较长,人物比较多,人物与人物之间的关系和纠葛比较密集也比较复杂,结构就成为突出的问题。当《白鹿原》中那些人物在两年多的孕育过程中已经成形,已经丰满,已经呼之欲出,已经按捺不住要从脑底蹦跌到稿纸上的时候,人物间横向和纵向以及斜插歪穿的关系,如何清晰而又合理地展示出来,不仅让未来的读者阅读畅达,更重要的是影响和致命着每一个人物的展现,把我业已意识到的他们心灵世界最隐蔽的角落里的东西也能得以显示出来,又不想在情节发展和人物随着裂变的过程中留下人为的别扭的败笔,关键就在于一个合理的结构框架了。我也清醒地意识到,这个结构不是我有意安排给人物的,而是人物的生命轨迹决定着这个结构的框架,我的着力着重点,在于找到他或她以及他们互相影响互相制约互相牵扯的关系,在亦步亦趋过程中的一个合理的轨迹。这个结构形式,在动笔之前就成为第一凸显的大事,我在基本确定之后,不无担心,能否如预想的思路和架构得以实现呢?更深一层的担心,预想的思路和架构能否达到让那些人物充分展示出来?我想先做一次试笔,打草稿。

我甚至做了退一步考虑,不致使自己在开笔时有畏怯的压力,便把草稿的定义再下降一档,叫作"草拟",以便为自己松绑,让思维和想象自由起来。这个草拟稿的用意,就是把各个人物的生命际遇能摆列出来,把那些已经构思的自以为得意的情节和细节展示出来,那个结构的框架基本合理就行了,到写正式稿时再进一步推敲判断,做出更自然顺情的调整。这样,我就在很松弛也很兴奋的情绪里,打开一个大十六开的硬皮笔记本,写下开篇第一句话:"锅锅儿嘉轩后来引以为豪壮的是一生里娶过七房女人。"这是一个全知的叙述视角,人物的人生之谜一开始就撒给读者了。"锅锅儿"是白嘉轩的绰号,是他被已沦为土匪的黑娃的弟兄拦腰一击打断腰杆之后的体形,挺得很直很硬的腰佝偻下去,俗称罗锅儿背锅儿或锅锅儿。大约写过几章之后又觉得不妥,这个绰号未交代形成的特殊因由,会造成阅读的烦恼,于是便决定以白嘉轩的本色姓名亮相,把这个绰号涂掉了。

　　至今依然记得那个清明节前后的早晨,我的小院里去年栽活的月季花已经绽开新的叶片。冬天已经彻底结束。乡村人已经开始更换上春天的衣服。麦苗在我眼前的河川蓬勃着动人的绿色。从村巷传来的狗在这个春天的叫声,似乎都格外响亮。我依旧习惯着当地乡村的生活秩序,早晨起来洗把脸,左邻右舍的乡党扛着农具上坡或者下滩干活了,我则比他们奢侈,洗脸刷牙之后要先喝两三杯清茶,然后摊开稿纸。今天与以往的感觉很不一样,没有摊开稿纸,而是揭开了一个大号笔记本;我没有上平时写作的桌子和木椅,而是坐在沙发上,把笔记本在膝盖和大腿面上揭开。我自己也不大弄得清为什么要选择这种写作姿势,过去总是在听领导报告只有坐凳没有桌子的环境,才依助膝头做记录,凡写稿子总是要依托一张桌子的,即使如早年间用过的用麻绳捆着四条腿的祖传的方桌,毕竟也是桌子,并不影响写字,更不决定写下的字的分量。我坐在长沙发左首,一只胳膊托在扶手上,左手控制着笔记本,就顺着纸页上印制的暗格写下去,心里竟是前所未有的一种沉静。

　　我想促成这种写作情绪和心境的一个外在因素,就是我第一次有了自己的写作专用房,颇多感动与感慨。这是一九八八年春天,是我名正言顺成为陕西作家协会专业作家后的第七个年头,我为自己建起了一座新房,辟出大约十多平方米的一间书房,或者说写作间。一九八二年以前,我在乡村中小学、乡镇和文化馆工作,都是宿舍兼办公的一间屋子,多是两人合住合办的环境。一九八二年调陕西作协成为专业作家之后,分给我一套两居室的楼房,我没有入住,而是索性从原供职的灞桥区文化馆搬回老家去住了。在我家的街门外,父亲借厦屋北墙盖了一间又低又窄的简易房,门在原厦屋的北墙上凿开,串连在一起,形成一个套间,这是父亲上世纪七十年代最艰难的时月为已经长大成人的妹妹搭的房子。父亲已经谢世,妹妹早几年前也已出嫁,这间简易房就成为归来后的我的写作间。里面摆着一张单人床,一张祖传的方桌占据了几乎一半空间,还有一把椅子和一张同样搞不清在哪位祖宗手里置办的条凳。那张方桌的桌面已变成黑色,似乎不是漆染的颜色,四条桌腿没有一条是稳固的,父亲生前用麻绳把四条腿互相捆着,用两根交叉的木棍把桌腿固定不倒。我把已经松弛的麻绳解下,重新捆扎结实,就在那张方桌上开始写我的短篇和中篇小说。我有捆绑桌子的经验。我从学校回到乡村时,用着一张带抽屉的条桌,也是四条腿松动,我用草绳捆扎过。直到一九八六年春天我在屋前空院里盖起三间新房,这间简易房被拆掉了。在新房尚未启用的一年多时间里,我在叔父和我对换的同院西厦屋里摆下吃饭用的小餐桌,坐一只小方凳就可以写作。因为年久失修又兼着空无人住,墙皮大都脱落,弃置不用的火炕早已坍塌,地砖下已被老鼠掏空,不小心就会踩到凹坑里,我在这间破败到破烂不堪的厦屋里,眼前展现的是想象世界里各色人物运动着的场景。我后来和一位记者谈到写作环境对作家的影响的话题时,有感于我的亲身经历,不敢一揽旁人,仅我而言,环境和写作条件不是毫无关系毫无影响,但作用力度有限,至关致命的是构思的发生、完成和写作,不大受书房简陋或阔绰的影响。我向来不注重也不讲究(生存环境里的无力无能无法讲究)写作的条件和环境,只要一张可以铺开稿纸的桌子就行了;唯其挑剔到苛刻的一个条件,就是在我进入写作时,我所在的那个空间不能再有一个别人。我以玩笑解释说,在我写作着的屋子里,要是坐着或站着一个熟悉或陌生的人,正在写作的小说里的人物就会吓得逃离而去,不敢走近前来,我的笔头就抡空了。我还以玩笑的方式打过一个比方,如同母鸡下蛋,关键不在鸡窝造得好或造得次,在于鸡肚子里有没有蛋,一只空怀无蛋的母鸡,即使用软绸锦缎铺垫成窝,卧多久也生不出一颗蛋来……

这不是抬杠。然而,对于一个清静而又较为舒适的写作间,我不仅不拒绝,而且是期待着拥有,前述的那些简陋的写作环境,是无奈条件下的举措罢了,好在我并不抱怨,也未向谁诉苦,倒是为那些偶然看到此景而惊讶的朋友做轻松的解释。现在,我在祖居的宅基上盖起了三间新房,我和夫人和孩子,将永久性告别阴雨天便觉得盆盆罐罐太少(接屋漏雨水)的手足无所措的日子了。我那时候是专业作家,兼着作家协会副主席的职务,论行政级别已属副厅级,我把提升到一百五十元的工资和每一笔稿酬都积攒下来,自然要减掉日常吃穿和三个孩子读书的费用,以及总闹病及至住院治疗的母亲的开销。然而,还是攒下钱来,令人鼓舞,终于把新房建成了。我在任何场合都不说生活的困窘和拮据,大约应该是生性决定的,我在无钱交学费的少年时期休止学业,也不诉苦,而是等待家境缓解再去复读;我在已经是最基层的公社(乡镇)一位副职领导的青年时期,冬天给孩子烘热被褥的制暖器具,是夫人从灞河滩里挑选的一块河石,在灶锅下烧得滚烫,当作暖壶使用,我大加赞赏夫人的创造性思路,却在年终拒绝申请困难补助金。我在进入初中时写过助学金申请书而未获批准,尽管我知道那些获得助学金的同学确凿比我更为困难,理智上能理解,情感上却受到挫伤,直接的感受是丢脸,十三岁发生的这次挫伤,不仅致使我后来对一切困难补助申请一概排斥,而且形成不诉不说的习性。到上世纪八十年代中期，我住在乡村祖居的院子里，周围都是聚居一村许多代的乡邻，我在他们眼里，不仅不是一个穷作家，而是颇多不可理喻的"特权阶层"的人，拿着公家的工资还不上班，写文章还能挣钱，几乎是不可思议的好事美差。我在这种环境里的最直接的参照，就是那些挑着蔬菜和土产水果到城市边沿出售的农民，还有时时议论着市场上猪肉鸡蛋价格涨了跌了的声音。我已经切实感觉到拿着工资又得了稿费的优越。我的新建的房子，亦属村子里较早出现的纯粹用砖头构建的新房中的一座，尽管有省吃俭用的积攒过程。

我现在有了一间正经的写作专用房。这个房子是我亲自建造的。我请乡村木匠割制了一张带抽屉和柜子的桌子，一把有靠背的椅子，把祖传的方桌和条凳废置不用了，还做了两个书架，把我一直堆积着的有用的书摆列上架了，这屋子顿然就生出文人的气氛了。到得要动手起草这部长篇小说的时候，村子里一位刚学会制作沙发的农村青年找上门来，要为我做一套沙发。几经合计，我和夫人决定破费定做，一长两单的沙发也摆置起来了，我选择了绿色的罩布，这书房就显出某些豪华的气象来。我坐在新沙发上，把硬皮笔记本在腿面上打开的时候，是一种前所未有的似乎是矛盾的激情里的沉静。我的笔尖一触及白嘉轩的四合院，置身的这个颇为得意的书房已不存在，眼前呈现着近百年前的原上白鹿村一位族长的深宅大院。与其说是我必须以沉静的心态去探究白嘉轩们屋院和祠堂里的气脉，不如说是那些气脉迫使我的心境必须沉静下来。

这是连我自己几乎都不敢相信的一次顺畅的写作。从一九八八年清明前后动手，到次年的元月就完成了草拟稿，两个厚厚的大十六开的笔记本写满一本和半本，大约四十多万字，这是我写作量最大的一年。记得这一年的七八两月，是关中地区素有的酷暑溽热的时月，又添了孩子考试选择学校的周折，我索性停止下来，到九月立秋早晚有了凉意，孩子也各得其所上学念书了，我又开始"上原"的行程了，重新进入已经骚动也骚乱了乡约族规的白鹿村。我仍然坐在业已习惯的绿布沙发的左首，把硬皮笔记本摊在膝盖和大腿面上，追逐着已经烂熟的一个个男人女人的脚步。我对首次采用的这个写作姿势，最直接的体验是放松，坐在沙发上又是在笔记本上写字，有一种写日记和早年间作为练笔写生活记事的感觉，这就是纯粹写给自己看的或用的，不是给编辑给评论家给读者看的，心理上是松弛的自如的，没有了在稿纸上写作时的紧促和拘谨。这样，动手前业已构思的人物形象和各自的命运遭际，各自的大的情节和颇为得意的细节，大多都已通过文字固定到硬皮本上，更令人兴奋不已的是，一个个首先令自己兴奋莫名的细节，是在草拟过程中源源不断地纷至涌来，让我常常处于忘我的兴奋之中，又不禁对自我发生惊讶的反问，这些近百年前的人们的生活方式交往方式和语言方式，是什么时候存储到我的记忆深处而又毫不察觉，现在却一桩桩一件件被激活了。我的感觉是如同一个连自己都遗忘了的仓库，突然被打开被照亮，才惊讶地发现自己竟有如此丰厚的库存。随意举一个例子，田小娥被鹿三从背后捅进削标利刃的情节，是动笔起草之前就构思成形的一个重要细节，写来很顺且不论；而鹿三之死在起初尚无具体的细节，直到写到这里时才骤然开朗，几乎是一个事先无从料及的死亡方式；更有发现鹿三死后白嘉轩随口而出一句慨叹，"白鹿原上最好的一个长工去世了！"这话似乎不是出于我心我口，分明是我看见听见白嘉轩仰天慨叹时发出的声音，我瞬即记到我的硬皮本上。那一刻，我的新置的书房已不是书房，而是鹿三的马厩牛槽和他僵死的土炕……

原先计划用一年时间完成草稿，而实际的写作时间只有八个月。原先最担心吃紧的是结构，实际写作过程却是始料不及的顺畅。我没有欢呼，甚至连任何欢呼的意向和小小的举动都没有，仅仅只是长长地舒了一口气，一个最大的担心解除了，算是踏实了，曾经也有生活素材是否够用的担心也已解除了。春节已经临近,我合上第二个只用了半本的笔记本,开始和村子里的农民搭帮结伴去逛集镇,备办过年的年货,猪肉和蔬菜、鞭炮和雷子炮、写对联的红纸……我已从原上虚拟的白鹿村回到原下河川里我的蒋村。除了我的妻子,我再没有告诉谁草拟完成的事。这是一个轻松欢畅的春节。我帮夫人洗肉淘菜。我和孩子守在案边,等待不及抓到新年蒸熟的第一锅大肉葱花包子。我和孩子一起在新修的门楼两边贴上对联。对联由我拟成并用毛笔写了,隐约有白鹿的意蕴,却没有具体的写作方面的指向,只有我心里清楚其韵味。天上的星星尚未完全隐去,一九八九年的春节的第一缕晨光还未撒出,我的孩子却先我醒来,催我和他一同去放炮。

从我家院里响到门外的鞭炮声,融进村庄的此起彼伏的爆竹的声浪里,我在那一刻才感到了释怀的陶醉。

五　难忘一九八五，打开自己

一九八五年，在我以写作为兴趣以文学为神圣的生命历程中，是一个难以忘记的标志性年份。我的写作的重要转折，自然也是我人生的重要转折，在我今天回望的感受里，是在这年发生的。

这年的十一月，我写成了八万字的中篇小说《蓝袍先生》。这部中篇小说与此前的中、短篇小说的区别，我一直紧紧盯着乡村现实生活变化的眼睛转移到一九四九年以前的原上乡村，神经也由紧绷绷的状态松弛下来；由对新的农业政策和乡村体制在农民世界引发的变化，开始转移到人的心理和人的命运的思考，自以为是一次思想的突破和创作的进步。还有一点始料不及的事，由《蓝袍先生》的写作勾引出长篇小说《白鹿原》的创作欲望。

这年的最后一个月的最后十天，我随中国作家代表团出访泰国。这是我第一次走出国门，为此置备了一套质地不错的西装。当我第一次穿上西装打上领带站在穿衣镜前自我端详也自我欣赏的时候，我的脑海里浮出蓝袍先生来。这是我在一月前刚刚写成的中篇小说《蓝袍先生》里的主要人物，其中有一个我自己很欣赏的细节，他穿了许多年的蓝色长袍，从解放前的教书先生一直穿到走进人民共和国的一所新式教师进修学校，在同学的讥笑声中脱下了作为封建残余标志的蓝袍，换上了象征着获得精神解放的"列宁装"。我脱下穿了几十年的四个兜中山装再换上西装的那一刻，切实意识到我就是刚刚塑造完成的蓝袍先生。我在解析蓝袍先生的精神历程揭示心理历程的人生轨迹时，也在解析自己；我以蓝袍先生为参照，透视自己的精神禁锢和心灵感受的盲点和误区，目的很单纯也很专注，打开自己。

　　人生的每一个年轮都会发生大大小小许多事，过去了也就过去了，无论好事或者挫折的事，对人尔后的经验积累和人生体验，都有益处。而几件难忘的事完全是毫无意识地凑到一起，事后回嚼起来发现如此的奇妙。正当我以一种强烈的自觉意识希求打开自己的时候，中国作家协会通知我随团访问泰国。到泰国首都曼谷机场时已是傍晚，在机场完成礼仪性会见仪式再乘车驶上高速公路，我被河流一样的汽车车灯吓得不知所措。不仅我这个乡下人第一次看到这奇观异景，随团的北京几位作家也连连发出惊叹。还有一个细节至今记忆犹新，参观曼谷一家超市时，郑万隆让我和他合作做一项社会调查，他数往这边过来的顾客四十人，让我数往那边走去的顾客也数四十人，有男也包括女，看看能有几个人穿着相同式样和颜色的衣服。结果是他没有看到我也没有看到服装完全一样的两个人。这个细节之所以比泰国那些保存完美的古典宫殿还要深刻地保持记忆，在于太赋予一个时代的讽刺性标征了。大约就在一九八五年前一年，胡耀邦在某次重要的中央会议上，把他穿戴整齐的西装领带示范给与会的各位党政领导人，身体力行倡导穿西装。西装和中山装已经成为思想解放和思想保守的时代性标志。我的《蓝袍先生》，就是在这种处处都可以感受到生活正在发生的激烈而又广泛的深层冲突过程中，引发思考触动灵魂也产生创作欲望的。我那时候把这种过程称作"精神剥离"。

　　我生活周围的乡村人有一句自我嘲弄的卑称，相对见多识广也富裕文明的城市人，把自己称作"乡棒"，由此演绎出许多"乡棒"进城的笑话。我在曼谷超市大楼上被五颜六色的各种式样的服装搞得眼花缭乱的那一刻,确凿意识到,不仅我是"乡棒",教我观察服装的北京作家郑万隆也是"乡棒"。面对世界,一九八五年的中国人大都是"乡棒"。胡耀邦倡导各级党政领导脱下中山装换上西装领带,应该是换一种思想也换一种思维方式的符号,强烈地要改变中国"乡棒"的形象,进入世界充当角色。作为作家,我在泰国看到的生活世相,恰好吻合着我当时的心态,这儿的人是以这样的形态生活着,这就足以让我开了眼界了——打开自己。

我更迫切也更注重从思想上打开自己,当然还有思路和眼界。这肯定与我业已发生的新的创作内容有关系,即在此前两二个月产生的长篇小说的内容。一九八六年的清明过后,我去蓝田县查阅县志和党史文史资料,开始把眼光关注于我脚下这块土地的昨天。我同时也开始读一些非文学书籍,这种阅读持续了两年,直到我开笔起草《白鹿原》初稿,才暂且告一段落。我印象深的有两本书,一本是号称日本通的一个美国人赖肖尔写的《日本人》的书,让我颇为惊悚。我曾在十四年前与评论家李星的对话中较为充分地阐述了惊悚引发的思考,不再重述,倒是这种惊悚之后关于历史和现实的态度,进入一种较为理性的沉静,对于我所正在面对的白鹿原百年变迁的生活史料的理解,大有益处,甚至可以说至关重要。我在惊悚之后进入这样一种状态,"所有发生过的重大事件都是这个民族不可逃避的必须要经历的一个历史过程,所以我便从已往的那种为着某个灾难而惋惜的心境或企图不再发生的侥幸心理中跳了出来。"这部书让我了解了明治维新前后的日本,正好作为我理解中国近代史一个绝好的参照;意料不及的意外收获,让我看取历史理解生活的姿态进入理性境界。另一部书名为《兴起与衰落》。这是青年评论家李国平推荐给我读的,他大约风闻我在查阅西安周围几个县历史资料的举动,让我读一读他已读过且以为很有见解深度的这本书。这是研究以古长安为中心的关中历史的书,尽管历史教科书向每一个读过中学的人普及了长安曾经的几度辉煌,然而作者对这块土地上的兴盛和衰落的透彻理论,也给我认识近代关中的演变注入了活力和心理上的自信。同样在与李星的对话里也谈到这一点,"当我第一次系统审视近一个世纪以来这块土地上发生的一系列重大事件时,又促进了起初的那种思索进一步深化而且渐入理性境界,甚至连'反右''文革'都不觉得是某一个人偶然判断的失误或是失误的举措了。所有悲剧的发生都不是偶然的,都是这个民族从衰败走向复兴复壮过程中的必然。这是一个生活演变的过程,也是历史演进的过程。"这是我那时候的真实感受,是给我以可靠感觉的阅读文本,帮我打开了禁封的自己。

我集中阅读了一批文学书籍,主要是长篇小说,意图也很明确,需要更进一步在艺术上打开自己。实际上我的艺术视野在新时期以来是不断扩展的,每一本有独到性的小说乃至某一个优秀的短篇小说,都在起着打开艺术眼界的效果。我向来是以阅读实现创作的试验和突破的。印象最深的是作为新时期文艺复兴的标志性的一九七八年的夏天,我确信文学创作可以当作一项事业来干的时代到来的时候,要求从行政部门调到西安郊区文化馆。这年秋天,我在文化馆一间废弃的房子支了一张床,把墙上用粗笔写的"打倒""砸烂"之类的黑墨字用报纸糊起来,把吊在空中的顶棚重新搭好,我就开始坐下读书。一九七八年冬天还找不见新翻译小说,我在文化馆图书馆把所有的契诃夫和莫泊桑的短篇小说搜出来,坐在那间只有一张旧桌子一把旧椅子和一张床的房子里阅读。这大约是我一生读书经历中心境最好的一次。最重要的一点,我在此时确定下来一个尚不敢张扬的人生志愿,要当一个作家。我在"文革"前一年刚刚发表散文处女作,到"文革"摧毁一切的时候,仅仅发表过六七篇散文,还有诗歌、快板。那时候能在报刊上发表作品的业余作者远远比不得现在这样多,尽管我自己很鼓舞,却也能掂出自己那些小散文的分量,确凿还不敢确信自己能成为一个作家。作家柳青和王汶石就在离我不远的西安,是我顶礼膜拜的人,他们才是作家,等不得我有创作的新发展,也等不得我有当作家的雄心壮志产生,"文革"把我最切实也最平庸的能发点文章就不错的好梦也打碎了。到"文革"后几年,被赶出作家协会院子的作家和编辑得到指令,从陕南陕北关中几处劳动改造的乡村回到西安,组建陕西省文艺创作研究室(不许复旧作协名称),创办一本文学杂志《陕西文艺》(不许复旧《延河》),老作家惊魂未定,大多数没有动手写作,用心偏重于培养"工农兵"业余作者。我从一九七三年到一九七六年中国发生第二次"解放"的四年里,写了四篇小说,还有一些散文。第一个短篇小说处女作被改编为电影,后来留下笑柄。这几篇小说都演绎阶级斗争,却也有较为浓厚生动的乡村生活气氛,当时颇得好评。尽管如此,我也没有产生当作家的梦,依旧认真地在当时的西安郊区一个公社里"学大寨"。我把这几年的写作自嘲为"过瘾",大约只有我深知自己的这种写作感受。我真喜欢写作,如同酒鬼的酒瘾和烟民的烟瘾,我一年写一个短篇外加几篇生活速写或散文,就是要过一过文字表述的"瘾",最大的安慰就是在杂志和报纸发表出来的时候,看着被铅印的自己的名字,有某种自我欣赏的愉悦。那时候取消了稿酬,没有一分钱的实际利益,写作又是最冒风险的事,一句话写不好就会有"帽子"扣过来,就形成只想"过瘾"不做作家梦的清醒而又矛盾的状态。

现在想当作家了,我当时能想到的切实举措就是读书。我那时想从短篇起步,就读契诃夫和莫泊桑。我一边关注着新的文学观点,重心却在这两位大家的作品的阅读感受,是驱逐排解以往接受的极左到可笑的非文学因素的最有效的办法。我在契诃夫与莫泊桑之间又选定莫泊桑,把他小说集里我最喜欢的十数篇作为精读的范本。房子里生着火炉,我熬着最廉价的砖茶,从秋天读到冬天直读到春节,整个沉浸在阅读的愉悦之中,没有物质要求,也不看左凉右热的脸,是一种最好的读书心境。到一九七九年的春节过后,我在依然凛冽的寒风里敏感到春的骚动,开始涌动起写作的欲望。这一年,我写了近十篇小说,《信任》获得全国短篇小说奖。此前一年冬天围着火炉的阅读,不仅从极左的文艺禁锢下得到拯救和重生,而且开始形成自己,也成为我创作道路上的一次深刻的记忆。现在看,当是第一次打开自己。

我在七八年后又发生了这种迫切的阅读欲望。我在《白鹿原》创作苗头发生以后,突然意识到以往阅读长篇小说太粗心了,竟然没有留心解读它们的结构。《白》的主要人物重大情节和一些自以为得意的重要细节基本确定以后,如何把已经意识到的内容充分合理地表述出来,结构就成为横在眼前的首要难题。我尊敬的西北大学教授蒙万夫老师,得知我想写长篇小说之后,十分关切,不止一次郑重告诫我,长篇小说是一个结构艺术。其实在我不单是一个结构问题,我既想见识各种长篇小说的结构方式,也想看看各路作家的语言选择,甚至如何开头和结尾才恰到好处。我已十分切近地感到某种畏怯,第一次写长篇,人物和内容又那么多,时间跨度也那么长,写砸了就远不是某个中篇或短篇不尽如人意所可类比。阅读以开阔眼界,同时也在完成心理调整,排除畏怯心理,树起自信来。

我先后选择了十多部长篇作为范本阅读。我记得有《百年孤独》,是郑万隆寄给我的《十月》杂志上刊发的文本,读得我一头雾水,反复琢磨那个结构,仍是理不清头绪,倒是忍不住不断赞叹伟大的马尔克斯,把一个网状的迷幻小说送给读者,让人多费一番脑子。我便告诫自己,我的人物多情节也颇复杂,必须条分缕析,让读者阅读起来不黏不混,清清白白。我读了王蒙的《活动变人形》和张炜的《古船》,这是那两年先后出版的两部深得好评的长篇小说。在我的印象里是新时期文艺复兴刚刚开端的长篇小说创作,一出手就把长篇小说创作推到一个标志性的高度。我读这两部长篇小说时,完全不同《百年孤独》的感受，不是雾水满头而是清朗爽利。《活动变人形》呈现一种自然随意的叙述方式，结构上看去不做太讲究的痕迹，细看就感到一种大手笔的自由自在的驾驭功夫，把人物的现在时和过去时穿插得如此自然自如。我在《古船》的阅读中却看到完全不同的结构方式，直接感知到一种精心设计的刻意。我又一次加深体验了我说过的话，想了解一个作家的最可靠最直接的途径，就是阅读他的作品。《古船》和《活动变人形》对近代和当代生活的叙述，就显示着张炜和王蒙的不同质地和个性，这且不多论。我在这两部小说阅读中得到的关于结构的启示，不单是一个方式方法问题，而是如何找到合理结构的途径；不是先有结构，或者说不是作家别出心裁弄出一个新颖骇俗的结构来，而是首先要有对人物的深刻体验，寻找到能够充分表述人物独特的生活和生命体验的恰当途径，结构方式就出现了。这里完成了一个关系的调整，以人物和内容创造结构，而不是以先有的结构框定人物和情节。我必须再次审阅我的人物。

这时候刚刚兴起的一种研究创作的理论给我以决定性的影响，就是"人物文化心理结构"学说。人的心理结构主要由接受并信奉不疑且坚持遵行的理念为柱梁，达到一种相对稳定乃至超稳定的平衡状态，决定着一个人的思想质地道德判断和行为选择，这是性格的内核。当他的心理结构受到社会多种事象的冲击，坚守或被颠覆，能否达到新的平衡，人就遭遇深层的痛苦，乃至毁灭。我在接受了这个理论的同时，感到从以往信奉多年的"典型性格"说突破了一层，有一种悟得天机茅塞顿开的窃喜。我自喜欢上文学创作，就知道现实主义的至为神圣的创作目标，是塑造典型性格的人物；我从写第一篇小说就实践着典型性格人物的创作，短篇小说和中篇小说都在做着这种努力；我已经写过几十个短篇小说和七八部中篇小说，却没有一个人物能被读者记住，自然说不上典型了。我曾经想过，中国古典几部经典小说塑造的张飞、诸葛亮、曹操、贾宝玉、王熙凤、林黛玉、孙悟空、猪八戒等典型性格,把中国人的性格类型概括完了,很难再弄出新的典型性格来;我也想到新文学,仅就性格的典型性而言,大约只有阿Q和孔乙己。我自然想到我的这部长篇小说,几十万字写出来,如果给读者不能留下一两个性格显明的人物,读者读完便什么都忘了,我写它的必要性还有多大?且不敢妄想"典型性"。我在以偷得天机的接受"人物文化心理结构"说之后,以为获得了塑造《白》的人物的新的途径,重新把正在酝酿着的几个重要人物从文化心理结构上再解析过滤一回,达到一种心理内质的准确把握,尤其是白嘉轩和朱先生,还有孝文和黑娃,他们坚守的生活理念和道德操守,面对社会种种冲击和家庭意料不及的变异,坚守或被颠覆,颠覆后的平衡和平衡后的再颠覆,其中的痛苦和欢乐,就是我要准确把脉的心灵流程的轨迹。我已树立起一个信念,把自以为对这些人物的心灵轨迹心理脉象把准了,还能有恰切恰当的叙述文字,这些人物的内在气质和个性应当是立体的。为了实现从这条途径刻画人物的目的,我给自己规定了一条限制,不写人物的外貌肖像,看看能否达到写活人物的目的。这样,我的思路明晰了,也单纯,就是从人物各个不同的心理结构下笔,《白》书的结构框架也脉络清晰水到渠成了。我在和李星的对话里说过:"最恰当的结构便是能负载全部思考和所有人物的那个形式,需得自己去设计,这便是创造。"

我至今记着一九八五年的一个细节。这年早春三月,中国作协在河北涿县召开"农村题材创作"研讨会。我在赴京的火车上和由北京赴涿县的汽车上,看到河北平原寒凝大地的凋残景象,一望无际的越冬小麦的垄畦里,看不到一缕绿色,贴在冻结的地皮上的麦苗的叶子,一抹被冻死风干的黄色,我顿然意识到不同于我的家乡关中冬天的严酷了。在关中,在我的祖居和现居的白鹿原下的灞河川道,即使数九天里,小麦的叶子只不过稍微变成深灰,却仍然是绿的底色。三月的河川和原坡,已经是一派葱茏的返青的麦苗了,柳树已蓬勃着一派嫩绿浅黄的柔和诗意。我第一次领略到河北平原的三月,是这样一番不堪的景致,虽然颇多惊诧,却毫不影响我参加这次会议的兴致。我感动中国作协对以农村题材写作为主的作家的关心,召开这样一个专题研讨会,起码给我提供了一个难得的机会,可以听取那些在农村题材创作上成就卓著的老作家的经验,也可以了解新时期在农村题材创作上出手不凡的年轻作家的创作思路,还有涉及农村题材创作诸多话题的种种见解,我可以开阔眼界扩展思路和视角,对往后的创作肯定只有益处。我只是一个聆听者,一个虔诚的聆听者,这是我起程赴会时就自我确定的姿态和心态。我一次不缺参加分组讨论和大会发言,都是倾心真诚地聆听各路新老作家的见解,即使完全相对相悖的看法,我都认真听取,在我的思想里过滤、判断和选择。我至今留下的印象,这是难得的一次有质量的会议,讨论的话题已不局限在农村题材,很自然地涉及整个文学创作,即上世纪八十年代中期文学创作的现状和走向。其中现代派和先锋派的新颖创作理论,有如白鹭掠空,成为会上和会下热议的一个话题。记得是在大会安排的发言中,我听到路遥以沉稳的声调阐述他的现实主义创作主张,结束语是以一个形象比喻表述的:"我不相信全世界都成了澳大利亚羊。"

那个时候刚刚引进来澳大利亚优良羊种,正在中国牧区和广大乡村推广,路遥的家乡陕北地区素来习惯养羊,是陕西推广澳大利亚羊的重点地区。他借此事隐喻开始兴起的现代派和先锋派创作,却没有挑明直说;他只说自己崇尚并实践着的现实主义写作方法,自然归类于陕北农民一贯养育着的山羊了。我坐在听众席上看他说话,沉稳的语调里显示着自信不疑的坚定,甚至可以感到有几分固执。我更钦佩他的勇气,敢于在现代派先锋派的热门话语氛围里亮出自己的旗帜,不信全世界只适宜养一种羊。我对他的发言中的这句比喻记忆不忘,更在于暗合着我的写作实际,我也是现实主义写作方法坚定的遵循者,确信现实主义还有新的发展天地,本地羊也应该获得生存发展的一方草地。然而,就现实主义写作本身,尽管我没有任何改易他投的想法,却已开始现实主义写作各种途径的试探,这从近两年的中短篇小说尤其是中篇小说的写作上可以看出变数。一九八五年早春的涿县会议使我更明确了此前尚不完全透彻的试探,我仍然喜欢现实主义创作方法,但现实主义写作方法必须丰富和更新,寻找到包容量更大也更鲜活的现实主义。

我随后便以自觉的意识回看自己的现实主义写作历程。这是一九八五年最活跃的文学创作氛围冲击下获得的自觉。我自然会想到柳青和王汶石,他们对渭河平原乡村生活的描写,不仅在创作上,甚至在纯粹欣赏阅读的诗意享受上,许多年来使我陷入沉醉。"文革"中的一九七四年我到南泥湾"五七干校"锻炼,规定要带《毛泽东选集》,我悄悄私带了一本《创业史》,在窑洞里度过了半年,那是一种纯粹的欣赏性阅读。这两位作家对我整个创作的影响,几乎是潜意识的。我的早期小说,有人说过像柳青的风格,也有人说沾着王汶石的些许韵味。我想这是自然的,也是合理的,当年听到时还颇为欣慰,能让评论家和读者产生这种阅读感觉,起码标志着不低不俗的起步的基点。到了一九八五年,当我比较自觉地回顾包括检讨以往写作的时候,首先想到必须摆脱柳青和王汶石。我曾在一篇文章里写到过这段经历,概括为一句话说:一个业已长大的孩子,还抓着大人的手走路是不可思议的。还有一句决绝的话:大树底下好乘凉,大树底下不长苗。这是我那段时间反省的结论。在之后酝酿构思《白》书的两年时间里,想要形成独立的自己的欲念已经稳固确立,以自己的理解和体验审视那一段历史。但有一点我还舍弃不了,这就是柳青以"人物角度"去写作人物的方法。

不同的作家有不同的写作人物的方法,有的是全知的叙述或描写,有的则是作家自己的视角和口吻,等等。柳青的"人物角度"写作方法,是作家隐在人物背后,以自己对人物此一境况或彼一境遇下的心理脉象的准确把握,通过人物自己的感知做出自己的反应。我曾经一直实验着这种方法。我在一九八五年获得并决定接纳"人物文化心理结构"说的跃跃欲试的兴奋情境里,似乎很自然地把柳青的"人物角度"写作方法联想起来。我较长时月里虽然都在使用这种方法,总是苦于把握不准"人物角度",或者留下生硬的痕迹,难得如柳青那样自然熨帖。我这时才意识到,"人物角度"只是现实主义写作的一种方法,这个方法谁都可以用,用得好用得不好,或者说能否显示这种写作方法独具的艺术效力,关键还在作家对自己要写的人物深度理解上,一个本身没有多少思想负载的人物,单凭某种写作方法是无法为其增加分量和深度的。我也就豁然开朗,我可以使用"人物角度"的写作方法,而关于历史和现实生活的理解和体验,只能由自己发生,这是无法借助或教授所能获得。关于二十世纪前五十年的生活体验生命体验,自以为是新鲜的独自的;对那些已经酝酿着的人物的"文化心理结构"的把握,顿然确信获得了"人物角度"写法的自由。在后来的写作中,自我感觉果然比较自如,在人物直接出场的行为中,我以"人物角度"描写他们;在人物不直接出场纯由作者叙述的篇章,我也能比较自如地以"人物角度"进行叙述;描写和叙述都从"人物角度"得以实现,我以为真正的要领在于"人物文化心理"的把握,才获得了描写和叙述的自由。"人物文化心理结构"说,在上世纪八十年代中期令人难忘的思想和学术的活跃氛围里,似乎还没有形成轰动效应,大约是学术味太偏浓的缘故,我却有幸领教了也接纳了,而且直接进入创作试验了。我便想到,谁接受什么拒绝什么,也是因谁的具体个案而决定取舍的。我说不清我为什么接纳"人物文化心理结构"说,要说还是一句大实话大白话,觉得它有道理,有道理就可以信赖,就对自己认识世界认识生活以及正在努力着的写作具有启示意义,自然就信服了。而我确切地感知到这是一次重要的非同一般的启示。

我想到阅读《百年孤独》的情景。我是在《十月》上读到这部名著的。这部小说和作家马尔克斯风靡中国,一直持续到今天,新时期以来任何一位获得诺贝尔文学奖的作家和作品,都无法与其相比在中国文坛的影响。我随后看到中国个别照猫画虎式的某些模仿,庆幸我在当初阅读时的感受和判断,尚未发昏到从表面上去模仿,我感受到马尔克斯的《百年孤独》是一部从生活体验进入生命体验之作,这是任谁都无法模仿的,模仿的结果只会是表层的形式的东西,比如人和动物的互变。就我的理解,人变甲虫人变什么东西是拉美民间土壤里诞生的魔幻传说,中国民间似乎倒不常见。马尔克斯对拉美百年命运的生命体验,只有在拉丁美洲的历史和现实中才可能发生并获得,把他的某些体验移到中国无疑是牛头不对马嘴的,也是愚蠢的。我由此受到的启发,是更专注我生活的这块土地,这块比拉美文明史要久远得多的土地的昨天和今天,企望能发生自己独自的生活体验,尚无把握能否进入生命体验的自由境地。在形式上,我也清醒地谢辞了"魔幻",仍然定位自己为不加"魔幻"的现实主义。这道理很简单,我所感知到这块土地的昨天和今天,似乎没有人变甲虫的传闻却盛传鬼神。我如果再在中国仿制出人变狗或变虾鱼的细节来,即使硬撑着顶住别人的讥讽,独处时也会为这种低能而羞愧的。我确信中国民间的鬼神传闻在本质上不同于魔幻,不单是一句批判意义上的迷信,尽管其发生和传播的一条原因在于科学的缺失,然而仍蕴含着不尽的文化,也应是中国某些人"文化心理结构"的一根构件,即使是小小的不起眼的一件。我自幼接受的第一件恐惧事象不是狼而是鬼。天黑之后我不敢去茅房,四周似乎都有鬼的影子。即使在我已经做了乡村教师,还是在路过有孤坟的一段村路时不由得起鸡皮疙瘩。我在未识字前的最丰富生动的想象力,就集中体现在对鬼的千姿百态的描绘上。我对神却是一片迷糊,从来没有想象出一幅神的图像来。在《白》书的构思里,有几处写到闹鬼情节,却不是为了制造神秘魔幻,而是出于人物自身的特殊境遇下的心理异常。鹿三杀死小娥后就发生了行为举止失措的变化,这是仅仅出于鹿三这个人独具的文化心理结构,按他的道德信奉和善恶观,无法容忍小娥的存在;然而出于同样的文化心理结构,杀人毕竟不是拔除一根和庄稼争水肥的野草,在一时义举之后就陷入矛盾和压迫,顺理成章就演绎出小娥鬼魂附体的鬼事来……我少年和青年时期,不下十回亲自看见乡人用桃条抽打附着鬼魂的人身上的簸箕,连围观的我都一阵阵头皮发紧发凉。有论家说我在《白》书中的这些情节是"魔幻",我清楚是写实,白鹿原上关于鬼的传说,早在"魔幻"这种现实主义文学传入之前几千年就有了,以写鬼成为经典的蒲松龄,没有人给他"魔幻"称谓;鲁迅的《祝福》里的祥林嫂最后也被鬼缠住了,似乎没有人把它当作"魔幻",更不必列举传统戏剧里不少的鬼事了;我写的几个涉及鬼事的情节,也应不属"魔幻",是中国传统的鬼事而已……

　　真是难忘的一九八五。我在文学艺术的各种流派新潮的涌动里,接纳并试验了我以为可以信赖的学说,打开了自己;我在见识各种新论的时候,吸收了不少自以为有用的东西,丰富了自己;我也在纷繁的见识中进行了选择,开始重新确立自己,争取实现对生活的独自发现和独立表述,即寻找属于自己的句子。

六　朱先生和他的"鏊子说"

朱先生是这部长篇小说构思之初最早产生的一个人物。或者说,《白鹿原》的创作欲念刚刚萌生,第一个浮到我眼前的人物,便是朱先生。原因很简单也很自然,这是这部长篇小说比较多的男女人物中,唯一一个有比较完整的生活原型(即生活模特)的人物。

朱先生的生活原型姓牛,名兆濂,是科举制度废除前的清朝最末一茬中举的举人。我在尚未上学识字以前就听到这个人的诸多传闻。传闻里的牛先生是人更是神,他的真实名字民间知之甚少,牛才子的称谓遍及乡间。我父亲是牛才子的崇拜者。解放前后我刚刚能够解知人事的年龄,每年秋收时会收获很多苞谷棒子,堆在大房的明间里,高过人头的一大堆,晚上点着昏昏暗暗的煤油灯,一家人围着苞谷堆子剥苞谷穗子上的黄皮,干不了多大一会儿我就打盹了。父亲便讲《三侠五义》,讲《薛仁贵征东》,讲包文正刀铡陈世美,似乎都止不住我的瞌睡。父亲又讲牛才子的神话,说他站在院子里观测满天星斗,便能断定明年种何种作物,就会获得丰收;一个丢了牛的乡民求到他的门下,牛才子掐指一算,便指出牛走失后的方位,循此途径果然找到了牛。如此等等。我听得津津有味兴趣陡涨,忍不住连连发问。父亲也回答不了,只说牛才子眼力通天。这个带着神秘色彩的牛才子,从童年起便成为我一个永久性的生活记忆。

我后来上了学,从小学念到高中毕业,接受的是新中国教育体制规定的内容,其中包括常识性的辩证唯物主义哲学,也包括无神论。从我粗浅的理论认识到心理感受的真实性上说,在高中时期就接受并信服了这些哲学观点,不仅不信神不信鬼,连掐八字算卦也觉得是毛鬼神的无聊瞎说了。这样,对于被父亲神话了的牛才子的那些传闻里的神秘色彩,很自然地就淡释了。我相信牛才子是一个学问家,因为文举人不是轻而易举可以获得的。在我的简单推理中,一个学问太高太深的牛才子,他的言论和行为,他对社会事象的看法和对日常俗事的判断,在文盲占百分之九十以上的乡村人群的眼里,是很难被理解的。理解不了便生出神秘感,以至演变到神话,还有一个心理崇拜为基础。我在此前几十年里,没有搜集过牛才子的资料,更说不到研究,印象仍然停留在父亲所讲述的那个浅层面上。想来也很正常,到上世纪六十年代初,毛泽东重提阶级斗争论,一波叠过一波的阶级斗争主导的各种运动,冲击撞荡得城市和乡村已无一寸安生之地的时候,牛才子不仅作为传闻已不合时宜,能不被拽出来再批判已属万幸了。"文革"初起大破"四旧"时,我听到一则传闻,牛才子的墓被红卫兵掘开,却发现墓道暗室用未经烧制的泥砖箍砌,使贫穷的生产队指望用挖出的墓砖砌井的打算落空。传闻又一次把牛才子神化了,说他死前就料定会被人掘墓,故意不用成砖而用未烧制的砖坯箍了墓室。我听到这个被传得神乎其神的事,信与不信已不是判断要点,倒是觉得颇富讽刺意味,掘墓鞭尸批判"四旧"的疯狂行动不仅没有达到批臭的目的,反而给沉寂多年的牛才子又添了一则神话。

这是截止到上世纪八十年代中期《白》书创作欲念萌发时,有关朱先生的生活原型牛才子的全部资料记忆。当这个人物成为《白》书构思里第一个浮出的形象时,我的畏怯心理同时就发生了,这个牛才子的影响太广泛了,我把他写得让人感到不像或歪曲怎么办?没有生活原型的人物尽由我去刻画塑造,读者尽可以指点写得好与不好,却不存在像与不像的事,而朱先生所依赖的牛才子的原型,就构成一个像与不像的很具体的压力,乃至威胁。揣着这样的畏怯心理,我走进蓝田县档案馆,怎么也料想不到的意外惊喜发生了,我借到手的《蓝田县志》,是牛才子牛兆濂先生作为总撰编写完成的,是蓝田县解放前最后一个版本的县志,也是牛兆濂谢世前的最后一部著作,由他挂帅和八个编者共同完成的一部完整的蓝田县志。

且不赘述查阅这部县志的诸种收获,只说和牛才子相关的一件事,也是意料不及的重大惊喜。牛总撰编撰家乡《蓝田县志》的总体指导思想,是严格而又严密的史家笔法,一种纯客观的文字叙述,稍一触及便能感觉得到。我发现写到近代蓝田的史实时,尤其作为县志附录的"民国纪事"篇时,对县域境内发生的重大事件,在用客观的史家笔法记述之后,牛总撰加了几则类似于"编者按"的小段文字,表述的是牛总撰自己对这些社会或生活事件的看法。读到牛总撰的这几则"编者按"式的附言,我兴奋得忍不住心颤,一个被神化了的牛才子剥除了神秘的虚幻的光环,一个活生生的可触可感的牛才子站在我的眼前。我可以感知到他眼里的神光,也能感知到他出气吸气的轻重缓急,以及沉静里的巨大愤怒。我感到我已切住了牛才子的脉象。我对以他为生活原型的朱先生写作的畏怯心理,就在这一刻被排除,涨起自信和强烈的欲望来。

我后来还搜集到牛才子一些真实事件,其中对我震撼最大的一件事,是他联合了南方北方几位旧知识分子,在上海一家发行量最大的报纸上发表抗日宣言(他称日寇为倭寇),响应者众,可见他的影响绝不局限于关中。他不仅发言立誓抗击倭寇侵略,而且身体力行,要到山西中条山抗战前线去,走到潼关正待过黄河时,被部队派人力劝强拉回来。在民族和国家的危亡时刻,牛才子疾恶如仇的骨气品格,真可谓惊天地泣鬼神。民间传闻里的神秘神话的色彩,已是荡然无存,一个铮铮铁骨的老知识分子,巍然如山立在我的眼前。我常常于傍晚时分站在家门前的灞河堤岸上,眺望河北边七八华里远的一道黄土高崖,高崖下有一个小小的名曰新街的村子,是牛先生的生身和归葬之地。我和他的地理距离不过七八华里,一种天然的亲近把历史时序的距离缩小到几近于无,自然还在于崇敬仰慕基础上的心理贯通。

牛才子是程朱理学关中学派的最后一位传人,对关中学派的继承和发展有重要建树的一位学人。关中学派的创始者张载,有四句宣言式的语录流传古今:为天地立心,为生民立命,为往圣继绝学,为万世开太平。无论做学问,无论当官从政,这样的抱负和这样的胸襟,至今读来仍令我禁不住心跳血涌。从这四句语录就可以感知关中学派的精髓,也就可以更深刻地理解我的灞河北岸的老乡党牛才子的精神内质了。我也就可以更切近地理解他冒着生命危险劝说企图反扑已经"反正"(辛亥革命)了的西安的清兵总督,也就理解了他以耄耋之躯亲赴抗日前线驱逐倭寇的举动。然而,到上世纪之初及至三十年代,辛亥革命和共产党革命兴起的时候,关中学派的某些具体理念的局限难以适应新的社会潮流,在牛才子身上也很难回避。他坐馆的曾经影响甚远的书院很快冷落,弟子走失,红火时曾有韩国留学生。先后有西安和蓝田两家新兴学校聘他为师,他都不能适应而告辞,回到书院编起了县志。我努力理解他在这个急骤的社会革命浪潮里的心态,他的超稳定的心理结构面临种种冲击时的痛苦,等等。

我依牛先生为生活原型,创作了朱先生。朱先生已不再等同于牛先生。道理属于创作常识,前者是生活真人,后者是一个艺术形象;艺术形象从精神心理上已摆脱了生活原型的局限和束缚,给作者以再创造的绝对而海阔的自由空间,把作者的理解和体验浇铸进去,成为我的"这一个"。

对于朱先生这个人物,我的态度是不做任何注释,由读者和评论家去审判。这也不光是我对朱先生这个人物的态度,而是我对《白鹿原》小说里所有人物的态度,事实是,《白》书发表出版十五年来,我基本不做作品人物的解释,只在对某一些访谈提问时偶有涉及。令我感佩的是,大量的评论文章对包括朱先生在内的几乎所有人物,都有甚为精到的解析和评说,有些甚至超出了我的期待。自然,也免不了一些令我意料不到的评论视角,包括个别误读,我基本能保持平静的心态,当作一种观点来看取,也有鉴示的意义。我在这里想说一下朱先生的"鏊子说",算是坚守十五年不做人物阐释的一次破例。

我在蓝田查阅县志和许多史料时,看到一些老革命回忆当年"农民运动"的文章,大为震惊。渭南地区的华县和华阴县,是陕西农民运动的中心,运动开展的广泛程度和卷入的农户人数,当是北半个中国闹得最红火的地区,与毛泽东在湖南发动的"农民运动"遥相呼应。尚不属于渭南中心地区的蓝田县,绝大部分村子都成立了"农民协会",建立了农民武装,包括地理上的白鹿原地区。我在中学语文课上学习毛泽东《湖南农民运动考察报告》时,更多地领受毛泽东看取这场运动的独立观点,以及他生动而雄辩的文字,至于那场农民运动本身,已经是遥远的过去,又是发生在遥远的南方。几十年后我突然感到一种切近的冲击,竟然忍不住心跳,就在我的生身之地白鹿原上,曾经发生过如此红火的乡村农民革命运动。

我家住在白鹿原北坡根下,出门便上坡上原,我到原上蓝田辖区的集镇赶过集,到几个大村看过壮观的社火和秦腔戏剧演出,却从来没有听说过六十年前那些大村小寨曾经发生过的轰轰烈烈的"农民运动"。我在手抚那些资料时感慨连连,自言自语着一句调侃的话,渭南地区的农民运动就规模和人数而言,不比湖南差多少,只可惜没有人写出一篇类似毛泽东的"报告",竟然无声无息被历史淡忘了。这场运动骤起骤灭,国共合作破裂之后,"农民运动"遭到残酷的镇压,习惯上称为"还乡团"。报复性镇压的残酷性是不难想象的。《白》书写了这个过程。朱先生在他的白鹿书院里,也听到杀伐的声音,嗅到了血腥气儿,说了一句话,白鹿原成了一个鏊子啦。正是朱先生的这句"鏊子说",发生了一些误解和误读。恕我不再重复赘述那些误读误解的话。

"鏊子",是朱先生面对白鹿原上"农民运动"被残酷镇压时的一个比喻。鏊子是北方乡村烙锅盔烙煎饼的铁制炊具。我在写到朱先生面对原上正在发生的"还乡团"的报复事件时,很自然地让他说出这个比喻来。或者说,是我意识里的朱先生自己说出的这个颇为形象的喻体。我在上一章里谈到,我以人物的文化心理结构把握我正在写作的各个男女人物,朱先生是我体验较深也自以为把握较准的一个重要角色。以他的文化所架构的心理形态,面对白鹿原上"农民运动"骤起骤灭的现实,说出"鏊子"的比喻,表示着他的看法和判断,这是作者我所严格把握的朱先生这个人物角度所决定着的,更是他独独禀有的心理结构所主导着的性格化语言表述方式,形象也含蓄。

这里有一个常识性的界线,作品人物对某个事件的看法和表态,是这个人物以他的是非标准和价值判断做出的表述,不是作者我的是非标准和意义判断的表述。作为作者我的写作用心,说明了只有一点,努力把握各个人物不同的文化心理结构形态,才能把握住他们不同的角度,才可能写出真实的性格差异来。这些人物对同一事件大相径庭的判断和看法,只属于他们自己,而不属于作者。读者可以审视、评点作者对各个人物把握得准确与否。只有准确了才能谈到合理,才能谈到真实,也才可能进一步谈到人物的深度和典型性。如果连最基本的准确都做不到,就无合理和真实,更遑论人物的深度和典型了。读者和评论家可以严格挑剔朱先生等人物的刻画过程里的准确性和合理性,包括他的"鏊子说",是否于他是准确的和合理的,而不应该把他的"鏊子说"误认为是作者我的观点。再者,朱先生的"鏊子说",错了对了或偏了,更具体点说,是对"农民运动"和"还乡团"报复行为的大是大非的判断是否正确,即使如此,也是属于朱先生的判断,不是作者我的判断。单就"农民运动"这个事件,《白鹿原》里不同的人物都有截然不同的态度和判断,革命者鹿兆鹏自不必说,田福贤等从根本上就说成是"共匪"煽动的作乱。如果把朱先生的"鏊子说"可以看成是作者观点的糊涂,同样可以类及田福贤的反动观点给作者,鹿兆鹏的革命观点也应该是作者的。这种常识性的笑话,我在写作过程中是丝毫也不曾预料得到的。

某些不了解创作的人对朱先生的"鏊子说"发生误读以至指责,我都以平静的心态表示理解。我还听到行家指点说作者缺乏智慧,为什么要让朱先生说出"鏊子"这样的比喻来,让朱先生换一种说法不是不惹事吗,等等。我有限的智慧只把握到朱先生的"鏊子说"才合他的文化心理结构形态,只有他才能说出"鏊子"的比喻体。如果会料到惹事的后果,进而让朱先生说出别一种不惹事的话来,那么朱先生的面目就会是另一番景象了。这样一来,作者有限的智慧不仅专注不到人物的准确把握上,反倒耗费到如何逃躲误读的机巧上去了。把智慧耗费到机巧上,且不说合算不合算,恐怕创作都难以继续了,如果还有作家的道德和良知的话。

七　寻找一种叙述

在一九八六年到一九八七年《白》书构思的这两年里，新时期文艺复兴发展到真可谓百花齐放的红火时段，欧美以及拉美几乎所有流行过和正在流行的文学流派，都被引进中国文坛来了。无论学得像或不像，似乎没有谁太在意，或者尚来不及细究，全都陶醉在新鲜乃至稀罕的感觉里。我也是陶醉者之一，眼花缭乱应接不暇，尽管未必都能读得懂，未必都能进入欣赏的愉悦，却仍然兴趣十足地阅读，基本的收获是大开眼界甚为鼓舞。即使有人调侃这样的文坛景观说"各领风骚十来天"，也遏制不住我想长见识的兴致，依旧兴味十足地阅览文学杂志上新发表的标新立异之作。我当然不可能看到某个新流派就学写某个流派的小说，但我起码想知道世界上和中国有这种和那种文学流派。这如同牛仔裤引进中国，我不想穿它却想欣赏这种服装样式，看到别人穿起来还挺风光。

和这种五彩缤纷的文学景观不大匹配，或者说不大协调的事，已经悄然出现，就是出书有点难了。作家们正忙着追求新的文学流派和别致的写作方式，不太留意出版业已经完成了一次体制改革，由政府支配的计划经济性质，改为纯商品运作的市场经济体制了。一本书能否出，商品利润的判断已成为一条硬杠子，具体到征订数目，如同一道判决书。出版社最基本的一条原则是要出能赚钱的书，赔本的买卖再不做了。道理很简单也很冷酷，政府不再给出版社拨款，过渡性的补贴也取消了,编辑的工资得靠编书出书赢得利润赚到钱才能获得,想靠人情和长官意志出书,在这个冷冰冰的硬杠子面前都开不了口了。一些意料不及的现象随即出现了,按习惯性思维和习惯性心理一时很难适应,纯粹的雅文学遭到市场的冷脸,出书难了;一些在文坛上颇得风光的作品,在非文学读者的更广大的读者群里不买账,出书也难了。在作家和出版社编辑之间传递着令人丧气心凉的逸闻,某名牌大家的集子的征订数居然不到一千册,令约稿的编辑骑虎难下。我自己出书的经历才是最可靠的体验,一本颇得好评的中篇小说集征订不足三千册,迟迟不得开印,据说此订数在不赔也不赚的及格线上,后来还是侥幸面世了。另一部中篇小说集收集的作品,被转载或得过发表刊物优秀作品奖,征订数仍然不景气。至于短篇小说,全部堆在书柜里,没有哪家出版社问津,据说短篇小说和散文随笔最难赢得市场效益了。自以为还算是中国实施改革的拥护者,不料市场经济的观念和意识,竟是以这种切身压迫的方式让我领受的,而且别无选择,而且正值这头一回试笔的长篇小说快要定型的时候。

你写的小说得有人读,你出的书得有人买。出版社刚刚实行的市场经济理论和运作方式,无论多么深奥多么陌生多么冷硬,具体化对象化到我头上的时候,就变得如此简单。唯一的出路,必须赢得文学圈子以外广阔无计的读者的阅读兴趣,是这个庞大的读者群决定着一本书的印数和发行量。此前也不是没有想到这个层面的读者群体,却确凿没有形成至关致命的心理压迫和负担。

这种心理压迫的直接效应,使我很快确定这部小说的规模。构思的近两年的时间里,就其规模而言,虽然尚未完全确定,却一直偏重于写成上下两部。我是就已经酝酿着的较多的人物和他们较为复杂的人生故事,需得上下两部才能完成,每部大约三十万至四十万字。唯一犹豫未决的因素,是我的阅读习惯不喜欢多部规模的小说,这是长期形成的不大说得清道理的阅读习性,包括某些声誉颇高的翻译小说。我既然有这样的阅读习性,自然也不想弄出上下部或多部这样规模的小说,却想到这部小说的内容和人物,一部很难装得下。当市场经济运作的无情而冷硬的杠子横到眼前的时候,我很快就做出决断,只写一部,不超过四十万字。之所以能发生这种断然逆转,主要是对这本书未来市场的考虑,如果有幸顺利出版,读者买一本比买两本会省一半钞票,销量当会好些。

我便重新审视一个个业已酝酿着的人物,重新审视每个重要人物的每一个重大情节和细节,合理性和必要性为审视的尺码,舍弃某些可以舍弃的情节和细节。即使如此,我仍然觉得四十万的字数很难装得下已经难以再做舍弃的内容。这样,我便把自己逼到语言方式这条途径上来。采用叙述语言,也几乎就在此时做出决断。在我的语言感受和意识里,仅就篇幅而言,叙述语言比之描写语言,是可以成倍节省字数和篇幅的。同样出于以往写作的语言感觉,叙述语言较之白描语言,难度也要大很多,尤其是一部几十万字的长篇小说,要做到通体不松懈更不露馅儿的形象化叙述,就我已不算少的文字实践的感受和理解,完全能估计到这是非同一般的难事。然而,我已经确定要用叙述语言来表述已经意识和体验到的那一段历史生活内容,或者说必须寻找到和那一段乡村历史生活内容最相称的语言方式,即叙述,而且必须是形象化的叙述。从我的写作实践看,尽管能充分感知这种叙述语言的难度,心头涨起的却是一种寻找新的语言形态的新感觉,甚至贴切地预感到这种叙述语言的成色,将直接影响乃至决定着内容呈现的成色。这次由小说规模引发的语言选择,很快就摆脱了最初为缩短小说篇幅的诱因,导致成对这部小说语言形态的严峻课题。

我很自然地发生对已往写作中语言演变的检索。我是由描写语言开始小说写作的,生动和准确的描写成为那个时期的语言追求,这大约在我热衷短篇小说写作的时段。这个时候对语言似乎没有太明显的刻意,完全凭着对要写人物的某种感觉去写作,是一种含糊盲目的尽兴式写作,我对小说语言的自觉,发生在随后的中篇小说写作的时候,说来不单纯是语言自觉,而是由对小说创作新的理解引发的。我在中篇小说写作开始,意识到以人物结构小说,从此前的故事结构里摆脱出来。我发现一个很简单也很直白的问题,面对不同的写作对象,性格和心理形态差异很大的人物,很难用同一种色调的语言去写他们,包括他们各自不同的生活氛围和社会氛围,必须找到一种适宜表述不同人物的相应的语言形态。尤其是在写乡村知识分子的《蓝袍先生》和乡村农家院里两代人生活的《四妹子》,仅语言而言,差异是很大的。我自己回看这几部中篇小说,每一部都有相应的语言选择,各不相同。那个时候对语言的这种探索,也依赖着我的阅读感受,我发现,有的作家的主要作品,基本保持着一种语言结构形态和语言色调,形成一种固定的语言风格,让读者不看署名就能感知到这是谁的文字。另有一类作家的小说作品,语言差异很大,譬如鲁迅,《阿Q正传》和《祝福》的语言形态是太截然了,还有《狂人日记》《药》《在酒楼上》等,可以说无论篇幅大的或小的,每一部和每一篇都呈现着独有的语言形态。从纯粹的写作实践上来理解,我便推想到鲁迅肯定也面临过语言选择的事,用写阿Q的语言无法写祥林嫂,用写祥林嫂的语言也写不成酒楼上的男女。很显然,作家面临不同质地的写作对象选择最恰当的语言形式,才可能把自己体验到的生活内容,完成一次最充分也最富有个性化的独特表述。我几乎是很自然地倾向于这种语言选择的实践的,中篇小说的写作,还处于自觉和不大自觉的过程。

  我这次对语言检索的更侧重的一个课题,就是由描写语言到叙述语言的过渡。对叙述语言的喜爱和倾倒,也是由阅读中充分感受其魅力而发生的。最直观的一点,一句凝练的形象准确的叙述,如果换成白描语言把它展开描写,可能要用五到十倍乃至更多的篇幅才能完成,而其内在的纯粹的文字魅力却不存在了。再一点是叙述语言的内在张力和弹性,又不仅是一个外在的语言形态,而是作家对他的人物的透彻理解和掌握,获得了一种言说和表达的自由,才可能有叙述的准确和形象,才能恣意纵横而不游离各个人物的气脉,也才能使作者的语言智慧得以展示,充分饱满而又不过不及,废话就不可能落到某个人物身上。我对叙述语言的理解,是一个渐次加深的过程,在此之前的一些中篇小说写作中,自觉不自觉地试用过,用一句话说,火候不够也达不到完美。我已深切体会感知到叙述语言的难度,尤其难以掩饰的是,很难用叙述语言从头至尾把一部几万字的小说写下来,总有几处露出描写的馅儿来。这既是一种语言功力的欠缺,也是对作品人物心理演变准确合理把握的不到位,表象的标征却是语言。

为了一种新的语言形态——形象化叙述——的追求,我唯一能想到的办法就是试验。我在长篇《白》书开笔起草之前,写了短篇小说《窝囊》和《轱辘子客》,用意十分明确,就是要试验一种纯粹的叙述,选择这两个题材的人物和故事,自然也是适宜使用叙述的语言的。我确定尽量不写人物之间直接的对话,把人物间必不可少的对话,纳入情节发展过程中的行为叙述;情节和细节自不必说了,把直接的描写调换一个角度,成为以作者为主体的叙述。印象最深的是《轱辘子客》,近万字的一篇小说,通篇都是以形象化的叙述语言完成的,只在结尾处有几句对话。我切实地体验了叙述语言的致命之处,不能留下任何干巴巴的交代性文字的痕迹,每一句都要实现具体生动的形象化,把纯属语言的趣味渗透其中,才能展示叙述语言独有的内在张力,也才可能不断触发读者对文字的敏感性,引发他读下去直至读完的诱惑力。记得《轱辘子客》在《延河》杂志发表不久,我从乡下赶到城里去买粮和买煤球,在作协院子里碰到几位同事,都说到这个短篇的语言,对熟悉我以往语言的他们来说,感到新鲜,也感觉到了明显的变化,似乎都以为这种语言形态不错。我大受鼓舞,却不便说出这种变化的深层因由。在《白》书已经草拟过半的一九八八年夏天,关中的三伏天热到近四十摄氏度,空调还只是传说中的高档器物,屋里屋外都热得汗流不止,再加上孩子高考升学的麻烦事,迫使我的草拟停止下来。偶遇下雨得着短暂的凉爽,我又写了两个短篇小说《害羞》和《两个朋友》,继续着叙述语言的演练。我又为纯粹的叙述里加入人物对话,意在把握对话的必要性,自然是对对话的内容再三斟酌和锤炼,以个性化的有内涵的对话语言,给大段连接大段的叙述里增添一些变化,避免大段叙述语言阅读过程中可能产生的累。因为《白》的人物和主要情节已经基本确定,草拟过半程的感觉挺不错,叙述语言就成为承载和展示作品内容的一个关键。其实,正在草拟着的《白》的语言,也是以叙述的形态展示着,主要把握着作者叙事主体的角度,形成叙述语言的架构和形态,尚不能顾及语言的细部,也顾不及字词的推敲。道理在我很清醒,草拟的主要用意在于把这部跨越半个世纪的小说的框架搭起来,把白鹿原上那些人物命运遭际的粗线条勾勒出来,叙述语言的精确斟酌,那是写正式稿时要做到的事,我计划的草拟时间为一年,正式稿预计两年,多一倍的时间预算,其中一条因素就是花给叙述语言的……我得着机会就想写个短篇,既在增添收入补贴已现窘迫的家庭经济,更在叙述语言文字的练习,意图很实际,到半年后摊开稿纸下笔正式稿时,便能进入完全自如的文字叙述。

草拟稿进行得超出预料的顺畅。到一九八九年元月,超过四十万字的草拟稿完成了。一九八八年四月动笔,到次年元月完成,刨除暑期近两个月的停笔,实际写作时间只有八个月,这大约是我自专业创作以来写作量最大的一年,也是日出活量最高的一年。这年过了一个好春节,心头的鼓舞和踏实是前所未有的。春节临近的时候,我已经从《白鹿原》的历史烟云中彻底摆脱出来,和村里的乡党搭帮结伙去赶集,挑选猪肉和蔬菜,进城买面粉、大米、清油和煤球,这些东西都是凭票定点供应给我这个住在乡下的城市居民的,今年办起这些啰唆事来的心情都是前所未有的舒悦。动笔草拟之前的种种担心,都在画上最后一个标点时彻底化解了,既比我起初预想的顺利,也比我草拟之前的感觉更好,起草之前某些思路,竟在写作过程中得到扩展和深化;更有许多自以为得意的细节,竟是在写作过程中不断蹦出来的。我在进城或赶集办年货往来的路上,常常面对白鹿原北坡的沟壑台梁久久注目,这原坡已不是我小时候割草砍柴捉蚂蚱的那个原了。我已经把家乡的这个古原写成小说了,尽管是草拟,亦然抑制不住心头的兴奋。

一个无比快乐的新年过完了,待把三个孩子一个一个送进学校,再把家庭这样那样的杂事处理过手,又到清明了。我摊开稿纸,竟是一种前所未有的沉静和舒展,这也是以往写作短篇中篇小说时几乎没有过的一种心境,当是因为草拟稿摊开在桌子左首,白嘉轩们的人生际遇里的大事小事已失去了草拟时的情感冲动,多了重新审视和斟酌的冷静;更深层的原因,我想还是已经草拟出来的那些内容,容不得激情,也更容不得随意,沉静几乎是在摊开稿纸时必然形成的写作心境。当我在稿纸上写下"白嘉轩后来引以为豪壮的是一生里娶过七房女人"的开篇话句时,我的心境更沉静了,一种进入近一个世纪前的原上社会特有的沉静。我开篇叙述的感觉是空前的自在,对于叙述语言的把握也是空前的自信。我后来才意识到,此前用几个短篇小说练习叙述的功夫没有白做,更重要的甚至是决定性的因素,在于对那个历史时段原上人物的理解和体验的程度。

八 复活了的呻唤声

记不准确是在构思基本成型，或是在已经开始动笔草拟《白》稿的某一天深夜，我确凿无疑听到从上房西屋传出的沉重却也舒缓的呻唤声，且不止一声。这是我的厦屋爷的呻唤声。我不由得战栗。家人早已进入梦乡。我在前院的书房里磨蹭着我的事，也许只是抽烟喝茶，无意中就听到不止一声的沉重却也舒缓的呻唤。上房的东屋和西屋至少有两年不住人了，西屋放着柴火。我透过窗户看了看上房模糊的檐墙和瓦檐，静谧无声。我走出屋子站到院子里，瞅着即使在朦胧的夜幕里也掩饰不住的上房老屋残破颓败的景象，顿然意识到，这沉重却也舒缓的呻唤声，是从我记忆的心底发出的。

我的祖父辈有兄弟三人，属于两股的堂兄弟。我的祖父为一股，单传一个，到我父亲仍是一个单传，我的这个嫡系爷爷在我出生前已经谢世。另一股的两个爷爷是亲兄弟，老大也去世早，我未见过面未听过声，老二这个爷爷在分家时住着上房和门房之间西边的厦屋，后辈的我们这一茬孙子便叫他厦屋爷了，叫顺了也不觉得拗口。厦屋爷有两个儿子，据说都属于不安分守己种庄稼过日子的人，跟着外边来的一个人走了，先后各回来过一次又走了，此后再无声息踪影。老大也有两个儿子，都是我的叔父，便把小叔父过继给厦屋爷了。小叔父是个孝子，当即把厦屋爷从厦屋搬挪到上房西屋。在我稍有辨识本领的时候，看到的是出出进进于上房西屋的告别了厦屋的厦屋爷了。我爷爷和我父亲都是同辈兄弟中的老大,分家的格局至晚在曾祖父那一代就形成事实,我父亲便继承着上房东屋和中院东边的厦屋。东为上,分家归属长子是族规里天经地义的规矩。上房东屋和西屋之间隔着一间明室,作为共有的通道,东屋和西屋是窗户对着窗户门对着门,中间的距离不过三大步四小步。我家的两间厦屋用土坯隔开,南边做厨房北边养牛做牛圈,一家人住在上房东屋。我沉在心底几十年的厦屋爷的呻唤声,就是从他住着的上房西屋的门窗传进我住的东屋的门窗的。

厦屋爷的呻唤,似乎不能等同于呻吟,更不是打鼾声。我的父亲睡熟时鼾声跌宕起伏,我常常被突然暴出的一声如炸雷般的鼾声惊醒,半天难得重新入睡。恰是在这种夜半惊醒或是被尿憋醒爬下炕在瓦盆里尿尿的时候,往往会听到从对面窗户传来厦屋爷深沉而又舒缓的呻唤声。那种呻唤声一般只有一声,偶尔还有连接着的较短也更轻的一声,好像第一声的余韵或回声。厦屋爷在解放后的第二或是第三年就去世了。我顶大不过十岁。我连他说过的一句话也没有记下,更不要说他曾经有过什么英雄壮举或遭遇过怎样窝囊的事了。他很少搭理我那样年龄的孙子,从来也没有像村子里那些爷爷和孙子的亲昵举动。我也记不得有过什么亲近他的行为。他的面貌早已模糊,唯一的印象是他手里总捏着一根超长的旱烟杆儿,抽烟时需得伸直一只胳膊,才能把燃烧的火纸够到装满烟末儿的旱烟锅上。我唯一见过的祖父辈里的一个爷爷,就是这样粗浅到有点陌生的印象。大半生跌跌撞撞走过来,仅仅只记得作为厦屋爷象征的那根超长的烟袋杆儿,无论如何也料想不到,在我心底最深的一隅,还储存着厦屋爷呻唤的声音,竟然在这一夜的更深人静的时刻响了起来。

我从院子回到小书房坐下来,也就准确无误地解开了这个始料不及的现象,这是我业已构思成型即将动笔或刚刚开笔草拟的《白》书里的人物,白嘉轩朱先生鹿三甚至包括鹿子霖这一茬白鹿原上的男人,把我的厦屋爷在夜深时的呻唤声,从我的心底记忆里感应而出了。我坐在沙发上推想,我的厦屋爷的年龄,大约和原上白鹿两家的当事人属于一茬儿。原上原下属于这个年龄茬儿的人,不知有多少万,然而距离我最近——近到夜半可以听见他呻唤的人,却只有厦屋爷一个,我的亲爷和门族里的二爷(厦屋爷的哥哥)都在我出生之前去世了。我用两年时间营造或者说编排的白鹿原上那一茬男人和女人的故事,让白鹿原北坡坡根下的我的厦屋爷留在我心底的呻唤,感应而出了。依我当时有限的关于人的神秘的生理和心理现象来理解,在我尚不解人世人事的幼年时期,厦屋爷夜半的呻唤,是我直接感受直接纳入的白嘉轩鹿三们富于生命质感的声音。

我在小书房里骤然间兴奋起来,甚至有点按捺不住的心颤。我在这一瞬,清晰地感知到我和白嘉轩鹿三鹿子霖们之间一直朦胧着的纱幕扯去了,他们清楚生动如活人一样走动在我的小书房里,脚步声说话声咳嗽声都可闻可辨。这是厦屋爷的呻唤声,扯开了那道朦胧的纱幕,打通了我和白嘉轩那一茬人直接对视的障碍。我的创作一直依赖对生活的直接感受和直接体验,这在此前的中短篇写作中不存在障碍,我的作品几乎都是与生活同步发生发展的。我在《白》书里构思的人物和生活背景,是我的厦屋爷这一茬人的生活历程,离我有些远了。我无法获得直接的感受和体验。无论我做了自以为多么认真和切实的准备工作,却总也不像我写解放后亲历过的时段里的小说那样心底踏实。厦屋爷的呻唤声,让我获得了弥足珍贵的踏实感。在我学习创作的已不算短的历程中,越来越相信创作需要想象,想象力愈丰富作品就出奇制胜,甚至可以说想象力贫乏的作家,是很难实现思想和艺术的突破的,我不仅相信这个理论,也有自己创作实践的切实感知。但在我个人的创作实践里,还有一个不可或缺的东西,就是对生活的直接感受和直接体验。如果既保持活跃丰富的想象,又对具体一部小说所描写的生活背景和人物生存环境有直接的体验和感受,我就会进入最踏实最自信也最激情的写作状态。缺失几十年前白鹿原上或原下乡村生活氛围的直接感受和体验,在我构思《白》书的两年里,一直是无法实现填补的一个亏空。愈是接近构思完成即将草拟,这个亏空造成的不踏实乃至不自信的阴影,一直徘徊于心。我曾经努力搜寻儿时的记忆,我曾经跟着父亲,大年初一早晨到敬奉着陈姓族谱的人家(小村子建不起祠堂),由父亲上完点燃的香支,毕恭毕敬地抱拳作揖,再跪拜三磕头;我记得父亲在厦屋北间养的一头黄牛,他每天几次添草拌料还要垫黄土,用铡刀铡断苜蓿或青草时的"嚓嚓嚓"的声响,重新在我耳朵里响起。这些在幼年看到的乡村生活太细碎,不能形成一种总体的直接的心理印象,为此我曾经几次走上白鹿原,在那些规模较大的村子里转悠,尤其是那些老房子和老街巷,企图感受到遗存在这里的旧时的气氛,虽不无收益,却是难以形成良好的感受。无论如何也料想不到,厦屋爷的呻唤声,把我欠缺的那种直接感受和直接体验填充起来了。

连着几个夜晚,我都在回嚼厦屋爷的呻唤声。这是厦屋爷睡到最沉最熟乃至睡死的状态下发出的呻唤,他自己肯定是无意识无知觉的,然而却是生理身体和心理身体的深处倾泻而出的,没有忧愁没有怨愤没有悲伤没有凄楚更没有痛苦,我所能找到的基本恰当的形容词汇,就是深沉而舒缓。我幼年被父亲的鼾声惊醒而一时难以入眠的时候,听到厦屋爷的这声呻唤,反而让我很快进入睡眠。当我即将动手写作《白》的时候,才反复咀嚼这呻唤声的内涵,这是我们家族中即将走到生命尽头的最后一个爷爷辈老人的呻唤声。我很自然地展开想象,无论人生信条人生理想的坚守和追求,无论财产的聚集或丧失,无论婚姻家庭的可心或别扭,无论行为里的端正或龌龊,无论亲族乡友相处中的亲了疏了乃至仇恨,等等。其中伴随一生的成功和得手时的巨大欢乐和得意,还有挫折和丧失时的难以承受的煎熬和悔恨,现在都淡释了烟散了,只剩下衰老躯体睡熟时发出的深沉而又舒缓的呻唤。

我的不大丰富的想象力竟然活跃起来,把厦屋爷的呻唤想象成白鹿原发出的呻唤的声音。我坐不住了,便走出小书房再走出大门,站在场边上面对村庄依靠着的白鹿原的北坡。突出的崾粱和凹进去的大小沟壑,在早春的星光下都呈现着模糊却也柔和的轮廓,稀疏的杂树撑立在坡坎上,静无声息。坡根下自东至西排列着一幢幢或排场或寒酸的房屋,以陈姓为绝对多数的这个只有五六十户人家的小村庄,因为"文革"焚烧了族谱,我问过许多老人都说不清有多少年的历史了。一茬一茬的娃娃在这家那家的土炕上落生,能逃过种种疾病存活长大,女娃嫁到外村,男娃在村前的灞河河滩地和村后的坡地上春种秋收,死了再由儿子埋到原坡上属于自家的某一块土地里。我自小在这原坡上割草挖柴逮蚂蚱,总是躲避那些长着荒草和荆棘的坟堆,有一种本能的阴森。我现在站在门外的平场上。看着星光下静谧的原坡,不仅不再有任何阴森冷气,倒是耳畔不断萦绕着一种深沉舒缓的呻唤。我感觉已经开始融入这个原了。

由厦屋爷引发到白鹿原的这种呻唤,不仅扯开了我与白嘉轩们之间的朦胧纱幕,也使我获得一种前所未有的沉静的写作状态,这也是不曾预料得到的。在草拟和正式稿写作的四年时间里,常常有这样的情况发生,写得太顺利也太得意的章节,往往不自觉地进入一种太过兴奋状态,句子往往粗疏,把可能找到的更准确更形象也更耐得咀嚼的词汇和句式丢失了,甚至连稿纸上的钢笔字也潦草了。尤其是在写得不顺,甚至遇到怎么也跨不过的沟坎的时候,烦躁以至气馁。我往往是在夜静时分挪一小凳,坐在中院的破烂不堪的两幢厦屋之间,寻觅捕逮厦屋爷的呻唤,不仅使我过分兴奋的情绪归于沉静,更使我烦躁丧气的心境渐次恢复起来,明天早晨可以以一种沉静的心态打开稿纸。还有社会生活不断潮起的热闹,杂以文坛开始兴起的炒作的热闹,能使我看见权当没看见听见权当没听见而依旧坐在原下祖屋的屋院里,也是厦屋爷那深沉舒缓的呻唤给我的调节和镇静。我如果也学着自炒他炒赢得文坛的某些虚名,到厦屋爷那种年龄的时候,还能发出纯粹到无意识的深沉而舒缓的呻唤吗?

  我从小小年纪喜欢文学并开始在作文本上涂鸦,尤其到新时期的文艺复兴,不断见识着也接受着种种关于写作的新鲜观点,还有不少成就卓著的中外作家的写作经验,作品如何既达到深刻性又有独自的发现,如何实现艺术的独创风格又能被普遍接受,种种观点和种种经验,有的给我以启发有的给我以借鉴,至少也给我开阔艺术视野的好处。然而,在我三十多年的习作历程中,第一次感知到幼年无意听到的一种声音——厦屋爷睡熟时同样无意发出的呻唤,却影响着我的生活思考,也影响着我的写作情绪。我至今难以判断,这是一种什么体验。

九　关于性，庄严与挑战

在《卡彭铁尔的到来，和田小娥的跃现》一章里，我写到查阅《蓝田县志》时，面对卷帙浩繁的"贞妇烈女"卷所发生的始料不及的深度震撼，最直接的冲面而来的声浪，这陈年老本里封盖着多少痛苦折磨着的女性的灵魂。在《白鹿原》尚无任何人物和情节构想的情境下，田小娥（当时尚未命名）这个人物便冒出来了。一个没有任何机遇和可能接受新的思想启迪，纯粹出于人的生理本能和人性的合理性要求，盲目地也是自发地反叛旧礼制的女人。尽管当时还不可能有任何情节和故事，这个女人却出现了。我几乎不怀疑这种女人的生活真实，这是我耳闻的大量民间故事和我亲历的真人真事给予我的自信。

我从二十岁离开学校进入社会，到四十岁调进作家协会搞专业创作，整整二十年都工作在县以下的公社（乡镇）里，接触的多是乡村的干部和农民，和许多人成为熟识不过也互相信赖的朋友。我听到过许多荡妇淫娃的传奇性故事。这些故事不知在乡间传播了几百年，依然在乡村的那些偏僻的角落里传播不衰。即使在上世纪七十年代以阶级斗争理论为纲的严峻时月里，我常常和农村干部一起参加各种名目的"学习班"，在庄严的报告厅里，他们严肃地听报告；小组讨论时，也很认真地说学习体会；一旦到饭后的自由活动时间，他们便三五一伙聚到某个角落里，说着各自拥趸的那些被称作酸黄菜的民间故事。二十年间我不知听过多少回多少种，从来也没有在意过，听了哈哈一笑就过去了，更没有和写作联系起来，这些酸黄菜故事，压根儿登不得文学的大雅之堂的。在我翻阅了那几本"贞妇烈女"卷的文本之后，那些尚未忘记的民间口头本的酸黄菜故事从心底浮出。我顿然意识到，民间流传着的无以数计的酸黄菜故事，毫不留情地亵渎着嘲弄着也颠覆着一县之志的庄严；在偏僻角落里说着听着那些酸黄菜故事的肆无忌惮到放浪的嬉笑声中，"贞妇烈女"卷里那些女人以神圣的生命所换得的荣誉，不仅一钱不值，而且是片甲不留体无完肤。

更有我幼年时亲眼所见的两件事也突兀地钩沉出来。我由那些"贞妇烈女"卷里密密麻麻排列着的作为楷模的女人的名字，想起悬在我家西隔壁门楼上方的那块贞节牌匾，大小仿若中学教室里的黑板，黑色发亮的油漆板面上的漆皮已出现小点脱落，自右至左排列着四个金色楷书大字："贞节可风"。落款署名的人，是陕西完成辛亥革命后的第一任总督张凤翙。我自小就在这门楼前的空场地上和伙伴玩耍，到得能认识"贞节可风"那四个大字的时候，却没有任何兴趣打问这匾牌是奖赏给我们宗族里哪一位守寡守成贞妇的人，而且是陕西总督题写的匾牌，倒是把好奇心放在那个少见也难认的题匾人名字里的"翙"字上。直到一九五八年我上学到初中三年级，周六回到家门口，突然发现西隔壁门楼上方呈现着一方陌生的空缺，那块匾牌不见了。这是"大跃进"的强势"东风"卷起的"破除封建迷信"的运动，横扫打掉的。打掉了也就打掉了，在我几乎没有任何感觉，无非也仅仅只是觉得那门楼上方的空白有点陌生，过后很快也就不觉得陌生了。还有一件比这块匾牌更富刺激也更深印记的事，是对一个违抗婚姻法则的女人的集体惩罚事件。这是解放前夕的事，我还没有上学，却有了记事能力，一个结婚不久的新媳妇，不满意包办的丈夫和丈夫家穷困的家境，偷跑了。这种行为激起的众怒难以轻易化解,在一位领头人的带领下,整个村子的成年男人追赶到新媳妇的娘家,从木楼上的柴火堆里扯出来藏匿的新媳妇,把她抓回村子,容不得进门,就捆绑在门前的一棵树干上,找来一把长满尖刺的酸枣棵子,由村子里的男人轮番抽打。全村的男人女人把那个捆在树干上的新媳妇围观着,却不许未成年的孩子靠近,我和小伙伴被驱赶到远离惩罚现场的空巷里,看不到那长满尖刺的酸枣棵子抽击新媳妇脸皮时会是怎样一副血流满面的惨象,只听见男人们粗壮的呐喊和女人们压抑着的惊叫声中,一声连着一声的撕心裂肺的惨叫,肯定是刺刷抽打时不堪忍受的新媳妇本能的叫声。这叫声尽管惨烈,在我毕竟是少不更事的时候,渐渐也就沉寂了。

四十多年后的这个春天,我在蓝田一家小旅舍的房子里,一页一页翻着"贞妇烈女"卷里那些不知封盖了多少年的女人名字时,我家隔壁门楼上的贞节匾牌和被刺刷抽击新媳妇的惨烈的哭叫声,从沉寂的心底复活了。竟然是历历在目,声声在耳。无须太多的回嚼,我为这一正一反的两个具象颇为惊讶。那副由总督题名的匾牌昭示着什么,而被捆绑在树干上用刺刷抽打的女人惨不忍睹的情景又炫耀着什么,这在上世纪八十年代中期是一个不难回答甚或太过简单的话题。然而,那与我时空距离太过久远的"贞妇烈女"卷,那些在我当作笑话听的流传民间的酸黄菜故事,尤其是在我幼年亲眼所见的本家宗室门楼上高悬的贞节匾牌,和那个因逃婚而被刺刷抽打的新媳妇的尖叫声,全都搅和在一起,抹掉了时间和空间的隔膜,也拂去了陈旧的烟尘,以一种令我心颤的新鲜和生动,横陈在我的眼前,盘绕不散,更无法淡忘。我一时尚意识不到,这部小说最初的酝酿实际已经自此开始了。同样让我可以说意料不到的是,随着一个个人物的出现,关于性的命题突显出来了。尽管这些刚刚出现的人物面目还比较模糊,却涉及性描写,在那时候我的文学创作观念里,无疑是一个严峻的命题,甚至可以说是一个十分严峻的命题。且不说新时期文学发展到上世纪八十年代中期在性禁区做了多少探索,仅我自身而言,这个性描写的命题更有特殊的严峻性。

在我小说写作的初始几年,似乎不由自主地以男性为主要写作对象,尤其是那些乡村各色老汉的生活故事和他们的个性,曾经颇得各家报刊编辑的赏识。我曾经不无得意。为了练习刻画人物的写作基本功,我写过一篇《徐家园三老汉》的短篇小说,在不足一万字的篇幅里,我想写出三个个性不同的老汉形象,甚得好评。在我生活的这个不大也不小的文学圈子里,甚至形成某种普遍印象,说我这个业余作者写乡村老汉比较拿手。当我后来由小小的得意进入反省,意识到这种写作状态的另一面,恰恰是自我局限。这种写作状态形成的原因并不奇怪,在我刚刚进入社会并确定把文学创作当作人生追求的时候,是重提阶级斗争并确立为纲的时候,一个接一个的运动发展到"文革"且不论,文艺界的阶级斗争也是一日紧过一日一年紧过一年,直到"文革"把几乎所有作家关进"牛棚"。我读过的解放以后创作出版的文学作品,英雄人物和所有正面人物,有恋爱情节,却无一个字的性描写。我准确记得只有在长篇小说《创业史》里,写到破坏农业合作社的富农分子姚士杰强奸落后妇女素芳的场景。尽管篇幅很小,却独成稀有的一景,而且是为了揭示富农分子丑恶的灵魂而设的笔墨。在写到主人公梁生宝和改霞的初恋情节时,两个人连手指头也没有碰过,我尽管曾为梁生宝的理性深感遗憾,却仍然相信这是我读过的那个时期的小说里写得最动人也最可信的恋爱故事。我那个时候也读过一些翻译作品,倒是不乏爱情乃至性场景的描写,但在阅读的同时绝不发生迷糊,这是外国小说,外国小说是允许这样写爱情包括具体的性描写的,我们的小说不仅不能这样写,写了会吃不完让你兜着走的。直到"文革"中提出创作的"三突出"原则,几个样板戏里的英雄人物都是光身汉和寡妇,肯定是剧作家谁都不敢碰爱情这一页难念的经了,更不要说性描写了。在这种背景下学习小说写作的我,不说有意识或无意识,把学习创作的基本功力的练习对着男性,尤其是乡村老汉的生活故事,想来是无可选择也是很自然的途径。我在一种粗浅的反省之后,写了几篇以女性为主要描写对象的短篇小说,写到恋爱的美好,也写到挫伤留下的终生痛苦。发表倒发表了,却几乎没有引起任何反应,于好于坏都不见评说,倒使我丧气,甚至怀疑我对女性世界的了解和体验可能隔膜太远。直到一九八二年冬天,我写出第一个中篇小说《康家小院》,得到编辑颇热烈的反应,我才第一次获得了探索男女情感世界的自信。不过,仍是以写爱情为主线,涉及感情的复杂性,却基本没有性情景的描写,把握着一个"点到为止"的不成文的原则。这个不成文的写作原则,直到我已开始构思《白》,穿插写作中篇小说《四妹子》和《地窖》的时候,尽管已经意识到关于性的严峻性在《白》的写作中将难以回避,却仍然在这两部中篇小说中把握着"点到为止"。这两部中篇小说的男女角色和情感纠葛,提供了可能稍微放纵一笔,写他们和谐或不和谐的性心理感受里的性行为,我却依旧没有放开手笔。原因很简单,性在《白》的构思中刚刚有所意识,同时就显示给我的是这个甚为敏感的话题的严峻性,岂敢轻易放手;还有一点不好出口的心理障碍,读者对我的一般印象是比较严肃的作家,弄不好在将来某一日读到《白》时可能发出诘问,陈某怎么也写这种东西。

在《白鹿原》两年的构思过程中,爱和性是我一直反复嚼磨着的几个自以为重要的大命题之一。我曾搜寻过涉及这个命题的专论,关于爱尤其是性在文学作品中的必要性得到一种理论的确认,无疑给予我以启迪也给我信心。然而却很难与我正在构思的《白》里的人物发生切实的参照。理论阐述的是普遍的道理,而在我所要写的多个人物身上,很难发生具体的分寸把握的功能了。这是仰赖理论所不可能解决的事,不然就无所谓创作了,属于常识。让我确信必要而又恰当的性描写不应该继续成为禁区,是我对文学创作理解的一次突破。然而,哪个人物必须涉及性描写,分寸如何把握,却一直是我纠缠着的问题,又无法请教任何人。

随着《白》的构思的深入,关于性描写这个命题似乎又是很自然地得到解决,起初发生的那种严峻性,已经化释了其中的某些威压的成分,而更多地突显出某种庄严感,甚至连最初从理论上确认的关于性描写的必要性,进而增添了某种挑战的意味。这是我对那道"原"的不断深入的理解和体验,我对原上那几位逐渐生动也丰满起来的人物的自以为独自发现的感受,自然发生的某种未曾体验过的颇富挑战性的庄严感。我很清楚,这是我接受了关于人的文化心理结构的新鲜学说,并试探着对《白》里的人物完成透视和解析,看到蒙裹在爱和性这个敏感词汇上的封建文化封建道德,在那个时段的原上各色人物的心理结构形态中,都是一根不可忽视的或梁或柱的支撑性物件,断折甚至松动,都会引发整个心理平衡的倾斜或颠覆,注定人生故事跌宕起伏里无可避免的悲剧。获得了这个自以为得意的透视人物的视角,我很自然地把这个视角扩大到整个意象里的白鹿原,和这个民族历史一样久远的地理上的白鹿原和正在构思的小说意象里的白鹿原,被封建文化封建道德严密缠裹了不知多少层的爱和性,同样是支撑这道原的最重要的柱或梁式构件。岂止是我家后门外的这道原,辛亥革命的一个最切实的革命行动,是剪掉男人脑后的那根猪尾巴扯断缠裹女人小脚的发臭的布条;五四运动则提出婚姻自由,可见裹缠在爱和性这个敏感词汇上的臭布条,中国南方北方一样久远。这个时候,我才大致梳理出较为分明的头绪,对于在查阅《蓝田县志》的"贞妇烈女"卷时颇为激烈的心理反应,以及田小娥这个人物的跃现,现在都可以纳入到这个视角,进入理性的探视了。

我后来归纳的"写作三原则",大约就是在这个过程中完成的:"不回避,撕开写,不做诱饵"。既然我想揭示这道原的"秘史",既然我已经意识到支撑这道原和原上人的心理结构中性这根重要构件的分量,如果回避,将会留下"秘史"里的大空缺。不仅不能回避,而且要撕开写,把我已经意识和体验到的缠裹着性构件的长布条彻底撕开,该当是"贞妇烈女"卷里无以数计的女人不敢出口的心声,也该当是民间盛传不衰的那些酸黄菜故事传播者未必自觉的叛逆心理,还有留在我幼年记忆里的那位逃婚者被刺刷抽击时的尖叫。我的庄严感就由此而产生。

这种庄严感在我此前的写作中没有发生过,而且伴随着挑战性。这在我是很切实的矛盾,既要撕开写性,又担心给读者留下色情的阅读印象,确实感觉到甚为严峻的挑战。我为自己的定位比较清醒,不把性描写作为吊某些读者胃口的诱饵。尽管确信不疑,尽管不想如此下作,而要不造成色情或贩黄的阅读效果,关键就在性描写的必要性的再三审视和描写分寸的恰当把握。揭示这道原的"秘史"里缠裹得最神秘的性形态,封建文化封建道德里最腐朽也最无法面对现代文明的一页,就是"贞妇烈女"卷。在这部小说写作的四年时间里,我给自己写过两张提示性的小纸条,一张是关于性描写的三句话十个字:"不回避,撕开写,不做诱饵"。贴在小日历板上,时时警惕走神。另一张是田小娥被公公鹿三用梭镖钢刃从后心捅杀的一瞬,我突然眼前一黑搁下钢笔。待我再睁开眼睛,顺手在一绺纸条上写下"生的痛苦,活的痛苦,死的痛苦"十二个字,再贴到小日历板上。其实这张纸条的内容已不属于提示性质,纯粹是我抑制写作冲动的即兴行为。后来我也意识到,仅写过的两张小纸条,都是与性描写有关。

十　从追寻到转折，再到删简

白鹿原和原上的白嘉轩。

抑或是，白嘉轩和他的白鹿原。

这是二十一年前的一九八八年的清明前几天或后几天，或许就在清明这个好日子的早晨，我坐在乡村木匠割制的沙发上，把一个大十六开的硬皮本在膝头上打开，写下《白鹿原》草拟稿第一行钢笔字的时候，整个世界已经删简到只剩下一个白鹿原，横在我的眼前，也横在我的心中；这个地理概念上的古老的原，又具象为一个名叫白嘉轩的人。这个人就是这个原，这个原就是这个人。

自一九八五年秋天写作中篇小说《蓝袍先生》引发长篇小说创作欲念，到最后完成删简和具象，足足用了两年半时间。我把最后完成基本构思说成删简和具象，似乎更切合《白鹿原》构思过程中的特殊体验。两年多的时间里，除了读书除了不去不行的会议除了非做不可的家务以及不吐不快的少量写作，我的主要用心和精力都投入到我家屋后的白鹿原上，还有和白鹿原隔浐河可望的神禾原、少陵原、凤栖原和隔灞河可望的铜人原。白鹿原的西北端埋葬着汉文帝和他的母亲还有他的夫人。凤栖原上埋葬着汉宣帝。神禾原是柳青住过十四年完成史诗《创业史》最后自选安葬自己骨灰的地方。秦始皇在铜人原上焚书坑儒，到汉朝又把他收缴天下兵器铸成的铜人搬来摆置在这道原上。从白鹿原东北端下原，沿灞河往东走不过二十多华里,就是挖出距今一百一十万年的蓝田猿人头盖骨化石的公王岭。在白鹿原西端坡根下的浐河岸边,有一个新石器时期(约七千年前)半坡人聚居的完整的村庄。白鹿原至今仍流传着这个皇帝那个皇帝在原上或纵马或郊游或打猎的逸事趣闻;大诗人王昌龄在原上隐居时,种植蔬菜,下原到灞河逮鱼,也少不了吟诗;王维走得更远,从长安城东的灞桥乘一叶小舟,沿着白鹿原下的灞河逆水而上直到秦岭山中的辋川,留下千古绝唱;刘邦从鸿门宴的刀光剑影下侥幸逃生回到白鹿原上,也许是从我家的猪圈旁边的小路爬坡上到原上的驻地。我不搞考古,对中国悠远的历史也马马虎虎,说以上这些遗存的史迹景观,仅仅是想让喜欢小说《白鹿原》的读者,大致了解一下地理上的白鹿原的方位,以及文明进程中虽然早已冷寂的几点遗痕,多少可以感知这道横在西安城东不过二十华里的古原,和我们悠远的历史基本同步,没有隔绝更不是世外桃源。我那时对白鹿原太过悠远的历史不仅感到沉重,更有一头雾水的茫然,没有丝毫细究的兴趣。我在撞开绰号蓝袍先生徐慎行家雕刻着"耕读传家"的门楼下那两扇黑漆木门的时候,有一种奇异的惊悚的感觉。这种感觉不属于刚刚开始写作的中篇小说《蓝袍先生》的人物和情景,甚至使我在那一刻偏离了笔下的人物,把眼光盯住了白鹿原。此前我从来没有认真关注过我生活了大半生的这道原,仅仅只在一些小说或散文的风景描写里顺带过几笔,即如正在写作的《蓝袍先生》,我把这道原仍然依往常风景描写里的习惯称作南原,根本没有触碰业已被淡忘却也颇富形象的白鹿原,可以见证我当时对白鹿原并无特殊的意识。

在那种奇异的心里惊悚发生的时候,我第一次把眼光投向白鹿原,预感到这原上有不尽的蕴藏值得去追寻。我在这个原上追寻了两年多,在那些糟得经不住翻揭的县志上,看到《竹书纪年》里的白鹿原人的生活形态,风调雨顺的丰年里的锣鼓,以旱灾为主的多种灾害里饿殍遗野的惨景;某朝某年发生的乡民驱赶贪官的壮举令人读来惊心动魄,万民自觉跪伏官道为一位清官送行的呼喊和眼泪感天动地。我踏访过创造中国第一部教化民众的《乡约》的吕大临的归终之地,也是牛兆濂(朱先生生活原型)建馆兴学的书院。我也寻找过在白鹿原上建立第一个共产党支部的那家粮店的遗址。还有我从老人口中掏出的包括我的祖宗的故事,不乏令我窃喜不尽的生活细节。自信这样的生活细节不仅在我读过的中国小说里没有见过,也不逊色顿河草原(我读的第一本翻译小说《静静的顿河》)和马孔多镇上(我刚读过不久的《百年孤独》)那些令我新鲜而又惊诧的异域异族底层社会的生活细节(仅就生活细节而言)。更有一些意料不及撞面而来的人生喜剧和悲剧,让我一次又一次产生情感冲撞和心灵震撼,对生活本身的丰富性愈加信赖也愈觉神秘,单凭想象力无论如何是难以取代真实生活的底色的……两年多的时间里,追寻到的白鹿原上的种种人和种种事,以及因这些人和事而诱发出来的虚构的人物和情节,使我一次又一次反复感知到起码适宜我的创作的某种规律,即真实生活里的某个情节乃至一个细节,当即会诱发想象力,并有一种抑止不住的兴奋和窃喜,又把记忆里的某些生活细节激活了。由生活诱发的想象里的虚构,在我揭开《蓝田县志》里的"贞妇烈女"卷时就开始了,之后的两年里就没有断止过。我在原上原下追寻着的每一步,想象力催发的构思同步发生,完全不是待生活素材搜集齐备才坐下来构思。在构思形成基本框架的过程中,很自然地发生过左右为难犹疑难断的烦恼和焦灼,这样构想觉得不尽我意,换一种构想似乎又很难判断比前一种构想强出多少,甚至包括某个人物的某些情节的必要性,常常也会发生难以抉择的困惑。

我曾经深切地感知到穿透这道太过沉重的原的软弱和平庸,深知这会直接制约体验的深浅,更会制约至关重要的独特体验的发生。

我在反复回嚼这道原的过程中,尤其着意只属于我的独自体验的产生,得益于甚为认真的几本非文学书籍的阅读(此前已谈及,不赘述),终于获得可以抵达这部小说人物能够安身立命的境地的途径,我也同时获得进行这次安身立命意义的长篇小说写作的自信,探究这道古原秘史的激情潮涌起来。这个过程自然是多重因素促成的。自我感觉是完成了至关重要的一次突破,也是一种转折。此前是追寻和聚拢的过程,由真实的生活情节和细节诱发的想象产生的虚构,聚拢充塞在我的心中,取舍的犹疑难决和分寸的把握不定形成的焦灼,到这种突破和转折发生时也发生了转折,开始进入删简过程。删简的过程完成得比较顺利,整个白鹿原很快删简到只具象为一个白嘉轩。实现这个突破和转折再到删简的过程,自然是由多重因素促成的,其中接受并初试"文化心理结构"这个新颖理论,对我看取白鹿原的世相和正在酝酿着的小说《白鹿原》里的人物,确凿有某种点化的神奇效应。

如实说来,实现这个关键性的突破和获得点化效应,也不是凭空而来或是突生奇想,更不是神灵点拨,确凿有一个蓄久的追寻和反复回嚼的基础。在我翻开县志里的白鹿原和漫步在白鹿原这村那庄的时候,心里一直悬挂着一个最直接最简单却也难回答的大问号,在最后一个封建帝国解体的时候,历经两千多年封建制度的这道原上大村小寨里的乡民,怎样活着?换一个角度说,两千年里轮番转换着的大帝国和小王朝的无数个或精明或昏庸的皇帝,给白鹿原数以万计的臣民留下了什么?稍微延伸一下,没有了皇帝的白鹿原上的村民,怎样走到一九四九年共和国成立?我说这个问题最直接最简单,这是任谁包括白鹿原上的乡民都看得见也回答得出的:和封建帝制一样久远的铁铧木犁继续耕地,自种自弹自纺自织自缝的单衣棉袄轮换着冬天和夏天,且不说频频发生的灾年的普遍饥荒和瘟疫流行时掩埋尸体的潦草……两千多年前的秦始皇在离这道原不过六七十华里的咸阳原上建立第一个封建帝国的时候,这道原上的人这样活着,到两千多年后最后一个皇帝被赶下台的时候,这道原上的人仍然这样活着。那具决定碗里稀稠的木犁犁过两千多年的白鹿原的土地和时空,让我这个曾经也用它耕过地的作家,直到把眼光盯住这道原的时候,才发生了一点小小的感叹。这种感叹之所以不大更谈不上惊叹,在于司空见惯到麻木无觉的状态了。我又说这个问号很难回答,隐隐约约已经意识到,仅仅依靠着木犁和自织的棉布这样简单的生存方式,这道原上的人何以能延续两千多年?两千多年里,这道原上的人遭遇过多少回战乱、灾荒和瘟疫,到上世纪初最后一个皇帝被废掉的时候,依然按继往的秩序用木犁耕地用织布机织布,男人吆喝耕牛的声音和女人搬动织布机的响声背后,还潜存着什么?我的这个问号,开始就挂在发生辛亥革命的一九一一年这个年轮上。这是一个历史性的划界。

在我刚开始面对这个问号的时候,曾经浮现出鲁迅先生短篇小说《风波》里的一幕,被强迫剪掉辫子的七斤,在张勋复辟的背景里惶惶不可终日的情景。几十年前在中学课堂上听老师绘声绘色讲解的时候,似乎只觉得滑稽好笑;几十年后到我面对白鹿原的时候,顿然意识到那是先生留给历史的碑刻式的一笔,一场打碎封建帝制的轰轰烈烈的革命,影响到中国南方一个靠摇船为生的乡民七斤家庭的时候,仅仅只是一根辫子该不该剪掉的事。然而在我却有顿开茅塞的惊喜,白鹿原的男人们是怎样剪掉脑袋后边的猪尾巴辫子的?我在原上原下的村庄里曾经看见过不少剪掉辫子却仍在后半个脑袋上保留长发的遗老,据说我的祖父也残留着这种发型。男人们平衡在一根辫子上的心理,剪掉时会经历怎样一个心理过程?具体到已经酝酿着的白嘉轩和鹿子霖,剪掉辫子时会有怎样不同的心理过程?在诸如这种追寻不尽反嚼不尽的思绪里,接受"文化心理结构"理论就是水到渠成的事了。还有两本书的阅读受益匪浅,一本是号称日本通的美国人赖肖尔写的《日本人》,另一本是陕西一位学者研究以西安为中心的关中历史文化的专著《兴起与衰落》。前者的阅读,对我几乎有一种逼近的震撼,西方资本主义的新式武器——炮舰,几乎是一前一后对准并轰开了东方一小一大这两个封建帝国的大门,结果却大相径庭,一千多年前就拜中国为师的日本人,发现了西方国家更富活力的社会机制,断然弃师而把眼光投向西方,很快完成了"明治维新",开始了脱胎换骨式的和平革新,直至把刚组建的第一批炮舰对准中国。中国也搞了"戊戌变法",其结局不堪述说,之后的军阀混战,等等等等。除开以往接受过的常识性的解释,我切实感知到一种太过腐朽太过厚积的封建尘埃淤塞了中国人的心理,这对我解构白鹿原人的文化心理结构形态提供了一个大的背景。后一本《兴起与衰落》,专题研究的就是包括白鹿原在内的关中历史和文化,对我解构白鹿原人的文化心理结构更有切近的意义。我以文化心理结构来解读上世纪之初的白鹿原上的种种生活形态的男人和女人,穷人和富人,尤其用心地解析业已酝酿着的《白鹿原》里的人物。

我首先面对的是白嘉轩。我的意识已经明确而又集中,解析不透把握不准这个人的文化心理结构形态,不仅影响其余所有人物的心理形态的把握,而且直接影响到业已意识到的这部长篇小说内容的进一步开掘(在此我不想做白嘉轩等人物文化心理结构的具体阐释。作者自己解释作品人物,在我是有难以跨越的心理障碍,作品人物摆在读者面前,相信他们会理解作者哪怕最含蓄最隐蔽的意图,没有必要再做小说文本之外的解释)。我在企图解析白嘉轩的文化心理结构的颇为困扰的时候,记不得哪一天早晨,眼前浮出了我从蓝田抄来的《乡约》。就在那一刻,竟然发生一种兴奋里的悚颤,这个《乡约》里的条文,不仅编织成白嘉轩的心理结构形态,也是截止到上世纪初,活在白鹿原这块土地上的人心理支撑的框架。小说《白鹿原》里的白嘉轩和地理概念上的白鹿原,大约就是在这时候融合一体了。

当初抄这份《乡约》条文的时候,多是一种新奇的感觉,很自然地联想到上世纪五十年代中期我读中学时,上级要求家家户户在门楼柱墙上刷写内容完全一样的《爱国公约》。初看到《乡约》文本,我惊诧封建时代也是以这种方式教化民众的,内容却比我看到的村子里家家户户门口的《爱国公约》的内容周密得多具体得多。仅此而已。大约两年后,这个《乡约》已经成为构想里的白嘉轩心理结构的鲜活的构件了。

这个《乡约》文本,是中过宋朝进士的蓝田人吕大临的作品。吕大临是个名副其实的大学问家,著述颇丰,尤值得提到的是他创立的"合二而一"哲学观,在近千年之后的上世纪六十年代初,被杨献珍发掘出来,遭到毛泽东的批评,随即在全国掀起不小的批判"合二而一"哲学观的运动。吕大临不做官只专注研究学问,属于高层高端的事,竟然不忘对最底层民众的教化,为提高并培养整个民众的素质,编写了供乡村氏族祠堂教化子弟的教材,却比教材更硬一手属于"约"的性质,即必须照此做人行事。《乡约》内容具体而又直接,毫不含糊,该怎样做人做事和不该做什么样的人和什么样的事,规范性划界清楚,操作性很强。文字通俗易懂,简练顺口就很易记,显然考虑到受众绝大多数都是文盲这种实情。再究其源,吕大临曾在陕西关中眉县的"横渠书院",拜理学——新儒学的关中学派创始人张载为师,也当属关学的中坚之一。张载的"为天地立心,为生民立命,为往圣继绝学,为万世开太平"的语录的精神,在今天读来仍可感到神圣与豪壮。吕大临把这种精神具体化对象化到操作性很强的《乡约》,教化一千年前的南方北方的民众,而作为关中学派最后一位传人的朱先生,在白鹿原依然坚持着《乡约》的普及性实施,白嘉轩是坚信坚守不疑的一位族长。我在这时候才对自己一直悬挂着的问号有了感觉,在木犁、棉布、饥饿、灾荒和瘟疫世相弥漫了两千年的白鹿原,还有一部《乡约》。这《乡约》应该是倚赖木犁和棉布延续生命的一个支撑性质的因素,也是抵御饥饿、灾荒和瘟疫之后继续繁衍的力量,却也是固封在木犁和棉布这种生活形态的枷锁。这《乡约》决定着中国人和世界各种肤色和体型的人的区别。肤色的深浅、个头的高矮、鼻子的长短、眼珠的蓝色或黑色,仅为其肢体表征的区别,而本质的区别在文化心理结构,以《乡约》构建心理框架结构的白鹿原人,才从内在里显示着独有的共性和各自的个性。

解构透视出白嘉轩的文化心理结构形态,有一种豁然开朗的兴奋和痛快。白嘉轩和《白鹿原》里各个人物的种种冲突,顿然梳理明朗了;某些情节着墨的轻重,也很自然地显示出来了;不少此前酝酿过程中甚为得意的生动情节,此时发现游离在白嘉轩心理冲突之外,只好忍痛放弃了。我的意识很集中也就单纯到近乎简单,我要表述的《白鹿原》里的最后一位族长,依他坚守着的《乡约》所构建的心理结构和性格,面临着来自多种势力的挑战,经济实力相当却违背《乡约》精神的鹿子霖,是潜在的对手;依着叛逆天性的黑娃和依着生理本能基本要求的小娥,是白嘉轩的心理判断绝对不能容忍的;以新的思想自觉反叛的兆鹏和他的女儿白灵,他却徒叹奈何,这是他那种心理结构所决定的强势,唯一难以呈现自信的对手;他倚重的白孝文的彻底堕落彻底逸出,对他伤害最重,却撞不乱他的心理秩序……这样,我才获得了本文开头的那种删简结果——

白嘉轩就是白鹿原。一个人撑着一道原。

白鹿原就是白嘉轩。一道原具象为一个人。

我才踏实地打开笔记本,草拟这个人和这道原上的故事。

十一　我的剥离

我后来才找到一个基本恰当的词儿——剥离，用以表述进入上世纪八十年代我所发生的精神和心灵体验。

先从一件铸成我人生刻骨铭心记忆的事说起。准确无误记得是刚刚过罢一九八二年春节，我所供职的灞桥区抽调一批干部分派到各个公社（即乡或镇），协助并督促落实中共中央一九八二年一号文件。用一句话概括文件精神，就是分田到户。区上限定大约三个月的时间，必须实现把土地分配到农户手中，自然还有农具、耕牛等。我和一位年龄相仿的水利干部被划为一个工作组，派驻渭河边一个既种小麦棉花又栽水稻和莲藕的公社。我俩骑着自行车载着铺盖卷赶到公社时，被告知公社机关办公房偏紧，就把我俩安排到距离不远的一个业已人去房空的下乡知青住过的院子里。我把铺盖卷摊开在知青睡过的床铺上，接着生着了火炉。返回西安的男女知青们留下的这个阔大空旷更显冷清的大院，现在又有淡淡的灰色烟气从屋顶上冒出来，我俩反倒庆幸难得占有这样宽敞的一方空间。

我和同来的水利干部跟着公社干部，从早到晚骑着自行车奔跑在公社所辖的三十多个大小村子里，或是开社员大会宣讲中共中央一号文件，或是召开有社员代表参加的干部会，研究土地、耕畜和农具的分配方案和办法，再召开社员大会征求意见，补充完善之后再实施。这个过程里牵涉每一家每个人的直接利益，七嘴八舌乃至面红耳赤甚至破口动粗,几乎每个村子都难以避免。我倒也不烦,十年的农村基层工作对于这种现象早已司空见惯,不说经验,起码不会惊诧也不会慌乱失措了,颇能耐心地调解矛盾,把分田到户的工作逐步推开并落到实处。几乎每天都是一大早出门,深夜才回到那个悄无声息的原知青大院,还盘算着工作进度,能不能在棉花播种水稻插秧之前把土地分到农户手中,农时不待人,不能耽搁一料庄稼收成。

  有一天深夜,我一个人骑着自行车从一个村子往驻地赶(水利干部请假),早春夜晚的乡野寒气冷飕飕的,莲池里铺天盖地的蛙鸣却宣示着春天。我突然想到了我崇拜的柳青,还有记不清读过多少遍的《创业史》,惊诧得差点从自行车上翻跌下来,索性推着自行车在田间土路上行走。一个太大的惊叹号横在我的心里,我现在在渭河边的乡村里早出晚归所做的事,正好和三十年前柳青在终南山下的长安乡村所做的事构成一个"反动"。上世纪五十年代初,柳青举家从北京迁回陕西,把家安到长安农村,他以县委副书记的身份,直接参与刚刚兴起的农业合作化运动,走村串户,宣传实行农业集体化是共同富裕的道路,教育农民放弃单家独户的生产方式,把一家一户的土地挖掉界石和隔梁归拢合并,把独槽单养的耕畜牛、骡牵到集体的大槽上去饲养。近三十年后的一九八二年春天,我在距他当年所在的长安不过五十公里的渭河边上,把生产队集体的大片耕地,按照地质的优劣划分等级,再按人头分给一家一户。我看着那些刚刚分得或宽或窄或大或小一绺一块土地的农民,当即动手在地头栽下界石,再用铁耙刨成隔梁,大片待耕待播的棉田里,不出一晌工夫,便堆满了令人眼花缭乱的湿土埂梁。我在看见第一个村子分地栽界石刨隔梁的那一刻,心头有一句未涌出口的话,建立并巩固了近三十年的农村集体所有制,彻底瓦解。我刚才走出的村子,是把生产队集体饲养的以牛为主的耕畜分配给农民个人去饲养的第一家,因为农户多耕畜少,无法公平分配,便采用抓阄碰运气的办法倒消解了意见。看着那些抓阄得手的农民一个跟一个走进饲养室，从大槽的横梁上解下母牛或犍牛的缰绳牵出饲养场大门，走进东头或西头的村巷，我的心头又涌出一句未出口的慨叹，无论最初的农业生产合作社无论后来的人民公社集体所有制彻底解体，又恢复到一九五三年之前单家独户种庄稼过生活的乡村秩序……我在这个清冷的春天的乡村深夜里，想到了柳青和《创业史》，不是偶然兴之所至，而是必然要面对的生活课题。

　　我从对《创业史》的喜欢到对柳青的真诚崇拜，除了《创业史》的无与伦比的艺术魅力，还有柳青独具个性的人格魅力之外，我后来意识到这本书和这个作家对我的生活判断都发生过最生动的影响，甚至毫不夸张地说是至关重要的影响。我生活在农村。我们那个小村子建立农业合作社的时候，我刚刚上中学。我看着父亲满脸不悦地拉着我家的黄牛送到临时作为饲养室的一孔大窑里，甚至对父亲有一种不以为然的情绪。我对刚刚成立的农业社洋溢着满心的新鲜感，常常跑到地头看聚拢在一块地里干活的男人和女人。我在中学二年级的语文课本上学到了第一篇反映农业合作化的文学作品，就是李准的短篇小说《不能走那条路》。这篇小说的思想倾向既坚定又形象化，单家独户的小农生产方式的路再不能往下走了，那是一条苦难之路；应该走的是合作化的道路，这是使农民共同富裕的社会主义康庄大道。语文老师这样讲解这篇小说的主题意旨，我都接受了，充满了美好的向往。然而，真正对农业合作化的更切近个人情感的理解，却是一年后我读初中三年级和高中一年级的时候。《创业史》在《延河》连载，我每月用家里给的买咸菜的钱到邮局买一本《延河》杂志，后来又买了全文刊载的《收获》。姑且不说这部小说对我这个文学爱好者在包括语言等艺术上的完全倾倒，单是对中国农村和农民的认识，《创业史》给我的既是启蒙也是深刻的影响。柳青揭示的几种极富代表性的农民家庭形态，和几个堪称典型的农民形象，不仅让我感受着不尽的阅读惊喜,重要的是在潜意识里铸成一种生活理念,农业集体化是农民摆脱贫困走向富裕的唯一选择。今天回想起来颇为有趣,我对农民走集体化道路的确立和坚信不疑,不是从理论开导发生,而是由李准的短篇小说尤其是柳青的长篇小说《创业史》的学习和阅读而形成的。我后来走出学校进入社会才读到毛泽东关于农业合作化的大量批示和按语,更从理论上坚信不疑了,这是我对乡村和农民问题的看法形成的基本过程。

尤其是我在公社(即乡或镇)工作的十年时间里,不仅对集体化道路信奉不疑,而且不遗余力地做着最具体最切实的事。我在公社分管过卫生工作,每一个村子都建立起医疗站;我抓过养猪,落实毛泽东"关于养猪的一封信"的精神,实现了每户一头猪的要求;我同时还兼管蔬菜种植,保证上级分配给我们公社的城市区段的蔬菜供应;我常常被派驻到某个派性严重对立或干部撂挑子不干的村子,少则半月长则半年,化解矛盾恢复生产。我在公社工作的后两三年,干了三件较大的工程:一是贯通大半个公社的一条引灞水灌溉大渠,把旱地变成水浇地;再一个是利用夏收完秋播前的两个月时间,平整了八百亩坡地,修建成保水保肥的台阶式平地;最后为我家乡的灞河修造了一条八华里长的河堤,一劳永逸地解决了洪水泛滥淹田冲地的灾害,至今依然发挥着作用。我把三十年前干过的一些事摆列出来,不会是为着自我显摆企图奖赏,即使有这想法也太晚了。我只是想用这些做过的实际工作,证明我在认真地实践着"集体富裕"的理论信仰。这个时候的社会大背景是"文革"中后期,"四人帮"的极左路线推行的农业政策,已经"左"到了不能再"左"的极端,生产发展受到致命性的制约和限制,即如我工作的公社里的条件甚好的一些村子,也发生农民口粮欠缺吃不到新麦上场的穷困地步。在这种生活环境里,不仅我,周围的不少干部都在窃窃私议,对农民的限制太死了,最典型也最可笑的一件事,农妇养鸡下蛋卖给公家供销社还是卖给个人,也属路线斗争。无论我无论周围的干部,议论只局限在某项具体政策的恰当与否,谁也不会发生对农业集体所有制的丝毫怀疑,甚至可以说,对自二十世纪五十年代中期完成的农业集体化体制的理性信奉,已经形成意识里的自然性习惯。我在中国行政建制最下边的一级政府机关人民公社(即乡或镇)里,工作的对象是集体所有制下的农民,他们碗里的稀稠乃至有无,是我无法逃躲的永久性命题;我在他们眼里,是公家干部,他们村子里发生的问题和矛盾,找我是很顺当也很自然的事,包括把我堵在办公室要救济粮,分配数字不满足时,真的动火吵闹,根本不在乎甚至完全不知道我还喜欢写什么小说;我自己从来都是以公社干部姿态和心态和农民说话办事打交道,似乎没有发生过以作家的心态和姿态去体验和观察他们的生活。几十年后回看乃至审视在公社十年的生活,基本上还是专心致志尽心尽力为着集体化的乡村做着一个又一个具体的事。尽管有"文革"动乱,有极左路线和极左政策导致的集体经济发展的困境以及破坏,然而对农村集体所有制和集体化道路,无论作为一个公社干部,无论作为一个业余文学写作者,从来也不曾发生过怀疑,分田到户的事不是不敢想,确凿是不可能也不会去想的事。

一九八二年春天的这个深夜,在渭河边的麦田棉田稻田和莲藕地交错着的乡村土路上,我刚刚看过农民从集体大槽上把耕畜牵回家去的全过程,昨天或前天,我看到集体的棉田被分割成一绺一块,栽上了个体农民的界石。这是两个带有示范性的化整为零的公平分配的举动,公社所辖的三十多个生产大队所属的近百个生产队,将依此效法全面铺开分田分牛的工作。不出半月,一望无际的渭河平原上正在返青的麦田,等待翻耕的棉田和稻田,还有地方特产莲藕生长该当放水的池塘,都将被分割成一绺一块,栽上永久性界石或临时插一根标杆;同样不出半月,作为每个村子人气最旺的饲养场,将是牛去槽空门可罗雀。我想到柳青的同时就想到一个问题,柳青如果还健在,如果看到眼下分田地分耕畜的场景,将会做何感想?我甚至产生过也许是庸人自扰的担心,当年身体力行推动农业合作化,又倾尽智慧和情感创造出被公认为史诗的长篇小说《创业史》,柳青会不会在此情此景里伤心?尽管柳青逝世还不足四年,急骤变化着的生活现实不允许"如果"这种假想成立,无疑是永远也不可能获得答案的。我几乎同时意识到,其实这是自己正遭遇到的必须回答却回答不了的一个重大现实生活命题,无非是借助几十年一直崇拜着的柳青,使这个横在心头的问题暂得回避或转移。我心里很清楚这个问题的核心,作为一个农村题材写作的作者,你将怎样面对三十年前"合作"三十年后又分开的中国乡村的历史和现实?这个问题一时回答不出,事实是随后许久都在寻求起码使自己信服的答案,颇为不易。反倒是涌出这个问题的这一夜的这一刻,我的身份和思路,由一个行政干部转换为作家(尽管属业余创作)。在作为一个基层干部的时候,我毫不含糊地执行中共中央一号文件精神,切实按照区委区政府的具体实施方案办事,保证按照限定的时间,把集体所有的土地、耕畜和较大型的农具分配到一家一户;在我转换出写作者的另一重身份的时候,感到了沉重,也感到了自我的软弱和轻,这是面对这个正在发生着的生活的大命题时的真实感受。这种感受发生在一九八二年的早春的渭河边的乡野里,成为我人生历程中难以淡漠的新鲜记忆。

我后来梳理自己那一段至关致命的精神历程的时候,才发觉此事并非出自偶然。在截止到一九八二年早春下乡到渭河边之前的三年时间里,我发表的三十多篇短篇小说和特写:一类是不涉及农村政策的秦地风情和人物;一类是对极左政策和不正之风伤害农民的揭露;还有一类写摆脱极左政策实行责任制管理的农村新人。尤其是三四个月前,我刚刚写成一篇报告文学《崛起》,是写一个年轻的党支部书记带领社员打翻身仗,把一个劳动日价值不过一毛的"烂杆儿"村,变成家家存款过万户户住上二层楼房的超级富裕村(就一九八一年的水准),而且依他的某些极富个性化的生活细节,写了一组短篇小说。这就清楚不过地表明,不仅理念,包括情感,我都还倾注在集体经济上。我赞成开始实行的包括开放农村市场的新政策,也赞成体现按劳分配的包工包产管理办法,而且写了几个短篇小说。但是,我没有想到分田到户的无异于单干的大动作;尽管近一年来私下里有传闻说,安徽某地试行分田到户了,却不敢相信。仅仅在写过颂扬集体富裕带头人的报告文学之后三四个月,我却在渭河边的乡村里,督促着一个又一个集体所有制的生产大队把土地、耕畜和农具分配到一家一户去经营,农民都明白这个所谓"责任制"的名称的实质,就是单家独户的"单干"。我着实感到措手不及。我不仅感受到理解这个突然出现的生活大命题的思想的软弱和轻,也切实感受到情感投向陷入漩流似的紊乱。我依多年干部的习惯,完成了在渭河边一个公社分田分耕畜分农具的任务,回到文化馆不久,写了短篇小说《霞光灿烂的早晨》。这是我唯一一篇直接切入这场重大生活变革的小说,尽管用了一个很阳光的篇名,评家和读者却感知到"一缕隐隐的留恋"。我写一个为生产队抚育了多年牲畜的老饲养员,在分掉牲畜牛去槽空的第一个黎明到来时的心理情感。在当时几乎一哇声的既揭露集体化弊端又赞颂"责任制"的作品中,我写的这个老饲养员恒老八,却流露出一缕留恋的情绪,就引发出不太被在意的侧目。我心里倒也踏实,在实行了近三十年的农业集体化的中国乡村,仅我工作过十年的那个灞河边上的公社的大村小寨里,确凿有不少为社员尽心尽力的乡村干部,以及默默无闻的饲养员,他们把自己的心智和精力倾注到集体事业上,十几年甚至几十年费心竭力,到一九八二年春天必须按限定时间散伙,心理上远远不止一缕留恋。我在渭河边的村子里,接触那些自合作化伊始就当干部而依旧是挣工分的农民身份的男人和女人,不由得想到柳青笔下的梁生宝的生活原型王家斌,他们无非是没有遇合到某个作家才默默无闻,他们和我熟悉后,总是随口发出慨叹,三十年前咱动员人家把牛合槽饲养,三十年后咱又把牛分给人家拉回家去,你说咱三十年倒是干了一场啥事嘛。我对他们并非一定要我回答的慨叹,感到的不纯粹属于写作者才有的软弱和轻。作为一个写作者,我很难把握他们的人生慨叹,仅仅只是把一丝一缕留恋的情绪体现在恒老八这个老饲养员身上,在我的文字里留下一笔印痕。他们的这种人生慨叹,不属于个人的私有情绪,而是生活发生重大转折时,无以数计曾为集体所有制下的农村费心用力的一茬人的普遍心情,我也有。

我回到被调侃为"闲人店"的文化馆,却闲不下心来,在渭河边那些或大或小的村子里所经历的人和事,长久地横在我的心里,作为派出干部我完成了工作任务就行了,作为写作者面对农村的时候,我更深切地感到了思想的软弱和轻。

到这一年的秋收之后,我自家也分到了几亩土地,我请假回家给自家种麦子,我的角色就是一个地道的农民了。我的妻子和孩子属于农村户籍,分到了土地。我和几个热心的农民搭帮结伙为临时互助组,扶犁的扶犁,溜种子的溜种子,身强力壮却又欠着技术火候的我,便自告奋勇把皮绳搭到肩头去拽犁。因为耕牛太少,坡地里和河川里到处都是人在拽犁播种麦子,谁也不笑话谁。大约有七八天时间,我都是肩头挂着粗硬的皮绳,在坡地里和滩地上拽犁,直到把我家和搭伙互助几家的麦子种完,得到了从未有过的当牛的体验。我拽着犁流着汗在田地里来回劳作的时候,偶尔会想到,中国还有没有哪位作家也有拽犁的经历和体验,一个和牛一样拽犁种麦子的人,竟然还操心着农民命运这样的事,我不完全觉得滑稽,却切实感到可笑里的自卑。之后每到礼拜天回家,放下自行车喝一口水,我便上坡下滩,把已经出苗显行的麦子看一看,这些大小不等的田块,属于我家。直到第二年春天麦苗返青,再到吐穗扬花,直到黄熟,田埂上被我踩成一条小径。指望着多收三五斗的我,还在继续着有关农民命运的难解的课题,还继续做着作家的梦,无论滑稽无论自卑都不能改变。我确凿记得,横在心头的那个生活大命题获得的转机,发生在夏收我家打完麦子的那个夜晚。无须赘述收割和脱粒的脱皮掉肉的辛苦,就在用土造的脱粒机打完麦子之后,我的新麦装了满满二十袋,每袋按一百斤算,竟有整数两千斤,妻子和孩子人均五百斤,全年尽吃白面可以吃两年。这样令我几乎不敢相信的一大堆麦子,其实在村子里只算得中等水平的收成,那些精于作务而又勤劳的老庄稼把式,收成比我家好得多了。打麦场成为男女老少活动的中心,从早到晚洋溢着喜悦的气氛。即使不识字的人也会算这笔很简单的大账,今年一料麦子的收成,抵得上生产队三年或四年分配的夏季口粮。这一夜我睡在打麦场上,装在袋子里的新麦明天要晾晒,看着身旁堆积的装满麦子的袋子,尽管很疲劳,我却睡不着。打麦场上堆着好多人家的粮袋,也是等待明天晾晒,我能听到熟悉的同样是守护自家麦子的乡党的说笑声。我已经忘记或者说不再纠缠自己是干部,是作家,还是一个农民的角色了,心头突然冒出一句再通俗不过的话,何必要在一棵树上吊死?

一九八二年末尾,我被调进陕西作家协会创作组,成为一个专业作家。一九八三年春夏之交,我受益于陕西省新出台的一部关爱知识分子文件的优惠政策,把妻子儿女的农村户籍转入西安。仅仅在半年时间内,我由一个行政干部转换为专事文学创作的作家,我的妻子儿女一夜之间由农民转换为城市居民,靠粮票到粮店买米面过日月,再不用操心天旱雨涝制约着的收成的丰歉了,真可谓好事叠着撂儿来了。

我后来才意识到这些好事发生时的某些生活玄机,在我从乡村基层干部转换为专业作家之前仅仅三两个月,生活驱使我在刚刚分给妻子儿女的田地里当了一回牛,把皮绳套在肩膀拽着犁播种麦子,满脸的汗水不断滴到脚下的土地上,获得了一次真实的体验,可以当作告别这块世代祖宗赖以生存的土地的虔诚的礼仪;尤其是在转换为专业作家这种社会角色的这年年头,给我到渭河边乡村工作的机会,这不是以往我已习惯的下乡,而是由我直接参与把集体所有的田地耕畜和农具分配到一家一户,把包括我在内的无以数计的干部苦心巴力巩固了近三十年的农村集体所有制完全解体,让我有了这种千载难逢的体制改革的感受和体验,把一个生活演变的大命题横在我的心头,迫使我理解,迫使我回答,没有任何回避的余地。这意味着一个残酷的现实,如果对这个大命题不能获得自己的独立理解,就不可能发生创作所至关重要的独特体验,我的乡村题材的创作就不可能获得进展。我和打麦场上的农民乡党一样守着自家麦袋子的那个晚上,和他们一样享受好收成的喜悦之外,对压迫着我一年多的那个生活大命题发生了转机,倒使我自己都很惊讶,在这样繁重的纯体力劳动的场合里,我依然继续着一个写作者的思考,而且在完全意料不及的打麦场的这个夜晚,获得了转机,毋宁说是我未来乡村题材创作的生机。我在慨叹不必在一棵树上吊死的时候,几乎同时想到"不论白猫黑猫,能逮住老鼠就是好猫"这句话。

仅仅只自种自收了一料麦子,因为妻子儿女的户籍转入城市,便把那几亩土地交回村委会,我不仅没有把家搬进城市,反倒从原来供职的区文化馆所在的灞桥镇搬回甚为偏僻的老家。不单是专业作家不用坐班,时间由自己安排支配,更重要的是出于我的也许特别的心理,想找一个清静甚至冷僻的环境,读我想读的书和非读不行的书,尤其是需要冷下心来,回嚼我亲身经历的生活,我刚刚跨过四十岁,前二十年作为学生所看见的乡村生活,以及后二十年直接参与其中的乡村生活。我在亲身参与其中的二十年里,有许多直接的感受和体验,现在跳出具体的生活位置,不再是以干部而是以作家的身份看取昨天的生活,更有可以说是天翻地覆的正在发生着的改革,需要坐下来回嚼。回嚼自己经历的生活,每有所得,且涨起某种新鲜到自鸣得意的心境,便形成一部小说,多是中篇,有新中国的阳光刚刚温暖乡村农舍的时候,一个极普通的人家发生的爱情悲剧的《康家小院》,有极左政策扭曲人性使人变形的《梆子老太》,还有直接面对"文革"的《地窖》等。直到回嚼出《蓝袍先生》并引发《白鹿原》的创作欲望,再经过两年构思四年写成,我最直接的自我感动,是对白鹿原北坡根下祖居老屋这个写作环境的选择,无疑最适宜我的回嚼。这十年的回嚼和写作,得益于上世纪八十年代新思维新流派的启发和丰富,也得助于许多非文艺书籍的启迪和开通,前面儿个话题已有涉及,不再细说。

后来总是回忆到原下老屋十年的写作生活,生出一个"剥离"的词,取代"回嚼",似乎更切合我那十年的精神和心理过程。上世纪八十年代初,我采访过一位搞农业试验的科技工作者,获得一个技术性词汇"分离",是说种子提纯复壮过程中,淘汰劣种,选择优种,坚持数年,不断分化,直到取得一种优良而又稳定的植株的种子,才推广开去。我对生活的回嚼类似"分离",却又不尽然,在于精神和思维的"分离",不像植物种子劣汰优存那样一目了然,反复回嚼反复判断也未必都能获得一个明朗的选择;尤其是在这个回嚼过程中,对于昨日既有且稳定了不知多少年的理论、观念,且不说审视、判断和选择的艰难,即使做出了劣和优的判断和选择,而要把那个"劣"从心理和精神的习惯上荡涤出去,无异于在心理上进行一种剥刮腐肉的手术。我选用"剥离"这个词儿,更切合我的那一段写作生活。

这种精神和心理的剥离几乎没有间歇过。当胡耀邦总书记在中央会议上号召党的各级领导带头脱下中山装换上西装领带的时候,我看着电视荧屏上西装领带装备一新的胡耀邦的形象,脑海里自然浮出毛泽东等第一代领导人一律中山装的画面,似乎意识到这不仅仅只是换一身装束;古时折柳送别的灞河桥头古镇上,逢着集日拥挤着的牵牛拉羊挑担推车卖货买货的男女农民之中,突然有三四个穿喇叭裤披长发的男孩女孩旁若无人地晃悠,竟然引发整条街道上的行人驻足观赏,惊呼怪物;无主题无人物无标点小说和朦胧诗在文坛引发的激烈争议,使我无端地和灞桥镇上第一次出现喇叭裤时的惊诧联系起来;我被朋友引去看扭摆舞,是在一个很小范围的隐蔽环境里,第一次看着绷紧屁股更绷紧胸部的妙龄女子疯狂扭摆肢体的时候,我的发涨的脑子里浮出"忠字舞"的场面;我看到县长给全县第一个"万元户"披红戴花的电视画面时,又一次想到吃着自带干粮为农业社换稻种的梁生宝和真人王家斌,还有柳青;当城市和乡村刚刚冒出一批富裕户,立即引发"造导弹的(收入)不如卖茶叶蛋的"惊呼,并波及文坛"文人要不要下海"的争论……这些接踵而来撞人耳眼的事,在我都发生着"剥离"的过程,首先冲击的是我意念里原有的那些"本本",审视,判断,肯定与否定,淘汰与选择,剥离就不是轻易一句话了,常常牵动感情。以上不过是随意列举二十世纪八十年代发生的生活事象,我既不能看了听了权作不见不闻,甚至没有一件会轻易放过,曾经怀疑自己心胸是否太窄,有些毫不关涉自己的事又何必较真;又怀疑自己是不是因为既有的"本本"影响太深,剥离就显得太艰难,甚至痛苦。然而,无法改变。还有比这些生活事象更复杂也更严峻的课题,譬如怎样理解集体化三十年的中国乡村,譬如如何理解一九四九年新中国之前的中国乡村,涉及思想、文化、革命、传统与现代,社会主义和资本主义,等等。剥离这些大的命题上我原有的"本本",注入新的更富活力的新理念,在我更艰难更痛苦。剥离的实质性意义,在于更新思想,思想决定着对生活的独特理解,思想力度制约着开掘生活素材的深度,也决定着感受生活的敏感度和体验的层次。我之所以注重思想,是中外优秀作品阅读的影响。

是上世纪八十年代不断发生的精神和心理的剥离,使我的创作发展到《白鹿原》的萌发和完成。这个时期的整个生活背景是"思想解放",在我是精神和心理剥离。

我记着,这种剥离初始发生于一九八二年的早春,在渭河边一个深夜的乡村土路上。

十二　原的剥离

我在上世纪八十年代初发生的精神和心理剥离,延伸并贯穿着整个八十年代,既涉及现实和历史,也涉及政治和道德,更涉及文学和艺术。这种连续不断的剥离的每一次引发,几乎都是被动的,一种新的政治理念和新潮口诀,一种新的文学流派或一种文学主张,一种大胆的生活理念和道德判断,都会无一例外地与我原有的那些"本本"发生冲撞,然后便开始审视和辨识,做出自以为可信赖的选择。这种剥离一次接一次发生时尽管多属被动,而一旦我面对其颇为艰难甚至痛苦的过程时,却是一种类近决绝的挑战心态。之所以有这种心态,在于我此时甚至稍前对自己做过切实的也是基本的审视和定位,像我这样年龄档的人,精神和意识里业已形成了原有的"本本"的影响,面对八十年代初生活发生的裂变,与原有的"本本"发生冲撞就无法逃避。我有甚为充分的心理准备,还有一种更为严峻的心理预感,这是决定我后半生生命质量的一个关键过程。我已经确定把文学创作当作事业来干,我的生命质量在于文学创作;如果不能完成对原有的"本本"的剥离,我的文学创作肯定找不到出路。我以积极的挑战自我的心态,实现一次又一次精神和心理的剥离,这是纯粹指向自己的一种选择,说来也是很自然的一个过程。

确凿在我意料不及的是,这种自我选择的纯粹指向自我的精神和心理剥离,竟然指向了地理上的白鹿原和正在酝酿着的小说《白鹿原》,自然是指向这原上的人,在我已确定的上世纪之初,无论男人和女人,也遭遇到一种精神和心理的剥离。这个绵延了两千多年有文字记载的白鹿原,遭遇或者说开始发生了划时代的剥离。相对于渺小的我的剥离,这是一座原的剥离。

横在我眼前的这座古原,据《竹书纪年》的文字记载,"有白鹿游于西原"。这座位于蓝田县城西南方位的原,便有了新的名称白鹿原。白色的鹿被先民看成神鹿,将给这座古原带来吉祥。民间传说里的神鹿所带来的吉祥已经具体化形象化,风调雨顺,五谷连年丰收,毒虫自毙,瘟疫廓清,尊老爱幼,邻居以及村舍人群之间都是彬彬礼仪,夜不闭户,更无仇杀……读到原上先民寄托在一只被神化了的白鹿身上的向往里的生活景象,当即联想到早已储存于心底的共产主义的美好图景,这是在中学课堂上政治老师绘声绘色灌述给我的生活画面。我颇为惊奇,几千年前白鹿原上的先民理想中的美好生活构图,与几千年后包括我在内的信仰不渝共产主义的人们所憧憬的天堂般的生活图景基本相同,差别仅仅在于,先民把这种美好的生活理想寄托在一只被神化了的白鹿身上,而我所信奉的共产主义,却一直坚信依靠全民的艰苦奋斗努力创造来实现。我不在意民间神话传说和作为科学理论的共产主义的不可类比的差别,但有一点却使我顿然豁朗,人对于富裕和和平生活的向往和期待,从先民时期就开始构思了,其实这不过是作为人生存的最基本的要求。然而,原上的先民把这种向往和期待只能寄托在一只被神化了的白鹿身上,供一代一代的人继续向往继续期盼继续咀嚼,从来也没有实现过。重要的历史典籍有提及白鹿原的几笔,《史记》"鸿门宴"写的"沛公军灞上",据今人考证就是白鹿原的西北角,可以俯瞰西安,晴朗无雾时能远眺咸阳。汉文帝看中这块风水宝地,钦定白鹿原北坡为自己的墓葬地。因为灞河从北坡下流过,文帝陵便被命名为灞陵,白鹿原随之又称灞陵原,也称灞上。到宋仁宗天启年间,大将军狄青在白鹿原西头屯兵操练,准备征剿西夏,这座原又改称为狄寨原,一直沿用到现在。地方县志上关于白鹿原的记载颇为精细,却多为兵荒马乱和自然灾害造成的生灵涂炭,几乎是不断重复着的这样那样的无计逃躲的灾难,包括几次大毁灭的人祸和天灾。这座原沉重悲怆到令人不敢翻揭的历史,在我面对它的时候,却基本保持着几乎不动声色的平静心态。不是我冷漠,更不是孤傲,在于我粗识中国漫长的封建历史过程里,白鹿原不过是小到不起眼的又一个演绎之地罢了,开明皇帝治下的短暂的太平安宁,更多的却是荒淫帝王执政和改朝换代过程里漫长的难得聊生的灾难。白鹿原不仅不是世外桃源,而是兵家必争的掠夺长安的军事重地。我有这样的意识,不会发生惊诧;更关键的一点,我几乎从一开始就把心思确定在二十世纪到来的时段上,原本没有想去细究这座原悠远漫长且沉重的封建历史。

一九一一年在中国发生的辛亥革命,当是二十世纪最重大的事件之一,一个绵延了两千余年的封建大帝国到此终结。这场革命在白鹿原上最具影响的事件,不过是限令男人一律剪掉脑袋后面那根猪尾巴式的长辫子,这是中国最后一个封建王朝最具标志性的一种男性发式。尽管这场革命在这座古原上显得太过浮皮潦草,原上人根本弄不清没有了皇帝的日月究竟是祸是福,更搞不清把陕西巡抚换成总督会有什么不同。然而,他们面对的心理剥离却无法逃避,不过是一种集体无意识状态。我由自己一九八二年早春在渭河边开始的精神和心理剥离,类推到二十世纪初辛亥革命之后的白鹿原上的人,以我的体验来理解他们的精神和心灵历程,似乎也是很自然的事。

这里还得提及那个《乡约》文本。

我不惜工时颇为耐心地翻阅西安周围三个县的一摞摞县志,一次又一次爬上白鹿原,在那些大村小寨的村巷里踏访,记不得哪一天顿然意识到这样一个说来简单的基本事实,这座古原的历史和中国历史一样久远，这个原上的先民经历过中国各个王朝的或长寿或短命或开明或昏庸的皇帝治下的有幸或不幸的日月，这几乎纯粹是一个大白话。然而，无论王朝怎样更迭，无论王朝更迭过程中的战乱和灾难怎样残酷，还有频频发生的自然灾害，有的完全是毁灭性的灾难和灾害，这座原上依然延续繁衍着生命。灾难和灾害过去之后，重新繁衍起来聚而成群的生命，又聚集在氏族的祠堂里背诵《乡约》。这部把儒家文化儒家精神条理化且通俗化了的《乡约》，是为着教化以文盲为主体的乡村人群的，途径是各个村寨以姓氏为体系的宗族，宗族祠堂通常是完成教化的颇为神圣的场所。这部《乡约》是宋代进士吕大临创造的，他是儒家文化关中学派卓有建树的一位思想家，在朝廷忙着处理国家大事，还不忘教化民众。这部《乡约》普及到中国南北各地的乡村，在吕氏的生身故地白鹿原上更被尊奉为金科玉律，成为各个村寨各个宗族教化一代又一代子孙的人生教材。不必追溯太远，即使从吕氏创作《乡约》的宋代算起，到辛亥革命发生的二十世纪之初，这《乡约》已经被原上一代一代的子孙诵读了八九百年了。作为原上人文化心理结构柱梁框架的这部《乡约》，当属二十世纪初的原上人精神和心理上尊奉着的"本本"。尽管辛亥革命的影响波及这座原上不过是浮皮潦草，而作为《乡约》存活的封建帝制却毕竟是寿终正寝了；也许因为无论"旧三民主义"或"新三民主义"在原上几乎没有任何响动，才给《乡约》留下继续传承的空间；封建帝制在辛亥革命的枪炮声中土崩瓦解，而作为原上人文化心理支架的《乡约》却难能这样快捷地解体。尽管如此，原上人对精神心理上的这个"本本"的剥离，必将发生，不过是暂时处于集体无意识状态。

原上人的心理剥离确实很缓慢。对《乡约》的精神理念构成颠覆性影响的，无疑只有新的教育内容。就我所能获得的资料，这个分属蓝田、长安、咸宁三县辖管的几十万人的古原，直到辛亥革命发生十几年后的二十世纪二十年代中后期，才先后办起两三所新式小学，只有那些家境宽裕的孩子才能走进校门，接受新式教育，因为路远必须在校食宿，不菲的开销对于普通农家的孩子无疑是可望而不可即的事。原上原下几百个大小村寨里的旧制私塾学堂，依然是那些老学究继续吟诵着不知从哪个朝代延用下来的识字课本，其内容所蕴含的理念，与《乡约》一脉相承。尽管如此，新的理念通过新式小学开始传播了，对近千年来一统原上的《乡约》开始发生冲击。尽管接受新式教育的学生与原上的总体人口是一个太小的比例，但毕竟发生了。就在这两三所新式小学里，都有中共党员隐蔽其中，甚至建立支部，秘密发展党员，每有祸国殃民的事件发生，新式学校的老师便领着学生到集镇和村子里去游行，挥舞旗帜，呼喊口号。我看到这些资料时，竟然激动不已，脑子里当即浮现出那几个我很熟悉的集镇和村庄里学生游行的画面，对那些以《乡约》为心理架构的乡民，虽然不可能完成剥离，却总会发生冲击，这个古原终于响起一种新的声音，不再是《乡约》一统原上的格局了。

还有一件令我震惊的事，大约是二十世纪二十年代中期，白鹿原有一位在北京某大学念书的学生回到原上，发展了两个中共党员，在白鹿原腹地小镇的一家粮店里建立了一个中共支部。当时处于国共合作时期，初建时以国民党的名称命名支部，不足一年后去掉国民党的伪饰，公开了中共支部的旗帜。这个资料很简短，关于这个支部后来的发展和活动，几乎未提，那个发展党员并建立支部的年轻人，后来离开了白鹿原。我读到这则资料时真是震惊不已。这个古老封闭的古原，在中国共产党刚刚成立四五年后，便有了三个党员的支部，他们在小镇粮店里举手誓言的时候，无疑是向这个古老的原发出了挑战。我那时候很直接地发生猜想，他们生活的那个时代，比六十多年后的我肯定更了解原上人的生活形态，绝大多数人挣扎在温饱临界线上，百分之八十以上的人是大字不识一个的文盲，却都虔诚地信守着那个《乡约》文本，以及本氏族的规矩。他们三人敢于发出这样的挑战宣言，需要怎样的理想火花和奋斗的勇气……这三个人的声音，无疑是那个时代最激进也最科学的声音，标志着这个古老的原和中国革命基本同步，没有推迟更没有留下空白。

共和国成立以前的近半个世纪里，白鹿原上影响最广泛声浪最响亮的一个革命事件，是地下党策动的农民运动，尤其是在蓝田县辖区内的绝大多数村子，都建立起"农民协会"，批斗恶行劣迹的地主。这场农民运动的中心在渭南、华县等县，无论范围和参与的人数，在中国北方是最广泛的一个地区。我跟朋友调侃说，可惜这里没有人像毛泽东写《湖南农民运动考察报告》这样声势浩大的农民运动，后来几乎无人知晓，起码在我查阅历史资料之前，确凿闻所未闻，一无所知。这场农民运动兴起得快也塌火得快，因为国共分裂很快被镇压下去。这是原上发生的一场阶级斗争运动，是穷人斗争富人又被富人镇压了的骤起骤落的运动，尽管斗争的对象不全是族长，也不直接针对《乡约》，然而，在"一切权力归农会"的一年左右时间里，作为族长即使不被斗争，也是大权旁落，失去了往昔在族人群体中的威势，无疑会给以《乡约》为心理构架的乡民留下不同程度的印痕。

我以自己上世纪八十年代初在渭河边发生的剥离的颇深切的体验，进而推及上世纪初封建帝制终结之后的白鹿原人的心理历程的时候，有一个基本清醒的判断，我和我这一代人在"解放思想"时代背景里所发生的精神和心理剥离，不过是此前二十多年里被生活证明属于非科学的理论和政策，包括极左的东西，能够较快地完成剥离过程；这座沉积了两千多年封建文化封建理念的白鹿原，还有普及儒家思想的《乡约》也有近千年根深蒂固的影响，况且多是难得以文化开启的文盲，要完成《乡约》文本架构的心理剥离，确实不会是一朝一夕的事。浮皮潦草的辛亥革命和随后持续的军阀混战，给原上人带来的是变本加厉的苛捐杂税和王旗变换的混乱等生存危机；在粮店里由三个中共党员建立的白鹿原第一个共产党支部，虽然发出了改造白鹿原旧秩序的宣言,随之转入地下秘密活动,很难对原上普通人的生活和心理发生影响;规模和声势广泛而巨大的农民运动,当属上世纪前五十年里最激烈也最具影响的革命事件,然而终因太过短促的骤起骤落,对原上人的生活秩序和心理秩序很难发生深层的影响;随后的共产党的革命活动,在原上完全处于秘密的地下状态,不断遭到国民党的追搜破坏,不断地恢复发展,却因为极其隐秘,也很难对原上普通人的生活发生直接影响。这样,白鹿原上以《乡约》构架的文化心理的乡民,虽经历过几次冲击,却很难发生实质性的剥离。

我同时意识到另外几种生活现象。

原上的新式小学尽管发展缓慢,几十年间不过只有三四所高级小学,却应该是对传承了近千年的《乡约》最具颠覆性的因素。这个看法的形成,在我是基于这样的一个基本事实,凡在新式小学接受过教育的学生,几乎无一例外地都走出白鹿原,进入社会的各个领域,没有谁再留恋原上的生活。尤其令我受到启发的是,许多人在新式高级小学接受新的理念的同时,接受了隐蔽着中共党员身份的教师的影响,走出白鹿原就开始了革命活动,应该是心理剥离完成得最彻底的一批人。他们是接受了科学的共产主义理论,剥离了原本尚未形成稳定的《乡约》理念的心理结构。他们无疑是以科学理论主动完成这个心理剥离的一批人。

还有盲目的包括被动的实现了心理剥离的男人和女人。这类男人和女人形形色色的故事存储在民间,久传不衰,有男盗也有女娼,有败家子,也有顽劣到六亲不认的坏典型,等等。我在乡村工作的二十余年里,听到不少这类人的故事,只是听听热闹而已。面对那个《乡约》,我便想到,即使再坚守不移的族长,也难得把所有的族人都训导到对《乡约》忠诚不贰的程度。对《乡约》和族规的信守,多种性情和多种利害制约下的族人差别很大,有的出于经济利害和人际关系,不自觉陷入对《乡约》的背叛;有的男人和女人,纯粹出于不可心的婚姻状态里的情感压抑,做出生理本能驱使下的离经叛道。在《乡约》一统天下的原上,这些纯属个人的叛逆行为,从来都没有中止过,大大小小的村子都不乏其人。他们几乎谁也摆脱不了悲剧的最终结局,这是很简单的必然的结局,因为谁作为个人都无力对抗以《乡约》为道德审判的铁律。

我在前文中说到白鹿原人的文化心理结构,而关于心理剥离的个人体验,成为我把握未来小说《白鹿原》里各个人物心理形态和心灵历程的一个途径,不是唯一。各个人物的经济状态、家庭状态,以及文化心理结构,还有个性,自然都受制于他的阶级地位,这是一个基本常识,我没有任何异议,因为这是中国那个时代的真实存在。我无非是透视那个时代的地理上的白鹿原和小说《白鹿原》里的各色人物时,从多重角度探索他们丰富的真实的心灵历程。避免重蹈单一的"剥削压迫,反抗斗争"的老路,而能进入文化心理结构的探寻,剥离无疑是其中一个重要途径。

我后来有一个小小得意的句子,白嘉轩在先后接待了重新回到原上祠堂的长子白孝文和鹿黑娃之后,备受冲击的心理结构完全稳定,获得更坚实的自信,慨然说,凡是生在白鹿村炕脚地上的任何人,只要是人,迟早都要跪倒到祠堂里头的。他的悲剧在于,恰恰是他叛逆的儿子白孝文重新跪倒在祠堂之后,也发出自己的慨叹,谁走不出这原谁一辈子都没出息。

我在此为自己的这两句人物对话得意一回,意在本文的意旨"原的剥离",冒昧了。

十三　原上的革命

　　在追寻搜索白鹿原及其周边三县上世纪前半期生活演变和历史演进的业已沉寂的脚步声、同时也在构思小说《白鹿原》的两年时间里，我常常发生惊讶、惊愕、惊奇、惊诧、惊喜等意料不及的心理撞击，还有更强烈的震撼，也有忍不住捶拳吁叹的失控状态。在这种心理遭遇过程中，我几乎不知不觉进入了男人刚剪掉辫子女人还继续缠裹小脚的白鹿原，感受着也体验着这道原上生活的脉动，平缓到死气沉沉的和激烈到你死我活的那五十多年的生活演变的声响。那些引发我心理撞击的人和事，促使我从不自觉到自觉地以多重视角去透视这道沉积太过深厚的原。那些人和事前文已多所涉及，这里只想谈谈原上曾经发生的革命对我的撞击，以及如何实现艺术化表述的思考。在《原的剥离》一章里，已经涉及共产党人在原上的一些革命活动，那是从原上人发生心理剥离的角度，透视革命活动对这种精神和心理历程所可能产生的影响。这里调换一个角度，在我正面面对原上曾经发生的一系列革命的人和事的时候，竟是一种前所未有的新鲜切近的独特感受。是切近。

　　且不说从小学到中学的政治课和历史课的教师讲述过多少回革命的艰难而又辉煌的历史，在我有阅读能力且有阅读兴趣的几十年里，记不清看过多少有关共产党在中国诞生之后进行革命的文字资料，包括许多先驱和先烈感天撼地的英雄壮举，更不要说小说、电影等多种艺术形式刻画的各个历史阶段的革命者的感人形象了。然而,在我获得白鹿原上和原下曾经发生过的一件又一件革命活动事迹和一个又一个革命者的时候,无一例外地都会引发惊讶和冲动,一次又一次感慨着革命原来离我这么近,就发生在我生活了大半生的这个白鹿原上和原下。在这种心理反应发生的同时,我才意识到此前记忆里的真实的革命和艺术刻画的革命者形象,在我心里有一种遥远的差别。这个遥远的差别,除了业已成为文字和图片展现的历史的时空概念之外,更在心理概念显示着的遥远,无论建立中共的上海,无论国共合作又分裂的黄埔军校以及八一起义的南昌,无论毛泽东发动声势浩大的农民运动的湖南乡村,无论建立第一个中华苏维埃政权的瑞金,无论气壮山河的长征,以及离我比较近的党中央所在十三年的陕西北部的延安,都在我获知白鹿原上和原下曾经发生过的革命事件的一刻,显示出遥远的差别;同时也意识到,革命离我近到几乎没有地理概念上的任何间隔,就发生在我生活的白鹿原上和原下。

　　这是一种非常奇妙的感觉。我至今仍然清楚地记着二十二年前初夏的一天上午,我在白鹿原的腹地孟村镇寻找一家粮店的情景。上世纪二十年代中期,一个在北京某大学念书的青年接受了马列主义,而且加入了中共,回到白鹿原上便发展了两个党员,在这个小镇的一家粮店里成立了一个中共支部。这是中共在白鹿原上建立的第一个支部,他们三人无疑是这阔大的古原上最早出现的中共党员,而那位在北京念书的年轻人,无疑是在这古原上第一个传播共产主义的人。这是我在蓝田县查阅资料时获得的确凿无疑的史实。我在获得这个史实的那一刻,惊讶得不由"噢哟"起来。那一刻便发生一个强烈的欲念,一定要到原上去寻找那个神秘的粮店,心里是一种真诚的崇敬和钦佩。我在孟村镇的街道上寻找,一家一家或大或小的门面店铺都不放过,一边辨识一边猜测,哪家店铺有可能是六十年前的粮店，竟然无法确定，问过几位看去有一大把年纪的老者，也都摇头。我不仅没有失望的情绪，反倒更来兴致了，那些显得陈旧的店铺，都有可能是当年建立中共支部的粮店。我为自己开脱，中共在白鹿原上的第一个支部，就是在这个孟村小镇上诞生的，时在一九二一年中共于上海成立仅仅四五年之后。我的惊讶里的震撼就发生在这个时间概念上，已往的记忆里，一九二一年在上海召开的第一次中共代表大会，十二个参会者代表着全国五十多名中共党员宣布了中国共产党的成立，仅仅不过四五年，我家后院背靠着的白鹿原上，已经建立起来一个中共支部。就在这一刻，革命和我生活的白鹿原的时间和空间距离顿时消失了。我对这个古老的原，不单是探秘，又滋生起一种庄严的敬畏。

　　我对那位在孟村小镇粮店里建立中共支部的青年充满着神秘的敬佩。可惜资料提供的信息太少了，这位青年后来再无音讯，连他是哪个村子谁家的子弟都无记载。我无法进一步调查了解，却有一种基本的判断，在上世纪二十年代的白鹿原上，能进入北京念大学的青年，不单要有很高的智商，关键要有一个起码是殷实的家庭做经济开销的坚实后盾。原上能上得起私塾学堂的孩子都是少数，这个供给孩子到北京念书的家庭，按解放后划成分的条例，肯定属地主家庭无疑。这个富有人家把孩子送到北京求学，可能推想的目的是学习知识增强本领，再进入社会干一番荣耀先祖的大事，做梦也不会想到，这个孩子在北京的大学里接受了刚刚开始在中国传播的马克思学说，要在中国搞共产党的革命了。他不单接受了马克思的理论，回到白鹿原上就付诸最切实的行动，发展党员，建立支部。我便自然想到，他在宣布中共支部成立的那一刻，肯定会想到在原上的革命对象，就包括他父亲那样的财主。

　　他更要面对的是上世纪二十年代贫穷落后以及文盲充斥着的白鹿原。从两千多年的封建帝制下解脱出来的原上乡村，经历了你上我下的军阀混战,到二十年代中期,国民政府才开始实施从县到乡镇一级政府的建制,而各个大村小寨仍然是传承着宗族族长的权威;各个姓氏宗族都有自家的法规,原上社会最底层的基础部分,还是按照封建宗法的机制在按部就班地运行。这个在白鹿原上建立第一个中共支部的年轻书记,肯定比我更直接地了解原上的社会形态,敢于在孟村小镇粮店里发出挑战——既是向国民党政权挑战,也是向宗族祠堂挑战,更是向整个白鹿原社会挑战,这需要怎样坚定的信仰,需要怎样强大的气魄,需要怎样无畏的牺牲精神……我的钦佩以至敬畏,概出于此。

还有一位至今难以淡忘的革命者,名叫张景文,是白鹿原上较早投身革命的一位杰出的知识女性。我在获得这个人有限的事迹资料时,几乎是一种捶拳吁叹的失控状态。

我在原上原下追寻往昔业已冷寂的生活演变的足迹时,收获颇丰,常常有意料不及的令人兴奋不已的发现,常常处于一种亢奋和敏感的最佳心态之中。某一天突然意识到,还缺少一个在这道古原上闹革命的真实的女性的事迹,在我查阅的资料中没有发现,在民间传闻中也没有听到一句半句,我感觉到某种巨大的缺失和缺憾。这种心理是我构思这部长篇小说时越来越直接的一种感受,一个正在构思中的类型人物,要有一个真实的生活里的人物为依托,哪怕这个生活人物的事迹基本不用,或无用,但需要他或她的一句话,一句凝结着精神和心理气氛的话,或独禀的一种行为动作,我写这个人物就有把握了,可以由此生发开去,依我的意图编织他的人生的有幸和不幸的故事了。这也许是我的一种写作感受,即生活人物的凝结着心理气象的话和独禀个性的一种行为动作,总是可以调动我的生活储存,然后就获得刻画小说人物的自信和自由。在我已经开始构思着的小说《白鹿原》里,有多种形态的女性,自然不可或缺至少一个觉醒了的新女性的形象。我还没有获得白鹿原上真实出现过的一位新女性,便感到缺失里的不自信。

　　正在此时,我这个基本不信运气的人碰到好事了。我收到作家张敏寄来的他主编的刊物《革命英烈》。在这本包装简单的小开本刊物上,我读到了张景文烈士的事迹。她是白鹿原上人,在西安读书加入了中共,因为身份暴露被国民党特务追捕,地下党把她送到刘志丹在南梁开辟的革命根据地,大约一年左右时间,在极左路线执行者发起的清党运动中被怀疑为"特务"活埋了,我的捶拳吁叹的失控心态,就在这一刻发生。文章不足一千字,作者是一位同样被怀疑为"潜伏特务"的女战士,她和张景文被关押在一孔窑洞里,此前并不熟悉,关押的三两天时间里,才得知张景文是白鹿原上某村子的人。她眼看着张景文被拉出去活埋了。她在等待同样下场的时间里,等到了长征到达陕北的周恩来代表毛泽东发出的"刀下留人"的指令,有幸逃过一命。这位老革命在文中说明,她和张景文是在关押的同一孔窑洞里相识的,所知不多,我曾几次想前去拜访而终于放弃,主要是担心她重提那恐怖的等待活埋的窑洞一幕而不堪承受,毕竟是七老八十的人了,再则是我竟然也有点畏怯那样残酷的事件的冲击。她的回忆文章太简单,连张景文是原上的哪个村子都说不准,我想踏访的欲念也难以实施。我转而一想,留下这些悬念,也给我留下自由想象的开阔空间……我终于找到白鹿原上女性革命者的这一个了。

　　从最初阅读这份简单的回忆文章的震惊里平静下来,一个鲜活的女革命者就横在我的心里了。我对她的敬畏和钦佩,甚至超过了那个在孟村小镇粮店建立原上第一个中共支部的青年,唯一的因由在于这是一个女性。一个能从白鹿原走进刘志丹革命根据地的女青年,我能充分感知需要怎样的思想和勇气。尤其是那种消弭了距离空间的切近感,乃至亲近感,这个张景文就区别于我记忆里的真实的和艺术创作中的女革命者了,类似于我得知那个在原上建立第一个中共支部的革命者的独特的感觉。这种感觉确实很奇妙,不断地在我的感受里发生。比如刘志丹,这位在陕西人心目中敬仰着也骄傲着的革命先驱"人民英雄"(毛泽东语),当我获知他曾经在上世纪二十年代国共分裂时发动并领导"渭华起义"的重大事件时,我和刘志丹的地理概念上的距离一下子缩短了,原有的印象里,他是在陕北闹革命并建立根据地的先驱,与我生活的关中有某种地理上的距离。尤其是刘志丹被叛徒诱骗,把队伍从根据地照金拉出来陷入早已布置的埋伏圈,造成全军覆没,覆没的地点在离白鹿原东端不远的进入秦岭山区的第一个驿站张家坪。那是一个下着大雨的深夜,当敌军合围的枪声爆响的时候,刘志丹和几个红军士兵趁黑冲出埋伏圈逃走了。他只身逃到灞河源头的灞源小镇,不知怎样打听到这个小镇镇公所的治安员,竟然是他在黄埔军校的同学,这个南方籍的同学如何流落到秦岭山中的小镇混一碗饭吃已不重要,重要的是他还秉持着昔日同窗的友情和义气,把乔装一番的刘志丹送出秦岭,纵虎归回陕北。刘志丹由此重新开辟革命根据地。张家坪和灞源镇,我曾经在十五六年前去过,那是我领着赤脚医生到秦岭山中采挖中草药的经历。我记得在路过张家坪时吃过一顿午饭,四周的山势地形还记着一个大致轮廓;我也记着灞源镇在七十年代初的风貌,我曾在采药的间隙里逛过集日。刘志丹在这两个地方的惨败遭遇,让我顿时化释了陕北刘志丹的地理距离,那种期待里的切近感和亲近感发生了。

　　我后来才意识到,这种切近感和亲近感对我写白鹿原发生的革命,可以说是具有决定性的意义。我在未来的小说《白鹿原》里要写的革命,必定是只有在白鹿原上才可能发生的革命,既不同于南方那些红色根据地的革命,也不同于陕北的"闹红";从沉积着两千多年封建文化封建道德的白鹿原上走出的一个又一个男性女性革命者,怎样荡涤威严的氏族祠堂网织的心灵藩篱,反手向这道沉积厚重的原发起挑战,他们除开坚定的信仰这个革命者的共性,属于这道原的个性化禀赋,成为我小说写作的最直接命题。让我获得创作这些革命者形象的自信和激情,却是和那些从我生活着的原上走出的革命者的切近感和亲近感,确凿是始料不及的事,也是我已往小说创作中起码不甚明朗的一种创作感受。

有了这种特殊的创作感受,把我一直潜存着的写作革命者形象的不自信到惶惶然的心态基本排除了。我的整个小说创作,主导性的因素是直感体验和直接感受,此前的中短篇小说,都是我在生活里直接体验和直接感受的表述,至于体验的深浅和表述的优劣是另外的话题,致命在于体验和感受都是经由直接而发生。白鹿原上普通人的生存形态和心理形态,尽管有一九四九年的时代划界,却不是一声"解放"就会改换一新的,我从少年再到青年的生活印象和感受,都奠基着我面对这道原在封建帝制瓦解再到共和国成立的生活演变的直接感受和直接体验。唯有白鹿原上曾经发生的革命,因为我的年龄注定了我的陌生;革命到一九四九年彻底完成,晚来一步的我无法进入直接体验;包括对中国革命的理解,也只能从书籍和影视画面去获得,缺失的又是无法补救的直接体验和直接感受,成为我创作《白鹿原》里革命者形象时的底虚和隔膜。当我对原上的革命者发生的切近感和亲近感越来越浓的时候,隔膜首先消失了,自信心涨溢起来了。

这种切近感和亲近感,直接决定着我要写的未来小说里的革命者的底色,即白鹿原的底色。或者说,只有从这道古老的原上走出的革命者的独有的气质,尽管他们信奉的主义和对信仰的坚贞,与中国南方北方的革命者没有区别,未来小说《白鹿原》里的革命者的这一个和那一个,起码要让读者能较为明显地感觉到,这是从白鹿原这道古原上走出来的这一个和那一个革命者,起码不致混同或相似湖南、江西那些革命老区的革命者。在构思基本完成再到写作的整个过程中,不断丰富着的小说《白鹿原》里的几个革命者形象,盘旋在脑海里,活跃在心中,过去记忆里的革命英雄——真实的英雄和艺术创造里的英雄——全都隐没了。我有一种骄傲,更有一种激情,我将要把我生活着的白鹿原上的革命者推到读者面前。他们是先驱。他们对信仰的坚贞不渝。他们义无反顾的牺牲精神,是这道古原的骄傲。还有,他们几乎无人知晓,被遗忘得太快,也太久了。

还有一点纯粹写作的特殊感受,也是后来才意识到的,就是我所写的几位革命者,竟然没有一丁点缺点,除开我对他们的钦敬之外,主导因素还是那种切近感和亲近感的支配。不写他们的缺点,不仅不意味着要塑造"高大全"式的英雄形象,反倒是清醒而且严格地把握着一点,我要塑造生活化的革命者形象。我的革命者的生活化意念,就是要把我从白鹿原上真实的革命者所感知到的那种切近感和亲切感,再通过小说《白鹿原》里的革命者形象,传递到读者阅读的直接感觉里……话说到此必须打住,再说就有阐释人物之嫌了,这是我的忌讳。

这里我想说一下小说《白鹿原》里的革命者白灵,却基本与人物塑造不相干。这个被极左路线执行者当作潜伏特务活埋的情节,在作品面世后,似乎被人特别诟病过。白灵的这个悲剧情节,取自本文前述的张景文烈士的真实事件。自然,生活真实未必一定会造成艺术真实的效果,艺术真实的感染力,也不一定非得生活真实发生为依托,这是常识。这里涉及的显然不是生活真实和艺术真实的关系,而是如白灵被极左路线执行者活埋错杀的情节,能不能写的非写作技巧范围的事。这是不得不涉及革命烈士张景文和小说人物白灵的关系。那篇简约到不足千字的回忆张景文烈士的文章,确凿使我获得了塑造一个女革命者的激情和自信,尤其是文中的两个细节:一是张景文在西安民乐园扒地砖抛向训导学生"用心读书勿问抗日"的国民党要员,这个抛砖头的细节让我把握住了一位白鹿原女性的独禀气质和个性;二是她被关押窑洞等待活埋的情节,令我心寒又心颤,我从未如此真切地感知到一个激情如火又纯洁如玉的女革命者此刻的激情,她是白鹿原上的女儿。此前许多年我也知晓,开辟陕北革命根据地的领袖刘志丹,曾经被极左路线执行者关押起来,是长征到达陕北的毛泽东闻讯及时喊出"刀下留人",救了刘志丹等革命者一命,也终结了极左路线的蔓延。这样严重的从内部扼杀革命的极左路线,不容许文艺创作涉及吗?我的小说没有正面涉及极左路线的破坏,也就不涉及如刘志丹这样的革命领袖人物,仅仅只涉及一个小战士白灵,竟然不能容忍,显然不是人物塑造的艺术范围的事了,而是如何面对革命历史上的极左路线。我一时无解。

此后不过三四年,我看到身为延安市领导人又兼着作家的忽培元的长篇纪实文学《群山》,其中正面写到极左路线把持陕北革命根据地的残酷性破坏,其中有一个情节,已经是根据地中坚力量的马文瑞等九位中层骨干,被关押在窑洞里,眼盯着窑窗外不远处正在挖着九个土坑……我读到这里时闭上了眼睛,我无法猜想马文瑞等九人看着正在挖掘的活埋他们的土坑时,将是怎样一种心情?随之又想到现在身为国家领导人的马文瑞,看到《群山》文本里的情景,又会是怎样的心情?我接着想到小说《白鹿原》里的白灵和地理的白鹿原上的张景文,无论前者或后者,都会感到欣慰的,不单是她和她得以平反,重要的是这样的文本警示后人,再不可重复这样内部自残的蠢事。至于写了白灵的我,便有一种不必说话的基本心理。

又过了十余年,二〇〇五年纪念红军长征七十周年,我随中国作协"重走长征路"的一批作家来到江西,先上井冈山,再到瑞金第一个成立中华苏维埃的会场旧址,感动和感慨且不赘述。我于一日下午到了瑞金城外的一座小山上,仍然保存着七十年前一座房子,是一个和尚住持的僧房。毛泽东曾被隔离软禁在这座孤零零的和尚庙里。创立中华苏维埃并任主席的毛泽东,已经被极左路线的执行者架空且隔离了。据说毛泽东每天在房里读书,也在屋后的一棵大树下闲坐。我在这个如今作为展览场所的和尚庙里转悠的时候,又想到陕北革命根据地里被关押的刘志丹,等待活埋的马文瑞们,已经被活埋的原上女革命者张景文,还有小说里被活埋的白灵。

第二天,我和作家们走到于都河边,这是红军被迫长征的出发地。稍有革命历史常识的人都了解,是什么原因破坏了革命根据地,迫使红军不得不放弃瑞金而逃离,涉过于都河的红军后来遭遇了怎样的损失……我在于都河边看着涨起的浑浊的河水,想到毛泽东们,也想到正遭遇灾难的刘志丹、马文瑞们,还有张景文和白灵。我忽然想到,且不评论小说里白灵这个形象的东长西短,持异议和责难的人该当到瑞金来走一趟,面对山上隔离毛泽东的和尚庙和平静流淌的于都河,大约就不会计较白灵被活埋的情节了。

还有一个情节后来引发的议论,是我当初构思和写作时完全没有意料得到的,这就是白灵爱情选择过程中先兆海后兆鹏的情节,似乎有议论指斥鹿兆鹏夺走了弟弟鹿兆海的恋人白灵,有不大光明的品德污斑。在我的关于这三个年轻人的理解把握里,他们先后走出白鹿原进入西安读书的同时,都接受了新的革命思想的影响,开始投身革命。那时候的中国的社会大背景是"国共合作",初涉革命的兆海和白灵尚无稍深一些理解,才能做出抛铜钱选择加入国民党或共产党的轻松举动。而当"国共分裂"成为敌对势力的时候,这一对恋人就面对着无可逃避的再选择;这次选择应该是他和她独立的选择了,远非抛铜钱那次游戏式的轻松了。小说写到两人重新选择时有一场激烈的辩争,是各自对"国"和"共"的截然对立的观点,这就从根本上形成了不可调和的隔障,可以说是敌对。那个时代里的这样两个政治意识很强的恋人,个人情感很难淡漠政治歧见,必然导致决裂。如果他们对"国共分裂"的看法一致,甚至有一方不问政治只读书,那就是另外的结局了。鹿兆鹏是坚定的共产党人,和白灵志同道合,又有假扮夫妻开展地下斗争的特殊空间,结合就是很自然的事了。让兆鹏和白灵以假夫妻相处的决定,是地下党做出的,不是兆鹏假公济私的小小阴谋。白灵之所以扮假成真和兆鹏结合,既是她的选择,也是作者我以为合理而又完美的结合。在他们结合的第一夜,我没有写他们的情,也没有写性,而是到新的一天的太阳升起之后,让白灵回味新婚之夜的幸福感受。我以朦胧的和象征的文字,写了白灵的诗样的美的感受,无疑也是我对新的最理想的婚姻的抒写。这种描写和叙述,是否切合人物的真实情感,尽可以严厉审视乃至挑剔,我都会认真听取,再审视自己。而关于鹿兆鹏以小阴谋夺弟妻的议论,我颇为兆鹏抱屈,今天借此替他申辩表白,也是作为作者的我的责任,更是我那种切近感和亲近感催生的举措。

十四　原下，自在的去处

　　在破旧的厦屋和后来建成的新房的写作间里，无论是写中短篇小说和随后写作长篇小说《白鹿原》，无论是再三掂量昆德拉《生命中不能承受之轻》到底是轻还是重，抑或是反复审视中国民间是否存在人和甲虫互变的魔幻现实主义的生活基础，自然不可或缺如雨后春笋又只能"各领风骚一半年"的中国文坛的迭出新潮，突然会有一位乡党走进来，眉眼里洋溢着不加掩饰的喜悦，以不容置疑的和不许推辞的口气说，明日给咱那个大货（大儿子）办事哩，今黑（晚）请执事（帮忙的乡党），你今黑（晚）就得去。我不仅不会说半个不字，而且表示踊跃，他又补充一句，你还干你那一摊子事。说完又忙着邀请别的执事去了。我的正在写作中的人物，或者是正在阅读的昆德拉的人物，以及更遥远的马孔多镇上的男女老少，顷刻间统统消失了。我当即要做的最切实的事，给一家为儿子娶媳妇的乡党去做帮忙的执事，承担账房里"那一摊子事"的账房先生。

　　我这个账房先生的主要业务，先一天下午就是写好对联，并贴好，一般需给大门，正屋和新房贴上三副对联，内容有区别，大门对联是向全村的人宣示这家的某个小子（大货、二货或三货）结婚的喜事，正屋的对联应是农家院主人胸怀和姿态的表白，新房对联纯粹就是指向两个新人未来美满婚姻的祝福了。再是协助总管（一般是书记和村长）安排好执事分工，挑水的、洗菜的、端饭的、烧酒的、洗碗的等活路,都要落实到人,再由我写到红纸上贴到院子最显眼的墙壁上,哪一个环节出现漏洞,就可以找到具体的人。账房先生真正进入角色,实际上是从先一天晚上就显示出来,接二连三会有乡党好友送礼祝贺,或一段布料或一床被面或不等数量的现金,我要一一登记,再用红纸书写了张贴到主屋正面墙上,这事要持续到深夜再无送礼者上门。最忙活的时段是结婚日的上午,东西南北各路亲戚来参加婚礼,既有传统的各色花馍,又有绸缎被面和布料,偶尔还有西安城里时髦新潮起来的亲朋好友送来的花篮,等等。我同样一件一件登记,再用红纸写了贴在墙上,不敢马虎。最复杂的事,是烟酒糖果的支配,尽管烟算不得高档,却是可以尽情随意抽的供给制,不抽白不抽,平素不抽烟的那些人,也在嘴角叼上一支,更有某些调皮的小伙子,随意虚设一个借口向我讨要几盒烟,转过身便装进自家腰包据为己有。如不恰当控制,主人交给我的这些消费品就可能支应不到终场,尤其是那些家境不太宽裕的人家,交给我的消费品本来就有点紧紧巴巴,稍微计划不周或手松一点就会断档,我在计划性和灵活性的掌握上颇费思量,即使明知某个小伙在撒谎讨烟讨糖果,也不忍心看着笑嘻嘻的眉眼在谎话落空时转换为尴尬,得想法应对。

相对结婚的红事而言,埋葬老人的白事更为复杂。从逝者咽气倒头直到下葬完毕,最短需要三天,更为隆重一些的丧事要持续五天或七天。我同样是干"那一摊子事"的账房先生,写对联颇需动一番心思,把这个老人一生的功绩和性情概括归纳到一副对联里,用白纸写了,张贴到大门门楼两边的门柱上,往往能赢得乡村那些识字的人的赞赏,甚至说逝者能得到我的对联的彰显,死了也能合上眼了。我在获悉这种反应的时候,跟某一篇小说受到好评的感觉是无甚差异的。甚至不止一回发生这样的事,一位老头走进我的账房,接过我递给他的一支烟,便说这副对联写得如何好,随之半认真半玩笑地说,到爷(或叔)闭眼的时候,你给爷(或叔)也写上一副,爷(或叔)一辈子受的苦就算没白受。我在那种情景下往往被感动,即使一个最普通的农民老人,也需要在告别这个世界时获得一种客观的评价,他终生的努力终生的奋斗,以及恪守的道德人格,也需要以对联这种最简约的形式做集中概括,用白纸黑字展示给这个村庄的男女,似乎就可以安寝地下了……相对红事而言,白事往往容易发生纠葛,多是在老人丧失劳动能力需要赡养的年月里,因为付出的不均,兄弟姊妹间隐藏着的积怨,往往就在老人去世时爆发出来,甚至发生打骂冲突。我这个账房先生还得参与调解矛盾,以便逝者能如期入土为安。

我这个账房先生的角色,还延伸到乡党建房的喜事中。二十世纪八十年代中期到九十年代初,是我们那个六七十户人家的小村子建新房最红火的年份,一幢幢红砖红瓦的传统的砖木结构的三间宽房大屋,或是刚兴起的红砖立墙水泥板盖顶的新式平房,在拆掉老房厦屋的宅基上或新辟的庄基地上格外惹人眼目。谁先富起来谁一时尚未富起来,从村子西头走到东头瞭一瞭作为家庭招牌的房子,便一目了然了。在破土动工和上大梁(或吊装水泥楼板)的两个重要日子,对于主家来说更具有盛大庆祝的意义。他们同样以不容推辞的口吻邀我,仍是那句老话,你给咱把"那一摊子事"管着。每逢这种作为农民家庭的大事喜事来到时,常常无须他们邀请,我自告奋勇就参与其中了;我建房的时候,满村的乡党几乎全部都来帮忙了;我不仅做着"管那一摊子事"的账房先生,活路紧张人手短缺的当儿还会抬木头搬砖瓦。

我追述账房先生这个角色的生活细节时,颇多犹豫,为乡民的红事白事和建房的喜事做账房先生,似乎与写作本身并不相干,我却抑止不了对那段生活的情感牵连,甚至有一种不可复还的遗憾。最后确定留一点这个特殊角色的生活细节,不仅供自己烦闷时做诗性回嚼,也留下十年乡村写作时的原本生活形态之一斑。

我回到祖居老屋三年的一九八五年春天,陕西作协老领导为主席团增补了几个年轻作家为副主席,我有幸算一个,行政级别属甚为惹眼的副厅级,工资差不多翻了一番达到一百五十多元。这一年夏天,陕西作协发扬作家挂职深入生活的优良传统,一批新时期出现的青年作家到农村和工厂去了,我被任命为中共灞桥区委副书记。我又回到老家的辖区挂职,原想多参加一些区上的工作,感受正处于农村变革最活跃时期的生活脉动,不料到这年秋末冬初发生了《白》的创作意向,我便调整自己的安排,着重《白》的先期准备,也不想完全放弃对现时生活变化的关注,我向区委书记坦然说明,每周一参加区委常委会,了解区委的工作计划和大事;每逢三级干部大会,无疑是了解农村发展动态和问题的最好机会,我可以到各个小组直接听取种种发言;区上的重大活动,我也争取参加;日常事务我不参与,腾出时间做我写作的事。然而,在我的乡党眼里,你当什么副主席副书记似乎和他关系不大,只要能在他家遇到红事白事和建新房的喜事时,给他当好管"那一摊子事"的账房先生就很满意了。他们也不关心作家是干啥事的,约略知道那是耍笔杆子就能挣钱的省力的好事。偶尔也有应急的事找我,酒酿好了猪养肥了要给儿子结婚,不料领不来结婚证,要我去给乡政府领导说情;或是女方家里又提出不能接受的物质要求而陷入僵局,要我去给女方家长做调节工作……我似乎比较自然地适应生活赋予我的几种反差颇大的角色,回到作家协会参加作品研讨会,和作家朋友交流创作体会,尤其是刚刚潮起的某个新的艺术流派,更有新鲜感;参加甚为庄严的区委常委会,常常被急于要改变本区落后现状的领导们的发言所感动;在祖居的破旧的老屋里与刚刚装备一新的书房里,或者读中国的新潮小说和从欧美刚刚引进的新的小说流派,或者写我的中短篇小说和后来的长篇小说《白》;在某个乡党需要我当账房先生的时候,我尽职尽责地管好"那一摊子事"。以上这些社会角色所花费的时间,除了每周一次的区委常委会之外,一年也不过十来二十回,并不构成某种负担。到一九八八年我要草拟长篇小说《白》的时候，便终止了在灞桥区委的挂职。其他的文学活动和账房先生的角色，依然继续。我的心境踏实而且单一，只集中在写作上，几乎再没什么欲望，尤其是在《白》的构思完成开始草拟以后，我对这个世界几乎再无任何个人欲望了。

这是我写作生涯中最好的十年。

一夜大雪，漫天皆白。我起床后顾不得洗脸，先掂起长柄竹条扫帚扫雪，先扫院子，再扫大门外的道路，听到的第一句话是邻居扫雪的人不由自主地赞赏好雪，于麦子的生长太好了。然后回到小书房，捅开火炉烧开水，洗罢脸再喝一口新沏的热茶，面对窗外白鹿原北坡上覆盖的耀眼的白雪，激情便潮溢起来，铺开稿纸。春天的某个早晨打开窗户，院里那株梨树的花儿开了，我便跑到树下，点一支烟，久久不忍离去，这是我栽的梨树苗儿第一次开花，不过十来串，粉白娇丽，点缀在枝杈绿叶之间，无疑是世界上最让我动心的花朵了。之后，眼看着一个个弹球大的小梨一天天长大，直到拳头大的青梨变成黄色，成为每天必赏的风景。三伏酷暑是一年里最难熬的季节，趁着前半天凉快抓紧写作，午后便无法捉笔了，我给桌下放一盆凉水泡脚降温，无奈手心手背手腕上渗出的汗水弄湿稿纸，无法写字，便只好等待明天早晨，能保证半天的写作时间尚可告慰。这种酷暑季节也有好处去，每当傍晚日落时分，我到门前的灞河里洗个痛快，再走上村庄背后的白鹿原北坡，择一处迎风地坎坐下，点一支烟，不时有下坡的微风拂过，整个坡地里此起彼伏着蚂蚱的歌唱，偶尔会有狐狸一两声不大好听的叫声，偶尔还会看到一团鬼火忽起忽落飘移不定，沉浸在野风和天籁之中。

有一件事至今难忘，一九八九年清明前后开始写《白》的正式稿，竟是超乎预料的顺手，交上八月的不过四个月时间，已经写成前十一章十五六万字。如不遇意外照此速度写下去，原先预计的两年时间肯定提前完成正式稿写作，八月头上，同乡青年作家峻里到我家来,邀我到他家避暑写作,他家有冬暖夏凉的窑洞。我感觉暑热的程度尚可忍受,起码前半天可以摊开稿纸,尤其担心换一个陌生环境,如果一时难以适应,进入不了写作状态反而不好,便谢绝了。不料几天之后,持续的干旱造成的酷热已不分早晚,屋子里像个大烤炉,晚上睡在大门外的露天场地上仍然汗流不止难以入睡。我陷入在《白》的写作激情里难以断止,又恰恰遇到结构安排的第一道障碍,便发生烦躁不安坐卧不宁的糟到不能再糟的情绪里。我想到峻里家的窑洞,当即夹着提包渡过灞河,乘远郊公共汽车到一个路口下来开始爬坡,一路询问找到峻里位于骊山南麓通常称作北岭上的村子,浑身衣服早已被汗水湿透。因为没有电话设置,无法事先打招呼,我推开那扇土打围墙上的木门喊了一声峻里,他从窑里出来看见了我,便大呼大叫着把我领进一孔窑洞,清凉之气让我有一种天堂般的享受。

这座农家小院位于一道高高的黄土崖下,依崖凿成两孔大窑洞,不知住过多少代人了,峻里一家三口住在西边窑里,东边那孔窑洞长期空着闲着,便是我的住处。许多天以来,我睡了一个最舒服的午觉,又是一种天堂享受的感觉。不料这天晚上却发生了意外,肆无忌惮地奔跑撕咬的老鼠,仍然干扰不了我积攒太多的瞌睡,直至疯狂到从我的脸上跑过的时候才被惊醒,之后便睡意全消了。我自幼年不仅厌恶而且恐惧老鼠,几乎每回看到老鼠便会作呕反胃,是一种生理性弱项。峻里第二天从友人家借来不过巴掌长的一只小猫,我担心它会被癫狂的老鼠咬死,不料它当晚就咬死了两只老鼠,从此这孔窑洞就再也看不到老鼠的动静了……得了这孔土窑洞里天堂般的凉爽和清静,我很快便进入了《白》的情境之中,大约不过一周,写成了第十二章。这一章是我写正式稿开始以后遇到的第一道障碍,是对草拟稿在此处的结构感觉不顺,曾一筹莫展多日情绪烦躁,竟然在这窑洞里甚为轻松地化解了跨越了。事有凑巧,在我完成这一章的写作快意里,收到当地公社(乡)通信员送来的一纸电话记录,作家协会通知我回去开会，特别强调不许请假。我当晚回到原下溽热难熬的家中，第二天起大早赶远郊公共汽车回到作协开会，是这年六月发生的"政治风波"的内容。从这天起，这个内容的会一周至少有四次，持续到年终，我竟没有时间再上北岭从那孔窑洞拿回我的手稿，由峻里给我送回来。从八月下旬到十二月底，我几乎天天骑自行车赶到远郊公交车站，乘车进城开会，晚上又原路返回原下老屋，四个月里再没有揭开《白》的草拟稿的大开本笔记本。从酷暑三伏直到数九寒冬，白嘉轩鹿子霖朱先生田小娥不知逃遁到哪里去了。掐指一算，离过年还有一个多月，我点燃了小书房里的火炉，也打开了草拟本《白》，把已写成的前十二章正式稿重新温习一遍，唤回逃遁的白嘉轩田小娥们，重新进入我营造着的《白》的村巷，又铺开稿纸了。从新年佳节的气氛里摆脱出来，继续写作很顺利。原上原下的美丽无比的春天似乎太短暂，眼见着麦苗绿了高了拔节了吐穗扬花了，我一章一章写着，"小麦覆垄黄"了。又是酷暑将至，容不得我考虑要不要再上北岭再进那孔天堂般的窑洞，历时四五个月的"整党"工作又开始了。我完全重复着前一年下半年的生活，早上赶车进城开会，晚上回到原下家中，《白》的写作又中断了，直到年终。我同样重复前一年这个时节的程序，重新打开《白》的草拟本，把逃遁许久的白嘉轩再次邀集回来，和他们对话……中断了两个半年的写作，不仅不可能比原计划提前完成，倒是推后了整整一年。我后来才意识到这件事的另一面好处，我反而不着急了，以死心塌地不用着急的心态，进入后少半部的写作。我想，早半年晚半年甚或早一年晚一年写完都不标示什么实质性的意义，倒是有利于把业已体验和意识到的东西充分展现出来，不留遗憾，还有了可能再审视的更从容的时空和心态。

　　除了诸如账房先生这种临时角色，平常写作之后的业余生活，也是丰富而且完全适宜我的习性。三伏天躺在清澈见底的灞河里，看满天星斗和浮上原顶的一弯新月,我不会向往任何极尽豪华的浴池了;坐在月光下迎风处的一方坡坎上,此起彼伏的蚂蚱叫声,是天籁的交响;眼看着河岸上柳树枝头的芽苞绽出嫩黄,再到嫩绿再到随风飘散的柳絮,原坡和河川日渐蓬勃的麦苗,从枯枝败叶里冒出的各色杂草的嫩绿,我每天都感受着大自然生命运动的活力;大雪覆盖河川和原坡的早晨,一夜间把寒冬季节里这方北方原野的枯燥和丑陋装饰出素洁里的柔媚。我曾劝走送我回家的司机,踏着灞河长堤的净雪走过三四公里回家,这样的好雪不是每年都能踏上一脚的;野草萎枯树叶飘落的秋末冬初,心头刚刚泛出几分冷寂,很快又被出土现行的麦苗的嫩绿激活了。每天写作之余的傍晚,我把自己融入四时变幻着色彩也变换着情调的原坡和河川,已经成为心理乃至生理的不可或缺的需要了。

　　我的娱乐也很丰富。破费买了一台电视机,看了不足一月,设在原顶上的一家转播台撤掉了,我家的位置正好在电视信号被白鹿原遮蔽的阴影处,只能收听声音不出图像,电视机只能当作收音机用。我便再破费买录放机,再买或借一些秦腔录像带,过去没机缘看到的经典剧目和著名演员的演出,可以尽情尽兴地欣赏和享受了。每当这种时候,村子里的男女乡党便拥满屋子,有时需得把电视机搬到院子里,才能容纳得下蜂拥的乡党观众。我对秦腔音乐的着迷已难以中断,往往等不得晚上放录像带,又购买了更为简便的收录机,写作中途需要歇息时,我便端一杯茶点一支烟坐到前院,听一段两段那些百听不厌的堪称经典的名角演唱的唱段。久而久之,一墙之隔的小卖部里的那位近门婆婆也听得上了瘾,若是某一天我写得兴起推迟或忘记打开收录机,她便隔墙叫我的名字,说她听戏的瘾犯了……有一位评论家在谈及《白》的语言时,说他在文字里能读出秦腔的旋律和节奏。我不知此话是否当真,如果真有这样的效果,却是我当年听秦腔时完全没有料想得到的意外补益。我的另一个娱乐项目是看足球比赛，尤其是亚洲杯赛和世界杯预选赛亚洲区涉及中国足球队的比赛，我是一场也不能放过的。因为电视信号受阻，我得赶到七八里外的亲戚或熟人朋友家去看转播，有的比赛场次安排得很晚，到夜里一两点钟看完，又骑着自行车赶回家去，在所过的村子惹起一片狗叫声。如若中国队获得胜利，回到家依然抑止不住兴奋；如若中国队又输了，那种忧愤更难以平息。无论赢了输了，都影响到睡眠，赢了兴奋得睡不着，输了又憋气得睡不着，自然会影响第二天的写作。相对而言，赢球毕竟是快活事，第二天迟起半天也就恢复过来，遇到输球尤其是决定出线的生死之战的输球，给我的心理挫伤往往造成两天三天都无法进入写作。好在这种赛事不是年年都有，隔一年两年经历一番小喜大悲的心理折磨，倒不至于影响整体写作。在我更通常也更实用的娱乐是下棋。这种娱乐方式到后来就不单是娱乐了，而是成为自觉地寻求解脱的最实用最有效的途径了。事出有因，大约从田小娥被公公鹿三用梭镖从背后捅死开始，我的写作发生了前所未有的现象，每天停止写作之后，白嘉轩鹿子霖或其他人物，仍然盘踞在意识里继续做他们的事说他们的话。往常到河边或山坡上散步，他们也就淡出了隐去了；现在却不灵了，不仅不肯淡出隐去，反而影响我散步观景的情绪；他们盘踞在我的意识之中挥之不去打发不走，脑子清爽不下来也就难得休整，直接影响到第二天的写作。我无意间发现下棋是驱赶他们最有效的手段，车马炮一旦进入交战厮杀，《白鹿原》上的男人或女人的这事那事全部都摆脱了。我有几位棋友，本村和邻村都有，常常下棋到深夜，回家便进入梦乡，待睡过一个好觉醒来，心清目爽，重新摊开稿纸，把白嘉轩们再召唤回来。还找到一种摆脱作品人物的途径，便是喝酒，喝得飘飘忽忽，便解脱了。很快就形成一种生活规律，傍晚停止写作后，以下棋等手段把盘踞意识里的作品人物挥斥驱赶出去，第二天早晨起来喝茶铺纸，满心真诚地再把他们聚拢到我的小书屋里……遗憾的是，我的棋艺没有多大进步，从不沾酒的我却落下了酒瘾。

这种沉静专注的写作情态基本稳定地持续着。直到《白》的写作的最后一年也是关键性的一九九一年，却连续发生两件意料不及的事，或短或较长时间打破了这种沉静的写作状态。一九九一年春节过完，我应邀参加的第一场文学活动，是陕西人民出版社有关文艺书籍出版计划的座谈会。我从乡下赶到出版社会场的时候，已经进入自由表述意见的议程。我一眼看到路遥的旁边有一把空着的椅子，便坐下了。路遥正在发言，我和他不约而同都点一下头，算是互打招呼，以免中断他的发言。待我点燃一支烟听路遥说话，不料坐在路遥另一边的李星歪侧过身子，从路遥背后拽我的胳膊。我当即同样歪侧过身子，在路遥背后把右脸右耳递上前去。李星说，路遥获得茅盾文学奖了，你知道不知道？我说不知道，待路遥发言完毕我要表示祝贺。李星又说，是今天早晨新闻广播公布的消息。说罢他又端正坐好了。我平时也有早晨听中央新闻广播的习惯，今天因为要进城开会，起床后匆忙洗把脸就推上自行车出门了，来不及打开收音机，竟然漏掉了这样重要的喜讯。我刚刚抽了几口烟，李星又把身子歪侧到路遥背后，我意识到他还要告诉我什么消息，也歪侧身体把右脸右耳递给他。我无论如何也料想不到，李星压低嗓音却一字一板甚至发着狠说，你今年要是还把长篇（小说）写不完，就从这楼上跳下去。说罢，他坐直了身子。

我后来如何向路遥表示祝贺，以及我在出版计划会上说了什么意见，统统忘记了，唯有李星逼我跳楼的话一字不差地铸成永久的记忆，包括他说话的姿势说话的神色说话的语气，都是一遍成记。这句话出他的口入我的耳，便响在我的耳畔也敲响在心里，许多天都不能消隐。我首先感到一种同代人的至诚的关注和关心，诚挚到恨铁不成钢的急切心态。我回到原下小院，耳际依然回响着逼我跳楼的话，自然联系到我正在写作的《白》，尤其是我持续了几年的写作状态，是不是太过沉稳了,要不要或者说能不能加快写作速度。朋友李星的着急情绪,有一定的普遍性基础,尽管我的长篇小说写作处于不张扬的隐蔽状态,但文学圈里的朋友或迟或早也都知道了。几年里只有几个短篇小说发表,猜也猜得到我在写长篇小说,而持续几年不见作品出手,李星的话当是典型的个性化语言了。我停止了两天或三天写作,再三斟酌再三审视我的写作情状,终于平静下来,继续按已经形成的习惯和节奏写《白》,早起喝茶,把白嘉轩和他宗族里的人呼唤回来,晚上还是利用喝酒或下棋的途径,把他们从意识里挥斥赶走——何必跳楼。

李星这句震人的话造成的冲击为时很短。不久,到春天时又发生一件打破写作心态更厉害的事。在一次范围很小的作家朋友聚餐的场合里,我听到一则涉及我的小道消息,上级领导要把我调动到省文联去做党组书记。我根本不相信,也就不在意。我清楚这种传闻产生的背景,是上级领导已着手省文联和省作协的换届工作,新一届的人事安排自然成为热点话题,多种猜测多种传闻,可信度很难判断。传闻要调我到文联当党组书记的事,在我看来连百分之一的可信度都不存在,聚餐完毕回到原下继续写作我的《白》稿,不久就忘记这小道消息了。大约一月之后,我从正式渠道获得让我去省文联做党组书记的真实信息,当即毫不含糊地表明态度,我不适宜去文联做党组书记。我不是形式上的谦虚,也姑且不论我是否具备做好这个角色的能力,而是早已确定后半生以写作为主业了。我当即陷入焦虑甚至可以说是慌惶状态,却没有任何改易的游移不定。我从作协回到原下小院的路上,采取的措施已经确定,给省委宣传部部长王巨才写信申述我不愿调离作家协会去文联任职的理由。我骑自行车跑了八华里路到邮局把信发走,却发现此事不仅不能了结,反倒是把心悬吊起来了,王部长会不会认可我的理由,万一不认可,下一纸任命调令怎么办……我的心很难集中到《白鹿原》上。我几乎天天都在等待宣传部的回应,回信表明态度或者找我面谈,却一直未有任何反应。眼看又过一月,我的预感越来越紧张,便决定第二次写信申述,除了前信申述的理由再做概括性重复,这回着重申明两点,我不愿意调离作协,组织部门如果下任命书调我,我不遵从,不仅我被动,于领导也不大好。我已把话说透,如果不开除党籍,我是不会调离作家协会的。再一点还是表明我的态度,我猜想作协和文联换届的焦点是人事安排,需要安排的人多而职位有限,恰如所谓僧多粥少的矛盾,早已是明摆着的多所议论的话题。我便直言不讳地表白,如果作家协会人事不好安排,我心甘情愿放弃现任的副主席职位,只要能保留专业创作这个职业就心满意足了。这封信我还是写给王巨才部长,又添了分管文艺的一位副部长邰尚贤,署了两位领导的名字。信发出后近两个月,已经从春天进入伏天,仍然没有任何反应,但也没有调我去文联的任命书下达,我仍然惴惴不安。事情的最终了结,是伏天在丈八沟宾馆,我参加省委会散会后走出门来,听见有人叫我,回头一看是我两次写信的王巨才部长。我们在一株大松树的阴凉下驻足。他说我写给他的两封信都收到了。他告诉我,收到第一封信后,他以为我怕耽误写作,便决定派一个能力很强的副书记主持日常工作,让我只参与大事的决策就行了,可以不坐班。他说接到我写的第二封信看过,也让另一位分管文艺的副手看了,他们都很感动,有些人托门子找关系想挂一官半职,给你个正厅级你却不要……他很真诚地说,那你就原样不动,倒是觉得亏了你。我不单悬空的心落到实处,更为这位领导的实心体贴感动了,便握着他的手表示无以言表的感激。在他就任宣传部部长后,这是第二或第三次单独接触,并无私交。

从丈八沟回到原下小院,我不仅感觉到前所未有的踏实,而且分明意识到另一种前所未有的感觉,我是自己把自己逼到再无选择余地的一棵树上摘桃子的猴子了。踏实里的某种压迫,具体到摊开稿纸直面白嘉轩们的时候，我感觉更沉静也更专注了。我依旧到灞河里洗浴，依旧到山坡上欣赏此起彼伏的蚂蚱的合唱，自然免不了和东村或西村的棋友纵车跃马，还有颇可以胜任而自信的账房先生的差使。至于三个正在上大学和中学的孩子的这事那事、家务杂事等，我都视为不可推卸的事认真去做，做完再回到小书屋摊开稿纸。

临近《白》书完成时，又出了点意外干扰，一位喜欢写作的本区乡党，为一家发行很大的本地晚报写了一篇文章，内容是说我写完了《白》书。我看到报纸上的这篇文章时，几乎噎得喘不过气来，且不说那些道听途说的关于《白》的内容，关键是当胸击中我的忌讳，作品在完成之前是一直捂着不说的。我把这种心态比拟为蒸馍，馍未蒸熟之前是不能揭锅盖漏气的，否则就会弄成一锅半生不熟的死面圪墶了。这位熟人不打任何招呼的举动，如同揭去了我即将蒸熟的馍锅的锅盖，那种措手不及的感觉有如噎死，然而又无可奈何。经过几天调整，自己安慰自己，好在《白》已接近完稿，漏一点气已无碍大局，待噎住的气平喘之后，重新坐下来面对稿纸。

进入一九九一年的深冬，陪大女儿在西安城里读书的老母亲双腿出现问题，属老年性病变，无法支应买菜做饭的家务。我的妻子当即进城代替母亲，另两个孩子都在中学寄宿读书，原下小院便只剩下我一个人了。我的写作没有受到什么影响，自己打火做饭，还有洗锅刷碗，虽然不大熟练，很快也就适应了。其实倒也简单，妻子走时给我擀下并切好一大堆面条，我只需把它煮熟就可以止饥了；还留下不少的馍，我在火炉上把馍烤得焦黄，竟是无与伦比的美味享受。得着空闲，她回家来给我送馍，少不了擀面条。她忙时，我便赶到城里家中，再背馍回原下，似乎也没觉得艰难或者说艰苦，也许少年时背馍进城念书已是轻车熟路，差别仅仅在于，少年时为读书从乡下把馍往城里背，现在为写作把馍由城里往乡下背，看来我这大半辈子都离不开背馍的生活情趣了。

准确无误地记得一件事,一九九一年农历腊月,妻子最后一次送补给品——擀好的面条和蒸熟的馍回来,临走送她出小院时,我说,你不用再送了,这些面条和馍吃完,就写完了。妻子突然停住脚问,要是发表不了咋办?我几乎没有任何迟疑地说,我就去养鸡。妻子转身出门进城去了。

　　我说养鸡不全是调侃。《白》写到最后接近完成的这个冬天,我自然不会不考虑出版的可能性。从最坏处着想,往往是我考虑问题的习惯,如若不能出版,无论是什么原因(作品本身不够出版水准,或是业已出现的出版政策回缩的制约),我都不会继续以写作为专业的生活了。道理是无须别人点明说透的,当专业作家已经整整十年,且已挂上在习惯里被看作老年年龄区段的五十岁,写出的长篇小说出版不了,我就考虑实行自我调整,以养鸡为专业或者说主业,把写作的爱好重新摆置到业余的位置。这种考虑不仅是因为经济拮据生活困窘,更不堪的是专业作家这块牌子造成的精神压力难以继续承受。我想做一个养鸡专业户,不仅可以较快地改善甚为困窘的家庭经济状态,养鸡劳作之余,写点小说或散文,才可能享受写作的快感和愉悦。

　　这是临近一九九二年农历春节前的真实心态,此时大约只剩下最后两章了。已经有了当养鸡专业户的打算做退路,完成《白》的最后两章的写作心态就更为沉静了。

十五　生命历程里的一个下午

至今依旧准确无误地记着,写完《白鹿原》书稿的最后一行文字并画上最后一个标点符号的时间,是农历一九九一年腊月二十五日的下午。在原下祖居的屋院专业写作生活过了接近十年,不知不觉间我已经习惯了和乡村人一样用农历计数时日,倒不记得公历的这一天是几月几日了。

那是一个难忘到有点刻骨铭心意味的冬天的下午。在我画完最后一个标点符号——省略号的六个圆点的时候,两只眼睛突然发生一片黑暗,脑子里一片空白,陷入一种无知觉状态。我坐在小竹凳上一动也不能动,是挺着脖颈木然呆坐,或是爬在摊开着稿纸的小圆桌上,已经无记。待到眼睛恢复光明也恢复知觉,我站起身跨过两步挪移到沙发上的时候,才发觉两条腿像抽掉了筋骨一样软而且轻。

我背靠沙发闭着眼睛,似乎有泪水沁出。在我刚刚感到力量恢复的时候,首先产生的是抽烟的本能性欲望。我点燃了雪茄,当是我抽得最香也最过瘾的一口烟。眼前的小圆桌上还摊开着刚刚写成的最后一页手稿纸,似乎还不敢完全相信,这个长篇小说真的就这么写完了!我在这一刻的感觉,不仅没有狂欢,甚至连往昔里写完一部中短篇小说的兴奋和愉悦都没有。我的真实的直接的感觉,是从一个太过深远的地道走到洞口,骤然扑来的亮光刺激得我承受不住而发生眩晕;又如同背负着一件重物埋头远行,走到尽头卸下负载的重物时,业已习惯的负重远行的生理和心理的平衡被打破了,反而不能承受卸载后的轻松了。直到现在回想并书写这种意料不及的失重情景时,我还是有点怀疑单纯是因为拖得太久的写作造成失明、晕眩和失重的生理现象,似乎与《白》书最后写到的人物结局不无关系。当时的情景是,在我点着雪茄的时候,眼前分明横摆着鹿子霖冻死在柴火房里的僵硬的尸体。这是我刚刚写下的最后一行文字:"天明时,他的女人鹿贺氏才发现他已经僵硬,刚穿上身的棉裤里屎尿结成黄蜡蜡的冰块……"这个被我不遗余力刻画其坏的《白鹿原》里的坏男人,以这样的死亡方式了结其一生。写到这一行文字时,我隐隐感觉到心在颤抖,随之就两眼发黑脑子里一片空白了。在我喷吐着的烟雾里,浮现着"棉裤里屎尿结成黄蜡蜡的冰块"的鹿子霖的僵硬的尸体,久久不散。这个浮现在烟雾里的坏男人的尸体,竟然影响到我写完《白》的应有的兴奋情绪,也是始料不及的事。

南窗的光亮已经昏暗。透过南窗玻璃,我看到白鹿原北坡的柏树已被暮色笼罩。尚不到下午五时,正是一年里白天最短的时月。我收拾了摊在小圆桌上的稿纸,便走出屋子,再走出小院。村巷里已不见人影,数九寒天傍晚的冷气,把大人小孩都逼回屋里的火炕上去了,游走在村巷里的鸡也都归窝上架了。这是冬天里日落之后天天都重复着的景象。我已经难以像往常一样在这个时候守着火炉喝茶。我走下门前的塄坡,走在两排落光了叶子的白杨甬道上,感觉到灞河川道里如针扎一样的冷气,却不是风。我走上灞河的河堤,感觉到顺河而下的细风,颇有点刀刺的味道了。不过,很快就没有知觉了。

我顺着河堤逆水而上。这是一条自东向西的倒流河。河的南边是狭窄的川地,紧贴着白鹿原北坡的坡根。暮色愈来愈重,原坡上零散的树木已经模糊,坡塄间的田地也已经模糊,只呈现出山坡和塄坎的粗线条的走势,把这个时月里干枯粗糙的丑陋全部模糊起来了,倒呈现出一种模糊里的柔和。我曾经挑着从生产队菜园里荙来的黄瓜、西红柿、大葱、韭菜等蔬菜,沿着上原的斜坡小路走上去,到原上的集市或村庄里叫卖,每次大约可以赚来一块钱,到开学时就装着攒够的学费到城里中学报名了。我曾经跟着父亲到原上的村庄看社火,或秦腔。我曾经和社员一起在原坡上翻地,割麦子。我曾经走过的熟悉的小路和田块都模糊了。我刚刚写完以这道原为载体的长篇小说。这道真实的熟悉到司空见惯的原,以及我给这原上虚构的一群男女人物,盘踞在脑子里也盘踞在心上整整六年时间,现在都倾注在一页一页稿纸上,身和心完全掏空的轻松竟然让我一时难以适应。我在河堤上快步走着。天色完全黑下来了。黑夜的微弱光色里,我走到河堤的尽头了。我不知累也不觉冷,坐在临水的一条石坝上,点燃一支烟,脚下传来河水冲击石坝的婉转的响声;哗哗的响声里,间隔着会有铃铛似的脆响。鹿子霖僵硬的尸体隐去了。我的耳朵里和脑海里,不间断地流淌着河水撞击石坝的脆响。腊月数九的白鹿原下的灞河川道里,大约只剩下我在欣赏这种水流的妙音。

我不记得坐了多久,再站起来转身走向来路的时候,两条腿已经僵硬到挪不动步子,不知是坐得太久或是太冷造成这种麻木。待到可以移步的时候,想到又要回到那个祖居的屋院,尤其是那间摆着写作趴过四年的小圆桌和已经破损的小竹凳,竟然有点逆反以至恐惧。然而,我在河堤上还是快步往回走,某种压抑和憋闷在心头潮起,真想对着南边的原坡疯吼几声,却终于没有跳起来吼出来。已经走到该下河堤的岔口时,我的胸间憋闷压抑得难以承受,想着这样回到小院会更加不堪,索性又在堤头上坐下来抽烟。打火机的火光里,我看见脚下河堤内侧枯干的荒草,当即走下河堤,点燃了一丛营草。火苗由小到大由细到粗,哗哗哗蔓延开去,在细风的推助下,火苗顺着河堤内侧往东漫卷过去,发出哗哗啪啪的响声。我早已重新走上河堤,被烟熏呛得大咳不止泪流不止。弥漫着的烟气里,我能嗅出一阵是蒿草的臭味，一阵又是薄荷的香味，自然还有菅草马鞭草等杂草的纯粹的熏呛味儿。火焰沿着河堤内侧往东烧过去，一会高了一会低了……我的压抑和憋闷散失净尽了，鼻腔里还残留着蒿草的臭味儿和薄荷的香气儿，平心静气地走下河堤，再回到小院。

我打开每一间屋门，拉亮电灯，还有屋前凉台下的照明灯，整个屋院一片亮光，心头也顿觉畅朗光明了。我打开录放机，特意选择了秦腔名角脍炙人口也普及到城乡的《花亭相会》，欢快婉转的旋律和生动形象的唱词，把一对青春男女的倾爱演绎得淋漓尽致，妙趣迭出。这是我平时放得最多的磁带之一，往往会改变人的情绪。我的满屋满院的灯光和秦腔的声响全都泄出小院围墙，竟然招来两三位热心的乡党，以为我家有什么不寻常的事要办，问我要不要帮忙。我竟忽略了这一点，乡村人为省电费开支，总是选择瓦数很小的电灯泡，临街的窗户只有昏黄的灯光，这种屋院通亮的景象，只有在办红事白事或建造新房的时候才会出现。我当即向他们解释什么事都没有，只是想畅亮豁朗一下。为避免招惹更多的热心乡党过来询问，我把院子里的电灯熄灭了，房间里的灯依旧亮着，《花亭相会》的旋律和动人的唱腔也继续着。我开始动手点火烧水，为我煮一碗面条。

这是我几年来吃得最晚的一顿晚饭，也应该是几年来吃得最从容的一碗面条，且不论香或不香。尽管从草拟到正式稿写作的四年里基本把握着以沉静的心态面对稿纸，然而那道原却时时横在或者说楦在心里，虽不至于食不甘味，心理上很难感到一种从容。现在，横着或者更确切地说楦在心里的那道颇为沉重的古原，完全腾空了，经过短暂的不适和诸如烧野火的释放之后，挑着面条的时候已经是一种从容了。我只能找到从容这个词表述吃着面条时的心态。我做完了一件事情。这是我在写作上做的前所未有的耗时费劲和用心的一件大事，尚不敢预测它的最后结局，或者说还不到操那份心的时候,仅仅只是做完了这件事。做完以后的轻松和从容,我在火炉旁吃着面条的这个寒冬的深夜,充分地享受到了。

我睡了一个自来醒的好觉。我骑自行车赶到远郊公共汽车站始发站,乘车进城,这是许多年来别无选择的一条轻到不能再轻熟到不能再熟的轻车熟路了。敲开屋门。开门的是妻子。我说:"完了。"连"写"字都省略了。她也平淡地回了一句:"完了就好。"她不惊奇是心中有数,大约十天前她回乡下给我送给养的时候,临走时我告诉她,等这些馍和面条吃完,我就可以写完了,年内不用再送吃食了。

她是第一个知道我写完《白》的人。此后很久,我没有告知任何人。不单是我不想张扬,也不光是我习惯于"馍未蒸熟不能揭锅跑气",刚刚写完的稿子还得再过一遍手,尚需一些时日,更关键的一个因素,是我感觉到当时的文艺政策收得比较紧,《白》里所写的我对那段乡村历史生活的体验和感受,能否被理解被接受,这是很自然会发生的疑虑。我在当时反复审时度势,要不要拿出来,或者说这时候拿出来合适不合适,我基本确定在否定的隔档内;待到什么时候文艺政策再放宽了,拿出来也不迟。这是我的生活经验所形成的处事习惯,自改革开放伊始,包括文艺政策在内的多项政策,一阵儿松了一阵儿紧了一阵儿又放宽了的情况多有发生,这种收紧的文艺政策肯定还会做出调整,只是难以把握持续时日的长或短。无论如何,当下拿出去是不合时宜的。出于这样的考虑,我便不想把写完长篇小说的事告诉别人。我的从容的心态,也与这个因素不无关系。

从容而又轻松地过罢春节初五,我在原下的小书屋打开《白》的手稿,开始修改,我把这项工作习惯叫作再过一遍手。我充分感受或者说享受着这种再轻松不过的工作。我的工作主要是文字审阅,把写作过程中的疏漏弥补起来,错字别字和掉字自不必说,尤其是通篇试用的叙述语言,比较长的句子容易发生毛病,需得用心阅审。然而,毕竟已有既成的文字,比不得写作时的专注和倾力,相对而言轻松多了。我记得有一两个情节被重复交代过，倒是始料未及，自然都做了处理。我在这种轻松的工作里，感觉到我在开笔写正式稿时的想法是正确的，考虑到这部小说文字比较多，再写第二遍稿将是不堪设想的事，必须一遍成稿，就得充分酝酿，尤其是叙述文字的把握，必须一步到位。另外一个纯属个人创作的"忌讳"性感受，第一次陷入在那些既陌生又熟识的人物的情感世界和其身临的生活环境的时候，迸发出来的文字往往是最恰当最准确的，甚至常常有始料不及的出奇的细节涌现出来，让我享受到任何奖励都无可替代的陶醉。当某部（篇）作品写完，人物和人物生活的环境都成为熟人旧地了，新鲜感也随之淡化甚至消失了。如果写得不尽如人意，要想重新写作，或者做重大修改，最大的障碍不是费时费劲的劳作，恰恰在于对人物和环境的新鲜感的淡化和消失，很难再恢复重现，以致文字叙述常常都发生迟钝和艰涩。这是我多年写作的个人感受，显然有违"文不厌改""千锤百炼"的古训，权且只作为个人的"忌讳"，然而又不易改变。基于这种个人创作的"忌讳"，我把《白》的第一遍稿当作正式稿去写，现在修改起来就很轻松了。

这种再过一遍手式的轻松的修改，除了上述再阅审再把握的用意之外，还有某种自我温习乃至自我欣赏的感受。这部书稿的正式稿写了四年，到我这时打开第一页再读的时候，已经有了不算太久却也不近的时空距离，尤其是前边的大部分篇章，我早已从白嘉轩们的情感世界走出来，进入一种冷静的心态，有如看自己幼年用刀子刻在裸露的房柱和木梯上的字和画。我常常会发生小小的得意，当时竟然写出这么一句颇为传神的对话，抑或某一个令人哑然失笑的细节，确信如果现在重写肯定写不出来了。然而，更多的时候却是犹疑不定的心态，眼下正在重新阅读的这些描写白嘉轩等人物的人生故事，如果某一天真的有幸公之于世，读者会有兴趣吗？近百年前的白鹿原上的一伙乡村男女的生活故事，会招惹正倾慕现代化生活方式的当代人的眼球吗？在我的感觉里，二十世纪九十年代初的社会氛围，常常是西方吹进的一股又一股风酿制成社会热点。造成这种犹疑不定心态的另一个因素还在自身，从构思到草拟再到正式稿完成的六年时间里，白嘉轩、鹿子霖、朱先生、田小娥、鹿兆鹏、白灵们的生命历程，在我心里不知审度再审度体察再体察了多少回，他们横在或者说楦在我心里六年了，可以说真正属于烂熟于心。熟悉到烂熟的状态，不可避免地发生的负面效应不仅是不新鲜，甚至形成某种无感觉状态，很难把握读者阅读时可能发生的真实反应了。即如一些构思和写作时曾经让我手抖心颤的情节，也因为烂熟而缺失了新鲜，也就难以推测读者阅读时会不会感兴趣了。这种疑虑的心态无法排除，却也无法改变业已完稿木已成舟的现实，仍然继续着修改。

　　修改是轻松的，因为确定尚不急于拿出手，修改更没有急迫的因由。乡村正月是一年里最轻松自在的日子，许多在"文革"中禁绝的庙会已经恢复，而且越来越热闹，耍社火，唱秦腔，农村能工巧匠制作的小农具，各种植物种子和树苗，都赶到庙会上来出售，更缺少不了多种民间小吃。我常常经不住幼年记忆里庙会场景的诱惑，骑着自行车和村子里的乡党搭帮结伙去逛庙会，《白》的修改迟一天早一天完成没有什么实际意义。这种轻松自在的日子大约过到正月下旬，也是公历二月下旬的一天，早晨起来听中央人民广播电台的新闻，突然听到邓小平南行的消息。电台播出了小平南巡到一些地方即兴说的话，我至今还记得其中的两句：思想要再解放一点，胆子要再大一点。我的心有一种被撞击的感觉，竟然有按捺不住想要欢呼的欲望。我对这两句语录的敏感以及它的不可估量的伟大意义，几乎是切身的直接的感应，中国改革开放要进一步解放思想，必然要破除某些思维定式的禁锢；而要打破制约改革开放的某些不无复旧色彩的条律，需要创造性思维的胆量，邓小平号召并鼓励解放思想，中国的改革大局必将发生大的转机。在这样的社会背景下，作为更为敏感的文学艺术事业,必然会率先破禁而出,"收得太紧"的文艺政策肯定将要放宽。几乎就在这一刻,我便断然决定,把《白》稿拿出手,甚至有点懊悔,此前的修改进行得太轻松太自在了。

我当即决定给人民文学出版社编辑(兼任《当代》杂志副主编)何启治写信,报告长篇小说《白》已完稿,正在做最后的修改,并确切地告知他,三月下旬将完工。这个时限经过认真算计,并留有余地,我的家事颇多,把可能耽搁的时间做了充分预算。这里要简略说一下我和何启治的交情。在一九七三年冬季,我便认识了何启治,刚刚恢复出版工作的人民文学出版社派他到陕西组稿,那时候的老作家一般都在被批判之列,约稿对象自然就是"工农兵"业余作者了。他到同样是刚刚恢复工作的陕西作家协会(当时叫陕西文艺创作研究室,以示和旧作协的区别)了解情况,在刚刚恢复出刊的《延河》杂志(改称《陕西文艺》,昭示与旧《延河》的区别)看到了我写的短篇小说《接班以后》,便找我约稿。我那时在人民公社(乡或镇)工作,上级恰好确定我到南泥湾"五七干校"接受劳动锻炼,并到上级机关西安郊区开会听取具体安排。老何赶到西安南郊的小寨,待我开完会后见面,并站在小寨十字街头说事。他说他看了我的短篇小说《接班以后》,以为这是一个长篇小说的框架,充分展开来写,便会是一部不错的长篇小说。我几乎被他的热情吓住了。《接》是我写成并发表的第一个短篇小说,长篇小说在我完全是不可想象的遥远莫测的事,便不敢应诺。他耐心地说服我,并举出两位在陕北插队的女知识青年正在合写一部长篇小说的事,为我壮胆。我仍不敢应诺。然而,我和他从此却成为朋友,常有书信互动。到改革开放文艺复兴的好时代,他编《当代》,我把第一部中篇小说《初夏》送他,几经修改,终于发表,并获《当代》奖。在后来的交往中,他仍不忘长篇小说的约稿。我便承诺,如果今生会发生长篇小说的写作,第一个肯定给他。从一九七三年年末和他初识并约稿,到一九九二年年初写完

《白》，并决定写信告知他的时候，整整二十个年头了。

我在信里说明了几件事，到三月下旬就完全可以脱稿，由他派人来取稿，或由我送稿，请他决定。需要说明，此前他曾在见面时告知我，如果长篇小说写成，会派人来取稿。我在信中还申述一点，希望他能安排一位文学理念比较新的编辑做责编。很快收到他的回信，到三月下旬派人来取稿。到了这个时候，人民文学出版社这块牌子突然对我形成压迫，这是国家级出版社的大牌子，要通过其出版水准，谈何容易。我在珍重并信守和老何的约稿承诺的意识里，似乎把这块大牌子的压迫淡化了，当真有两位编辑要来拿书稿的时候，我才敏感到某种压迫。

前来拿稿的编辑是高贤均和洪清波。那时候我还没有电话设备，老何把火车车次告知陕西作协，作协把电话打到我所在的乡镇，由通信员把一绺电话记录送到我手里，高、洪两位所乘火车到西安的时间是西安天明的时候。事有凑巧，在我刚刚看完电话留言的时候，村子里的赤脚医生扶着我的母亲走进院门，说母亲血压升高到危险的度数。随即扶母亲躺到床上，挂上了输液瓶，同时也就瘫痪了，我坐在床边侍候。更让人意料不及的是天公也凑热闹，这天夜里下了足有一尺厚的雪。天不明我便起身，请来一位乡党照看母亲，因为积雪封路，我便步行七八华里赶到远郊汽车站，搭乘头班车进城。在高、洪两位贵客走出车站时，我和他们握手了。我的《白》的修改还剩下三四章，至少还需一天时间做完。安排完高、洪的食宿，我又赶回原下老屋，一边做最后几章的修饰，一边管护输液的母亲。我记得很清楚，一九九二年公历三月二十五日早晨，我提着《白》书的手稿赶往城里，在陕西作协招待所的房间里，把近五十万字的厚厚一摞手稿交给高贤均和洪清波的那一刻，突然涌到口边一句话：我连生命都交给你俩了。我把这句话还是咽下去了。我没有因情绪失控而任性。那一刻几乎同时意识到，这种情绪性的语言会给高、洪造成压力,甚至不无胁迫的气味,我便打住。我从事创作多年了,常识或者说不争的无数事实是,出版社出书是以作品的质量为准绳的,不是以作者投入的程度和付出的劳动的多少说话的。

这天中午,我约高贤均和洪清波在家里吃午饭,是我妻子用心做的饺子。两位编辑很随和,连口说饺子好吃。我相信不完全是客套话,因为饺子的内馅有新春的头茬韭菜,我吃着也觉得新鲜。说真话,我那时候没有请他们进餐馆的经济实力。

下午,我送他们去火车站。他们要赶到成都去参加一个文学笔会。

天黑时赶回乡下老屋院,先看卧床的母亲。母亲说,他的腿可以动了。我的心里真可谓一块石头落了地,不由慨叹,在我完成最后一笔文字并交稿的这一天,天灾人祸竟然都来凑热闹了。好了,《白》的手稿由高、洪带走了,母亲的病也大有转机,我在点着一支烟的时候,竟然是一种前所未有的松弛到轻和软的感觉。

我捅开火炉,早春乡村的深夜寒气仍然很重。电灯光泄出到小院里,月季的枝头影影绰绰可以看到新冒出的叶芽,再远处就是白鹿原北坡在星光下的粗略的轮廓了。我喝茶,抽烟。隔壁屋里偶尔传出母亲轻声的呻吟。我不想看书,什么书都不想看,就那么坐着喝着抽着。多年来形成一种潜意识习惯,只要一个人独处,如果不动笔,总要捞上什么书或报刊翻看,这时候却什么也不想看,连我自己一时都想不到这种心理变化,竟然厌倦阅读。

这个世界距离我很远。亲朋好友都远如缥缈,只剩下我一个人面对着星光下白鹿原的北坡。我心上悬着两个刚刚认识的人,就是拿走《白》书手稿的高贤均和洪清波,高贤均爽朗的蜀地口音和洪清波总显得羞涩的眼神。他们拿着我的手稿,正乘坐在由关中进入蜀地的火车上。我自然会想到他们读后的看法的致命性,却还不至于担惊受怕,不是我自信自己的货色——前述已涉及烂熟到无感觉状态,而是按照当时处理稿件的一般成律,需得较长的时日才会有结果,当下是犯不着太过惦记的。

这样坐着喝着抽着,看是平静里的轻松,内里却开始积聚准备承受那最不堪的关于《白》的结局的心力。

十六　读诗诵词，前所未有的闲情逸兴

高贤均和洪清波拿走《白鹿原》手稿之后，我随即把一份《白》的复印稿送给李星，请他看看成色究竟如何。我瞅中李星完全是别无选择的事，他的文学评论在那个时候开始形成影响，在陕西"笔耕"文学评论组里是最年轻的评家，呈现出全新的锐气，审视和评判是可靠的；还有一个情感因素，他和我属于同代人，认识近二十年了，在一个单位工作又住同一栋楼房，见面既说文学创作，也说到某些新呈现的生活世相，虽不可能完全吻合，却能够坦诚坦白地直抒己见，毫无忌讳，这在有较大年龄差别的人中是难得发生的，起码在我是多所顾及的；更重要的一个决定性因素，是他一年前逼我跳楼的那句话，即路遥的《平凡的世界》获茅盾文学奖的消息公布的那天早晨，他带着狠劲儿对我说，你今年要是还把长篇（小说）写不完，就从这楼上跳下去（说这句话的环境前文已述，不赘）。可见这个同代人的评论家李星关注我的写作，殷切到了完全可以说是恨铁不成钢的状态，我便毫不犹疑地瞅中他来为《白》把握一下成色。

我确实很想听到别人读《白》的真实感觉，如实说来，几乎是迫不及待的一种焦灼心理，更多的是担心乃至害怕。担心和害怕的唯一一点，就是对《白》的阅读反应，且不说完全否定，单是对《白》里所表述的我对那段历史生活的体验和对体验的表述形态如果反应平平，无疑标示着我的失败。我能沉住气在原下的屋院写作四年，现在

却按捺不住期待审判的焦灼。读者也许会产生陈某在此故作矫情，反问一句，你自己对你写下的作品难道没有一个最基本的把握吗？我的问题恰恰就出在这里，而且几乎是自喜欢写作几十年形成的一种习惯性心理，这就是，以一种不可抑制的惊喜发生创作冲动，兴味十足地完成构思，满心自信乃至不无得意地进行创作。然而，一当写完最后一个句子，心理便开始发生逆转，这篇（部）写的这种体验，以及试图出新的叙述方式，编辑会有兴趣吗？而且多是否定性的阴影罩上心来。最典型的也是记忆犹新的一次，是一九七九年初夏写成短篇小说《信任》，就发生了很严重的自我怀疑和否定性心理挫折。这个短篇小说本来是应《陕西日报》老编辑吕震岳的约稿，写完后却不敢送给他，我和他初识一面，既怕他失望，也怕我出丑。我便乘车跑到《西安晚报》编辑张月赓家，想请他先给看看，把握一下成色，再决定要不要拿出手，老张是许多年的老朋友，不怕出丑。在老张家遇到部队作家丁树荣，快人快语又快手，把《信任》稿接到手先看。他很快读完这篇六千余字的小说，大加赞赏。看他说话的表情和口吻，不像是应酬之词，我才获得一点自信。他自告奋勇把此稿送给《陕西日报》老吕，并说明他正好要去老吕那里说事。大约不过一周时间，《信任》在《陕西日报》以整版发出，引起不小的社会反响。随后，《人民文学》转载了《信任》。再随后，竟然获得一九七九年全国短篇小说奖。这一年的评奖，是以读者投票选择的方式定夺的。另有短篇小说《霞光灿烂的早晨》写成时，这种自我否定的心理又一次严重发生。这是一九八二年春天的事，写成后锁到桌斗里不敢投寄，直到去延安参加纪念《讲话》发表四十周年活动，想到可以见到作家朋友邹志安，便带着手稿去了。志安读罢连连说好，似乎也不是虚于应酬的表示，我才壮着胆投寄到杂志，发表后被选刊转载，还有评家评说。这种往往在写成作品后发生的心理逆转，几乎成为一种难以改易的恶性循环，尽管有上述两个短篇小说的切身感受，仍然不能改变这种可能纯属个人的奇怪心态。基于这种心态,我从来不会发生作品刚刚写成便吹牛的事,不是谦虚,而是难能。现在,这部连构思在内耗时六年的长篇小说《白》送出去了,无可避免地又陷入那种自我否定的恶性循环,不仅难以自拔,而且比以往任何一次都来得更严重。因由很简单,这是我第一次试写长篇小说,而且耗时六年,做了怎样的准备以及投入了怎样的努力,都是以前写中短篇小说难以比对的事。在作品即将完稿的时候,妻子问到"如果发表不了怎么办"的时候,我毫不迟疑地回答说"我就去养鸡",这是真实的心态。尽管已经有这样的心理准备,到了交出稿子面临命运抉择的这个时段到来时,这种恶性循环的自我否定已经发展到自己轻贱的严重程度,想着新潮话语和新潮艺术正热,不仅各种媒体上热播,人们口头相传更热,谁还会对一个偏僻而又无人知晓的白鹿原近百年前的陈年旧事感兴趣?那些老掉牙的乡村男女的故事,怎能吸引正兴趣十足地瞄着新潮生活和新潮艺术的读者的眼睛!我一个人住在空荡荡的原下的屋院,读不进去任何书籍,便找到一本古典诗词集子,强迫自己阅读,企图改善心态,收效甚微,我便大声朗诵,焦灼的情绪略得缓解。

  过了十来天,估计李星应该读完《白》稿了,我从乡下赶往城里,专意聆听他的意见,不无忐忑。除高、洪两位拿稿的编辑之外,李星无疑是第一个阅读《白》稿的人,也是我能听到意见的第一个人。我进入家属院,拐过弯便看见住宅楼下甬道上走着李星,手里提着一个装着大葱等蔬菜的塑料袋。我叫了一声李星。他转过身看见我,却没有说话。我走到他跟前尚未开口。他说:"到屋里说。"我便明白他要说的话自然是关于《白》的看法。我几乎敏感到他说话的表情,原来就不显白的脸居然黑煞煞着,完全没有了印象里见面时不笑不说话的好模样,我便感觉到大事不妙。我跟着他从一楼上到五楼,这个人竟然不说一句话,我的心也沉到底了。进了他家门,他把装菜的袋子放到厨房,依旧硬着脖子连头也不回一下,径直走到他的卧室兼书房的房间。我也跟进了门。李星猛然回过身来,瞪着一双眼睛,用劲儿地捶打着掌心,几乎是喊着说:"咋叫咱把事弄成了!"我站在原地一动不动,就那么僵硬地站着,一种巨大的惊喜,倒把我在这一瞬间冲击得僵硬了。他不管我的反应,自己不坐也不让我坐,在那间小屋子里转过去又倒过来地走着说着,不容我插一句话,全部都是他的阅读感觉,随口随意说来,情绪激动。我站在那儿听着,一种被呼应被理解的幸福感从心底里泛溢起来。那种自我否定的焦灼感被驱散了。许多年过去了,他那天激动激情地说出的好话,我一句都不记得了,只记着他那句"咋叫咱把事弄成了"的话。我后来调侃说,我读过李星不少精辟的小说评论,却记不住一个完整的句子,倒是这句非文学评论语言的话,铸成了永久性记忆。我后来和他开玩笑,有了你这句非评论语言的评价,我不用跳楼了。

我回到原下的屋院,心情大为改观,被李星提及的人物和情节,竟然不断地浮现出来,这些被我反复斟酌再诉诸文字叙述以后的情节和细节,早已失去了新鲜感,更不会惊奇了,甚至麻木了,现在,以一种生动鲜活的景象重新演绎出来,让我享受着一种被人赞赏之后的自我欣赏的愉悦。我的自信开始恢复。尽管尚不知晓高、洪的阅审意见,尽管明白他们两人的意见才是决定《白》的命运的关键,却毕竟从那种最不堪的心态里转换过来。再说,按我既有的常识性估计,高、洪的阅审意见不仅不会轻易表示,而且需得一段较长的时间;决定出不出某一本书,要经过三审通过,才会有一个确定性的意见告诉作者。我便等待。有了李星的那句非文学评论语言的话垫底,等待的心境改善得很好。

完全出乎我预料的事发生了。见过李星之后在乡下待了不过十天,我再次返城去背馍的时候,竟然收到了高贤均的信。那天进门后依着往常的习惯随意问妻子,外边寄来的信你在哪儿放着。妻子也随意地说在沙发上。我翻检了一下,有一个下署"人民文学出版社"

的信封,不禁一愣,仍不敢相信是高或洪的来信,从他们到西安拿走《白》的书稿到这天不过二十天,在我想来看稿也未必看得完。我拆开信先看最后的署名,是高贤均,这一瞬间感到头皮都绷紧了。待我匆匆读完信,早已按捺不住,从沙发上跃起来,"噢哟"大叫一声,又跌趴在沙发上。妻子从厨房跑过来急问出了什么事,我缓了半晌才告知这件喜讯。待我稍得平静,又忍不住细读这封信。高贤均在信里说,他和洪清波从西安坐上火车便开始读《白》稿,一开读便放不下手,两人轮流着读;到成都,利用会议的间隙时间接着读,待成都会议开完,两人都读完了;回到北京,由他综合两人的共同意见给我写信告知。自然,让我震惊到跃起又吼喊的关键,是他对《白》的概括性评价。他的评价之好之高是我连想也不敢想的事。我说这句话不是做谦逊姿态更不是矫情,确凿是当时的真实心态。且不说自交稿之后发生的那种习惯性自我否定的反常情绪,即使在为着给自己死时能有一本垫棺作枕的书潜心静气写作的四年时间里,也不曾想到这本书会获得编辑如此高的评价。为着"枕头"的写作是完全指向自己的,是自初中二年级喜欢文学创作而终生都不能舍弃的一种人生兴趣;喜欢了大半生文学创作,如果到死时没有一本可以垫棺作枕的书,我不敢想象离开这个世界时会是几重悲哀;自然,如果自己可以垫着枕着平心静气地告别人世,那么这本书理应不会太差,会有一定的个性化特质的内容和叙述方式。然而,我没有想到会有高贤均如此又高又好的评价,不单是受宠若惊,而且切近地感知到独处原下祖居屋院近十年的选择是适宜于我的。由李星颇为激烈的反应和高、洪甚高的评价,让我直接感知到被理解也被认可的踏实和欣慰,自然想到所有的用心和努力都是合理的。我在平静下来之后对妻子说,可以不去养鸡了。

我还是背着妻子为我准备的馍和面条等吃食回到乡下。不久就收到何启治的信,他也读过《白》稿了,自是让我欣慰的评说,却不再有看高贤均来信时的紧张和失态般的癫狂了。我能想到他读《白》稿的特殊心理,二十年前他到西安组稿找到我,在西安南郊的小寨街头,鼓励我把平生发表的第一个短篇小说扩写为长篇小说,把我吓住了。此后许多年里,他仍不断提醒我给他写长篇小说,我和他达成君子协议,如果我今生能写成长篇小说,肯定先送他过目。现在,他看过《白》稿了,不仅说了很多好话,而且给我说了处理稿子的程序和进度。我在原下的院子里散步,或在小书屋里喝茶,以及到春草勃发的原坡上和灞河长堤上游走,往往忍不住感慨我和何启治的交情,二十年了,这个职业编辑一直等待我的长篇小说。人生的有效年龄里,能数得几个二十年啊。我终于把《白》交给他手上,他做这部小说的责任编辑,每想至此,我便感动着一种人格一种真挚的友情是无法斗量的,且不说作为编辑的事业心等话。此后每隔一段时间,他便有信来,告知我《白》稿的处理情况。我完全依托于他,由他根据实际情况处理。我相信他和我一样珍惜这部小说,有损人物不能删节的文字和细节,他比我更坚持。

这无疑是我五十年生命历程中最好的一个春天。我是说我的心情。灞河边上被古人的送别诗吟诵得很美的柳色,原坡上返青的麦苗和田坎塄坡上的荆棘野草,每年也都如此而少有令人惊异的差别。即使天象变化,无非是雨多了雨少了寒流频繁或少来了,我已司空见惯。然而,今年的春天在我是前所未有过的美好,也是前所未见的敏感。我于天色透亮时起床,匆匆喝一杯水,便走到原坡的一处高塄上,看太阳从秦岭山峰上冒出来,把鲜嫩的光泽撒满河川和原坡,刚刚成形的野草的绿叶上的露珠闪闪发光。傍晚又下到灞河川道,看落日之前和之后久久不散的霞光;我常常蹲在村民栽着红苕秧苗的沙地里,为那一株株刚刚冒出的嫩叶而心颤,便想到秋后地下会有一嘟噜紫红的红苕被刨出来。

我依旧应邀为办红事白事和建造新房的村民乡党当账房先生,

这些差事在这小村子里未必每月都能遇上一回；依旧在不能下地的雨天和夜晚，和那几位相对稳定的棋友下象棋；这种调节和休息毕竟费时不多，更多的时间是在自己小书屋里阅读。这是我预料不到的一次阅读，竟然对几十年不断阅读着的小说（包括名著），在写完《白》稿之后顿然失去了兴趣，竟然想读中国古典诗词了。尽管未能接受高等文科教育，深知国学基础浅而又薄，然几十年来仍然兴趣专注于现当代文学和翻译文学作品的阅读，从来也舍不得把业余有限的时间花费到国产古典辞章的阅读中去。这回突然发生的阅读中国古典诗词的兴趣，也并非要弥补国学基础的先天性不足，再说年届五十记性很差为时已晚了，可以说是没有任何功利目的纯粹欣赏的兴趣。我后来想过，这种欣赏兴趣的发生，在于古典诗词的万千气象里的诗性意境，大约是我刚刚完成小说写作的长途跋涉之后所最渴望沉湎其中的。然而，在《白》的阅审尚未确定的悬心状态里，又很难潜心静气地进入其中，以至用高声朗诵的措施来排解对《白》可能发生的不堪的结局的焦虑。现在，有了高贤均和何启治的肯定，也有李星的别具个性的语言的肯定，我便完全松弛下来了，进入一种最欣慰也最踏实的美好状态，欣赏古典诗家词人创造的绝佳意境就成为绝好的精神享受了。

  这是五十年生命历程中空前亦绝后的一段美好时月。往昔里写着中短篇小说的时候，且不说那些在编辑读后反馈的平平的意见，即使甚好的评说，过不久也就淡化了，被新的写作兴趣和追求替代了。这回关于《白》的阅读意见所带给我的这种踏实和欣慰的心理感觉，是前所未有的，也是出版以后再也没能恢复的一种绝好的心境。我这时候才确信为自己死时垫棺作枕的一本书写成了。我向来不表白清高，也基本没有宣示过轻名淡利，在我理解，对于一个作家来说，写作这种特殊的社会职业，本身就不可避免地附着名和利，几乎是如影随形。问题在于以什么途径获取名也获得利，那些世界名著的作者早已谢世,书却流传着,不同民族不同语言的读者被其作品吸引,自然也记住了作者的名字;书籍发行量大,获得的稿酬版费自然不少,可谓名利双收是拒绝也抵挡不了的事。问题恰恰在于,作品不能赢得读者,名难得扬起来,利也得不到,说轻淡名利的话原来没有用处和必要。这个时期的文坛重提这个话题,其语境大约因为商品经济刚刚在中国潮起,波及并影响到文坛,开始出现某些为数不大却较为刺眼的炒作现象,文学圈里多所议论,便有强调轻淡名利的正面言说。我在和文坛相对间距的乡下,也约略听到看到一些炒作现象,却没有愤世嫉俗,而是相信靠炒作红起来的作品是难以持久的,依据是古今中外的优秀作品,无一不是依赖自己独有的魅力获得长久的生命力的。我甚至觉得,炒作的结果反倒可能造成炒作者的自我损害,因为炒作行为本身就标示着缺失了探索的勇气和自信,企图以轻松简单的途径获得荣誉,而炒作恰恰耽误了探索的时间,浪费了年华。基于这样的对文学写作的理解,我在原下小院津津有味地读着古典诗词,不觉进入夏季,炎热到我在平房小书屋里难以忍耐,便把一张竹椅挪到舍弃已久的祖传上房里。这幢不知住过多少代祖宗的木头房子,隔着一层木制楼板,有了隔断,尽管破烂不堪,却仍有隔热作用,比较凉快,我便能够继续吟诵李白、杜甫、苏东坡和陆游等的诗词,兴致不减。读着读着,竟然也想试一试了,虽然粗浅幼稚,多少可以感知到当年的心态情绪。不妨抄录一九九二年夏天填的一首词《小重山·创作感怀》,这是我平生填写的第一首词——

　　　　春来寒去复重重。掼下秃笔时,桃正红。独自掩卷默无声。却想哭,鼻涩泪不涌。　　单是图利名?怎堪这四载,煎熬情。注目南原觅白鹿。绿无涯,似闻呦呦鸣。

还有这年夏天写的一首《青玉案·滋水》——

　　　　涌出石门归无路,反向西,倒着流。杨柳列岸风香透。鹿原峙左,骊山踞右,夹得一线瘦。　倒着走便倒着走,独开水道也风流。自古青山遮不住。过了灞桥,昂然掉头,东去一拂袖。

这两首词都是一九九二年夏天填写的,具体时间已经无记。前一首很直白,无须注释。后一首的滋水,是河流原来的名字,秦孝公为宣示霸气,将其改为霸河,后人给添加了三点水偏旁,成为灞河。这滋水这灞河涌出秦岭山中,受山地制约,朝西流出山来,南边有白鹿原,北边是骊山南麓,这条河便夹在其中的小川道里往西流去,一条很标准的倒流河。一直流过千古离别送行的灞桥,水里溅落着依依不舍的泪珠,也翻卷着无以数计的诗词吟诵,在摆脱了山和原的挤夹进入开阔的渭河平原,便有一个大转弯,投入渭河。我截止到写成《白》的五十岁,生活的范围都在这条倒流河的水边,我调离公社时刚刚完成了这条河的防洪大堤。我已记不得这首词写作的具体情景,不外乎这样几种可能,许是傍晚落日的晚霞里在河堤上散心,或在水中洗涮黏汗,一时兴起,有了写作的冲动;也许是朝霞初露时在原坡上欣赏日出的壮景,看到自东向西一路蜿蜒过来的披着霞光的河水,便有了某种想要抒发的欲望,然后回到小院的小书屋或老木房里,歌颂这条世界上离我最近的河流。我以往的小说包括尚未面世的《白》,其中的风景描写多有涉及这条河的文字,却几乎全是这篇或那篇小说人物在这条河边发生的人生故事。现在,我直接面对这条河了,这条我平生触摸的第一条河,也是平生都不曾离开的一条河,似乎此时突然意识到这条河从我心里淌过,我的血液时时都受到河水波浪的拍击,与河水融合了。我填写成了这首《青玉案·滋水》,已经是物我相融相寄了。虽自知文字直白,却也直抒胸臆;不为示人,只是一时兴起;也未必太多自赏,倒是留下刚刚写完《白》稿且得到难得的肯定和评说之后的真实情状。平生不敢吹牛,更不习惯炒作,填一首拙词,泄一下窝聚胸间多年的创造欲望之气,于心理乃至生理都是一种释放的需要,词的韵律和平仄都顾不及了。

我后来意识到这一年——一九九二年,是我人生历程中最自在的一年。前文已涉及过我曾两次舍弃工作调动和行政晋级的机遇,而且坚决到毫不犹豫,无非是受着一根对文字敏感的神经的生理制约,也是专注到文学创作的兴趣已经无法改易的心理制约,直到发展为一个具象的"枕头"。这个"枕头"说来单纯到再不能单纯了,在我却时时感受到它的沉重的分量,从幼年的文学兴趣到中年的创作理想,已经凝聚为唯一的生命追求的实现了;这个"枕头",能够让我以欣慰的心情枕着离开这个世界,不应是一个随意打制的东西。现在,有了高、洪、李的已经超过我期待的评说,我很快便从惊喜里沉静下来,以前所未有的轻松里的恬静心态,再看这道原和这条河的时候,完全是一种融入的感觉,原上的一撮土一把草,河里的一掬水,此外似乎再没有什么更大的欲望了。我一个人住在原下祖居的屋院,早晨在小书屋里读苏轼读陆游也读李白杜甫;到午时热得受不住时便转移到上房旧屋,房顶掉瓦的小洞射进蓝莹莹的阳光,还在咀嚼那些诗词里绝妙到令我不可思议的用词;晚上似乎更适宜我的心情,把竹椅挪到院子里,喝着茶,回味那些白天尚未记牢的诗句,月亮正悬浮在眼前的原顶上。我向来不说佛,也不问道,我的此刻的宁静自然不是从佛家道家修行达到的,而是做成了最想做的事之后获得的。

就在我游走在原坡和河川吟诵古典诗词的这段时月里,市内文学圈里纷纷议论着《白》,那时候没有电话等传话工具,我是丝毫也不得而知。直到有一天返城取干粮,一位我敬重的评论家托人捎话给我,急于要看《白》稿。《白》的那份复印稿我是交李星手的,他读过之后又交给一位朋友读,然后就传读下去。到我这时再问李星,他也弄不清《白》稿在谁手里。几经追问,在西北大学中文系主任刘建军家里。刘建军是我很敬重的评论家,出版过柳青的《创业史》的研究专著,也写过我的短篇小说《信任》的评论,能听到他对《白》的评说无疑是难得的。我找到刘老师家的时候,他让我看到生动的一幕,他的书房里摊开着《白》的书稿,卫生间里摊开着一部分书稿,卧室里也散放着几章。他说看似很乱的摆放着书稿,其实是家庭各位成员各读各的书稿部分。一家人都喜欢读,我的心里很受鼓舞,且不说刘老师的评说。我向他说了把书稿交给捎话要书稿的人,又回乡下来了。还有一件记忆不忘的事,后来我收到陕西师范大学当代文学评论家畅广元教授的一封信,谈了他读《白》的复印稿的印象。这位教授畅老师也是熟人,往时接触却不密切,他是"笔耕"文学评论组里的主笔之一,出语不俗而有分量,人刚到中年已经脱光了头发,颇给我某种威严的印象。"笔耕"文学评论组的几位主笔,对陕西新时期冒出的几位青年作家一直关注其创作发展动向,却不知是有意分工或是各有偏爱,又都有各自研究的作家对象,关注并指点我的创作的是西北大学中文系的蒙万夫教授,写有专论。蒙老师不幸中年早逝,西安文理学院的王仲生教授又偏向于对我写作的关注。以往和畅老师接触不多,他的信里对《白》的概括性评说给我鼓舞,能入得他的法眼,给我再添一份踏实。我记着他在信的末尾谈到一条很具体的意见,即红卫兵挖开朱先生的墓时发现的那块砖头,他说写到辨出一面刻着"天作孽犹可违",另一面刻着"人作孽不可活"的细节就恰到好处,含蓄不露,符合朱先生的个性。我在后边还写了一个细节,红卫兵生气地把这块砖摔到地上,裂开,里面还发现一行字:"折腾到何日为止。"畅老师说这个细节是多余一笔,不仅不合朱先生的个性,太过直白,也太过神奇了。我接受这个看法,却没有及时删节,隐隐着别一种用心,即让神秘而睿智的朱先生对身后几十年的民族灾难"文革",痛斥一声,一时竟顾不及人物个性和直白弊病了。直到五年后的一九九七年冬天,茅盾文学奖评奖负责人传达两条修改意见,都是朱先生的两句话,却没有这一句。我同意做可能的修改时,经认真斟酌,把这句狗尾续貂的话删去了,这是我的选择,源自畅老师五年前那封信的意见。后来又有朋友说这句话不当删,对"文革"这样的灾难,让朱先生痛斥一句是很解馋的……我却还是偏重于人物性格的合理和完整。好在修改和未修改的版本都在出版发行,读者按自己的兴趣选择,不碍。

这一年的八月,好久不写散文了,又触景生情写下《又见鹭鸶》。自小在灞河水边见多不奇的鹭鸶鸟儿消失多年,这一年的春天在河边有草丛的浅水里,又发现了这白色精灵优雅的姿容,我从春天一直看到夏天,唯恐它另择他乡离开灞河。也许是"蒹葭苍苍,白露为霜"吟诵得沉醉,便把"在水一方"的"所谓伊人"铺陈于文字。这应是我前所未有的颇多闲情逸兴味儿的散文,由此也引发了后来散文写作的持续不减的兴趣。这样恬静的情绪一直持续着。大约到了秋天,收到何启治有确切安排意见的一封信,已确定《白》在《当代》年末最后一期和一九九三年第一期各发表一半,单行本出书要等到来年了。从三月交稿到年末在《当代》发表,再到第二年出书,在今天看来似乎拖得太久了,然而在二十世纪九十年代初还在原来的计划经济运作习惯里,算是正常的出书速度,我也没有早点出书的要求,单是有了这个很确定的发表和出书的安排意见,已经很有盼头了。我在原坡和河川散步,看草木的叶子的颜色日见加深,再变黄,直到树叶纷纷飘落,冬天在一场西北风的侵袭过程里,来到了。

算计着《当代》杂志出版的时间,我找到《陕西日报》既当编辑又兼创作的朋友田长山,请他在报纸写一则书讯,把《白》在《当代》即将发表的讯息,告知那些关注这部小说的朋友和读者。在长山的卧室兼书房里,我简单地说明了来意和关于这部小说在《当代》即将发表的情况。长山很快拟出一篇草样。我看了后很坦率地说了意见,不要一句溢美之词,因为这些好话在未被读者的阅读印证之前,应该说是强加;索性不提内容介绍,因为很难概括,只说这部小说写的是一九四九年以前的乡村故事就行了;不必太强调作者耗时六年的事,也是取决于读者对小说的兴趣,如果读者读不出兴趣,耗时十年也无用,创作时间的短长不是作品的决定因素。田长山是我的老朋友,曾经合作写过一篇报告文学,且获得了全国奖,没有任何可计较的心理障碍。他半笑半梗地盯住我说,这不准说那不能写,倒叫我写啥呀……最后形成百字左右的一则书讯,竟然让两个作家兄弟耗去一个多小时的斟酌。这是《白》书发表和出版前唯一一篇宣传文字。在我来说,这不单是个人处事的性格因素,更多的是对写作的理解。对一部小说的评判,既要文学评论家的审判,更有文学圈外无以数计的读者的阅读判断,这两个方面常常脱节,也有完全一致的先例,印象深的是新时期的《人生》。尽管已有高、洪、李以及后来几位传阅复印稿的刘、畅等评论家的评说,我仍不敢确定发表和出版之后,文学圈外的社会层面的读者会有怎样的阅读反映。如果读者反映冷淡,且不说反感,那些宣传里的溢美之词,无疑就成为对我的反讽。我怕这种结果。

  刊有《白》书前半部的《当代》出版发行了,我从乡下赶到城里,找到离我最近的一家邮局购买,已经售完。我又赶到西安市最大的钟楼邮局大楼的时候,也已告罄,售货女孩随意地对我说,这期《当代》发表了咱陕西一个叫陈什么的作家的长篇《白鹿原》,我这儿五十本《当代》两天就卖完了,还不断有人来问,你来得太迟了。她还告诉我,更保险的办法是预购登记,可以保证买到明年第一期,并拿出那个登记本,我看到一串陌生的名字,没有一个我认识的人。我没有登记,主要是想到会露出她刚才说的"陈什么的作家"的那个"什么"的答案。尽管没有买到刊物,心里踊跃着的鼓舞,足以安慰遗憾,那么多我不认识的文学圈外的读者争购《当代》,我感受到一种鼓舞,便回到乡下,读古诗词更有情趣了。我对普通读者的关注,几乎是一种深层心理的敏感。致成这种敏感的因由有两件事,一是二十世纪八十年代头上,我发表了一批短篇小说,也获过全国奖和地方刊物奖,父亲要看我的小说,看过却不冷不热地说,还是《三国》《水浒》好看。我有一种无以出口的挫败感。再一次是《人生》发表后，我骑自行车回家的路上碰见一位初中同学，他挡住我直言坦诚地说，他听广播听到《人生》，太好了，你怎么弄不出《人生》这样的作品？他也曾经是一位文学写作爱好者。我的挫伤可想而知。许是这两件不经意发生的小事，便铸成了我尤其看重普通读者反映的心理刻记，如我的父亲和我的同学如果有一天会说一声好，也许不亚于评论家的好评。

《白》的出版是一九九三年六月，真正上市已到七八月份了。我应邀到书店为读者签名售书。早晨八时，我赶到书店门口的时候，看到了排着看不到尾的长队，竟然有点不知所措，便坐下开始签名，几乎不容抬头，签到十二时许，简单吃了午饭，继续签名，直到太阳西沉。形成这种热销的场面，得助于两家广播电台的小说连播。《白》在《当代》发表后，西安广播电台便选中连播，于一九九三年四月中旬开播。稍后，中央人民广播电台也开始连播《白》，在一天的不同时段，两家电台都在播出。有这么多人排队购买《白》，无疑是两家广播电台播出的直接效果。我很清楚，除了《陕西日报》刊登的百字左右的书讯，此间再没有任何对《白》的宣传文字。《当代》杂志的订购和零售册数毕竟有限，能招惹这么多普通读者来争购，我能想到的唯一原因，便是两家广播电台长篇小说连播的效应。此刻，我有自信面对那位恨铁不成钢的初中同学了。只是无法判断，如若父亲还活着，看到《白》会怎么说，他的参照样本太令我畏怯了。

说一回多余的话

——我写《白鹿原》创作手记

在我业已出版的六十余种小说、散文选本和文集中,只有在二十世纪八十年代初出版第一本书——短篇小说集《乡村》时,我写过一篇不足千字的后记,留下我当时欣喜而又鼓舞却还属按捺得住的情状。后来还给少量几种小说和散文集子写过后记或自序,却不是我的自愿,是责任编辑带有强迫性的要求,在于这几种书属于出版社各种选题的丛书,规定凡入选这套丛书的作者都必须写自序或后记,我不能搞特殊化的例外,便写,以维护丛书体例的统一性。后来找到一种省事的途径,把某一篇短文做自序,后面附加一个"代"字,虽然有点勉强,得了该书责任编辑的宽容,也就了事。

不是我偷懒,也不是我摆什么架子,而是出于我对写作的可能属于偏颇的理解,作家是用作品和读者实现交流的,作家把自己对现实或历史生活的体验诉诸文字,形成独立体验的小说或散文,发表出来,在各种职业各种兴趣的读者那里发生交流,如能获得较大层面读者的呼应,无疑验证了作者那种体验和表述那种体验的艺术形式的可靠性和可行性,作家的写作用心和探索也就实现了。如果自信作品基本展示了自己的体验,就没有必要作那种多为解释作品的后记,这不仅是相信不相信读者审美能力的事,也是作家自己面对读者自信不自信的事,相信读者会理解作家的体验,也会接受确实较为完美的表述艺术；反过一个角度，如若作品表述的体验得不到读者的呼应，表述的形式又难以为读者所欣赏，那么，后记做怎样的解释都是难以弥补的。我的这种理解可能属于一种偏见，却几十年难以改变，甚至形成一种意识深处的障碍，一当某种丛书统一要求写自序或后记，便有多此一举的逆反。

《寻找属于自己的句子——〈白鹿原〉写作手记》编成，我却自己反了自己的常态，想要写一篇后记，着意不全在解释这本小册子，倒是想说明这本小册子的成因。

二〇〇四年冬天，上海文艺出版社和陕西作协联合在西安召开文兰的长篇小说《命运峡谷》研讨会，责任编辑修晓林和出版社副总编魏心宏都赶到西安来了。两位都是老朋友，相见自然高兴。尤其是魏心宏，已有二十多年的交情，我的第一部中篇小说《康家小院》，甚得他的赏识，在他编辑的《小说界》推出，并获该刊奖，给我刚刚开始的中篇小说创作探索以莫大的鼓舞。这回在西安刚一见面握罢手，魏心宏直言不讳地对我说，他来西安首先是参加《命运峡谷》研讨会，第二件事就是要约我写自传。他的热情和真诚让我一时哑口。稍做缓解后，我也真诚地告诉他，我还没有写作自传的打算。我又给他解释，自《白鹿原》出版十余年来，先后有五六家出版社约我写自传，我都谢绝了，现在还没有改变。这样给他解释的同时，心理却隐隐着一缕亏欠。我随后便有了弥补这种亏欠的一个动议，试写《白鹿原》的写作手记，着重点在写作生活本身，而不在作者的自传。他欣然应允，说好。

待魏心宏回沪，我也很快冷静下来，便又有点后悔，陷入一种游移不定的矛盾心态。其实，关于《白》的写作手记这个选题，也不是我突然想到的，是不止一家杂志的编辑给我出的题目，我都谢辞未写。我之所以不写这种创作手记，因由类似于不写自序或后记，作家某一时段发生的某种自以为新鲜而又独特的体验，形成作品并公之于世,这就应该完成了一次创作过程,相信读者会理解作家的体验,也会感知隐藏在文字里的内韵和隐秘,就没有多少必要再说文本或文本之外的话了。基于这种理解,十余年来,除了与记者和编辑的采访对话,我没有写过关于《白》的文字。和魏心宏约定之后,很快陷入写好还是不写好的矛盾心态,竟然一拖就过了两年。魏心宏没有催稿,我也基本偏向且确定还是不写为好,只是心里还隐隐着食言失约的亏欠。不料到二〇〇七年春天,《江南》杂志张晓红电话约稿,让我写一些有关《白》书写作前后的有趣的事儿。我稍做斟酌之后便答应试一试。我基本爽快答应试写,主要的因由还不完全是她说的"读者对此话题很感兴趣",而是把隐存在心里的对魏心宏的亏欠又搅起来了。我瞬即反应出纯属个人的小打算,试写一篇有关《白》书写作的有趣的事儿,通过《江南》杂志公之于世,看看读者有何反应,然后再确定要不要接着写下去。如若读者不感兴趣,甚至有负面反应,那自然就该到此为止,亏欠魏心宏的食言失约,也无法弥补了。我很快拟定了四个话题:《意料不及的写作欲念》《卡彭铁尔的到来,和田小娥的跃现》《枕头,垫棺作枕》《沉静与松弛》。写下近两万字,送给张晓红阅审,不久,便在《江南》刊发出来。

我甚为关注读者对这组文章的反映意见,这决定着《白》的创作手记还有没有必要继续写下去。张晓红那边收集读者反应需得一个过程,倒是和我隔墙办公的《小说评论》年轻主编李国平有反应了,他说的好话不必说了,他决定在《小说评论》分两期连载,并要我继续写下去,继续连载。之后得到张晓红反馈的读者反映,还算鼓舞人,我这时才铁下心来,把这种《创作手记》写下去,写成一本小册子,以十万字为限。

这样,从二〇〇七年五月写成第一篇,到今年六月初写完最后一个话题,历时整整两年。因为《小说评论》连载,只要赶得上刊物发稿时限,两月写一篇就不会误事(双月刊),写起来就比较松散,几乎没有压迫感。整个写作过程是愉快的，因为所写话题，不仅是自己的亲身经历，写起来竟有一种重新温故的新鲜；再则经过十余年的沉淀和淘汰，芜杂的东西消逝了，能够留下而不能遗忘的事，无疑是当年思考最激烈包括刺激最强烈的人和事；时间在无意识里助我完成了一次梳理，我选择了十余个话题，如实说来。直到今年春天写成第十五个话题：《生命历程里的一个下午》。我便作罢，这一篇写到完成写作《白》的情景。在我想来，《白》的写作完成了，《创作手记》无疑也就应该结束了。字数尚不足十万字，和我预计的小册子的字数相当。我把此事说给李国平。他甚为热情地鼓励我再写，应该还有可以言说的话题。我当面不敢应诺，过后斟酌，似乎应该把交出《白》的书稿到公开面世这一年多的感受再写一篇，因为这个过程里，作为作者我的心理起伏变化太富刺激了。再说，书未正式面世之前，还勉强可以归入《创作手记》。于是写成第十六个话题：《读诗诵词，前所未有的闲情逸兴》。一直做这个连载文本的责编的《小说评论》副主编邢小利建议我，应该把小说《白》出版后的反应再写一写，尤其是"茅盾文学奖"评奖过程中的波折，很值得写一下，因为我是当事人，说明曾经发生的事实真相，给读者一个确凿可靠的真实事相，也可以澄清一些流言。我斟酌之后，还是决定到此为止，唯一的因由，是这本小册子的体例的制约，既是《白》的创作手记，写作完成了，写作手记也就应该结束了。《白》出版后的诸多反应，以及"茅盾文学奖"评选过程中的波折，已经不属于写作本身的事了。

　　关于这本小册子所写的内容，我不做任何阐释，任由读者去阅览，去理解。唯其一点需要说明，从开始写第一篇直到写完最后一篇，我都在意识里亮着一盏红灯，既不能阐释创作理念，更不能解释人物。然而常常发生某些话题写作中难以避免的牵扯，我便努力回避，尽可能不越雷池。只有一次是有意的触犯，便是写《朱先生和他的"鳌子说"》的时候，我写了从生活原型牛兆濂到《白鹿原》里朱先生的异同,很难避免作者解释人物之嫌,便在文中索性说明了这一点。尽管如此,我仍把握一点,只解释朱先生这个人物曾惹起的一些不同意见,包括被误读的几句话,尤其是牵涉政治色彩的话,我不得不做解释。除此之外,关于朱先生这个人物的整体形象和个性,我仍然不做解释。

这本小册子的内容在《小说评论》连载的两年时间里,我也听到不少好话,无疑给我增添了继续写下去的兴致和劲头,恕不列举,以免自吹之嫌。倒是一位年轻批评家的话值得记取,他给我的手机发来短信,以不容置疑的口吻说,立即停止《白》创作手记的写作,作家说了评论家就没法儿说了。这个简短的短信,直捣我最软弱的神经,证实了我的担心和忌讳,就是作家不必解释自己的作品,前述我曾在和魏心宏约定之后矛盾迟疑了整整两年不能动笔。我的忌讳,现在被这位"忍无可忍"的年轻评论家的直言证实了。我自然相信他无恶意,因为我和他原本完全一致,只是我后来在"亏欠"心理的不自在情况下,改变主意写起这组写作手记来。现在,事已至此,小册子预定要写的内容也只剩下最后一少部分,只能继续写下去,算是了结一件小小的工程。这位年轻评论家曾写过《白》书的评论文章,电话里通过话,却未能遇得谋面机缘,他的坦率令我敬重,当即回话给他,表示完全赞同他的意见,却难得把剩下的小小尾巴舍弃不写。

这本小册子取名《寻找属于自己的句子》,是决定要写这种创作手记之初便确定下来的。"寻找属于自己的句子"这句话,是海明威说的。此前几年,在读一篇论说海明威创作的文章里,我看到评论家(记不得姓名)引用的海明威谈自己创作的这句话,不觉眼前一亮心里一震,如同淘得一粒金子,竟然一遍成记。我读到过许多作家谈创作的文章,也有不少警句类的语录,启示和受益匪浅。然而读到海明威的这句话时,我的第一反应是,把作家创作这种颇多神秘色彩的劳动,让海明威一句话说透了。这句话很准确,要准确就不容许夸张;

这句话又很形象,寻找属于自己的句子,如同勘探者寻矿源;这句话尤其着重在"属于自己"这个划界,可以说把作家的个性化追求一语道破了。任谁都一目了然,海明威所说的"句子",不是通常意义上的白描或叙述的语言句子,"句子"在此不过是一个形象比拟。海明威说的"句子",是作家对历史和现实事象的独特体验,既是独自发现的体验,又是可以沟通普遍心灵的共性体验,然而只有作家独自体验到了;他说的"句子",自然也包括艺术体验,以一种独特的最适宜表述那种生命体验的语言完成叙述。作家倾其一生的创作探索,其实说白了,就是海明威这句话所做的准确而又形象化的概括——"寻找属于自己的句子"。那个"句子"只能"属于自己",寻找到了"属于自己的句子",作家的独立的个性就彰显出来了,作品的独立风景就呈现在艺术殿堂里。

我也在"寻找属于自己的句子"。我从初中二年级的作文课上写下第一篇小说,实际上就开始了寻找,只是无意识里的盲目,却是从模仿赵树理的语言开始的。许多年后,当我在经过短篇小说中篇小说的探索,进入到长篇《白》的创作时,企图要"寻找"到真正"属于自己的句子"的欲望是前所未有的。然而,欲望不决定结果。我在这本小册子里只是写到寻找过程里的一些零碎的事,却不标明我真正寻找到了属于自己的最好的句子。

我还将继续"寻找属于自己的句子"。

2009 年 7 月 10 日 二府庄

对　话

关于真实及其他

——和《文汇报》缪克构对话

关于艺术追求

——"至关重要的一项就是真实"

《文汇报》：我最近重读了你的《白鹿原》，同时也比照读了一些当代作家史诗性、家族史写作的长篇小说。我有一个强烈的感觉，同样是描述自己没有亲历的时代，你的小说却一点也没有给人"隔"的感觉，很真实、很细腻，仿佛一个饱经沧桑的老人讲述自己过去的故事。你是如何做到不"隔"的？

陈忠实：真实是我自写作以来从未偏离更未动摇过的艺术追求。在我的意识里愈来愈明晰的一点是，无论崇尚何种"主义"采取何种写作方法，艺术效果至关重要的一项就是真实。道理无须阐释，只有真实的效果才能建立读者的基本信任。我作为一个读者的阅读经验是，能够吸引我读下去的首要一条就是真实；读来产生不了真实感觉的文字，我只好推开读本。

我在追求真实的艺术效果的途径上几经坎坷，由表及里、由浅入深，是一个较为漫长的探求过程。及至《白鹿原》创作，我领悟到对人物的刻画应由性格进入心理脉象的把握，即人物的文化心理结构。

人物的思想崇拜、价值取向和道德观念等因素,架构成一个人独有的心理结构形态,决定着这个人在他生活的环境里的行为取向,是这个人物性格的内核,是这个人物区别于另一种人物的最本质的东西。这种独有的心理结构被冲击、被威胁乃至被颠覆时,巨大的痛苦就不可避免;及至达到新的平衡,这个人的性格就呈现出独特而新鲜的一面。我把它称为把握人物的"心理脉象",关键是要把脉准确。我在《白》书中探试了一回,几乎没有做人物的肖像描写。

《文汇报》:"创作来源于生活",这是一个老话题。也有作家表示,"生活无处不在",因此,生活不应该成为创作的一个问题。你怎样看待生活和创作的关系?

陈忠实:"创作来源于生活"这话是对的,"生活无处不在"这话也对。前一句是一句老话,是二十世纪五十年代以来自我喜欢上文学就知道的宗旨性的写作命题,出处大约是上世纪四十年代初毛泽东在《讲话》里提出的。一般理解,这里所强调的生活是指"工农兵"的生活。放到今天来讲,应是整个社会生活,包括已经逝去的历史和正在行进着的现实生活,重点在于要作家走出自己的家庭和书斋,到社会的各个层面去体验去感受。这是无可置疑的事,不仅中国作家,世界上诸多名著的创作者也都得益于他们亲身经历的生活的丰富性。后一句大约是针对过去单指"深入工农兵"生活而言的。从字面到内涵,这话也无可指责,凡有人群的地方就构成了人类生活的各种场景和各个不同的角落,大到一个城市,小到一个二人组成的家庭。

在我理解,作家进入社会不同的场合和角落,体验和感受是截然相异的。肖洛霍夫年轻时在顿河亲身参与了战争,写出史诗《静静的顿河》,后来参与了苏联乡村集体农庄化的过程,又写出了《被开垦的处女地》,老年又写出了深刻的生命体验的《一个人的遭遇》。我是属于那种关注社会生活进程、也敏感其进程中异变的作家,并赖以进行写作。我不轻看、更不排斥那些在较小的生活范围里体验着的作家,相信会有独到体验的作品产生。

无论面对历史或现实生活,无论进入纷繁的社会生活或游走于小小的家园世界,至关重要的是作家体验到了什么,深与浅的质量,才是影响与读者交流的关键。这是另外一个话题了。

《文汇报》:你说过,还有一个不可忽视的是表述形式的完美程度。你认为的"表述形式的完美"是怎样的一个标准?

陈忠实:关于"表述形式",主要是指呈现在读者面前的文字。我力求把人物亦步亦趋的心理脉象,首先能准确地展示出来。第一是准确,第二还是准确。先有把握的准确很重要,而后来文字表述的准确才算实现。文字色彩的选择和夸张尺码的分寸,都以准确来推敲、来确定。

还有文字的叙述或描写的选择。我的小说写作过程,是由白描语言过渡到叙述语言的。《白》是一种自觉追求的叙述。尽管是我在叙述,却是我进入每一个人物的叙述。作家自己的叙述和进入人物的叙述,艺术效果是大相径庭的。我写作的直接体会是,真正进入了人物的叙述,是容不得作家任何一句随意性的废话的,人物拒绝和排斥作家文字的任性,包括啰唆。

另外,形象化的叙述语言不仅有味儿,且节俭篇幅。

关于创作力

——"千万不要因为急于出手仓促成篇"

《文汇报》:你说过,在创作活动中,慢工能出好活儿,也会出平庸活儿;快工出粗活儿,也出过不少绝活儿。这在中外文学史上不乏先例。

《白鹿原》这部长篇从一九八六年起开始构思和准备史料,自一九八八年四月动笔,到一九九二年三月定稿,历经四年写作修改才告完成,可谓慢工出绝活儿。我同时注意到,在完成《白鹿原》之后的十余年时间里,你主要进行的是短篇小说和散文的写作,你觉得是在出慢工,还是在出快工?你会给期待的读者怎样的好活儿、绝活儿?毕竟,在出了《白鹿原》这样的皇皇大作品之后,短篇小说和散文很容易被湮没和遗忘。

陈忠实:写作速度的快或慢,不是一部作品成功与否的关键。关键是作家在这部作品里所要展示的体验的成色和质量。打个不大恰切的比方,一只怀着软蛋乃至空怀的母鸡,在窝里卧多久都没有意义。我只是认定一点,如果确凿预感到自己怀着一颗有质量有成色的大蛋好蛋,千万不要因为急于出手仓促成篇,使已经体验到的独有的成色得不到充分而完美的表述,这种遗憾甚至带有悲剧色彩。因为某些独立独特的生命体验,往往对一个作家是不会重复发生的。

我后来陷入散文写作的浓厚兴趣之中,间以短篇小说。我以兴致和感受写作,甚至不去想能否留下来和被湮没的事。我在二○○一年写的五六千字的短篇小说《日子》,前不久还有读者写信给我,说他读到最后忍不住流泪。作为作者,我不仅欣慰,而且感动。

《文汇报》:在创作《白鹿原》之前,你发誓要写成一部将来可以放在棺材里做枕头的书。《白鹿原》取得了极大的成功,不算译文版和无数的盗版书,正规发行的就有一百余万册,除了获得茅盾文学奖外,还作为新中国成立以来唯一的长篇小说,被教育部列入大学生必读文学书目。你现在如何看待自己的这部作品?

陈忠实:我说要为自己写一本垫棺作枕的书,完全是指向自己的。即为着自少年时期就倾向写作且一生都难以舍弃的那种神圣的文学梦,为自己写一本在告别这个世界时可以告慰的书。我在即将写完这部小说时,很自然地发生一种自我估计:如能面世,肯定会有一定反响。然而后来在文学界和读者中骤然引起的强烈反响,却是做梦也不曾料想到的。我借此机会向评论界的朋友致意。更多的年轻的评论家关注着这部小说,近年间对这部小说的评论散发在我难以看到的诸多的大学学报上,一位热心的朋友搜集来二〇〇五年和二〇〇六年的评论文章,竟有一百五十篇。人文社近十年来每年都以三万到五万册持续印刷,可以想到读者的兴趣,这是最令我踏实的安慰。

我曾在该书面世后说过,我把对这个民族发展到上世纪前五十年的感知和体验以小说展示出来,能得到文学界和读者的认可,那是我作为一个把文学视为神圣的作家最好的劳动回报。我拯救了自己的灵魂。

《文汇报》:《白鹿原》是否有续集或者姊妹篇?你觉得还会写出超越《白鹿原》的作品吗?

陈忠实:《白鹿原》没有续集,这是在写作之初就确定了的,即按一部独立完整的小说构思的。

我到现在还没有成熟的长篇小说写作计划。我的写作习惯往往是受一种感动而被催发,无论中篇、短篇、长篇小说,抑或一篇散文,把自己的感动和体验,找到一种恰当的形式表述出来,就有一种很难代替的快乐。

我不会跟自己较劲。这也是出于我对创作这种劳动的个人化理解。譬如爬山,每一座山都有各自的奇景和妙境,都值得探寻。我爬过华山,丝毫不影响我去黄山观光的兴致,甚至在一望无际的科尔沁草原,别有陶醉。我的写作大致可以做此类比。

关于自传或传记

——"我第一辞谢而未做"

《文汇报》:都说生活中你有三个"情人":足球、雪茄、酒。现在,

"她们"是多了还是少了?

陈忠实:我还在看足球。主要看周末中央五套和陕西七套的欧洲几个国家的赛事,尤其喜欢英超。二十多年来,我看着一茬一茬世界足球明星退出绿茵场,又接续着新一茬的足球奇才,颇多人生感慨。我现在基本不看国内俱乐部联赛,不全是水平高低的因由,而是让我有一种说不清的排斥感。我和陕西球迷诚心拥戴的球队,最后却在一种令人隐约感到肮脏的灰雾里消解了,我就不想再进那个曾经挥舞过手臂也狂叫过的球场。我依旧关注中国男女三个级别的国家队的发展,尽管几十年长进不大,仍然寄望奇迹发生。

雪茄照抽依故。最早抽四川生产的"工字牌",后改抽陕西汉中生产的"巴山雪茄",有十余年,直到前年这家烟厂转产,又选择了黄山生产的"王冠牌",较合口味。人们有种种传说,其实在我更清楚不过。在公社(即乡镇)工作的十余年里,接触的人主要是乡村干部和农民,他们都抽用烟袋锅装的旱烟,多为自己种植,即使在集市上买来也很便宜。我因工资不足四十元,难以抽即使最廉价的烟卷,便自备一把旱烟锅儿和烟包,和农民一样抽起旱烟了。旱烟不仅比烟卷劲儿大,甚至比古巴雪茄更猛烈,我的烟瘾就可想而知了。进城以后,烟锅有诸多不便之处,尤其是无处磕烟灰,我便改抽雪茄了,绝非"风度"之类。

原先喝白酒,且只喝陕西生产的"西凤"。喝到上世纪末,胃有些不适,就改喝啤酒了。每天一瓶,自斟自饮,感觉绝佳。

《文汇报》:你是否会为自己出一部自传或者传记?

陈忠实:《白鹿原》出版十余年来,有多家出版社约我写自传,或让我口述,由人代笔写成纪实传记,我都辞谢而未做。这类自传写作的基本一条是真实,然而要达到真实有诸多障碍。既然如此,不如不说不写。我对某些自我评功摆好以至自吹的自传,阅读的感觉是无言,警示我别做这类蠢活儿。

《文汇报》：回眸过去的创作，你觉得自己最成功的是什么？有什么遗憾？

陈忠实：令我回头想来比较欣慰的事，是在人生的几个重要关头，依据自己的实际做出了相应的选择。一是新时期伊始，我看到了文艺复兴的希望，要求从公社（乡镇）调到时间较为宽裕的文化馆。我那时的感觉是，文学创作可以当作事业来干的时代终于到来了。之后曾有行政上提拔的机遇，我坚决地回避掉了，整个心思和兴趣都投向写作的探索。另一次重要选择，发生在成为专业作家的同时，我决定回归老家，读我想读的书，回嚼我二十年乡村工作的生活积累，写我探索的中短篇小说，避免了因文坛是是非非而可能浪费时间和心力。我在祖居的乡村住了十年。

如果要说遗憾，我应该一直坚守在原下已修葺得齐整的屋院里，尽管生活有诸多不便，毕竟那里要清纯得多，易于进入创作气场。

关于《白鹿原》的改编

——"惊喜和担心同时发生了"

《文汇报》：北京人艺推出的话剧《白鹿原》在北京演出时，据说几乎场场爆满。濮存昕、郭达、宋丹丹等演员用陕西方言进行对白，依据原生态的地方戏曲、窑洞、黄土高坡营造出来的一幅极为生动的陕西农村风俗画卷，强烈地吸引着观众。《白鹿原》到西安演出，也出现了一票难求的情况。据说你对这部话剧也是情有独钟，你是如何评价话剧《白鹿原》的？

陈忠实：从林兆华导演给我打第一个电话、告知我他要把《白》搬上北京人艺舞台的那一刻起，惊喜和担心就同时发生了。惊喜是不言而喻的，作为一部小说的作者，总是乐意看到作品以别一种艺术形式和读者进行更广泛的交流。况且是在北京人艺这样的舞台上，还有久慕其大名的林兆华导演。担心的是:这部作品时间跨度长,似乎还不是主要麻烦,最难处理的是人物太多,事件太多,话剧受时间和空间限制很严格,舞台将如何处理或者说取舍?此前几年西安一位剧作家改编秦腔剧时,我当面直言不讳地替他操过这份心,他却一副成竹在胸的态度。这回尽管已有了前次的经验,我还是忍不住流露过。林导更是早有这方面的考虑,邀约很有话剧创作成就的编剧孟冰改编剧本。我便以一种期待心理等待舞台上的白嘉轩们以怎样的姿态向我走来。

这场话剧的首演我看了,最令我欣慰而又感动的是把小说的全貌演绎展现出来了,既没有舍弃任何一个稍微重要的人物,也没有删除任何一个重大的情节,这是高度浓缩了的一场话剧。濮存昕的表演可以用神似来概括,尽管他的陕西关中方言说得还不大准确,尽管他的鼻子比我笔下的白嘉轩的鼻子略低了一点,然而他的气质气性和气韵,托出来一个具体的活的白嘉轩。恕我不一一对人物做出观感,我此前在一篇专文里已经说过了。总体来说,这部话剧把那个时代北方乡村的历史脉动准确地展现出来,自然是以不同精神和心理裂变的人物来体现的。

《文汇报》:每一次改编,都使《白鹿原》这部一九九三年出版、一九九八年获得茅盾文学奖的小说成为一次"热门话题"。《白鹿原》改编为秦腔、话剧获得欢迎后,大家对电影《白鹿原》又充满了期待,也期待了很久。屡屡有报道说即将开机,又屡屡不见动静。此前又有报道说,随着上影集团的加盟,电影《白鹿原》的投资高达五千万元,属于艺术片中的大投资,预计今年四五月份开机,二〇〇八年正式上映,不知消息是否属实?

陈忠实:我所能知道的,往往是从报纸上记者的报道中获得的,无非如你上述这些纷纷纭纭的消息。厂方有自己的安排和处理方案,我不便多问。我把改编权交给电影制作方,自然是相信他们会尽力做好。再说，电影是另外一种艺术形式，于我已是外行，不便过多问询乃至叨扰。

《文汇报》：因为著名编剧芦苇的鼎力推荐，王全安一度成了电影《白鹿原》的筹拍导演，他还用了近两年的时间进行前期筹备。王全安的《图雅的婚事》获得柏林电影节金熊奖，在一次新闻发布会上他明确表示和电影《白鹿原》没太大关系了。他表示《白鹿原》的搁浅，最大的问题是想法上出现了争议，他不能忍受的是《白鹿原》会被毁坏，而不是巧妙地推广。

他认为这是一部伟大的小说，但电影《白鹿原》凝聚了太多人的诉求点，也寄托了太多人的希望，做起来很难。你是原著作者，你有怎样的期待？

陈忠实：我对影视艺术是个门外汉，略知一点常识，对于任何一部引起普遍关爱的小说的改编，不同的编剧和不同的导演，会有不同的甚至差异很大的理解，自然也就会偏重各自以为需要强化、需要突出表现的那个要害之处，同时就会找到各自以为最恰当的切入角度。然而，最终呈现出来的却只能是一种形态，我和观众只能就这个得以实现的创作意图去谈观感。另一个或几个不能实现的意图和构想，是无以参照的。这其实也跟文学创作相类似，面对同一个题材，不同的作家会写出完全不同的小说，报告文学尤其具有可比性。

王全安的见解我也在报纸上看到了。他对电影《白》的设想和关爱令我感动。《白》的导演由厂方和投资公司选定，我和你一样期待着。

我作为《白》书作者，期望编导和演员既体现原作人物的思想和精神特质，又不因于文字的桎梏，以电影无可替代的艺术优势，创造出几个独具思想内涵又有鲜活个性魅力的人物形象来，让观众喜欢观赏，且不在看后失望。我同样替编剧和导演犯难，电影和话剧一样受制于时间和空间的压迫，突出哪个舍弃哪个，连我自己都把握不住了。祝愿他们成功。

《文汇报》：《白鹿原》改编的秦腔、话剧，甚至陶塑、连环画都出来了，电影也将要出来。你说过其实最适宜改编的还是电视剧，与北广集团签了改编意向后，现在有什么进展？

陈忠实：就我的感觉而言，电视连续剧可能是最适宜《白》的改编的。主要优越之处在于不受时空限制，可以充分地完整地展现每一个人物的心理裂变和生命轨迹。然而，至今仍然不能启动。十余年来，不下十家制作公司和我说过电视改编的事，终无结果，包括北广集团，现在仍无进展。

倒是有一个确凿的消息，舞剧《白》已定于六月在北京首演。首都师范大学筹划了三年，编剧和导演几经修改打磨，主要演员选了两三个获过金奖的舞坛新秀，已到白鹿原体验过生活。我在去年冬天看过排练中的几个片段，颇令我意料不及，顿然意识到舞剧倒是挣脱小说文字囚禁的一种堪称自由的艺术表现形式。

我常常接到许多熟悉朋友和陌生读者的电话，询问电影、电视剧的进程，甚至热心地推荐某个人物扮演者的最佳人选……借贵报一角，表示真诚的感谢了。

关于陈忠实文学馆
——"在我有点勉为其难"

《文汇报》：陈忠实文学馆最近在西安东郊白鹿原开门迎客，这是继白鹿书院之后，又一个与你有关的文化项目，主题依然是白鹿原。这是六届茅盾文学奖二十七位获奖者中的第一家个人文学馆。有人质疑——二十七位获奖者中资历老作品多的大有人在，为什么偏偏是陈忠实占了"第一"？也有专家认为，"作品的多少与作家的成功度没有关系，有的人以一部长篇、一首诗就可以在文学史上留下一笔,有的人写了几十部作品,却依然会被人忘记,而陈忠实无疑属于前者"。你如何看待这个问题?

陈忠实:就我自身写作历程中所得到的对创作的理解,基本都是在生活中受到感动或刺激,才有了表现的欲望,努力把那些从未有过的感受充分展示出来。自然期望能赢得读者的呼应,那便是创作初始目的完成和满足。我似乎没有想到过某一部作品能否在"文学史上留下一笔"这样太严峻的问题。我近年间注意到诺贝尔文学奖的多位获奖者,在得到自己获奖的通知后,第一反应几乎如出一辙,均是自己感到意外,或者说出乎意料地荣幸。由此可以看出,他们也未必坚信会在"文学史上留下一笔",如果姑且把获诺奖看作是能留在文学史上的一个标志。

每一个作家都有自己的创作形态,一个人一个样儿,谁都比不得谁,谁也照搬不了谁。不仅是写作习惯和方式各有所从,更在于不同思想、不同气质、不同阅历、不同个性的作家,对相同的生活时段历史事件看取的角度不同,感受的炙灼点不同,体验的结果也就各呈其色彩。至于哪一个人的哪一部作品能留给文学史一笔,我想都是创作者搭笔之初就注定的,未必是作家当初的既定目标和写作目的。

文学史上各种现象都有,有你说的两种情况,还有一种现象我做个补充,托翁的每一部长篇几乎都成为经典,嵌定在世界文学史上。

我的《白鹿原》,至今尚不敢奢望如你说的那样的后果,还需继续经受读者的审视,更有生活发展作为严峻的检测。

《文汇报》:白鹿书院以及陈忠实文学馆,主要进行哪些文学活动?

陈忠实:白鹿书院成立已有三个年头。最初是几位作家和文化人的动议,我的响应是畅快的。《白》书中写到朱先生的白鹿书院,其生活原型是牛兆濂老先生,在白鹿原北坡下的蓝田县地段开设的是芸阁书院,清末时为鼎盛期,曾有韩国留学生在膝下求学。在地理上的白鹿原西坡的二道原上，有一道狭窄的平台，近年间有几所民办大学选址于此，一下子使这座古原呈现出生机。其中办得最早也最具规模的一所是思源学院，特别看重文化氛围的营造，热情支持这个新的白鹿书院的创办，且在白鹿原二道原畔。成立那天，西安各界学人都来凑兴，可以看出对传统国学的一种普遍高涨的兴致。头年搞了一次学术讨论会，题旨是"影响中国人思维的传统观念"，应邀的全国各路学者各有见解，之后编辑出版了一本论文集。去年举办了"中国文人书法论坛"，并展览了全国各地的文人书法作品，论文亦拟出专著。今年拟定举办一次"新时期文学三十年"的研讨会，正在筹备中。书院不是古代的教学场所，而是作为文学和文化交流的一个民间团体。

文学馆在我有点勉为其难。初有这个动议时我是拒绝过的，因为我自觉太肤浅，受不住这种文学馆的压力。同样，是这所大学文化建设的一项措施，在热情的说服下我应允了，至今仍然诚惶诚恐。

2007 年 4 月

《白鹿原》之外

——与《关注》记者白小龙、逸青的对话

《白鹿原》几乎就不算个什么

《关注》:有文章称,陕西人有两种骄傲,一个是老腔、秦腔,另一个就是秦人陈忠实。您是否认同这种说法,如果认同的话,您认为您让陕西人骄傲的地方是什么,是《白鹿原》吗?

陈忠实:这显然是一种夸张的说法,我不可能认同这个说法。秦腔和老腔是我们三秦大地上人们所创造的传统的、独具魅力的一种戏剧形式,尤其是后来发掘的老腔,它是保存原生形态的一种民间娱乐方式,是最典型、最具秦人个性的一种表演,所以它一旦被发掘出来,就受到不光是陕西人的欢迎,我甚至感到外省的人比我们陕西人自己反应更强烈。我粗略想,他们有一种陌生感,老腔的音乐旋律靠近秦腔,在陕西人听来差别不大,但秦腔是业已规范化了的艺术,而老腔这种赋予了原始的带有原生形态的表演形式和演唱旋律,对于外省人来说,从来没有接触过这样豪壮而又质朴的民间戏曲,那种震撼和冲击力我们本省人是无法理解的。我在现场聆听过北京的专场演唱会,整个会场气氛的热烈程度并不亚于《白鹿原》(话剧)本身,可见我们的这种民间传统的演唱形式与当代人,甚至与当代流行的很趋前的娱乐形式并不矛盾,它有它的受众。这是我们这块土地上产生的一种极具个性魅力的表演形式,它经过不知多少年演变到现在,依然受人欢迎。而我仅仅是写了一部小说,和这种艺术形式是无法比拟的,陕西可资骄傲的东西还很多,比起我们先人创造的历史文明,《白鹿原》几乎就不算个什么!这不是谦虚。

文学的那根神经好像特别敏锐

《关注》:一九八二年您调入省作协后正式成为一名专业作家,而那个时候您做了一个决定,就是返回老家,用您自己的话说,就是"我想找一个地方能安静下来,和文坛保持一个若即若离的关系,但是还需要文坛,不能离得太近,唯恐牵扯到某些是非里去,就是要保持这样一种关系"。现在您还有没有这种心境和愿望,再回到老家去呢?

陈忠实: 我不仅有这个愿望,而且都已经实践了两年。《白鹿原》出版后我就进城了,后来又当了作协主席。那个时候作协的条件太差,房子墙体下陷,有的房顶漏雨,一见下雨编辑就没办法工作,房顶糊了一层又一层还漏,房子太老,大家呼声很强烈。社会上调侃说,在作协院子拍《聊斋》鬼狐故事不用做任何修饰。我和那届党组下决心要把新的办公楼盖起来,而当时正好是咱们省上经济最拮据的时候,公开说"吃饭财政",还是给作协批下五百万元。但这笔钱不是一次到位,一年给一百万元,所以大楼整整盖了五年。这五年我配合党组集中干了这件事,当然还要做其他的很多事情。

二〇〇一年至二〇〇二年,我感觉工作压力小了,就再次回到乡下老宅,一待就是两年。这两年是我长篇完成以后写作量最大的两年,写的主要是散文、短篇小说、随笔,包括给作家朋友、青年作家写序等。我感觉进入写作状态最好的环境就是在老家祖传的小院里,一走进那个环境就能产生一种隐性的心理习性,心里整个沉静下来了，很自然进入一种纯文学思维，文字的那根神经好像特别敏锐，达到一种最好的写作状态。很奇怪！

我一个人在老家坚守了两年，是五十九岁和六十岁的时候，家里人都回不去，我自己做饭、洗碗，尤其到了冬天还要生火炉，实在太麻烦，一方面是年龄大了，再说我本身就不喜欢做那些事，后来坚持不下来了，就回到城里来了。

现在情况好多了，我之所以能回来，是石油大学聘用我做兼职，给我一个头衔，提供了一个工作用房，我可以躲在那里排除一些杂事和社会干扰，静下心来写些东西，相对来说比较安静，也有口省手的饭吃，不再为生活琐事劳神了。但是在创作方面还是达不到在老家的那种状态。

靠色情是写作者的悲哀

《关注》：现在二十多岁的年轻人看的网络文学、玄幻小说比较多，传统文学主要看武侠小说，比如说金庸和古龙的小说，传统文学慢慢淡出青少年的生活，文学界是不是应该反思一下，作家到底给年轻人提供了什么，需要给提供什么？中间为什么会出现这种空当，为什么没有写出让他们感兴趣的作品来？

陈忠实：这是个比较尖锐的问题，而且是社会普遍的问题。网络上的东西良莠不齐，涉及性方面的东西也比较多。这个现象任何一个人对此都不难有一个正常的看法。至于对文学本身的反问，我们的文学作品给读者提供了多少？为什么吸引不了这些青少年？除了性的因素之外文学本身的魅力还能不能吸引人？这已经成为一个大的问题了。我个人的意见，即使抛开网络，单就文学本身来说也存在这个问题，因为现在有一些文学作品，包括国家禁止的一些带色太重的作品，如果靠色情去俘获读者、去提高发行量的话，这是写作者的悲哀。

读者的阅读欲望中一个很重要的原因,是想感知作家无论对历史、对现实生活的透视、理解和体验的独到之处,独到深刻的某一点。只有具备了独到深刻的这一点,又有一个比较完美饱满的艺术形式来表述出来,读者在阅读中能受到启示,自然就产生吸引阅读的魅力了,尤其是对现实生活。如果作家自己对生活的理解深度限于普通市民的水准上,那么读者为什么要读你的作品呢?只有你对现实生活或历史的某一点有独到的体验和理解,那个深刻之处普通人尚未达到,他读了以后心灵受到冲击,才有启示有启发,才有收获。所以在这一点上也对作家提出一个基本的要求,不光罗列社会事项,具备罗列社会事项的人很多,老太太拉家常对社会现象发出自己的批评或者赞扬,那也是一种表述形式。人们之所以尊重作家,那就是在于他的深刻穿透历史和现实生活的能力,并以一种完美的形式形成的艺术品,让读者的阅读既是享受也是一种启示,这个作品就会有它的读者市场和读者群。不具备这点,靠猎奇,靠一些色情,靠一些小噱头甚至靠炒作获得一些欢呼,都是暂时的,都很难持久,这是被无数的事实证实了的。

《关注》:有些作家就抱怨现在的读者已经不具备读者的这种素质了,他们不需要启示或其他的东西,只需要一种阅读的快感,认为严肃的文学作品曲高和寡。

陈忠实:那是一种偏见,这个社会层面的人太多了,就二十岁上下年轻人的这个层面的读者也不是全都沉浸在网络里头,只图娱乐和快感,有生活追求的人多的是,关键就在于要有好的东西,他就会去看。

我所追求的语境

《关注》:肖邦说过,音乐的最高境界就是朴实,从您的形象到语言,非常彻底地贯彻了朴实、本真,您是否比较认同肖邦的这种观点?文学作品的最高境界也是朴实吗?

陈忠实:这是肖邦对艺术的体验,不同的艺术家各有各人的境界。我的追求就是把事说清,如果绕着弯把事终究说不清的话,那我就不说。一切语言形式和语言能力就是要把我所体验的那一点自以为新颖的东西,含蓄而又真实地表现出来传达给读者,完成一种交流,所以这种语言形式就是我追求的语言境界。《白鹿原》的表现形式不是我一开始就能达到的,是经过了几十年的漫长的文字功夫修炼,不断地改善,不断地追求,最后才有了《白鹿原》这样一种包括语言在内的艺术表现形式。

作家的语言形式,还受他所写的题材、内容和人物的制约。要选择到一种与他的人物和题材相适应的语言形式,不是一种语言形式都能表达所有的题材和人物。举个例子,沈从文的小说、散文基本上是一个调,因为他都写的是湘西,湘西那个地域情调和人情大概就适宜用这种语言。比较一下同时代的鲁迅,一部小说用一种语言形态,《阿Q正传》是一种语言形态,《祥林嫂》是截然不同的一种语言形态,《在酒楼上》写知识分子的语言又不一样了,你很难设想用写阿Q那种语言去写祥林嫂。所以,我说是作家所描写的不同对象和他所体验到的内容,决定着作家的语言选择。我基本就属于这一类作家,选定一个生活题材后,把其中的人物基本上确定下来,是这些东西决定我在这部作品中的语言选择,要选择一种最能恰当表现这个人物的语言形式,然后再开始写,我看到大多数作家属于这一种。

阅读的记忆

《关注》:您属于自学成才的那一类作家,因为家庭、社会环境等多种原因没有上成大学,您读过很多中外的名著,您最喜欢的是谁的作品或是哪一类的作品？您看过以后对您影响比较大的是哪些作品或者是作者？尤其是国外文学作品。

陈忠实：我记忆最深刻的阅读是在"文革"期间。"文革"中我的文学梦整个都破灭了，我已经放弃文学。公社把我调去临时帮忙，总共抽了七八个教师，其中有我中学时的一位地理老师，他当时已经是一所中学的校长了，"文革"中间没有被"结合"，在学校被安排为图书管理员。因为我喜欢看书，问他那个学校还有没有图书。我老师告诉我说书几乎让学生抢完了，剩下的都是学生不爱看的书，连书架都没有了，堆在墙的拐角处，我提出让我挑上几本书。我老师起初不敢去，在我的再三劝说下他同意了，于是我们俩在一个晚上骑自行车悄悄去到那所中学，打开图书室门，不敢开电灯，做贼似的，拿出事先准备好的手电翻那一堆书，竟然找到了《悲惨世界》《无名的裘德》《血与沙》等世界名著。我就拿回家读，反复读。

"文革"一开始就把作家梦粉碎了。因为早都不想当作家了，这回阅读完全不是为了创作，纯粹是一种欣赏，白天把书锁到桌柜里头，到了晚上睡觉前关了门拿出来读，这都是禁书。后来才意识到，对我来说这是最真实的文学影响，没有任何急功近利的目的，是一种沉浸其中的艺术欣赏和感受。这种欣赏和感受，我觉得对于一个作家的熏陶和影响可能是最好的。

选择了莫泊桑

《关注》：您早期的创作受哪位作家的影响比较大？

陈忠实：我读苏联作家的著作比较多，对我的影响很大，尤其是写苏联五六十年代社会生活的一些作品。譬如柯切托夫的作品几乎全部都读了，《茹尔宾一家》《叶尔绍夫兄弟》《州委书记》《落角》等，这都是他最具影响的几部长篇，可以看到他们的社会问题跟我们的社会问题很相似,尤其是《州委书记》,因为那个社会制度和我们基本一样,官员的名称和中国有些差别,他写的那些社会生活病象和中国大同小异。欧洲的文学我比较喜欢写现实的作品,直面现实而且有他独到深刻见解的一些作品。

一九七八年秋,我从公社调到郊区文化馆,首先坐下来读了两到三个月的书,先读的是契诃夫和莫泊桑,把这两个人出版的书从图书馆借出来通读了一遍,在这两个人中间我又选择了莫泊桑,为什么呢?莫泊桑是以故事和人物来结构小说的,而契诃夫是以人物来结构小说的,写作难度更大一些。根据我的实际情况,便选择了莫泊桑那种小说结构的形式用心钻研。我读了莫泊桑的《温泉》,是一部写得很好的长篇小说,但他最具影响的是短篇小说。我把他当时出版的几本短篇小说集读完以后,又在里边挑选了我最喜欢的十几个短篇小说反复阅读,揣摩短篇小说不同形式的结构。我当时已经意识到自己结构小说的形式比较单一。读了两三个月书以后,到一九七九年春节一过就开始写作了,这一年我大概发表了十来个短篇,对我来说是很受鼓舞的事情,其中一个短篇小说《信任》获得全国短篇小说奖。

寻找自己的创作方法

《关注》:《白鹿原》是您文学创作生涯的一个高峰,并获得第四届茅盾文学奖,介绍一下您写这部长篇小说的启发来源于何处?也是一些优秀的作品吗?

陈忠实:对我影响比较深的是拉丁美洲的魔幻现实主义作品。我最早读的是《百年孤独》,觉得形式很新颖,甚至急忙还读不懂,特别是那种叙述形式。

我随后在《世界文学》上读到魔幻现实主义的创始人卡彭铁尔

的《人间王国》,那是一部大约十万字的小长篇。我从介绍卡彭铁尔的文章中,了解到魔幻现实主义这种文学形式的起因和发展。拉丁美洲原来没有自己的文学,只有一些民间传说,一些文人(所谓的作家)把民间传说改写成作品。上个世纪二三十年代拉美开始觉醒,很多有条件的文学爱好者到欧洲去留学,寻求新的思维。魔幻现实主义创始者卡彭铁尔是其中之一,在法国留学两年,他学习欧洲现代派作品的写法发表了一些作品,却没有任何反应,最后他反省自己的路子,决定离开欧洲。在他离开欧洲的时候留下一句话:"在欧洲现代派的旗帜下容不得我。"这个反省是多么深刻! 卡彭铁尔回到拉美后选择了海地那个弹丸之地去深入生活。选择海地的唯一理由,它是保存着纯黑人移民的一个拉美国家。卡彭铁尔去了解黑人的移民史、社会形态和各种人的生活状态,各个社会层面上人的生活形态,后来他写了一部长篇小说《人间王国》。

《人间王国》一经发表,当即引起欧洲文坛的强烈反响,他写的海地人的生活形态、情感世界,很独特的带有魔幻色彩的生活方式,譬如人变成甲虫等。尤其是别开生面到陌生的叙述形式,引起欧洲文坛的惊讶,已有的所有文学流派都归类不了卡彭铁尔的作品,欧洲评论家就给《人间王国》起了个"神奇的现实主义"的称呼。

《人间王国》在欧洲产生重大影响,也为拉美那些正在追求着的作家们找到了一条发展的道路,就是面向自己的民族和国家的现实和历史,寻找自己的创作方法。之后每个国家很快脱颖出来两三个很有成就的作家,竟然形成了一股拉美文学浪潮。欧洲评论家为这些风格比较相近的作品找到了一个更为恰当的名字"魔幻现实主义"。后来的《百年孤独》,震惊世界文坛,把魔幻现实主义这种艺术形式推到了一个高峰。

"魔幻现实主义"对我的启示很大,主要倒不在说这些作品如何,包括《百年孤独》,而是魔幻现实主义创始者卡彭铁尔寻求创作出路的精神和行为,给了我以振聋发聩的启示。我突然意识到我也应该对此前的创作做一次深刻的反省。面对我生长和生活的这块土地,我一直很自信,我了解乡村生活,因为我出生在农村,工作在农村,在农村做基层工作二十年,搞了专业创作我还住在农村。我既是农村生活直接体验者,又是农村社会工作直接参与者,在公社工作的时候直接面对的就是农民,一年有四分之三的时间都住在这个或那个村子里,所以我一直很自信我了解农村生活,也拥有生活。我搞专业创作以后从机关搬回老家住,其中一个很重要的原因,就是把我拥有的生活逐渐形成作品。

我既需要用阅读扩大艺术视野,同时需要对生活理解的穿透力,然后才能实现创作的突破。受魔幻现实主义创始人卡彭铁尔创作道路的启发,我马上意识到我了解的仅仅是六十年代后的乡村,尤其是一九四九年以前的乡村我根本就不了解,包括我生活着的那块土地的历史渊源都搞不清,灞桥区在清朝的时候叫啥县名?那个时候是个什么状况?我想了解这块土地的昨天,恰好那时候写中篇小说《蓝袍先生》,由于《蓝袍先生》的写作牵涉到解放前的一些生活形态,我仅有的一些解放前的生活记忆被激活了,就动了写长篇小说的念头,随后就下决心要到蓝田去查询资料、了解这块土地的昨天。于是,就有了作品《白鹿原》。

魔幻现实主义作品中把人变成甲虫,如果我们仅仅是再模仿把人变成狗,这不是艺术学习和艺术借鉴,照猫画虎的创作不可能有任何出路。关键是人家的创作道路对你的启发,来寻找适宜自己的一条创作路子,才能获得进步和突破。

《白鹿原》怎么可能把我挖空

《关注》:过去有人说过,路遥继《人生》之后再也不会有什么惊世之作了，而后来路遥又写了《平凡的世界》，同样是一部非常好的作品。有人说一部《白鹿原》将陈忠实挖空了。继《白鹿原》之后您还会有类似于《白鹿原》这样好的作品吗？

陈忠实：《白鹿原》怎么可能把我挖空呢？这样说显然是不了解我。全国解放的时候，我才七岁，我的生活阅历、直接的生活体验应该是在六十年代以后，这是我进入成年直接体验和感受到的中国乡村生活。而这部分生活我除了写中短篇小说之外，还没有用长篇小说去写它的构思。

《白鹿原》写的是一九四九年解放前的关中，是我间接体验的生活，而我直接体验的东西都写的是中短篇小说，还没有写过长篇小说，就是说没有写解放以后我直接经历和体验的乡村生活的长篇小说。没有写是别有原因，却不是缺乏生活。

《关注》：那是什么原因呢？

陈忠实：事情说起来比较复杂，我一般不说这个话题，但起码不是那个所谓"挖空"的原因，你想想，我不可能被挖空。

《关注》：可否说您正在积累、准备？

陈忠实：没有，这么多年来，尤其是一九九九年办公大楼盖起来以后，我们党组和主席团要改善作家协会的工作和生活条件的承诺兑现了，整个人就轻松了，以后我就以写作为主，主要写作散文、随笔和短篇小说，出了几本散文集，读者对我期待的可能是长篇小说。

忍受苦难已经成了习惯

《关注》：艺术源于现实生活，一个作家要有好的作品必须要有丰富的人生经历和对现实社会的深刻透视。自《白鹿原》获茅盾文学奖后，您经常参加各种各样的社会活动，后来任省作协主席，用您自己的话说："成名无非是换用一根结实的绳子来捆桌子的腿"。这根绳子到底有多结实？就是说过去的那根绳子是您过去的那种积累，那么现在用"更结实的绳子"是不是说您的积累更加厚实了？

陈忠实：这是我当时接受媒体采访时调侃的一句话，说到我当初刚刚进入社会，把文学创作当作一个生命追求的时候，用的桌子比较破旧，四条腿都是活动的，我就用一根稻草绳捆绑固定。到我当了专业作家回到老家后，那个桌子彻底破散了，当柴火烧了。我家还有一张祖传的大方桌，这张方桌的四条腿也撑不起来，还是用绳子捆着。我当时调侃说，唯一的改善是把草绳换成了麻绳，生活改善的程度只是把草绳换成麻绳。

我上小学高年级是住宿生，一礼拜回一次家。我的家在灞河南边，学校在灞河北边，那年在中学升学考试的时候刚好灞河涨了水，连家都回不了，脚上穿的布鞋底子磨得已经很薄了，本来打算去考试的时候换一双新鞋穿，结果却回不了家，就跟着老师上路，走了大概十里还不到一半的路程的时候鞋底磨透了，脚后跟磨得血淋淋的，硬忍着磨到灞桥。那时候我十三岁。我二十岁的时候当民办教师，后来调到公社工作，整整工作了十七年，工资从三十元涨到三十九元，幸好我的三个孩子都很好，没有出过什么大毛病，家庭经济一直很窘迫，没有宽松过。

我正在写长篇小说的四年里，连着两年在春节前到汉中、安康去给那些刚刚兴起的民营企业家和一些国营企业写报告文学，他们给的稿费比国家的能高一点。因为自从开始长篇小说写作以后没有时间写中短篇小说，没有了稿费收入，只凭那百十块钱工资顾家就比较紧张了，我的三个孩子相继上初中和高中，学费年年也在增加，所以就连着两年在春节前的一个月，我就把长篇写作停下来到汉中、安康去写报告文学。所得稿费是万字五百块钱，比国家当时的标准能多二百块钱，过完春节孩子上学的学费就不用愁了。

我不善于诉说自己的困难，既不给公家诉说，也不给别人诉说，遇到事情就自己解决。忍受苦难已经成了习惯，因为在我上初中上了一学期，就是因为交不起学费休学了，从那个时候开始一直到当了专业作家，经济窘迫一直没有缓解，这就是生活。

现在不用捆桌子的那个绳子了，这个矛盾已经解决了，无非就是努力去写作。我现在的写作状态是不勉强自己，某一件事情有了感触，适合写散文就写散文，适宜写随笔就写随笔，适宜写短篇小说就写短篇小说，就是随心所欲地去创作。

2008 年 1 月 11 日

我与《白鹿原》

——在中国现代文学馆讲演稿

首先我要道歉,不会说普通话,只会说西安话,我尽量不说西安那些生僻的词,说陕西的普通话,请大家谅解。

跟北京的读者交流,对我来说是一种荣幸。作家关注评论家对他的作品的评价,对我来说,更关注与读者交流。与非文学圈内的读者交流,对我来说更为珍贵。

首先我来介绍一下《白鹿原》这部小说的缘起和创作过程,以便读者理解作品,实现作家与读者的交流。

我先来提供一下作品创作的情况。我是新时期开始走上文学创作的一个作家。一九七八年,是对我国具有重大意义的一年,大家习惯地把一九七八年叫作"文艺复兴"开始的一年。这个复兴直接面对的是十年"文革"的文学荒漠。我就是在这个时候开始文学创作的。之前虽然也有一些创作,但真正把文学当作事业就是在一九七八年。

一九七八年春天,我当时在家乡的公社,现在叫乡镇,正领着搞一个八华里长的水利工程,给我的任务是修河堤。在指挥部的房子里,我收到了杂志社给我寄来的《人民文学》,看到了刘心武的短篇小说《班主任》。那天晚上看了后,心里头产生了很大的冲击,直接的感觉就是可以把文学当作事业来干的时候到来了!当这个河堤快修完的时候，我就从公社调到区文化馆去了。从一九七八年的春天开始，文学对人们的影响可以说是前所未有的。尽管我青年时期喜欢文学，但把文学当作主要的职业，就是从这个时候开始的。一直到上世纪八十年代中期，我一直在写短篇小说和中篇小说，也出了几本集子，并获了全国短篇小说奖。

对于长篇小说的写作，心里一直有种畏惧感。我记得，在陕西新时期成长起来的一批作家，上世纪七十年代末到八十年代初，在全国有比较大的影响。《文艺报》还专门到陕西去报道了这批青年作家的情况，刊发了一整版的文章。但是，这批作家写的都是短篇和中篇，头两届茅盾文学奖，我们陕西连一部作品都推荐不出来，且不说质量，而是连一部长篇小说都没有。后来，陕西作家协会的领导对这种情况做了认真的分析、研究，认为这批青年作家中的一部分人思想艺术开始趋向成熟，应该促进他们进入长篇小说的创作。一九八五年夏天，陕西作协召开了贯彻这个精神的会议，促进陕西青年作家从事长篇小说创作，这个会从延安一直开到榆林，开了很长时间。会后，一部分青年作家立即进入到长篇小说的创作之中。路遥，大家都知道，长篇小说促进会一完，他就在延安坐下来，开始《平凡的世界》的创作。他在会上就表态要开始长篇的创作。我在当时还没有考虑长篇，正热衷于中篇小说的写作。当时我的一个基本想法是，至少写过十个中篇小说之后，再看看能否进行长篇小说的写作。在我的意识里，长篇小说太严峻，不敢轻易动手。因此，从写短篇、中篇入手，先练习文学基本功，进行各种艺术形式的探索、练习，为将来的长篇小说打好基础。

这个会是夏天开的，我还是这样很平静的心理，结果到秋天、冬天的交界时，我写了一个中篇《蓝袍先生》。写了不到一万字的时候，突然发生了意料不到的情况。《蓝袍先生》开头这一万多字写的是一九四九年前一个关中乡村的小知识分子的家庭。这块生活的幕布一打开,咿呀!我的心里就受到了很大的冲击,这个乡村私塾教师家庭的背景,把我幼年乡村生活的记忆一下子就打开了!这一打开,对于我来说是个惊喜,一种惊讶,完全陌生而又新鲜的感受性记忆直接冲击着我。我也同时惊异地发现,一九四九年前或者稍后关中乡村生活的记忆,我有一个库存,从来没有触动过,现在突然感到很珍贵。在乡村私塾先生的四合院里,我就朦胧地意识到,这里头有着挖掘不尽的故事。于是萌生了长篇小说创作的想法,至于故事的情节、人物都还没有任何想法。这就是《白鹿原》最早创作欲望的产生,由这个中篇小说而突然引发的。

我从新时期创作以来,一直面对的是现实生活的发展。我的短篇、中篇,包括纪实文学都是对当下生活的变迁做出的反应,是跟现实生活同步的创作。尤其是上世纪八十年代初,乡村的改革非常热烈,乡村世界的变化非常之大,我有点应接不暇。所以,我的短篇、中篇、纪实文学都是写乡村改革变化和人的心理精神变化。写《蓝袍先生》发生的转折,第一次把眼睛朝背后看过去,我生活的关中的昨天,这里的人是如何生活的。这是上世纪八十年代中期发生的事情。

这个中篇写完后,写长篇小说的准备就开始了。当时还无头绪,是一次不寻常的阅读启发了我。我在《世界文学》上读到古巴一个作家卡彭铁尔的《人间王国》,尤其是他的创作历程的故事对我启发很大。这个时候拉美魔幻现实主义进入中国,对我国文学界产生了巨大影响。多家媒体都笔谈魔幻现实主义如马尔克斯的《百年孤独》,可以说我是在中国读者中比较早阅读的,这是郑万隆在《十月》杂志上翻译发表的。初读《百年孤独》,似懂非懂,但确实对魔幻现实主义刮目相看。

读了卡彭铁尔的创作历程故事后才搞明白,拉美在上世纪初并没有文学,虽然各个国家都有一些写手,但都是写一些进入不了真正艺术殿堂的民间故事。到拉美资本主义开始兴起以后,一些最早觉悟的学者，纷纷到了欧洲，尤其是到法国留学，接受法国文学的影响。其中就有卡彭铁尔，他在法国待了四五年，写了一批小说，学习欧洲现代派的笔法，但发表后都如石沉大海，没有引起任何反应。他很失望，经过反思和自我调整，决定离开法国。有一句话我至今还记得：他坐上轮船离开法国回古巴的时候，面对法国海岸说了一句话："在法国现代派的旗帜下，容不得我！"

卡彭铁尔这句令人触目惊心的话，确实对在上世纪八十年代中期的我，起到了一种震撼性作用。他回到古巴以后，去了拉美一个纯粹黑人移民的国家——海地，在那里待了好几年。他主要研究海地的移民史和黑人在海地的生存状态。我当时很感动，我想毛泽东号召作家深入生活，还常常引起一些争议，这个卡彭铁尔并没有人教导他去深入生活啊，却一个人深入到海地，一待就是两三年，最后写出近十万字的小长篇《人间王国》。我在《世界文学》看到的就是这部翻译小说。

《人间王国》发表以后，不仅在拉美地区引起很大影响，而且是拉美文学第一次震撼了欧洲文坛。法国、德国等一些艺术评论家，拿欧洲种种艺术流派试着把《人间王国》框进去，都不怎么合适，无法给这个长篇命名，最后给它创造了一个新的文学艺术流派叫"神奇现实主义"。

卡彭铁尔在拉美国家影响更大，受他影响的作家很多。作家们纷纷把眼睛面对着自己的国家和土地，研究自己民族生存的现实和历史，在欧洲文坛引起更大的反响，直到《百年孤独》出现，欧洲那些评论家把原来命名的"神奇现实主义"修正为"魔幻现实主义"。从此，魔幻现实主义成为一种文学流派，至今仍有着巨大的影响。

"魔幻现实主义"使我受到很大的启迪。卡彭铁尔从法国跑到海地，去研究拉美的移民史，这使我突然意识到，我对自己脚下的这片土地的昨天还不甚了解。因为，我在解放后才上学，直接面对的都是解放后的生活,写作也是面对解放后的生活,对它的昨天没有了解。只有在写《蓝袍先生》时,才突然意识到应该了解昨天我脚下的这片土地是怎么一回事。

《白鹿原》的创作过程

写长篇小说的想法一产生,我就想,不用跑远,就把西安周边的三个县区的昨天了解一下。因为,西安在陕西的关中地带,是历史古城,包围着西安的有三个县:蓝田县、长安县,还有我家乡的咸宁县。咸宁县在辛亥革命后撤销了,合并到长安县,但县志都还在。解放前蓝田县最完整的、也是最后一部《县志》的主编,就是《白鹿原》中的朱先生。这个朱先生的原型姓牛,是清末最后一茬举人,他家离我家隔着灞河,大概有八华里远。

我查《县志》,其中有一件事对我影响很大。《县志》一摞几十卷,其中有五六卷是"贞妇烈女"卷,第一卷,某某村、某某氏,都没有妇女的名字,前头是她丈夫的姓,接着是她的姓,没有名字,两个姓合在一起就是一个女人的称谓:某某氏,十六岁结婚,十七岁生子,十八岁丧夫,然后就是抚养孩子,伺候公婆,完成一生。这是我记忆里的妇女生命史,这大概是第一页上介绍的第一个人;往后一个比一个文字更少,一页上只是记两三个。到第二本的时候,没有任何事实记载,仅列一个人名字,某某村、某某氏,就排着人名。翻了几页我就挪开,没有什么内容。哎呀!就在我推开的一瞬间,我的心里咯噔一下,突然意识到,这些女性,用她们的整个生命换取了在《县志》上仅四五厘米长的位置。可悲的是,后来的人,包括我在内,没有谁愿意翻开它,没有人耐心地读一遍。这是几重悲哀!你想想,十六岁结婚、十七岁生子、十八九岁丈夫就死掉,然后在屋子里头伺候公婆、抚养孩子,作为女人的一生就是这样的过程!这种悲哀谁能感受得到?

也许我多了一点敏感,随后又把这个《县志》拿过来,一页一页地翻过去。我想,多少多少年之后,一个还没有名气的作家,向这些屈死鬼们行一个注目礼吧!一页一页地翻过去,就在这种心理感受中,我产生了要写田小娥这个女人的想法。我想,无以数计的贞妇烈女传中,应该有这种声音,反叛那个腐朽不堪的婚姻制度。但是,具体的人物名字当时都不可能产生,我就是想应该有这样一个女人,为了合理的生存自我反抗。我跑了蓝田、长安和咸宁,把他们的县志都看了。田小娥这个人物是我意外的收获。

还有,小说中有生活原型的人物是朱先生,真人叫牛兆濂。我父亲给我讲过他的许多故事,他是关中地区被神化了的一个举人,他可以观天象、去凶避灾,包括哪个农民丢了牛也来问他,他说朝东找,就找到了。我在构思小说时,很想写这个人物,一个传统的知识分子。但是,我心理压力最大的,恰恰就是这个有生活原型的人。为什么?因为如果没有生活原型,是虚构的,读者无非判断这个人物有分量或者没分量、深刻或者浅薄、有意思或者没意思。而这个牛先生,直到现在在关中都是影响很大的一个人,一旦这个人物写得站立不起来,读者拿真实人物做参照,就会说:哎呀,老陈写的朱先生这个人物不是人家那个牛兆濂先生,不像!这一句话就把你打倒了,把你的作品否定了。所以,对我反而压力更大。

正式查牛先生编的《县志》,我始料不及的是,他在编到《民国纪事》卷的时候,关中发生过的很多大事,包括李先念的红军到过蓝田县都有记载。这个老先生编《民国纪事》时,严格恪守史家笔法,即纯粹的客观笔述,我猜测其中当然也压抑了不少个人情感,在客观纪事之后又加了一些相当于我们现在"编者按"的文字。面对蓝田发生的重大事件,作为老先生的个人观点,作为附记表述出来。正是他加的这些东西,让我把握住了这个老先生的心理结构和心理状态,使我把牛老先生在那个裂变的时代中,面对世事变化的感受,基本上把握住了,一下子有了写这个人的信心。

　　还有就是对这块土地的了解。我的老家位于西安城东大概五十华里的地方,就在地理上的白鹿原的北坡根下。我们那个小小的村子,在我的记忆中是很贫穷的。我家在原的北坡下,还好一点儿,离灞河很近,到改革开放之前,尽管粗粮多,基本还不饿肚子。通过查《县志》《民国纪事》,当时的史料、老革命写的回忆录之后,我才对这个原产生了很大的感动。这个原上的老革命应该是在中国共产党的早期就开始了革命活动。这个原几乎在湖南、江西、上海闹革命的同时,就成立了共产党的一个支部。从资料上看,当时陕西的农民运动,规模和参与的人数很大很多,刘志丹是领导人之一。农民运动打土豪分田地,轰轰烈烈,蓝田县就有一二百个农民协会组织。我当时看了这些有关资料后,调侃了一句:"陕西的农民运动深入程度可能与湖南差不了多少,但是陕西没有人写农民运动考察报告,所以陕西的农民运动没有人知道。"由此,也更正了我的一个观念:我们陕西经济发展不上去,改革开放这么多年了,经济总量老是在全国后十名排着,陕西人到处议论、调侃,说陕西人太保守,有一个肉夹馍就不愿意走出潼关,自己作践自己。我把近代史上关中土地上发生的一些大事看了以后说,陕西人可不保守啊!抗日战争最危难的时候,是一个陕西人和一个东北人联手把蒋介石抓了起来,强迫他签了一个抗日的协议,谁有这个陕西人思想解放?杨虎城思想不保守;农民运动打土豪分田地那个时代,陕西也搞得很厉害,可见也不保守。我写过一篇随笔,说我们改革发展上不去,步子走得慢,应该另找原因,不应该自己作践自己,这样可能永远找不到出路。所以,通过查阅资料,对于我理解这里的人和这块土地,起到了相当大的作用。

　　再一个是阅读。经过大概两年的筹备,中间也牵扯着一些阅读。我记得,对我印象深刻的书有这些:范文澜先生写的《中国近代史》,我重新把它读了一遍。为什么读这本书呢?我想把关中近代以来,尤其是辛亥革命以后发生的各种事变,跟我们国家近代以来的那个大的背景联系起来,避免孤立地看待在白鹿原发生的事情。

在阅读中我又惊奇地发现,关中这块土地上发生的历史演变过程,跟我国近代史发生的过程完全是同步的,也就是说,关中这块土地上的人物命运跟我们近代以来整个民族的命运是一致的。

还有两本书对我的启发很大,一本是一位陕西学者写的《兴起与衰落》,他从西安为代表的关中这块土地历史上几次大的辉煌到几次衰落,直到清末以后的大衰落中,研究这块土地的历史,并从理论高度分析解构,使我更切近地理解了关中。

在两年的准备期间,我也读了一些长篇小说。我记得在构思小说之初,西北大学文学系一位关注我创作的蒙老师,对我说过这样一句话:"长篇小说是一个结构的艺术,结构好了小说就立起来了,有骨有肉就立起来了;结构不好,你的小说就像剔了骨头的肉,提起来是一串子,放下去是一摊子。"这话把我吓住了。因为,我第一次写长篇小说,本来就有畏惧感。没有办法,只能去阅读,看别人是怎样结构长篇的。这时候,我突然意识到以前阅读长篇怎么光看热闹,光看人物情节,没有认真去研究结构呢,真是太粗心了!于是,我读了一些长篇,首选的是上世纪八十年代中期影响最大的两部长篇:王蒙的《活动变人形》和张炜的《古船》。后来,又读了马尔克斯的《百年孤独》《霍乱时期的爱情》等。

读了这些书之后,我的最大感觉是,根本没有一种现成的结构形式让作家把他思考的内容装进去,结构形式只能由作家自己去创造。这就是创作。创作成功了,你就成功了;创作不成功,你就失败了,就这么简单。

当时还有一个严峻的问题是,当我快写完《白鹿原》时,新时期的文学第一次面临低谷状态。像我们陕西的文学杂志《延河》,改革开放初期文学热的时候,发行量是八十万,此时掉到只有几千册。此时,已经出现出书难、作家写的书没人出的情况。那时,计划经济刚刚转入市场经济,不仅作家有压力,出版社的压力也很大,找不到赚钱的书,赢不了利,没有办法运作。不光是文学界,我还记得当时的报纸登过这样醒目的消息,造导弹的不如卖茶叶蛋的收入。那个矛盾在上世纪八十年代中期很尖锐,反映在文学界也是这个矛盾。面对这种情况,我首先想到的是,必须得有人来买你的小说,出版社有了起印数,小说才能出版。

在这个过程中,我反复思考了可读性的事,觉得需从两个方面解决,一个是人物的命运描写,要准确,作家自己不能在那里任意地去表述什么,而是必须把作品的各色人物把握准确,争取写出那个时代的共性和典型性。再一点是文字叙述。开始我曾想写上下两部,《白鹿原》的内容比较多,时间的跨度也比较长,但最后决定还是写一部,而且不超过四十万字。所以,从情节、人物、构思上重新考虑,尤其是文字,解决篇幅太长的一条有效途径,就是把描写、白描式的语言变成文学叙述语言。我那个时候已经意识到,三十个字的叙述语言,可以把二三百字的白描语言所表述的内容涵盖了。这个转变过程需要语言功力和语言感觉。在正式写长篇之前,我连着写了两三个万把字的短篇小说,练习叙述语言,我给自己规定从开篇到结尾,不用人物对话,把人物对话的心理活动,以人物的角度叙述来完成,要达到形象化的不是概念化的叙述,这样不仅节约了篇幅,也使语言发生了质变。

还有一点,就是对非文学书籍的阅读。这时候有一种新的研究观点,叫文化心理结构学说。我对这个观点很感兴趣。我们中国人和外国人,包括黑人,谁黑、谁白,谁个子高、谁个子低,谁鼻子高、谁鼻子低,一目了然,种族间的这种差别都挂在脸上,不用谁教你就能看得出来,而真正的差别是在文化心理结构上。中国人和美国人、法国人巨大的差别就在文化心理结构上。

我意识到，中国人的心理结构就是我们的传统文化的心理结构——儒家，具体到我们西安这个地方，把儒家文化发展成一个关中学派，并衍生出诸如《乡约》条文教化民众，对人的行为，长辈、晚辈、夫妻的行为规范非常具体。正是这些东西，结构着人的心理和心态。

具体到我生存的这块土地——白鹿原，像我写的上世纪的前五十年，原上原下能够接受教育的人可能只有百分之一，大部分都是文盲。文盲的文化心理结构跟乡村的中等知识分子是一致的，他们虽然没有接受正规教育的机会，但却接受一代一代传下来的那些约定俗成的礼仪和审美标准，支撑起一个人的心理结构。简单地举个例子，"男女授受不亲"，家长对孩子都有过这样的教育，男孩就跟男孩玩，女孩就跟女孩玩，从小就给你灌输这样的观念，尤其是女孩的家长更严格。这些禁锢从小就有。所以，改革开放之初国门打开，在西安看到外国的一个男人挽着一个女人的腰，在街上走路，满街都是围着看稀罕的人群。现在我们中国男人在大庭广众中挽着女人的腰，比外国人还开通。为啥呢？就是原有的那个中国人的心理结构被打破了。当然，我们传统的文化心理结构比这个要复杂得多。一旦心理结构的某一个支架或支柱发生倾斜，这个人就发生心理上的紊乱，发生紊乱就痛苦，到他重新建立新的心理结构的时候，就达成了稳定和快乐。

过去，我接受的创作观念是写小说就要写典型人物，到我要写长篇时突然意识到，几种类型的典型人物早就让四大名著写完了，现在再要塑造一个能称得上典型的人物形象，还真不容易。

我懂得了文化心理结构学说，就给我塑造人物打开了一条路子，从肖像、外形描写到对话语言都进入一个新的路径。正是依着这个新的角度，我来探索我的长篇小说中的几个主要人物。

为了写好这些人物，我默默给自己定下一条禁忌：不搞形象描写，这个人模样长得咋样、身材如何，基本不做描写，就从心理出发，从心理结构出发,让他或她依自己独有的文化心理结构决定自己的行为。为了把握人物心理结构和心理活动,我还读了《心理学》《犯罪心理学》《梦的解析》《艺术创造工程》。大约经过两年,我完成了从准备、到调查、到构思,一九八八年清明一过,我就开始写草稿。

再谈一个关于性描写的话题。这是我在构思长篇小说时认真思考过的几个问题之一。这对我来说也非同小可。我从一开始写小说,在我们西安、陕西青年作者群中,包括有限的读者都认为,陈忠实写老汉写得好,写农村的各种老头形象写得好。我也不知道怎么形成这个看法的。在我开始写的几个小说里,没有女性,全是男的,有年轻的、中年人和老头,在这些人物里头,大家觉得我写老汉写得最生动。其实,我当时才三十岁,为什么会形成这种印象?我一九七九年在《北京文学》上发表了《徐家园三老汉》短篇小说,我试着同时写三个老头,能不能把他们的性格特征、心理差异写出来,而且还都不是坏老头,三个人都在生产队的菜园里工作,写他们的个性差异,练习写作基本功。

到后来创作发展以后,意识到不能光写男性,也探索写女性,结果写了几个短篇,发表出来以后没有什么反应,没什么人觉得好。第一个有反响的是中篇小说《康家小院》,在上海还获得一个奖,使我感到鼓舞。到《白鹿原》面临一个从基本的生存、合理生存的本能上来反抗封建婚姻制度、封建文化的大命题。最初的小娥形象,涉及的不是孤立的一个女人的命运。关于性描写问题,在我自己心里也有障碍,怕那些熟悉我作品的读者会说:陈忠实怎么也弄这些乱七八糟的东西!

我小时候目睹过一件事,有一个年轻的女性,不满意婚姻而逃婚,被抓回来后捆在一棵树上,全村的男人用刺刷抽打她。我写小娥被刺刷抽打,就是从这里来的。这是我亲眼看见的惩罚女人的一种残酷行为。为了这个逃婚的女人,村子里的所有矛盾暂时都化解了,凝聚起来惩罚这个女人,这意味着什么?在封建婚姻的是非认定里,是空前一致的,这是我们民族文化心理结构中的一根很重要的梁或柱。

辛亥革命倡导女人放脚,五四运动提倡妇女解放,经历的过程却是十分艰难的。于是,我对写性有了一个基本的把握:如果包含着文化心理的东西,那就写;如果不含这个东西,读者为什么要看你写这些乱七八糟的东西?判断是否属于乱七八糟的东西,或者是人物心理结构中不可或缺的那根梁或柱,关键就在这里。

我以这个来判断,并给自己定了三句话、十个字:"不回避,撕开写,不做诱饵。"以前我都是回避的,这部作品不能回避,而且要撕开写。把握的分寸在于,不能把性描写作为吊读者胃口的诱饵,这是写性的必要性和非必要性的标准。我把这十个字写在我的日历板上,时刻提醒。

第一次写长篇小说,我的心里真的很有压力,为了放松这个压力,我分两步,第一步写草稿,第二步写正式稿。因为人物和情节比较多,穿插结构复杂,合理结构是一个很大的问题。加上我的老师那句压迫性的话:"提起来一串子,放下去一摊子。"所以我都不敢叫草稿,叫草拟,能把这些人物互相交错的架构摆出来就行了。为了减缓心理压力,保持写作的放松状态,我不在桌子上写,而是在沙发上写。二十世纪八十年代末,那时的经济还不宽裕,农村的木匠给我做了沙发。坐在沙发上用一个大日记本放在膝盖上写,写了四十万字,没有上桌子。这种写作方式以前没有过,就是为了减轻心理压力。在日记本上写草拟稿的感觉就是很放松,心里放松就能够展开。初稿实际上只写了八个月,正式稿写了三年,终于完成了这部长篇小说。

在整个写作过程中,我基本过着和当地农民一样的生活。稍微优越一点的是,我十天半月吃一次肉,改善一下生活,而农民大约是逢到红白喜事才能吃到肉。上世纪八十年代,农民就是这个状况。

搞专业创作以后,就彻底回到家乡农村,生活形态跟农民差不多。我是一九八二年搞专业创作回到村子的,到一九九三年离开村子。在村子里所有人家的红白喜事,都是聘我当账房先生(哈哈)。包括农民盖房上大梁的时候,要举行庆祝活动,也把我拉去,管烟管酒,还不准我参加劳动。整整十年我在村里就这么过着。到我筹备写长篇的时候,我家才盖了三间平房,我才第一次有了自己的大约不到十平方米的书房,之前都是在家里搁柴火的房子里,支了一张桌子。我写作只要一张桌子就可以了。我跟人抬杠:"母鸡下蛋不下蛋不在那个窝好不好,一只空怀的母鸡,你给它弄到金銮殿上还是下不了蛋。真正怀了蛋的母鸡,即使没有窝,一边走着路它就下蛋了。"(笑声)作家体验生活、感受生活,然后形成作品的成色如何,不在你住得好、穿得好、吃得好,不在这个,关键在你的感受能力和理解能力。所以,我一向不太计较这些东西,在生活形态上没有任何要求,能保持一种纯净的写作心态,最好。

《白鹿原》的出版

小说写完,人民文学出版社拿走稿子之后,还留下一份复印稿,我第一个请人看的,就是评论家、朋友李星。我说:"你看一下,谈一下你的感觉。"交给他十天后,我从乡下回到陕西作协,在院子里碰见了他,我问:"你看了没有?"他黑煞着脸:"到我家说!"我就陪他上到五楼他家。他提着刚从菜市场上买的蒜苗什么的,往厨房里一甩,便进到他的卧室。他突然转过身来,捶了一下拳说:"咋叫咱把事弄成了!"我听见这个话,那吊在半空的心,才沉下来。然后,他在房子里根本不坐,也不让我坐,就转来转去,不停地跟我说,小说里的人物、情节怎么好怎么好。全是他在说,激动得不得了。这是这部小说写完后,我听到的第一个读者的声音,是评论家的声音,我很感动。

紧接着，人民文学出版社编辑高贤均看完书稿后的一封来信，让我激动得跳了起来，趴在沙发上，喊了一声，几乎窒息（哈哈）。为什么？这个小说快写完的时候，我家发生了点变化，在西安陪着我孩子念书的老母亲，身体突然不行了，跟我一直住在乡下的老婆赶紧赶到城里去，这样乡下就留下我一个人，自己写小说，饿了自己煮面条吃，情绪还蛮高的。老婆走的时候，我说："我再进城时小说就写完了。"老婆顺口问了一句："如果你这个小说出版不了咋办？"我说："我就去养鸡。"为什么？我这个专业作家当了十几年，写一个长篇小说出版不了，专业作家还有什么脸再当下去？况且，我的家庭经济状况也不允许我再当下去，我过五十岁了，给孩子还交不起学费，这个专业作家还当到什么时候去啊？所以，看了人民文学出版社编辑高贤均的信，他的评价非常令人激动。我跌倒在沙发上，大叫一声，我老婆从另外一间房子奔过来问："怎么了？"以为我出事了。我的最直接的反应是：可以不办养鸡场了。

好的，今天就讲这些。

2008年4月27日　中国现代文学馆

三十年,感知与体验

——中国著名作家访谈录

邢小利：新中国成立到明年就六十年了,前三十年政治运动不断,以阶级斗争为纲,后三十年改革开放,以经济建设为中心,奔小康、建设和谐社会。你的人生经历了这个全过程,你是一位亲历者,是一个过来人,我想请你从你的切身体会或者从一些生活细节,谈谈你的生活感受,说说这"三十年河东,三十年河西"的沧桑巨变。

陈忠实：我只说一件乡村住房的生活事象。

依我生活了大半辈子(我直到五十岁出头才搬进西安)的那个村子为例,解放时三十七户人家,到"文革"发生时的十七年间,已扩大到有近五十户人家的村子,只有三户盖起了宽大的两边流水的大瓦房。平常人家省吃俭用积攒多年,能盖起一边流水比较窄小的厦屋,都是全村人羡慕的大事,可以想见那三户盖起大瓦房的主人在村民中间的影响了。然而,就我亲历的感觉,村里人的反应比较冷淡。原因很简单,那三户人家建造大瓦房的举动,是绝大多数人家可望而不可即的太遥远的事,或者用他们的话说是连想也不敢想的事。我很清楚那三户人家,他们中一户人家有一个在地质勘探队的儿子,另一户人家有一个在煤矿下井挖煤的儿子,都是工人这个阶层收入较高的工种,挣下钱都寄回老家了。上个世纪五十年代建筑材料很便宜,他们很轻易地盖起了让大部分公社社员可望而不可即的大瓦房。

只有第三个盖起大瓦房的主户是地道的农民。他在"三年困难"来临的时候，把另一个村子扔掉不种的一小块土地悄悄地栽上了红苕，获得全村人眼馋的收成，又恰好遇到普遍饥饿的非常时期，红苕的市价超过正常年景里麦子的价格。他仅仅凭着这一年捞得的外快，就盖起三间大瓦房。其余所有村民，都依赖着在生产队挣工分过日子，能吃饱且不欠生产队透支款就不错了，盖房谈何容易。即以我家来说，我哥在乡镇企业工作多年，才盖起两间土坯砌墙的厦屋。我和父母还住在祖传的老屋里，每逢下雨就用盆盆罐罐接漏水。别说盖新房，连修补旧房的资金也没有。一个基本事实摆在这个小村子的编年史上，十七年里，完全依靠公社体制生活的农民，没有一户能盖起三间瓦房，已经不是谁有本领谁无本领的事了，而是在这种生产经营方式之中，任谁都不能盖起三间大瓦房来，且不做深论。

这个村子实行生产责任制是一九八二年秋天，到八十年代中期，不过四五年时间，形成了一个盖新房的高潮，本村和邻村的匠人供不应求。谁家和谁家不做商量，一律都是砖木结构的大瓦房，或是水泥预制板的平顶大房子，并且开始出现两层小楼房，传统了不知多少年的厦屋没有谁再建造了。也是在已经潮起建造新房的颇为热闹的一九八六年春天，我也盖起了三间平顶新房。曾经很得意，尽管是用积攒的稿酬盖房，心理颇类近高晓声笔下造屋的李顺大。二十多年过去，我祖居的这个小村子，家家户户都盖起了新房，二层小楼比比皆是。我想着重说明的一点，这个小村子处于地理交通环境中的一个死角，且不说商品经济的大话，农民进行小宗农产品交换都很不方便，比起那些环境更方便的村子的农民，还显得后进一截。尽管如此，较之公社化体制下的生活状态，也可以说是超出想象的好了。

我的直接经历的生活演变引发的感慨，不是通常的理论阐释所可代替。我上初中的一九五五年冬天，我的村子完成了农业合作化建制。我记着把黄牛交给农业合作社集体饲养以后的父亲坐卧不宁的样子,给黄牛添草拌料饮水垫圈已成生活习惯的父亲突然闲下来,手足无措百无聊赖。我不仅不以为然,甚至觉得他思想落后。我刚刚在中学课堂上接受了老师宣讲的"集体化是共同富裕的道路"的新鲜理论,不仅完全接受完全相信,而且充满了对明天的美好想象。今天想来,我自小所看见所经历的农家生活的艰难,是渴望改善的基础性心理,很自然地相信老师宣讲的理论了。从初中念书到高中毕业进入社会参加工作,尤其是我在基层乡村人民公社工作的十年,尽管存在这样那样的问题,包括饥饿,我都没有从理论上怀疑过"集体化道路"。对于自六十年代初重提"阶级斗争"再发展到十年"文革"灾难,造成生产队这个最基础的生产单位陷入混乱和无序,架着革命名义的种种矛盾和斗争,使生产遭到数年的破坏。我尽管能看到这些问题,却仍然对"集体化道路"未曾产生怀疑。当八十年代初实行责任制之初,我曾不无担心,单家小户如何实现机械化和水利化,等等。就在我自己躺在堆满小麦口袋上的那个夜晚,才对自少年时代就信奉不渝的理论怀疑了。

时间过去近三十年了,我的经历所引发的生活直感归于沉静。毛泽东在五十年代农业合作化初期所写的大量"按语",既坚信不疑又热情洋溢,几乎全是诗性的语言,这是我信奉"集体化共同富裕道路"的理论基础。且不说"三十年河东三十年河西"这句俗话,一种美好的愿望和坚定的理论支持的信念,经过十亿农民近三十年的实践,结果却是仍然由农民个体经营土地效果最好。我的心理感受很难归入"河东河西"那种感慨,又一时说不确切。还是"实践是检验真理的唯一标准"这话可靠,只是这个检验过程未免太长了。就我个人而言,从少年时期的信仰到整个青年时期投入的实践,却仅仅证明了这条道路的不可行。好在进入中年之后,我的专业转移到文学创作,那种体验和感受就具有了另外的意义和价值。

邢小利:中国的社会改革最初是从农村开始的,从你上个月才去参观考察的安徽省凤阳县小岗村起根发苗,你也长期生活和工作在农村,你对中国农村社会和农民生活是相当熟悉的,而且至今非常关注农村,研究农民。请你谈谈农村这三十年来的变化,包括农业生产经营上的、农村生活方式上的、农民文化心理上的变化。还有,你是如何认识农村城市化的。

陈忠实: 中国的改革首先是由农村发起的。这是事实,也可以说业已成为历史。如果要问为什么改革会在相对落后的农村首先发生,我能想到的诸种因素中最突出的一点,便是饥饿。在此之前的中国,城市人凭粮票吃饭,有的家庭尽管也存在口粮不足的现象,但毕竟有一个虽不宽裕却可以保证基本生活的粮食,做点稀稠搭配就可以从月头过到月末不致断顿儿。农村没有这个基本保证的粮票,全靠生产队土地上的丰歉,决定家家户户碗里的稀稠以及有无。决定土地每年丰歉的直接因素,除了自然灾害之外,便是生产队的管理和经营。仅以我生活和工作的号称八百里秦川的边沿灞河岸边的农村来说,最大的一种自然灾害是干旱,却不是年年发生,一般都是隔几年才有稍微严重的一次。在这方史称粮仓的渭河平原,口粮不足始终是一个困扰家家户户的最突出的问题。记得我在公社(乡镇)工作的十余年里,每到春二三月,近一半生产队的队长紧紧盯着公社,几乎天天跑公社找领导要救济粮。谁都明白,在这样好的条件下仍然吃不饱肚子,是生产队管理和经营不好造成的。不是个别而是普遍发生管理和经营不好的现象,且是一个持续始终的问题,就没有谁再敢深究了,只是用当时流行的政治口号去解释,诸如未"突出政治",没有抓"阶级斗争"这个"纲",等等。就我个人而言,我相信"集体化"是中国农民共同富裕的道路,即使饥饿始终是一个难以改变的普遍现象存在着,也没有怀疑过"集体化道路"。不是胆量大小的事,确凿是一种理论的信仰。安徽小岗村的十八个农民不仅怀疑了,而且做好了以生命为代价的挑战,私自实行土地分户经营。

在这十八户农民秘密分田到户三十年之后的今年春天,我终于有机缘走进了小岗村。三十年前他们冒着坐牢杀头的风险所干的事,早已通行全国所有乡村,今天听来看来颇觉一种不可思议。然而,在亲身经历过那个年月的我来说,却几乎有一种感同身受的心情。我握着当年策划这场分田到户事件的生产队队长的手时,是真诚的崇拜和钦佩。我想到我在分田到户第一年的情景,我的妻子和孩子也分得了土地,第一个夏收的某个夜晚,我躺在堆积着装满麦子的口袋摞子上的时候,首先是一个农民的共同感觉,身下的这一堆麦子,足够畅畅快快食用两年,夏季一料收成就解决了困扰多年的吃饭问题,而且全是被称作细粮的麦子,那种喜悦和舒坦是无与伦比的;我比农民可能还多了一种感受,是自少年时期就接受并信奉不疑的"集体化道路",就在我躺在那一堆属于自己的装满麦子的口袋摞子上的夜晚产生了深深的怀疑,隐隐感到一个苍白的心理空洞,那是我为这个真诚的信奉做的许多工作说的许多话写的许多文字一旦消解,必不可少会发生的心理感觉,与彻底解除吃饭问题的舒坦心情形成一种矛盾,或者说不协调。

三十年过去,吃饱穿暖早已不再成为农民的一个问题,很快凸显出来的问题是获得富裕的新途径,几乎无可选择地走向城市,尤其是青年男女。就我眼见的乡村,走进村子几乎看不到年轻人,只有老汉老婆和被儿子留下的小孩。我解开这个谜是在九十年代出访美国的时候。我乘火车从美国东部往西部旅行,正当小麦泛黄时节,田野上是一眼看不尽的麦田,却看不到一个农民聚居的印象里的村庄,只有几乎淹没在麦田里的一户农庄主的建筑物。无须介绍,我能想到这堆建筑物四周的不知几千公顷的麦田,就属于这个农场主。我也大体会算一笔大账,这么多的麦田收获的总产量,在我这个出身农家的人来说,当是一个天文数字且不论,即使一公斤麦子赚一毛钱,纯收入也是一个天文数字。我的家乡农民人均一亩地,即使亩产四百公斤,即使一公斤小麦赚五毛钱,也很难致富。道理很明白,除了一家人食用,所剩余的粮食有限。我也同时明白,中国无论山区无论平原的农民,都清楚那一亩地是难得致富的,谁和谁不用商量,都奔城市挣钱去了,形成一个新的群体——农民工。这个庞大的群体承载着现代化城市建设和发展的基础性工程,铁路公路建筑以及国营私营厂家商家的用工,多为民工,他们做着最粗笨的劳动,收入的报酬大多是最低的档次,且不说干了活不给钱的事。在这个庞大的群体里,有一部分优秀分子,已经提升起来,成为某项专业的骨干,个人素质也陶冶质变,成为现代社会健全健康的新人。这是令人感奋的一个现象,在于富有中国特色的城市和乡村的融化过程,也在于乡村向城市的蜕变过程,可以想见其漫长,但毕竟发生了,也开始了。

邢小利: 你从上个世纪六十年代就开始创作,"文革"搁笔,到了上个世纪七十年代中后期,又开始了文学创作,但你创作的旺盛期和成熟期则在改革开放时期。无疑,改革开放给你的文学创作带来了前所未有的历史机遇,也提供了一个比较好的文化环境和创作环境。这其中,是哪些人和事以及社会思潮对你的创作产生了重要影响,促使你的创作发生根本性的转变?你自觉地反思自己的文学事业,都是在什么情况下进行的?这种反思对后来的创作最有影响的有几次?

陈忠实: 我是一九六五年发表散文处女作,截止到"文革"发生的大约一年半时间里,发表过六七篇散文和诗歌。中止写作五六年后的"文革"后几年,作家协会又恢复工作,停刊的《延河》改为《陕西文艺》重新出版,老作家还无法进入创作,刊物以业余作者为主体,我每年写一篇短篇小说在《陕西文艺》发表。我把这几年的写作称作"过写作的瘾"。每年写作和发表一个短篇小说,过一过文字写作的瘾,这是我的特殊感受。我的主要工作职责是"学大寨",常常是把被卷从这个村子背到另一个村子,或是从一个刚刚结束的农田基本建设指挥部,再搬到另一个刚刚开始的新指挥部里。一九七八年初夏,我在治理灞河的指挥部里,看到了《人民文学》杂志上发表的刘心武的小说《班主任》,且不说对这篇小说的读后感,心中潮起的却是一种改变我人生道路的强烈意念,这就是,文学创作可以当作一个事业来干的时代终于到来了。这是《班主任》给我艺术欣赏之外的一种前所未有的强大信息。我把八华里的灞河河堤工程按期完成,便调动到当时的西安郊区文化馆工作,唯一的目的,文化馆比之公社(乡镇)要宽松得多,有充裕的时间读书和写作。从这个时候起,写作不再是一年一篇的"过瘾",而是全身心地投入和追求,是一种永久到终生的沉迷。

我第一次清醒而认真的自我创作反省,就发生在调入文化馆的一九七八年秋天和冬天。既然要把文学创作当作事业来干,深知自己的基本装备太差,我没有机会接受高等文科院校的教育,自学造成的文学知识的零碎和褊狭是不可避免的;尤其是我自初中喜欢文学以来,是中国文坛一年紧过一年的阶级斗争理论和极左的文艺理论一统的天下,我必须排除这些非文学因素对自身创作的限制,获得文学创作的本真意义,才可能开始真正的文学创作。我那时能想到的最切实的途径是读书,以真正的文学作品剔除极左的非文学因素对我的影响。我那时以短篇小说写作为主,就选择了契诃夫和莫泊桑。我把"文革"中查封的这两位短篇小说大家的小说集从图书馆借来,系统阅读。后来又偏重于莫泊桑的作品,唯一的因由是他以故事结构小说,比较切近我的写作实际,而契诃夫以人物结构小说的手法很难把握。我通读了莫泊桑的几本短篇小说集,又从中挑选出十来篇我最欣赏的不同风格不同结构的小说,反复阅读,解析精妙的结构形式,增长艺术见识,也扩大艺术视野。极左的非文学因素在真正的艺术品的参照性阅读中,比较自然地排除了。这种阅读持续到整个冬天,春节过后,我便有一种甚为强烈的创作欲望涌动起来,心力和气力空前充实,便开始短篇小说创作。这一年大约写作发表了十余篇短篇小说和小特写,其中《信任》获一九七九年全国短篇小说奖。

再一次认真的反省是由同代作家路遥的《人生》引发的。中篇小说《人生》和据此改编的同名电影,在读者中引发的广泛而强烈的反应是空前的。我在为这部小说从生活到艺术的巨大真实所倾倒的同时,意识到《人生》既完成了路遥个人的艺术突破,也完成了一个时期文学创作的突破。首先是高加林这个人物所引发的心灵呼应和共鸣,远远不止乡村青年,而是包括城市各个生活层面的青年,心灵的呼应和共鸣同样广泛同样强烈,高加林是一个此前乡村题材小说中完全陌生的形象,堪为典型。再者,《人生》突破了乡村题材小说创作的另一个普遍性局限,即迫不及待地编造和演绎政策变化带来的乡村故事,把农民丰富的内心世界囚拘于褊狭的一隅,等等。我对这两点感受尤深,在于我的创作一直和生活保持着同步运行的状态,敏感着生活发展中的每一声异响,尤其是乡村生活的演变,我也避免不掉图解政策的创作倾向。由《人生》引发的反省,使我看取乡村生活的视角由单一转化为多重,且获得创作的拓宽,不再赘述。

到上世纪八十年代中期的一次反省,是由一种新颖的写作理论引发的,即"人物的文化心理结构"说。我一直信奉现实主义创作最高理想,创作出典型人物来。然而,严酷无情的现实却是,除了阿Q和孔乙己,真正能成为典型人物的艺术形象,几乎再挑不出来。我甚至怀疑,中国四大名著把几种性格类型的典型人物普及到固定化了,后人很难再弄出一个不同于他们的典型人物来。我在八十年代中期最活跃的百家学说争鸣过程里获益匪浅,尤其"人物文化心理结构"学说使我茅塞顿开,寻找到探究现实或历史人物的一条途径,也寻找到写作自己人物的一条途径,就是人物的本质性差异,在于文化心理结构的差别,决定着一个人的信仰、操守、追求、境界和道德,这是决定表象性格的深层基础。我把这种新鲜学说付诸创作实践,完成了

《白鹿原》人物的写作。为了把脉人物文化心理结构变化的准确性，我甚至舍弃了人物肖像描写的惯常手法。

我得益得助于新时期文艺复兴的创作浪潮的冲击，不断摒弃陈旧的创作理念，从优秀的作品和理论中获得启示，使我的创作获得一次又一次突破。我个人的心态也决定着创作的发展，我一直在自卑和自信的交替过程中运动，每一次成功的反省使我获得寻找的勇气和激情，也获得自信；而太过持久的自信，反而跌入自卑的阴影之中；要解脱自卑，唯一的出路就是酝酿新的反省，寻求艺术突破的新途径。

邢小利：你的长篇小说《白鹿原》大约从一九八六年开始构思和进行艺术准备，一九八八年动笔，一九九二年完成。这一段时间正是中国社会由风云激荡的八十年代向冷静现实的九十年代转变之时，市场经济逐渐取代计划经济，社会心理包括一些作家的创作心态都比较浮躁，你当时的心理状态是什么样的？你怎么能、怎么敢沉下心来，居于乡间，写你的《白鹿原》？《白鹿原》之所以顺利问世并获得强大的社会反响，与当时的社会情势比如邓小平南方讲话有无关系，有多大关系？

陈忠实：我的心态用两个字可以概括，就是沉静。

我之所以能保持一种沉静的写作心态，与我对文学创作的理解有关。

一九八二年年末，我获得了专业创作的条件。我当时最直接的心理反应只有一点，我已经走到自己人生的最理想境地，可以把创作当作自己的主业来做了，而且名正言顺。这件具有人生重大转折意义的好事的另一面，便是压力，甚至可以说成是压迫，必须写出好作品来，不然就戴不起"专业作家"这顶被广泛注目的帽子。我几乎同时就做出了符合我个人实际的选择，不仅不搬进作协大院，反而从城镇回归乡下老家，可以平心静气地读书，可以回嚼我在区和乡镇二十年工作积累的生活,也可以避开文坛不可或缺的是是非非,免得扰乱心境空耗生命。我家当时的条件很差,住房逢雨必漏,我的经济收入还无法盖一幢新房子,更不奢望有一间写作的书房。我在一间临时搭建的小屋里,倚着用麻绳捆绑固定四条腿的祖传的方桌,写我的小说,而且自鸣得意,有蛋要下的母鸡是不会择窝的,空怀的母鸡即使卧到皇帝的金銮殿上,还是生不出蛋来。

我住在乡下却不封闭自己,尤其是文学界一浪叠过一浪的新鲜理论和新鲜流派我都关注。八十年代的中国文学是最活跃的时期,有人调侃说那些新的流派是"各领风骚一半年"。我虽然不可能今天跟这个流派明天又跟那个流派,但各种流派的最具影响的代表作我都要读,一在增长见识,扩大艺术视野,二在取其优长,丰富我的艺术表现手段。譬如"寻根文学",我曾经兴趣十足地关注其思路和发展,最后颇觉遗憾,它没有继续专注于民族文化这个大根去寻找,却跑到深山老林孤寺野洼里寻找那些传奇荒诞遗事去了。我反倒觉得应该到人口最密集的乡村乃至城市,去寻找民族文化之根,寻找这个民族的精神和心灵演变的秘史,《白鹿原》的创作思考,这是一个诱因。

在《白鹿原》构思和写作的六年时间里,是我写作生涯最为专注也最为沉静的六年。这种沉静的心态不是有意的,而是自然形成的,决定于两个因素,首先是这部作品的内容,正面对我们民族最痛苦也最伟大的一次更新,即从业已腐朽不堪的封建帝制到人民共和国的彻底蜕变,我感受感知到一种自以为独自的体验和理性的理解,也产生了以往写作中从未有过的庄严感,很自然地转化为沉静的写作心态。再者,纯粹出于自己追求文学创作的心理感受,我计划这部长篇小说需三年写完,那时我就跨进被习惯上称作老汉的年龄区段了,第一次感觉到生命的短促和紧迫,似乎在平生追求的文学创作上还没写出自己满意的小说,忽然就老了。我的切痛之感也发生了,如果死时没有自己满意的一部小说垫棺作枕,我一生的文学梦就做空了。我是为着死时有一本可以垫棺作枕的书进入这部小说创作的,社会上潮起的诸如"文人要不要下海"的讨论,基本涉及不到我的心态。我只是注重一点,把已经意识到的内容充分表达出来,不要留下遗憾,这是形成沉静的写作状态的又一个纯属个人的因素。

在写完这部小说时曾有一点担心,怕出版社发生误读不能出版,一九九一年被普遍看作是文艺政策有"收"的倾向。在我对小说做最后的润色和校正的一九九二年初,一个早春的早晨,我用半导体收听每天必不可缺的《新闻联播》时,听到了邓小平南行讲话,竟然从屋子里走到院子,仰脸看刚刚呈现到屋檐上的霞光,心里涌出的一句话是:这部小说可以投稿给出版社了。

邢小利:《白鹿原》发表和被移植到不同的艺术形态后,你的文学心路历程是怎样的。一、你的文学观念有无变化或深化(包括从各种改编中意识到的)?二、你的文学事业的设计有无更新?三、你对自己所取得的文化影响力(包括获茅盾文学奖)是如何认识、评价和使用的?四、你是怎样和新生代作家在文学活动中相互对话、交往的?五、面对大众文化的冲击和商业文化的侵蚀,加之一些文化机构的官僚化,你有无一种"文化无聊"的感觉?这些和你既有的艺术人格有无冲突?你是如何应对的?六、文学依然神圣的信仰有无变化?

陈忠实:这部小说接近完成时我曾奢望过,如果能顺利出版,有可能被改编为电视连续剧,其他艺术形式的改编几乎没有设想过。果然,《白鹿原》刚刚面世,南方北方和陕西当地有四五家电视制作人找我谈电视连续剧改编。出乎我的意料,最早看好的电视连续剧改编至今未有着落,倒是不曾预料甚至完全料想不到的几种艺术形式都改编完成了。最早改编并演出的是秦腔《白鹿原》,接着是连环画,稍后是话剧和舞剧,还有完全意料不到的三十多组《白鹿原》雕塑,电影《白鹿原》已经搞了七八年,现在还未进入拍摄阶段。在两家广播电台几次连播之后,今年初西安广播电台又以关中地方语播出。作为作者,这是远远超出期待的劳动回报。我不止一次很自然地发生心里感动,也反省作为平生不能舍弃的文学创作的原本目的,在我只有一点,就是把自己对现实和历史的独有感知和独自理解表述出来,和读者实现交流,交流的范围越广泛,读者阅读的兴趣越大并引发呼应,这是全部也是唯一的创作目的的实现,是无形的却也是最令作者我心底踏实的奖赏,创作过程的所有艰难以至挫折,都是合理的。我收到很多读者来信和电话,往往会为他们对某个人物某个情节的理解而深为心动,丝毫也不逊色各种奖励。决定一部小说生命力长久短暂的唯一因素,是读者,这是任谁都无可奈何的冷峻的事实。

下面依次回答你的几个问题:

一、关于文学理念。

这个题目太大,我只说感知最深的一点。

作家要体验生活,这是常挂在嘴上的话。我至今仍然信服这个话,但应承认体验生活的各种不同的方式。我在八十年代末到九十年代初,意识到了作家的生活体验和生命体验的巨大差异。这是我从阅读中领悟出来的。我觉得实现生活体验的作品很多,而能完成生命体验的作品是一个不成比例的少数;对一个作家来说,有一部作品进入生命体验的层面,却无法保证所有创作都能保持在生命体验的层面。让我感到最富启发的是捷克作家米兰·昆德拉的几部小说,从《玩笑》到《生命中不能承受之轻》,昆德拉实现了从生活体验到生命体验的升华,或者如同从蚕到蛾的破茧而出的飞翔的自由。《生命》之后的小说,似乎又落在生活体验的层面上。

我对颇有点神秘的生命体验难以做出具体的阐释,却相信从生活体验进入生命体验的诸多因素中,作家的思想是至关重要的一个。思想决定着作家感受生活的敏锐性,也决定作家理解生活的深度,更决定着对生活理解的独特性,也可以看作是作家对生活的独自发现。那些在我感知到生命体验的作品,无不是深刻的思想令人震撼,倒不在通常所见的曲折情节或生活习俗的怪异所能奏效。即使生活体验的小说,也因作家思想的因素决定着作品的深刻程度,这在同一时期的同类题材的作品中,分明可见。譬如《创业史》在十七年的农村题材的一批小说中,柳青是开掘深刻体验深刻的佼佼者,在于他的思想的深刻性和独到性,且不说艺术。

二、关于文学事业的设计。

《白鹿原》书刚面世时,记得我和李星的一次对话中谈到,往后将以长篇小说创作为主。这是当时的真实打算。我在新时期文艺复兴的头几年,集中探索短篇小说的各种表述形式;在第一个中篇小说《康家小院》于一九八二年末顺利写成之后,便涨起中篇小说写作的浓厚兴趣,偶尔穿插写些适宜短篇素材的小说;在《白鹿原》顺利出版并获得较热烈的评说时,很自然地发生对长篇小说创作的兴趣,曾想试验长篇小说的不同艺术表述形式。

连我自己也始料不及,这种兴趣很快消解,甚至连中短篇小说写作的兴趣也张扬不起来,倒是对散文写作颇多迷恋,写了不少感时忆旧的散文。我没有强迫自己硬写,倒有一种自我解脱的托词,中国现在不缺长篇小说。

三、关于文化影响力。

这是一个在你之前没有谁向我提出过的问题。我没有稍微认真地想过这件事。我只有一些直感的事象,诸如读者对这部小说的阅读兴趣,从出版时的畅销到持续至今十五年的长销,我走到东部西部南方北方所感受到文学圈外的社会各层面的读者的热情,切实感觉到作为一个仅写出一部长篇小说的作家的荣幸。

这些事象给我的最直接的影响,就是要写被读者普遍感兴趣的作品,即使一个短篇或一篇散文,也得有真实感受,不可忽悠读者。

我也钦佩茅盾文学奖评委,在《白鹿原》一度发生某些误读的情势下,坚持使其评奖,显示的是一种文学精神。

我没有使用这种影响力做个人的事,倒是应邀参与过一些社会文化活动。

四、关于和新生代作家的对话和交往。

我尊重各个年龄层面的作家的创作,这不是个人修养或处世姿态,而是因为我的整个学习创作历程决定的。我从写作小散文到写短篇再到长篇小说,从业余作者到专业作家,从没什么影响到有一定影响,其中免不了大大小小的挫折。依着这个过程的人生体验和对文学创作不断加深的理解,我敬重各个年龄层面上正在探索自己艺术道路的作家。

我和新生代作家的交流方式是阅读他们的作品。我对他们作品的基本态度,是多看他们的用心所在,发现他们独有的艺术特质,并予以彰显。但我把握一个基本准则,绝不乱吹,以至像某些抛出的彩球高帽把作者自己都吓住了。我面对作品,基本不考虑与作者的远近或亲疏。

五、关于大众文化和商业文化。

你提出的这个问题,我已和不少人讨论过。我先讲一个对我颇多启发的经历。我十多年前到美国,有一次从东部到西部的火车旅行。火车站台上有一个自动售书台,乘客上车时花小钱拿一本书到车上读,到目的地下车时,我看到不少人把书扔到门口的一只箱子里。据说,有一些专门写作这类供旅客在旅途解闷打发时间的读物的作家,经济收益颇丰。可以想见这类包括小说在内的读物会是什么内容,海明威的作品肯定不会摆在那里。

商业社会产生商业文化是必然的。纯文学作家不要太在意商业文化对自己的威胁,倒是应该涨起自信,以自己的艺术魅力拥有读者。要相信人群中有大量不甘局限于消遣阅读的读者。

六、关于"文学依然神圣"的信仰。

"文学依然神圣"这个话是我在一九九四年说的。那时候之所以说这种话,就是文学已经面临着商品经济的冲击,也面对着商业文化的冲击,文学似乎不仅不神圣,甚至被轻淡了。我缺乏对正在发生着的社会气象的理论判断,往往会找参照物来做参考。我那时所能选择的参照对象便是欧美那些老牌商品经济的国家,他们的纯粹作为商品赚钱的文化和艺术品制作,太久也太发达了,枪战片色情片和荒诞片,卖到世界的各个角落。然而并不妨碍产生一个又一个伟大作家和伟大作品。可以看出一个基本事实,商品文化和有思想深度的纯文学各行其道,各自赢得各自的读者;谁都取代不了谁,证明着社会人群的多重需要。我想我们也会是这样的。"文学依然神圣"这话说过十四五年后的今天,我们的快餐性的消费文化已经获得大面积的多样化的繁荣,而依然追求纯文学理想的作家创作的作品,更是一个空前繁荣的态势,单是长篇小说,每年据说有两千部出版。我很感动,有多少有名的和暂且无名却待时破土而出的年轻作家,全心专注于神圣的文学追求啊。我被他们感动着,怕是很难变了。

2008 年 5 月 22 日 二府庄

让生活升华为艺术

——答《文化艺术报》贾英问

记者：《白鹿原》已经出版了十五年，可是直到今天依然魅力不减，这次又作为唯一一部当代小说入选了"三十年三十本书"文史类优秀读物，您觉得原因何在？

陈忠实：我写的是前五十年的事情，之所以能够为当时和今天的读者所理解，实际上还是缘于一个生活真实和艺术真实的问题，这是作家创作所面对的最基本问题。

从生活真实升华到艺术真实，这是我这一生追求的创作境界，也是我作为一个读者在阅读中所体会到的。在我的阅读过程中，我发现能否由生活真实过渡到艺术真实，对于一个作家来说，至关重要。只有不断地完成一次又一次突破，让读者在感受到一种艺术真实美的同时，还感受到生活真实的美，这样的作品才会受到读者喜爱。

面对同一段历史、同一段生活，不论是历史的还是现实的真实，不同作家所感受到的生活内涵差异很大。比如，同样写农业合作化，柳青那个时代出了七八部关于这一题材的长篇小说，而唯独《创业史》成为其中的代表作。为什么柳青的作品能够独具魅力呢？这是我长期以来所思考的问题。我想，除了柳青创作作品的语言美以外，更具影响力的应该是作家的思想。作家思想的深浅，直接决定了他感受、理解生活的深浅。柳青写农业合作化，并没简单地只写合作化这条路子有多么好,而是写出了我们能感受到的农村生活的发展变化和中国农民的真实生存形态,以及农民的命运转变过程。从这部作品中,你能感受到一种深重的历史,一种中国农民从几千年前发展到上世纪五十年代时,他们所具有的独特的心理形态和精神形态。这就显示出,柳青这个作家具有比较深刻的思想,正是这思想使他所感受到的现实或者历史是深刻的,耐人咀嚼的。当我面对自己的作品,我也努力用自己的思想去感受、感知我所要描写的那个年代的生活进程,在此基础上,能够比较深刻地感受生活,从而完成由生活到艺术的升华,这是我写作的最高命题。

记者: 听说您前年出访俄罗斯时,由于时间关系没去顿河平原,只去了托尔斯泰故居、陀思妥耶夫斯基故居和普希金墓。这些俄罗斯作家中,您最喜欢哪位?他们对您产生了什么影响?

陈忠实: 有好多作家的作品影响过我对文学、对创作的理解。比如,苏联作家柯切托夫,他的七八部长篇小说我都读过,尤其他那部《州委书记》,如果把其中的苏联人名字换成中国人名字,就像在中国发生的,非常真切。普希金、莱蒙托夫、屠格涅夫笔下的许多人物形象都令我印象深刻。雨果的《悲惨世界》我也很喜欢。不过最早产生影响的当然是俄国作家肖洛霍夫,我读他的《静静的顿河》时,还是在上初二的时候。《静静的顿河》是我接触的第一部文学作品,这部作品一下子为我打开了另外一番天地。我当时还没有出过西安城,却通过这部作品感受到了哥萨克的民族风情。虽然那个年龄段的孩子还不能完全理解这部小说,但它最起码的功能是将一个农村少年的眼界扩展开了。后来我又接触了肖洛霍夫的《被开垦的处女地》,这是写苏联集体农庄生活的,也写得相当好。

记者: 您是否也受到了马尔克斯的魔幻现实主义的影响?

陈忠实: 我算是最早读《百年孤独》的中国读者之一。当年《十月》杂志首次在国内发表《百年孤独》。一次,我和《十月》杂志的一位编辑一起开会,他正拿着《百年孤独》的校对稿,交谈以后,他答应刊物一出来就寄给我。于是,我就这样成了中国首批接触《百年孤独》的读者。这部作品对我最大的启发在于,我开始思考作家应该如何面对自己民族的生活和历史。

马尔克斯的魔幻现实主义在作品中的具体体现是人畜互变,马尔克斯用自己民族的民间传说隐喻民族历史的种种变数,非常恰当。但这很显然不能直接拿来用在表现我们中国人生活的作品里。因为人畜互变是拉美民间传说中的东西,而不是我们的,我们对这并不熟悉。于是,我开始试着用自己的眼睛和思维去面对我们民族的历史。虽然我们不怎么讲人变狗、人变猪的传说,但是我们有关于鬼神的传说。"鬼"在我们的乡村,尤其是解放前的乡村生活里非常盛行。在《白鹿原》之前,我从未将鬼神的东西引进作品,但是受到《百年孤独》的启发,在构思《白鹿原》这部小说时,第一次认真地来面对鬼。我从小害怕两样东西——鬼和狼,鬼比狼还要可怕。我还不识字的时候,就听乡里人说谁碰见鬼了,听着就打冷战。不过,如果仅仅从封建迷信的角度将鬼神传说引进小说中,这就失去了运用这些传说的意义,应是在对刻画人物或推动情节发展有利的情况下,才能适当地将传说引进去。后来,我就选定将《白鹿原》中的人物命运和"鬼"联系起来,运用"鬼"来烘托人物的性格。有个情节是,小娥死了后鬼魂附体。这是我从小就在农村看到的表演鬼魂附体的情节,不知看了多少回!书中,鹿三杀死了小娥,小娥变成鬼后首先就要报复他,小娥的魂就附着在了鹿三的身体上,通过他来说明事情的真相。从鹿三的心理上来看,他本是多么善良的一个人啊,杀人以后,背上了很大的负担,心理压力过重必然导致了鬼幻的情景出现,这实际上从心理学角度解释了鬼的传说。

记者:改革开放三十年中国经历了巨大的变革,您认为这为文学提供了怎样的机遇和空间?

陈忠实：改革开放以后，尤其从上世纪九十年代中期以后，我们的文学极大地繁荣。新世纪以来，每年都要出版一千多部长篇小说，这是一个惊人的数字。要知道，新中国成立至一九六六年的十七年中，我国出版的长篇小说才六七百部。长篇小说反映了各个领域的社会变迁，从历史到现实，从农村到城市，乃至军事题材、青少年题材，作家都做出了自己的充分表述，这很不容易。这种繁荣的景象是前所未有的。而剧烈变革的时代，往往含有某种相似之处。我们改革开放是解放思想的过程，把人们从极左的心理、禁锢的思想中解放出来，形成一种新的思维，这也导致人的心理结构被颠覆。一九七八年以来的解放思想历程，如果文学能够恰如其分地表现，就会让读者感受到一种精神心理上的强烈共鸣。

2008 年 12 月　二府庄

再说那道原

——答《陕西日报》杨小玲问

记者：陈老师，您的小说《白鹿原》让广大的中外读者知道了您的家乡白鹿原，他们中间的许多人甚至专程前来陕西实地寻找，我们想知道您记忆里的白鹿原是个什么样子？

陈忠实：最早的记忆，自然是幼年时留下的。上原去，到原上去。这是村子里包括我父母常说的口头话。到原上去干什么，不外乎走亲戚、办事。我的那个小村子紧贴着白鹿原的北坡坡根，家家在北坡上都有土地和祖坟；村子前头有灞河，也就有自流灌溉的旱涝保收田，包括水稻。人们通常不说这道原的名字，省略了，不会和别的原混淆。我很长时间只知道这道原的名字叫狄寨原，到成年后才知道叫白鹿原，再后来又知道了这道原还有一个名字叫灞陵原。如果要排顺序，白鹿原是最早的名称，得之于"有白鹿游于西原"的神话，蓝田县志的《竹书纪年》有记载。汉文帝逝后葬于这道原的北坡，当地人称凤凰嘴，两边的原坡的地形像凤凰伸展的翅膀，中间突出的三角形墓地像凤凰的头。《史记》里《鸿门宴》中"沛公军灞上"，就是这块地方，即白鹿原西头。自汉文帝埋葬于此后，这道原又称灞陵原，傍白鹿原而依灞水。灞陵原多见于典籍文字和古诗词，民间口头称呼不多。大将狄青后来又在白鹿原西头屯兵扎寨，随后又称狄寨原，一直通称到现在，以致当地人把白鹿原的名字都失传了。解放时有狄寨乡,后来有狄寨人民公社,现在有狄寨街道办事处。

至于我对白鹿原的记忆,小时候在原坡上割草逮蚂蚱,成年后在原坡上翻地、种麦、割麦,春节等农闲时节到原上那些大村庄看秦腔戏和规模壮观的社火。更难以忘记的是,尚未成年的我,挑着从河川菜园里趸来的大葱、茄子、西红柿等时令蔬菜,到原上的集镇卖掉,有时到村庄里叫卖,每次能赚一元钱就知足了,到开学时就攒够学费了。那时候原上缺水,吃菜靠原下人供应。

当我到上世纪八十年代中期面对这道原时,竟然感知到了一种前所未有的鲜活和沉重。

记者:稍稍留意就不难发现,现在的白鹿原上兴起了一股文化教育热,掐着指头算算有西安思源学院、西安海棠学院等七所大学,令人惊奇;同时,有模有样的白鹿原风景旅游区也正在筹建中。那么,我们想请陈老师谈谈一部成功的文学作品对文化、旅游、教育的影响何在?

陈忠实:这七所大学已经在这道古原上形成了一种甚为强大而又新鲜的气魄。西安思源学院是这道古原上的第一所高等学府。记得是上世纪九十年代初,周延波先生约我参加一个座谈会,即他想到原上创办大学的意图。我是热烈而真诚地表示赞成的。不单是结束本来没有高等学府的历史,不单是将会在中国人口结构中增加多少接受高等教育人群的比例,我同时意识到某种无形的影响,即一所高等学府对一个相对闭塞地区的文明进步的影响力,几乎是看不见的,却又是不可估量的。现在,大学办成了七所,那种无形的对于古原文明进程的影响,无疑更不可估量了。

关于小说《白鹿原》对地理上的白鹿原的文化、旅游、教育的影响,我不敢居功,更不敢吹牛,也很难做量化考量。在我看来,几所大学的兴办,其选址必然要经过多种有利因素的科学考证,绝对不会因为一部小说《白鹿原》的成功与否成为主要依据。在我看来,这儿的地理环境是第一要素,高于平川,视野开阔,却比山区交通便达;和西安城区的繁华热闹拉开间距,去除了城市喧嚣,成一方做学问的清静之地,又和城市相距不远,有利于交流,等等。

  一部小说对一方地域的影响,也有。譬如《白鹿原》,我直观且唯一敢肯定的效应,是把这道原的极富诗意的名字——白鹿原,重新打响了。喜欢《白鹿原》的读者,得知真有一个白鹿原,且离西安不远,总会有不同程度的神秘感。正是这种神秘感,给我招惹来诸多意料不到的热闹,不仅陪国内的一些友人到原上逛景,还陪一些外国友人到原上村庄考察风土民情,记得有韩国、日本、越南、英国等国家的留学生和文学研究工作者。其实,在我作为一个读者读那些自己喜欢的小说时,也产生对小说所写的地理背景的神秘感,只是去不了。有幸的是后来去了托尔斯泰的故居——被托尔斯泰称作"林中那块阳光明媚的草地"的时候,反倒愈觉得神秘了。我到美国南方时,距离福克纳故居不远,很想去看看被他称作"地球上邮票大的地方",那是他的故乡,也是他一生不曾远离的"生活根据地",却因故未能成行,留下遗憾。再如近在身旁的柳青长期生活和创作的终南山下的蛤蟆滩,我已不记得去过多少回了,印象最深的一次,是我约了二三文友,到柳青住过的业已垮塌的崖畔的房前,寻找柳青的遗韵,也到蛤蟆滩的小路上漫步,感受梁生宝和合作社社员栽水稻的劳动气氛。

  我的家乡白鹿原,不仅发展起来七所高等院校,不仅开发历史景观——汉文帝和他的母亲和夫人墓冢,不仅开发鲸鱼(荆峪)沟和北坡,而且原上原下的樱桃种植已成规模,已名噪省内外。五一节假开始,西安市民结伴上原摘樱桃,成为意趣无穷调节生活的好去处,原上原下种植樱桃的乡党也获得较好的经济效益。这已与《白鹿原》没多大关系了,是家乡灞桥区因地制宜又得心应手的乡村致富的杰作。

  记者:我们知道,与您相关的"白鹿书院"和"陈忠实文学馆"皆设在西安思源学院内,您如何评价这之间的关系?又对"白鹿书院"和"陈忠实文学馆"有着怎样的设想和期待?

陈忠实:"白鹿书院"最初的动议是两三位中年学者提出的,并广泛征求了一些资深学者的意见,后来才说给我。我初听时颇多心理障碍,在于自知国学本来就是一块缺失之地,很不自信;书院在我意识里又是传统国学的神圣所在,绝不敢冒昧。后经他们耐心说服,说明了现代书院的新的议题,也确凿架不住创意者的热心,"白鹿书院"便成立了。"陈忠实文学馆"是书院成立并活动了一年后,由书院常务副院长邢小利提出的。他感觉到我的相关资料的散乱无序,需要整合和保存,也给有兴趣的研究者和读者提供较翔实的资料,才有此动议。

无论"白鹿书院"或"陈忠实文学馆",都是得到思源学院院长周延波的支持,甚为顺利地办成。我充分感知到这位周院长的事业心和文化意识,才不惜投入财力、物力兴办这些没有直接经济效益的文化和文学事项。得力于他的支持,"白鹿书院"成立以来每年都有一两次较大的学术活动,邀集全国专家学者聚首发表独立见解,活跃了学校的学术气氛,当属难以量化的效益。再者,书院和文学馆开展的小型的也更方便的交流活动,常有一些学术界和文学界难得请到的学者、作家,在专项活动的间隙,给思源学院的师生做学术报告,可以说得天独厚独得偏食,活跃了艺术气氛,见识了各路名家的独特思维,无疑可以启迪思路,开阔眼界。

无论书院或文学馆,都是初创,尚无既成经验可效仿。如何选择有益于社会也有益于教学运行的话题,都是正在探索的事。总体而言,能为文化和文学的发展有促进,也能为白鹿原上第一所大学的良性健全的发展产生效益,无疑是努力的着重点。

2009 年 6 月 14 日 二府庄

关于读书

——答《深圳商报》记者问

物质和精神的双重构建

《文化广场》：二〇〇八年深圳读书月,您的小说《白鹿原》入选"三十年三十本书",您代表为三十年阅读做出巨大贡献的作家来领这个奖。还记得台前幕后的感受吗?

陈忠实:那是一个很隆重的颁奖仪式。任何一位作家,当他写完一本书、一部小说,都不希望今天发表,明天就被大家忘记,这是作家最基本的心态。《白鹿原》出版十五年了,还能被评论家和读者记着,而且还给它一个奖,作为这本书的作者,我感到莫大欣慰。我不敢说这本书可以传世,能传到今天我已经很欣慰了。现在据说国内一年出版一千多部长篇小说,竞争这么激烈,《白鹿原》到现在还能每年发行十多万册,出版至今总印数也有一百五十多万册了,我确实感觉非常高兴。

《文化广场》:您对深圳熟悉吗?深圳读书月让您印象最深刻的地方是什么?

陈忠实:我到深圳来过两三次。第一次去深圳是受中国作协所邀,那是一九九四年,待了大约十天。第二次就是去年的"三十年三十本书"颁奖仪式了。隔了多年重回深圳,感觉变化特别大。尽管每次都匆匆而过,没有深入生活,但就是从深圳读书月这件事上,已经能够感觉到深圳人的现代意识很强。

深圳在全国首先策划读书月,这令我很感动。深圳是中国第一个经济特区,是改革开放三十年最富象征意义的城市。人们说到改革开放,首先会想到深圳,它不光是发展了一个深圳,而且打开了中国面对世界交流的一扇窗口和一个渠道,意义非凡。而恰好是在这样一个标志着现代经济和科学发展的新兴都市,首倡读书月活动,这令人深思也令人感动。在深圳,不光是经济发展独占鳌头,而且也倡导市民、公民读书,完成一种心理的、精神的构建。这是一种物质和精神的双重构建,那么这样的深圳人无疑是最健全的人。

读书月不应局限于一个月

《文化广场》:深圳读书月不仅在推动全民阅读上设置了许多环节,也举行了一些比较高端的读书活动,比如"三十年三十本书"评选、读书论坛等。在您看来,这种高端的评选和讲堂对推动全民阅读的作用在哪里?

陈忠实:深圳读书月已经产生广泛影响。我所在的西安也有读书月活动;西安的两家报纸也开辟了读书专栏,向读者不断介绍一些优秀读物;前两年,我还受邀在西安读书月中讲过读书,大概都是受到深圳的启发。深圳读书月的广泛影响,应该是对整个民族的精神、心理建设,造就新的现代人的一个最有力的措施。一种健全的心理,一种现代人的思维,都要通过阅读来完成。

《文化广场》:读书月即将迎来下一个十年,今后如何办得更扎实,您能否提供一些比较细化的建议?

陈忠实:我想读书月不应局限在一个月里。每年的十一月可以集中举办一些读书活动,对于广大市民是一种启发和促进;平时也应该有一些促进读书的措施。

《白鹿原》创作手记即将出版

《文化广场》:您平时的阅读状态是怎样的?最近还有新的创作吗?

陈忠实:我会读一些当代文坛上反响比较大的作品,更多的是我给很多作者写序,把大量时间都花费在读他们的作品上。这种状态已经持续了好多年。

我刚刚完成了一本《白鹿原》的创作手记,大约十一万字,上海文艺出版社即将推出。书的名字叫《寻找属于自己的句子》,这是海明威的话。我以为,这一句话,就把作家的所有创作追求全部概括了。这本书是《白鹿原》创作完成后,第一次出版的关于创作手记的书。这么多年我一直迟疑着没写,直到去年才下定决心写《白鹿原》的创作手记。二〇〇七年,《江南》杂志约我写《白鹿原》的创作感想,我写了两万字,试着写了一下,反应还挺好。后来《小说评论》看到这篇文章,就鼓励我继续写下去。写创作手记这类东西很难避免谈作品,后来我写作时努力把这一点排解开,只写创作中的感受。

《文化广场》:现在阅读的状况大家比较忧虑,国民阅读率在下降。在信息泛滥的时代,读者该如何挑选?

陈忠实:我听说网上阅读好像把很多读者分流了。我看到媒体批评说长篇小说写得太肤浅,读者不愿意读。其实如今每年出版长篇小说一千多部,平均每天供应三部长篇,读者确实没法读。大家越来越忙,不可能把全部时间用在阅读上。我对这种现象比较宽容。如果作家把作品能够写得独树一帜,引人入胜,读者就会重新回到阅读。这种分流也是对作家的一种督促。就我自己选书而言,多数还是看评论界、媒体的推荐。因此,有价值的荐书,包括好的书评,都是非常重要的。

《静静的顿河》是阅读起点

《文化广场》:在您的阅读生涯中,受哪些文学作品的影响比较多?

陈忠实:除了通读中国四大古典名著之外,我年轻时,受翻译文学影响比较多。我准确无误地记得,平生阅读的第一部外国文学作品,是肖洛霍夫的《静静的顿河》。那是初中二年级,我和我的伙伴坐在坡沟的树荫下,说着村子里的这事那事,或者是谁吃了什么好饭等,却不会有谁会猜到我心里有一条顿河,还有哥萨克小伙子格里高利和漂亮的阿克西妮娅。我后来才意识到,在那样的年龄区段里感知顿河草原哥萨克的风土人情,对我的思维有着非教科书的影响。我后来喜欢翻译文本,应该是从《静静的顿河》的阅读引发的。

在昆德拉热遍中国文坛的时候,我也读了昆德拉被翻译成中文的全部作品。我钦佩昆德拉结构小说举重若轻的智慧,我喜欢他的简洁明快里的深刻。这是"寻找属于自己的句子"的又一位成功作家。我不自觉地把《玩笑》和《生命中不能承受之轻》对照起来。这两部杰作在题旨和意向所指上有类近的质地,我在这两本小说的阅读对照中,感知到从生活体验进入到生命体验,对作家来说,有如由蚕到蛾羽化后的心灵和思想的自由。

2009年7月 二府庄

创作成就取决于作家的敏感、深刻和独特

——与西安工业大学人文学院邰科祥教授对话

邰科祥：陈老师，采访您的愿望早在半年前就和您沟通过，但直到现在才开始进行，这一方面与您的事务繁忙有关，另一方面我自己也需要进行较为充分的准备，正如您所提醒的，关于您的采访已经很多了，不少问题早有涉及，反复谈意义不大。因此，我必须尽可能避开这些话题，这就费了时日，希望您能谅解。本来《文艺研究》杂志主要请我就您与老一代作家、批评家的交往情况以及创作经验进行采访，我又在您以前回答别人提问的应答基础上发现和深化了一些问题，希望能再次聆听您的高见。

陈忠实：实在不好意思，让你等了这么长的时间。我很乐意回答你提的所有问题。

一、影响与借鉴

邰科祥：您在陕西作协正式工作的时间接近三十年，您和陕西的上一代作家柳青、杜鹏程、王汶石等都有过从，与路遥、京夫、邹志安等同代已经过世作家的关系也很密切，能否谈谈他们分别给您的印象？你们之间的关系是一种什么状态？

陈忠实：我和陕西上一代作家的接触说来很有意思。陕西上一

代作家各自取得了在中国当代十七年文学中不可取代的地位,令我敬仰!就我喜欢小说写作的艺术形式而言,从情感和兴趣上说很自然就贴近于柳青和王汶石。这两人都是写农村题材的,都是写解放后中国农村变化的,都把重点放在写合作化以后的农村生活,这种生活正是我所经历的、熟悉的。虽然我年纪比他们小一大截,但对农村的感受有很多相似之处,所以阅读他们的作品就有一种被"击中"的感觉,不由得为他们的精彩描写叫好。我在农村那些诗意的生活体会,在他们的作品中都能得到呼应,所以不禁击掌。阅读《创业史》是这样,后来读其他农村题材的作品都有这样的感觉。第一次读《创业史》是在我上初三的时候,那是一九五八年,到一九五九年上高一时全部读完。《创业史》先是在《延河》杂志连载,后来《收获》发了全文。我当时每周有家里给的两角咸菜钱,为了读《创业史》就把这些钱省下来,攒起来买了一本《延河》,现在还能记得那期《延河》的题头,背景是蜿蜒的终南山脉,山前一条小河,河边一排迎风飘舞的杨柳。当时还不叫《创业史》,而叫《稻地风波》。只读了开头的"题叙"即关于梁三老汉在民国十八年年馑时收留梁生宝母子的情景,我就为作品传神的描写,尤其是那样平实、具体的文字所震撼。尽管我没有经历过那个饥饿的年代,但听我的祖辈、父辈经常说起;尽管当时我对苦难的感受还不是很深,但我能理解。上高中后,我托在西安工作的舅舅给我买了一本载有《创业史》第一卷全文的《收获》。在我的阅读生涯中,我大概读了"九本"这样的《创业史》。后来,描写农村合作化题材的作品不少,如秦兆阳的《在田野上前进》、赵树理的《三里湾》、周立波的《山乡巨变》以及浩然的《艳阳天》等,虽然这些作品在风格上有南北地域的差异,但我更钟情于《创业史》,始终摆脱不了这部小说的影响。

"文革"后期即一九七四年,我被派到南泥湾"五七"干校锻炼半年,临行前我带了两本书,一本是组织规定的《毛泽东选集》,另一本就是《创业史》——这是我偷偷带的。当时三个人住一个窑洞，九点半以后电灯就熄了，我为了读《创业史》专门买了一盏煤油灯，在别人都睡下后，悄悄拿出来读。虽然，这件事我做得很保密，但不久这本书就被同宿舍的不知哪位同事拿走了，他不还，我也不好问。那时可读的书太少，这也不难理解。可以这样说，我走到哪里，就把《创业史》带到哪里，未必每次都能读完，但只要开卷，随便一章，我都能马上进入书中描写的情境。因此，一九七三年，我发表第一篇小说《接班以后》，读者、评论界最普遍的反映是：这是学习柳青学得最像的一篇小说。当时，"作协"刚刚恢复，还不叫"作协"，叫创作研究室，《延河》也刚复刊，名字改为《陕西文艺》，像柳青、王汶石、杜鹏程等老一代作家还没完全恢复写作状态，能写作的大部分是工农兵中的文学爱好者，我就是这时开始写作生涯的。尤其是我这篇处女作小说的语言特像柳青，所以有人就怀疑这是柳青换了一个"陈忠实"的名字来发表作品。

我总共见过柳青三次面。一九六六年，我在社办农中当教师，那时学校自己还养猪，有一次学校派我和另一名老师去西安的郊县给猪拉麸皮当饲料，路经西安时正赶上文艺界的人被游街，柳青就在其中，那是我第一次见他，远远的、隐隐约约的。后来听过他两次报告。一次是一九七一年（或一九七二年）出版社开始恢复，柳青也被允许可以重新写作。我正好被出版社抽调去写一篇纪实文学的稿子，他们在此期间组织了一次业余作者培训会，会上邀请柳青做报告，我就参加了。这是我第一次近距离地见到他，一个上唇留着浓密胡须的矮个子，讲的内容现在记不清了，但有一个最深的印象是柳青每讲一会儿就要停下来用一个小喷雾器向嗓子喷一阵药，他有严重的气管炎。每当这时，会场上鸦雀无声，只听到喷雾器嗤嗤的声响。第二次听报告是一九七五年左右，还是"作协"组织的业余作者培训会请他做报告，报告中有两句话至今记忆犹新。当说到对当时"反潮流"政治运动的看法时,他很机智地表达了自己的观点,其实也是对青年作者的谆谆教诲:"能不能识别错误的潮流是觉悟的问题,识别了不反对那就是品质问题。"这句话可以说影响了我的后半生。

一九九三年我刚担任陕西省作协主席,偶然在《陕西日报》上看到一位读者写了一篇拜祭柳青墓的文章,其中写道柳青墓破败不堪、令人惨不忍睹。第二天我就要了辆车去柳青墓。看到农民家的粪土就和他的坟头连在一起,心中很悲哀。回来后马上与有关单位商量先圈一个围墙把墓保护起来,我亲自与当地农村的干部谈判,并在一位当地很崇拜柳青的农民企业家和长安县政府的帮助下,征下了柳青墓所在的那块地,并很快砌上了围墙。当然在这过程中也遇到一些麻烦,包括柳青家属的一些纠缠,这就不说了。不管怎样,我算是借职务之便对自己一生崇敬的作家做了一件让灵魂得到安慰的事。

《创业史》在主题上是赞美农民走共同富裕的道路,但不是简单的图解。这部小说真实地描写了中国农民二十世纪五十年代的生活状态,塑造了各种类型的农民形象,创造出了几个典型,这使之有别于其他同类型题材的小说。一个作品能达到这个水准已经够了,我们不要希望过多,这不可能,也没必要。

王汶石的短篇小说对我的影响也很大,他同样是写关中农民的,很亲切,语言生动而且与柳青有明显的不同。他塑造和表现了具有自己风格的人物形象,他的《风雪之夜》,我曾当作范本不知读过多少遍。其中有一篇《买菜中》,描写了一个叫王云和的老汉。王汶石把农民特有的心计写得那样生动传神,语言相当美,所以我现在还能记住。一九七五年左右,他也给我们辅导过创作,一般是柳青先讲,接着他讲。

在新时期,王汶石很关注我的写作。我的小说《信任》在《陕西日报》发表后,正赶上《人民文学》来陕组稿,他们向王汶石要,他当时手头可能没有成品,就推荐了我的《信任》。当时全国的文学杂志特别少,像《小说月报》等还没有创刊,一个年轻作家的作品能上《人民文学》是非常不易的。有意思的是,正是那一期,我清楚地记得是一九七八年的第七期,与《信任》同期发表的前三篇小说在第二年都获得了第二届全国优秀短篇小说奖。

二十世纪八十年代后期,陕西省委宣传部为了宣传一位农民科学家李立科,安排我写一篇报告文学,我有点不愿意,因为《白鹿原》的草稿正在进行。可是《陕西日报》的文艺部主任田长山非要我写,他说这是政治任务。没办法,我就向他提出一个条件,写可以,但要两人合写。这就是后来的《渭北高原——关于一个人的记忆》。王汶石曾就这篇报告文学专门写过一篇评论。后来,小说《四妹子》发表后他又以书信的方式对我的小说给予了好评与鼓励,我真要感谢老先生!

对杜鹏程,我也很钦佩!只不过他重点是写军事题材,所以从写作倾向来说,与他就稍远一点。其实,我最喜欢的是他的《在和平的日子里》,有亲近感。二十世纪八十年代,杜先生去世的时候,我住在灞桥的乡下,那时不通电话,下雨天车也过不去,作协想通知我根本没有办法。等我知道他去世的消息时,已是他的追悼会开过以后很久,我赶忙去他家里慰问,可是他的夫人显得很不高兴,但我没有办法。

至于路遥、京夫、邹志安这几位同代已经过世的作家,我们的关系与上一代作家当然不同,不存在下对上的敬畏,主要是同代人的平等和随意。我们认识时都在一九七三年左右,"作协"恢复,《陕西文艺》创刊,常办业余作家培训班,大家就在此相遇。那时我们的起步水平都比较低,发表的小说也很幼稚,阶级斗争时代的印痕明显。这些人真正大展艺术智慧已到了新时期。尽管大家在个性上差异较大,但当时的关系非常友好,坦诚无忌。李凤杰的段子特别多,说起来没完没了,而京夫很少说话。那时很少有后来出现的复杂情况,因为大家的心思全部集中在创作上面,这之外的事很少去想、去争。再一个,也由于大家一般都分散在各地县,所以隔较长时间见一次面都很亲热。

这些人在八十年代后各自呈现出自己的面貌,他们的过早去世真是生命的悲哀,无可奈何!

二、构思与人物文化心理结构

邰科祥:最近看到您在《寻找自己的句子——〈白鹿原〉写作手记》中有一段描写,正好涉及柳青的《创业史》以及十一届三中全会后农村政策的改变对您的巨大冲击,您好像有一种被历史嘲弄的意味,这种思想上的大困惑以及由此所催生的思考和最后的彻悟是不是您决定写《白鹿原》的主要动因? 或者说,您对新中国成立后农村的两次巨大变化的思考并不想用现实的题材加以表达而有意选择了历史的(近现代史)视角,也因此在《白鹿原》之后,您反复说"再不想上这个原了",也就是说无须写所谓的续篇,因为这个"原"既是历史也是现实甚至还是未来。不知我的感觉和理解对否?

陈忠实:我对农村政策的变化感受的确很深。这也是促使我思想发生转折的重要一步。不只是因为受了《创业史》的影响,我亲自经历了解放后农业合作化的过程,我所在的村子在一九五五年完成合作化,在此之前对农村的艰难困苦、贫穷落后感受深切,而且当时在学校整天宣传这种制度的优越性,所以从内心里很喜欢合作化,能接受集体化的理论。后来,我一直泡在农村,背着铺盖卷从这个村到那个村抓阶级斗争,带领农民学大寨,与集体化的情感联系始终未断。尽管也看到数次政治运动对农村的冲击,也发现了集体劳动方式的不少弊端,但在情感上一直没有动摇集体化的信念。所以在二十世纪八十年代初再次经历拉牛散社的情景,的确在思想上一下子转不过弯来。当时,我的妻子、孩子的户口都在农村,包产到户后,我家分了五亩地。生产队的时候,牲口本来不多,承包的时候都是把牲口估成价,用抓阄的方式重新分配,我家因为没有养牲口的地方,也就没有参与抓阄。但这样一来,种地的时候就得人曳犁,把人当牲口用,我就是这样黑水汗流地拉着犁进行艰难的耕作,那时孩子小,也帮不上忙,连溜种也不会。虽然是这样不大情愿地进行着个体化的劳动,但来年庄稼的丰收却一下改变了我的"唯集体主义"的思想。麦场上堆了那么多粮食,这是此前合作化时期从未实现过的现实。所以,我就想,中国农民为什么要在一棵树上吊死?但这种困惑与《白鹿原》的写作动因无关,有一篇小说《最后一次收获》对此做了描写。至于我说"再不上这个原了"的意思,是我的那段体验全部完成了,不会再去纠缠那个话题。

邰科祥:《白鹿原》一定有提纲,对吗?这个提纲能否让我翻阅或拍几张照片?它是否与路遥的《平凡的世界》的提纲形式很相似,基本上把每一章节的主要情节或事件都标示了出来?换句话说,《白鹿原》的构思在您动笔之前,其轮廓已基本分明?能说说您的提纲以及在创作过程中的随机改动情况吗?

陈忠实:不是我故意这样说,还真的是没有提纲。倒是想给作品中的主要人物每个人写一段传记性的文字,不要太长,主要是把他们是什么角色,与其他人物的关系摆置清楚,包括从其他人物的角度如何看这个人等信息,但就是这也只写了一两个就写不下去,不想写了。一是觉得没必要,二是没有那份耐心。因为经过两年多的构思,这些人物不知在头脑中过了多少遍,早已烂熟于心。当然也担心过没有提纲会使复杂的人物关系前后混乱,但最终还是没有写。

也许这样做是为了给自己减压,毕竟是第一次写长篇。为此,我甚至有意不用稿纸,不趴在桌子上写,不把所写的叫草稿而叫草拟稿。主要是把人物和事件的框架基本合理地摆置出来,完成每个人的生命史,特别是每个人的重大痛苦情节,记下他们个性化的语言。

第一次写长篇小说,人物多、事件杂,但这都不是问题,对我压力最大的是结构。西北大学已故教授蒙万夫是二十世纪八十年代最早研究我的人。《白鹿原》的草拟稿很不成熟,当时只有他和另外极少的几个人看过。蒙万夫看完后说了一句话:"长篇小说是结构的艺术。"他还做了一个形象化的比喻:"如果结构不好,提起来一串子,放下去一摊子,是一堆没骨头的肉。"这个话给我的印象太深了。长篇最重要的是结构合理,每个人生命的历程合理,交织在一起不要有隔的感觉。

出乎意料,《白鹿原》的草拟稿写得很顺畅。我当时用的是十六开的日记本,坐在让农村的木匠刚打好的沙发上,把笔记本摊开在膝盖上写,总共用了八个月时间,写了一个半日记本,大概有四十万字。后来的正式稿基本上保持了草拟稿的原貌,只是在文字上进行了全面的润色。

邰科祥: 我在西安思源学院为您开辟的展室中看到《白鹿原》定稿的复印件,开头一个字包括后文凡是涉及白嘉轩姓的地方,您都用笔做了涂抹,我曾经猜测"白"姓是您后来改就的,但在其他文章中注意到您的解释,那其实不是姓,而是白嘉轩的外号"锅锅"两字。这就是说,您在动笔前,白嘉轩挺直的身板、刚正的人格形象就早已形成,用"锅锅"的外号是为了形成反衬的效果,同时给读者留下悬念。

陈忠实: 是这样,后来之所以要改,主要是考虑到一起笔就给主人公,而且是一个严肃、正派的主人公带上一个外号,太不庄重,容易给读者留下"小丑"的第一印象,与整体行文的基调也不协调,所以直接恢复了他的本姓。

邰科祥: 我一直很关心的几个问题是,在《白鹿原》动笔之前,您从理性上是否已经很清楚您要描写的白嘉轩这个"好地主"或"新地主"(传统术语)形象是中国现代文学史上从未有过的,或者说您要自觉地反叛以往对这类形象的描写?您要大胆地对中国现代革命的真实历史(或中国现代史)进行反思或还原?特别是关于中国人的文化心理结构,您已经完全理清?这几个问题恰恰是您的《白鹿原》能够备受推崇的主要因素。

陈忠实:你这个问题提得好。很多评论者都提到白嘉轩是一个好地主、新地主形象。如果放在文学史上地主类人物的画廊中去看,的确与以往的形象大为不同。但是,实际上一开始我根本就没有这个意识,我没有想着去塑造一个新地主的形象,更没有想着把白嘉轩等与南霸天、黄世仁等有意区别开来。我所想最多的是,处于封建制度解体、民国建立这种改朝换代的特殊区间的中国人到底做了什么,我们传统人格中一个完整的人是什么样的?

我有一个很清醒的理念:那就是如果传统人格、文化全是腐烂的、糟朽的,在乡村具有重大影响的人都是黄世仁、刘文彩,那封建社会还能延续两千年吗?虽然有些朝代的皇帝昏庸无能,但总体的传统文化精神未变,绝不能简单地用"腐朽"一词来概括。王朝更替,人的文化心理结构不变。准确地说,支撑我们民族延续几千年的文化因素是最优良的基因与最腐朽的基因的结合物。

我没想着写一个地主,而是要写一个族长。中国古代封建的官僚体制没有细化到乡村这个层面,在乡村最有权威的人是宗族势力,他的代表人物就是族长。至于保甲长也与现在乡长、村长不一样,而且保甲的目的是为了防御共产党,他们其实没有行政权。尽管这样,也不是谁都可以做族长。一般来说族长不会是穷人,当然也不一定是大地主,常常是我们称作财东的人为多。他们没有国家赋予的行政权,他们主要依靠一个宗族自己制定延续的《乡约》来规范约束族中人的行为。这个《乡约》其实是儒家思想的通俗化。我在《白鹿原》中抄录的那篇《乡约》还是咱们陕西人第一次创造的,他叫吕大临,是关学的传人。这个《乡约》后来普及到大江南北。就此而论,我没有自觉地反叛以往地主类形象的写作意识,而且在我的观念里,我并不否认现实中真有黄世仁之类的地主。我只是不想用以往的阶级斗争观念去描写人物,如果非要说有反叛的话,这一点可能是明确的,即在我上世纪八十年代中期接受了一个文艺理论家的文化心理结构学说,我是用这个理论来塑造人物的。

文化心理结构在我看来是一个深层的人性特征。中国人和西方人在外形上好辨别,差异不大,无非一个是黑眼睛、黑头发;一个是蓝眼睛、黄头发。这些很表面,真正的差别在心理结构,尤其是做人,《白鹿原》中提到的《乡约》实际上就是普及到中国乡村的心理结构,它能判断人和事的好坏、高下、是非。我思考的是面临新世纪的到来,白鹿原上的人的心理结构会受到怎样的冲击?鹿兆鹏很快会接受刚刚兴起的新思想——共产主义;白孝文不是接受新的理念而是被作为族长的接班人设计的,但通过更常见的社会现象、个人命运的不断冲击,他最后变得没有任何信仰,完全成为以个人利害取舍自己行为的流氓;田小娥因为没受过教育,她的文化心理结构是个人心理本能的冲突,人性与命运的错位,一个女人正常的人生乐趣都得不到还要受老秀才的作践,她当然要寻找机会反叛,但这种反叛是本能的;白灵则受过新文化的教育,她之逃离家庭完全是自觉地追求新生活理想的结果。

诸如以上这些关于人的文化心理结构的思考的确是很清晰的、很自觉的,在动笔前都有了较为详尽的设计。

邰科祥:在《白鹿原》动笔之前,您和李下叔的交谈中曾经发生了一幕严重走神的情景,就是您突然的不说话而且目光飘忽,精神完全沉浸在"黑娃被枪毙的场面中",当您被李下叔打断时,您问他听到一声枪响了吗。类似这样精彩或经典的构思场面在后来的创作中发生的次数多吗?由此也可看出,当时《白鹿原》的构思已经基本完成,是这样吗?

陈忠实:除此之外,还有一些。你知道尽管那些重大转折的情节包括一些关键的细节在构思时反复斟酌过,但写作和构思还是有差别。比如田小娥被杀的场景就有写不下去的感觉,当我把这段终于写完后,眼前是一片模糊,好长时间缓不过劲来,我试图借抽烟让自己平静,但似乎意犹未了就顺手拉过一张纸写下:生的痛苦、活的痛苦、死的痛苦。其实包括写到所有死亡的情节时都很沉重,每到这个时候,我就会失神,跳不出故事。鹿三的死让我感到其莫大的孤独,但对他我不能用这个词。所以,我通过白嘉轩的嘴发出了感叹:白鹿原上最后也是最好的一个长工走了。总而言之,每写一个生命的死亡,精神上都要受一次折磨。

在这个时候,小说中的重要人物的生命转折、细节包括一些极富个性化的语言都在构思中完成了,至于日常的事件通过实际写作就可以补缀。

三、创作与探索

邰科祥:很多人都问过您《白鹿原》之后还写不写长篇小说这个问题,您许多次的回答都是还没有进入状态,特别是没有那种进入新的生命体验并冲动不已的状态。但是唯有一次,您对一个记者说:"这两年有一些想法和念头,打算封闭起来,写一个长篇,构思时间比较长。"由此可见,您所期待的那个状态已经到来,那么能不能透露一下这个长篇的某些信息?以您目前的生活习惯,您还能像《白鹿原》写作的时代一样再次封闭起来吗?

陈忠实:这是很早以前的事了,李星在《白鹿原》之后不久问的,不是最近。但在二〇〇一年至二〇〇二年,我还真的又回到我的老屋,封闭了一次。还是由老婆烙一篮子馍,擀很多面,我背回去。吃完了,她再送或者我回去取。那个感觉真好!我一回到那个小院就完全沉静下来,城市的嘈杂、纷扰全会散去。《日子》等小说就是那时写出的。

邰科祥:您的创作进程恰好与我国改革开放的历史同步,当代文学上的许多重大事件您也不同程度地经历、参与甚至处于中心的位置,那么对一九七八至二○○八年间中国文学的巨大变化,您有哪些最深刻的感受?换句话说,您觉得三十年中国新时期文学取得了哪些明显的变化,有哪些事件或现象可以做标志?

陈忠实:从我喜欢文学到"文革"前这段时间,我只想能成为一个业余作者就满足了。偶尔能发表几篇散文,心里感觉特别好。但是这种感觉没持续多久,"文革"就开始了。再一次提笔,已到了一九七三年。在一九七三至一九七六年这四年间,我主要是参加一些文学爱好者创作辅导班,再就是每年写一篇小说和几篇散文,我这时的愿望很简单,就是想过一把文学瘾。文学的兴趣压抑太久就像抽烟的人被断了烟的感觉一样,发表一篇作品所获得的心理满足、愉悦与过烟瘾很相似。这样每年一篇小说的慢速度即与这种放松或兴趣的心理状态有关,也与我当时的主业有关,那时我担任着公社的副主任,行政事务比较烦琐,整段的时间很少,每年只有一个机会,就是集中给各村干部和积极分子办政治学习班的日子,往往是白天学习,晚上没事干。我就把平时思考、感受的内容整理成小说。说真的,那时根本没有把写作当作事业来干,反过来那时写作很危险,文章发表后,说不定哪天会被人抓住辫子就会遭到批判。

一九七八年,我在一个水利工地领工,无意中看到《人民文学》杂志上刊载的刘心武的《班主任》。那时在工地上大家都睡的是草铺,我就是躺在草铺上一口气看完了这篇小说。读完后按捺不住心中的激动就来到附近的河堤上,对着月光,我自言自语,小说还可以这么写！我有一种直感,把小说当作事业的时代就要来了。因此,这个工程一结束,我马上向组织打报告要求调到一个比较清闲的单位,就为了使我有充足的时间开始写作。事实也果如所愿,我被调到了区文化馆,那是一九七八年的夏天,算是我人生的第一次重大转折。

在文化馆比较务实,那个时代"左"的文学观念对作家的影响不可能摆脱,我又没有接受过高等教育,完全是凭兴趣写作。所以在我这个"文学自觉"的时期,我首先想做的是把自己对文学的理解回归到真正的文学,也就是要摆脱"左"的观念。为此,我专门选择了两个我最喜欢的西方作家,一个是契诃夫,另一个是莫泊桑。我把文化馆里收藏的这两个人的全部作品借过来,整整读了一个秋天。在这两人中,我相对而言更倾向于莫泊桑,因为他的作品好理解。契诃夫的小说重视人物和结构,莫泊桑的小说注意故事和情节。契诃夫难度大,莫泊桑容易学。在读过我能找到的他们的所有作品后,我又从中精选了十几篇反复阅读,体味不同的结构和人物塑造。大概到了这年的冬天,经过这一番阅读之后,我对文学的理解有了新的感受。一九七九年春,我产生了写小说的欲望。我后来的创作过程也一直是这样,往往是其他人写得红火时,我一点都不焦急,我需要做必要的准备,急是没有用的。正是这样,在这一年,我连续发表了十部小说,在我迄今为止的创作生涯中,这是我一生中少有的高产期。其中《徐家园三老汉》,我印象最深,我在这篇小说中有意锻炼人物塑造的基本功,我想看看自己能不能写出同类人物的差异来。这篇小说在《北京文学》发表后,评论家阎纲正在住院,他看到这篇小说后很高兴,意识到我明显的变化。

一九八二年《人生》发表了,作者是近在咫尺,每天抬头不见低头见的路遥,虽然在此之前,他已经由于《惊心动魄的一刻》获得全国小说奖,但当时他在陕西的影响并不大。可是《人生》发表后对全国的同行,特别是对我带来了巨大的冲击。一方面,小说开辟了农村题材的新视角;另一方面,我当时也正在寻找描写农村生活的突破口,正好两者撞在一起。正是在这一年,我出版了自己的第一个短篇小说集,收了十九个短篇。在这个时候我自己就有寻找突破的念头,正在此时看到了《人生》,首先看到了新的视角。当时描写农村题材的作品很多,但都局限在极左路线的模式下,包括高晓声的"陈奂生系列"也摆脱不了从政策角度写农民,这个很自然,我也写了不少这样的作品。但《人生》一出来就不一样,从个人人生追求的角度写,太真实了。其实在生活中有不少人比高加林有过之而无不及。由此觉悟到小说更应该写人的心理、精神追求,即使写政策的伤害也要落脚到情感的伤害。我这时正写自己的第一个中篇《初夏》,涉及体制改革的内容,写得很不顺,索性就放下。转写《康家小院》对农村重新思考,是探索的视角。后来,《康家小院》倒先发表,并获得上海第一届小说奖,而《初夏》则成了第二。

二十世纪八十年代中期,各种文学思潮综合影响,这一时期文坛最活跃,各种文艺理论、流派都被介绍,作家们也在进行各种试验,且不管其成功与否,但见识了文学的各种形态。对这一切,我都不拒绝,至于是否要那么做,不一定,主要是开阔眼界,我就想他们各派中总有一些对我有用,所以认真地读,选择于己有用的。

其中文化心理结构学说对我写人物有重大的启发。恰好这时在构思《白鹿原》,它就派上用场了。以前苦恼的是不知怎样塑造传统理论中的典型人物,这多难啊!中国现代有几个作家创造出典型?没有。柳青的梁三老汉算一个,鲁迅也不过创造了一个阿Q。而且总觉得中国人的典型让古典的四大名著弄完了。像莽撞的李逵、智慧的诸葛亮等。我们还能写出什么呢?好长时间为典型困扰,写不出。可文化心理结构救了我,使我找到了写人物的途径。心理结构成了我解析白嘉轩、鹿子霖、田小娥等人生密码的钥匙。我甚至给自己立下一个规矩,在这个长篇小说中不写人物的肖像,要通过对人物心理的描写让读者分辨出相互的不同。事实上后来的作品中也的确是除了对两大家族外形的一个生理特点有一种预设之外,其他都没有描写,这个特点就是白家的鼻子突出,鹿家的眼睛深陷。

对我写作产生了重大影响的两部作品,一个是米兰·昆德拉的《生命中不能承受之轻》,另一个就是加西亚·马尔克斯的《百年孤独》。昆德拉的作品截至上世纪九十年代以前出版的我都读过,从他的作品中,我理解了什么叫生活体验、生命体验。《玩笑》写捷克的极左路线,属于现实主义的风格,也是生活层面的作品,故事完整、人物生动。《生命中不能承受之轻》虽然与《玩笑》主题相似,但已深化到生命体验的层次。当然要完全从理论上区别这两个概念,我可能说不太清,但我能感受到。

第一次读《百年孤独》汉译本的时候读不大懂。当时我还未开始写长篇。他对拉美地区历史文化、人生形态的概括、叙述太了不起了。后来有不少作家模仿他,但都表面化。他让我思考,作家如何完成对本民族生存真实形态的概括。人变甲虫、人长尾巴的形象拉美有,可中国没有魔幻,中国有的是鬼神,是它统治着乡村甚至城市。但鬼神不是魔幻,也就是这部小说让我再次审视中华民族的语境。鹿三在杀田小娥之后的灵魂附体就是中国的民间文化,当然我对此进行了科学的阐释,鹿三的疯癫表面上是田小娥的鬼魂报复,其实从心理的愧疚和恐惧上完全能够理解。

邰科祥:说到这里,诸如灵魂附体的事件您亲自遇到过吗?怎么解释?

陈忠实:遇到过,至今弄不清。对这些文化现象,我当时也给自己定了一个原则,可解释的就写,不可解释的一概不写。

邰科祥:您是怕被指斥"宣扬迷信"吗?

陈忠实:要有这个防备。我在写《白鹿原》的时候,为什么要去查县志,就是受了寻根文学和魔幻现实主义的影响。一个作家连自己生存的县区历史都不了解,还怎么谈得上写中国。县志上记载的很多事件让人惊心动魄,特别是涉及民国时期的很多事件让人惊心动魄,特别是涉及民国时期的一些重大事件,包括一些回忆录。

邰科祥:二十世纪八十年代末在全国几所高校相继办起了作家班,陕西的西北大学也曾经招了几届学生,这些人中有不少后来在当代文坛成为响当当的人物,但是也有很多人并无什么作为。请问,就您了解的情况,当时开办作家班的初衷是什么?为什么后来又迅速叫停,作家能不能专门培养?

陈忠实:西北大学几届作家班的开学典礼我都参加了。西大当时的中文系主任刘建军以及蒙万夫先生,在他们第一届作家班招生时,还请我去参加作家班的学习,但是我当时因为家里的事情太多,孩子、老人一大堆,负担很重,实在离不开,就是上了,也坐不住,所以没有去。

邰科祥:这就是说您从内心也希望系统地学习一些创作的理论,补补课?

陈忠实:是的。我们的新文学发展到一个爆发期,很多作家没有接受过高等教育,有的连中学都没有完成。但都喜欢写作,也有些人需要知识的填补,从这个意义上说,办作家班是一个有创意的举动。现在大部分作家都受到良好的教育,作家班是特殊历史时期弥补性的措施,很多作家踊跃接受教育值得肯定。至于你说到上过作家班的人有的功成名就,有的销声匿迹,这其实很正常。这与读作家班没关系。作家很难齐步发展,必然要分流。进入社会后他们会如何发展,这有很多综合因素在起作用。如果一个人要继续在文学上发展,对生活的理解感悟能力和表达能力至关重要。

说到作家能不能培养,一般说不可能,但我觉得丰富作家的知识,上作家班也是一种培养。自然,创作的成就更多地取决于作家对生活的敏感程度、深刻理解程度和表现形式的独特程度，这些东西是任何高明的老师也解决不了的。

邰科祥：谢谢您接受我的采访！

2009 年 3 月 7 日

2009 年 8 月 23 日

也说思想

——答《南方周末》张英问

我是从报刊的统计数字里知道长篇小说创作出版的巨大数字的,也从我周边的生活环境能亲自感觉到。这种繁荣景象起码证明了一点,那些敏感于文字进而喜欢创作的人获得了表述的空间,把文学创作的神秘化自然而然淡化了。

我想谁也不会对文学创作的繁荣持异议,而在于对高水准长篇小说的比例太小不大满意。专家和普通读者都期待令人耳目一新的大作品出现。

从题材来说,上个世纪中国的一百年历史,其剧烈演变的复杂过程,在世界上是没有哪个国家所能比拟的。亲身经历并参与其中任何一个段落的有思想的人,抑或从资料获得具体而又鲜活的生活史实的作家,很难摆脱对这个民族近代以来命运的思考,也很难舍弃在独立思考里形成的生活体验或生命体验,会潮起一种强烈的表述欲望,自然就会有小说创作。这一百年应该反复写,应该有许多作家去写,各自以其独立的思维和独特的体验,对这个民族百余年来反复的心理剥离的痛苦和欢乐,就会有各自不同的异彩呈现的艺术景观展示,留给这个民族的子孙,也展示给世界各个民族。

作家们现在获得了独立思考和独立体验的社会氛围,不再受制于某些极左思想限定的狭窄小径,有勇气也有责任面对自己先辈所打开的百年变迁的历史了。

我想不明白中国为什么没有像《静静的顿河》《约翰·克利斯朵夫》《复活》《铁皮鼓》《百年孤独》这样有史诗品格的长篇小说。

这似乎与经济的发达程度和物质的文明高低没有直接关系,这些史诗作品,都是在旧的农业时代完成的,《静静的顿河》产生时,苏联正处于物质最贫乏的战争恢复期。《百年孤独》的作者马尔克斯生活的哥伦比亚,用我们的话说也是一个属于发展中的国家。

对于当代长篇小说的研究和讨论,一直都在持续着,多家评论杂志和文学专业报纸,有许多认真的研究文章阐发着种种见解,我从中曾获得很富于启示的收益。在诸多观点和诸多因素里,有一个主和次的判断,在我看来,主要在于思想的软弱,缺乏穿透历史和现实纷繁烟云的力度。

说到思想,似乎是一个容易敏感的词汇。思想似乎沾惹到政治,说到政治,似乎又很容易招惹令人厌恶的极左或平庸的教条。我想应该早就排除极左政治的阴影了,尤其不能把极左政治等同于政治,不能因噎废食。富于理论高度和深度的政治,是一个国家和民族命运的光明之灯。应该从对极左政治的厌恶情绪里摆脱出来,恢复对建设性的政治的热情。既然作家都关注民族命运,就不可能脱离系着民族命运的政治。

作家的思想还不完全等同于政治,这是常识。作家独立独自的思想,对生活——历史的或现实的——就会发生独特的体验,这种体验决定着作品的品相。思想的深刻性准确性和独特性,注定着作家从生活体验到生命体验的独到的深刻性。这也应该是文学创作的常识。

我以为急不得,首先是繁荣提供了一个雄厚的阵势,那么多作家都持续在进行探索和创造,大作和精品肯定会出现,我想这个过程应该宽容。

2009 年 9 月 二府庄